Brandon Sanderson

布蘭登・山德森

Brandon Sanderson

布蘭登・山德森

BEST 嚴選

奇幻基地出版

迷霧之子

首部曲：最後帝國

Mistborn : The Final Empire

布蘭登．山德森 著
段宗忱 譯

Brandon Sanderson

BEST 嚴選

緣起

在繁花似錦的奇幻文學花園裡，你或許還在門外徘徊，不知該如何抉擇進入的途徑；也或許你已經置身其中，卻因種類繁多，或曾經讀過不合口味的作品，而卻步、遲疑。

BEST嚴選，正如其名，我們期許能透過奇幻基地對奇幻文學的瞭解，以及對讀者的理解，站在出版者與讀者的雙重角度，為您精選好作家與好作品。

他們是名家，您不可不讀：幻想文學裡的巨擘，領域裡的耀眼新星。

它們最暢銷，您怎可錯過：銷售量驚人的大作，排行榜上的常勝軍。

這些是經典，您務必一讀：百聞不如一見的作品，極具代表的佳作。

奇幻嚴選，嚴選奇幻。請相信我們的眼光，跟隨我們的腳步，文學的盛宴、幻想世界的冒險，就要展開。

excellent bestseller classic

獻給貝絲・山德森——
她讀奇幻的時間比我活的一輩子還久，
而且，完全值得有我這個跟她一樣瘋狂的孫子。

致謝

我再次需要感謝我最棒的經紀人 Joshua Bilmes，還有我同樣出色的編輯 Moshe Feder。他們在這本書上投注了極大的心血，我以擁有和他們合作的機會而感到自豪。

我的讀書會成員們，孜孜不倦地提供鼓勵與感想給我。Alan Layton、Janette Layton、Kaylynne ZoBell、Nate Hatfield、Ethan Sproat、Bryce Cundick、Kimball Larsen，還有Emily Scorup（我弄不清楚她婚後是否要冠夫姓），還有我的初稿讀者群，他們讀到這本書的原始雛形，協助我將它改變成今日各位讀者所見的樣子，包括 Krista Olson、 Benjamen R. Olson、Micah "Captain" Demoux、Eric Ehlers、Izzy Whiting、Stacy Whitman、 Kristy Kugler、Megan Kauffman、Sarah Bylund、C. Lee Player、Ethan Skarstedt、Jillena O'Brien，還有功不可沒的 Peter Ahlstrom。

除此之外，我還需要特別感謝幾位重要人士。首先是 Issac Steward，他畫出本書最前面極致精美的地圖還有書內的插圖。Issac在故事構思方面，也提供我無數寶貴的意見。除此之外，Heather Kirby 提出許多極佳的建議，幫助我瞭解年輕女孩的神祕內心世界。

我同時要感謝一批爲了將本書送到各位手上而在幕後非常辛苦的人。Irene Gallo，Tor 出版社優秀的藝術總監，是因爲她，本書跟《諸神之城：伊嵐翠》才有如此美麗的樣貌。同時，公關部的 David Moench 爲了讓《諸神之城：伊嵐翠》成功，更是做出十二萬分的努力，非常感謝兩位。

最後，一如往常，我感謝我的家人對我持續的支持與鼓勵，尤其要感謝我的兄弟喬登所提供的鼓勵、支持與相信。請各位撥空來我的網站看看他的作品：www.brandonsanderson.com。

推薦序

——王寶翔（卡蘭坦斯蓋普恩基地格主）

接觸布蘭登・山德森對我著實是個偶然。二〇〇七年十二月，奇幻大師羅伯特・喬丹的遺孀海麗葉讀了山德森的《迷霧之子：最後帝國 Mistborn: The Final Empire》，並且感到印象深刻，於是挑了當時還是奇幻新秀的他來替羅伯特・喬丹未完的遺作「時光之輪 The Wheel of Time」系列續寫完結篇《光之回憶 A Memory of Light》。次年二月，Tor出版社爲慶祝官方網站改版，特別展開一系列免費正版電子書的贈送活動，讀者僅需註冊爲會員，就能於時限內下載該出版社最熱門的作家作品。無獨有偶，出版社放送的第一本書就是這本《最後帝國》。

我很好奇，它究竟有什麼樣的魅力？我打開電子檔試讀了序章。等我讀到凱西爾登場的那刻，我就曉得我非將這本書讀完不可了。我十分喜歡，所以接著讀了這本書的兩本續集，甚至山德森的新作《破戰者Warbreaker》。

在《最後帝國》中，布蘭登將他過人的活力與清新的風格，注入正統史詩奇幻的國度：一個看似熟悉的中古架空世界，卻由於一千年前某位英雄抵達「昇華之井」時出了差錯，結果創造出永生不死、鐵腕統治最後帝國的「統御主」，從此大地綠意不再，灰燼終年飄落，夜間瀰漫著黑霧，貴族們壓榨稱爲司卡的奴隸階級，令他們無法翻身。就在這時，身爲「迷霧之子 Mistborn」、海司辛礦坑倖存者的凱西爾揭竿而起，組織一群身懷各種能力的隊伍，包括在街頭求生的少女紋。他們意圖以小搏大，推翻統御主與他的帝國，甚至統御主手下令人聞風喪膽的鋼鐵審判者。難道他瘋了不成？但故事的樂趣就是從這裡開始。

本書流暢好讀的文字、生動的人物塑造，讓讀者能毫不費力切入故事，透過凱西爾與紋兩位主角經歷冒險，還只是本書的一部分。一則當年英雄改變世界的背景故事貫穿著劇情，而鎔金術——藉由在體內燃燒金屬以產生魔法——相互抗衡的八種基本金屬，經過搭配混合使用後便賦予了「迷霧人Misting」乃至「迷霧之子」飛天遁地、以一擋百的超凡能力，在山德森的筆下更發展成爲刺激、目不暇給的戰鬥戲碼。酷嗎？當然。但就連設定也暗藏著額外的驚喜，讀者得追隨紋的自我成長歷程去發掘這一切。

而喜歡《最後帝國》的讀者，也不能錯過續集《昇華之井 Well of Ascension》以及完結篇《永世英雄 The Hero of Ages》。許多本書未解答的事，還有您完全料想不到的發展，山德森都確實帶給了我們一段豐富深刻、令人難以忘懷的英雄救世傳說。

迷霧帝國的光之回憶

——灰鷹／譚光磊（本書中文版權代理人）

（本文涉及劇情，建議未讀勿入）

二〇〇七年十二月十日，將會是一個奇幻小說迷永遠記得的日子，因為在這一天，羅伯特・喬丹的出版社 Tor 正式宣布，「時光之輪」系列的最終篇《光之回憶》，將由布蘭登・山德森接手完成。這個全球暢銷三千萬冊，重新定義現代奇幻面貌的傳奇大系，總算不致因為作者病逝而無法畫下句點。

前一年的四月，喬丹在公開信中表示感染罕見絕症，同時強調與病魔奮戰到底的決心。全球讀者乍聞消息，難免感到扼腕，可是在嘆息之餘，見到喬丹驚人的意志力，不禁要相信這位奇幻文學的巨人，肯定會和他筆下的真龍轉生一樣，就算移山倒海也要和病魔拚個你死我活。若有誰能夠戰勝絕症，非他莫屬。

就在大家都信心滿滿，認為他的康復只是遲早的事，然後他就會以凱旋英雄之姿寫下「時光之輪」完結篇的時候，喬丹的病情急遽惡化，在二〇〇七年九月十六日離開人世，年僅五十八歲。這則噩耗不僅震驚奇幻界，更使得讀者期待多年的「時光之輪」結局隨之成謎。

其實我並不擔心「時光之輪」就此斷頭，也相信《光之回憶》終會問世，問題只在由誰接手。這絕對不只是商業利益的考量，而是攸關作者藝術成就的完滿和意念的傳承。就出版社立場，則無論如何也要給讀者一個交代，他們之中很多人從一九九〇年《世界之眼》推出時就成了書迷，陪伴這個系列走過十七個年頭。在前幾部作品步調緩慢、拖戲連連的時候，他們不離不棄，反而用行動來證明自己的忠誠，也使得「時光之輪」從第八集開始，全部登上《紐約時報》排行榜冠軍。放眼當代奇幻文壇，沒有任何一個作家能有如此輝煌的銷售成績。

更何況，喬丹早就有了清楚的結局構思，也留下大量筆記和手稿，甚至在病中仍用錄音的方式記錄想法。他曾經「放話」表示，即使《光之回憶》寫出來長達一千五百頁，也定要「畢其功於一本」結束系列。除此之外，他還有三部前傳的計畫。要找人寫完《光之回憶》，絕對不缺材料，難在於如何駕馭這空前龐大的世界和繁複至極的劇情線。

由後人代筆的情形在國外屢見不鮮，例如二〇〇六年過世的英國動作派奇幻大師大衛・蓋梅爾（David Gemmell）壯志未酬，留下重寫特洛伊史詩的三部曲完結篇《諸王殞落 The Fall of Kings》，最後便由妻子史黛拉接續完成，出版時夫妻同時掛名。另一種可能是找人幕後捉刀，寫手不具名，書仍然掛作者本名出版，例如「神鬼認證」系列作者陸德倫的諸多遺作。

幾經長考，喬丹的遺孀海麗葉挑中了布蘭登・山德森——《諸神之城：伊嵐翠》的作者。消息一出，很多人直接反應：「爲什麼是他？」畢竟山德森才出道兩年多，還是個三十來歲的小伙子，論資歷、講名氣，怎麼也輪不到他接手「時光之輪」這部堪稱現代奇幻扛鼎之作的史詩。

可是仔細想想，好像又不那麼意外：山德森可說是這幾年來竄起最快的奇幻新秀，他的世界建構和魔法系統創意驚人，文字流暢，人物精彩，頗受讀者和評論家肯定。《諸神之城》賣出十五國版權，讓他連續兩年入圍科奇幻最高榮譽——坎伯獎最佳新人。山德森有一支罕見的快筆，更是新世代奇幻作家擅用網路的最佳範例：他同時寫成人和青少年系列，還有餘力在網路上免費連載新作。他的網誌在多重平台聯播，網站上還有每一部作品的超詳細章節注解，有如ＤＶＤ的導演講評，大幅提高網站的附加價值。

撇開世俗條件不談，我認爲山德森雀屏中選的眞正意義，在於奇幻寫作者的世代交替與薪火相傳。長江後浪推前浪，海麗葉這個決定，等於欽點山德森爲喬丹接班人，其中的份量不言可喻。由山德森來補完《光之回憶》，不論結果好壞，已經是對他的能力（和潛力）最大的肯定，更是從一線奇幻新人直接躍升一線暢銷作家的票房保證。

倘若我們再細究箇中原由，更會驚嘆命運的奇妙。《世界之眼》出版那年，山德森只有十五歲。他們的初次相遇，是在一家漫畫店的新書架上。這本厚達八百頁的小說，把山德森嚇得退避三舍，但他也對華麗的封面印象深刻。後來他還是把書買了回家，從此成了「時光之輪」書迷。每有新作問世，他總會立刻掏錢買精裝版，「已經成了一種儀式」。

多年以後，山德森在世界奇幻大會（World Fantasy Convention）上與高頭大馬，頭戴寬簷帽，拄著枴杖走路的喬丹擦身而過。雖只是匆匆一瞥，卻覺得此人有些眼熟，問起身旁的同好。「他噢？就是詹姆斯・奧利佛・瑞格尼二世啊！」眼看山德森毫無頭緒，他們才說：「他就是羅伯特・喬丹（瑞格尼是喬丹的本名）。」

在那次大會上，山德森結識了 Tor 出版社的編輯莫許・費德（Moshe Feder），並給了他《諸神之城》的書稿。費德把稿子帶回家，一擱就是半年。等他終於看了稿子而且驚爲天人，急忙想要聯絡這位年輕新秀，山德森早已搬家。費德花了好一番功夫才尋得他的下落，馬上就開出條件，想簽下《諸神之城》。

山德森的經紀人約書亞・畢姆斯（Joshua Bilmes）建議他不要立刻同意，應該用這份報價做「誘餌」，看其他出版社會否提出更高的條件。可是山德森一心只想成爲 Tor 旗下作家，因爲那是喬丹的出版社。對他來說，那就是奇幻文學的最高殿堂。如今山德森已非十五年前漫畫店裡的小毛頭，而是即將踏上職業創作之路的奇幻新兵，但喬丹的巨人身影依舊巍然矗立，他也仍然記得最初見到《世界之眼》的震撼與悸動，於是他接受了費德的條件。

一路寫來，山德森屢屢企圖「逆寫」「時光之輪」。他認爲喬丹已經把奇幻冒險的典型發揮到極致，自己必須另闢蹊徑，而最好的方法就是解構和顚覆。喬丹的角色走遍千山萬水，於是他把故事舞台限制在單一城市。喬丹寫農夫變成國王，於是他筆下的王子一夕落魄，連平民都不如。喬丹寫光明與黑暗的終極對決和最後勝利，他則想像「假如邪惡勢力贏得最終勝利，世界會變成怎樣？」

這個命題，連同山德森對詐欺故事（heist story）的濃厚興趣，構成了「迷霧之子」三部曲的最初靈感，這也是他自《諸神之城》初試啼聲之後，格局更廣、野心更大的成熟之作。因緣巧合，我第一本讀完的山德森作品，就是本系列第一集《最後帝國》。我利用週末一口氣讀完全書，心中充盈著喜悅與滿足，甚至一度感動得紅了眼眶。

我認爲山德森在此克服了史詩奇幻三項先天的劣勢：進入困難、節奏緩慢，以及無法獨立閱讀。「進入困難」指的是一翻開書就迎面而來的各種自創名詞和背景設定，往往考驗讀者的耐心和對奇幻類型的接受度。換句話說，對「非重度類型讀者」極不友善。「節奏緩慢」不需多加解釋，看一本八百頁的史詩奇幻，肯定比一本三百頁的驚悚小說慢得多，偏偏那多出來的篇幅可能全都是鉅細靡遺的場景或背景敘述。「無法獨立閱讀」更是造成進入障礙的致命傷。推理小說由於案件各自獨立，每一本都可以視爲完整個體，史詩奇幻則完全不行。一個三百頁完結的偵探故事，可能一個週末下午就可以讀完；但一個兩千四百頁（每本八百頁的三部曲）的大長篇，卻得曠日廢時，還常常要查名詞對照表。

誠然，這兩個類型的趣味所在本來就大不相同，而「進入一個全新世界」也是閱讀史詩奇幻獨有的美好體驗，可是當我們考量到市場因素和進入門檻等問題，傳統奇幻（high fantasy）爲何很難打進主流排行榜，推理驚悚卻輕而易舉，答案就很明顯了。這同時也解釋了爲何這幾年來混合奇幻、恐怖、推理和羅曼史的跨界「都會奇幻」大行其道，即使初出道的新人都能在很短的時間內登上暢銷榜。

這正是《最後帝國》難能可貴之處：山德森完全沒有在傳統奇幻的本質上做出任何妥協，也完全沒有刻意討好主流讀者。他的魔法設定依舊繁複而創意驚人，可是比起《諸神之城》易懂得多。他的角色說起來也不少，可是戲份輕重拿捏得當，主角的形象鮮明，配角也不難記，讀者不太需要時時翻回前面查閱人名。作爲三部曲的開頭，《最後帝國》有著非常完整的故事和漂亮的收尾，山德森寫結局的功力果然名不虛傳。

他用一個「瞞天過海」式的詐欺案做爲劇情核心，只不過賭注更大。到賭城大幹一票算什麼，山德森筆下的反賊英雄凱西爾要推翻屹立千年的最後帝國，盜走統御主的國庫寶藏，做爲叛軍薪餉的來源。是的，你的反應和他那票狐群狗黨一樣：他瘋了。如此誇張離譜、鬼扯到底的構想，凱西爾卻胸有成竹，行動的每一個步驟都信手拈來，最終說服了同伴，爲他找來一批死士。

我們應該先說說這個世界的背景。還記得「假如邪惡勢力贏得最終勝利」的命題嗎？「迷霧之子」的起點，就是多年以前的善惡決戰，良善一方的英雄歷經千辛萬苦，終於抵達傳說中的「昇華之井」，準備和黑暗勢力決一死戰。可是命運沒有站在他那邊，最後壞人一統天下，自稱「統御主」，同時建立起「最後帝國」，即千秋萬代、永不崩塌之意，口氣狂妄到了極點。

統御主壟斷了稀有礦脈「天金」的唯一來源，藉此確保擁兵自重的貴族勢力效忠，同時在背後玩弄權術，使貴族忙於內鬥而不可能團結。另外他則用凶殘的手段鎮壓平民，不分國籍種族通通打爲奴隸階級，通稱「司卡」，並用盡一切方法消滅各民族原本的信仰、歷史和文化，甚至宣稱司卡和貴族乃不同種族，生理構造有著先天上的不同，並嚴禁兩族通婚。

聖王擊敗傳說中的英雄並建立帝國，世界隨之變遷，從此綠色不再，所有植物都轉為褐黃，天空永遠陰霾，並不間斷地下著灰燼（不是雨），彷彿是個浩劫過後的殘破世界。入夜之後，則是濃霧四起，籠罩大地。相傳夜霧之中有各種可怕的妖魔鬼怪，所以司卡人總在天黑後躲進家中，大門深鎖。

行走於這個「迷霧帝國」之中的魔法師，藉由服食微量的金屬粒子，進行自體燃燒而獲得力量。已知的能量金屬共有八種，相生相剋，分成四組，每組再分外顯和內隱二種屬性。例如錫可以提高感官敏銳度（內隱），白鑞則能大幅強化肉體的力量（外顯）；黃銅可以舒緩情緒（內隱），鋅則能煽動情緒（外顯）。

但最帥氣的還是鋼鐵這組：鐵能推、鋼能拉，只要附近有金屬，就可以產生類似磁極相吸或相斥的作用力，力道強弱則視金屬本身的體積或重量而定。倘若操控得當，就能像武俠小說裡面一樣飛簷走壁、凌虛破空，或者隔空取物、力舉千斤，有如絕地武士的原力。通曉此等迷霧術法的人非常稀少，絕大多數是貴族（其實也包括司卡人），通稱「迷霧人」。在他們之中，還有少數天賦異秉者能使用全部的金屬力量，他們就是「迷霧之子」。

凱西爾曾經以普通司卡身分大膽挑戰統御主，結果慘敗。他被打落礦坑囚牢，在愛人被殺之後奇蹟似地覺醒，變成迷霧之子，更成為史上唯一逃離黑暗礦井的人。如今他重回帝都陸沙德，準備展開復仇。

不過，《最後帝國》更應該是司卡女孩紋的故事。她從小跟著哥哥到處逃亡，居無定所，靠行乞或加入盜賊團為生，直到她被「阿凱」凱西爾發現具有迷霧之子異能，才投身反抗軍（或者該說是「詐騙帝國集團」），在其調教下逐漸駕馭各種金屬的力量。從小哥哥再三告誡她：「任何人都可能而且一定會背叛妳，包括我。」後來他果眞不告而別。於是紋不知「信任」為何物，戒心極重，對阿凱和那群弟兄休戚與共的革命情感，她感到迷惑，更無法理解。

而那是一群多麼精彩的人！性情敦厚的多克森是阿凱最倚重的左右手，在他想出鬼點子的時候負責策劃一切的後勤和帳務。微風與哈姆是最佳拍檔，前者是個講究衣著的紳士，最擅長操弄他人思緒好爲自己服務；後者則是虎背熊腰的大漢，是個燃燒白鑞的「打手 Thug」（這是白鑞迷霧人的綽號），也是武藝高強的戰士，還喜歡跟微風爭辯哲學問題。怪老頭「歪腳 Clubs」曾經是沙場老將，退役後經營一家有如龍門客棧的小店，其實是大隱於市的革命軍聚會所。他是個燒紅銅的「煙陣 Smoker」，能夠升起魔力遮罩「紅銅雲」，保護附近的己方迷霧人不被敵人發現，身邊還帶了一個操著奇怪方言的姪子「鬼影」。當然，還有跟阿凱從小吵到大的哥哥「沼澤」，他是最厲害的「搜尋者 Seeker」，能燃燒青銅搜捕任何使用迷霧術法的人。

可是他們再怎麼身懷絕技，如何能和帝國的百萬大軍，還有統御主的蓋世神威抗衡呢？更別提直屬統御主管轄的「鋼鐵審判者」，這群不知是死還是活的東西個個皮肉不笑，雙眼插著鋼釘，卻有著足以和迷霧之子匹敵的高強法力。還有各懷鬼胎的貴族世家，他們富可敵國、權傾天下，各個擁兵自重，包括大批迷霧人保鏢，對任何陰謀反叛行動都不會容情。

阿凱與紋這對師徒的命運，又會如何？阿凱必須再次行過死亡幽谷，潛入當年他與愛人被鋼鐵審判者逮捕的統御主宮殿。紋則得學習信任，學習迷霧之子的十八般武藝，甚至假扮貴族仕女，打進上流社交圈刺探敵情。他們能否扳倒最後帝國？最終得付出什麼樣的代價？

這個故事太長，我就此打住。我想這樣來形容《最後帝國》：當我一邊聽著《伊莉莎白：輝煌年代》的電影配樂，一邊翻原文書查資料寫文章，看到那些熟悉的人名和他們唇槍舌劍的對話，居然非常想念與他們一同冒險犯難的日子。是的，就像想念高中時代和死黨蹺課鬼混那樣的眞實。這是我讀小說從來沒有過的感覺。

再來談到我第一次聽到布蘭登・山德森這個名字，是在五年前的倫敦，那是我第一次去英國，也是第一次與他的經紀人畢姆斯見面。翻開他的目錄，《諸神之城：伊嵐翠》的封面立即映入眼簾，讓人一眼難忘。當時畢姆斯還有別的代理，但他說知道我對這本書有興趣，也知道我與奇幻的淵源和熱愛，所以狡黠地說：「等下我跟他們開會的時候，會跳過這一頁的。」

畢姆斯有個註冊商標，就是桌上永遠有一盒巧克力，開會前一定先請人「嚐嚐甜頭」。倫敦書展後兩個月，我和奇幻基地的編輯同赴紐約，參加美國書展，我介紹雙方認識，我們都吃了他的巧克力。沒多久，奇幻基地便簽下《諸神之城》的中文版權。

但我要到二〇〇九年的初夏才見到山德森。我一如往常到紐約，投宿市郊住宅區的阿姨家，每天「通勤」進城開會。書展結束的那天晚上，畢姆斯邀我共進晚餐，一同出席的除了山德森，還有他旗下另一位新秀彼德・布雷特（Peter Brett）、畢姆斯的助理和兩位實習生，以及加拿大獨立書店的一對夫婦，一行十人浩浩蕩蕩朝餐廳進發。

那是一場令人難忘的餐會，席間幾乎就是聽山德森和布雷特兩人高談闊論，談奇幻小說、奇幻電影、談寫作。兩人風格大不相同，口味也很不一樣，聽得我如癡如醉。他們說起九〇年代喬丹成名之後，Tor 又發掘了泰瑞・古德坎的「眞理之劍」系列，並且砸下重金宣傳，某種程度上複製了「時光之輪」的成功。此後其他出版社莫不競相仿效，都想要找到自己的古德坎，但換來的只是一次次的失敗，其中最有名的當推羅伯・紐康姆（Robert Newcomb）的「血石年代記 The Chronicles of Blood and Stone」。當年 Del Rey 花了大錢，宣稱這是「眞理之劍」的接班人作品，據說還創下奇幻新人作品的預付版稅新高。可是這個系列只學到了古德坎的殘暴血腥、性別沙文和缺乏創意的世界設定，推出後評價很差，賣座更糟，後來 Del Rey 認賠出場，終止了後續作品的出版計畫。

時光荏苒，轉眼間進入新世紀，在這個「後」哈利波特的時代，青少年奇幻成了集聚優秀寫手和商業利益的當紅新寵，女作家在都會奇幻的領域繼續昂揚，九零年代的史詩奇幻風潮看似平息，但另一波新生代的史詩奇幻好手才正要崛起。山德森接下正是其中竄起最快的領軍人物。他的「迷霧之子」三部曲完結篇《永世英雄》和二〇〇九年的獨立新作《破戰者》相繼登上紐約時報排行榜，證明他有進軍主流書市的實力。接下來他將推出空前浩大的十部曲「颶光典籍 The Stormlight Archives」，肯定會是他創作生涯的一個新里程碑。

喬丹病逝後，山德森寫了一篇文章〈再見，喬丹先生〉悼念。他認爲喬丹的死改變了很多事情，這個世界好像從此少了點什麼。沒錯，有人痛恨喬丹，認爲他得爲通俗奇幻的一切負面形象負責；也有人對喬丹推崇有加，認爲他是唯一把奇幻「寫對了」的作者。對他來說，倘若沒有喬丹的成功，許多年輕創作者的出版夢可能永難實現，而喬丹也確實展現了奇幻書寫的恢弘格局和視野。最後他說：「你輕輕地走了，留下我們在原地顫抖。」喬丹總以風的意象做爲小說開頭，他本人也像一陣風，悄悄地來，拂過萬事萬物，然後輕輕離去。

兩個月後，山德森接到海麗葉的電話，詢問他有無意願接手《光之回憶》。原來她看到那篇〈再見，喬丹先生〉，對這個後起之秀印象深刻，便找來《最後帝國》，讀後深受感動，當下就決定是他。

由於《光之回憶》實在太長，最後出版社決定拆成三冊，第一冊《末日風暴 The Gathering Storm》在二〇〇九年十月底隆重上市，精裝首印一百萬冊，行銷經費高達六十萬美金。當時，丹・布朗的新書《失落的符號》剛推出不久，穩坐排行榜冠軍寶座，再怎麼暢銷的作者，到他面前都只有第二的份。

誰也沒想到，山德森這個初生之犢，面對全球最暢銷的作者，竟毫無懼色。《末日風暴》上市首週狂銷十萬冊，硬是空降紐約時報排行榜第一名，把《失落的符號》打了下來。賣座原是意料中事，然而賣座到這種程度，還成爲（當時）第一本將丹・布朗擠下冠軍寶座的書，實在始料未及。

更不可思議的，是所有讀者一致給予《末日風暴》最高的評價。「時光之輪」的過去四集的評價普遍不佳，幾百篇亞馬遜讀者書評，平均才給了兩顆星左右。《末日風暴》則幾乎清一色四或五顆星，讀者高喊「這系列終於又『好看』起來了！」。

經過漫長的等待，山德森的中文版新作「迷霧之子」系列首部曲《最後帝國》終於問世。我想起那個睡眼惺忪打開電腦，看到 Tor 新聞稿的清晨；想起與書中英雄的冒險歲月；想起《末日風暴》登上《紐約時報》排行榜冠軍的那個輝煌時刻。我覺得無比幸運，覺得熱血沸騰，很驕傲、很榮幸、很迫切地想把這個作者和他的作品推薦給所有讀者。

泰瑞司統御區
西方統御區
北方統御區
至遠統御區
中央
統御區
月牙統御區
南方統御區
南方諸島
東方統御區
邊境統御區
9. 特瑞安湖
10. 陸沙德湖
11. 黑湖
12. 席蘭河
13. 北席蘭
14. 南席蘭
15. 峯奈瑞河
最後帝國
1. 陸沙德
灰山
2. 特瑞安 3. 赭瑞納
4. 法理司特 5. 多瑞爾
6. 莫拉格 7. 卡林 8. 托林諾
2005

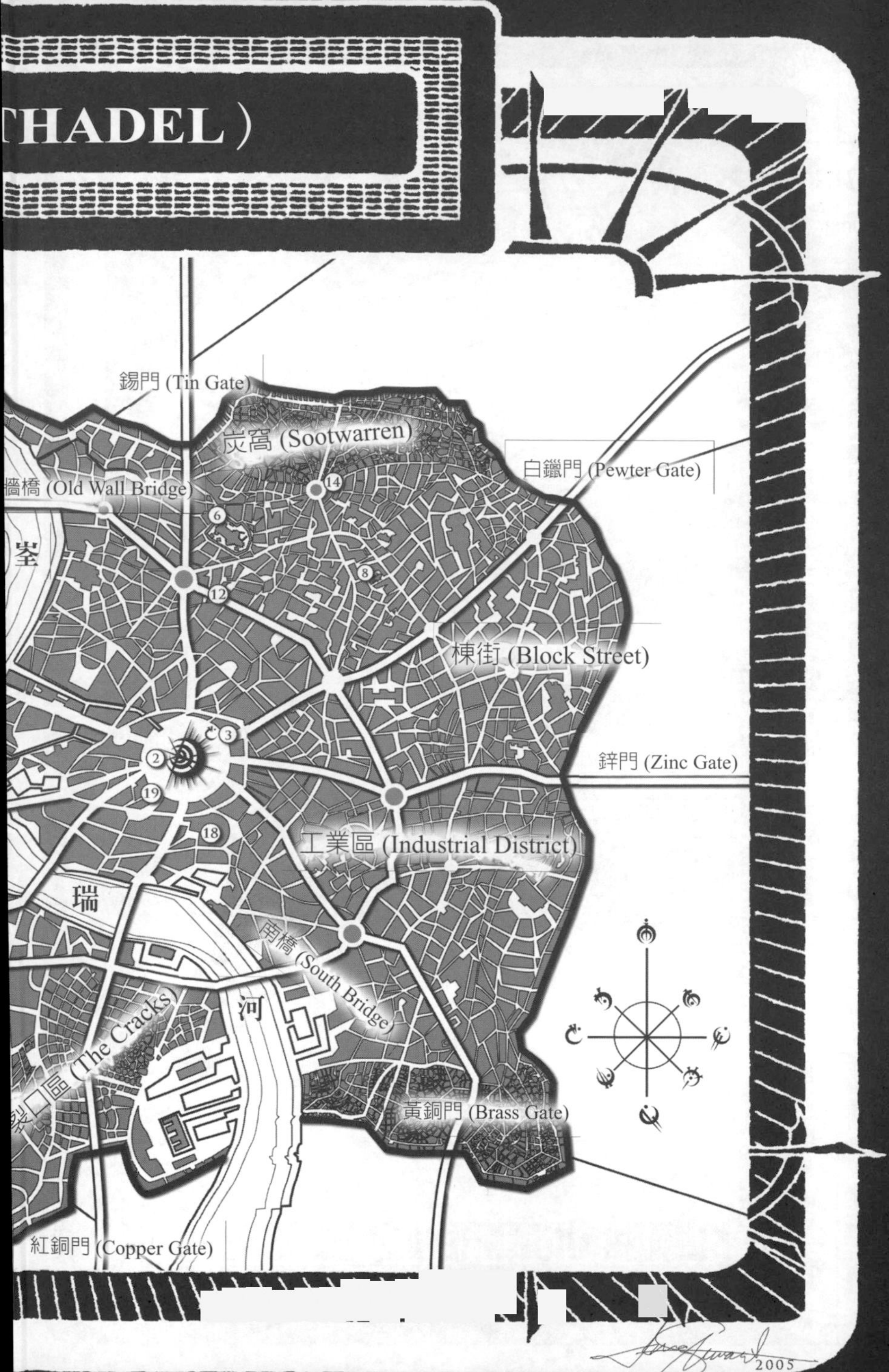
THADEL)
錫門 (Tin Gate)
炭窩 (Sootwarren)
白鑞門 (Pewter Gate)
牆橋 (Old Wall Bridge)
14
6
8
12
棟街 (Block Street)
3
2
19
18
鋅門 (Zinc Gate)
工業區 (Industrial District)
瑞
南橋 (South Bridge)
河
裂口區 (The Cracks)
黃銅門 (Brass Gate)
紅銅門 (Copper Gate)
2005

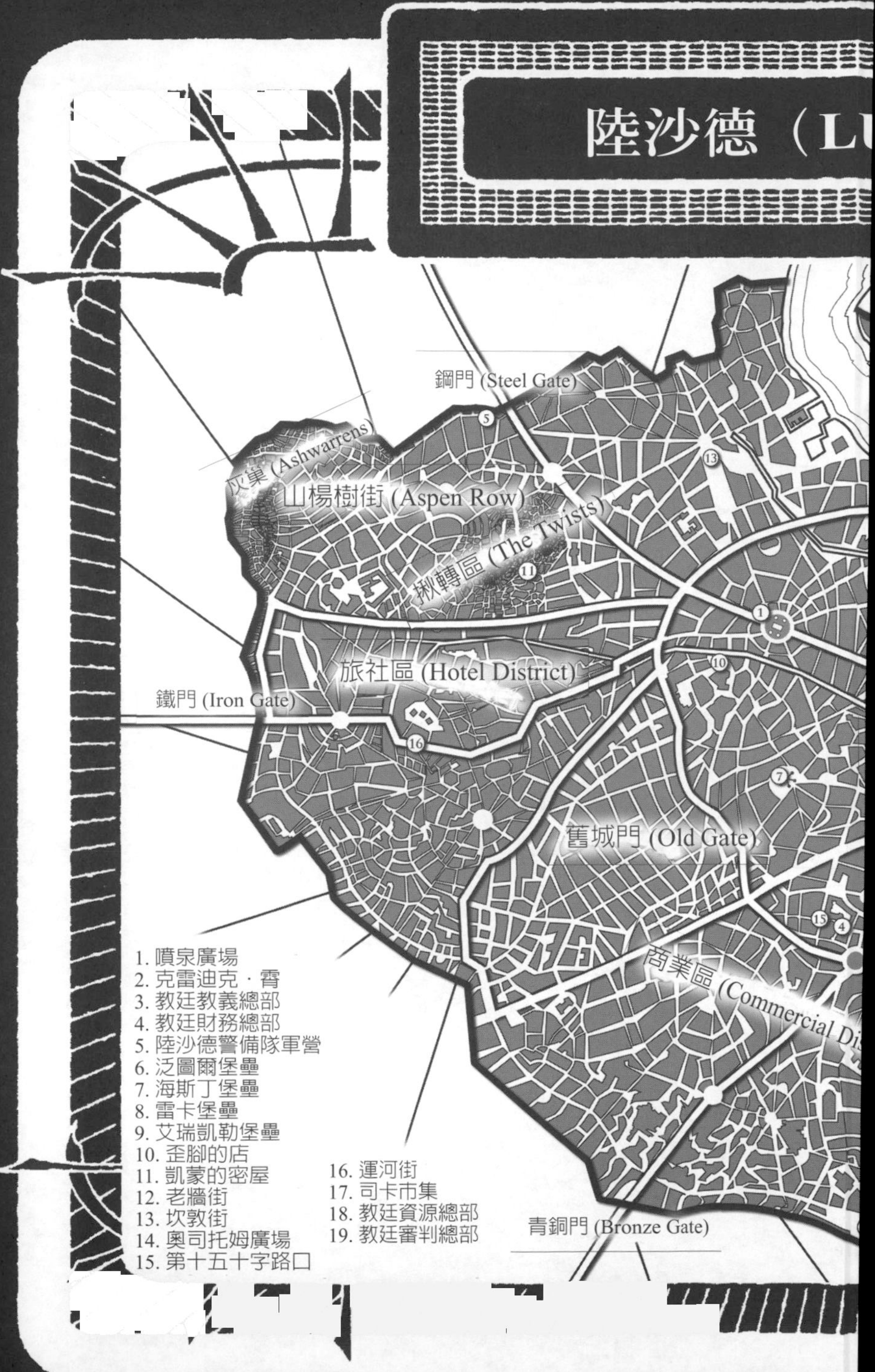
陸沙德（LU
鋼門 (Steel Gate)
灰巢 (Ashwarrens)
山楊樹街 (Aspen Row)
揪轉區 (The Twists)
旅社區 (Hotel District)
鐵門 (Iron Gate)
舊城門 (Old Gate)
商業區 (Commercial Di
青銅門 (Bronze Gate)
1. 噴泉廣場
2. 克雷迪克・霄
3. 教廷教義總部
4. 教廷財務總部
5. 陸沙德警備隊軍營
6. 泛圖爾堡壘
7. 海斯丁堡壘
8. 雷卡堡壘
9. 艾瑞凱勒堡壘
10. 歪腳的店
11. 凱蒙的密屋
12. 老牆街
13. 坎敦街
14. 奧司托姆廣場
15. 第十五十字路口
16. 運河街
17. 司卡市集
18. 教廷資源總部
19. 教廷審判總部

楔子

有時候，我擔心自己不是眾人認定的英雄。

哲人們不斷說服我，命運的時刻已然來到，所有徵象均已顯現，但我仍然懷疑，也許他們弄錯人了。這麼多的人都仰仗我，他們說我會一肩扛下整個世界的未來。

如果他們知道，他們的守護者——世紀英雄，他們的救世主——懷疑自己的能力，他們會怎麼想？說不定他們根本不會感到意外。某種程度而言，這也是我最擔心的事情。

也許，在他們的心裡，他們也在質疑——像我一樣。

當他們看著我時，雙眼是否看到了騙子？

灰燼從天空落下。

特雷斯廷大人皺眉，抬頭望著滿是紅光的正午當空，僕人立刻趕上前來，為他和他尊貴的客人們打起陽傘。在最後帝國（The Final Empire）之中，灰燼其實還頗常飄落，特雷斯廷期望身上遠從陸沙德的渡船剛送來的簇新長外套和紅背心能避免沾上髒污，幸好，風不大，陽傘應該可以奏效。

特雷斯廷和他的賓客一起站在山坡上可眺望田野的小平台，好幾百名穿著咖啡色外罩服的人正在不斷落下的灰燼間工作、照料莊稼，動作遲緩笨重。司卡（Skaa）向來如此，這些農夫根本是一群好吃懶做、不事生產的傢伙。他們當然不會抱怨，人再笨也有一個限度；只是，他們總是低著頭，毫無情緒地靜靜工作，工頭偶爾掃來的鞭子會強迫他們專注行動一陣子，但只要工頭一走，他們又會開始偷懶。

特雷斯廷轉向跟他一起站在山坡上的男子。「這實在很讓人費解，」他評論著。「他們在農地裡已經工作一千年了，怎麼還學不會比較有效率地工作？」

聖務官轉身，挑起眉毛，似乎故意要強調他最明顯的特徵，亦即眼睛周圍那繁複的刺青。刺青範圍相當大，一路覆蓋到他的額頭和鼻梁兩側。這是一名正式的聖祭司，所以絕對是一名很重要的聖務官。特雷斯廷在他的宅邸中也有自己私人的聖務官，但他們只不過是小辦事員，眼睛周圍幾乎沒什麼標示。這個人是跟特雷斯廷的新外套一起搭渡船來的。

「你應該去城裡看看，特雷斯廷。」聖務官說道，轉回身去看司卡工人。「這些人跟陸沙德的司卡們比起來已經相當努力了。你對於你的司卡有比較……直接的控制。你一個月大約損失多少？」

「大概半打吧。」特雷斯廷說道。「有些是被打死，有些是累死的。」

「逃走的呢？」

「從來沒有！」特雷斯廷回道。「我剛從我父親那裡繼承這塊領地時，是有幾個逃跑的，但我把他們的家人都處決了，剩下的很快就死心。我不能理解爲什麼有人無法管理自己的司卡——我覺得他們很好控制，只要手腕強硬點就可以。」

聖務官點點頭，身著灰袍的身影靜靜地站著。他看起來很滿意——這是件好事。司卡並不眞的是特雷斯廷的財產，因爲所有的司卡都屬於統御主（Lord Ruler）。特雷斯廷只是向神租借工人，就像他必須出錢聘僱他的聖務官一樣。

聖務官低頭瞄了瞄懷錶，然後再抬頭看看天空。雖然有灰燼落下，今天的陽光仍然相當燦爛，在空中灰濛濛的黑霧後散發燦爛的紅光。特雷斯廷拿出手帕抹抹額頭，滿意陽傘遮蔽了正午的熱力。

「好吧，特雷斯廷。」聖務官說道。「我會照你的要求將你的提議呈給泛圖爾大人，並針對你在這裡的營運向他提出一份正面的報告。」

特雷斯廷壓下一口安心的嘆息。貴族間所有的契約或商業交易都需要一名聖務官的見證。雖然特雷斯廷僱用的低階聖務官也可以擔任這份職務，但能讓史特拉夫・泛圖爾的聖務官留下好印象更有意義。

聖務官轉身面向他。「今天下午我會走水路離開。」

「這麼快就走？」特雷斯廷問道。「能否留下來共進晚餐？」

「不了。」聖務官回答。「不過，我另有一件事要跟你討論。我不僅是應泛圖爾大人的指示而來，更是要爲審判廷查證一些事情——有傳言說你喜歡跟司卡婦女往來。」

特雷斯廷感到一陣寒顫竄起。

聖務官微笑，他大概是想要讓特雷斯廷安心，但看在後者的眼裡只覺得詭異。「不要擔心，特雷斯廷。」聖務官說。「如果對你的行爲眞的有疑慮，來的人會是鋼鐵審判者。」

特雷司廷點點頭。審判者。他從來沒見過那些毫無人性的傢伙，但他聽說過一些……傳言。

「關於你和司卡婦女的行爲，我已經得到滿意的答案。」聖務官說完，轉身面對農田。「我在這裡的所見所聞顯示你是個會爲自己善後的人。像你這樣有效率、有產值的人，在陸沙德頗有發展的潛力；再努力幾年，多幾筆成功的商業交易，看看會發生什麼事情。」

聖務官背對著特雷斯廷，後者露出了笑容。這不是承諾，甚至不是支持。通常聖務官的身分多偏向辦事員跟見證人，而非祭司——但能聽到統御主的僕人給予如此的讚美……特雷斯廷知道有些貴族覺得聖務官讓人很不安，有些甚至覺得他們是種多餘。但在此時此刻，特雷斯廷幾乎想親吻他尊貴的客人。

特雷斯廷轉身面向司卡，看著他們安靜地在血紅色的太陽和懶洋洋的灰燼雪花下工作。特雷斯廷一直是個鄉村貴族，住在自己的農莊上，夢想著也許有一天能搬入大城市陸沙德。他聽說過城內的舞會、派對，豪奢的生活以及詭譎的計謀，全部都讓他興奮至極。

我今天晚上得慶祝慶祝，他心想。第十四小屋中有個他注意了一段時間的年輕少女……

他再次微笑。聖務官方才說「再努力幾年」，但如果更努力一點，是否能加快速度呢？他的司卡人數最近增加了，如果他逼得更緊一點，也許今年夏天能多收割一次，加速履行和泛圖爾大人的契約。

特雷斯廷點點頭，看著那群懶惰的司卡，有些拿著鋤頭在工作，有些則是跪在地上，將灰燼從剛露頭的農作物上撥開。他們不抱怨，他們不盼望，他們甚至不太敢思考。世事本應如此，因爲他們是司卡，他們——

其中一名司卡抬頭，讓特雷斯廷渾身一僵。那男子與特雷斯廷對望，神情間跳動著一抹，不對，是一簇反抗的光芒。特雷斯廷從來沒有在任何一個司卡的臉上看過這種表情。他反射性地後退一步，更令他驚詫的是，那名抬頭挺胸的奇特司卡依然不放開他的視線，然後還微笑。

特雷斯廷轉過頭喝斥，「庫敦！」

壯碩的工頭衝上山坡。「什麼事，大人？」

特雷斯廷轉身，指著……

他皺眉。那個司卡原本站在哪裡？他們全都頭低低地工作，身體沾滿了灰燼跟汗水，實在很難分辨出誰是誰。特雷斯廷頓了頓，仔細搜尋。他以爲他知道那人原本站的位置……但如今那裡空空如也，毫無一人。

不對。不可能的。那個人不可能這麼快就從人群中消失。他跑到哪裡去了？他一定還在某處，回去乖乖低頭工作，可是他那明顯反抗的瞬間仍是不可原諒的。

「大人？」庫敦再次問道。

聖務官站在一旁，好奇地看著。讓他知道有司卡居然這麼大膽犯上可不是好事。

「讓南邊的司卡再加把勁。」特雷斯廷命令，指著那邊。「就算是司卡，那樣的動作也太慢呑呑了，挑幾個去打一頓。」

庫敦聳了聳肩，但點點頭。這樣就要打人實在沒什麼道理，但他打人也不需要什麼理由。

畢竟，他們只是司卡。

凱西爾（Kelsier）曾聽過那段傳說。

他聽過人們悄聲低語。曾經，很久以前，太陽不是紅色的。曾經，天空沒有被煙霧和灰燼遮蔽，植物不需要掙扎才得以生長，司卡不是奴隸。曾經，沒有統御主。但那些日子已經快要被遺忘，就連傳說都變得破碎模糊。

凱西爾望著太陽，視線追隨著緩緩朝西方天空移動的巨大紅盤。他獨自一人，靜靜地在空曠的農田間站立許久。一天的工作結束，司卡被趕回了自己的小屋。

很快地，濃霧將要來襲。

終於，凱西爾嘆口氣，轉身穿過溝道和小徑，繞過大堆的灰燼，也避免踩到植物。不過他不知道爲什麼還需要這樣大費周章，那些農作物看起來根本不値得花這些力氣，它們垂頭喪氣地拖著枯黃的葉子，看起來跟照料它們的人一樣抑鬱。

司卡小屋群佇立在黯淡的光線下，凱西爾已經可以看到霧氣開始凝聚，遮蔽天空，讓圓堆形的建築物增添一分超現實的朦朧感。小屋周圍沒有守衛，根本不需要，因爲一到夜晚，不會有司卡敢跑出來。

他們對濃霧的恐懼太過強大。

總有一天我得教他們克服這份恐懼，凱西爾邊走向其中一間較大的建築物邊想。事情總得一步一步慢慢來，他拉開大門，走了進去。

交談聲立刻停止。凱西爾關上門，露出微笑，面對將近三十名司卡。房子中央的篝火微弱地燃燒，旁邊的大鍋中裝著蔬菜點綴的清水——這是晚餐的開始。湯的味道當然是很平淡的，但香味還是頗爲誘人。

「大家晚安。」凱西爾帶著微笑說道。他將背包放在腳邊，倚著門說：「你們今天好嗎？」

他的話語打破沉默，婦女們重新開始準備晚餐，可是一群坐在簡陋桌子邊的男人帶著不滿的神情看著凱西爾。

「我們的日子充滿了工作，旅人。」其中一名司卡長老泰伯說道。「你卻躲掉了這種事情。」

「務農一直不太適合我，」凱西爾說，「那對我細緻的皮膚損害太大了。」他微笑，舉起雙手跟手臂，一層又一層的細微疤痕布滿覆蓋了全部的皮膚面積，好像有某種野獸反覆將爪子在他手臂上來回劃抓過一般。

泰伯哼了哼。以長老而言，他還很年輕，大概才剛滿四十歲，頂多比凱西爾大個五歲，但那瘦子的肢體語言顯示他是喜歡握有主控權的人。

「這不是說笑的時候。」泰伯嚴正說道。「當我們收留一名旅人時，我們認爲他會安分守己，避免懷疑。但當你今天早上從農田中逃走時，你可能會爲周遭的人引來一陣鞭打。」

「是的。」凱西爾說道。「但那些人也可能會因爲站錯地方，在原地停留過久，或是工頭經過時咳嗽而被鞭打。我曾經看過某個人被主人鞭打的原因是他『眨眼不當』。」

泰伯瞇起眼睛，身體僵直，手臂靠在桌面上，表情毫無軟化的跡象。

凱西爾嘆口氣。「好吧。如果你們要我走，我就走。」他將包袱甩過肩頭，毫不在乎地拉開大門。

濃霧立刻從門口湧入，懶洋洋地裹上凱西爾的身體，再宛如遲疑的動物偷偷摸摸溜過泥地般，聚集在地上。數人驚恐地倒抽一口氣，其餘大多數則是驚駭到發不出聲音。凱西爾動也不動地望著門外的黑霧，那片翻滾的波動被微弱的篝火隱約點亮。

「把門關上。」是泰伯的請求，而非命令。

凱西爾依言照做，闔上門，阻絕了地面上的白霧。「那片霧不是你們以爲的那樣，你們過分害怕了。」

「膽敢深入霧中的人會失去他們的靈魂。」一名女子悄聲說道。她的話語引起一道疑問。凱西爾曾經走入霧中嗎？那他的靈魂怎麼了？

答案恐怕是妳做夢都想不到的，凱西爾心想。「好吧，這意謂著我得留下來。」他揮手要一個男孩端把凳子給他。「這是好事——如果我還沒來得及跟你們分享外界的消息就得走，那就可惜了。」

一聽到這話，許多人臉上都泛出喜色。這是他們容忍他來此的眞正原因——這正是爲何怯懦的農夫會收容像凱西爾這種反抗統御主、忤逆神的旨意，來去在不同的莊園之間的司卡。也許他是叛徒，會爲所有人帶來危險——但同時也帶來了外界的資訊。

「我從北方來，」凱西爾說。「在那裡，統御主的掌控較不顯著。」他以清澈的嗓音說道，人們手中的工作絲毫未停歇，身體卻不自覺地朝他靠攏。明天他的話會重複傳給住在其他小屋中的數百人。司卡也許天性習慣服從，但八卦也是他們的本性之一。

「西方是由當地領主在統治，他們離統御主及其聖務官極遠。有些遠處的貴族發現，快樂的司卡比被虐待的司卡更有生產力。其中有個雷弩大人甚至命令他的工頭們不得擅自鞭打司卡，還有傳言說他在考慮要付薪水給他的農莊司卡，好比他們是城裡的工匠一樣。」

「胡說八道。」泰伯回應。

「眞是抱歉。」凱西爾說。「我不知道泰伯先生最近去過雷弩大人的領地。你上次跟他一起用餐時，他是否跟你說過一些我不知道的事？」

泰伯臉上一陣紅。司卡不會旅行，更不會跟貴族同桌吃飯。「你把我當笨蛋，旅人。」泰伯說。「但我知道你在做什麼。你就是被他們叫做『倖存者』的人，你手臂上那些疤痕早已暴露你的身分。你到處都在惹麻煩，來往於莊園間，引發不滿。你吃我們的食物，大肆吹噓你那些華麗的故事跟謊言，然後又消失不見，留下我這種人收拾你帶給孩子們的虛幻希望。」

凱西爾挑起眉毛。「好了好了，泰伯先生。」他說道。「你完全多慮了。我並不打算吃你們的食物，我自己帶來了。」說完，凱西爾便將背上的包袱甩落到泰伯桌前的地上。鬆軟的袋子傾向一旁，各式各樣的食物灑落滿地，精緻的麵包、水果，甚至有幾條粗粗的煙燻香腸滾了出來。

一顆夏果滾過硬泥地，輕輕地碰上泰伯的腳邊。中年司卡以震驚的眼神看著水果。「那是貴族的食物！」

凱西爾一哼。「哪算得上啊。說實在的，以一名這麼有權有勢的貴族而言，你們家特雷斯廷大人的品味還眞差。他的食櫥簡直是污衊了他的高貴地位。」

泰伯臉色刷得更白。「你今天下午原來是去了那裡。」他低聲道。「你進了大屋，你……偷了主人的東西！」

「沒錯。」凱西爾說道。「雖然你們家主人對食物的品味簡直是差勁透頂，但他挑選士兵的眼光可是好了太多，白天要溜入他的宅邸還蠻有挑戰性的。」

泰伯仍然目不轉睛地盯著那袋食物。「如果被工頭發現了……」

「那我建議你們趕快讓它們消失。」凱西爾說，「我敢打賭這會比稀釋的法雷湯好吃很多。」

二十四雙飢餓的眼睛盯著食物。如果泰伯還想爭論，那他已錯失良機，因爲大家把他的沉默視爲同意。數分鐘內，袋子裡的食物已經被檢視、分配完畢，爐火上的湯鍋逕自翻騰卻無人問津，所有的司卡正忙著品嚐更爲稀奇的食物。

凱西爾背靠著小屋的木牆，看著眾人狼吞虎嚥。他說得沒錯：食櫥裡的食材簡直是普通得可憐，但這些人從小就沒吃過清湯跟稀粥以外的食物。對他們而言，麵包跟水果是很稀有的珍饈——通常只有在大屋內的僕人把不新鮮的食物丟出來時才吃得到。

「你的故事被打斷了，年輕人。」一名年紀大的司卡說道，一拐一拐地走到凱西爾身邊的凳子坐下。

「我覺得等一下有的是時間。」凱西爾回道。「先等我的贓物被徹底消滅再說。你一點都不想吃嗎？」

「不需要。」老人說道。「我上次試吃大人們的食物後，肚子痛了三天。新口味就像新想法，年紀越大，越難下嚥。」

凱西爾頓了頓。老人看起來一點也不起眼，乾枯的皮膚和光頭讓他看起來比實際上更衰老，但他一定遠比外表來得強壯，少有莊園的司卡能活到這個歲數。許多貴族不允許司卡老人免除每日的勞動在家休養，但司卡經常遭受的鞭打讓老人們更難以承受。

「你剛剛說你叫什麼名字？」凱西爾問道。

「曼尼斯。」

凱西爾朝泰伯瞥了一眼。「曼尼斯先生，請回答我一個問題。你爲什麼讓他當領導人？」

曼尼斯聳聳肩。「到我這把年紀，得十分計較每分力氣要用在哪裡，有些戰爭實在不值得。」曼尼斯的眼神意味深長，說的不只是他跟泰伯之間的鬥爭。

「所以你對這一切很滿意？」凱西爾問道，朝小屋中餓得半死不活，累得不成人形的住民們點點頭。「你安於充滿鞭打和無盡勞役的人生？」

「至少我還活著。」曼尼斯說道。「我知道不滿和反抗會帶來什麼樣的代價。統御主的注視和鋼鐵教廷的著惱遠比鞭打來得可怕。像你們這樣的人總是在號召改變，但我不知道這是否眞是一場我們能打的戰役。」

「你已經在其中了，曼尼斯先生。你只是輸得一敗塗地而已。」凱西爾聳聳肩。「但我又算老幾？我只不過是一個流浪漢，來這裡吃你們的食物，朝你們的年輕人吹噓而已。」

曼尼斯搖搖頭。「你把這當笑話說，但泰伯說得可能沒錯，我擔心你的造訪會讓我們飽受其害。」

凱西爾微笑。「這就是爲什麼我沒有反駁他，至少就我是惹麻煩的人這點而言。」他頓了頓，然後露出更深沉的笑容，「其實，從我來到這裡以後，泰伯只說對了一件事——我是惹麻煩的人。」

「你是怎麼辦到的？」曼尼斯皺眉問道。

「辦到什麼？」

「一直這樣微笑。」

「噢，因爲我是個天性樂觀的人啊。」

曼尼斯低頭看著凱西爾的雙手。「你知道嗎？我只在另一個人身上看過這種疤痕。他是個死人。他的屍體被帶回來給特雷斯廷大人，證明他的處罰被確實執行過。」曼尼斯抬頭望著凱西爾。「他在鼓吹反動時被逮到。特雷斯廷把他送去海司辛深坑，讓他在那邊工作至死。那小伙子沒撐過一個月。」

凱西爾低頭看著自己的雙手和前臂，傷痕偶爾還是會灼痛，但他確定那份痛楚只出現在他腦海中。他抬頭看著曼尼斯微笑，「你問我爲何會微笑嗎，曼尼斯先生？原因是統御主以爲他獨佔了笑聲和喜悅，我不願意放任他這麼做。這是一場花不了多少力氣的戰爭。」

曼尼斯直盯著凱西爾，有一瞬間凱西爾以爲老人也要對他報以微笑，但曼尼斯最後只是搖搖頭。「我不知道。我眞的不——」

尖叫聲打斷他。聲音來自外面，也許來自北邊，但濃霧會扭曲聲音的來源。小屋內的人都安靜了下來，聽著隱約高亢的喊叫。即使距離遙遠，中間又隔著迷霧，凱西爾仍然能聽到尖叫中蘊含的痛苦。

凱西爾讓體內的錫燃燒。

練習多年以後，這對他而言已經是易如反掌。之前吞下的錫和其他鎔金術金屬靜靜地躺在他的胃裡，等待他的召喚。他以意識探入體內，輕觸錫，引出他仍然不完全明瞭的力量。錫在他體內活躍起來，像是太快吞下的熱飲在他腹中燃燒一般。

鎔金術的力量竄過他全身，增強他的五官。房間的周遭變得更清晰，昏暗的篝火幾乎是刺目，他可以感覺到臀部下方凳子的木紋，口中仍然可以嚐到他之前偷吃的麵包點心味道，更重要的是，他能以超人能耐的耳力聽到尖叫聲。

有兩個人在大喊。一個是較爲年長的女人，另一名是個更年輕的女人——也許是小孩。年輕的尖叫聲越來越遠。

「可憐的潔絲。」附近的婦女說道，語音在凱西爾增強的聽力中迴蕩。「她那個小孩簡直是詛咒，司卡生的小孩最好都不要長得太好看。」

泰伯點點頭。「特雷斯廷大人早晚都會把那女孩要去的。我們都知道，潔絲也知道。」

「不過還是很令人難過。」另一名男子說道。

遠方的尖叫聲仍未止歇。凱西爾靠著燃燒錫得以正確判斷尖叫聲來自何方。她的聲音正逐漸朝貴族的大屋移動。他心中某種情緒被尖叫聲觸動，感覺自己的臉正隨著憤怒而逐漸漲紅。

凱西爾轉身。「特雷斯廷大人事後會把這些女孩送回家嗎？」

老曼尼斯搖搖頭。「特雷斯廷是名守法的貴族——幾個禮拜後就會叫人把女孩殺死，他不想引起審判者的注意。」

這是統御主的命令。他不能容許混血小孩亂跑——那些小孩可能會擁有司卡被禁止知曉存在的力量……

尖叫聲逐漸轉弱，凱西爾的憤怒反而直線上升。女孩的喊叫讓他想起另一人的尖叫。過去某個女人的尖叫。他猛然站起，凳子砰的一聲倒地。

「小心點，小伙子。」曼尼斯憂心地說道。「記住我方才所說關於浪費力氣的那番話。如果你今天晚上就送了性命，你的造反就永遠不會發生。」

凱西爾瞥向老人，罔顧尖叫聲和痛苦，他硬是逼出一抹微笑。「我不是來這裡要你們造反的，曼尼斯先生。我只想稍微搗亂一下。」

「那有什麼用？」

凱西爾的笑容加深。「新的日子要來臨了。再活得久一點，你也許可以看到最後帝國將發生的大事。謝謝各位的款待。」

說完，他便拉開大門，踏步走入迷霧中。

曼尼斯直到清晨時分仍未闔眼。年紀越大，似乎越難入眠，尤其是當他心中掛念著事情——例如旅人沒有回到小屋裡。

曼尼斯希望凱西爾會突然清醒，決定繼續上路，但那似乎不太可能。他看見了凱西爾眼中的火焰。從深坑中歷劫歸來的人居然要死在這個名不見經傳的小莊園，只爲了保護一名所有人都認爲必死無疑的女孩，實在太可惜。

特雷斯廷大人會怎麼反應？據說他對於任何打擾他夜間享樂活動的人都特別嚴酷。如果凱西爾打斷主人找樂子，大人很可能會決定要讓他與其他的司卡一起連帶受罰。

其他的司卡開始陸續醒來。曼尼斯躺在堅硬的泥土地上——骨頭發疼，背部不斷抗議，渾身肌肉疲憊不堪——試圖決定是否眞的要起床。隨著日子過去，他越來越靠近放棄。每天每天，都要比前一天更困難一些。總有一天，他會在小屋中躺著不動，等著工頭來殺死那些病得太重或老得無法工作的人。

可是不是今天。他在其他司卡眼中看到太多恐懼，他們知道凱西爾的夜間行動會帶來麻煩。他們需要曼尼斯，他們仰賴他。他必須起身。

於是，他站起來。一開始走動，歲月帶來的痠疼也稍稍減緩，他勉強走出了小屋，走向農田，靠在一名年輕人的身上支撐自己。

此時他才聞到空氣中的味道。「那是什麼味道？」他問道。「你聞到了煙味嗎？」

束姆——曼尼斯靠著的小伙子——停下腳步。夜晚殘存的白霧被陽光烤乾，紅色的太陽正從黑濃的雲朵之後升起，一如往常。

「我最近一直都聞到煙味。」束姆說道。「灰山在這個季節向來活動頻繁。」

「不對。」曼尼斯說道，越發覺得不安。「這味道不一樣。」他轉向北方，面向一群司卡聚集的地方，放開束姆，朝人群蹣跚前進，邊走邊揚起塵土和灰燼。

在人群中央，他看到潔絲，而她的女兒——他們都以爲被特雷斯廷大人帶走的女孩——正站在她身邊。年輕女孩的雙眼因缺乏睡眠而紅腫，但看起來安然無恙。

「他們把她抓走不久後，她就回來了。」女人正在解釋。「她回來後一直敲門，在霧中不斷大喊。雖然富倫很確定只是霧魅假裝的，可是我得讓她進屋裡來！我不管他說什麼，我不會放棄她。我帶她站到陽光下，但她沒有消失。這證明她不是霧魅！」

曼尼斯跌跌撞撞地從逐漸擴大的人群間脫身。他們都沒發現嗎？沒有工頭來驅散人群，沒有士兵來進行每天早上例行的人數統計。出大事了。曼尼斯繼續朝北移動，慌亂地朝大屋前進。

他終於到達時，其他人也注意到晨光中勉強可見的扭曲細霧。曼尼斯不是最早抵達小丘頂上平坡的人，但一見他走來，人群立刻爲他讓出一條路。

大屋不見了。只剩下一道焦黑、冒煙的疤痕。

「統御主啊！」曼尼斯低喊。「這裡發生了什麼事？」

「他把所有人都殺了。」

曼尼斯轉身。發話的是潔絲的女兒。她站在山坡上，低頭看著塌陷的房屋，年輕的臉上露出滿意的表情。

「他把我帶出來時，他們已經死了。」她說道。「所有人——士兵、工頭、貴族……都死了，連特雷斯廷大人跟他的聖務官們都是。嘈雜聲一開始時，主人從我身邊離開，去探查發生了什麼事。我出來的時候，看到他躺在血泊中，胸口有刺傷，救我的人帶我離開時朝屋子丟了一支火把。」

「那個人……」曼尼斯開口。「他的雙手跟手臂上都有疤痕，一路延伸到手肘上方？」

女孩無聲地點點頭。

「他是什麼樣的惡魔啊？」一名司卡不安地低語。

「霧魅。」另一個人低聲說道，顯然忘記凱西爾白天跟他們一起工作過。

但他的確走入霧中，曼尼斯心想。而且，他是怎麼辦到這種事的？特雷斯廷大人手下有二十幾名士兵啊！凱西爾難道也有一群藏身起來的反叛份子嗎？

凱西爾昨夜的話仍然盤桓在他耳邊。新的日子要來臨了……

「但是我們要怎麼辦？」泰伯驚恐萬分地說道。「統御主聽到這件事以後會怎麼樣？他會以為是我們做的！他會把我們送到深坑裡去，或者直接派克羅司怪物把我們全數殺死！那個惹麻煩的傢伙為什麼要做這種事？他不瞭解他闖了多大的禍嗎？」

「他懂。」曼尼斯說道。「他警告過我們，泰伯。他是來惹麻煩的。」

「可是，為什麼？」

「因為他知道只憑我們自己是絕對不會反抗的，所以他讓我們別無選擇。」

泰伯臉色一白。

統御主，曼尼斯心想。我辦不到，我連要起床都很勉強——我無法拯救這些人。

但是，還有什麼選擇？

曼尼斯轉身。「把所有人召集起來，泰伯。我們必須趁這場災難還沒傳到統御主耳中之前逃走。」

「去哪裡？」

「去東邊的山洞。」曼尼斯說道。「旅人們都說有反叛司卡躲在那裡，也許他們會收留我們。」

泰伯的臉更白了。「可是……我們得走好幾天，還得在霧中過夜。」

「我們可以這麼做，」曼尼斯說道。「或是留在這裡等死。」

泰伯全身僵硬地站在原地片刻，曼尼斯以為他因為接踵而來的震驚而崩潰，但年輕人終究還是依照他的命令去召集所有人。

曼尼斯嘆口氣，抬頭看著蜿蜒的煙霧，心中低聲詛咒凱西爾那個人。

什麼鬼新日子。

PART I

海司辛倖存者

The Survivor of Hathsin

我自認是個有原則的人，但誰不是如此？就連殺手在某種程度上也自認自己的行爲是符合「道德」標準的。也許閱讀我的日記的人將會稱我爲暴君。他可能說我驕矜自大。誰能說他的意見不若我的正確呢？

我想，說到底只有一件是事實：最後，掌握兵權的人是我。

1

灰燼從天空落下。

紋（Vin）看著薄軟的碎片在空中飄蕩，晃晃，悠悠，自由自在。一團團煤灰像是黑色的雪花般落在黑城陸沙德上，飄浮在街角，順著微風吹拂飛散，在石板路面上形成小漩渦打轉，看起來似乎無憂無慮。不知道那是什麼感覺？

她靜靜地坐在窺視洞邊——一個隱藏鑲嵌在密屋磚牆上的凹室。躲在凹室裡面，成員們可以監視外界是否有危險。紋並不是在當班，只不過窺視洞是她少數得以獨處的地方之一。

紋喜歡獨處。當妳一個人時，不會有人能背叛妳。瑞恩說的。她的哥哥教了她很多事，然後實現他的承諾以強調他的話——背叛她。這樣妳才學得會。任何人都會背叛妳，紋。任何人。

灰燼繼續落下。有時候紋想像自己就像灰燼，或像風，或像霧。沒有思考能力的生物，能夠單純地存在，不需要思考、在乎、傷心。如此一來，她就能……自由。

不遠處傳來腳步拖地的聲音，小房間後方的活板門猛然被打開。

「紋！」烏雷的頭探入房間說道。「原來妳在這裡！凱蒙找妳半個小時了。」

所以我才要躲在這裡啊。

「妳應該快點去。」烏雷說道。「快到要動手的時候了。」

烏雷是個高瘦的男孩。其實算是個好人——不過有點天眞，如果在地下世界長大的人眞能夠被稱爲「天眞」的話。當然，這不代表他不會背叛她。背叛與友情無關，只不過是單純的生存法則。在街上討生活的日子很艱辛，如果一個司卡小偷不想被逮捕和處決，就得實際一點。

冷酷無情是最實際的情緒。

這也是瑞恩的名言之一。

「怎麼了？」烏雷問道。

「妳該去的，凱蒙生氣了。」

他什麼時候不生氣？可是紋仍然點點頭，半爬半跌地爬離狹窄卻令人安心的窺視洞。

她推開烏雷，跳出活板門，步入走廊，然後走入一個破舊的食物儲藏間。這是眾多儲藏室之一，因爲密屋僞裝成店面，集團的基地本身則是隱藏在建築物下方的石頭通道地窖。

她從後門溜出屋子，烏雷緊跟在她身後。出任務的地點就在幾條街之外，屬於城中比較富裕的區域。任務相當繁瑣——是紋所看過最複雜的一件。如果凱蒙沒被抓到，那眞的可能大撈一筆。如果他被逮住……雖然欺騙貴族跟聖務官本來就是件非常危險的工作，但總比在冶鐵廠或紡織廠工作來得好。

紋走出小巷，轉進眾多司卡貧民窟中一條滿是小套房的街道。病到無法工作的司卡倒縮在轉角跟水溝裡，灰燼在他們身邊飄落。紋低著頭，拉起斗篷的遮帽，抵擋那不斷飄落的灰燼。

自由。我永遠無法自由。瑞恩離開時確保了這點。

「妳終於來了！」凱蒙舉起一隻短肥的手指，朝她的方向一戳。「妳跑到哪裡去了？」

紋沒讓眼中出現憎恨或反抗的情緒，只是低著頭，擺出凱蒙預期會看到的姿態。堅強的方式有很多種，這是她親自學到的一課。

凱蒙輕聲咆哮，反手一掌揮上她的臉，力道大得讓紋撞上牆，她的臉頰因痛楚而灼熱，軟癱在木牆邊，卻硬是一語不發地忍了下來。只不過是瘀青而已。她夠堅強，撐得過去，一如往常。

「妳給我聽好了，」凱蒙陰狠地說道。「這次的行動很重要，值上一千盒金——比妳要寶貴不知幾百倍。我絕對不容許妳把事情搞砸，聽清楚了沒有？」

紋點點頭。

凱蒙盯著她片刻，臉龐因怒氣而漲紅，良久後才別過頭，低聲喃喃自語地咒罵著。他心情不好，但不是因爲紋。也許是因爲他聽說了幾天前在北邊發生的司卡反叛行動。賽摩斯·特雷斯廷，一名鄉區領地的領主據稱遭到殺害，宅邸被焚燒殆盡。這類的動亂會影響生意，讓貴族們更警覺、更難騙，因此連帶會嚴重影響凱蒙的收入。

*他在找出氣的對象，*紋心想。*每次動手之前他都會緊張。*她看著凱蒙，嚐到嘴唇上的鮮血。一不注意，臉上微微顯露出自信的神色，引得他從眼角瞥她，臉色一沉，又舉起手，似乎打算再賞她一巴掌。

紋用了一點她的「幸運」。

她只用了一丁點兒，因爲等一下的工作會需要用到大部分。她將「幸運」朝凱蒙施放，舒緩他的緊張。頭子動作一停，雖然不知道紋做了什麼，卻仍然感覺得到其效力。他站在原地片刻，然後嘆口氣，背轉過身且放下了手。

紋擦擦嘴唇，看著凱蒙笨重的身軀搖搖晃晃地離開。竊賊老大的貴族裝扮看起來相當有模有樣，是紋看過最華貴的服裝——一件雪白的襯衫，外面套著深綠色的外套，上面是雕金的釦子，黑色大衣外套有著時下流行的長襬，頭上則戴著一頂搭配的黑帽，手上的戒指熠熠生輝，他甚至握著一柄精緻的決鬥杖。的確，凱蒙在模仿貴族方面是相當出色的，少有竊賊能像他如此擅長扮裝，不過他的脾氣仍是個大問題。

房間本身就顯得較爲遜色。趁著凱蒙正在罵別人的同時，紋撐著牆站起身。他們租了一間當地旅館的上層套房，不是太奢華，但正合他們的目的。凱蒙要扮演的角色是「傑度大人」，一名遭遇到財務困難的鄉村貴族，前來陸沙德做最後的掙扎，想得到幾紙合約。

主房被裝飾成會客廳，有張大桌子讓凱蒙坐在後方，牆上則掛著廉價畫作，兩名男子站在書桌旁，穿著正式的侍者服裝，假扮成凱蒙的男僕。

「爲什麼這麼吵鬧啊？」一名走入房間的男子問道。他很高，穿著一件簡單的灰色襯衫和一條輕便的軟褲，腰間綁著一把窄劍。賽隆是另一名老大——這次的計畫其實是他的主意。他邀凱蒙來合作，因爲他需要有人扮演傑度的角色，而所有人都知道凱蒙是最優秀的人選之一。

凱蒙抬頭。「嗯？吵鬧？噢，只是管教一下手下而已，你不用擔心這種小事，賽隆。」凱蒙輕鬆一揮手，加強他的話。他這麼擅長扮演貴族是有原因的。因爲他驕傲的程度跟上族（Great House）簡直不相上下。

賽隆瞇起眼睛。紋知道他大概在想什麼：他在考慮一旦計謀成功以後，在凱蒙的肥背上捅上一刀的風險有多大。許久以後，高大的頭子終於把視線從凱蒙身上轉開，瞥向紋問道：「這是誰？」

「只是我的一名手下。」凱蒙說道。

「我以爲我們不需要更多人了。」

「我們需要她。」凱蒙說道。「你就當做她不存在，我這邊的行動和你無關。」

賽隆打量著紋，很顯然注意到她染血的嘴唇。她轉過頭。然而賽隆的眼神繼續在她身上流連，上下打量。她穿著一件簡單的白色鈕釦上衣，套著一件吊帶褲。外表上，她一點也不誘人，青澀的臉孔搭配乾瘦的身材，她覺得自己甚至看起來不像十六歲。不過有些男人喜歡這種女人。

她考慮是不是要對他也用一點「幸運」，但他最後轉開了身。「聖務官快到了，」賽隆說道。「你準備好了嗎？」

凱蒙翻翻白眼，胖碩的身體在書桌後的椅子坐下。「一切都很完美，別來煩我了，賽隆！回去你房間裡等著。」

賽隆皺眉，猛然轉身離開房間，低聲喃喃咒罵。

紋環顧四周，端詳裝潢、僕人和氣氛，最後走到凱蒙的書桌前。頭子正翻著一疊文件，顯然是在決定桌面上要放哪些。

「凱蒙。」紋輕聲開口。「僕人看起來太高級了。」

凱蒙皺眉，抬起頭。「妳在嘟囔什麼啊？」

「僕人。」紋重複道，聲音依舊輕柔。「傑度大人應該已經走投無路。他會保有之前剩下的華貴衣服，但不可能負擔得起這麼高級的僕人。他會用司卡。」

凱蒙瞪著她，開始沉吟。從外觀看起來，貴族跟司卡沒有什麼差別，不過凱蒙選的僕人身著低階貴族的衣服——他們可以穿色彩豐富的背心，站姿也比較有自信。

「聖務官必須認為你已經快要山窮水盡了。」紋說道。「房間裡應該要都是司卡。」

「妳知道什麼？」凱蒙凶狠地對她說。

「夠多了。」話才剛出口，她立刻便後悔，這麼說聽起來太叛逆。凱蒙舉起戴滿珠寶的手，紋渾身一僵，準備迎接即將降臨的巴掌。她沒有更多的「幸運」可以浪費，畢竟已經所剩無幾了。可是，凱蒙沒有打她，而是嘆口氣，胖嘟嘟的手按上她的肩頭。「妳為什麼一直要激怒我，紋？妳知不知道，碰上別個不像我這麼心地仁慈的人，早就已經把妳賣給人肉販子了？妳難道會想要在某個貴族的床上服侍他，直到他厭倦妳，把妳解決掉？」

紋低頭看著她的腳。

凱蒙的手勁加重，手指捏起紋脖子與肩膀交界處的皮膚，令她忍不住痛呼出聲。她的反應讓他笑了。

「我真不知道我留著妳有什麼用，紋。」他說道，手上不斷使勁。「妳哥哥幾個月前背叛我時，我早就該把妳處理掉的。唉，我這個人就是心太軟。」

他終於放開她，然後手一指，叫她到一棵高挑的室內植物旁站著，她依言照辦，調整好角度讓自己能夠看到整個房間。凱蒙一轉開頭，她便開始搓揉自己的肩膀。

只不過是又痛一下。痛沒有關係。

凱蒙坐了半晌，然後一如她所預期的，揮手要兩名「僕人」來他身邊。

「你們兩個！」他說道。「你們的衣服太華貴了，去穿點看起來像是司卡僕人的衣服——順便再帶六個人過來。」

要不了多久，房間就如紋所建議那般充滿了人，而聖務官隨後便到。

紋看著聖祭司萊德驕傲地踏入房間。他跟所有的聖務官一樣都剃光頭，同時穿著深灰色的袍子，眼睛周圍的教廷刺青顯示他是一名聖祭司，是隸屬財務廷的高級官員，身後跟著一排低階的聖務官，眼睛周圍的刺青沒有那麼繁複。

聖祭司一進屋，凱蒙便站起身以示尊敬。無論是多高貴的貴族，都會對萊德這種層級的聖務官如此禮遇。萊德並未躬身，甚至沒有做出任何回應的舉動，直直大踏步來到凱蒙對面的位子，一名偽裝成僕人的手下立即上前，爲聖務官捧來冰涼的酒跟水果。

萊德撥弄著水果，讓僕人乖乖地站在原地捧著盤子，彷彿他只是一件家具。

「傑度大人，」萊德終於開口。「我很高興我們終於有機會可以會面。」

「我也是，大人。」凱蒙說道。

「你爲什麼不能前來教廷總部大樓，而要我來此處拜訪你呢？」

「我的膝蓋，大人。」凱蒙說道。「我的醫師建議我盡量不要走動。」

而且你的確應該對前往教廷的核心大樓感到害怕，紋心想。

「是這樣啊，」萊德。「膝蓋不好。以運輸爲業的人有此情況，眞是不幸。」

「我不需要親自旅行，大人。」凱蒙說道，低下了頭。「我只負責經營。」

很好，紋心想。你得繼續保持謙卑的樣子，凱蒙。你需要裝出走投無路的神情。

紋需要這次的計畫成功。凱蒙會威脅她，會打她——但他認爲她是他的好運護身符。她不確定他知不知道爲什麼只要她在房間裡，他的計畫就會比較順利，但他顯然把兩件事連在一起，這讓她變得寶貴，而瑞恩總說在地下世界中的保命要道就是讓自己變成不可或缺的存在。

「原來如此。」萊德說道。「恐怕這次會面對你來說太遲了。財務廷已經對你的提案做出投票表決。」

「這麼快？」凱蒙眞心地大吃一驚。

「是的。」萊德回答，啜了一口酒，仍然沒有讓僕人退下。「我們決定不接受你的契約。」

凱蒙震驚地坐在原位片刻。「我很遺憾聽到您這麼說，大人。」

萊德來見你，紋心想。這代表還是有協商的空間。

「眞的很遺憾。」凱蒙繼續說道，做出跟紋同樣的推斷。「這眞是太可惜了，我原本要向教廷提出另一個更好的提案。」

萊德挑起一邊刺青眉毛。「我不覺得那會有什麼差別。議會中有一部分人認爲，如果我們找到一個更爲穩定的家族來運輸我們的人，教廷總部能夠獲得更好的服務。」

「那將會是一個嚴重的錯誤決定。」凱蒙圓滑地說。「讓我向你坦白吧，大人。我們都知道這個契約是傑度家族的最後一線希望。在失去法旺的交易後，我們再也負擔不起渡船隊到陸沙德的費用，沒有教廷的契約，我的家族會陷入財務絕境。」

「你這麼說並不能打動我，大人。」聖務官說道。

「不能嗎？」凱蒙問道。「請您想想看，大人，誰會爲您提供更好的服務？會是有幾十個契約要同時兼顧的家族，還是將您的契約視爲最後希望的家族？財務廷不會找到比走投無路的人更願意配合的合作伙伴。讓我的船將您的門徒們從北方迎來，讓我的士兵們護送他們，您絕對不會失望。」

很好，紋心想。

「嗯……」聖務官說道，若有所思。

「我願意給您長期契約，固定每人每趟僅收五十盒金，大人。您的門徒們可以隨意搭乘我們的船隊，隨時獲得他們需要的護送人員。」

聖務官挑起眉毛。「這是先前費用的一半。」

「是的。」凱蒙說道。「我們已經走投無路了，我的家族需要維持船隊運行。五十盒金不會爲我們帶來利潤，但這不重要，一旦有教廷的契約讓我們的情況穩定，我們就可以找到其他契約來充盈我們的財庫。」

萊德陷入深思。這是極好的交易——好到通常會令人起疑。可是凱蒙的表現營造出即將財務崩解的家族形象。另外一名首領，賽隆，花了五年時間規劃、欺騙以及設計，好到達這一刻。教廷不可能不去考慮這個機會的可行性。

萊德也想到了這點。鋼鐵教廷不僅僅是最後帝國的官僚跟律法決策單位，更像是一個世家。它越有錢，有越多對它有利的合作契約，在其他廷司間能操弄的權力就越大，更遑論與其他貴族的關係。不過萊德顯然還是有點遲疑，紋看得出來他的眼神分明呈現她相當熟悉的疑心。他不會接受契約。

現在，紋心想。輪到我了。

紋對萊德施放她的「幸運」。她嘗試性地伸展力量，不太確定自己在做什麼，甚至不知道爲何可以辦到，但她的碰觸完全是來自於直覺。從十歲起，經過多年來的仔細磨練，她就發現她能爲別人之所不能爲。

她推擠著萊德的情緒，壓制它。

他變得較不充滿疑心，較不害怕。溫馴。他的憂慮融化，紋可以看見他眼中出現平靜的控制感。

可是，萊德還是顯得有點不確定。紋推得更用力。他歪著頭，露出深思的神色，張開口要說話，但她更用力地推了他一次，絕望地用盡她全部的「幸運」。

他又頓了頓。「好吧。」他終於說道。「我會將你的提議呈給議會。也許我們還是可以達成共識。」

如果有人讀到這些文章，必然知道，力量是沉重的負擔，務求免受其綑綁。泰瑞司預言說我會有拯救世界的力量。同時也暗示，我亦擁有毀滅它的力量。

2

在凱西爾的眼裡，統御主的皇都——陸沙德——看起來死氣沉沉。大多數建築物以石塊建造，富有人家會以磚瓦砌屋頂，一般人家則只有簡單、尖起的木條屋頂。棟與棟之間的距離相當緊密，因此雖然每棟都有三層樓高，卻仍顯得矮扁。住家跟店舖長得一模一樣，這裡不是該引人注目的城市，除非你是顯赫的貴族。

城市之中有十幾座鶴立雞群的堡壘，外型繁複，有著尖矛般的高塔林立或是高挑的圓弧拱門，都是上族的家，而且更是上族的象徵：任何負擔得起建築此類堡壘且在陸沙德維持如此高水準生活的貴族，均被視爲上族。

城市中大部分的空地都圍繞著這些堡壘，住家間的空間像是森林中的空地，堡壘則像是從地面凜然升起的高山。黑色的高山。和城市內其他區域一樣，所有堡壘也被數不盡年月的落灰熏染。

陸沙德裡的每棟建築物，甚至幾乎是凱西爾所見過的每棟建築物，都被一層灰燼染黑。灰燼往往落在建築物的尖端，所以那裡通常也是最黑的地方，而雨水跟夜露會將污漬順著屋簷沖下，染髒牆壁，像是染料順著畫布留下，黑暗似乎以不均勻的濃淡悄悄順著建築物的四側潛下地面。

街道當然是完全黑的。凱西爾等在原地，環顧四周，看到一群司卡工人在下方的街道工作，清理最新的一堆落灰。他們會把落灰帶去流過城市中心的崟奈瑞河，讓成堆的灰燼被河水帶走，免得讓不斷堆起的灰塵掩埋了城市。凱西爾不時在想，爲什麼整個帝國不是一大堆灰呢？早晚灰燼一定會跟土地合而爲一。光是爲了讓城市跟農田乾淨到可以被使用就已經需要不可思議的勞力。

幸好，總是不缺做事的司卡。站在下方的工人穿著簡單的外套跟長褲，同樣沾滿灰塵且破舊，跟他前幾個禮拜離開的農場工人一樣，他們以挫敗、絕望的動作工作著。其他幾群司卡經過，聽從遠方響起的鐘聲所報的時辰，被召喚前去鋼鐵廠或磨坊上工。陸沙德的主要出口貨品是金屬，城市中有上百座煉鋼廠及冶鐵廠，河岸兩側則提供適合搭建磨坊的最佳場所，可用來磨碎穀粒跟製造布料。

司卡們繼續工作。凱西爾的眼光移向遠方，望著坐落於城市中心的統御主皇宮——克雷迪克・霄，千塔之山——宛如某種巨大、多脊椎的昆蟲般聳立在地面上。皇宮比任何貴族堡壘都大好幾倍，是城市中最大的建築。

在凱西爾眺望著城市的同時，灰燼也再度開始落下，輕輕地降在街道和建物上。*最近經常有落灰，*他心想，很高興有理由將披風的遮帽拉起。*灰山一定很活躍。*

陸沙德裡應該不會有人認得他，他被逮捕也是三年前的事了，但有遮帽讓他更安心。如果一切順利，總有一天凱西爾會想被人看到且認出，但現在沒沒無名應該比較好。

終於，某個人沿著牆邊走來。是多克森。他比凱西爾矮一點，方方正正的臉似乎和中等壯碩的身材格外搭配。一件平凡無奇的褐色遮帽披風擋起了他的黑髮，臉上蓄著半短鬍鬚，和他開始長鬍子那天一模一樣，二十年如一日。

他和凱西爾一樣都穿著貴族的衣服：有顏色的背心，深色的外套跟長褲，還有一件薄披風來遮擋灰燼。衣服不華貴，但仍屬於貴族的樣式，代表陸沙德的中產階級。大多數貴族出身的人並不富有到被視為上族，但在最後帝國中，貴族不只是代表財富，更是代表血統跟家族歷史。統御主是永生不死的，而他顯然仍記得剛即位時支持他的那些人，因此那些人的後代無論變得多貧窮，永遠都會受寵。

衣服會避免引來巡邏守衛的過多問題。凱西爾跟多克森一樣，穿著這身衣服等於是在說謊，因為兩人都不是貴族。不過表面上來說，凱西爾是有一半貴族血統的混血兒，然而在許多方面，那比當個普通司卡還要悲慘很多。

多克森緩緩踱步到凱西爾身邊，然後靠著城牆，一雙壯碩的手臂抵著石頭。

「你遲到好幾天了，阿凱。」

「我決定在北方的農莊間多停幾次。」

「啊。」多克森說道，「所以你跟特雷斯廷大人的死的確有關係。」

凱西爾微笑。「可以這麼說。」

「他被謀殺一事引起本地貴族相當大的騷動。」

「這是我的本意。」凱西爾說，「不過說實話，我沒打算要引起這麼戲劇化的事情，幾乎可以算是不小心。」

多克森挑起一邊眉毛。「你是怎麼『不小心』地殺了待在自家豪宅裡面的貴族？」

「一刀刺胸。」凱西爾輕鬆說道。「或者該說，雙刀刺胸。小心點總沒錯。」

多克森翻了個白眼。

「他的死算不上是多大的損失，老多。」凱西爾說，「就連貴族們都知道特雷斯廷是以殘酷聞名的人。」

「我才不管特雷斯廷。」多克森說道。「我只是在想，我到底發瘋到什麼程度才會願意跟你再次合作？攻擊住在宅邸中被守衛包圍保護的領主……說實話，阿凱，我幾乎忘記你有多魯莽了。」

「魯莽？」凱西爾大笑回答。「那不是魯莽——只不過是小小的調虎離山之計而已。你應該聽聽看我正在計劃的其他行動！」

多克森靜立原地片刻，然後也爆出笑聲。「他老統大人的，有你回來眞好！我覺得過去幾年來，我變得太無趣了。」

「我們可以解決這個問題。」凱西爾保證。他深吸一口氣，灰燼輕輕地落在他身邊。司卡清潔隊已經重新出現在下方的街道，開始灑掃清理深色的灰燼。一名巡邏守衛在兩人身後經過，朝凱西爾跟多克森點點頭。兩人安靜地等他走過。

「回來的感覺眞好。」凱西爾終於說道。「陸沙德對我而言有家的感覺——即使它是個令人憂鬱、陰沉的黑暗城市。你安排好會面了嗎？」

多克森點點頭。「我們得等到晚上才能開始。不過，你到底是怎麼混進來的？我有派人去看守門口啊。」

「嗯？我昨晚偷溜進來的。」

「可是——」多克森一頓。「噢，對。我得花點時間才能適應。」

凱西爾聳聳肩。「有這個必要嗎？你向來都跟迷霧人一起合作的。」

「是沒錯，但這次不一樣。」多克森舉起手，制止凱西爾繼續跟他爭論。「不用再說，阿凱。我不是在逃避，我只是說我得多花點時間來適應。」

「沒問題。今天晚上有誰要來？」

「這個嘛，微風跟哈姆一定會到，他們對我們這件神祕行動非常好奇，更甭說不太高興我不肯跟他們說你過去幾年都去做什麼了。」

「很好，」凱西爾帶著微笑說。「就讓他們猜吧。陷阱呢？」

多克森搖搖頭。「陷阱死了。教廷幾個月前終於逮到他，甚至懶得把他送去深坑，直接原地斬首。」

凱西爾閉上眼睛，輕輕吐氣。鋼鐵教廷似乎早晚都會逮到每個人。有時候，凱西爾覺得司卡迷霧人的生活目標不是爲求生存，而是爲求死得其所。

「那我們就少了一名煙陣（Smoker）。」凱西爾終於說道，睜開眼睛。「你有建議嗎？」

「魯迪？」多克森說道。

凱西爾搖搖頭。「不行。他是個好煙陣，但他不是個好人。」

多克森微笑。「人沒好到能夠參加竊盜集團……阿凱，我眞是太想念跟你一起合作的時光了。好吧，那你說誰？」

凱西爾想了片刻。「歪腳還在開他那家店嗎？」

「就我所知，是的。」多克森緩緩回答。

「據說他是城中最優秀的煙陣之一。」

「應該是吧。」多克森說道。「不過……他不是蠻難相處的嗎？」

「還好。」凱西爾說道。「習慣就好，況且，我覺得他可能願意爲這件行動特別……通融一下。」

「好吧。」多克森聳聳肩。「我去邀他。我想他有個錫眼（Tineye）親戚。你要我一起邀嗎？」

「聽起來不錯。」

「好。」多克森說道。「除了剛才那些人，就只剩葉登。如果他還有興趣……」

「他會去的。」

「他最好給我去。」多克森再說道。「畢竟付錢的人是他。」

凱西爾點點頭，然後皺眉。「你沒提到沼澤。」

多克森再聳聳肩。「我警告過你了。你兄弟向來不贊同我們的方法，而現在……你也很瞭解沼澤。他甚至不肯跟葉登還有反抗軍有交集，更不要說我們這群罪犯。我想我們得找別人去滲透聖務官。」

「不。」凱西爾說道。「他會參加的。我只是得特別去說服他。」

「就聽你的吧。」多克森沒再接話，兩人靜靜站在原地靠著欄杆，望著沾滿灰燼的城市。

多克森終於搖搖頭。「這眞是瘋狂，是吧？」

凱西爾微笑。「但感覺很棒，不是嗎？」

多克森點點頭。「棒極了。」

「這會是場獨一無二的行動。」凱西爾說道，望向北方——穿越城市，朝向中心的扭曲建築。

多克森步離牆垛。「我們在開會前還有幾個小時。我有東西想要給你看，應該還有時間——不過得趕快。」凱西爾帶著好奇的眼神轉身。「我原本是要去罵罵我那個太過古板的兄弟，但是……」

「值得你花時間去看看。」多克森保證著。

紋坐在主巢穴的密屋角落，一如往常待在陰影下，因爲躲得越好，其他人越容易忽略她。她不能浪費「幸運」在阻擋男人的碰觸，她勉強才生成幾天前跟聖務官會面時用掉的份量。

一夥人一如往常地聚集在房間裡的桌子周圍，忙著擲骰子或是討論小行動的細節。十幾支菸斗散出的煙霧聚集在屋頂，牆壁因多年的煙霧熏染而變黑，地上則堆著一小團一小團的灰燼。凱蒙的盜賊集團跟其他賊窩一樣，向來不是以清潔著名。

房間後方有一扇門，門後是一道扭曲的石頭階梯，通往小巷中的一道假地下水道蓋。這個房間跟許多隱藏在首都陸沙德裡的房間一樣，都不應該存在。

房間前方傳來粗野的笑聲，凱蒙跟五六名同夥在啤酒跟黃色笑話中度過尋常的午後。凱蒙的桌子就在吧台邊，那裡標價過高的酒精只是凱蒙剝削自己手下的眾多手段之一。陸沙德的罪犯們從貴族身上學了不少這種伎倆。

紋盡全力隱藏身形。六個月前，她不會相信沒有瑞恩的生活會變得更糟，雖然她哥哥的怒氣相當狂暴，但他也經常阻止其他團員對紋下手。盜賊集團中沒有多少女性，而跟黑道世界扯上關係的女性通常的下場是淪爲妓女。瑞恩總是告訴她，如果女孩子想要生活，她就必須很強悍，甚至比男人還要強悍。

妳覺得會有頭兒想要妳這種軟腳蝦成員？他是這麼說的。我是妳老哥，但連我都不想跟妳合作。

她的背還在痛。前天凱蒙抽了她幾鞭子，血跡毀了她的襯衫，但她沒錢買新的，凱蒙扣了她的薪水去抵瑞恩留下來的債。

但我很強壯，她心想。

這就是諷刺的地方。她所受到的鞭打幾乎已經不算痛了，因爲瑞恩經常對她拳打腳踢，讓紋變得很耐打，同時教會她如何看起來卑微又虛弱。某種程度來說，她遭受的鞭打往往有反效果。瘀青跟鞭痕總會癒合，但每被打一次，就讓她更堅韌。

更加堅強。

凱蒙站起身，手探入外套口袋，拿出他的金懷錶。他朝其中一名同伴點點頭，眼光搜索著房間，尋找……她。

他的雙眼鎖定紋。「時間到了。」

紋皺眉。什麼時間？

教廷的財務廷外觀相當宏偉，不過鋼鐵教廷的一切向來都頗爲宏偉。高聳方正的大樓正面有一面巨大的玫瑰窗，從外面看起來窗戶的色彩是一片暗沉。兩條寬幅旌旗垂在窗戶邊，沾滿灰燼的紅布宣告著對統御主的讚頌。

凱蒙經驗老到地審視大樓，紋可以感覺到他的緊張。財務廷算不上是最令人懼怕的教廷——審判廷，甚至是教義廷更是令人聞風喪膽。但自願進入任何教廷廷司，將自己交到聖務官的手中，做這種事之前必須經過非常謹慎的思考。

凱蒙深吸一口氣，然後踏步向前，決鬥杖隨著他的步伐一下一下地在岩石上敲擊。他穿著華麗的貴族服飾，身邊是五六名集團組員，包括紋，都扮成他的「僕人」。

紋跟著凱蒙走上樓梯，然後等著一名組員快步上前，爲「主人」開門。在六名隨從中，似乎只有紋對於凱蒙的計畫一無所知。更可疑的是，凱蒙在這場教廷騙局中的合夥人賽隆也不見蹤影。

紋走入教廷大樓，鮮豔的紅光與閃爍的藍光穿透過玫瑰窗落下。一名眼周刺有中級刺青的聖務官坐在桌子後，就在漫長走道的終點處。

凱蒙上前，枴杖隨著步伐在地毯上敲擊。「我是傑度大人。」他說道。

你在做什麼，凱蒙？紋心想。你向賽隆堅持你不願意在萊德聖祭司的教廷辦公室裡跟他會面，但你現在居然來到這裡。

聖務官點點頭，在筆記本中寫下一筆，朝身側一揮手。「你可以帶一名隨從進入等候室，其他人必須等在這裡。」

凱蒙鄙夷地哼了一聲，表示他對這道禁令的想法，但聖務官連頭都沒抬，繼續看著筆記本，凱蒙站在原地片刻，紋分辨不出來他是眞的生氣還是在假扮高傲的貴族。終於，他朝紋一指。

「過來。」他說完，轉身邁開笨重的步伐進入房間。

房間的裝潢高級又奢侈，幾名貴族以不同的姿勢等著。凱蒙選了一張椅子坐下，朝擺著酒和紅糖霜蛋糕的桌子一指，紋順從地幫他端來一杯酒還有一盤食物，忽視自己的飢餓。凱蒙開始大口吃著蛋糕，邊吃邊輕輕地咂著嘴。

他很緊張，比先前都更緊張。

「我們一進房間後，妳什麼話都不許說。」凱蒙邊吃邊嘟囔道。

「你正在背叛賽隆。」紋悄聲說道。

凱蒙點點頭。

「但是……怎麼做？爲什麼？」賽隆的計畫執行上很複雜，但概念很簡單。每年教廷都會將新成員從北方的訓練中心南遷到陸沙德進行最後的訓練，而賽隆發現這些學員跟他們的長官會隨身帶著大筆的教廷鉅款，僞裝成行李，好存放於陸沙德。

在最後帝國中，搶劫是很難的，因爲運河路徑兩旁經常有巡邏隊。可是如果下手的人同時負責學員乘坐的船隻，那搶劫便有可能成立。只要時機妥當……守衛對乘客下手，能賺得的錢絕對不少，又可以全部怪在強盜頭上。

「賽隆的手下太弱了，」凱蒙靜靜說著。「他在這場行動中耗費太多資源。」

「但他能得到的部分……」紋說道。

「永遠不會有，如果我現在拿了錢就跑的話。」凱蒙微笑道。「我會說服聖務官給我一筆訂金好讓商船隊得以運作，然後再消失，留下賽隆去處理教廷發現它被騙時的災難。」

紋退後，略感驚愕。安排這場騙局耗費賽隆成千上萬的盒金，如果交易沒成功，他會被毀掉，又有教廷緊追在後，他甚至沒時間去向凱蒙尋仇。凱蒙會現撈一筆，同時又解決掉他最強大的對手之一。

賽隆居然想跟凱蒙聯手，眞是愚蠢，她心想。

可是，賽隆承諾要付給凱蒙很高的一筆金額，他大概認爲凱蒙的貪婪會保證他的誠實，直到賽隆可以親自騙過他。凱蒙只是比任何人，甚至包括紋，預想的動作更快。賽隆怎麼可能知道凱蒙會破壞行動本身，而不等著偷取船隊上整筆金額的機會？

紋的胃一陣翻攪。只不過是另一場背叛，她暈眩地想著。爲什麼我還這麼介意？每個人都會背叛別人。人生就是如此……

她想要找個角落，一個狹小隱密的地方，躲起來，獨自一人。

所有人都會背叛妳。所有人。

但她無處可去。終於，一名小聖務官走入房間找傑度大人，紋跟著凱蒙走入會客廳。坐在會客桌後等待的人不是萊德聖祭司。

凱蒙在門口停步。房間很簡陋，只有那張書桌跟簡單的灰地毯。石牆上毫無裝飾，唯一看得到的窗戶不過是手掌寬。等著他們的聖務官眼周有著紋看過最繁複的刺青。她甚至不確定那代表什麼階級，但它一路延伸到聖務官的耳後及額前。

「傑度大人。」奇特的聖務官開口，他像萊德一樣穿著灰袍，但跟凱蒙之前見過的嚴肅、官僚聖務官都不同。這個人不只是瘦，更充滿肌肉，他乾淨無毛的臉龐和三角形的頭顱讓他幾乎看起來像是一頭狩獵動物。

「我以爲我會與萊德聖祭司會面。」凱蒙說道，仍然沒有走入房間。

「萊德聖祭司被叫去處理其他事物。我是上聖祭司亞瑞耶夫——審核你提案的委員會長。你難得有機會可以與我直接對談，我通常不親自聽取提案，但萊德的缺席讓我必須負擔他的部分工作。」

紋的直覺讓她猛然一驚。*我們應該離開。現在就走。*

凱蒙良久沒有動作，紋可以看得出他正在考慮。現在就跑嗎？還是冒險得到更大的獎賞？紋不在乎獎賞，她只想活下來。但凱蒙不是平白坐上首領之位，他深懂不入虎穴，焉得虎子的道理。於是，他緩緩走入房間，眼神警戒地在聖務官對面坐下。

「原來如此，亞瑞耶夫上聖祭司。」凱蒙謹慎地開口。「既然我被叫來再次會面，我猜我的提議重新獲得考慮？」

「的確如此。」聖務官說道。「但我必須承認，有些議會成員對於要跟瀕臨財務危機的家族交涉感到相當不安。教廷通常偏好較爲保守的財務規劃。」

「我明白。」

「可是，」亞瑞耶夫說道。「委員會中也有人相當期盼你能提供的節費。」

「您是偏向哪一方呢，大人？」

「我目前尚未決定。」聖務官向前傾身。「這就是爲何我點出你有很難得的機會。說服我，傑度大人，你就能拿到你的契約。」

「萊德聖祭司想必已經介紹過我們的提案細節。」凱蒙說道。

「是的，但我想聽你親口說出你的論點。就當是幫我一個忙。」

紋皺眉，她待在房間後方，站在門口邊，仍然不太確定她是否該逃跑。

「怎麼樣？」亞瑞耶夫說道。

「我們需要這份合約，大人。」凱蒙說道，「沒有它，我們無法繼續運河運輸的營運，您的合約能爲我們帶來目前極需的穩定期，可以維持我們的船隊營運一段時間，讓我們再尋找其他的合約。」

亞瑞耶夫端詳凱蒙片刻。「你的表現不該僅有如此，傑度大人。萊德說你非常具有說服力，讓我聽到你證明你值得我們選擇。」

紋準備好她的「幸運」。她可以讓亞瑞耶夫更願意去相信……但某種感覺制止了她。有哪裡不對勁。

「我們是您最好的選擇，大人。」凱蒙說道。「您擔心我的家族會面臨經濟困境？即便如此，您有何損失？最糟的情況是我的船隊必須停止運作，您必須找其他商人合作。但如果您的選用足以維持我的家族，那您便會找到一紙令人豔羨的長期合約。」

「是嗎？」亞瑞耶夫輕鬆地說道。「那麼，爲什麼找教廷合作？爲什麼不跟別人合作？你的船隊一定還有其他選擇——有其他團體會迫不及待想得到你提供的服務。」

凱蒙皺眉。「這跟錢無關，大人，如果能取得教廷的合約，還有您對我們信心的展現，這代表我們能得到肯定。如果您信任我們，其他人也會。我需要您的支持。」凱蒙開始流汗了。

也許他開始後悔賭這一把。他被背叛了嗎？這場怪異的會面是賽隆安排的嗎？

聖務官安靜無聲。他可以摧毀他們，紋知道。即使他只是懷疑他們在騙他，他都可以將他們交給審判廷。不止一名貴族進入了教廷大樓後就再也沒有回來過。

紋咬緊牙關，放出力量，對聖務官施用「幸運」，讓他較不多疑。

亞瑞耶夫微笑。「好吧，你說服我了。」他突然說。

凱蒙鬆了一口氣。

亞瑞耶夫繼續說道。「你最新的一封信說你需要三千盒金做爲預付款，好重新購買器材和重新開始運輸營運。走道上的書記會幫你處理好文件，取得必要的經費。」

聖務官從一疊紙中抽出一張厚重的教廷文件，然後在下面蓋了個印。他將紙遞給凱蒙。「你的合約。」

凱蒙深深地微笑。「我就知道親自來此是個明智的決定。」他說道，接過合約，站起身，朝聖務官尊敬地點點頭，然後示意紋爲他開門。

她照辦。有事情不對勁。有事情非常不對勁。

凱蒙離開後，她頓了頓，回頭望著聖務官。他還在微笑。

一名高興的聖務官向來是不好的徵兆。

可是他們穿過等待室中的貴族之間時，沒有任何人阻止他們。凱蒙將合約封起，依照指示交給書記，也沒有士兵出來逮捕他們。書記拿出一個滿是金幣的小箱子，滿不在乎地遞給凱蒙。

然後，他們就從教廷大樓走了出去，凱蒙明顯鬆了一口氣，召集了他的其他手下。沒有緊張的呼號，沒有士兵的步伐，他們自由了。凱蒙成功地欺騙了教廷跟另一名首領。

表面上似乎是這樣。

凱西爾又往嘴裡塞了一個紅糖霜小蛋糕，然後滿意地咀嚼著。肥胖的小偷跟他瘦弱的侍從穿過等待室，進入他身後的入口。面試兩名小偷的聖務官待在房間裡，顯然是在等下一場會面。

「怎麼樣？」多克森問道。「你覺得呢？」

凱西爾瞥向蛋糕。「蠻好吃的。」他說道，又拿了一個。「教廷的品味向來很好，難怪他們的點心也高人一等。」

多克森翻翻白眼。「我是說那女孩子，阿凱。」

凱西爾微笑，手上堆著四個蛋糕，朝門口點點頭。教廷的等候室人太多，不適合談敏感話題。出門時，他頓了頓，告訴角落的聖務官祕書說他們需要重訂會面時間。

然後兩人穿過入門大廳——經過過胖的首領，後者正在跟書記說話。凱西爾走入街道，拉起帽子抵禦依然墜落不停的灰燼，然後領著兩人穿過大街，在一條小巷子旁停下，這個位置正好讓他跟多克森可以觀察教廷的大門。

凱西爾滿足地咀嚼著蛋糕。「你怎麼發現她的？」他邊嚼邊問。

「你兄弟。」多克森回答。「凱蒙幾個月前試圖騙過沼澤，當時也把那小女孩帶去了。事實上，凱蒙的小幸運草在某些圈子中已經開始小有名聲。我還不確定他到底知不知道她是什麼人，但你知道盜賊有多迷信。」

凱西爾點點頭，拍拍手上的蛋糕屑。「你怎麼知道她今天會來？」

多克森聳聳肩。「出幾筆錢給適當的人就知道了。自從沼澤跟我說起她之後，我就一直留心她的動向，我想讓你有機會能親眼看看她工作的情況。」

對街的教廷大樓終於開門，凱蒙走下台階，身旁圍繞著他的「僕人」，矮小的短髮女孩也在他身邊。光看到她就讓凱西爾皺眉。她的腳步中帶有緊張的焦慮，每次有人動作太快就讓她略略一驚。她的右臉仍因爲尚未痊癒的瘀青而斑痕點點。凱西爾打量著得意洋洋的凱蒙。我得想想該怎麼樣料理那個人。

「可憐的小東西。」多克森低語道。

凱西爾點點頭。「她不久就能脫離他了。眞意外居然沒有別人發現她。」

「你兄弟沒說錯？」

凱西爾點點頭。「她至少是個迷霧人，如果沼澤說她不僅如此，那我願意相信他。我有點意外看到她對教廷成員使用鎔金術，尤其是在教廷大樓。我猜她甚至不知道她在運用自己的能力。」

「有可能嗎？」多克森問道。

凱西爾點點頭。「水裡面的礦物質是可以被燃燒的，雖然力量不大。這是統御主在此建都的原因之一，因爲地底下的礦藏豐富。我敢說……」

凱西爾話沒說完就微微皺眉。有事情不對勁。他瞥向凱蒙跟他的手下。他們仍在不遠處目光可及的地方，過了街道朝南走去。

一個身影從教廷大門口出現。削瘦且自信的身影，他的眼睛周圍有財務廷的上聖祭司刺青。可能正是凱蒙之前會見的人。聖務官從建築物中走出，身後跟著第二名男子。

凱西爾身旁的多克森突然渾身一僵。

第二名男子既高且壯。他轉身時，凱西爾看到男人的雙眼各被一支粗金屬刺刺穿。釘子般的金屬刺有著跟眼眶一樣寬的底部，尖端從男子光滑的頭顱後方穿出。底部的金屬表面相當光滑，突出眼眶，取代原本該是眼睛的位置。

一名鋼鐵審判者。

「那傢伙在這裡做什麼？」多克森問道。

「冷靜。」凱西爾說道，強迫自己也要遵從這個建議。審判者望向他們，穿刺的眼睛看著凱西爾，之後才轉身面向凱蒙跟他的手下離去的方向。他跟所有的審判者一樣有著繁複的眼周刺青，多為黑色，但有一條鮮豔的紅線，標示他是審判廷的高級成員之一。

「他不是來抓我們的。」凱西爾說道。「我沒有在燃燒任何東西，他會覺得我們只是普通貴族而已。」

「那女孩。」多克森說道。

凱西爾點點頭。「你說凱蒙經營這場對教廷的騙局已經好一陣子了，那他們一定已經發現了那女孩，聖務官都受過訓練，能察覺出何時鎔金術師在撥弄他們的情緒。」

多克森深思地皺眉。街道對面的審判者跟另一名聖務官討論片刻後，兩人轉身朝凱蒙離去的方向前進，腳步不疾不徐。

「他們一定派了一名探子尾隨他們。」多克森說道。

「這是教廷。」凱西爾回答。「至少會有兩名。」

多克森點點頭。「凱蒙會帶他們直接回到密屋，一定會死幾十個人。他們雖然不是什麼善心人士，但是……」

「他們也以自己的方式在對抗最後帝國。」凱西爾說道。「況且，我不會也不願意讓一名可能的迷霧之子（Mistborn）溜走，我想跟那女孩談談。你能處理那些探子嗎？」

「我說我開始變得無趣，阿凱。」多克森說道。「但我可沒說我變得無能。我可以處理兩個教廷的小嘍囉。」

「很好。」凱西爾說道，朝披風口袋探去，拿出一個小玻璃瓶，裡面的酒精中漂浮著金屬屑。鐵、鋼、錫、白鑞、紅銅、黃銅、鋅，還有青銅——八種基礎鎔金術金屬。

凱西爾拔開瓶蓋，將內容物快速一口吞下。

他收起空空如也的瓶子，擦擦嘴。「我來處理審判者。」

多克森露出疑慮之色。「你要試著撂倒他？」

凱西爾搖搖頭。「太危險了。我只是要引開他的注意力。快去吧，別讓探子找到密屋。」

多克森點點頭。「那我們在第十五十字路口會面。」說完他便進入一條小巷，一拐彎即消失。

凱西爾替他朋友數到十，然後開始燃燒體內的金屬，身體猛然充滿力氣、清晰的意識，還有力量。

凱西爾微笑，然後一面燃燒鋅，一面朝審判者的情緒重重拉了一把。怪物於原地凍結片刻，立即轉身，面向教廷大樓的方向。

就我跟你，現在來玩一場追逐遊戲吧，凱西爾心想。

我們在這禮拜初抵達泰瑞司，我必須說，這片土地相當美麗。北方的高山有著光裸的雪峰跟滿是森林的披肩，如守衛的天神般望著豐饒的綠色大地。我在南方的家鄉看起來幾乎都是平地，如果地面上也有幾座山的話，或許能讓景色看起來不會那麼單調。

這裡的人大多數都以畜牧爲生，但也不乏伐木者跟農夫。這片大地絕對是以農業爲主。很奇特，如此鄉野的地方居然能孕育出如今全世界都賴以爲存的預言跟神學。

3

凱蒙算著金幣，將盒金一枚一枚地投入桌上的小箱。他看起來仍然略微震驚，這也是應該的。三千盒金是極大的一筆數字，遠超過凱蒙最好的全年收入。他最親密的同夥跟他坐在同桌，啤酒跟笑聲川流不停。

紋坐在自己的角落，試圖瞭解爲何自己這麼懼怕。三千盒金。教廷不應該這麼快就發出這筆錢。亞瑞耶夫上聖祭司似乎很狡猾，沒有這麼輕易就能騙過他。

凱蒙將另一枚金幣投入箱子。紋無法決定他如此展現財富是非常愚蠢或聰明。黑道集團根據嚴格的協議運作：每個人依照自己在團體中的地位高低分到一份收入。雖然有時殺死首領，奪取他的財富是頗爲誘人，但長期而言，成功的首領能爲大家帶來更多的財富，過早殺了他會斷絕未來的收益，更不要提會引來其他成員的憤怒。

不過，三千盒金……這足以引誘最理性的小偷犯事。一切都不對勁。

我得離開這裡，紋決定。離開凱蒙還有密屋，以防有變故。

但是……離開？自己走？她從來沒有獨自一人過。以前一直都有瑞恩，是他帶著她走過一個又一個城市，加入不同的盜賊組織。她酷愛獨處，但一想到只有她一個人隻身在這城市中就讓她滿心恐懼。這就是爲什麼她未曾從瑞恩身邊逃開，也是爲什麼她會留在凱蒙這裡。

她不能走，可是她必須走。她從角落抬起頭，目光搜索著房間。裡頭沒有幾個人是讓她有好感的，但如果聖務官眞的來對付集團，有一兩人她會不願看到他們受傷，因爲他們是少數幾個沒有試圖要欺負她，更罕見的是，甚至有人善待過她。

烏雷是名單上的頭號人物。他不是朋友，但在瑞恩離開後，他是她最親近的人，如果他願意跟她走，那麼至少她不會是獨自一人。紋小心翼翼地站起身，沿著房間的牆壁，走到烏雷跟其他一些較爲年輕的團員坐在一起喝酒的地方去。

她扯扯烏雷的袖子。他轉身面向她，微醺著。「紋？」

「烏雷，」她低聲說道，「我們得走。」

他皺眉，「走？走去哪裡？」

「離開。」紋說道，「從這裡離開。」

「現在？」

紋焦急地點頭。

烏雷回望著他的朋友們，他們正因此而交頭接耳嘻笑，朝烏雷跟紋投以意味深長的眼光。他滿臉通紅。「妳要我們兩個人一起去某個地方？」

「不是那樣子的。」紋說道，「只是……我需要離開密屋，但我不想要一個人走。」

烏雷皺眉。他靠得更近，吐出淡淡的酒氣。「到底是怎麼一回事，紋？」他低聲問道。

紋頓了頓。「我……覺得有事情會發生，烏雷。」她悄聲道。「跟聖務官有關。我現在不想待在密屋裡。」烏雷靜靜地坐了片刻。「好吧。」他終於說道。「會花多久時間？」

「我不知道。」紋說道。「至少今晚。可是我們得離開。現在就走。」

他緩緩地點頭。

「你在這裡等一下。」紋低聲說道，轉身離去。她朝凱蒙瞥了一眼，他正因為自己的笑話而笑得樂不可支。然後她悄悄地穿過滿是灰燼與煙霧的房間，進入密屋的後房。

盜賊集團的通鋪不過是一條長長的走道，兩旁都是床褥，又擠又不舒服，但比她跟著瑞恩時睡了幾年的冰冷小巷好得多。

我可能得重新適應小巷了，她心想。她之前這麼過來了，可以再這樣過下去。

她走到床邊，男子說笑聲和喝酒聲從隔壁房間隱約傳來。紋跪下，看著她少少的幾件東西。如果確實出事，那她再也無法回到密屋。永遠不能。可是她不能帶著被褥一起走，太明顯了。所以只剩下一個小盒子，裡面是她的私人物品：一些小石子，來自她去過的每個城市、瑞恩說紋的母親給她的一只耳環，還有一塊跟大錢幣一般大的黑曜石，被磨成不規則的形狀，瑞恩將它視為幸運符帶在身上。他半年前偷偷離開時，只留下這個，遺棄了她。

他總是說他會這麼做。紋嚴肅地告訴自己。

我沒想過他會眞的離開——這就是爲什麼他必須走。

她手中握著黑曜石，將小石子放在口袋裡，耳環則穿入耳洞。它的造型很簡單，只不過是一個小耳針，連偷都不値得偷，所以她不擔心把它放在後屋裡，但紋很少戴它，擔心飾品會讓她看起來更女性化。她沒有錢，但瑞恩教過她該如何撿拾食物跟乞討。兩者在最後帝國都很困難，尤其是陸沙德，可是必要的話，她會找到方法。

紋留下了盒子跟被褥，溜回大廳。也許她反應過度，也許什麼事都不會發生，但如果發生了……如果瑞恩有好好教過她什麼事，那就是該如何保住自己的項上人頭。找烏雷一起是個好主意。他在陸沙德有同夥。如果凱蒙的盜賊團眞出了什麼事，烏雷可能可以幫她跟自己找工作——

紋一進入大廳便全身僵住。烏雷不在她找到他的桌子邊，而是偷偷摸摸地站在房間前面，靠近吧台，靠近……凱蒙。

「怎麼一回事！」凱蒙站起身，臉跟陽光一樣紅。他推開凳子，然後撲向她，半醉半醒。「逃走？是要去教廷告密！對不對？」

紋衝向樓梯間的門，絕望地在桌子跟成員間奔跑。

凱蒙擲來的木凳子正中她背心，讓她摔倒在地上，痛楚從肩胛之間傳來。在幾名團員的驚呼聲中，椅子從她身上彈開，跌落在附近的地面上。

紋暈眩地倒地。然後……她體內某種東西，某種她知道卻不明白的東西，給了她力量。她的頭停止暈眩，痛楚變成集中的焦點，讓她笨拙地站起身。

凱蒙出現在她的眼前。她還沒站好，他已經反手一掌揮來，讓她的頭因擊打的力道而側轉，脖子扭轉的痛楚強烈到她幾乎沒感覺自己又跌落地面。他彎下腰，抓起她的前襟將她拖起，舉起拳頭。紋沒來得及思考或發話，她只能做一件事情——一口氣用光她所有的「幸運」，推向凱蒙，鎮靜他的怒氣。

凱蒙搖晃了。一瞬間，他的眼光放柔，略略放下她。接著，怒氣回到他的眼中。強烈又令人恐懼的怒氣。

「該死的ㄚ頭。」凱蒙喃喃道，抓著她的肩膀，用力搖晃她。「妳那個叛徒哥哥從來沒尊重過我，妳也一個樣，我對你們兩個都太輕饒了，早該……」

紋試圖扭轉身子逃開，可是凱蒙抓得很牢，她絕望地尋求其他人的協助，但她知道她會看到什麼。無所謂。他們別過臉，表情尷尬卻不在意。烏雷仍然站在凱蒙的桌子邊，充滿罪惡感地低下頭。

她在腦海中，再度聽到有一個聲音對她低語，是瑞恩的聲音。笨蛋——無情，是最實際的情緒。妳在地下世界中沒有朋友。妳在地下世界中永遠不會有朋友！

她重新掙扎，但凱蒙再度打她，將她擊倒在地。猛力的攻擊讓她一直反應不過來，只能大口喘氣，肺中的空氣似乎一下子被掏空。

忍著點。她神智不清地心想。他不會殺了我。他需要我。

但是，就在她虛弱地轉身的同時，她看到凱蒙在陰暗的房間裡對她從上而下俯瞰，臉上明顯展現出酒醉後的狂怒。她知道這次跟以前都不同，不會只是打一頓了事。他認爲她打算去教廷告密。他沒有打算控制自己。他眼中有殺意。

求求你！紋絕望地心想，伸向她的「幸運」，試圖讓它發揮作用。沒有反應。「幸運」，也不過如此，也讓她失望了。

凱蒙彎下腰，一面自言自語，一面抓住她的肩膀，舉起手臂。厚重的手掄拳，肌肉緊繃，一滴憤怒的汗珠從他下巴滑落，滴在她的臉頰上。

幾呎之外，樓梯間的門晃動後猛然打開。凱蒙頓了頓，仍高舉著手，一面瞪著門口，還有哪個不幸的成員選擇在如此不恰當的時間回到密屋。

紋把握他分神的瞬間，不理會新來的人是誰，只忙著要從凱蒙的掌握中掙脫，但她太虛弱了，臉頰因爲他先前的一擊而劇痛，口中也有血的味道。她的肩膀以不自然的角度扭曲，身側因爲方才摔倒在地而大爲疼痛。她曲起手指，抓著凱蒙的手，但突然感到一陣虛弱，力氣跟「幸運」一樣棄她而去，痛楚似乎變得更大，更猛烈，更……持久。

她絕望地面向門，她離得好近，近得不得了，就快逃走了，只要再一點點……

然後，她看到靜靜站在樓梯間的男子。她沒有看過他。他很高大，有著鷹隼般的臉龐，淺色的金髮，穿著貴族的輕便服飾，披風自然地垂散，大概三十來歲，沒戴帽子，也沒有拿著決鬥杖。

而且，他看起來非常，非常憤怒。

「這是怎麼一回事？」凱蒙質問。「你是誰？」

*他是怎麼避過偵哨的……？*紋心想，掙扎地想要恢復思考能力。痛。她可以處理痛。*聖務官……是他們派來的人嗎？*

新來的人低頭看看紋，表情略柔，然後抬頭望向凱蒙，眼神變得陰冷。

凱蒙憤怒的質問隨著他突然往後倒而戛然停止，彷彿他被人用力搥了一拳。他的手臂從紋的肩頭鬆開，整個身體倒向一旁，讓地板搖晃不止。

房間突然安靜下來。

*我得逃走，*紋心想，強迫自己跪起。幾呎外，凱蒙痛苦地呻吟，紋從他身邊爬開，溜到一張無人使用的桌子下。密屋有隱藏出口，就在房間後方有個通道，如果她能爬過去——

突然間，紋感覺到強大的平靜。這股情緒有如突來的重量撞上她，她原本的情緒被完全壓抑，彷彿被大手一蓋，恐懼像是蠟燭般被吹滅，連痛楚似乎都變得不重要。她緩下動作，不知自己爲何如此擔憂，站起身，面對暗門時停頓了腳步。她重重地喘息，仍然有點暈眩。

凱蒙剛才想殺我！她理智的腦袋警告她。而且有人在攻擊密屋。我得逃走！可是她的情感與理智不符。她感覺到……寧靜，毫無擔憂，而且不只有一點好奇。

有人對她施用了「幸運」。

她雖然從來沒感覺到過，卻仍然辨認了出來。她在桌子邊停下腳步，一手按著木頭，然後緩緩地轉過身，新來的人仍然站在樓梯間門口，以打量的眼光注視她片刻，然後露出毫無防備的笑容。

發生什麼事了？

新來者終於踏入房間，凱蒙其餘的手下仍坐在桌邊，看起來很驚訝，卻出奇地毫不在意。

他對所有人都施用了「幸運」。可是……他是怎麼辦到的？一次對付這麼多人？紋從來無法儲存足夠的量，只能偶一爲之而已。

新來者進入房間的同時，紋也終於看清他身後還跟著第二個人。後者比較不那麼霸氣，長得比較矮，臉上有半短不長的黑鬍子，還有剪得短短的頭髮，也穿著貴族的衣服，但剪裁沒那麼高級。

房間另一邊的凱蒙呻吟著坐起，抱著頭，瞥向新來的人。「多克森先生！呃，這個，多令人意外的造訪啊！」

「確實如此。」較矮的人，多克森回答。紋皺眉，覺得兩人有點面熟，好像在哪裡見過。

財務廷。凱蒙跟我離開時，他們也坐在等待室裡。

凱蒙站起身，端詳著金髮的新來者，低頭看看他的雙手，上面有著奇特的交錯疤痕。「他統治老子的……」凱蒙低聲道。「**海司辛倖存者！**」

紋皺眉。她沒聽過這個稱號。她應該知道他是誰嗎？雖然她感覺到相當平靜，但傷口仍然陣陣作痛，而且頭也很暈，她靠在椅子上，沒有坐下。

無論這個新來的人是誰，凱蒙顯然都認爲他是很重要的人。「天哪，凱西爾先生！」凱蒙結結巴巴地說道。「眞是我難得的殊榮！」

新來的人，凱西爾，搖搖頭。「你知道嗎？我眞的沒有興趣聽你說話。」

凱蒙再次被後拋，又發出一聲痛楚喊叫。凱西爾沒有做任何動作，但凱蒙仍然摔倒在地上，彷彿被隱形的力量推了一把。

凱蒙安靜不說話了。凱西爾環顧四周。「你們其他人知道我是誰嗎？」

許多組員都點點頭。

「很好。我來到你們的密屋是因爲——朋友們，你們欠我一大筆債。」

房間一片安靜，只有凱蒙的呻吟，終於一名成員開口。「我們……有嗎，凱西爾先生？」

「的確有。因爲多克森先生跟我剛救了你們一命。你們無能的首領一個多小時前離開財務廷，直接回到密屋來，他身後跟著兩名教廷探子，一名是上聖祭司……另一名是鋼鐵審判者。」

沒有人說話。

天哪……紋心想。她是對的，只是動作不夠快。如果有審判者——

「我處理了審判者。」凱西爾說道，頓了頓，讓語意懸浮於空中。什麼樣的人可以如此輕鬆地聲稱他「處理」了審判者？傳言那些怪物永生不死，能看到一個人的靈魂，同時是所向披靡的戰士。

「我要求你們支付我提供的服務。」凱西爾說道。凱蒙這次沒站起來，他跌得太重，顯然也神智不清，房間一片安靜。終於，凱蒙的二號手下，黑皮膚的米雷夫端起教廷盒金的箱子衝上前去，交給凱西爾。「這是凱蒙從教廷那裡得來的錢。」米雷夫解釋。「三千盒金。」

米雷夫急著想要滿足這個人，紋心想。這不只是「幸運」，或者這是我從來無法使用的能力。

凱西爾頓了頓，然後接下金幣箱。「你是？」

「米雷夫，凱西爾先生。」

「好吧，米雷夫首領，我會同意這筆付款能讓我滿意，不過你還得爲我做一件事情。」

米雷夫頓了頓。「什麼事？」

凱西爾朝幾乎昏厥的凱蒙點點頭。「處理他。」

「沒問題。」米雷夫說道。

「我要他活著，米雷夫。」凱西爾說道，舉起一根手指。「但我不想要他享受人生。」

米雷夫點點頭。「我們會讓他變成乞丐。統御主不贊同這個職業——凱蒙在陸沙德過不了好日子。」

而且一旦米雷夫確定凱西爾的注意力轉移之後，他反正也會把凱蒙處理掉。

「很好。」凱西爾說道，然後他打開金幣箱，開始數著盒金。「你是個很有能力的人，米雷夫。反應很快，而且不像其他人那麼容易被驚嚇。」

「我以前跟迷霧人合作過，凱西爾先生。」米雷夫說道。

凱西爾點點頭。「老多。」他對同伴說道。「我們今天晚上要在哪裡會面？」

「我原來想用歪腳的店。」第二名男子說道。

「那不是個中立的場所。」凱西爾說道。「尤其如果他決定不加入我們。」

「的確是。」

凱西爾看著米雷夫。「我在策劃這一區的行動。如果有當地人的支援會很有幫助。」他遞過百枚左右的盒金。「我們今天晚上需要使用你們的密屋，可以立刻安排嗎？」

「當然。」米雷夫說道，急切地接過錢幣。

「很好。」凱西爾說道。「現在，出去。」

「出去？」米雷夫遲疑地問道。

「是的。」凱西爾說道。「帶著你的手下出去，包括你的前任頭兒。我想跟紋小姐私下談談。」

房間再次沉默，紋知道她不是唯一一個在猜想凱西爾如何得知她名字的人。

「好啦，你們都聽到他說的話了。」米雷夫喝斥，揮手要一群壯漢去抓起凱蒙，然後將所有人趕出門外。紋看著他們離去，越發不安。這個凱西爾是很強勢的男子，直覺告訴她，強勢的男子很危險。他知道她的「幸運」嗎？顯然是，否則他找她有什麼原因？

*這個凱西爾會想怎麼利用我？*她心想，搓著撞到地板的手臂。

「對了，米雷夫。」凱西爾懶洋洋地開口。「當我說『私下』會談時，我的意思是我不要後面牆壁有四個人從窺視洞監視我們。請帶著他們一同走小巷離開。」

米雷夫臉色一白。「當然好，凱西爾先生。」

「很好。在小巷裡，你會發現兩名已死去的教廷探子。請幫我們把屍體處理掉。」

米雷夫點點頭，轉身離去。

「還有，米雷夫。」凱西爾補充道。

米雷夫再次轉過身。

「別讓你的手下背叛我們。」凱西爾輕輕說道。紋再次感覺到，她的情緒被施加更多壓力。

「這幫人已經引來鋼鐵教廷的注意力——不要讓我也成為你們的敵人。」

米雷夫重重一點頭，消失在樓梯間，順手帶起門。片刻後，紋聽到窺視室響起腳步聲，然後一切安靜下來。她被留下來，獨自面對一名不知為何原因，居然能讓一整間屋子的殺手跟小偷噤若寒蟬的男子。她瞄著大門。凱西爾正看著她。如果她逃跑的話，他會怎麼做？

他聲稱殺死了一名審判者，紋心想。而且……他用了「幸運」。我得留下來，就算只是找出他知道什麼也好。

凱西爾的笑容加深，終於大笑出聲。「剛才實在太好玩了，老多。」

另一名凱蒙稱為老多的人哼了一聲，走向房間前方。紋全身緊繃，但他沒有朝她移動，只是漫步到吧台邊。

「你之前就已經讓人很難以忍受了，阿凱。」多克森說道。「現在我都不知道該怎麼樣面對你的新名聲時不要爆笑出來。」

「你嫉妒我。」

「一點也沒錯。」多克森說道。「我對於你恐嚇小罪犯的能力嫉妒得不得了。不知道你聽不聽得進去，但我覺得你對凱蒙太凶了。」

凱西爾走到他身旁，在房間的一張桌邊坐下，笑容隨著出口的話語微微冷凝，「你看到他是如何對待那女孩的。」

「其實我沒看到。」多克森挖苦地說道，在吧台的儲物櫃裡翻箱倒櫃。「因為有人擋在門口。」

凱西爾聳聳肩。「你看看她，老多。可憐的小東西被打得快暈過去了，我毫不同情那個男人。」

紋待在原處，繼續觀察兩名男子。隨著緊繃的氣氛逐漸舒緩，她的傷口又開始疼痛，肩胛骨間的一擊會留下大塊瘀青，而臉上的巴掌印也火辣辣地在燃燒，頭更是仍然微暈。

凱西爾看著她，紋咬緊牙關。痛。痛是可以應付的。

「妳需要什麼嗎，孩子？」多克森問道。「也許一條濕的手帕來敷敷臉？」

她沒有反應，只是專注於凱西爾身上。快點，告訴我你要對我幹麼？放馬過來啊。

多克森終於聳聳肩，然後彎腰鑽入吧台下，過一會兒後，抓了兩個瓶子出來。

「有好東西嗎？」凱西爾轉身問道。

「你以爲呢？」多克森回問。「就算是在小偷界，凱蒙也向來不以品味聞名。我有些襪子都比他的酒要更好。」

凱西爾嘆口氣。「還是給我一杯吧。」然後他瞥向紋。「妳要什麼嗎？」

紋依然沒有反應。

凱西爾微笑。「別擔心——我們沒妳的朋友們想得那麼可怕。」

「我不覺得他們是她的朋友，阿凱。」多克森從吧台後面說道。

「有道理。」凱西爾說道。「無論如何，孩子，妳都不必怕我們，只不過得注意一下老多的口臭。」多克森翻了翻白眼接話。「或是阿凱的笑話。」

紋靜靜地站著。她可以假裝虛弱，就像她對付凱蒙那樣，但她的直覺告訴她，這些人不會對她的僞裝有同樣反應，所以她維持原處，評量狀況。

平靜再度降臨在她身上，鼓勵她放輕鬆，信任對方，照他們建議的去做。

……

不要！她留在原處。

凱西爾挑起一邊眉毛。「眞令人意外。」

「什麼？」多克森邊倒酒邊問道。

「沒事。」凱西爾回答，仍然端詳著紋。

「妳到底要不要喝點東西，小姑娘？」多克森問道。

紋什麼都沒說。打從她有記憶以來，她就擁有「幸運」的能力，讓她堅強，讓她能夠與其他盜賊抗衡，這可能是她能存活至今的原因。但在同時，她一直不知道那是什麼，或者她爲什麼能使用這股力量。邏輯跟直覺告訴她同一件事——她需要弄清楚這男人知道些什麼。無論他打算怎麼利用她，無論他的計畫是什麼，她都必須忍耐，必須發現他是如何變得如此強大。

「啤酒。」她終於說道。

「啤酒？」凱西爾問道。「就這樣？」

紋點點頭，小心翼翼地觀察他。「我喜歡。」

凱西爾搓搓下巴。「我們得在這方面多下點功夫。」他說道。「無論如何，先坐下來吧。」

紋遲疑地隔著小桌在凱西爾對面落座。她的傷口很痛，但她不能展現出軟弱的一面。軟弱會害死人。她必須假裝她能忽略疼痛。至少坐下來之後，她的腦子清醒了許多。

多克森片刻後也加入他們，給了凱西爾一杯酒，還有給紋一杯啤酒，但她沒有喝半口。

「你是誰？」她靜靜地開口問道。

凱西爾挑眉。「妳講話都這麼直接啊？」

紋沒有回應。

凱西爾嘆口氣。「我的神祕氣質看來也不管用了。」

多克森輕哼了一聲。

凱西爾微笑。「我的名字是凱西爾，可以算是你們稱爲首領的人物，但我的團跟妳見過的都大大不同。像凱蒙這種人，還有他的手下都認爲他們自己是獵食者，靠獵捕貴族跟教廷的不同組織爲生。」

紋搖搖頭。「不是獵食者，是食腐者。」也許有人認爲在這麼靠近統御主的地方，盜賊集團會無法生存，但瑞恩讓她看到事實正好相反：有錢有勢的貴族聚集在統御主周圍，而權力跟財富聚集的地方便滋生腐敗，尤其是統御主對貴族的管束遠低於對司卡的控管，這似乎與他喜愛他們的祖先有關。無論如何，凱蒙這種集團就像是以城市的腐敗爲生的老鼠，而且跟老鼠一樣，無法完全殲滅，尤其是在像陸沙德這麼大的城市裡。

「食腐者。」凱西爾微笑說道，顯然他很喜歡微笑。「這個描述很貼切，紋。這樣說來，老多跟我也是食腐者，只是等級比較高一點。妳可以說我們比較有教養，也可以說我們野心比較大。」

她皺眉。「你們是貴族？」

「天哪，當然不是。」多克森說道。

「至少……」凱西爾開口。「不是血統純正的那種。」

「沒有混血兒。」紋小心翼翼地說道。「教廷獵殺他們。」

凱西爾挑起眉毛。「妳這種混血兒？」

紋感到大爲震驚。*他是怎麼……？*

「就連鋼鐵教廷都不是萬能的，紋。」凱西爾說道。「如果他們沒抓到妳，更會漏掉別人。」

紋深思地頓了頓。「米雷夫，他稱你們爲迷霧人。那是某種鎔金術師，對不對？」

多克森瞥向凱西爾。「她的觀察力很敏銳。」較矮的男子讚賞地點點頭。

「沒錯。」凱西爾同意。「他是稱我們為迷霧人，不過這樣稱呼過於草率，因為就技術上而言，老多跟我都不算是眞的迷霧人，不過我們倒蠻常跟他們打交道。」

紋靜靜地坐著，承受對方的打量眼光。鎔金術，號稱是千年前統御主賜與貴族的神祕力量，做為其效忠的獎賞。這是基本教廷教義，連紋這樣的司卡都知道。貴族擁有鎔金術跟特權，是因為他們的祖先。司卡也因為同樣的原因而被懲罰。

但事實是，她並不知道鎔金術是什麼，她一直以為這跟戰鬥有關係。傳言一個「迷霧人」就足以殺死整個盜賊集團，但司卡之間對於這股力量的討論都是偷偷摸摸，半信半疑的。在此刻之前，她從來沒想過也許它跟她的「幸運」根本是同樣的東西。

「告訴我，紋。」凱西爾好奇地向前傾身。「妳知道妳對於財務廷的聖務官做了什麼嗎？」

「我用了『幸運』。」紋低聲說道。「我用它來讓人不要那麼生氣。」

「或不要那麼多疑，」凱西爾說道。「更容易騙。」

紋點點頭。

凱西爾抬起一根手指。「妳有很多事情要學，包括技巧、規則和練習，但有一堂課不能等。永遠不要對聖務官使用情緒鎔金術。他們都受過訓練，分辨得出何時情緒受到操控。就連上族都不准『拉』或『推』聖務官的情緒。是妳讓那名聖務官找來審判者的。」

「祈禱那怪物再也不要發現妳的蹤跡，小姑娘。」多克森輕輕地說道，啜著酒。

紋臉色一白。「你沒有殺死那個審判者？」

凱西爾搖搖頭。「我只是讓他分神片刻，不過我得說，光是這樣就已經夠危險。別擔心，關於他們的許多傳言都不是眞的。如今他失去了妳的蹤跡，再也無法找到妳。」

「應該不太可能。」多克森說道。

紋擔憂地望著較矮的男子。

「應該不太可能。」凱西爾同意。「我們對於審判者有很多不明白的事情——他們似乎不依照常理生存。舉例而言，穿過他們眼睛的那對鋼釘應該能致命，但我對鎔金術的任何知識都無法解釋那些怪物是怎麼活下來的。如果只是一般的迷霧人探子在找妳，我們不用擔心。但是一名審判者……妳得眼睛睜大些。不過妳已經蠻擅長於這點了。」

紋不自在地坐了片刻。終於，凱西爾對她的那杯啤酒點點頭。「妳沒有喝。」

「你可能在裡面加了東西。」紋說道。

「噢，我不需要在妳的飲料裡面加東西。」凱西爾微笑，從外套口袋裡掏出一個東西。「畢竟妳要很情願地喝下這瓶神祕液體。」

「那是什麼？」她問道。

「如果我告訴妳，它就不神祕了。」凱西爾笑著說道。

多克森翻翻白眼。「那個小瓶子裡裝著酒精，還有一些金屬碎屑，紋。」

「金屬？」她皺眉問道。

「八種基本鎔金術金屬的其中兩種。」凱西爾說道。「我們得做些測試。」

紋打量著瓶子。

凱西爾聳聳肩。「妳如果想對妳的『幸運』有更進一步的認識，妳就得把它喝下去。」

「你先喝一半。」紋說道。

凱西爾挑起一邊眉毛。「原來妳這麼多疑啊。」

紋沒有反應。終於，他嘆口氣，拿起瓶子，拔掉瓶塞。

「先搖一搖。」紋說道。「確保你喝得到一些沉澱物。」

凱西爾翻了個白眼，但仍然按照她的要求晃著瓶子，喝下一半的液體，然後喀的一聲將瓶子放回桌上。紋皺眉，然後打量起凱西爾，後者微笑。他知道她上鉤了。他炫耀了他的能力，以此來誘惑她。服從有權者的唯一理由是學著有一天能奪取它。瑞恩說的。

紋伸出手拿起瓶子，然後一口喝下。她坐在原處，等著某種魔法變化或力量湧現，甚至是中毒跡象也好，但一無所感。

眞是……令人失望啊。她皺眉，靠回椅子上，突然好奇地碰碰她的「幸運」。

她感覺自己的眼睛因震驚而大張。

它在那裡，像是一堆巨碩的金礦，力量大得幾乎要超出她的理解。她之前都必須非常吝惜地使用，好好保存，一次只能用一丁點兒，現在她感覺像是飢餓無比的婦人被邀去參加貴族的宴席。她驚愕地坐在原處，感覺著體內巨大的財富。

「好了。」凱西爾以催促的聲音說道。「試試看，安撫我。」

紋怯生生地探向她新找到的「幸運」，拿了一點點朝凱西爾施放。

「很好。」凱西爾興奮地向前靠。「但我們已經知道妳會這麼做了。現在是眞正的測試，紋。妳能用另外一種方法操作它嗎？妳能抑制我的情緒，但妳能激發它嗎？」

紋皺眉。她從來沒有以這種方式使用過，甚至沒想過她可以辦到。爲什麼他這麼興奮？

紋多疑地朝「幸運」的來源探去，此時發現一件有意思的事情：她原本以爲是一大股的力量來源，其實卻是兩種不同來源。有兩種不同的「幸運」。

八種。他說有八種。但是……其他的有什麼用？

凱西爾還在等她。紋朝第二種不熟悉的「幸運」來源探去，照她先前的做法，朝他施放。

凱西爾的微笑加深，往椅背一靠，瞥向多克森。「一點也沒錯。她辦到了。」

多克森搖搖頭。「說實話，阿凱，我不知道該怎麼想。光有一個你就已經讓人夠不安了。有兩個……」

紋瞇起眼睛，懷疑地打量他們。「兩個什麼？」

「紋，就連在貴族之間，鎔金術也算是稀有的能力。」凱西爾說道。「的確，這是可以傳承的能力，而大多數強大的血統都是上族所有，但光是血統不足以保證鎔金術的力量。

「許多貴族都只能運用一種鎔金術技巧，那種只能施用八種基本鎔金術法之一的人被稱爲迷霧人。有些時候這些能力也會出現在司卡身上，但必須是那名司卡擁有貴族血統，或是他的親族擁有。大概……每一萬名混種司卡中會有一個迷霧人。貴族血統越高貴，越純粹，司卡就越有可能是迷霧人。」

「妳的父母是誰，紋？」多克森問道。「妳記得他們嗎？」

「我是我同母異父的哥哥養大的，他叫瑞恩。」紋不安地說道。這不是她會跟外人討論的事情。

「他提過妳父母嗎？」多克森再問。

「有時候。」她承認。「瑞恩說我們的媽媽是個妓女，不是她自願的，而是地下世界……」她說不下去了。有一次，她還很小時，她媽媽想殺她。她隱約記得這件事，是瑞恩救了她。

「妳父親呢？」紋問道。

紋抬頭。「他是鋼鐵教廷的一名上聖祭司。」

凱西爾輕輕地吹聲口哨。「這可算是有點嘲諷的瀆職行爲了。」

紋重新低頭看著桌子，終於伸出手，拿過啤酒，大喝了一口。

凱西爾微笑。「教廷中等級比較高的聖祭司大多數是上族，妳的父親透過血統給了妳稀有的天分。」

「所以……我是你之前提到的迷霧人？」

凱西爾搖搖頭。「其實不是。所以妳對我們而言這麼有意思，紋。迷霧人只能使用一種鎔金術。妳剛證明妳有兩種，而如果妳在八種中至少有兩種，那就代表妳也能施用其他幾種。這就是它運作的方式——如果妳是鎔金術師，妳至少擁有一種術法，或是全部都有。」

凱西爾向前傾身。「紋，妳是所謂的『迷霧之子』。就連在上族間，都是極端少有。而在司卡間……這麼說吧，我這輩子只有見過一名我以外的迷霧之子。」

不知爲何，房間突然顯得格外安靜，格外凝定。紋以不安、恍惚的眼神盯著酒杯。迷霧之子。她當然聽說過那些故事，那些傳說。

凱西爾跟多克森靜靜地坐著，讓她思考。終於，她開口。「所以……這是什麼意思？」

凱西爾微笑。「這個意思是，紋，妳是一個非常特別的人，妳擁有大多數貴族都嫉妒的力量，如果妳生來就是貴族，那這份力量會讓妳成爲整個最後帝國中最致命也最有權力的人之一。」

凱西爾再度向前傾身。「但是，妳並非貴族。妳不是貴族，紋。妳不用按照他們的規則形式——這讓妳更強大。」

很顯然的，我下一階段的任務會帶我們進入泰瑞司的高地。據說那是一個寒冷、嚴酷的地方，連山都是冰做的。

我們的一般侍從無法應付這種旅程，可能該僱些泰瑞司挑伕來幫我們拿行李。

4

「你聽到他說的！他在策劃一件案子。」

烏雷的眼睛因興奮而閃閃發光。「不知道他會對哪個貴族下手。」

「一定是某個強大的家族。」迪斯敦是凱蒙的小隊長之一。他少了一隻手，但眼睛跟耳朵是集團中最敏銳的。「凱西爾向來不做小買賣。」

紋靜靜地坐著，她的啤酒，也就是凱西爾給她的那杯，仍然幾乎全滿地放在桌上。她的桌子圍滿了人，因爲凱西爾趁會議開始前讓盜賊們先回家一下。可是紋寧可獨處。跟瑞恩在一起的生活讓她習慣寂寞——如果讓人太靠近，只是給他們背叛妳的更好機會。

即便是在瑞恩消失後，紋仍然不跟其他人打交道。她不願意離開，但也不覺得需要跟其他的集團成員交際，而他們也很願意對她不理不睬。紋的地位相當脆弱，跟她來往可能會連帶牽連他們，只有烏雷願意對她伸出友誼之手。

如果讓人靠近妳，那他們背叛妳時只會把妳傷得更重。瑞恩似乎在她腦海中這麼低語。

烏雷眞的是她朋友嗎？他的確很快便出賣了她，而且團員對於紋被打又突然被救一事相當自然地接受，從來沒有提起他們的背叛或拒絕協助，他們的一切行爲都是自然的。

「倖存者最近什麼案子都沒做。」哈門，一名年紀較大、鬍鬚凌亂的竊賊說道。「他最近幾年只來陸沙德幾次。事實上，從他……一次也沒有。」

「所以這是第一次？」烏雷興奮地問道。「他從深坑逃出來後的第一次？那一定是很了不起的事！」

「他有提到嗎，紋？」迪斯敦問道。「紋？」他朝她的方向揮揮斷手，引起她的注意。

「什麼？」她問道，猛然抬起頭。她被凱蒙打過後，有稍稍清理一下自己的外貌，接下多克森的手帕擦拭過臉上的血跡。可是對瘀青她無能爲力，它們仍然在隱隱作痛，希望沒有骨頭斷裂才好。

「凱西爾。」迪斯敦重複道。「他有提到他正在計畫的行動嗎？」

紋搖搖頭。她低頭看著滿是鮮血的手帕。凱西爾跟多克森不久前離開，答應讓她花點時間想想他們跟她說的事情之後會再回來，但是他們的話中隱有深意——一個邀請。無論他們在安排什麼計畫，她都被邀請參加。

「爲什麼他挑妳當他的聯絡人，紋？」烏雷問道。「他有講到這點嗎？」

集團成員自行認定凱西爾挑了她做爲跟凱蒙……米雷夫的集團聯絡人。

陸沙德的地下組織有兩類，有普通的集團，就像是凱蒙的這種，還有就是特別的。集團成員均非常優秀，非常衝動，或非常有天分。鎔金術師。

地下世界的這兩邊不會來往，普通的盜賊不會去干擾這些優越人士，但偶爾一個迷霧人集團會僱用一組普通人來處理一些比較平常的事，而他們會挑一名聯絡人在兩個集團之間遊走，因此烏雷認爲這就是紋的角色。

米雷夫的團員發現她沒什麼反應，因此轉開話題：迷霧人。他們以不確定、低聲的語調談著鎔金術，而她不安地聽著。她怎麼可能跟他們這麼敬畏的能力有關？她的「幸運」……她的鎔金術……是個小東西，她用來生存的東西，但其實不太重要。

*可是，這麼大的力量……*她心想，感覺體內蘊藏的巨量「幸運」。

「不知道凱西爾這幾年在做什麼？」烏雷問道。他一開始在她身旁還不太自在，但很快也就過去了。他背叛了她，但這是地下世界，沒有朋友。

*凱西爾跟多克森之間似乎不是如此。*他們似乎信任彼此。那是假象嗎？還是他們是那種很罕見的組合，完全無須擔心對方會背叛？

凱西爾跟多克森之間最令人詫異的一點是他們對她很坦白。他們似乎願意去信任，甚至接受紋，即使認識的時間這麼短。這不可能是眞的——沒有人能以這樣的方式在地下世界生存，但他們的友善仍然讓她相當詫異。

「兩年了……」賀魯德，一名安靜，五官扁平的打手說道。「他一定花了所有時間在策劃這起行動。」

「一定是很大的行動……」烏雷說道。

「跟我說說他的事。」紋輕輕開口。

「凱西爾？」迪斯敦問道。

紋點點頭。

「南邊的人沒談論凱西爾的事？」

紋搖搖頭。

「他是陸沙德中最優秀的首領。」烏雷解釋。「就連在迷霧人間都是個傳奇，對城市中最富有的大家族下手。」

「然後？」紋說道。

「有人背叛他。」哈門低聲說道。

果然，紋心想。

「統御主親自抓到了凱西爾。」烏雷說道。「把凱西爾跟他妻子都送去海司辛深坑。但他逃出來了！他從深坑裡逃出來了，紋！從來沒有人辦到過，只有他！」

「那他妻子呢？」紋問道。

烏雷瞥向哈門，後者搖搖頭。「她沒逃出來。」

所以他也失去過某人。那他怎麼還能那樣笑？那樣真誠地笑？

「他就是從那裡得到那些疤痕。」迪斯敦說道。「他手臂上的疤都是從深坑得來的，因爲他必須爬上一面很陡峭的高牆才出得來。」

哈門輕哼。「才不是這樣。他是逃脫時殺了一名審判者，所以才有那些疤。」

「我聽說那些疤是因爲他跟守衛深坑的怪獸打鬥。」烏雷說道。「他伸手進去牠的嘴巴，從裡面把牠勒死，牙齒刮傷他的手臂。」

迪斯敦皺眉。「你要怎麼從裡面把人勒死？」

烏雷聳聳肩。「我也只是聽說。」

「那個人是個異類。」賀魯德低聲道。「他在深坑裡碰到了一些事情，很可怕的事情。他原本不是鎔金術師。進去深坑時不過是一個普通的司卡，但如今……他絕對是個迷霧人——如果他還算得上是個人類。畢竟他沒事常往霧裡走。有人說眞的凱西爾早已死去，現在帶著他那張臉的……是別的東西。」

哈門搖搖頭。「你說話怎麼像那種農莊裡的司卡？我們都進過霧裡啊。」

「但不是進城外的霧裡。」賀魯德堅持。「霧魅都在城外，會抓住人，奪取他的臉，跟統御主一樣，是千眞萬確的。」

哈門翻翻白眼。

「賀魯德有一件事沒說錯。」迪斯敦說道。「那個人不是人類。也許他不是霧魅，但他也不是司卡。我聽說過他做的某些事，都是那些只有在夜晚出現的他們會做的事情。你們也看到他怎麼對付凱蒙。」

「迷霧之子。」哈門喃喃道。

迷霧之子。紋在凱西爾跟她說之前就聽過這個名字。誰沒聽過？但是，相較於迷霧之子的傳言，審判者跟迷霧人的傳言聽起來都理性多了。人們都說迷霧之子可以召喚濃霧的到來，由統御主親自授與極高的能力。只有上族才能成爲迷霧之子：據說他們是服侍他的祕密殺手部隊，只在夜間出入。瑞恩向來告訴她那只是傳說，而紋也一直認爲他是對的。

凱西爾說我跟他一樣，都是其中之一。她怎麼可能是他說的那種人？她只不過是個娼妓的孩子，是個無名小卒。什麼都不是。

永遠不要相信告訴妳好消息的人，瑞恩總是這麼說。這是最古老，卻也最容易的騙人方法。

可是，她的確有她的「幸運」，她的鎔金術。她仍然可以感覺到凱西爾的瓶子內容物為她積儲起的力量，也朝團員試用過。她再也不受限於每天只能用一點點，此時發現，她可以創造出更為驚人的效果。

紋開始發現，她生命中原本的目標——單純的存活——格局實在太小。她有太多能做的事情。她原來是瑞恩的奴隸，後來是凱蒙的奴隸，現在她願意當這個凱西爾的奴隸，只要有一天能讓她自由。

坐在自己桌前的米雷夫看看懷錶，站起身。「好了，所有人都出去。」

房間開始清空，為了凱西爾的聚會做準備。紋留在原處。凱西爾讓所有人都清楚，她是被邀請的。她靜靜地坐著，空曠的房間頓時舒適許多。凱西爾的朋友不久後也開始出現。

第一個走下樓梯的男子有著軍人一般的身型，穿著一件寬鬆無袖上衣，顯露出一對賁起的手臂，全身肌肉結實，卻不巨碩，頭髮剪得很短，一根根朝天上刺去。軍人的同伴穿著精緻的貴族服裝——棗紫色的外套，金色釦子，黑色大衣，還有短簷帽跟決鬥杖。他年紀比軍人大，身材也比較福態，一進房間就脫了帽子，露出整得一絲不苟的髮型。兩名男子邊走邊友善地閒聊，但一看到空空如也的房間便停下腳步。

「啊，這一定就是我們的聯絡人。」穿著貴族服裝的男子說道。「親愛的，凱西爾到了嗎？」他說話的方式很自然，好像他們是多年老友。突然，紋禁不住對這穿著精緻、口齒清晰的男子產生好感。

「還沒。」她靜靜說道。雖然外套跟工作襯衫向來很適合她，但她突然希望自己有比較好看的衣服。這個人的態度似乎要求自己的環境也該有比較正式的氣氛。

「早該想到阿凱連自己召開的會議都會遲到。」軍人說道，挑了一張靠近房間中心的桌子坐下。

「這倒是。」貴族服裝男子說道。「他既然來晚了，我們正好有機會先用點點心。我想先喝點東西……」

「我來幫你拿。」紋連忙說道，立刻站起。

「妳真是客氣。」男子說道，選了軍人旁邊的椅子，坐下，雙腿交疊，決鬥杖抵著地面靠在一旁，一手按著杖頭。

紋走到吧台邊，開始翻找酒瓶。

「微風……」紋挑了凱蒙最昂貴的一瓶酒，開始倒入酒杯的同時，軍人以威脅的語調說道。

「嗯……？」貴族服裝男子挑起一邊眉毛。

軍人朝紋點點頭。

「唉，好吧好吧。」男子嘆口氣道。

紋頓了頓，倒酒的動作也半途停止，略略皺眉。我在做什麼？

「我敢發誓，哈姆。」貴族服裝男子開口。「你有時候實在太古板了。」

「可以推人不代表你應該推人，微風。」

紋瞠目結舌地站在原地。他……對我用了「幸運」。當凱西爾試圖操控她時，她感覺到他的碰觸而且可以拒絕，但這次她甚至沒發現自己在做什麼。

她抬頭看著男子，瞇起眼睛。「迷霧之子。」

貴族外裝的男子，微風，輕笑。「差遠了。凱西爾是妳唯一可能會見到的司卡迷霧之子，親愛的，而且妳該祈禱，永遠不要碰到貴族迷霧之子。不，我只是一名普通、謙卑的迷霧人。」

「謙卑？」哈姆問道。

微風聳聳肩。

紋低頭看著半滿的酒杯。「你拉了我的情緒。我是說，用……鎔金術。」

「其實我是用推的。」微風說道。「拉會讓一個人較不信任，更爲堅決。推情緒，安撫情緒，可以讓一個人更願意信任。」

「無論是哪一種，你都控制了我。」紋說道。「你迫使我去幫你倒酒。」

「我不覺得那是我迫使妳的。」微風說道。「我只是略略改變了妳的情緒，讓妳的情緒比較想照我的想法去做。」

哈姆搓搓下巴。「這我就不知道了，微風。這個問題頗有意思。你在影響她的情緒同時，是否也奪去了她選擇的機會？舉例來說，如果她在受到你控制的情況下殺人或盜竊，那她犯下的罪應該算是她的還是你的？」

微風翻翻白眼。「這根本不是問題。你不應該想這種問題，哈姆德——你會傷透腦筋的。我其實是在鼓勵她，只是方法不太一般而已。」

「可是——」

「我不要再跟你爭下去了，哈姆。」

粗壯的男子嘆口氣，看起來很沮喪。

「妳想要拿酒給我喝嗎？」微風期盼地看著紋。「反正妳已經站了起來，而且本來就需要走回這個方向……」

紋檢視自己的情緒。她現在有不正常地願意照對方的要求去做嗎？這個人又在操控她了嗎？最後，她仍然是離開了吧台，杯子擱在原處。

微風嘆口氣，不過也沒去拿那杯酒。

紋怯生生地走向兩人的桌子。她習慣躲在陰影和角落中，近到足夠偷聽，但遠到足夠脫逃，可是房間空成這樣，她實在沒有辦法躲開這些人，所以她選擇在兩人隔壁的桌子，小心翼翼地坐下。她需要資訊，因爲每多一分無知，她在這群迷霧人之中就多處於一分下風。

微風輕笑。「妳可眞是緊張的小東西。」

紋不予理會他的話。「你。」紋朝哈姆點點頭。「你也……也是個迷霧人？」

哈姆點點頭。「我是個打手（Thug）。」

紋不解地皺眉。

「我燒白鑞。」哈姆說道。

紋再次帶著疑問看著他。

「親愛的，他可以讓自己變得更強壯。」微風說道。「他會打東西，尤其是那些想干擾我們其他人行動的人。」

「不只這樣。」哈姆說道。「我負責行動的安全，必要時提供人力跟戰士給首領。」

「不必要時他會拚命暢談哲理到妳會哈欠連連。」微風在旁邊補上一句。

哈姆嘆口氣。「微風，說實話，有時候我眞不知道自己爲什麼……」門再度打開，又進來一人，哈姆便沒再說下去。

新來的人穿著暗土色的外套，一雙褐色的長褲，還有一件樣式簡單的白上衣，但他的五官遠比衣服更引人注目——臉孔糾結盤轉，像是扭曲的木塊，眼中散發只有老年人才辦得到的不贊許和批判。

紋分辨不出他的年紀，因爲他似乎尚未到佝僂的年紀，但也大到讓中年的微風相較之下顯得年輕。

新來的人看了看紋和其他人，鄙夷地哼兩聲，走到房間對面的桌邊坐下。他一拐一拐的腳步敲出明顯的重頓聲響。

微風嘆口氣。「我會很想念陷阱。」

「我們都會。」哈姆靜靜說道。「不過歪腳很行。我以前跟他共事過。」

微風端詳著新來的人。「不知道我能不能讓他幫我把酒端過來……」

哈姆輕笑。「我願意付錢看你嘗試。」

「我相信你會的。」微風說道。

紋打量著新來的人，後者似乎很願意忽略她和另外兩人。「他是什麼？」

「歪腳？」微風問道。「親愛的，他是煙陣。他可以讓我們不被審判者發現。」

紋咬著下唇，一面研究歪腳，一面消化著新資訊。他瞪了她一眼，令她轉開眼睛，因此也注意到哈姆正看著她。

「我喜歡妳，孩子。」他說道。「跟我共事過的跑腿要不怕到不敢跟我們說話，否則就是嫉妒我們進入他們的地盤。」

「沒錯。」微風說道。「妳跟一般的碎渣不像。當然，如果妳願意去幫我拿那杯酒，我會更喜歡妳……」

紋不理他，瞥向哈姆。「碎渣？」

「我們之中比較自我膨脹的成員常會這麼稱呼低階竊賊。」哈姆說道。「他們稱你們爲碎渣，因爲你們通常參與……比較沒有遠見的行動。」

「當然，我無意冒犯妳。」微風說道。

「我怎麼會覺得被冒犯呢。」紋頓了頓，覺得自己異常地想滿足那衣著光鮮的男子。她瞪著微風。

「住手！」

「你看。」微風瞥向哈姆後說道。「她仍然有選擇的能力。」

「你沒救了。」

他們認為我是跑腿的，紋心想。所以凱西爾還沒跟他們說過我是誰。為什麼？時間不夠？還是這祕密珍貴到不能跟人分享？這些人到底有多值得信任？而且，如果他們認為她只不過是個碎渣，為什麼要對她態度這麼好？

「我們還在等誰？」微風問道，瞥向門口。「我是說除了阿凱跟老多以外。」

「葉登。」哈姆說道。

微風臉色難看地皺了眉。

「是啊，我同意。」哈姆說道。「但我敢打賭，他對我們也是一樣的想法。」

「眞不知道幹麼要邀他。」微風說道。

哈姆聳聳肩。「當然跟阿凱的計畫有關。」

「啊，又是那赫赫有名的計畫。」微風深思地說道。「不知道那會是什麼樣的行動……？」

哈姆搖搖頭。「阿凱跟他該死的戲劇化效果。」

「一點都沒錯。」

片刻後，門被打開，他們之前談論的葉登走了進來。紋沒想到他是個外貌平凡的人，更不瞭解為何另外兩人對他的出現感到如此不滿。滿頭短捲髮的葉登身著簡單的灰色司卡服裝，和一件滿是補丁跟灰漬的褐色工人外套。他帶著不贊許的神情環顧四周，但鄙夷之情反倒不如歪腳那樣顯露在外。後者仍坐在房間對面，任何人只要朝他方向轉頭，就會接收到他惡狠狠的瞪視。

不是很大一組人馬，紋心想。加上凱西爾跟多克森也不過六個人。當然，哈姆說他手下帶著一群「打手」。這些來開會的人只是代表嗎？下面有更小、更專門的成員？有些組織是這樣運作的。

微風又看了三次懷錶後，凱西爾才姍姍來遲。身爲迷霧之子的領袖以一貫的抖擻精神大步進入房間，多克森則懶洋洋地跟隨在後。哈姆見到他們，立刻露出了大大的微笑，站起身與凱西爾握手，微風也站了起來，雖然他的表現比較含蓄，但紋必須承認她從來沒看過這麼受手下歡迎的首領。

「啊，」凱西爾說道，望向房間另一端。「歪腳跟葉登也來了。那大家都到了，很好——我最痛恨等人了。」

微風挑起一邊眉毛，跟哈姆一同在原本的椅子上坐下。多克森隨即也加入他們。「你會向我們解釋你遲到的原因嗎？」

「多克森和我去找我兄弟了。」凱西爾解釋，走到房間的前方，轉身靠著吧台，環顧四周。當他的眼光落到紋身上時，他輕輕地眨眨眼。

「你的兄弟？」哈姆說道。「沼澤要來開會嗎？」

凱西爾跟多克森交換一個眼神。「今晚不會。」凱西爾說道。「但他早晚會加入我們的。」

紋端詳其他人，他們對此看法似乎有相當的懷疑。也許凱西爾跟他兄弟間的關係很緊張？

微風舉起決鬥杖，尖端指向凱西爾。

「好了，凱西爾，你過去八個月來都神祕兮兮的，不肯跟我們說這起『行動』到底是什麼，弄得我們大家都很氣憤了，所以你要不要直接告訴我們到底是要做什麼？」

凱西爾微笑，然後站直身體，朝全身髒污，外表平凡的葉登揮揮手。「各位先生，這是你們的新雇主。」

這句話顯然令眾人相當震驚。

「他？」哈姆問道。

「他。」凱西爾點點頭。

「怎麼？」葉登第一次開口說話。「你沒辦法跟眞正有道德良知的人一起工作嗎？」

「不是這樣說的，親愛的傢伙。」微風說道，將決鬥杖平放在膝蓋上。「只是，怎麼說，我不知道爲什麼覺得你並不喜歡我們這種人。」

「我是不喜歡。」葉登直接了當地說道。「你們自私、沒有紀律，而且背棄了其餘的司卡。你們穿著精美的衣飾，但內心和灰燼一樣骯髒。」

哈姆輕哼。「我已經可以預見，這次的行動對於團隊向心力會有莫大的助益。」

紋靜靜地看著，咬著下唇。葉登很明顯是個司卡工人，也許是在冶鐵廠或是紡織廠工作。他跟地下組織有何關連？還有……他怎麼負擔得起聘僱盜竊集團，而且還是凱西爾這種專業集團？

也許凱西爾注意到了她的疑惑，因爲他發現其他人在說話時，他的眼睛依然留在她身上。

「我還是有點不明白。」哈姆說道。「葉登，我們都知道你對盜賊的看法。所以……爲什麼要僱用我們？」

葉登不自在地扭動了一下身體。「因爲……」他終於開口，「大家都知道你們做事多有成效。」

微風輕笑。「原來看不起我們的道德操守不影響你利用我們技能的決心啊。那到底是什麼樣的行動？司卡反抗軍要我們幫什麼忙？」

司卡反抗軍？紋終於解讀出對話的背景。

犯罪世界有兩塊，大部分是盜賊、集團、娼妓、乞丐，都是想在主流司卡文化之外生存的人。再來就是反抗軍。那些人戮力於對抗最後帝國。瑞恩向來稱他們爲笨蛋——紋碰過的大多數人，無論是道上的人，或是一般司卡，都跟瑞恩有相同看法。

所有人的目光都緩緩轉回凱西爾身上，他又靠回了吧台上。「司卡反抗軍由其領袖葉登代表，僱用我們進行一項特定任務。」

「什麼任務？」哈姆問道。「搶劫？暗殺？」

「都有一點。」凱西爾說道。「但同時，可能也都不需要。各位先生們，這不是我們平常接的工作，會跟我們做過的任何事情都不同——我們要協助葉登推翻最後帝國。」

一片靜默。

「你能不能再說一遍？」哈姆打破寂靜，率先開口。

「你沒聽錯，哈姆。」凱西爾說道。「這就是我一直在策劃的行動——摧毀最後帝國。或者該說，先從政府中心組織下手。葉登僱用我們提供一支軍隊給他，同時給他一個良好契機可以掌控都市。」

哈姆靠回椅背，跟微風交換一個眼神。兩個人都轉向多克森，後者嚴肅地點點頭。房內沉默了更久，最後被葉登自嘲的懊惱笑聲打破。

「我眞不應該答應這件事。」葉登搖著頭說。「現在聽你說出口後，我才發現這件事有多荒謬。」

「相信我，葉登。」凱西爾說道。「這些人很習慣於達成一開始聽起來很荒謬的計畫。」

「你說的也許對，阿凱。」微風說道。「但在這個情況下，我得說我同意那位不喜歡我們的朋友。推翻最後帝國……這是司卡反抗軍已經努力一千年的目標了！你憑什麼認爲在他們失敗這麼久以後，我們會成功？」

凱西爾微笑。「我們會成功的理由是，我們有遠見，微風。這是反抗軍向來缺乏的。」

「請問你這話是什麼意思？」葉登忿忿不平地說道。

「很抱歉，但我說的是實話。」凱西爾說道。「反抗軍譴責我們這種人的貪婪，但是，雖然他們擁有高尚的道德情操，我當然也尊崇他們這一點，不過至今卻是一事無成。葉登，你的手下們躲藏在山林裡，策劃有一天該如何起義，領導一場光輝的戰役，打倒最後帝國，但你們這些人完全不知道該怎麼策劃與執行一場行動。」

葉登的臉色越發難看。「你根本不知道自己的話有多離譜。」

「噢？」凱西爾輕鬆地說道。「告訴我，你的反抗軍在千年以來有什麼成果？你的成功跟勝利是什麼？是三百年前有七千名司卡反抗軍被殲滅的圖吉珥大屠殺嗎？還是偶爾打劫或綁架個小貴族官員？」

葉登臉色漲紅。「我們只有這些人，已經盡力了！你不要把失敗怪罪於我的手下，要怪就怪其他的司卡。我們甚至無法說服他們來幫助我們。他們已經被踐踏一千年，完全沒有半點骨氣，光要讓千分之一的人聽我們說話就已經夠困難了，更不要提反抗！」

「冷靜一點，葉登。」凱西爾舉起手說道。「我不是要侮辱你們的勇氣。我們是站在同一邊的，記得嗎？你來找我正是因爲你在招募軍隊上有問題。」

「我越來越後悔這個決定了，小偷。」葉登說道。

「嗯，你已經付錢了。」凱西爾說道。「所以現在要打退堂鼓也有點晚，但我們會讓你得到你需要的軍隊，葉登。這個房間裡面的人是本城中最高超、最聰明也最優秀的一批鎔金師。請你就拭目以待吧。」

房間再次安靜下來。紋坐在桌邊，皺著眉頭觀察眾人的互動。*你在玩什麼把戲，凱西爾？*他說要推翻最後帝國的話顯然是騙局，她覺得他應該是想騙司卡反抗軍，可是……如果他已經拿到錢了，又何必繼續這場騙局？

凱西爾將注意力從葉登身上轉向微風跟哈姆。「怎麼樣，兩位，你們有何想法？」

兩人交換一個眼神。終於，微風開口。「統治老子明鑑，我從來不會拒絕挑戰。可是，阿凱，我對你的邏輯有點疑問。你確定我們辦得到嗎？」

「我很確定。」凱西爾說道。「之前推翻統御主的行動之所以會失敗，是因爲他們缺乏良好的組織跟規劃。我們是竊賊，各位先生，而且我們非常厲害。我們可以搶他人之所不能搶，騙他人之所不能騙。我們知道如何將一件龐雜巨大的工作切割成可以處理的步驟，然後一一執行。我們知道如何得到我們想要的東西。這些技巧讓我們絕對適合這個工作。」

微風皺眉。「那麼……爲了達成不可能的任務，我們收多少錢？」

「三萬盒金。」葉登說道。「先付一半，軍隊成立之後再付一半。」

「三萬？」哈姆說道。「這可是件大行動，三萬連支出成本都不太夠，我們需要派間諜到貴族間去注意流言，需要兩間安全的密屋，更不要提有足夠大的空間可以隱藏、訓練一整個軍隊……」

「現在討價還價已經沒用了，小偷。」葉登喝斥。「三萬對你們這種人聽起來可能不是大數字，但可是我們省了幾十年的成果。我們付不出更多錢是因爲我們沒有更多了。」

「這是做好事。」多克森說道，首次加入對話。

「是啦，這麼說，的確很棒。」微風說道。「我也覺得我是個好人，但是……這似乎有點太理想化了，更不要提太蠢了。」

「這個嘛……」凱西爾說道。「我們的好處可能不只這點。」

紋整個人精神一振，微風微笑。

「統御主的財庫。」凱西爾說道。「目前的計畫是提供葉登一支軍隊還有奪取城市的機會。一旦他攻下皇宮，他會攻下財庫，用裡頭的資金來鞏固勢力，而財庫的鎮庫之寶——」

「就是統御主的天金。」微風說道。

凱西爾點點頭。「我們跟葉登的合作協定包括皇宮中一半的天金存量，無論實際多寡。」

天金。紋聽說過這種金屬，但從來沒見過，它非常稀有，據說只有貴族能使用。

哈姆正在微笑。「這樣啊。」他緩緩說道。「這獎賞幾乎大得誘人呢。」

「據說那裡的天金存量相當驚人。」凱西爾說道。「統御主只賣非常少量給貴族，收取天價。他必須擁有極大的存量好確保他能控制市場，同時確保在緊急時候他有足夠的財富。」

「是沒錯……」微風說道。「但你確定在上一次我們嘗試進入皇宮之後，這麼快就要……再試一次？」

「這次的做法不同。」凱西爾說道。「各位先生，坦白說，這次行動不會簡單，但可以成功。計畫很簡單，我們要找到方法讓陸沙德警備隊動彈不得，令全城區失去鎮壓動亂的力量，然後，我們要讓城市陷入恐慌。」

「我們有兩個選擇可以辦到這件事。」多克森說道。「不過這件事我們等一會兒再談。」

凱西爾點點頭。「然後，葉登趁亂可帶軍隊進入陸沙德，奪取皇宮，禁錮統御主。在葉登掌控城市的同時，我們則可去奪取天金，把一半交給他，帶著另一半消失。在此之後，要如何留住他所奪得的一切就憑他的本事了。」

「聽起來對你而言有點危險，葉登。」哈姆評論，瞥向反抗軍首領。

他聳聳肩。「也許吧，如果眞有奇蹟出現，我們能控制皇宮，那至少我們能辦到沒有司卡反抗軍達成過的事情。對我的部屬而言，這已經不是攸關財富，甚至不是攸關生存，而是做一件偉大、輝煌的事情，讓司卡們能擁有希望。這種心情，你們這種人是不會瞭解的。」

凱西爾以眼色示意葉登別再繼續說下去，後者哼了哼，坐回椅子上。他用了鎔金術嗎？紋猜測。她以前也見過雇主與集團間的關係，但這次看起來是葉登被凱西爾吃得死死的，而非反過來。

凱西爾轉回去面對哈姆跟微風。「這一切不只是展現膽識而已。如果我們眞的能偷到天金，這對統御主的財務基礎會是猛烈的一擊。他仰賴天金提供的金錢，少了它，他有可能連軍隊都負擔不起。

「就算他逃出我們的陷阱，或是我們選擇在他不在時奪取城市以盡量減少跟他正面交鋒的機會，他的財務也會崩垮，無法驅使士兵進城來奪回首都。如果一切順利，整個城市就會陷入混亂，貴族會軟弱到無法抵抗反抗軍，而統御主將更加無法號召到像樣的軍隊。」

「那克羅司呢？」哈姆低聲問道。

凱西爾頓了頓。「如果他讓那些怪物進入自己的首都，那些毀損會比財務上的不穩定更危險。在混亂中，鄉村的貴族會反抗，自立爲王，統御主則無軍隊剿平他們。葉登的反抗軍會掌控陸沙德，而朋友們，我們會變得非常，非常有錢。大家各償所願。」

「你忘記鋼鐵教廷了，」歪腳坐在原本幾乎被眾人遺忘的角落斥罵。「那些審判者不會坐視我們將完美的神權政府推向混亂。」

凱西爾頓了頓，轉向老人。「我們得想辦法對付教廷，我是有幾個計畫，無論如何，這種問題都是我們該要解決的。我們得除掉陸沙德警備隊，因爲街道上若是有他們在巡邏，那我們什麼都無法辦到。我們也得想個辦法讓城市陷入混亂，還得讓聖務官逮不到我們。

「如果一切順利，我們可能可以強迫統御主將皇宮警衛，甚至是審判者派入城裡好維持秩序，如此一來，皇宮就會成爲弱點，讓葉登有完美的攻擊機會。在此之後，教廷或警備隊都不重要了，因爲統御主將沒有金錢可以控制帝國。」

「我不知道，阿凱。」微風說道，不斷搖頭，他原本輕浮的態度頓時收斂起來，似乎是認眞在考量這個計畫。「統御主的天金也是從某處取得的，如果他去別處挖礦怎麼辦？」

哈姆點點頭，「甚至沒有人知道天金礦在哪裡。」

「我不會說是沒有人。」凱西爾帶著微笑說道。

微風跟哈姆交換眼神。

「你知道？」哈姆問道。

「當然。」凱西爾說道。「我花了一年時間在那裡工作。」

「深坑？」哈姆驚訝地問。

凱西爾點點頭。「這就是爲什麼統御主要耗費功夫確定沒有人能從那裡活著走出來，因爲他不敢讓祕密外洩。那不只是罪犯聚集地或是讓司卡等死的地獄。它是個礦場。」

「這就合理了……」微風說道。

凱西爾站直身，離開吧台，走向哈姆跟微風的桌子。「我們有個機會，各位先生，有機會做一件偉大的事，一件沒有別的竊盜集團做過的事——我們要去搶劫統御主！

「不只如此。深坑幾乎致我於死，從我逃出後，我開始對世界有……不同的看法。我看到司卡毫無希望地工作著，我看到竊盜集團試圖靠貴族丟棄不要的垃圾生存，而過程中通常會害死自己；還有其他司卡，我看到司卡反抗軍這麼努力地試圖抗拒統御主，卻從未有進展，反抗軍會失敗是因爲它太不靈活、太分散，每次只要有點契機，就會被鋼鐵教廷碾碎。這不是打敗最後帝國的方法，各位。但是一個既專業又擁有出色技能的小團隊，是有希望能達成這件事的。我們工作的方式可以避免曝光的危險，我們知道如何躲避鋼鐵教廷的爪牙，我們瞭解貴族如何思考，如何利用其成員。我們可以辦得到！」他在微風和哈姆的桌邊停下。

「我不知道，阿凱。」哈姆說道。「不是我不同意你的動機，而是……這似乎有點有勇無謀。」

凱西爾微笑。「我知道，但你還是會加入，對不對？」

哈姆頓了頓，然後點點頭。「你知道不論是哪種行動，我都是你的人。這聽起來是有點瘋狂，而你的計畫向來如此。只是……你得坦白說。你說要推翻統御主，是認眞的嗎？」

凱西爾點點頭。不知道爲什麼，紋幾乎也有相信他的衝動。

哈姆堅決地一點頭。「好，算我一份。」

「微風？」凱西爾問道。

衣著精美的男子搖搖頭。「我不確定，阿凱。就算以你的標準來看，這也太扯了一點。」

「我們需要你，微風。」阿凱說道。「沒有人比你更擅長『安撫』群眾。爲了要組織軍隊，我們需要你的鎔金術師，還有你的力量。」

「這話倒是眞的。」微風說道。「但即便如此……」

凱西爾微笑，然後在桌上放了個東西——是紋幫微風倒的酒。她甚至沒注意到凱西爾已經將酒杯端離吧台。

「你想想其中的挑戰，微風。」凱西爾說道。

微風瞥向杯子，然後抬頭看著凱西爾，終於笑了，朝酒杯伸手。「好吧。也算我一份。」

「這是不可能的。」房間後方傳來粗啞的聲音。歪腳雙手抱胸，皺著眉頭瞪著凱西爾。「凱西爾，你真正的計畫到底是什麼？」

「我已經坦白說了。」凱西爾回答。「我打算奪取統御主的天金，推翻他的帝國。」

「你辦不到。」男子說道。「這眞是蠢到家了。我們全會被審判者的鉤子吊死。」

「也許吧。」凱西爾說道。「但想想我們成功時等著我們的報酬。財富、權力，還有一片司卡可以活得像人，而非奴隸的土地。」

歪腳明顯一哼，站起身，椅子在他身後翻倒。「沒有任何報酬值得我這樣做。統御主曾經想殺你卻失敗了，看得出來他不成功，你是不會罷休的。」說完，他便轉身，拖著腳步，一拐一拐地踏出房間，在身後將門重重甩上。

密室一片安靜。

「看來，我們需要另一個煙陣了。」多克森說道。

「你們就這樣放他走？」葉登質問。「他什麼都聽到了！」

微風輕笑。「你不是我們這一小撮人的道德良知嗎？」

「道德良知跟這件事無關。」葉登說道。「讓那樣子的人離開太蠢了！他可以在幾分鐘內就帶著一群聖務官找到我們頭上。」

紋點點頭同意，但凱西爾搖頭。「我不是這樣做事的，葉登。我邀請歪腳來參加會議，會議中我提出一個危險，甚至有人會稱爲愚蠢的計畫。我不會因爲他決定這對他而言太危險就派人暗殺他。如果凡事都這樣，要不了多久，沒有人會願意跟你合作。」

「況且……」多克森開口。「除非我們相信一個人不會背叛我們，否則我們甚至不會邀他們來。」

不可能的，紋皺著眉頭心想。他一定是在吹牛好激勵大家的士氣，不可能有人像他說的那樣願意信任別人。畢竟，其他人不是說了，凱西爾幾年前的失敗，害他被抓去海司辛深坑的那次，就是因爲他被背叛？他可能此刻就派殺手在跟蹤歪腳，確保他不會去找人通報。

「好了，葉登。」凱西爾回到正題上。「他們接受了。計畫成立。你還要參與嗎？」

「如果我說不的話，你會把錢還給反抗軍嗎？」葉登問道。

唯一的回答是哈姆的低笑聲。

葉登的臉色一黑，但他只是搖搖頭。「如果我有別的選擇……」

「拜託，能不能請你別再抱怨了。」凱西爾說道。「既然你現在已經正式成爲盜賊團隊的一員，你也該過來跟大夥兒坐在一塊。」

葉登好半晌沒作答，最後終於嘆口氣，走到微風、哈姆和多克森的桌子邊坐下，凱西爾依舊站在桌邊，紋則仍是坐在隔壁桌。

凱西爾轉身，看著紋。「妳呢，紋？」

她沒反應。他爲什麼要問我？他早就知道他能夠控制我。什麼樣的行動不重要，只要我學會他所知的一切都好。

凱西爾期待地等待。

「算我一份。」紋說道，猜想這是他想要的答案。

她一定是猜對了，因爲凱西爾微笑，然後朝桌邊最後一張椅子點頭。

紋嘆口氣，照著他的指示站起身，在桌邊最後的位子坐下。

「這孩子是誰？」葉登問道。

「跑腿的。」微風說道。

凱西爾挑起一邊眉毛。「其實，紋算是我新招募來的人。幾個月前我兄弟發現她在安撫他的情緒。」

「安撫者（Smoother）是吧？」哈姆問道。「這種人多一個總是好的。」

「其實……」凱西爾補充道。「她似乎也能『煽動』他人的情緒。」

微風一驚。

「眞的？」哈姆問道。

凱西爾點點頭。「老多跟我幾個小時前才測試過她。」

微風輕笑。「我剛才還跟她說，她可能碰不到你以外的迷霧之子呢。」

「團隊中有第二個迷霧之子……」哈姆讚嘆地說道。「這可讓我們的成功機率又提高了一些。」

「你在說什麼啊？」葉登氣急敗壞地說道。「司卡不可能是迷霧之子。我甚至不確定迷霧之子眞的存在！我可從來沒見過。」

微風挑起一邊眉毛，按上葉登的肩頭。「朋友，你應該試著少說兩句。」他提議。「這樣就不會顯得那麼笨了。」

葉登甩開微風的手，哈姆大笑。紋則靜靜地坐著，思考凱西爾方才說的話。偷竊天金的部分是很誘人，但爲此必須奪取城市？這些人眞的有這麼衝動嗎？

凱西爾爲自己拉過來一張椅子，反跨坐下，雙手靠在椅背上。

「好。」他說道。「我們現在有一組人馬了。下次開會時我們再討論細節，我要你們每個人都花時間去思考該如何達成這項任務。我有些計畫，但我希望你們能用全新的觀點來研究這件事。我們需要討論該如何把陸沙德警備隊誘離城市，還有該如何讓這個地方混亂到各大家族都無法動用武力來阻止葉登進攻的軍隊。」

除了葉登以外的所有人都點點頭。

「不過，在今晚的會議結束之前……」凱西爾繼續說道。「這個計畫還有一部分要特別警告各位。」

「還有？」微風笑問。「偷取統御主的財產跟顛覆他的王國還不夠？」

「不夠。」凱西爾說道。「如果辦得到，我還要殺了他。」

沉默。

「凱西爾……」哈姆緩緩開口。「統治者是無盡大宇宙的一截碎片。他是神的一部分。你殺不死他的。就連捕捉他也許都是不可能的事。」

凱西爾沒有回答，但他的眼神很堅定。

果然。紋心想。他一定瘋了。

「統御主和我……」凱西爾靜靜開口。「我們有一筆債沒算清。他奪走了我的梅兒，幾乎也奪走了我的神智。我必須向你們承認，我策劃這次行動的部分原因是要報復他。我們要奪取他的政府，他的家園，還有他的財富。

「可是，要做到這一點，我們必須處理掉他。也許將他禁錮在他的地牢裡，最少也得把他趕出城市。但是，我可以想得出比這兩者更好的選擇。在他把我送去的深坑裡，我『綻裂』了，鎔金術的力量在我體內覺醒。我現在打算用這股力量來殺死他。」凱西爾探入外套口袋，拿出某樣東西放在桌子上。

「在北方，他們有個傳說。」凱西爾說道。「故事中說，統御主並非完全長生不老，據說只要拿對的金屬，就能殺死他。第十一金屬。那種金屬。」

眾人的目光都轉向桌上的東西。那是一塊金屬，大概跟紋的小指頭等寬等長，邊緣相當平整，全部是銀白色。

「第十一金屬？」微風不確定地問道。「我從來沒聽過這種傳說。」

「統御主抑制了這個傳說，但只要知道要去哪裡找，還是找得到的。鎔金術理論教導有十種金屬：八種基本金屬，兩種高等金屬，但還有一種鮮爲人知的金屬，遠比另外十種更爲強大。」

微風質疑地皺眉。不過葉登似乎深感興趣。「這種金屬能殺掉統御主？」

凱西爾點點頭。「這是他的弱點。鋼鐵教廷要你們相信他是不死的，但就連他，也能被鎔合這種金屬的鎔金術師殺死。」

哈姆伸出手，拿起薄薄的金屬塊問道：「你在哪裡拿到的？」

「北方。」凱西爾說道。「靠近遠方半島的地方，那裡的人們還記得，在『昇華』前，他們的王國是什麼名字。」

「它有什麼作用？」微風問道。

「我不確定。」凱西爾坦白地說道。「但我打算找出來。」

哈姆端詳著陶瓷色的金屬，在指尖翻轉它。

*殺死統御主？*紋心想。統御主是一股力量，像風或像霧。這種東西是殺不死的。它們其實也不是活生生的東西，只是單純的存在。

「無論如何……」凱西爾說道，接過哈姆遞過來的金屬。「你們不用擔心這件事。殺死統御主是我的責任。如果辦不到，那就把他騙出城外，搶得他一窮二白就夠了。我只是覺得你們都該知道我的計畫。」

我把自己交給了一個瘋子，紋無奈地心想。

可是這無所謂，只要他能教她鎔金術。

我甚至不瞭解我該怎麼做。泰瑞司哲人說，時機到時，我自然會知道，但這實在無法令人安心。

深闇必須被摧毀，顯然只有我能辦得到。即便是現在，它也仍然摧殘著這世界。如果我不盡快阻止它，這片大地將只剩下骨骸和塵土。

5

「啊哈！」凱西爾勝利的身影從凱蒙的吧台後出現，將一瓶滿是灰塵的酒瓶重重放在吧台上。

多克森好笑地轉頭。「你是在哪裡找到的？」

「某個祕密抽屜。」凱西爾說道，擦拭著瓶身上的灰塵。

「我以爲我都找過了。」多克森說道。

「你是都找過了。但其中一個有僞夾層。」

多克森輕笑。「眞聰明。」

凱西爾點點頭，拔開瓶塞，倒出三杯酒。「祕訣就是不要停止尋找。永遠都有另一個祕密。」他抱起三只酒杯，走回紋跟多克森的桌子。

紋遲疑地接下了她的杯子。

會議不久前才結束。微風、哈姆和葉登已經離開去思索凱西爾剛告訴他們的事情，紋覺得她也該離開，但她無處可去。凱西爾似乎理所當然地覺得她會留下來跟他們在一起。

凱西爾啜了一口紅寶石色澤的紅酒，露出笑容。

「啊，這好多了。」

多克森同意地點點頭，但紋沒有喝自己的酒。

「我們還需要一個煙陣。」多克森評論。

凱西爾點點頭。「不過其他人似乎還頗能接受的。」

「微風仍然有點遲疑。」多克森說道。

「他不會退出的。微風喜歡挑戰，而且他絕對找不到比這更大的挑戰。」凱西爾微笑。「而且光是讓他知道我們有一項他沒有參與到的行動，就夠憋死他了。」

「不過，他的擔憂是對的。」多克森說道。「我自己也有點擔心。」

凱西爾同意地點頭，令紋皺眉。他們的計畫是認眞的嗎？還是他們仍然在假裝給我看？這兩人顯得非常有能力。可是，要推翻最後帝國？倒不如去阻止白霧流瀉或太陽升起吧。

「你的其他朋友什麼時候到？」多克森問道。

「再過兩天。」凱西爾說道。「我們那時候得有另一名煙陣。而且我還需要天金。」

多克森皺眉。「這麼快？」

凱西爾點點頭。「我把大多數天金都花在購買歐瑟的契約上。然後最後一點在特雷斯廷的農莊用光了。」

特雷斯廷。上個禮拜在自己的農莊裡被殺害的貴族。凱西爾是如何涉及這件事的？而且凱西爾之前是怎麼提到天金來著？他說統御主靠獨佔那種金屬來控制上族。

多克森搓搓長滿鬍子的下巴。「阿凱，天金很難弄的。之前光為了偷你那一點就花了八個月的策劃時間。」

「那是因為你要低調。」凱西爾狡詐地微笑。

多克森帶略微憂慮的眼神打量著凱西爾。

凱西爾只是露出更大的笑容，終於，多克森翻翻白眼，嘆口氣，然後瞥向紋。「妳沒有喝東西。」紋搖搖頭。

多克森等著聽她解釋，最後紋不得不回答。「我不喜歡喝不是自己準備的東西。」

凱西爾輕笑。「她讓我想到狂風。」

「狂風？」多克森一哼。「小妞是有點多疑，但沒那麼糟糕。我發誓，那傢伙緊張到會被自己的心跳聲嚇個半死。」

兩名男子一起笑了。和善的氣氛只是讓紋更不安。他們希望我怎麼做？我該算是他們的學徒嗎？

「好吧。」多克森說道。「你要告訴我打算怎麼樣弄到天金嗎？」

凱西爾開口正要回答，但樓梯響起有人下樓的聲音。凱西爾跟多克森一起轉頭，紋當然早就挑了不需轉頭就可觀察兩邊入口的位置坐下。

紋以為新來的人會是凱蒙的手下之一，被派下來看看凱西爾用完密室了沒。所以，當門一打開，出現的是歪腳的惱怒醜臉時，她大吃一驚。

凱西爾微笑，雙眼炯炯有神。

他一點不意外。也許有點得意，但不意外。

「歪腳。」凱西爾說道。

歪腳站在門口，一視同仁地對三人露出格外不滿的眼神，最後才一拐一拐地進入房間，另一名瘦弱，看起來笨手笨腳的男孩跟在他身後。

男孩幫歪腳端來一張椅子，放在凱西爾的桌邊。

歪腳坐下，自言自語地抱怨幾句，良久後才瞇著眼睛，皺著鼻子，開始瞄起凱西爾。

「安撫者走了？」

「微風？」凱西爾問道。「是啊，他走了。」

歪腳悶哼一聲，然後瞄了瞄酒瓶。

「請用。」凱西爾說道。

歪腳揮手要男孩去吧台幫他拿個杯子，然後轉回身面向凱西爾。「我得確定一下。」他說。「有安撫者在的時候，特別不能相信自己——尤其是有他那種安撫者在。」

「你是個煙陣，歪腳。」凱西爾說道。「如果你不願意，他奈何不了你的。」

歪腳聳聳肩。「我不喜歡安撫者。不只是因為鎔金術，而是那種人……就是沒法相信那種人不會趁機操弄人，不論我燒的是紅銅還什麼。」

「我不會仰賴那種手段來贏得你的忠誠。」凱西爾說道。

「我是這麼聽說了。」歪腳說道，男孩此時爲他倒了一杯酒。「不過還是得確定一下，得趁微風不在時再想想。」他惡狠狠地拿起杯子，灌下半杯，但紋實在看不出來他不高興的理由。

「好酒。」他悶聲說道。然後，轉頭看著凱西爾，「深坑眞的把你逼瘋了，是吧？」

「瘋透了。」凱西爾一本正經地說。

歪腳微笑，不過這表情出現在他臉上顯得格外扭曲。「所以你打算做到底？你所謂的行動？」

凱西爾嚴肅地點點頭。

歪腳灌下剩餘的酒。「那你得到了一名煙陣。不過，不是爲了錢。如果你是認眞要推翻他們的政府，那算我一份。」

凱西爾微笑。

「然後不要對我微笑。」歪腳斥罵。「我最討厭人家那樣。」

「我可不敢。」

「好吧。」多克森說道，幫自己倒杯酒。「這就解決煙陣的問題了。」

「沒差。」歪腳說道。「你們會失敗的。我花了一輩子把迷霧人藏起來，不被統御主跟他的聖務官找到，不過早晚還是都被他們抓到。」

「那幹麼還幫我們？」多克森問道。

「正因爲如此，」歪腳一面站起身，一面說道。「他反正早晚會逮到我。至少，做這件事可以讓我在掛掉之前朝他臉上呸一口。推翻最後帝國……」他微笑。「也算走得漂亮。走吧，小子，我們得去準備開店，等客人上門。」

紋看著他們離開。歪腳蹣跚地拐出門外，身後的男孩把門拉起。

她瞥向凱西爾。「你知道他會回來。」

他聳聳肩，站起身來左右伸展。「我是希望如此。人們會受遠見吸引。我提出的行動……不是令人容易放手的，尤其如果你是對生命的一切都感到極端不滿的無聊老頭。對了，紋，我猜妳的集團擁有整棟大樓？」

紋點點頭。「樓上的店面是僞裝。」

「很好。」凱西爾說道，檢視他的懷錶，然後遞還給多克森。「跟妳的朋友說密室可以還他們了——濃霧大概也已經出來了。」

「那我們呢？」多克森問道。

凱西爾微笑。「我們要去屋頂。剛跟你說過了，我得弄點天金來。」

白天時，陸沙德是個烏黑的城市，被灰燼跟紅色陽光烙黑，剛硬、清晰、壓迫。但是夜晚時，白霧襲來，遮蔽、模糊一切。上族的堡壘變成鬼魅般的高聳輪廓。霧中的街道似乎變得更狹窄，每條大道都變成了孤寂、危險的小巷。就連貴族跟盜賊都對於在夜晚行走感到惴惴不安，得是十分大膽之人才敢走入不祥、多霧的沉靜。晚上的闇城屬於亡命之徒與有勇無謀之輩，是盤繞迷團與奇特怪物的地方。

像我這樣的奇特怪物，凱西爾心想。他站在環繞密屋平坦屋頂邊緣的平台。夜裡，佇立在陰影中的建築物包圍著他，濃霧讓黑暗中的一切看起來像是不斷在晃動。

偶爾有一扇窗戶傳出微弱的燈光，但細小的光明是畏縮、恐懼的東西。

一陣涼風穿過屋頂，撥弄著白霧，刷過凱西爾被霧氣沾濕的臉頰，宛如吐出的氣息。過去，在一切變質之前，他行動的前一晚總要找個屋頂，想要看一眼市景。他沒發現今晚自己是在重拾舊習，直到他瞥向身側，滿心以爲梅兒會一往如常地在旁邊。

如今，只有空氣。寂寞。沉默。迷霧取代了她的位置，遠不及有她的人在身邊。

他嘆口氣轉身。紋和多克森站在他身後，兩人對於身處濃霧中顯得侷促不安，但都能處理自己的恐懼。地下世界的人如果不能忍受迷霧，是撐不了多久的。

凱西爾則不只是「忍受」而已。過去幾年，他在白霧中行走的次數多到他開始覺得，夜晚走在迷霧的隱匿擁抱中，比走在白晝下還自在。

「阿凱。」多克森開口。「你一定得要那樣走在邊緣嗎？我們的計畫也許有點瘋狂，但我希望結局不是看到你在下面的石板路上摔成稀巴爛。」

凱西爾微笑。他還是沒把我當成迷霧之子，他心想。他們都得花點時間才能適應。

很多年前，他成爲陸沙德中最著名的首領，那時的他甚至不是鎔金術師。梅兒原本是個錫眼，但他跟多克森……只不過是普通人。一個是沒有任何力量的混血司卡，另一名則是從農莊逃跑的司卡。在兩人的攜手合作下，貴族被偷得片甲不留，他們大膽地從最後帝國裡最有勢力的人身上偷盜，如今凱西爾更勝從前，遠非昔日能比。曾經，他夢想擁有鎔金術，希望能有梅兒那樣的力量。只是，他綻裂得到力量前，她就死了。她永遠也看不到他如何運用自己的力量。

在之前，貴族怕他。只有統御主親自設下的陷阱才抓到凱西爾。而今……不撼動最後帝國，他誓不罷休。再看城市最後一眼，將白霧深吸入體內後，他終於從平台上跳下，回到多克森跟紋身邊。三人都沒有帶燈火，通常被迷霧散布的星光就足以見物。

凱西爾脫下外套跟背心，遞給多克森，然後拉出襯衫，讓下襬散在外，布料顏色深到不會暴露他在黑夜中的身影。

「好了。」凱西爾說道。「我該找誰下手？」

多克森皺眉。「你確定你想這麼做？」

凱西爾微笑。

多克森嘆口氣。「兀爾斑跟坦尼珥最近才被偷過，但不是對他們的天金下手。」

「現在哪家的守衛最嚴密？」凱西爾問道，蹲身解下靠在多克森腳邊的背包繫帶。「誰是沒有人會去動的？」

多克森頓了頓。「泛圖爾。」他最後說道。「他們最近幾年來都是最強盛的一族，平時即有幾百人，而且住在府宅中的貴族就有二十幾名是迷霧人。」

凱西爾點點頭。「好，我就去那裡。他們一定有天金。」他拉開袋子，抽出一件深灰色的披風，大得可以包裹住他全身。披風本身並非由一塊布所做成，而是有數百條緞帶般的長布條所組成，在肩膀跟胸口前密縫在一起，但在別處則是各自垂掛，有如層層疊疊的彩帶。

凱西爾披上衣服，布條不斷翻滾扭轉，幾乎就像迷霧一般。

多克森輕輕吐氣。「我從來沒這麼靠近穿這種衣服的人過。」

「這是什麼？」紋問道，低低的聲音在夜霧中宛如幽魂之聲。

「迷霧之子的披風。」多克森說道。「他們都會穿這種披風，有點像是……俱樂部的徽記。」

「它的顏色跟設計都是爲了讓人隱身在霧裡。」凱西爾說道。「而且警告城市守衛跟其他的迷霧之子不要來打擾你。」他轉身，讓披風戲劇化地翻舞。「我覺得它穿在我身上挺合適的。」

多克森翻翻白眼。

「好了。」凱西爾說道，彎腰從背袋中拿出一條布腰帶。「泛圖爾。還有什麼我該知道的事情嗎？」

「泛圖爾大人據說在書房裡有個保險櫃。」多克森說道。「他的天金應該就收藏在那裡。書房位於三樓，在上南陽台的三個房間外。小心點，泛圖爾的宅邸中除了一般的士兵跟迷霧人之外，還有大約十二名殺霧者。」

凱西爾點點頭，綁上腰帶。腰帶上雖無扣環，卻有兩個劍套。他從包包裡抓出一對玻璃匕首，檢查一陣發現沒有缺口後，塞入劍套。然後，他踢掉鞋子、除下襪子，光腳踩在冰冷的石頭上。如此一來，他身上已經沒有半點金屬，只剩下錢袋跟腰帶中的三小瓶金屬。他選了最大的一瓶喝下，然後將空瓶子交給多克森。

「就這樣？」凱西爾問道。

多克森點點頭。「祝你好運。」

站在他身旁，紋帶著專注的好奇心觀看凱西爾的準備過程。她是個安靜的小東西，但體內隱藏著令他刮目相看的強烈情緒。的確，她很多疑，卻不膽怯。

會有妳的機會的，孩子。他心想。只不過不是今晚。

「好了。」他說道，從錢袋中掏出一枚硬幣，拋到建築物下。「看來我該走了。晚點跟你們在歪腳的店裡會合。」

多克森點點頭。

凱西爾轉身，走回到屋頂邊緣的平台，然後從建築物上跳了下去。

迷霧盤繞在他身旁的空氣中。他燃燒鋼，基本鎔金術金屬的第二種。透明的藍色線條出現在他身體周圍，只有他能看到。每條都從他的胸口延伸到附近的金屬來源。每條線都很淡，顯示指向小的金屬來源：門鉸鍊、釘子以及其他的零散金屬。哪種金屬不重要，燃燒鐵或鋼都會指向附近各式各樣夠大的金屬。

凱西爾選了一條直接指向他的錢幣的金屬，燃燒鋼，反推著錢幣。

下墜的身形立刻停止，沿著藍線反彈回空中。他伸向側面，選擇剛經過的窗沿一推，讓自己靠到一旁，小心翼翼的推送，讓他翻進紋的組織密屋對面的建築物。

凱西爾輕巧地落下，蹲下身，朝翹起的屋簷上方跑去。他在對面的陰影間停下，望向翻騰空氣的彼方。他燃燒錫，感覺它在胸口甦醒，增強他的感官。突然，迷霧顯得較不深邃，也不是周遭的黑夜變得更明亮，而是他的視覺增強。在北方稍遠處，他依稀可以看到一個大建築物的輪廓。泛圖爾堡壘。

凱西爾放著錫——因爲錫燃燒的速度較慢，他應該不用擔心用完的問題。他站在原處，迷霧輕輕地繞著他的身體盤旋、扭轉、旋飛，順著他身邊一道幾乎難以察覺的氣流流竄。迷霧認得他、擁有他，它們可以感覺到鎔金術。

他再次一跳，反推身後的鐵煙囪，讓自己橫越得更遠，同時抛出一枚錢幣，一小點金屬穿過黑暗跟白霧，趁錢幣落地前反推它，身體的重量把錢幣用力下壓。等到錢幣落地的同時，凱西爾的反推也讓他彈上，將跳躍的第二段變成優雅的弧線。

凱西爾落在另一座高尖的木頭屋頂上。「鋼推」跟「鐵拉」是蓋莫爾教導他的第一件事。當你反推某樣東西時，就像是用你的全身重量推擠它，老瘋子如是說。而你不能隨時改變你的體重——你是鎔金術師，不是北邊的隱士。不要拉某個比你輕的東西，除非你想要它朝你飛來，還有不要推比你重的東西，除非你想要被拋向反方向。

凱西爾搔抓著疤，蹲在屋頂上，拉緊迷霧披風，木紋嵌入他沒穿鞋子的腳趾。他經常希望燃燒錫不會增強所有的感官，至少不是同時增強。他需要增強的視覺好能在黑暗中見物，同時增強的聽覺也很有用，但是燃燒錫的同時也讓過分敏感的肌膚對夜晚格外覺得寒冷，腳板也感覺得到每一塊碎石跟木紋。

泛圖爾堡壘佇立在他面前。相較於黯淡的城市，堡壘似乎是個發光體。上族的生活作息與常人不同，因爲負擔得起，甚至會揮霍燈油跟蠟燭，以彰顯有錢人不需要仰賴季節或太陽。堡壘甚爲壯觀，光從建築物外表就可見一斑，它最外圍仍有防衛性的高牆，堡壘本身的設計是偏向貴族的豪宅而非軍事碉堡。建築物兩旁伸展著穩固的拱壁，允許在其上下搭建精緻的窗戶和纖細的高塔。鮮豔的彩色玻璃沿著長方形建築物的上緣繞行一圈，讓環繞在堡壘周圍的白霧都染上繽紛的色彩。

凱西爾燃燒大量的鐵直達沸騰，尋找夜晚何處有大量金屬聚集。他離堡壘太遠，無法使用錢幣或門絞鍊這種小東西，需要更穩固的標的物來穿越這段距離。

大多數的藍色線條都很黯淡，凱西爾注意到有一兩條在前方以緩慢的速度在移動，可能是一組站在屋頂上的守衛，而他會注意到是因爲他們的胸甲跟武器。雖然知道鎔金術的能力，大多數貴族仍然選擇讓他們的士兵身著金屬盔甲，因爲能推或拉金屬的迷霧人並不常見，迷霧之子更是少有。大多數貴族認爲，爲了要對抗這麼小一部分族群就得讓自己的士兵和守衛毫無防備之力，實在很不實際。

因此，大多數貴族仰賴其他方法來處理鎔金術師。凱西爾微笑。多克森說，泛圖爾大人僱用了一批殺霧者。如果是眞的，今晚大概就會碰到他們。他暫且先將守衛擱下一旁不管，專注於一條直指堡壘高聳屋頂的粗藍線，這應該是指向屋頂上的黃銅或紅銅遮蓋。凱西爾燃起鐵，深吸一口氣，用力朝線一拉，猛然被拖入空中。

凱西爾繼續燒鐵，以極快的速度將自己拉向堡壘。有些傳說聲稱迷霧之子會飛，那只是誇張之詞而已。拉跟推金屬通常感覺像是一直在墜落，而非飛翔，只是跟一般墜落的方向相反而已。鎔金術師必須用力拉才能得到足夠的慣性，因此會讓他以驚人的速度衝向他的支點。凱西爾射向堡壘，迷霧在身邊盤旋，他輕而易舉地跳過了堡壘周圍的保護城牆，身體隨著距離而逐漸落下。又是他討厭的體重，總是將他往下拉，但就連最快的箭也會在飛行時微微下墜。

體重的拖力意謂著他不是直線衝向屋頂，而是以弧線跳躍。他靠近堡壘外牆時，比屋頂低了幾十呎，卻仍然以可怕的速度在前進。

凱西爾深吸一口氣，燃燒了白鑞，就像用錫來增強感官一樣，用它來增強力氣。他在半空中一迴旋，腳先踩上了石牆，他經過增強的肌肉對此發出抗議，但他總算是在沒有折斷骨頭的情況下停住。他的手立刻鬆開屋頂，抛下一枚錢幣，趁錢幣還沒落地前就開始反推，然後選了上方的一個金屬來源，應該是彩繪玻璃外的鐵絲保護網，以此上拉。錢幣落到地面，突然能支撐住他的體重，讓凱西爾能夠反彈，同時推著錢幣跟拉著窗戶。最後，讓兩種金屬熄滅後，他任由慣性帶他穿過最後幾呎暗霧，披風一陣沉靜翻飛，他跳上堡壘的上層修繕用走道，翻過石欄杆，靜靜地落在陽台。

一名受驚的守衛站在不到三步遠外的地方。凱西爾不消一秒便撲上那人，跳入空中，輕拉守衛的鋼胸甲，讓那人重心一陣不穩，同時抽出自己的玻璃匕首，允許鐵拉的力量將他帶向守衛。他雙腳踩上男子的胸口，然後蹲低，以白鑞增強的手勁用力揮劃。

被割喉的守衛立即癱倒。凱西爾輕巧地落在他身側，耳朵敏銳地觀察夜晚是否有傳來騷動聲。毫無動靜。

凱西爾讓守衛自行冒血死去。那個人應該是名低階貴族。敵人。如果他是司卡士兵，因爲幾個錢就被誘惑來背叛他的族人……那麼凱西爾更樂意讓這些人進入永恆的安息。

他反推瀕死守衛的胸甲，跳下以石頭修繕的走道，落上屋頂，腳下的黃銅屋頂又冰又滑。他快速沿著它朝向建築物的南方奔去，尋找多克森所描述的陽台。他不太擔心被人看到，因爲今晚的其中一個目的是要偷取天金，也就是爲人所知的鎔金術金屬中的第十種，也是最強大的一種。不過，他的另一個目的是要引起騷動。

他很輕鬆地便找到陽台，又寬又深，應該是能用來招待小群客人的場所。目前陽台一片安靜，只有兩名守衛。凱西爾蹲在陽台上方的黑霧中，捲起的灰色披風隱匿了他的身形，腳趾緊攀著屋頂的金屬外緣。兩名守衛毫無知覺地在下方交談著。

該製造些噪音了。

凱西爾落在兩人中間的走道，一面燃燒白鑞增強肌力，他伸出手，用力同時鋼推了兩人。由於他卡在中間，他的推力讓兩名守衛各自朝反方向推去。突來的力道讓守衛猛然後翻，跌過了陽台護欄，落入下方的黑暗，引起兩人一陣驚呼。

尖叫伴隨著守衛下墜。凱西爾推開陽台門，讓一陣迷霧隨著他一起進入，絲絲探索的白手指伸向屋內陰暗的房間。

裡面第三個房間，凱西爾心想，以半蹲的姿勢前跑。第二個房間很安靜，是個類似溫室的地方，低矮的土堆上種著精心修整過的矮灌木叢跟小樹，另一面牆則是落地窗，好提供陽光給所有的植物。雖然房內一片漆黑，但凱西爾知道那些植物的顏色都會跟一般的褐色不同，有些是白色，有些是深紅色，甚至可能有幾株淺黃色的植物。不是咖啡色的植物相當罕見，經常有貴族種養跟培育。

凱西爾快速穿過了溫室，在第三道門外停下，發現門後透著一圈光。他滅了白鑞，以免突然進入明亮的房間時會暫時喪失視覺，然後猛力推開門。

一彎腰進了房間，強烈的光線令他眨著眼睛，雙手已各自握好了匕首，但房間卻是空蕩蕩的。很顯然，這是間書房，每個書櫃邊的牆壁上都各自有一盞燈籠，角落還有一張書桌。

凱西爾收起了匕首，燒起鋼，尋找金屬的來源。房間角落有一個大保險櫃，太明顯了。果然，東牆裡面又有一個強大的金屬來源在發光。凱西爾走向牆，一手摸著牆板。牆板和大多數貴族堡壘中的牆壁一樣，上面都畫著淡色彩繪，奇特的動物徜徉在紅色的太陽下，假牆的部分還不到兩呎見方，裂縫被壁畫所遮掩。

永遠都有另一個祕密，凱西爾心想。他甚至沒有去想該怎麼把門打開，直接就燒了鋼，向前延伸，拉扯著他認為應該是假門的開關，一開始還有些阻力，把他拉近了牆邊，但他燃燒起白鑞，更用力的一陣拉扯後，鎖斷了，假門大開，顯露鑲嵌在牆壁上的小保險箱。

凱西爾微笑。它看起來小到夠讓有白鑞增強的男子一把抱起——只要他能把它從牆壁中挖出來。他一躍而起，用鐵拉著保險箱，雙腳跨著大開的假門，踩著牆壁，繼續拉扯，穩住身形後，他燒起白鑞，雙腿瞬間充滿力量，再驟燒鐵，用力拉著保險箱。

他繼續使力，因為用勁而輕輕悶哼。這是場考驗，看先投降的會是誰——保險箱，或他的腿。保險箱的框架開始鬆動，凱西爾更用力地拉扯，他的肌肉不斷抗議。有好一會兒，什麼事都沒發生，但轉瞬間，保險箱一陣顫動後，從牆壁脫出。

凱西爾向後一倒，燒起鋼同時反推保險箱好閃躲開來。在他笨拙地落地的瞬間，保險箱也重重撞上木地板，碎屑頓時滿天飛舞，他額上的汗水也順勢滴下。

兩名驚愕的守衛衝入房間。

「你們早該來了。」凱西爾批評他們，同時舉起手，拉引其中一名士兵的劍。劍從劍鞘中飛出，在空中一打轉，立刻劍尖朝前地飛向凱西爾。凱西爾熄滅了鐵，側踏一步，順勢探手握住飛過的劍柄。

「迷霧之子！」守衛尖叫。

凱西爾微笑，向前一跳。

守衛拔出匕首，凱西爾反推，將武器從男子手中奪走，然後一旋身，砍飛了守衛的頭。第二名守衛連聲咒罵，一手則忙著解開胸甲的皮帶。

旋砍的同時，凱西爾已經在反推自己的劍，讓劍從手中飛出，嘶聲飛向第二名守衛，男子的盔甲落地，阻止凱西爾再次反推的動作，早先被砍頭的守衛身體此時才歪倒落地。片刻後，凱西爾的劍埋入第二名守衛毫無防備的胸膛，男子靜靜地一歪身，癱落地面。

披風一陣飛揚，凱西爾再不理會地上的屍體。他的憤怒目前仍然沉靜，不比殺死特雷斯廷大人那天晚上激動，但他仍然能感覺得到怒氣在他的疤痕間騷動，聽到他所愛的女人的尖叫聲。

在凱西爾的眼中，自願支持最後帝國的人同時也放棄了活命的權利。

他燒起白鑞，挺直背脊，再蹲下抱起保險箱，沉重的負擔讓他搖晃了一秒，然後重新恢復平衡，開始慢慢朝陽台的方向走去。也許保險箱裡有天金，也許沒有，但他沒時間去尋找其他可能的隱藏地點。

他穿過溫室的途中，方才聽到身後有腳步聲，轉身看到書房裡滿是人影，總共有八個人，每個人都穿著一件寬鬆的灰袍，拿著決鬥杖跟盾牌。殺霧者。

凱西爾把保險箱拋在地上。殺霧者不是鎔金術師，但他們受過殺迷霧人跟迷霧之子的訓練。他們身上絕不會帶半點金屬，而且知道該怎麼應付他。

凱西爾後退一步，伸展四肢，露出微笑。八名男子分散地走入書房，踏著安靜且精準的步伐。有點意思。

殺霧者發起攻勢，兩兩殺入溫室，凱西爾抽出匕首，彎身躲過第一組人馬，劃向一名男子的胸口，但殺霧者立刻後跳，同時決鬥杖一揮，逼退凱西爾。

凱西爾燒起白鑞，讓增強的腿力帶著他遠遠後跳，一手揮灑出一把錢幣，將它們推向他的敵人。鐵片朝前飛穿過空氣，但他的敵人早已準備好應對方式：所有人同時舉起盾牌，錢幣撞上木塊，鏟起木屑，敵人則毫髮無傷。

凱西爾打量著湧入房間、步步進逼的殺霧者。長久而言，他們是打不過他的，所以攻擊方式必定是快速全衝，希望能速戰速決，或者至少要絆住他，直到能把鎔金術師叫醒，叫他們來戰鬥。他落地時瞥向保險箱。

他不能留下它離開，得盡快結束。再燒一次白鑞後，他向前跳躍，嘗試性地揮舞匕首，卻無法突破對手的防禦範圍，幸好凱西爾躲得快，否則他差一點被決鬥杖敲破腦袋。

三名殺霧者衝到他身後，截斷他退入陽台間的後路。太棒了，凱西爾心想，試圖要一次對付八個人。他們小心翼翼地以團隊合作的方式前進。

牙關一咬，凱西爾再次燒起白鑞，注意到白鑞的量開始變少了，因爲白鑞是八種基本金屬中燃燒最快的。

現在沒時間擔心這個問題。他身後的男子攻來，凱西爾跳開，對保險箱拉引，將自己帶入房間中央，一落地便立刻斜向反推飛起，曲身翻過兩名攻擊者的頭頂落在修剪整齊的灌木叢邊，一轉身，燃燒白鑞，舉起手臂抵抗他知道會敲下來的攻擊。

決鬥杖敲上他的手臂，一陣痛楚竄過前臂，但經過白鑞增強的骨頭並無損傷。凱西爾不斷移動，另一隻手前伸，將匕首戳入對手的胸口。

男子訝異地後退，這個動作反而帶走了凱西爾的匕首。第二名殺霧者攻擊，但凱西爾一彎身，便空手把錢袋從腰帶扯下。殺霧者已經準備好要阻擋凱西爾剩餘的匕首，但凱西爾卻是舉起拿著錢袋的手，重重擊向攻擊者的盾牌，同時大力一推袋裡的錢幣。

殺霧者大喊，鋼推的力道讓他猛然後倒，凱西爾一燒鋼，推力大到把自己也推飛了出去，躲開了想從後方攻擊他的兩人。凱西爾跟敵人以反方向後飛。凱西爾撞上圍牆，卻沒停手，仍然繼續後推，把他的敵人、錢袋、盾牌等等推撞上巨大的溫室玻璃牆。

玻璃粉碎，書房的燈籠火光反射在上百上千的碎片上，殺霧者絕望的臉龐消失在身後的黑暗中，寧靜卻暗藏殺意的濃霧則開始從碎裂的窗戶間潛入。

剩下六名男子不罷休地繼續前進，凱西爾被迫得先忽略手臂上的痛楚，專注於閃躲兩方來的揮擊，轉身躲開攻擊跟一棵小樹，但第三名殺霧者的攻擊得逞，他手中木杖重重敲在凱西爾的身側，讓他摔倒在苗床上。苗床的植物絆倒了他，讓他跌倒在明亮書房的門口，手中的匕首跌落在地。疼痛令他喘息出身，但他仍一滾身跪起，手按著身側。方才那一擊足以打斷普通人的肋骨，就連凱西爾都免不了有一大塊瘀青。

六名男子繼續前進，再次散開好包圍他。凱西爾跌跌撞撞地站起，視覺因痛楚跟流失的體力而恍惚，但他仍咬緊牙關，探入懷中掏出最後一小瓶液體，一口飲盡，補充他的白鑞，然後燃燒錫。亮光幾乎讓他眼睛瞎掉，手臂跟身側的痛楚也顯得格外清晰，而突然增強的感官知覺也讓他神智清醒。

六名殺霧者以令人措手不及的速度發動集體猛攻。凱西爾將手按向身側，燃燒鐵後開始尋找附近的金屬。最近的金屬物是書房內桌上的一枚厚重的銀色紙鎮。凱西爾將紙鎮引入手中，然後一轉身，手舉向靠近的人，擺出防禦姿勢。

「好了！」他低吼。

凱西爾猛然燃燒鋼鐵，長方形的金屬從他手中飛出，穿過空氣，最前方的殺霧者舉起盾牌，但動作太慢，金屬塊喀啦一聲撞上男子的肩膀，令他邊叫邊軟倒在地。

凱西爾側轉兩圈，閃躲決鬥杖的揮擊，讓一名殺霧者擋在他跟倒地男子之間，燒起鐵，將金屬塊拉回自己的方向。金屬塊咻地飛來，正中第二名殺霧者的後腦勺，他倒地的同時，金屬塊也飛入空中。

剩餘的一名男子咒罵，衝向前來攻擊。凱西爾推出仍然在空中的金屬塊，讓它閃過了舉起盾牌的殺霧者。凱西爾聽到金屬塊落在身後地面的聲音，然後他伸出手，瞬間燃燒白鑞，握住殺霧者揮舞過來的決鬥杖。

殺霧者悶哼一聲，在凱西爾增強的掐握中不斷掙扎。凱西爾甚至沒浪費力氣在拉扯武器上，而是用力一拉身後的金屬塊，讓它以致命的速度朝自己飛來，最後一刻扭轉上半身，四兩撥千金地將殺霧者翻轉方向，使他的背心正對上金屬塊的飛行路徑。那人隨即倒地不起。

凱西爾燒起白鑞，準備迎接將來的攻擊。果不其然，一根決鬥杖重擊上他的肩膀。木頭發出碎裂聲，也逼得他跪倒在地，但燃燒的錫讓他保持神智清醒，痛楚跟敏銳的感官閃過他的腦海。他拉出金屬塊，將它從瀕死之人的背上拔起，往側面一踏，讓他臨時找到的武器飛過身邊。

兩名最靠近他的殺霧者警戒地蹲下。金屬塊砍入其中一人的盾牌，但凱西爾沒有繼續推送，以免失去重心。反而他燃燒鐵，把金屬塊拉回自己的方向，彎下身後熄滅鐵，感覺金屬塊從頭上呼嘯而過。金屬塊撞上想從背後偷襲他的男子時，傳來一陣碎裂聲。

凱西爾轉身，先燒鐵，後燒鋼，讓金屬塊飛向最後兩名男子。他們都朝兩側躲開，但凱西爾將金屬塊往後一拉，讓它落在兩人面前。他們相當警戒地看著它，一時恍神，沒注意到凱西爾已經跳起，憑藉金屬塊，利用鋼推的能力一個筋斗翻過兩人的頭頂。殺霧者們咒罵連連，連忙回身，但凱西爾落地時已經又引拉來金屬塊，從後方擊碎一人的頭顱。

殺霧者靜靜地倒地。金屬塊在黑暗中翻滾幾次，被凱西爾一手抓住，沁涼的表面因鮮血而濕滑。從破裂窗戶流入的白霧聚集糾結在他腳。他放下手，直指著最後一名殺霧者。在房間某處，一名倒下的人發出呻吟。

最後一名殺霧者後退一步，拋下武器逃走。凱西爾微笑，放下手。突然，金屬塊從他的手指被推出，飛竄過房間，直搗入另一扇窗戶。凱西爾咒罵，快速轉身看到更多人馬湧入書房，全都穿著貴族的衣服。鎔金術師。

其中幾人舉起手，一波錢幣朝凱西爾飛來，他燃燒鋼，推開錢幣，天女散花的錢陣粉碎了窗戶，擊裂了木頭。凱西爾感覺腰帶上一扯，看到他最後一瓶金屬被扯走，被拉入另一間房中。幾名壯碩男子彎身向前奔跑好躲避飛散的錢幣。應該是一群打手，也就是像哈姆那樣專燃燒白鑞的迷霧人。

該走了，凱西爾心想，轉移另一波錢幣，咬緊牙關忍下身側跟手臂上的痛楚。他瞥向身後，發現雖然還有一點時間，但他絕對來不及逃回陽台。更多迷霧人逼近，凱西爾深吸一口氣，衝向其中一扇破碎的落地窗，躍入霧中的同時翻轉身體，猛力拉扯他拋在地上的保險箱。

他在半空中一抖，晃向建築物的側牆，彷彿有繩索將他與保險箱繫在一起。他可以感覺到保險箱向前滑，被凱西爾的重量拖拉，摩擦著溫室的地板。他撞向建築物的側牆，但繼續拉扯，一腳踩上窗沿的上層，以頭下腳上的方式卡在窗戶間，引拉著保險箱。

保險箱出現在樓上的邊緣，搖晃一陣，掉出窗戶，開始筆直朝凱西爾落下。他微笑，熄滅鐵，雙腳一撐，蹬離建築物，讓自己像是不要命的潛水伕一樣落進白霧，背朝下跌進黑暗中，最後一刻，他看到樓上窗戶間探出一張憤怒的臉龐。

凱西爾小心翼翼地拉引著保險箱，在空氣中挪移著自己的身體。白霧在他身邊翻繞，阻礙他的視線，讓他覺得他不是在墜落，而是懸浮在一片空無之間。

他來到保險箱上，在空中半轉身後反推保險箱，讓自己上彈。

保險箱撞上下方的石板地。凱西爾輕推保險箱，讓自己的速度減慢到停在離地面上方尚有幾呎的空中。他掛在空中片刻，披風的緞帶在風中捲繞騰飛，然後讓自己落在保險箱旁邊的地面上。

保險箱因下墜之力而碎裂。凱西爾扳開扭曲的門口，錫增強的耳朵聽著上方傳來的驚呼。在保險箱內，他找到一小袋寶石和幾萬盒金，都被他收在口袋裡。

他繼續往內摸索，突然擔心整個晚上的努力都是白費力氣。然後，他的手指探入最深處——摸到了，一個小囊。

他拉開袋口，看到一堆像細珠子般的深色金屬。天金。他的疤痕猛然作痛，關於深坑的回憶湧現腦海。

他拉緊袋口站起身，好笑地發現不遠處有個扭曲的身軀躺在地上——就是被他丟出窗外的殺霧者。凱西爾走了過去，鐵拉拿回他的錢袋。

今晚的確沒有浪費。在他眼裡，即使沒有找到天金，只要能殺死一堆貴族，就算是成功之夜。一手緊握錢袋，一手牢握天金，他繼續燃燒著白鑞，要不是有它提供的額外體力，他早就因爲傷口的痛楚而倒地。藉著白鑞的力量，他衝入黑夜，朝歪腿的店鋪奔去。

沒錯，這從來都不是我想要的，但總得有人來阻止深闇。顯然，這件事只可能在泰瑞司完成。

不過，關於這個事實，我不需要仰賴哲人們的意見。如今，我可以感覺到我們的目標，可以感應到它，即使其他人不能。它在我的腦海中……鼓動著，傳遞來自遠方山脈中的信息。

6

紋在一間安靜的房間中醒來，紅色的清晨日光透過木頭百葉窗射入。她躺在床上一會兒，心神不寧。有哪裡覺得不對勁。不是因爲她在不熟悉的地方醒來，因爲跟瑞恩的旅行已經讓她熟悉四處爲家的生活模式。她花了一段時間才發覺自己爲何覺得不安。

房間是空的。

不只空，更是空曠。毫不擁擠。而且……很舒服。她躺在眞正的床墊上，下面有木柱撐起床板，上面鋪著床單和厚軟的拼布棉被。房間裡的家飾包括一座牢固的木製衣櫃，甚至還有一條圓形的地毯。

也許別人會覺得這房間太窄小且簡陋，但紋覺得它已經奢侈至極。

她皺著眉頭坐起身，總覺得擁有自己的房間是不對的。她向來都是跟一群集團成員擠在同一間小臥室裡，就連旅行時她也是睡在乞丐街或反抗軍的洞穴裡，身邊也隨時都有瑞恩。她被逼得必須靠爭鬥的方式才能擁有隱私，如今卻從別人手中輕易獲得，彷彿令過去她珍視的難得獨處時光頓時喪失價值。

她下了床，沒有打開百葉窗。陽光不強，意思是現在時間還早，但她已經可以聽到有人在走廊間走動。她小心翼翼地走到門邊，開了一條窄縫，窺視外面。

前晚跟凱西爾分道揚鑣後，多克森帶著紋來到了歪腳的店裡。因爲夜色已深，所以歪腳立刻領著他們去了各自的房間，但紋沒有立刻上床睡覺，而是等到所有人都睡著後才溜出房間檢視環境。

這間住宅看起來比較像旅社而非店舖。雖然樓下有展示間，後面也有工作室，但建築物的二樓充滿了許多兩旁都是客房的狹長走廊，而三樓的門扇間距更大，似乎意謂著有更大的房間。她沒有敲牆去找暗門或假牆，以免有人被聲響驚醒，但經驗告訴她，如果裡面沒有至少一層祕密地下室跟一些逃脫密道，根本不能算是間密屋。

整體而言，她相當佩服房屋的設計。樓下的木工設備跟半完成的作品顯示它是相當有信譽且正常營業的店面。密屋很安全，補給充分且修繕良好。透過門縫，紋看見六名睡眼惺忪的年輕男子出現在對面的走道，身著簡單的衣物，朝工作室走去。

木匠學徒，紋心想。*這就是歪腳的僞裝——他是一名司卡工匠。*大多數司卡都在農莊裡操勞，即使住在城市裡的司卡也通常被強迫要從事低階勞力工作，但少數一些優秀的工匠被允許擁有自己的商行。他們還是司卡，只能收取卑微的報酬，且必須完全隨時聽從貴族的差遣，但他們擁有的自由程度是大多數司卡所羨慕不已的。

歪腳應該是木工大師。什麼樣的條件才會吸引像他這樣以司卡標準已經擁有相當優渥生活的人，冒險加入地下世界？

*他是個迷霧人，*紋心想。*凱西爾跟多克森稱他爲「煙陣」。*她可能得靠自己猜出這是什麼意思。經

驗告訴她，像凱西爾這樣神通廣大的人會盡量不透露任何資訊給她，只會偶爾丟出隻字片語好繼續牽著她鼻子走。他是靠知識牽制住她的行動，因此太早提供太多訊息是不智的行爲。

腳步聲在外面響起，紋繼續透過門縫觀察。

「妳該要準備準備了，紋。」多克森經過她的門口時說道。他穿著一件貴族的襯衫跟長褲，看起來已經相當清醒，梳洗完畢。他停下腳步，繼續說道。「在走廊盡頭的房間裡有爲妳備好的乾淨洗澡水，同時我要歪腳幫妳找來幾套換洗衣物。在我們能幫妳弄到更合適的衣服之前，那些衣服應該暫時夠妳穿了。妳慢慢梳洗，不用急——今天下午凱西爾安排了一場會議，但是直到微風跟哈姆抵達之前，我們也不能開始。」

多克森微笑，從門縫外瞄了瞄她，然後繼續沿著走道離去。紋因被發現而滿臉通紅。*這些人的觀察力很敏銳，我得記住這點。*

走道安靜下來。她溜出門，躡手躡腳地來到先前多克森所說的房間，有點訝異地發現，的確有一缸溫熱的洗澡水在等著她。她皺眉，端詳著鋪著磁磚的房間跟金屬澡缸。水聞起來有香味，像是貴族仕女用的。

*這些人不像司卡，倒像貴族，*紋心想。她不確定自己對此有何看法，但因爲他們顯然期待她按照他們的規矩行事，所以她把門關上、落鎖，然後脫下衣服，爬入澡缸。

她覺得自己聞起來怪怪的。

雖然味道很淡，但紋還是偶爾能聞到自己身上的味道，這是貴族仕女經過時的香氣，也是她哥哥偷偷拉開的薰香抽屜的味道。隨著時間過去，氣味越來越不明顯，但仍然讓她很擔心。這會讓她跟其他司卡顯得不同。如果這個集團期待她該定期洗澡，那她得要求洗澡水裡不再放香料。

早餐倒是比較貼近她的預期。幾名不同年紀的司卡婦女在店舖的廚房裡工作，準備菜捲——一綑綑的薄扁餅裡捲著水煮的大麥跟蔬菜。紋站在廚房門口，看著婦女們工作。沒有人聞起來像她那樣，但她們顯然比一般司卡更乾淨整潔。

事實上，整棟建築物乾淨得出奇。昨晚因爲已經是黑夜，所以她沒注意到，但現在就可清楚看見地板刷洗得相當清潔。所有工作的人，無論是在廚房或是學徒都有乾淨的臉跟雙手。這一切都讓紋覺得很怪異。她已經習慣自己的手指因灰漬而烏黑。跟瑞恩在一起時，即使她洗過臉，也會連忙重新抹上灰燼，因爲乾淨的臉龐在街道上特別顯眼。

*角落沒有灰燼，*她心想，研究著地板。*這房間隨時都有人灑掃。*她從來沒有住在這種地方過，幾乎像是住在貴族家。

她繼續看著廚娘們。她們穿著簡單的灰與白色洋裝，頭上綁著圍巾，後面垂著長長的馬尾。紋摸摸自己的頭髮，剪得很短，像男生一樣，她現在的凌亂髮型是另一名盜賊幫她剪的。她跟這些婦女不同，她這輩子從來沒有像過她們。因爲瑞恩的命令，所以紋的生活模式是讓別的團員先將她視爲盜賊，其次才會想到她是女孩。

*可是，我現在是什麼呢？*因爲洗澡而全身芬芳，但仍然穿著學徒的淺褐色長褲跟有釦上衣，她覺得格格不入，這絕不是好事——如果她覺得自己很突兀，那她一定看起來也很突兀。又一件會讓她變得醒目的事。

紋轉身，打量著工作室。學徒們已經開始早上的工作，每人負責不同的家具，全部都待在工作室後方，而歪腳則是在主要展示間中工作，爲家具完成最後的細部修飾。

廚房後門突然被打開。紋反射性地躲到一旁，背靠著牆壁，繞過牆角偷看廚房。

哈姆站在廚房大門，背後映照出紅色的太陽，身上穿著寬鬆的無袖上衣跟背心，手上拿著幾個大背包。他身上沒有灰燼的髒污——在紋跟他們的數次會面中，他們身上從無黑污。

哈姆穿過廚房走入工作室。「好啦。」他說道，拋下手中的背包。「誰知道哪個房間是我的？」

「我去問問克萊登師傅。」一名學徒說道，走入前方的展示間。

哈姆微笑，伸伸懶腰，然後轉身面向紋。「早安，紋。妳知道嗎？妳不需要這樣躲著我。我們是隊友啊。」

紋放鬆心神，卻沒有移動腳步，站在一排即將完工的椅子邊。「你也要住在這裡？」

「住在煙陣附近向來是好事。」哈姆說道，轉身消失在廚房裡，片刻後拿著四個菜捲重新出現。

「有人知道阿凱在哪嗎？」

「在睡覺。」紋說道。「他昨天晚上很晚才回來，現在還沒起床。」

哈姆悶哼一聲，咬了一口菜捲。「老多呢？」

「在三樓他的房間裡。」紋說道。「他起得很早，下來找點東西吃以後又回到樓上了。」她沒說她從鑰匙孔中偷看到他坐在書桌前，忙著寫東西。

哈姆挑起一邊眉毛。「妳向來都會記得每個人的行蹤嗎？」

「對。」

哈姆一時沒有反應，然後開始輕笑。「妳是個怪小孩，紋。」此時學徒回到他身邊帶路，因此他拾起背包，走上樓梯。紋站在原處，聆聽他們的腳步聲。他們停在第一條走道的中間，大概離她的房間只有幾間遠。

熟蒸大麥的味道引誘著她。紋瞄著廚房。哈姆進去之後拿了食物。她也可以嗎？

紋試著擺出自信的神情，走入廚房，大盤上有一疊菜捲，可能是要送去給工作中的學徒。紋拿起兩個，沒有人反對，反而有幾名廚娘尊敬地朝她點點頭。

*我現在是個重要的人了，*她有點不自在地想道。他們知道她是……迷霧之子嗎？還是對她的敬重單純只是因爲她是客人？

最後，紋拿了第三個菜捲，飛奔回自己的房間。這麼多食物她根本吃不完，但她打算把大麥挖出來以後，把薄餅收好，因爲薄餅不容易壞，她可以留下來做爲備糧。

門口傳來敲門聲。紋上前小心翼翼地拉開門。一名年輕人站在門外，就是昨天跟歪腳一起回到凱蒙密屋的那名男孩。

他又瘦又高，而且看起來有點笨手笨腳，身上穿著灰色的衣服，大概十四歲左右，但他的身高讓他顯得比實際年齡還大，不知爲何他似乎很緊張。

「什麼事？」紋問道。

「呃……」

紋皺眉。「你說什麼？」

「找妳。」他帶著濃重的東方口音說道。「上在那裡樓上有做事。跟跳師傅三樓。呃，我得走了。」男孩臉上一紅，轉身快步離開，三步併做兩步衝上樓梯。

紋當場傻在門口。*他剛剛在說什麼啊？*她心想。

她偷瞄了走廊一眼。男孩似乎期待她會跟著他走。終於，她決定照做，小心翼翼地爬上三樓。

走廊盡頭大開的房門傳來交談聲。紋走近房間，拐著脖子繞過牆角偷瞧，發現裡面是間裝潢精美的房間，有一條精緻的地毯跟幾把舒適的椅子。一面牆邊有一座熊熊燃燒的壁爐，椅子則被安排面向畫架上的大張煤炭寫字板。

凱西爾站著，一邊手肘靠著磚頭壁爐，手中端著一杯酒。紋微微側身即可看到他在跟微風說話。中午時安撫者才到，借用了歪腳半數的學徒去幫他卸下行李。紋從她的房間窗戶看著學徒們抬著僞裝成木塊的箱子進入微風的房間，微風本人則完全沒有要伸出援手的意思。

哈姆跟多克森都到了，歪腳緩慢地在離微風最遠的大軟椅上坐下。

帶紋來的男孩坐在歪腳身邊的板凳上，他很顯然正試著不要去看她。最後一張椅子上坐著葉登，跟之前一樣穿著普通司卡的工作服，背挺得直直的，離椅背甚遠，彷彿他不贊許椅子的柔軟。他的臉也沾滿灰燼，正如紋預期的司卡工人外表。

有兩張空椅子。凱西爾注意到紋站在門口，對她露出歡迎的笑容。「她來了。進來吧。」

紋環顧房間。裡面有一面窗戶，但百葉窗拉下，擋去逼近的暮色，除了凱西爾周圍的半圓圈外，沒有其他的椅子。迫於無奈，她只好上前，選了多克森身邊的空椅坐下。椅子對她來說太大，所以她只能窩坐在上面。

「所有人都到齊了。」凱西爾說道。

「最後一張椅子是給誰的？」哈姆問道。

凱西爾微笑，眨眨眼，卻沒回答。「好，我們來討論吧。眼前有項重大的工作，我們越早開始規劃越好。」

「我以爲你已經有計畫了。」葉登不安地說道。

「我有個輪廓概念。」凱西爾說道。「我知道必須要發生什麼事，而且我對於該怎麼辦到也有一些想法，但你不能聚集起這樣一群人，直接叫他們要怎麼做。我們需要一起思考，如果要這個計畫成功，必須先從要處理哪些問題開始。」

「好吧。」哈姆說道。「讓我先來弄清楚你的框架。計畫是幫葉登募集一支軍隊，在陸沙德造成混亂，佔領皇宮，偷竊統御主的天金，然後等著政府自行崩解？」

「基本上是。」凱西爾說道。

「好。」哈姆說道。「那我們主要的問題就是警備隊。如果我們想要在陸沙德引發混亂，不能有兩萬名士兵在這裡維持治安，更別提只要城牆上有武裝士兵，葉登的部隊就絕對攻不下這座城。」

凱西爾點點頭，拿起一根粉筆，在黑板上寫下陸沙德警備隊。「還有呢？」

「我們需要方法在陸沙德中製造你們提到的混亂。」微風說道，以手上的酒杯揮舞示意。「親愛的傢伙，你的直覺是正確的。這個城市是教廷的總部，也是上族經營商業王國的地方。如果要打破統御主宰王國的能力，我們得先攻下陸沙德。」

「講到貴族又提起另一件事。」多克森補充道。「上族在城裡都有守衛隊，更不要提他們也有鎔金術師。如果我們要把城市交到葉登的手上，我們得處理這些貴族。」

凱西爾點點頭，在板子上的陸沙德警備隊旁邊寫上混亂和上族。

「教廷。」歪腳說道，整個人深陷入軟椅中，直到紋幾乎看不到他充滿抱怨神情的臉。

凱西爾在黑板上寫了教廷。「還有呢？」

「天金。」哈姆說道。「你乾脆就寫在上面吧——一旦混亂爆發，我們必須盡快佔領皇宮，確保沒有別人會趁機溜入國庫。」

凱西爾點頭，寫下天金：守護國庫。

「我們需要找到方法來召集葉登的部隊。」微風說道。「我們得很安靜，但動作迅速，同時在統御主找不到的地方訓練他們。」

「我們也得確保司卡反抗軍準備好要掌控陸沙德。」多克森補充。

「掌握皇宮跟長期佔據會是很出色的故事，但如果葉登跟他的手下已經做好一切結束後能立刻統治的準備會更好。」

軍隊跟司卡反抗軍被寫在板上。

「還有……」凱西爾開口。「我要加上『統御主』。如果其他可能性失敗，我們至少需要一個計畫把他引出城市。」在寫下統御主之後，他轉身面向眾人。「我有漏掉什麼嗎？」

「這個嘛……」葉登半挖苦地說道。「如果你是要列出我們得克服的所有困難，那你該寫『我們都發瘋了』，而我懷疑我們能解決這個事實。」

眾人輕笑，凱西爾在黑板上寫下葉登的不良態度。然後他向後退一步，看著列表。「把事情條列一下之後，看起來也沒這麼糟，不是嗎？」

紋皺眉，想確定凱西爾是不是在說笑。這個列表不止艱難——也令人不安。兩萬名皇家士兵？上族的綜合力量和權力？教廷？據說一名鋼鐵審判者就比千人軍隊更強大。

可是，更令人不安的是他們多麼理所當然地在考慮這件事。他們怎麼能去想要反抗統御主？他是……他是神啊。他統治整個世界。他是創造者、保護者、懲戒者。他拯救人們免受深闇危害，然後招來灰燼跟白霧懲罰缺乏信仰的人們。紋不是特別虔誠，有智慧的盜賊都知道該避開鋼鐵教廷，就連她都知道。

可是，這群人很堅決地在研究他們的「問題」列表。他們的態度總帶著黑色幽默，彷彿他們瞭解讓太陽半夜升起比推翻最後帝國還要簡單，但他們還是要試。

「統治主啊……」紋低語。「你是認眞的。你眞的要這麼做。」

「不要用他的名字來咒罵，紋。」凱西爾說道。「就連褻瀆也是對他的一種榮耀——當妳用那怪物的名字來詛咒時，妳已經承認他是妳的神。」

紋沉默，倒回椅子上，腦子一時呆滯。

「好啦。」凱西爾輕鬆地微笑。「有人知道該怎麼樣克服這些問題嗎？當然，葉登的不良態度不包括在內。我們都知道他沒救了。」

房間安靜且深思。

「想法？」凱西爾問道。「角度？概念？」

微風搖搖頭。「全寫在上面之後，我不禁覺得說不定那孩子說得對。這的確是頗爲艱難的任務。」

「但是，是可以辦到的。」凱西爾說道。「我們先從如何打破城內的防線說起。有什麼事情是我們能做的，具有極大的威脅性，能讓貴族陷入混亂，甚至把皇宮警衛引出城外，讓他們直接暴露在我們部隊的攻擊之下？能讓教廷跟統御主分心，讓我們趁機可以調動軍隊攻擊？」

「嗯，第一個想到的就是群眾暴動。」哈姆說道。

「不會成功的。」葉登堅決地說道。

「爲什麼不行？」哈姆問道。「你也知道這些人受到何種待遇。他們住在垃圾堆，整天在磨坊跟冶鐵廠中工作，但有半數人仍然吃不飽。」

葉登搖搖頭。「你們不明白嗎？司卡反抗軍已經花了一千年在讓這個城市的司卡反抗，從來沒有成功過。他們被壓迫得太徹底，完全沒有反抗的意志力或希望，所以我才來找你們招募軍隊。」

房間陷入沉默，但紋緩緩地點頭。

她親眼見證過，也感覺得到。不能反抗統御主。就連閃躲在社會的邊緣，以盜賊身分生存的她都知道，人民不會有反抗行爲。

「恐怕他說得對。」凱西爾說道。「無論他們現在的處境爲何，司卡是不會起義的。如果我們要推翻這個政府，我們必須在沒有群眾協助的情況下完成。我們也許能從他們之間招募來義勇軍，但不能仰賴所有人。」

「我們能引發某種天災嗎？」哈姆問道。「像是火災？」

凱西爾搖搖頭。「它可能會暫時影響商業活動，但我懷疑能達到我們要的效果，況且，必須犧牲的司卡人數太高，燃燒的會是貧民窟，而不是貴族的石頭堡壘。」

微風嘆口氣。「唉，那你要我們怎麼做呢？」

凱西爾微笑，眼神閃爍。「如果我們讓貴族之間內訌呢？」

微風停頓。「家族戰爭……」他說道，深思地啜了一口酒。「城內已經好久沒有這種事發生了。」

「所有的緊張關係都有相當時間可以累積。」凱西爾說道。「上族日漸強盛，統御主對他們的掌控已經瀕臨破裂點，這就是爲什麼我們有機會能粉碎他的政權。陸沙德的上族們就是其中的關鍵，因爲他們控制皇室的商業交易，而且奴役絕大部分的司卡。」凱西爾指向板子，在混亂跟上族之間移動。

「如果我們可以讓陸沙德中的上族之間內訌，我們就能攻下城市。迷霧之子會開始謀殺貴族領袖，財富根基會垮台，要不了多久，街上就會公然出現械鬥。我們跟葉登的部分合約明訂要給他機會去奪取城市。你們能想得出更好的機會嗎？」

微風點頭微笑。「的確很高招——而且我喜歡貴族自相殘殺這個主意。」

「只要辛苦的是別人，你都喜歡，微風。」哈姆評論道。

「我親愛的朋友啊……」微風回答。「生命的目標就是藉由他人之手完成自己的工作。難道你對於基本經濟學沒有一點概念嗎？」

哈姆挑起一邊眉毛。「其實，我——」

「剛才那個問題只是爲了強調我的觀點而已，沒有眞的要你回答，哈姆。」微風打斷他，翻翻白眼。

「那是最好的問題！」哈姆回答。

「晚一點我們再談哲學，哈姆。」凱西爾說道。「先談正事。你們對於我的提案有何看法？」

「有成功機會。」哈姆靠回椅背。「但我覺得統御主不會允許情況惡化到那種地步。」

「讓他別無選擇是我們的工作。」凱西爾說道。「過去他允許貴族間爭吵，想來應該是想保持貴族內部有某種程度的不穩定性。我們只要在緊張情勢一旁搧風點火，想辦法強迫警備隊要撤離城市，所以當貴族之間認眞開始打鬥時，統御主已經無力阻止他們，頂多是派皇宮衛隊出動，這正是我們希望他採取的反應。」

「他也可能下令要克羅司怪物軍隊進城。」哈姆觀察道。

「是有可能。」凱西爾說道。「可是他們駐紮的地方離這裡有段距離，這是我們需要利用的缺點。克羅司軍隊是很好的蠻力，但他們必須遠離文明城市。最後帝國的中心因此暴露在外，但統御主對他的權力有完全的信心，而這很合理，不是嗎？他已經有好幾個世紀沒有面對一場眞正的威脅了。大多數城市只需要小型警備兵力。」

「兩萬人不算是『小』數字。」微風說道。

「從國家的層級來看，是小。」凱西爾舉起手指說道。「統治者大人將大部分軍隊都部署在帝國的邊緣，也是反抗軍威脅最大的地方，所以我們要在陸沙德內部攻擊，這也是我們可能可以成功的原因。」

「假設我們能處理警備隊的問題。」多克森評論。

凱西爾點點頭，轉身在上族跟混亂下面寫下上族內戰。「那好，我們來談談警備隊的問題。該怎麼處理呢？」

「這個嘛……」哈姆深思地說道。「歷史上，處理大量士兵的最佳方式就是自己也有支軍隊，我們反正得幫葉登組織一支軍隊，何不直接讓他們去攻擊警備隊？組織軍隊的目的不就在此？」

「這不成的，哈姆德。」微風說道。他看了看自己的空酒杯，朝坐在歪腳身邊的男孩舉起杯子，後者立刻跑到一旁來將酒倒滿。

「如果我們想要打敗警備隊……」微風繼續說道。「我們自己的軍隊至少需要跟對方勢均力敵，甚至有更多人更好，因爲我們的都是新兵。我們也許能爲葉登組織一支軍隊，甚至可能人數多到能守住城市一陣子，但要強大到能打敗躲在防禦工事內的警備隊？如果這就是我們的計畫，那我們乾脆現在就放棄算了。」

眾人陷入沉默。紋在椅子上扭著身體，輪流看著每個人。微風的話對所有人起了莫大的影響。哈姆開口要說話，但又把嘴巴閉了起來，靠回椅背重新思考。

「好吧。」凱西爾終於開口。「我們等一下再回到警備隊的問題。先來看看我們自己的軍隊。該如何組織一支有份量的軍隊，卻又不讓統御主發現？」

「跟先前一樣，很難。」微風說道。「統治者大人在中央統御區裡會覺得很安全是有原因的。陸路跟水路上隨時都有巡邏人員，走不到一天的路程就會碰上村莊或農莊，這不是能在不引人注意的情況下建構軍隊的地方。」

「反抗軍有北方的山洞。」多克森說道。「我們也許能在那裡藏些人。」

葉登臉色一白。「你知道阿谷瓦山洞的事？」

凱西爾翻個白眼。「就連統御主都知道，葉登。反抗軍只是還沒危險到需要他去處理的地步。」

「你手下有多少人，葉登？」哈姆說道。「包括在陸沙德跟附近山洞裡的人？我們一開始有多少？」

葉登聳聳肩。「也許三百人——包括婦孺。」

「你覺得這些山洞能藏多少人？」哈姆問道。

葉登再次聳肩。

「山洞絕對可以隱藏更多人。」凱西爾說道。「也許可以藏入一萬人。我去過那裡，反抗軍過去許多年來都藏在裡面，統御主向來懶得去摧毀他們。」

「我可以想像爲什麼。」哈姆說道。「洞穴戰是很要命的事，尤其對攻擊方而言。統御主喜歡盡量降低失敗的數量——他最大的個性特徵就是虛榮。所以，一萬。這數字還可以，足夠輕易地守住皇宮，甚至可能可以守住有圍牆的城市。」

多克森轉向葉登。「當你跟我們要軍隊時，你心裡想著多少人？」

「一萬聽起來像是個好數字吧。」葉登說道。「事實上……這比我想得還要多了一點。」

微風輕側杯子，晃著酒。「我很不喜歡澆人冷水——那通常是哈姆德的工作——不過我必須提到我們先前的問題。一萬人。連嚇都嚇不到警備隊。他們可是兩萬名裝備充足、訓練精良的精兵。」

「他說得有道理，阿凱。」多克森說道。他在某處找到一本小本子，開始爲會議做紀錄。

凱西爾皺眉。

哈姆點點頭。「阿凱，不論你怎麼看這個問題，警備隊會是很棘手的麻煩。也許我們應該直接專注於貴族身上。也許我們能造成足夠的混亂讓警備隊無法壓制。」

凱西爾搖頭。「我很懷疑。警備隊的主要任務就是維持城市內的治安，如果我們應付不了這些軍隊，我們永遠不會成功。」他停頓下來，看著紋。「紋，妳覺得呢？有沒有什麼建議？」

她全身一僵。凱蒙從來沒問過她的意見。凱西爾要她做什麼？她發現其他成員都在看她，令她整個人略縮回椅子裡。

「我……」紋緩緩開口。

「噢，不要欺負這小東西了，凱西爾。」微風揮手說道。

紋點點頭，但凱西爾沒轉開注意力。「我是認真的。跟我說說妳在想什麼，紋。有一個比妳大很多的敵人在威脅妳，妳該怎麼辦？」

「這個嘛……」她緩緩開口。「絕對不要跟他打。就算能贏，也會傷得非常慘重，無法再去抵擋別人的攻擊。」

「有道理。」多克森說道。「可是我們也許別無選擇，總得想辦法處理掉那個軍隊。」

「如果它離開城市呢？」她問道。「這也可以嗎？如果我得要對付某個很大的人，我會先試圖分散他的注意力，讓他不要來理我。」

哈姆輕笑。「要警備隊離開陸沙德可是需要相當好的運氣噢。統御主有時候會派巡邏隊出去，但我唯一知道整個警備隊出動過的一次，就是半個世紀前在庫特藍爆發的司卡暴動。」

多克森搖搖頭。「紋的主意相當好，應該要繼續發想下去。的確，我們不能跟警備隊打，至少當他們有據守地的時候不行。如果問題不夠具有威脅性，那統御主不會派出整個警備隊。如果太危險，他會鎖城，叫來克羅司軍隊。」

「附近城市的反叛？」哈姆提議。

「這讓我們陷入之前同樣的問題。」凱西爾搖頭說道。「如果我們不能讓這裡的司卡反叛，那麼也絕對無法讓城外的司卡反叛。」

「如果是虛招呢？」哈姆說道。「我們本來也就假設得先組織起一群不小的士兵。如果他們假裝要攻擊附近某處，也許統治者大人會派出警備隊去協助。」

「我懷疑他會派遣他們去保護另一個城市。」微風說道。「因爲這會讓他在陸沙德中缺乏保護。」

房間靜默，眾人再次陷入沉思。紋環顧四周，發現凱西爾正盯著她。

「想到什麼了？」他問道。

她低頭，略略扭動著身體。「海司辛深坑有多遠？」她終於問道。

所有人一愣。

終於，微風大笑。「啊，這太狡詐了。貴族們根本不知道深坑有天金，所以統御主也不能大聲嚷嚷，除非他要別人都知道那些深坑是很特別的。意思是，不能動用克羅司軍隊。」

「他們也來不及趕來，」哈姆說道。「深坑離這裡只有兩天，如果受到威脅，統御主必須盡速反應。警備隊是攻擊範圍中的唯一軍力。」

凱西爾微笑，眼神發光。「而且不用太多軍力就能威脅深坑。一千人就辦得到。我們派他們去攻擊，等警備隊一離開，就讓更大的第二組人馬衝入，掌控陸沙德，等到警備隊發現被騙時，根本來不及趕回來阻止我們佔領城市。」

「但是守得住嗎？」葉登擔憂地問道。

哈姆熱切地點頭。「有一萬名司卡，我可以守住這座城，不讓警備隊攻下，而統御主必須找他的克羅司怪物來。」

「到那時，天金已經到手了。」凱西爾說道。「上族也無法阻止我們，他們會因爲內鬥而虛耗衰敗。」

多克森在他的筆記上振筆疾書。「我們需要利用葉登的洞穴。它們在既可攻擊陸沙德，亦可抵達深坑的範圍內，如果我們的軍隊從那裡離開，可以趁警備隊從深坑回來前到達這裡。」

凱西爾點點頭。

多克森繼續做筆記。「我得開始在山洞裡囤積物資，也許要出去一趟，看看那邊的情況。」

「還有，我們該怎麼把士兵運到那裡？」葉登問道。「那裡離城市外有一個禮拜的路程遠，而且司卡們也不被允許旅行。」

「我已經有人來幫我們。」凱西爾說道，在陸沙德警備隊下方寫下攻擊海司辛深坑。「我有朋友可以掩護我們用運船北上。」

「這是其次。」葉登說道。「首先你得實現你的第一個主要承諾。我付你錢是要你幫我組織軍隊。一萬人是筆大數字，但我還沒看出來你有何辦法來招募他們。我已經跟你說過我們在陸沙德招募新兵碰到的困難。」

「我們不需要一般人來支持我們。」凱西爾說道。「只需要一小部分。陸沙德裡面跟附近有將近上百萬名工人。這應該是最簡單的一部分，因爲世界上最偉大的安撫者之一就是我們其中一員。微風，我要仰賴你跟你的鎔金術師們來幫我們強迫選上一批優秀的新軍。」

微風啜著酒。「凱西爾，好朋友，我希望你不要用『強迫』這種詞來闡述我的能力，我只是鼓勵人們而已。」

「好，那你能爲我們鼓勵出一支軍隊嗎？」多克森問道。

「我有多少時間？」微風問道。

「一年。」凱西爾說道。「我們計畫明年秋天行動。如果我們佔據城市之後，統御主眞的聚集起軍隊來攻擊葉登，何不乾脆強迫他們必須過冬。」

「一萬人。」微風帶著微笑說道。「不到一年的時間，出自不情願的群眾。這絕對會是場挑戰。」

凱西爾輕笑。「你這麼說就是答應了。從陸沙德開始，再往鄰近城市擴充。我們需要找住得離山洞夠近，能在那裡聚會的人。」

微風點點頭。

「我們還需要武器跟補給品，」哈姆說道。「以及需要訓練他們。」

「我已經有採購武器的計畫。」凱西爾說道。「你能找到訓練的人嗎？」

哈姆陷入沉思。「應該有。我知道有些司卡士兵在統御主的鎭壓行動中戰鬥過。」

葉登臉色一白。「叛徒?!」

哈姆聳聳肩。「他們大多數人對自己的行爲並不感到驕傲。」他說道。「可是他們大多數也想吃飽。這是個殘酷的世界，葉登。」

「我的手下絕對不會跟這種人合作的。」葉登說道。

「他們必須要合作。」凱西爾嚴肅地說道。「司卡反抗行動大多失敗的原因就是他們並沒受過良好的訓練。我們要給你一群裝備精良，吃飽穿暖的士兵，而打死我也不會讓你害死他們，只因爲他們從來沒學過該拿劍的哪一端朝向自己。」

凱西爾頓了頓，然後打量哈姆。「不過我的確建議，你該去找憎恨最後帝國、強迫他們做違心之事的人，可以被口袋中的盒金收買忠誠的人，我也不信任。」

哈姆點點頭，葉登安靜下來。凱西爾轉身，在軍隊下面寫下哈姆：訓練，還有微風：招募。

「我很有興趣知道你要從哪裡得到武器。」微風說道。「你要怎麼樣讓一萬人全副武裝而不引起統御主的疑心？他對武裝流向非常留心。」

「我們可以製造武器。」歪腳說道。「我有足夠的額外木頭，可以每天都磨出一兩把戰棍。應該也能做些箭。」

「謝謝你的提議，歪腳。」凱西爾說道。「我覺得這是個好主意。不過，我們需要的不只是戰棍。我們需要劍、盾和盔甲。而且我們急著要，才能開始訓練。」

「那你要怎麼弄來？」微風問道。

「貴族可以購買武器。」凱西爾說道。「他們在裝備自己的軍隊上向來沒問題。」

「你要我們偷他們的？」

凱西爾搖搖頭。「不，這次我們要盡量走正途——我們要買自己的武器。或者該說，我們要讓一名體諒我們處境的貴族幫我們購買。」

歪腳大笑出聲。「體諒司卡處境的貴族？這種事絕對不可能發生。」

「嗯，『絕對不可能』剛剛發生了。」凱西爾輕鬆地說道。「因爲我已經找到幫我們的人。」

房間一片安靜，只有壁爐的柴裂聲。紋在位子上稍稍扭動，瞥向其他人。他們似乎很震驚。

「誰？」哈姆問道。

「他的名字是雷弩大人，」凱西爾說道。「幾天前才到這裡。他住在費理斯，他的影響力不夠大到能讓他住進陸沙德。況且，我覺得雷弩的活動範圍應該盡量遠離統御主比較妥當。」

紋側著頭。費理斯是離陸沙德一個小時之外的小型郊區城市，在搬來陸沙德前，她跟瑞恩在那邊工作過，後來才搬入首都。凱西爾是怎麼招募到這個雷弩大人的？他賄賂了他，還是這是個騙局？

「我聽說過雷弩。」微風緩緩開口。「他是個西方貴族，在至遠統御區中有極大的力量。」

凱西爾點點頭。「雷弩大人最近決定要嘗試將他的家族抬升到上族的地位，他的官方說法是爲了拓展生意來南方。他希望能靠將優良的南方兵器運到北方來賺取足夠的錢跟建立起良好的關係，讓自己在十年後擁有陸沙德中的一座堡壘。」

房間一片安靜。

「可是……」哈姆緩緩開口。「這些武器反而是會到我們手中。」

凱西爾點點頭。「我們還是得假造運貨單，以防萬一。」

「這是……非常大膽的僞裝，阿凱。」哈姆說道。「有貴族跟我們一起合作。」

「但是……」微風一臉困惑地開口。「凱西爾，你痛恨貴族。」

「這個不同。」凱西爾帶著狡獪的笑容說道。集團成員打量著凱西爾。他們不喜歡跟貴族一起工作，這點紋很清楚就可以看得出來，再加上雷弩也是個實力雄厚的貴族，可能讓他們更不放心。

突然，微風大笑。他靠回椅背，一口飲盡杯中的酒。「老天保佑你這個瘋子！你把他殺了，對不對？你把雷弩殺了，換上一名冒牌貨。」

凱西爾的笑容擴大。

葉登咒罵，但哈姆只是微笑。「啊。這就合理了。至少，如果當事人是『魯莽』凱西爾就很合理。」

「雷弩要在費理斯長期居住。」凱西爾說道。「如果我們需要走任何正式管道，就靠他當僞裝。舉例而言，我會用他來購買裝備跟補給品。」

微風深思地點頭。「很有效率。」

「有效率？」葉登問道。「你殺了一名貴族！而且是一名很有地位的貴族！」

「你計畫要推翻整個帝國，葉登。」凱西爾仔細地說道。「雷弩在你的小工作中不會是最後一名貴族犧牲者。」

「是沒錯，但派人假冒他？」葉登問道。「那聽起來有點太冒險。」

「我的好兄弟，你僱用我們是因爲你想要非凡的結果。」微風啜著酒說道。「在我們這行裡，非凡的結果通常需要冒非凡的風險。」

「我們已盡量將風險降至最低了，葉登。」凱西爾說道。「我的演員非常厲害，這就是我們在這場行動中必須做的事。」

「如果我命令你們停止冒一些這種險呢？」葉登問道。

「你隨時都可以對整個行動喊停。」多克森說道，頭都沒從筆記本前抬起。「但只要它在運作中，凱西爾對任何的計畫、目標和程序都有最終決定權。這是我們的做事方法。你在僱用我們之前就知道了。」

葉登懊惱地搖搖頭。

「怎麼樣？」凱西爾問道。「我們要繼續下去嗎？你決定，葉登。」

「朋友，你大可喊停，沒問題。」微風以大力協助的語調說道。「別擔心讓我們不高興。至少我可是很喜歡不勞而獲。」

紋看出葉登臉色微微一白。在紋的眼裡，光是凱西爾沒拿了他的錢，一刀刺死他，他就已經夠幸運了，但她漸漸開始相信這裡的人不會用這種方式做事。

「你們都瘋了。」葉登說道。

「想要推翻統御主？」微風問道。「嗯，事實上，的確是。」

「好吧。」葉登嘆口氣說道。「我們繼續。」

「很好。」凱西爾說道，在軍隊下面寫下凱西爾：裝備。「雷弩的偽裝也會讓我們有管道『進入』陸沙德的上流社會，這將是很重要的優勢，如果我們要挑起戰爭，就必須很仔細地追蹤家族間的政治局勢。」

「要挑起這場家族戰爭可能沒你想的容易，凱西爾。」微風警告。「目前這些世家貴族都是很小心、仔細的一群人。」

凱西爾微笑。「幸好我有你幫忙，微風。你的專長就是讓別人照你的想法去行動——你跟我會一同計畫要如何讓上族們自相殘殺。每一兩個世紀似乎就會發生一場大型世家戰爭。現在這群人的能耐只會讓他們變得更危險，所以挑動他們應該沒那麼難。事實上，我已經開始整個過程了……」

微風挑起一邊眉毛，然後瞥向哈姆。打手悶哼一聲，從懷裡掏出一枚盒金，彈給房間對面志得意滿的微風。

「這又是怎麼？」多克森問道。

「我們在打賭。」微風說道。「賭凱西爾跟昨晚的動亂有無關連。」

「動亂？」葉登問道。「什麼動亂？」

「有人攻擊了泛圖爾。」哈姆說道。「傳言說有三名迷霧之子被派去暗殺史特拉夫・泛圖爾本人。」

凱西爾嗤之以鼻。「三個？史特拉夫也太看得起自己了。我根本沒靠近那位貴族大人。我只是去拿天金，還有確保我被人家看見而已。」

「泛圖爾不確定要怪誰。」微風說道。「但因爲有迷霧之子的參與，所以每個人都認定是某個上族下的手。」

「這就是我的目的。」凱西爾高興地說道。「上族對於迷霧之子的攻擊向來看得很重，他們之間有不成文的協議，不能用迷霧之子來暗殺彼此，再攻擊個幾次，我會讓他們像害怕的動物一樣相互抓咬。」

他轉身，在上族下面又寫上微風：計畫，還有凱西爾：製造動蕩。

「就是這樣。」凱西爾繼續說道。「我們需要密切觀察當地政治，瞭解哪些世家在締交同盟。意思是，我們要派間諜去參與他們的某些活動。」

「有必要嗎？」葉登不安地問道。

哈姆點點頭。「這其實是任何陸沙德行動的標準過程。任何有效的資訊都是透過宮廷裡的重權高官口中傳出，所以在這種聚會間派人去探聽，向來很有價值。」

「這個簡單。」微風說道。「我們把你的假冒者帶進來，讓他去參加派對就好。」

凱西爾搖頭。「很可惜，雷弩大人不會親自前來陸沙德。」

葉登皺眉。「爲什麼不行？你的假冒者難道不耐細看嗎？」

「噢，他看起來跟雷弩大人很像。」凱西爾說道。「可以說是一模一樣，我們只是不能讓他靠近審判者。」

「啊。」微風跟哈姆交換了一個眼神。「原來是那樣。好吧。」

「什麼？」葉登問道。「他是什麼意思？」

「你不會想知道的。」微風說道。

「我不會嗎？」

微風搖搖頭。「你不是光聽到凱西爾說他要以人冒充雷弩大人就很緊張了？這個做法其實更嚴重幾十倍。相信我，你知道的細節越少，你會越高興。」

葉登轉頭看向凱西爾，後者正露出燦爛的笑容。葉登臉一白，靠回椅背上。「我想你說得對。」

紋點頭，打量房間中的其他人。他們似乎都知道凱西爾在說什麼。有空時她得去研究一下這名雷弩大人。

「無論如何……」凱西爾說道。「我們得派人去這些社交聚會。因此，老多會假扮雷弩的姪子跟繼承人，一名剛得到雷弩大人眷愛的親族。」

「等等，阿凱。」多克森說道。「你沒跟我說過這件事。」

凱西爾聳聳肩。「我得找人去安插在貴族之間，我覺得你很合適。」

「我不能去。」多克森說道。「兩個月前我才因爲艾瑟行動被標記了。」

凱西爾皺眉。

「怎麼？」葉登問道。「這次我能瞭解他們在說什麼嗎？」

「他的意思是教廷在注意他。」微風說道。「他假裝是貴族，結果被發現了。」

多克森點點頭。「我有一次還被統御主本人看到，他有完美的記憶力。就算我能避開他，總會有人認出我。」

「所以……」葉登說道。

「所以，」凱西爾開口。「我們需要別人來假冒雷弩大人的繼承人。」

「不要看我。」葉登緊張地說道。

「相信我。」凱西爾直接了當地說道。「沒有人會看你。歪腳不可能，他的本地司卡工匠身分太明顯了。」

「我也不行。」微風說道。「我在貴族間已經有幾個不同的化名，也許我能使用其中一個，但我不能去任何大型的舞會或派對——如果碰上認識我不同身分的人就尷尬了。」

凱西爾深思地皺眉。

「我可以。」哈姆說道。「但你知道我不擅長演戲。」

「我的姪子呢？」歪腳朝他身邊的年輕人點點頭。

凱西爾端詳男孩。「孩子，你叫什麼名字？」

「雷司提波恩。」

凱西爾單挑眉毛。「這名字很拗口啊。沒有綽號嗎？」

「啥還沒先。」

「我們得處理一下這件事。」凱西爾說道。「你總是以東方方言說話嗎？」

男孩聳肩，顯然對於成爲注意力焦點感覺很緊張。「俺小時老那裡。」

凱西爾瞥向多克森，後者搖搖頭。「阿凱，我不覺得這是個好主意。」

「同意。」凱西爾轉身面向紋，微笑。「那我想就剩妳了，紋。妳有多擅長偽裝貴族女性？」

紋的臉色微微發白。「我哥哥教過我幾次。可是，我從來沒有嘗試過……」

「妳可以的。」凱西爾說道，在世家下面寫下紋：滲透。「好了，葉登，你應該要開始計畫在一切結束後，要如何控制住帝國。」

葉登點頭。紋其實有點同情他，因爲這麼多計畫，而且都是很誇張的計畫，似乎讓葉登一下子無法招架，但她很難眞正去同情他，因爲凱西爾剛才已經決定她在整件事的角色。

假冒貴族？她心想。一定有人比我更合適吧……

微風的注意力仍然放在葉登跟他明顯的不自在上。「不要看起來這麼嚴肅，朋友。」微風說道。「說不定你根本不需要統治這座城市。我們很有可能在那件事發生前老早就被抓起來處決了。」

葉登衰弱地微笑。「如果沒有呢？我要怎麼知道你們不會把我刺死，自己接手帝國？」

微風翻翻白眼。「親愛的兄弟，我們是盜賊，不是政治家。國家這種資產太笨重，不值得我們浪費時間。我們只要有天金就高興了。」

「更不要提有錢了。」哈姆補上一句。

「這兩個是同義詞，哈姆德。」微風說道。

「不只這樣。」凱西爾對葉登說道。「我們不會給你整個帝國，當然，希望一旦陸沙德傾倒，整個帝國就會瓦解，所以你會得到這座城市，可能有一大塊中央統御區——假設你能賄賂當地軍隊來幫你。」

「那……統御主呢？」葉登問道。

凱西爾微笑。「我仍然計畫要親自料理他——我只是得先想清楚該讓第十一金屬如何運作。」

「如果不行呢？」

「這個嘛……」凱西爾說道，在司卡反抗軍下面寫下葉登：準備與統治。「我們會試著找到方法把他騙出城外，也許能叫他跟軍隊一起去深坑鎮壓。」

「然後呢？」葉登問道。

「你想方法去處理他。」凱西爾說道。「你沒有僱用我們去殺死統御主，葉登——那只是如果可以，我打算附加的福利而已。」

「要是我，我不會太擔心，葉登。」哈姆補充道。「他沒有經費也沒有軍隊，成不了太大的事。他是個強大的鎔金術師，但絕對不是無所不能。」

微風微笑。「不過如果你仔細想想，充滿敵意又被逼退的假神應該不是什麼好鄰居。你得想辦法處理他。」

葉登似乎不喜歡這個主意，但他沒有繼續爭論。

凱西爾轉身。「應該就這樣了。」

「呃……」哈姆開口。「教廷呢？我們不該至少找個方法看住審判者嗎？」

凱西爾微笑。「我讓我兄弟應付他們。」

「你該死的才不會。」一個新的聲音從房間後方傳來。

紋立刻跳起，轉身瞥向房間充滿陰影的入口。一名男子站在那裡。他又高又壯，身形如雕塑般剛硬，穿著很樸素的衣服，一件簡單的襯衫跟長褲，配上寬鬆的司卡外套，雙手不滿地環抱胸前，有著冷硬的方臉，看起來有點面熟。

紋轉頭看看凱西爾，一眼即知兩人長得很相像。

「沼澤？」葉登起身問道。「沼澤，眞的是你！他答應你會加入這場行動，但是我……這個……歡迎回來！」

沼澤依然面無表情。「我不確定我是否『回來』，葉登。如果你們不介意，我想私下跟我的小弟談談。」

沼澤粗冷的語調似乎對凱西爾毫無威嚇效力。他朝眾人點點頭。「大夥兒，今晚就先到此結束。」

其他人緩緩站起身，離開時刻意繞了老大一段路好避過沼澤。紋跟在他們身後，拉起門，走下台階，假裝回到她房間。不到三分鐘她就已經躲回門邊，小心翼翼地偷聽裡面的對話。

拉刹克是個高大的男子，不過大多數的泰瑞司人都很高。以這麼年輕的人來說，其他的族人都相當尊敬他。他很有魅力，宮廷中的女子們大概會形容他有著粗獷英俊的外表。

然而，我很驚訝會有人去聽他充滿仇恨的言語。他從來沒見過克雷尼恩，但他仍然詛咒這個城市。他還不認得我，但我已經看見他眼中的怒氣與敵意。

7

三年的歲月並沒有改變沼澤的外表太多。他仍然是凱西爾從小就認得的嚴肅、威風的男子。他的眼中仍然帶著一抹失望，語氣中仍然透露著不贊許。

可是，如果多克森所言爲眞，沼澤的態度跟三年前相比已經大大不同。凱西爾仍然很難相信他哥哥放棄領導司卡反抗軍。他向來對自己的工作充滿熱情。

顯然他的熱情如今已經澆熄。沼澤走上前，以批判的角度打量黑板。

他的衣服略被黑灰沾髒，但以司卡標準而言，他的臉仍然頗爲乾淨。他站在原處片刻，研究凱西爾的筆記，最後轉身將一疊紙拋在凱西爾身邊的椅子上。

「這是什麼?」凱西爾問道，拾起紙堆。

「你昨天晚上殘殺的十一人的名字。」沼澤說道。「我認爲你應該至少會想知道。」

凱西爾將紙拋入燃燒的爐火中。「他們是最後帝國的人。」

「他們是人，凱西爾。」沼澤斥罵。「他們有生活，有家人。好幾個還是司卡。」

「叛徒。」

「凡人。」沼澤說道。「只是盡量運用生命給他們的資源讓生活變得更好的凡人。」

「我也是。」凱西爾說道。「幸好生命給了我將這種人推下樓頂的能力。如果他們想像貴族那樣對抗我，那他們也可以死得像貴族一樣。」

沼澤臉色一變。「你怎麼能這麼滿不在乎地談論這種事?」

「因爲……」凱西爾說道。「我只剩下幽默感。幽默感跟決心。」

沼澤輕哼。

「你應該要高興。」凱西爾說道。「在聽你精神訓話幾十年後，我終於決定要拿我的天分來做點有用的事情。現在有你來幫忙，我確定——」

「我不是來幫忙的。」沼澤打斷他的話。

「那你來做什麼？」

「來問個問題。」沼澤上前一步，停在凱西爾面前，兩人差不多一般身高，但沼澤嚴肅的個性總是讓他顯得更高大一些。

「你怎麼敢這麼做？」沼澤低聲問道。「我將一生奉獻給推翻最後帝國。當你跟你那群盜賊朋友在尋歡作樂時，我在隱匿逃犯；當你在計畫那些小竊案時，我在規劃物資劫掠行動；當你養尊處優時，我看著勇敢的人因飢餓而死。」

沼澤伸出手，戳著凱西爾的胸口。

「你好大膽子！居然敢綁架反抗軍行動，當做你的小『行動』？你居然敢用這個夢想來中飽私囊？」

凱西爾推開沼澤的手指。「這不是原因。」

「哦？」沼澤問道，敲著黑板上的天金。「你這番惺惺作態是爲了什麼，凱西爾？爲什麼要騙葉登，假裝接受他是你的『雇主』？爲什麼要裝做關心司卡的樣子？我們都知道你要的是什麼。」

凱西爾下巴一緊，好脾氣開始消失。「你已經不瞭解我了，沼澤。」凱西爾低聲說道。「這跟錢無關。我曾經擁有一個人花一輩子也享受不盡的財富。這個行動的目的不同。」

沼澤站在他面前，端詳凱西爾的雙眼，彷彿試圖找出其中的眞相。

「你一向很會說謊。」他終於說道。

凱西爾翻翻白眼。「好吧，隨便你怎麼想，但別對我說教。推翻帝國也許曾經是你的夢想，但你現在已經變成一個乖司卡，每天只會待在店裡諂媚來訪的貴族。」

「我面對了事實，」沼澤說道。「這是你從不擅長的事。就算你是認眞的，你還是會失敗。反抗軍做過的一切，無論是我們的劫掠、盜竊、死傷，通通是一事無成。我們最大的努力只不過是讓統御主微微煩心的一件小事而已。」

「啊。」凱西爾說道。「不過讓人煩心可是我非常擅長的事。事實上，我不只能令人『微微』煩心。很多人都跟我說過我可以讓人傷透腦筋。所以我何不乾脆將這個天分用於正途，是吧？」

沼澤嘆口氣，轉過身。「凱西爾，你不是爲了『目標』。你是爲了復仇。那還是爲了你自己，你向來如此。我可以相信你要的不是錢，我甚至相信你打算把那支軍隊交給葉登，但我不相信你會眞心在乎。」

「這就是你看錯我的地方了，兄弟。」凱西爾低聲說道。「你向來看錯我這點。」

沼澤皺眉。「也許是吧。不過，這件事到底怎麼開始的？是葉登去找你，還是你去找他？」

「重要嗎？」凱西爾問道。「聽我說，沼澤。我需要有人滲透教廷。如果我們找不出方法來看住那些審判者，這個計畫完全無用武之地。」

沼澤轉身。「你居然想要我幫你？」

凱西爾點點頭。「不管你嘴上怎麼說，這才是你今天來的主要原因。你曾經跟我說過，如果我肯朝一個值得的目標努力，你相信我必能成就大事。這就是現在的我，而我要你來幫我。」

「沒有那麼簡單了，阿凱。」沼澤搖頭說道。「有些人不同了。其他的……不在了。」

凱西爾讓房間安靜下來，就連爐火也開始熄滅。「我也想她。」

「我相信，可是我必須誠實告訴你，阿凱。雖然她做了那種事……有時候我仍然希望從深坑中倖存的人不是你。」

「我每天都這麼希望。」

沼澤轉身，以他冰冷、洞悉一切的雙眼端詳凱西爾。搜尋者的眼睛。無論他看到凱西爾反映出什麼樣的內心，似乎終於能讓他滿意。

「我要走了。」沼澤說道。「可是不知道爲什麼，你這次居然似乎是認眞的。我會回來聽你湊出的計畫。之後……我們再說吧。」

凱西爾微笑。沼澤的內心其實是個好人，是凱西爾向來不能及的好人。沼澤轉向門的同時，凱西爾注意到門下有一道陰影閃過。他立刻燃燒鐵，淡藍色的線條從他身體向外發射，將他跟附近的金屬源連結在一起。沼澤身上當然沒有金屬，就連錢幣都沒有，因爲穿過司卡城區時，就算看起來只是稍微過得好一點都是相當危險的。

不過有人還沒學會身上不要帶金屬。藍線很細很微弱，因爲不太能穿透木頭，但已經夠強到讓凱西爾能追蹤走廊外的人身上的腰帶釦，以快速無聲的腳步遠離門口。

凱西爾暗自微笑。那女孩相當有能耐，但她在街頭討生活的過去在她心上留下極大的傷痕。如果順利的話，他想培養她的能力，同時協助治癒傷痕。

「我明天會回來。」沼澤走到門邊後如此說。

「別來得太早。」凱西爾眨眼說道。「我今天晚上有點事要做。」

紋靜靜地在她黑壓壓的房間中等待，聆聽走下樓梯的腳步聲，蹲在門邊，試圖判斷是否兩雙腳都正朝一樓走去。走廊沉默了下來，良久後，她終於鬆了一口氣。

離她的頭不到幾吋的地方瞬間響起敲門聲。她被嚇得全身一跳，差點摔倒在地。他好厲害！她心想。

她連忙撥亂頭髮，揉揉眼睛，假裝剛在睡覺，拉出襯衫，直到第二次敲門聲響起才拉開門。

凱西爾靠在門框上，走廊裡的唯一一盞燈籠點亮他的身影。高大的男子挑眉檢視她衣衫不整的凌亂模樣。

「什麼事？」紋假裝睡眼惺忪地問道。

「妳對沼澤的看法如何？」

「我不知道。」紋說道。「他把我們趕出來前，我沒來得及多看他兩眼。」

凱西爾微笑。「妳不會承認我逮到妳了，對不對？」

紋幾乎報以微笑。瑞恩的訓練教會了她。最想要妳信任他的人也就是妳必須最害怕的人。他哥哥的聲音似乎在她腦中迴響。自從她遇上凱西爾之後，他的聲音越發清晰，彷彿她的警戒心隨時都在戒備狀態。

凱西爾打量她片刻，然後從門邊退開。「把衣服塞好，跟我來。」

紋皺眉。「我們要去哪裡？」

「開始妳的訓練。」

「現在？」紋瞥向黑暗的百葉窗外問道。

「當然。」凱西爾說道。「今晚是最適合散步的時候。」

紋拉直衣服，跟他一同踏入走廊。如果他真的打算要教導她，那她絕對不會抱怨，無論現在是幾點。他們走下樓梯到了一樓，工作室一片漆黑，半成品家具倒在陰影中，但廚房還是十分明亮。

「等一下。」凱西爾說道，走向廚房。

紋等在工作室的陰影中，讓凱西爾獨自一人走入廚房。從她站的地方，勉強可以望入屋內，看到多克森、微風、哈姆跟歪腳和學徒們一起坐在一張寬桌邊，桌上有紅酒跟啤酒，不過量不多，然後大家一起吃著簡單的晚餐，是炸膨的蕎麥餅跟裹麵衣炸過的蔬菜。

工作室裡傳來笑聲。不是凱蒙桌上經常有的粗野狂笑，而是更為輕柔，傳達出眞正的笑意，愉快的相處。

紋不確定她為什麼沒有進入房間，她遲疑著，彷彿光芒跟愉悅是一道鴻溝阻礙，所以她只留在安靜、肅穆的工作室裡，可是她仍然站在黑暗中向外看著，無法完全壓抑自己的渴望。

凱西爾片刻後回來，手中拿著包包跟一個小布包。紋好奇地看著布包，於是他帶著微笑遞給她。

「禮物。」

握在紋手裡，布料光滑柔軟，她旋即明白這是什麼。灰色的布料在她手中展開，披露出迷霧之子披風的眞面貌。就像凱西爾前一晚穿的衣服一樣，它也完全是單獨、緞帶式的布條所裁製成。

「妳看起來很訝異。」凱西爾注意到。

「我……我以為我得用什麼方式贏得這件披風。」

「有什麼好贏得的？」凱西爾說道，拉上自己的披風。「這是妳的，紋。」

她停頓了一下，然後將披風圍上肩頭，綁起繫帶。感覺……很不一樣。掛在肩上又厚又重，但雙臂跟雙腿周圍則是感覺輕巧自在。緞帶上方都縫在一起，必要時可以靠拉緊領口來收緊披風。她覺得……

被包圍，被保護。

「感覺怎麼樣？」凱西爾問道。

「很好。」紋簡單地回答。

凱西爾點點頭，拿出幾個玻璃瓶，遞給她兩個。「喝一個，另外一個留著備用。我等一下教妳怎麼樣混合新舊瓶使用。」

紋點點頭，先喝了第一瓶，然後將第二瓶塞入腰帶。

「我正在叫人幫妳做新衣服。」凱西爾說道。「妳要養成習慣，身上的衣服不能有半點金屬：沒有扣環的腰帶、直接穿脫的鞋子、沒有環釦的長褲。之後如果妳覺得比較大膽了，再來幫妳換成女性的服裝。」

紋略略臉紅。

凱西爾笑了。「我剛是在逗妳而已。可是，妳現在開始要進入一個新的世界，也許妳會發現，有些情況下看起來比較像年輕貴族淑女而非集團盜賊，會對妳更有利。」

紋點點頭，跟在凱西爾身後走到店門口。他推開大門，露出一牆在黑暗中挪移的黑霧。他踏入霧中。紋深吸一口氣後，尾隨在後。

凱西爾在兩人身後把門推上，石板路面的聲音似乎被蒙上一層阻隔，不斷翻移的黑霧讓一切都變得略微潮濕，紋看不遠四周，街道似乎都消失入虛無，成爲通向永恆的小徑，頭頂上沒有天空，只有灰又灰的糾結。

「好吧，我們開始。」凱西爾說道，他的聲音在安靜、空曠的街道上感覺很大聲。他的語調中帶著自信，絕對是正在與四周濃霧對峙的紋所沒有的心情。

「妳的第一課。」凱西爾說道，緩緩走在街道上，紋跟在他身旁。「我們不從鎔金術開始，而是從態度。」他向前舉起手。「紋，這個。這個是我們的。夜晚、白霧，都屬於我們。司卡躲避濃霧像躲避死亡般唯恐不及。盜賊跟士兵會在夜晚行動，卻仍然害怕。貴族假裝毫不在意，但霧讓他們不安。」

他轉身看著她。「而霧是妳的朋友，紋。它們隱匿妳、保護妳……而且給妳力量。根據教廷的教義，司卡鮮少會聽到這件事，迷霧之子是在統御主昇華前，對他忠心之少數幾人的後裔。其他傳說則謠傳我們甚至是超越統御主力量的存在，也就是迷霧第一次來到這片大地後所誕生的人。」

紋微微點頭。聽到凱西爾這麼大剌剌地談話似乎有點怪，兩旁的建築物裡滿是沉睡的司卡，但黑暗的百葉窗跟安靜的氛圍讓紋覺得她跟凱西爾在獨處，獨處於最後帝國裡最密集、壅塞的城市。

凱西爾繼續前進，腳步中的活力與陰冷的黑暗格格不入。

「我們不用擔心士兵嗎？」紋靜靜問道。她的集團成員以前都要很小心夜晚的警備巡邏隊。

凱西爾搖搖頭。「就算我們不小心到被發覺，也不會有皇家巡邏隊敢打擾迷霧之子。他們看見我們的披風後，會假裝沒看見。記得，幾乎所有的迷霧之子都是上族的成員，其他的則是來自位階較低的陸沙德家族。無論是哪一種，都是很重要的人。」

紋皺眉。「所以守衛們直接忽略迷霧之子？」

凱西爾聳聳肩。「直接點明自己在屋頂上看到的鬼鬼祟祟身影，其實是位非常高貴且舉止得宜的貴族大人，那是非常沒有禮貌的行為，況且那還有可能是貴族仕女。迷霧之子太罕見，沒有家族能以性別成見對待他們。

「總而言之，大多數迷霧之子都有雙重生活——既是朝堂上的貴族，也是偷偷摸摸、鬼祟窺視的鎔金術師。迷霧之子的身分是極其隱密的家族機密——關於誰是迷霧之子的謠傳，向來是上族間的最佳八卦素材。」

凱西爾轉向另一條街道，仍然跟在他身邊的紋還是有點緊張。她不確定他要帶她去哪裡，在夜晚中很容易迷路，也許他甚至沒有目的地，只是要讓她習慣黑霧。

「好了。」凱西爾說道。「我們先讓妳習慣基礎金屬。妳可以感覺到妳的金屬存量嗎？」

紋停頓片刻。如果她集中注意力，她可以分辨出體內有八種不同的力量來源，每一種都比凱西爾測試她那天給她的更多出許多。她從那時起就不太願意使用她的「幸運」，因爲她開始發現，自己一直在使用一件她並不瞭解的武器，而這項武器會意外引來鋼鐵審判者的注意。

「開始一次一種燃燒它們。」凱西爾說道。

「燃燒？」

「這是啓動鎔金力量的術語。」凱西爾說道。「妳『燃燒』跟那種力量相關的金屬。妳會明白我的意思。先從妳不瞭解的金屬開始——我們改天再練習安撫跟煽動情緒。」

紋點點頭，在馬路中間停下腳步，謹愼地朝新的力量來源探去。

其中一樣似乎有點熟悉。她之前在不瞭解的情況下有使用過嗎？這有什麼效果？

只有一種方法能知道……不是很確定她到底該怎麼做，紋緊握住力量的來源，試圖要使用它……

她立刻感覺到胸口一陣熱，不會不舒服，但很明確淸晰。隨同暖意一起出現的是另一種感覺——某種身體甦醒跟充滿力量的感覺。她覺得自己似乎變得更……硬實了。

「發生了什麼事？」凱西爾問道。

「我覺得不一樣。」紋說道。她舉起手，突然覺得四肢的動作好像變得太快了一點，肌肉好像很急著想作用。「我的身體感覺很奇怪，已經不覺得累，而且很淸醒。」

「嗯。」凱西爾說道。「那是白鑞，它會增強妳的肢體能力，讓妳變得更強壯，更能抵抗疲累跟疼痛，妳在燃燒它時反應也會比較快，身體會變得比較堅韌。」

紋嘗試地收縮一下肌肉。她的肌肉看起來沒變得比較大，卻可以感覺到力量，不僅存在於她的肌肉中，而是她的全身，包括骨頭、軀體和皮膚。她朝存量探去，可以感覺到它在減縮。

「我開始要用完了。」她說道。

凱西爾點點頭。「白鑞燃燒的速度頗快。我給妳的瓶子裡面可供十分鐘的持續燃燒量，不過如果妳經常驟燒會用得更快，用得越小心則消耗得越慢。」

「驟燒？」

「妳可以試試看，更大力地去燃燒金屬。」凱西爾說道。「這會讓金屬用得更多，而且很難維持，卻可以給妳短暫加倍的力量。」

紋皺眉，試圖照他所說的去做，再用力一推後，她點起胸口內的熊熊火焰，驟燒白鑞。感覺上像是大膽一跳之前深吸一口氣，突然一陣力量跟氣力湧現。她的身體因期待而緊繃，有一瞬間她覺得自己無所不能。但那瞬間一過，身體便緩緩開始放鬆。

有意思，她心想，發現她的白鑞存量在那一瞬間燃燒得有多快。

「還有一些關於鎔金金屬的事情是妳該知道的。」兩人一同在霧中漫步時，凱西爾說道。「金屬越純越有效。我們所準備的瓶子裡內含的是絕對純粹的金屬，是特別準備與販售給鎔金術師的。

「合金，像是白鑞這種就更困難，因爲金屬的比例必須剛剛好，才能得到最大的力量。如果妳在買金屬時不小心，可能會買到完全不對的合金。」

紋皺眉。「你是說有人會騙我？」

「不是故意的。」凱西爾說道。「重點是，大多數人在說『黃銅』、『白鑞』，還有『紅銅』的時候都是很不精確的。舉例而言，一般人都認爲白鑞就是錫混鉛，也許還加一點銅或銀，看是何種用途，用在什麼情況等。可是鎔金術師的白鑞，是百分之九十一的錫，混合百分之九的鉛。如果妳希望從金屬中擷取到最大的力量，就必須照這個比例使用。」

「那麼……如果你燒的比例不對呢？」紋問道。

「如果比例只是差一點，那妳還是能得到一部分力量。」凱西爾說道。「可是如果差得太多，妳會因此感覺很不舒服。」

紋緩緩點頭。「我……我想我以前燃燒過這種金屬，偶爾才用，用得很少。」

「殘留礦物。」凱西爾說道。「來自於混入金屬的飲用水，或是拿白鑞金屬餐具吃飯時。」

紋點點頭。凱蒙的密屋裡有些杯子就是白鑞製的。

「好了。」凱西爾說道。「熄滅白鑞，我們繼續試下一種金屬。」

紋依言照做。力量的消散讓她覺得衰弱、疲累和脆弱。

「現在注意看看。」凱西爾說道。「妳應該可以感覺到體內不同的金屬可以配對。」

「像是兩種情緒金屬。」紋說道。

「沒錯。找出跟白鑞連接的金屬。」

「我找到了。」紋說道。

「每種力量都有兩種金屬。」凱西爾說。「一種推，一種拉。後者通常是前者的合金。以情緒金屬而言，也就是外部意志力量，妳要用鋅來拉，用黃銅來推。妳剛才用白鑞推妳的身體，那是內部肢體力量的一種。」

「像哈姆。」紋說道。「他會燒白鑞。」

凱西爾點點頭。「燒白鑞的迷霧之子通常叫做打手。這個詞是比較粗一點，但他們通常也是粗人。我們家的哈姆德算是特例。」

「那另一種外部金屬有什麼功效？」

「試試看啊。」

紋興奮地試了，頓時，周遭的世界突然變得更爲明亮。或者該說……其實明亮不太對。她只是可以看得更好，看得更遠，但霧仍然存在，只是變得比較……透明了。附近的自然光也似乎顯得更爲光亮。

還有其他改變。她可以感覺到她的衣服，這才發現雖然以前都有感覺，但通常都會忽略，如今衣服卻覺得更貼近。她可以感覺到衣服的質地，明顯感覺得出衣服哪裡特別貼身。

她也餓了。原本她也忽略這件事，但現在她的飢餓似乎更迫切，皮膚感覺更濕，還可以聞到沁涼的空氣中混著泥土、灰燼和垃圾的氣味。

「錫可以增強妳的感官。」凱西爾說道，聲音突然變得相當大。「而且這是燃燒最慢的金屬之一——那一瓶的錫夠妳用好幾個小時。大多數迷霧之子只要一進入霧中就會開始燒錫——我們一出店裡我就這麼做了。」

紋點點頭。豐富的感官讓她幾乎難以招架。她可以聽到黑暗中的嘎吱摩擦聲，讓她不斷想要驚跳轉身，深信有人正鬼鬼祟祟地從她背後襲來。

「讓它慢慢燒。」凱西爾說道，揮手要她跟在他身邊，繼續在街上行走。「妳得適應增強的感官，只是不要隨時都在驟燒。驟燒不只會讓妳很快用光金屬，而且持續性驟燒會對人造成……奇怪的影響。」

「奇怪?」紋問道。

「金屬，尤其是錫跟白鑞是在延伸妳身體的能力。驟燒金屬只是讓身體更加延伸至極限，久了，會開始破裂。」

紋不安地點點頭。凱西爾再也沒說話，兩人繼續前進，讓紋有時間去探索她的新感官跟錫所呈現的世界細節。原本她的視野只被限制在夜晚中的一小塊區域，如今卻看到整座城市被包圍在一片不斷挪移翻騰的霧中。她可以看到遠方像小山一樣的堡壘，也可以看到光點從窗戶中透出，像是黑夜被針刺破了一個個小洞。而在天上……她看到天上的光芒。

她停下腳步，讚嘆地仰望。光線很暗，即使在她被錫增強的眼裡仍然相當模糊，但她隱隱約約能看到數百、數千個光點，好小好小，像是剛被熄滅的燭火餘光。

「星星。」凱西爾說道，踱步到她身邊。「不是隨時都能看到，就算有燒錫也是。今天一定是特別晴朗。以前的人可以每天都看到星星——那是在白霧來臨、灰山爆發，將煙霧跟灰燼帶入城市之前。」

紋瞥向他。「你怎麼知道?」

凱西爾微笑。「統御主很努力想要摧毀對過去日子的記憶，但有些記憶還在。」他轉過身，沒有真的回答她的問題，繼續走路。紋跟上。有了錫，身旁的霧氣突然沒有那麼可怕了。她開始瞭解凱西爾如何能這麼自信地走在霧裡。

「好。」凱西爾終於又開口。「我們再試試另一種金屬。」

紋點點頭，留下錫繼續燒，但又挑出另一種金屬，結果她一燒，立刻出現很奇特的事情——許多藍線從她胸口散出，朝迴旋的白霧間伸去。她動都不敢動，微微驚喘，低頭看著自己的胸口。大多數線條很細，像是透明的麻線，但有幾條跟毛線一樣粗。

凱西爾輕笑。「妳先別用它跟它的搭配金屬。它們比其他幾種更複雜。」

「那是什麼……？」紋問道，以眼光追尋著藍光的去處。它們指向各式各樣的東西，有門，有窗——有一兩條甚至指向凱西爾。

「我們晚點會學到。」他承諾。「先把那個滅了，再試試最後兩種之一。」

紋滅了奇怪的金屬，跳過它的同伴，挑出最後兩種之一，立刻感覺到奇特的震動。紋停下腳步。這股鼓動沒有發出她能聽到的聲音，但她可以感覺到鼓動一波波席捲而來，似乎是來自凱西爾。她皺眉看著他。

「應該是青銅。」凱西爾說道。「內部意志拉引的金屬。它讓妳感覺到附近有誰在用鎔金術。像我哥哥那樣的搜尋者會用。青銅通常沒什麼需要用到，除非妳剛好是鋼鐵審判者，在尋找司卡迷霧人。」

紋臉色一白。「審判者會用鎔金術？」

凱西爾點點頭。「他們都是搜尋者——我不確定是因爲搜尋者被選來做審判者，或是成爲審判者的過程讓他們得到這股力量。無論如何，因爲他們的主要任務是找到混血兒跟不當使用鎔金術的貴族，這對他們而言是很有用的技巧。很不幸的是，他們的『有用』對我們來說代表『有點討厭』。」

紋開始點頭，然後凍結。鼓動停止了。

「發生什麼事了？」她問道。

「我開始燃燒紅銅。」凱西爾說道。「就是青銅的同伴。當妳燒紅銅時，可以讓妳不被其他鎔金術師發現妳在使用力量。妳現在可以試試看，不過不會有什麼感覺。」

紋試了試，唯一的感覺就是體內有微微的震動。

「紅銅是必須學會的金屬。」凱西爾說道。「它會讓妳不被審判者發現。我們今天晚上可能沒什麼好擔心，審判者應該會認為我們是一般的貴族迷霧之子，出來進行訓練。可是，如果妳穿著司卡衣服，卻又需要燃燒金屬，記得先要開啓紅銅。」

紋點點頭。

「事實上……」凱西爾說道。「許多迷霧之子隨時都在燒紅銅。它燒得很慢，而且可以讓妳不被其他鎔金術師察覺，除了讓妳躲避青銅之外，還可以預防其他人操弄妳的情緒。」

紋眼睛一亮。

「我就猜妳會對這個有興趣。」凱西爾說道。「任何燒紅銅的人都不受情緒鎔金術影響，同時，紅銅的影響範圍會是妳身邊的一個圈圈，這片雲，又稱爲紅銅雲，可以隱藏任何躲在裡面的人，不受搜尋者的感官找到，但是無法讓他們不受情緒鎔金術的影響。」

「歪腳。」紋說道。「這就是煙陣的能力。」

凱西爾點點頭。「如果我們有人被搜尋者發現，他們可以跑回密屋消失，也可以在不用擔心被發現的情況下練習能力。來自司卡城區的鎔金鼓動可是很容易就會被經過的審判者察覺。」

「可是你可以燒紅銅。」紋說道。「你爲什麼這麼擔心無法幫集團找到煙陣？」

「我是可以燒紅銅。」凱西爾說道。「妳也可以。我們能使用所有的能力，但我們也會分身乏術。成功的首領需要知道該如何分工，尤其是在進行這麼大一件工作時。標準的做法是讓密屋隨時都被包圍在紅銅雲裡。歪腳不是靠自己的力量辦到，他有幾名學徒也都是煙陣。當妳僱用歪腳這樣的人時，我們雙方都知道他會提供運作基地跟一組煙陣，有足夠能力時時隱藏所有人。」

紋點點頭，不過她對紅銅能保護自己情緒的能力比較有興趣。她得想辦法弄到足夠的紅銅來讓它隨時都能焚燒。

他們再次開始前進，凱西爾給了她更多時間去習慣燃燒錫，但紋的思緒開始亂跑。總有些事情覺得……不對勁。凱西爾爲什麼要告訴她這些事？感覺他太輕易就分享他的祕密。

除了一個，她多疑地想。有藍線的金屬。他還沒提起。也許他就是不打算告訴她這件事，這就是他會保留下來好控制她的力量。

它一定很強，八種中最強的。

當他們走在安靜的街道中，紋嘗試性地朝內探去，一面瞄著凱西爾，小心翼翼地燃燒著未知的金屬。藍色線條再次出現在她身體周遭，似乎朝四面八方射去。

線條隨著她移動，一端黏在她胸口，另一端接著路上的某個端點，她每走一步就會有新的線條出現，舊的消失在身後。線條有不同粗細，有些比其他更粗。

紋好奇地以意念測試了線條，想要發現它們的祕密。她專注於某個特別小，看起來相當無害的一個小物件，發現如果集中注意力，她可以單單只感覺到它，幾乎覺得她可以碰到它。她以意念伸出，輕輕一扯。

線條晃動，立刻有東西從黑暗中朝她飛來。紋大叫，試著想跳開，但那物件——一根生鏽的鐵釘——直直朝她飛來。

突然，有東西抓住鐵釘，將它扯離，拋回黑暗中。

原本滾地躲避的紋立刻緊繃地蹲起，迷霧披風在她身邊飛舞。她搜尋著黑暗，然後瞥向在輕笑的凱西爾。「我早該猜到妳會試用它的。」他說道。

紋尷尬地臉紅。

「過來。」他招招手，要她過來。「沒事的。」

「釘子攻擊我！」它會讓金屬物體活起來嗎？那眞是不可思議的力量。

「其實應該說是妳自己攻擊自己。」凱西爾說道。

紋小心翼翼地站起身，重新跟在他身邊，繼續前進。

「我等一下會解釋妳剛才做了什麼。」他承諾。「首先，有些關於鎔金術的事情是妳必須先瞭解的。」

「又是規則？」

「比較像是哲學。」凱西爾說道。「跟後果有關。」

紋皺眉。「什麼意思？」

「我們做的每個行爲都有後果，紋。」凱西爾說道。「我發現無論是鎔金術或是人生，最能判斷自己行爲會導致何種後果的人，最是成功。舉例而言，燃燒白鑞的後果是什麼？」

紋聳聳肩。「會變得更強壯。」

「如果在拿重物時白鑞用完了，會發生什麼事？」

紋頓了頓。「應該會掉下來吧？」

「而且，如果太重，妳會嚴重傷到自己。許多迷霧人打手在燃燒白鑞時受到重傷，然後不當一回事，結果白鑞一用完，立刻因爲傷重而死。」

「我明白了。」紋靜靜說道。

「哈！」

紋嚇得後跳，雙手遮起增強聽覺後的耳朵。「好痛噢！」她抱怨，瞪著凱西爾。

他微笑。「燃燒錫也有後果。如果有人突然發出聲音或光線，妳會因此暫時失明或被震暈。」

「這跟最後兩種金屬有何關係？」

「鐵跟鋼給妳操弄身邊其他金屬的能力。」凱西爾解釋。「用鐵，妳可以將金屬來源拉向自己。用鋼妳可以推開金屬。啊，到了。」

凱西爾停下腳步，抬頭看著前方。

穿過白霧，紋可以看到巨大的城牆聳立在前方。「我們到這裡做什麼？」

「我們要練習鐵拉跟鋼推。」凱西爾說道。「但首先，先來練基本概念。」他從腰帶中拿出某樣東西——是一枚夾幣，所有錢幣幣值中最小的。他將錢幣舉在她面前，側身站立。「燃燒鋼，就是跟妳剛剛燒過的金屬相反的那一種。」

紋點點頭。藍色線條再次出現在她身邊。其中一條直指向凱西爾手中的錢幣。

「好。」凱西爾說道。「推它。」

紋探向正確的線，輕輕地推了一下。錢幣翻出凱西爾的手指，直線飛離紋，她繼續將注意力集中在錢幣上，將錢幣推在空中，直到撞上附近房子的牆壁。

紋突然像是被人拉扯一樣，用力被後拋入空中。凱西爾抓住她，讓她不至於摔倒在地。紋腳步一踉，好不容易再次站直。不受她控制的錢幣在對街噹的一聲落到地面。

「剛才發生了什麼事？」凱西爾問她。

她搖搖頭。「我不知道。我推了錢幣，然後它飛走了，當它撞上牆時，我被推開。」

「爲什麼？」

紋思索般地皺眉。「我想……我想錢幣因爲哪裡都去不了，所以只有我能被移動。」

凱西爾讚賞地點點頭。「後果，紋。當妳鋼推時，妳用了自己的重量，如果妳比妳的錨點重很多，它會像錢幣那樣飛走，可是如果東西比妳重，或是撞到比妳重的東西，妳會被推走。鐵拉的情況很相似，妳要不會被拉向物體或是物體會被拉向妳。如果你們的重量很相近，那你們都會移動。

「這就是鎔金術的偉大之處，紋。知道妳在燃燒鋼或鐵的時候會移動多少，會讓妳在面對敵手時擁有更大的優勢。妳會發現，在所有能力中這兩種最有彈性，最好用。」紋點點頭。

「現在，記住，」他繼續說道。「在兩者的情況中，妳的推或拉是直接遠離妳或朝妳來。妳不能隨意拋擲東西，或控制它們隨處亂跑，鎔金術不是如此運作，因爲實體世界不是如此運作。當妳推東西，無論是靠鎔金術或靠自己的雙手，它會直接朝反方向去。力量，反應，結果。瞭解嗎？」

紋再次點頭。

「很好。」凱西爾高興地說道。「現在我們來跳過那面牆。」

「什麼？」

「你瘋了！」她低聲說道。

他留下她一個人目瞪口呆地站在街心，看著他走向牆邊，然後快步追上。

凱西爾微笑。「這是妳今天第二次這麼對我說。妳應該更留心自己的環境——如果妳有好好聽其他人說話，妳早該發現我的腦子很久前就已經不在了。」

「凱西爾。」她開口說道，抬頭看著牆。「我不行……我在今晚前甚至沒有眞正用過鎔金術！」

「是沒錯，但妳學得很快啊。」凱西爾說道，從披風下抽出某樣東西，看起來像是條腰帶。「來，把這戴上。它上面有金屬塊，如果發生什麼不對勁的事情，我應該可以追得上妳。」

「應該？」紋緊張地問道，繫上皮帶。

凱西爾微笑，然後在腳邊拋下一大塊金屬。

「把金屬塊直直放在妳腳下，記得要用鋼推，不是鐵拉。直到抵達牆頭之前，不要停止推。」

然後他彎腰向上一跳。

凱西爾衝入空中，暗色的身影消失在糾結的霧氣，紋等了片刻，但他沒有摔到地上變成一團肉泥。即使在她敏銳的耳中，一切仍然絕對安靜。白霧在她身側嬉鬧地盤旋，激她、挑釁她。

她低頭看著金屬塊，燃燒鋼，藍色的線條散發出隱約、模糊的光芒，她走到金屬邊，跨在它上方，抬頭看著白霧，然後最後一次低頭看。

終於，她深吸一口氣，以全力推向金屬塊。

他應該保護他們的生活方式，卻侵犯它們。他會是他們的拯救者，但他們將稱他爲叛教徒。他的名字將是紛爭，但他們會因此而愛戴他。

8

紋衝入空中，壓下一聲尖叫，雖然害怕卻還記得要繼續推。石牆化成離她僅僅幾呎遠外的模糊晃動，下方地面消失，指向金屬塊的藍色線條越來越淡。

如果線條消失會發生什麼事？

她開始減慢速度，線條越淡，她的速度就越慢。飛不了多久，她就慢到停下來——懸吊在半空中，一條幾乎不可見的藍線上方。

「我向來喜歡上面的風景。」

紋瞥向身邊，凱西爾站在不遠處，只是她剛才專注到沒有發現她離牆邊只差幾呎遠。

「救命！」她說道，繼續慌亂地推，避免她墜落。她身下的霧氣翻移迴旋，像某種充滿地獄靈魂的深色海洋。

「妳不必太擔心。」凱西爾說道。「如果妳有三個錨點，在空中比較容易平衡，但就算只有一個錨點也可以。妳的身體很習慣平衡，妳從學會走路起就在做的事情會部分轉移到鎔金術上。只要妳不要亂動，掛在鋼推能力的邊緣，妳可以維持平衡——妳的意志和身體會調整任何跟下方錨點重心的差異，避免讓妳向側方歪倒。

「不過如果妳推了另外一樣東西，或是太過朝側邊移動……那妳眞的會失去下方的錨點，也沒辦法再直直向上推，那時才會眞的碰上問題——像是高柱上的鉛塊一樣歪倒。」

「凱西爾……」紋說道。

「我希望妳不是怕高，紋。」凱西爾說道。「那對於迷霧之子來說是蠻大的弱點。」

「我……不……怕……高。」紋咬緊牙關說道。「但我也不習慣吊在離什麼死街一百呎高的空中啊！」

凱西爾輕笑，紋感覺到有力量在拉扯著她的腰帶，將她從空中拉向他。他抓住她，然後拉著她翻過石欄杆，讓她站在身側，一手則伸過牆邊。一秒後，金屬塊順著牆一路飛刮而上，直到落入他等待的掌心。

「做得很好。」他說道。「現在，我們要下去。」他將金屬塊拋過肩頭，讓它落入牆壁另一邊的黑色迷霧。

「我們眞的要出去？」紋問道。「出城牆？晚上？」

凱西爾以他最令人抓狂的方式微笑，走到牆邊，爬上平台。「調整推或拉的力道很困難，但妳可以辦得到。最好是墜落一點後用推的方式減緩速度，再放開，墜落，然後再推一次。如果妳能把這其中的韻律掌握得當，妳就能很順利地抵達路面。」

「凱西爾。」紋靠近牆邊說道。「我不……」

「妳已經來到城牆頂了，紋。」他說道，踏入空中，微微搖晃地掛在空氣裡，以他先前解釋的方法保持平衡。「只有兩種方法可以下去。一是跳下，或者妳可以試著跟巡邏守衛解釋爲什麼有迷霧之子需要用他們的樓梯。」

紋擔憂地轉身，發現黑霧中出現一團燈籠光暈正逐漸靠近。

她回身面對凱西爾，但他已經消失了。她咒罵一聲，彎腰探過城牆，望入黑霧。她可以聽到守衛們在她身後，一面巡邏城垛，一面低聲交談。

凱西爾說得沒錯：她沒多少選擇。怒氣沖沖的她爬上城牆邊緣的平台。她不特別怕高，但有誰站在城牆上，低頭看著足以摔死的高度而不會怕的？紋的心臟跳得飛快，胃部一陣絞縮。

希望凱西爾已經讓開了，她心想，檢查藍線好確定她剛好在金屬塊上方。然後，她向前一踏步，離開城牆。

她立刻開始直直墜落。

她幾乎是反射性地以鋼反推，但她的軌跡歪了，落點偏到金屬塊的一側，而非直線上方，因此她的推力反而讓她歪偏得更嚴重，以致於開始在空中翻滾。

大驚之下，她再次反推，這次更用力地驟燒她的鋼。突來的力道讓她反彈而上，斜斜地在空中劃出一道彎弧，又出現在城牆頂邊。經過的守衛驚訝地轉身，但他們的臉很快便因爲紋又重新朝地面墜落而再度模糊、消失。

紋的腦中因恐懼而一片混亂，她直覺性地探出，朝金屬塊拉引，試圖想把自己朝那個方向拖去。當然，金屬塊便因此乖乖地朝她直射而來。

我死定了。

突然間，她的身體猛然從腰帶的部分被上提，下降之勢驟減，直到她輕輕地飄在空中。

凱西爾出現在霧裡，站在她身下的地面。他當然在微笑。

他讓她落下最後幾呎，接住她，然後讓她重新站直在軟土地上。她顫抖地佇立片刻，緊張、焦慮地喘息。

「剛剛眞好玩啊。」凱西爾輕鬆地說道。

紋沒有回應。

凱西爾讓她坐在旁邊的石頭上，顯然是要讓她有恢復心神的時間。最後，她燃燒了一些白鑞，利用它提供的實在感來穩定自己的心緒。

「妳做得很好。」凱西爾說道。

「我差點死了。」

「每個人的第一次都是這樣的。」凱西爾說道。「鐵拉跟鋼推都是很危險的技巧。只要把一點金屬拉引入自己的身體就足以讓自己穿腸破肚，妳也可能跳下時離錨點太遠，或者犯下十幾種其他錯誤。

「以我的經驗——雖然很有限——但最好是趁還有人能看著妳的時候，早早學到這些經驗。不過，我想妳現在應該瞭解，爲什麼鎔金術師身上應該要盡量少帶金屬吧。」

紋點點頭，然後停頓下來，一手探向耳朵。「我的耳環。」她說道。「我得停止戴它。」

「它後面是用夾的嗎？」凱西爾問道。

紋搖搖頭。「只是一根耳針，後面的針是往下彎的。」

「那就沒事。」凱西爾說道。「妳體內的金屬——就算只有一點是在妳體內——都不能被推或拉，否則其他鎔金術師就可以把妳在腹中燃燒的金屬直接扯出來。」

幸好先知道這件事，紋心想。

「這也就是爲什麼那些審判者眼眶裡插了一對鋼錐還可以這麼自信地走來走去。那些金屬穿刺了他們的身體，所以不能被另外一名鎔金術師影響。耳環留著，它很小，可能妳不能拿它來做什麼用，但在緊急時候它可以是妳的武器。」

「好。」

「現在可以走了嗎？」

她抬頭看著牆，準備好要跳，然後點點頭。

「我們不是要回去。」凱西爾說道。「來吧。」

紋對著朝霧中走去的凱西爾皺眉。所以他是眞有目的地——還是他只是決定要繼續亂走一陣？奇特的是，他友善且一派輕鬆的態度反而讓人更難摸清楚他的思緒。

紋快步跟上，不想被獨自留在霧中。陸沙德附近的環境相當荒涼，只有矮樹叢跟野草，布滿了早先落塵的荊棘跟枯葉，隨著她的腳步，不斷摩擦她的雙腿，地上的植被因他們的行走發出破碎的聲音，周遭因霧露而安靜且潮濕。

偶爾他們會經過幾堆被推出城外的灰燼，但大多數時候，灰燼都是被拋入貫穿城市的峉奈瑞河。水最後會溶化灰燼，至少這是紋的猜測，否則整片大陸老早就被掩埋在灰燼中了。

兩人繼續走著，紋沒有離凱西爾太遠。雖然她之前也出過城，但都是跟著一群船伕，也就是在最後帝國多處都有的運河中撐窄船跟貨船的司卡工人們。這是很辛苦的工作，大多數貴族都用司卡而非馬匹將船拖過曳船道，但光是知道自己在旅行就讓她感覺得到某種程度的自由。因爲大多數司卡，就算是盜賊司卡，也從不離開他們的農莊或城市。

從城市到城市間不斷旅行是瑞恩的選擇，他對於不能被鎖定在某個地方有強烈的執念。他通常會讓兩人搭上地下組織營運的渡船，從不在一個地方待超過一年，不斷地搬移，總是在出走，彷彿在逃離什麼。

兩人繼續前進。在夜晚，連光裸的山丘跟布滿矮灌木的平原都顯露出肅殺之氣。紋沒有說話，還盡量不要發出聲音。她聽人說過晚上有些東西會在外面四處走動，而就算她的錫稍稍穿透迷霧的遮蔽，仍然讓她覺得正被人監視著。

他們走得越久，這感覺越令她心驚。不久，她開始在黑暗中聽到聲音，聲音很低也很模糊，像是野草的彎折聲，迴蕩霧氣中的腳步摩擦聲。*妳想太多了！*她因爲半是想像引發出的聲音而驚跳起時，這麼告訴自己。可是最後，她忍不住了。

「凱西爾！」她急急地悄聲說道，但在她增強後的耳裡，聽起來大得足以洩漏她的行蹤。「我覺得這附近有東西。」

「嗯？」凱西爾說道，看起來似乎正深陷入思緒中。

「我覺得有東西在跟蹤我們！」

「噢。」凱西爾說道。「對，妳說得沒錯。是個霧魅。」

紋頓時僵在原地，不過凱西爾倒是繼續前進。

「凱西爾！」她叫道，令他停下腳步。「你是說，牠們是真的？」

「當然是。」凱西爾說道。「要不然妳覺得那些傳說是從哪來的？」

紋瞠目結舌地站在原地。

「妳想去看嗎？」凱西爾問道。

「去看霧魅？」紋問道。「你——」她沒說下去。

凱西爾輕笑，懶洋洋地走回她身邊。「霧魅外表上看起來可能不會讓人很舒服，但牠們基本上是無害的。大多數情況下，牠們都是食腐者。來吧。」

他開始往回頭走，揮手要她跟上。

紋雖然不情願，但在不敢看卻又忍不住想看的好奇心驅使下，仍然跟了上去。凱西爾疾步走著，帶著她爬上一座沒多少矮灌木的山丘，蹲下身，示意要紋也照做。

「牠們的聽力不是很好。」他對著正跪在他身邊布滿灰燼的粗糙土地上的紋說道。「但是牠們的嗅覺，或該說牠們的味覺相當敏銳。牠可能是在跟著我們，希望我們會丟點能吃的東西給牠。」

紋瞇著眼睛看著黑夜。「我看不到。」她說道，在霧中搜尋某個身影。

「在那裡。」凱西爾說道，指向一座矮矮的山。紋皺眉，想像有怪物蹲在山丘上，在她尋找牠的同時也正在看她。

然後，山動了。

紋全身微震了一下。黑色的山丘——大概有十呎高，兩倍寬——以奇特的蹣跚步伐一蹭一蹭地前進，紋向前傾，想要看得更清楚。

「驟燒妳的錫。」凱西爾建議。

紋點點頭，召喚更多的鎔金力量。一切立刻變得更明亮，白霧的阻礙顯得更單薄。她看到的東西讓她全身一陣顫抖——有點失神和噁心，還有不只一點不舒服。那怪物有著半透明的皮膚，紋可以看見牠的骨頭，還有幾十隻手，每隻看起來都來自於不同的動物。有人手、牛蹄、犬腿，還有其他她辨別不出來的部位。不對稱的手足讓那怪物能夠行走，但步伐比較像是拖著腳慢慢爬行，有如笨拙的蜈蚣，而有許多四肢看起來根本沒有作用，以扭曲、不自然的角度從怪物體中突出。

牠的身體圓滾且長，但也不只是一團肉球……牠的形體是某種奇特的邏輯存在，有很清楚的骨骼結構，紋瞇著錫增強的眼睛可以約略看到透明的肌肉跟筋條纏繞在骨頭上。怪物移動時會收縮一堆肌肉，看起來像是有幾十個不同的肋骨腔，在主要身軀的兩側，手臂跟腿以怪異的角度垂掛著。

還有頭——她算出有六個。雖然皮膚透明，但她仍然看得出有一個馬頭在鹿頭旁邊，另一個頭轉向她，她可以辨認出牠的人類頭骨，順著一條長長的脊椎骨連在某種動物的上半身，下面又接著一堆奇特的骨頭。

紋幾乎要嘔吐出來。「什麼……？怎麼會……？」

「霧魅有可改變的身體。」凱西爾說道。「牠們可以用肌膚包圍任何骨骼架構，如果有範本可以參考，甚至可以重新創造肌肉跟器官。」

「你是說……？」

凱西爾點點頭。「當牠們找到一具屍體時，牠們會把它整個包圍，緩緩消化肌肉跟器官，最後用牠們吃下的東西當範本，創造出跟屍體一模一樣的副本，然後重新調整部位——把不要的骨頭除掉，把要的加入——最後就變成妳看到的那一團。」

紋看著怪物蹣跚地走過草原，跟隨她的足跡，一片黏滑的皮膚從肚子下垂掛，拖在地面上。嚐著氣味，紋心想。跟蹤我們經過的味道。她讓錫回到正常，霧魅再次成為一團陰影，不過牠的輪廓只是突顯出牠的不正常之處。

「所以牠們有智慧嗎？」紋問道。「既然牠們可以分割……身體，然後安排想要的部分該放到哪裡？」

「有智慧？」凱西爾問道。「像這麼年輕的是沒有。牠的行為比較是直覺本能，而非智慧。」

紋再度發抖。「別人都知道這些東西嗎？我是說傳說以外的？」

「妳說『別人』指的是誰呢？」凱西爾問道。「有很多鎔金術師知道，我很確定教廷也知道。一般人……他們晚上並不出門。大多數司卡畏懼也詛咒霧魅，但可能一輩子都沒看過。」

「他們運氣眞好。」紋喃喃道。「為什麼沒有人要處理一下那些東西？」

凱西爾聳聳肩。「牠們沒那麼危險。」

「那一隻有個人頭！」

「牠可能是找到一具屍體。」凱西爾說道。「我從沒聽說過霧魅會去攻擊健康的成年人，大概就是因為這樣所以沒人去理牠們。當然，上族對牠們另有他用。」

紋詢問地看看他，但他沒再說話，站起身走下山坡，她再瞥了一眼不自然的怪物，然後跟著凱西爾走去。

「你是帶我來看這個嗎？」紋問道。

凱西爾輕笑。「霧魅可能看起來很詭異，但不值得走這麼老遠一趟。我們是要去那邊。」

眼光追隨著他的動作，她看出前方土地有點改變。「皇家大道？我們繞回城門前方了。」

凱西爾點點頭。短短一段路後——途中紋至少回頭三次確定霧魅沒跟上來——他們離開了矮木叢，踏入皇家大道的平坦硬泥土路。凱西爾停下腳步，轉頭看著四周，紋皺眉，不知道他在做什麼。

這時，她才看到一輛馬車停靠在大道邊，紋可以看到馬車旁還有人在等著。

「噢，沙賽德。」凱西爾說道，走上前去。

男子鞠躬。「凱西爾主人。」他說道，平滑的聲音穿透夜空，嗓音比較高亢，口音宛如音樂。「我幾乎以爲你決定不來了。」

「你知道我這個人，阿沙。」凱西爾說道，開懷地拍著那人的肩膀。「我這個人向來準時。」他轉身朝紋揮揮手。「這個警戒的小東西是紋。」

「啊，是的。」沙賽德說道，口齒緩慢卻清晰。他的口音有個很奇特之處。紋小心翼翼地靠近，端詳對方。沙賽德有張又長又扁的臉，細瘦的身體甚至比凱西爾高，高到有點不正常，手臂也異常地長。

「你是泰瑞司人。」紋說道。他的耳垂被撐大，耳朵輪廓上滿是耳釘。他穿著華麗、鮮豔的外袍，那是泰瑞司侍從官的衣服——上面是層疊的V形刺繡，重複排列出主人的家徽三色。

「是的，孩子。」沙賽德鞠躬。「妳認得很多我的同胞嗎？」

「不認得。」紋說道。「可是我知道高等貴族偏好泰瑞司侍從官跟僕人。」

「的確是的，孩子。」沙賽德說道。他轉向凱西爾。「我們該走了，凱西爾主人。時間已晚，我們離費理斯還有一個小時的路程。」

費理斯，紋心想。所以我們要去見假冒的雷弩大人。

沙賽德為他們打開馬車門，在他們進入之後再度關起。紋剛在柔軟的厚椅墊上坐下就聽到沙賽德爬上馬車，接著馬匹就前進。

凱西爾靜靜地坐在馬車裡，窗戶關閉好抵擋霧氣，一盞半遮蔽的小燈籠掛在角落。紋坐在他正對面的椅子上，雙腳縮在身體下，將寬大的迷霧披風拉得緊緊的，隱藏住她的手臂跟腿。

她向來如此，凱西爾心想。無論她在哪裡，她都試圖盡量要縮小不引人注意。這麼緊張。

紋不坐，她蹲踞，不是行走，而是潛行，就算她正大光明地坐在某處，都試圖要躲起來。

不過她很勇敢。凱西爾接受訓練的時候，並沒像她那麼願意從城牆上跳下去——老蓋莫爾最後被逼得用推的。

紋以安靜、深沉的眼睛看著他。當她發現他在注意她的時候，她轉開目光，更縮入披風裡，不過出人意料的是，她開口了。

「你的兄弟，」她以近乎耳語的聲音說道。「你們兩個處不好。」

凱西爾挑起眉毛。「是不好，其實向來不好。蠻可惜的。我們應該要好好相處，但就是……不行。」

「他年紀比你大？」

凱西爾點點頭。

「他常打你嗎？」紋問道。

凱西爾皺眉。「打我？他從來沒有打過我。」

「所以你阻止了他？」紋說道。「也許他就是因此不喜歡你。你怎麼逃的？是跑走，還是原本就比他強壯？」

「紋，沼澤從來沒有試圖要打我。我們是會爭吵，但我們從來沒有眞的想過要傷害對方。」

紋沒有反駁，但他從她的眼神可以看出來她不信。

什麼樣的人生啊……凱西爾想著，沉默了。地下組織中有許許多多像紋這樣的小孩。當然，大多數還不到她那個年紀就死了。凱西爾是個幸運的人，他的母親是一名上族的厲害情婦，一個聰明的女人，沒讓她的夫君發現她是司卡。凱西爾跟沼澤在優渥的環境中成長——當然是被視爲私生子，但仍然是貴族——直到他們的父親終於發現眞相。

「你爲什麼要教我這些事情？」紋問道，打斷他的思緒。「我是指鎔金術。」

凱西爾皺眉。「因爲我答應過妳。」

「那我知道你的祕密之後，你要靠什麼來阻止我跑掉？」

「什麼都不靠。」凱西爾說道。

她不信任的注視再次告訴他，她不相信他的答案。「有金屬你沒跟我說過。在我們第一次會面時，你跟我說有十種。」

凱西爾點點頭，向前傾身。「是有，但我跳過兩種不是因爲要留一手，而是因爲它們……不容易習慣。如果妳先從基礎金屬練習會比較簡單，不過若是妳想要知道另外兩種的話，我們到了費理斯之後，我可以教妳。」

紋的眼睛瞇起。

凱西爾翻翻白眼。「我不是要騙妳，紋。別人會參與我的集團是因為他們想要參與，而我的計畫能成功是因為他們仰賴彼此。沒有不信任，沒有背叛。」

「除了一次。」紋低聲說道。「讓你被送去深坑的背叛。」

凱西爾全身凍結。「妳從哪裡聽來的？」

紋聳聳肩。

凱西爾嘆口氣，一手搓搓額頭，但他想做的其實是撓抓順著他的手指跟手掌，一路扭曲繞行到他肩膀上的疤痕。他抗拒這股衝動。

「那件事不值得一提。」他說道。

「但裡頭有叛徒。」紋說道。

「我們不確定這點。」就連他自己都覺得這句話很沒說服力。「無論如何，我的組員們以信任為基礎，意思是沒有任何強迫。如果妳想退出，我們現在就可以回陸沙德。我會告訴妳最後兩種金屬的用法，然後妳就可以自行離去。」

「我沒有足夠的錢可以獨自生活。」紋說道。

凱西爾探入披風，拉出一袋錢幣，拋到她身旁的座位上。「三千盒金。我從凱蒙那裡拿來的錢。」

紋不信任地瞥向袋子。

「拿去吧。」凱西爾說道。「賺到這筆錢的人本來就是妳——根據我蒐集來的情報，凱蒙最近大多數的成功都是來自妳的鎔金術，而且冒險推動聖務官情緒的人也是妳。」

紋沒有動作。

好吧，凱西爾心想，舉起手朝馬車伕的座位下方敲兩下。馬車停下，沙賽德隨即出現在窗邊。

「請調轉馬車，阿沙。」凱西爾說道。「帶我們回陸沙德。」

「是的，凱西爾主人。」

沒多久，馬車已經朝回頭的方向前行。紋靜靜地看著，似乎已經沒有原本的自信。她瞄著那袋錢幣。

「我是認眞的，紋。」凱西爾說道。「我的團隊中不能有不想跟我合作的人。讓妳離開不是懲罰，而是必須如此。」

紋沒有回應。讓她離開會是一場賭局，但強迫她留下更是冒險。凱西爾坐在原位，嘗試剖析她，試圖瞭解她。她如果離開，會去向最後帝國告密嗎？他覺得不會。她不是個壞人。

她只是覺得每個人都是壞人。

「我覺得你的計畫簡直瘋了。」她輕輕說道。

「半數成員都這麼想。」

「你們無法擊敗最後帝國。」

「不需要。」凱西爾說道。「我們只需要幫葉登弄到軍隊，然後掌握皇宮就好。」

「統御主會阻止你們。」紋說道。「你們無法打敗他——他是永生不死的。」

「我們有第十一金屬。」凱西爾說道。「我們會找到殺死他的方法。」

「教廷太強大了。他們會找到你們的軍隊，摧毀它。」

凱西爾向前傾身，直視紋的雙眼。「妳對我有足夠的信任，願意從城牆上跳下，而我接住了妳。這次妳也得信任我。」

她顯然不太喜歡「信任」這個詞。她在微弱的燈籠光線下端詳著他，安靜的時間久到蔓延成尷尬的沉默。

最後，她抓起那袋錢幣，迅速地藏在披風下。「我會留下。」她說道。「但不是因爲我信任你。」

凱西爾挑起一邊眉毛。「那是爲什麼？」

紋聳聳肩，最後開口時聽起來是完全地誠實。「因爲我想看看會發生什麼事。」

在陸沙德中擁有一座堡壘代表該家族有成爲上族的資格，但擁有堡壘不代表眞的要住在裡面，更遑論隨時都住在那裡。許多家族也在陸沙德的外圍城市中擁有住宅，可能較爲寬敞、乾淨，同時也沒有如此嚴格遵守皇家律法。費理斯是座富裕的城市，裡面沒有高聳、雕樑畫棟的堡壘，而是充滿豪華的莊園與別墅。有些街道上甚至有行道樹，大多數是白楊木，白骨色的樹皮似乎能抗拒灰燼的抹黑。

紋透過窗戶看著迷霧披蓋的城市，馬車的燈籠應她要求被熄滅。透過燃燒錫，她能仔細觀看整齊清潔的街道。她很少見到費理斯的這區，雖然城鎭相當富庶，它的貧民區跟任何其他城市一樣雷同。

凱西爾透過自己的窗戶瀏覽城市，皺眉。

「你不贊成他們的奢侈。」紋猜測，聲音刻意壓低，光這一絲音量就足以傳到凱西爾增強後的耳朵。「你看著城市的富庶，想到其背後努力創造財富的司卡。」

「那是其一，」凱西爾說道，聲音幾乎微不可聞。「但不只這樣。既然已經花了這麼多錢，這個城市應該要是美麗的。」

紋側過頭。「它是很美。」

凱西爾搖搖頭。「房子仍然被染黑，土地仍然乾枯，毫無生氣，樹木仍然長著褐色的葉子。」

「它們當然是褐色的，難道該是別種顏色？」

「綠色。」凱西爾說道。「一切都該是綠色的。」

綠色？紋心想。好奇怪的想法。她試圖想像有綠色葉子的樹木，覺得這個景象實在太好笑。凱西爾果然怪怪的——不過任何在海司辛深坑待了這麼久的人一定會有點奇怪。

他轉回身面對她。「趁我忘記之前，還有幾件關於鎔金術的事情是妳該知道的。」

紋點點頭。

「第一件。」凱西爾說道。「記得晚上時要把當天體內還剩下的金屬燃燒掉。我們用的有些金屬如果消化了會有毒，最好不要在胃中裝著它們睡覺。」

「好。」紋說道。

「還有一件事。」凱西爾說道。「永遠不要嘗試燃燒不是十種金屬以外的金屬。我剛才警告過妳，不純粹的金屬跟合金會讓妳不舒服。如果妳試圖燃燒不適合鎔金術的金屬，甚至可能會致命。」

紋很嚴肅地點頭。的確是該知道的事，她心想。

「啊。」凱西爾說道，重新轉過身面向窗戶。「我們到了——剛買下的雷弩宅邸。妳應該把披風脫下，這裡的人都忠於我們，但還是小心爲上。」

紋完全同意。她脫下披風，交給凱西爾塞回包包，然後將頭探出馬車的窗戶，隔著迷霧看著迫近的大屋。園林邊緣圍繞著石頭矮牆和鐵柵門，一組守衛在沙賽德表明身分後爲他們拉開門。通往屋子的道路兩旁種滿白楊樹，前方小丘上，紋可以看到一棟大別墅，窗戶四處散出迷濛的光線。

沙賽德讓馬車停在大宅前，然後將韁繩交給一旁的傭人，爬下馬車。「歡迎來到雷弩大宅，紋主人。」他說道，拉開門，示意要扶她下車。

紋看了看他的手，但沒有拉住，而是自己滑下車。泰瑞司人似乎沒有被她的拒絕冒犯。通往大屋的樓梯兩邊排著燈籠柱，凱西爾從馬車上跳下時，紋看到一群人聚集在白色大理石樓梯的上方。凱西爾靈活地爬上台階，紋則跟在後面，注意到台階有多乾淨。它們一定要經常刷洗才能不讓黑灰沾髒。維護這棟建築物的司卡們知道他們的主人是冒牌貨嗎？凱西爾要推翻最後帝國的「慈善」計畫會對清潔這些台階的普通司卡有何幫助？

年老乾瘦的「雷弩大人」穿著一套華美的外衣，戴著一副貴族氣息濃厚的眼鏡，嘴唇上有一道稀疏的灰鬍子。雖然年紀不輕，手中卻沒有拿枴杖做爲支柱。他尊敬地朝凱西爾點點頭，仍然維持高貴的氣質。紋立刻看得出來：這個人是個行家。

凱蒙很擅長假扮貴族，但他的自我膨脹向來讓紋覺得有點幼稚。雖然有貴族是像凱蒙那樣，但比較令人印象深刻的都是像雷弩大人這樣：冷靜、自信。這些人的貴族氣質是來自於他們的態度，而非能鄙夷地對周遭人說話的能力。當冒充者的眼光落在她身上時，紋必須刻意阻止自己彎縮身體，因爲他實在太像眞的貴族，而她受到的訓練是要能反射性地避過他們的注意。

「宅邸看起來好多了。」凱西爾說道，跟雷弩握手。

「是的，我很驚訝於它的進度。」雷弩說道。「我的清潔人員們非常有能耐——再給我們一點時間，這屋子會豪華到連宴請統御主都沒問題。」

凱西爾輕笑。「那可眞會是場奇怪的晚宴呢。」他退後一步，朝紋示意。「這就是我提過的年輕小姐。」

雷弩端詳她，紋轉開視線。她不喜歡別人用那種方式看她——會讓她不禁猜想他們又要如何試圖利用她。「我們需要進一步談這件事，凱西爾。」雷弩說道，朝宅邸的入口點點頭。「時間晚了，但是……」

凱西爾踏入建築物。「晚了？哪有，還不到午夜呢。叫你的人準備些食物——紋小姐跟我都沒還吃晚餐。」

誤餐對紋來說是家常便飯，但雷弩朝僕人揮揮手，後者立即展開行動。雷弩走入大宅，紋跟在身後，卻在門口停了下來。沙賽德很有耐心地等在她身後。

凱西爾停下腳步，發現她沒跟上時轉過身。「紋？」

「好……乾淨啊。」紋說道，想不出其他形容詞。在工作時，她不時會看到貴族的家，但通常都是在夜間一片漆黑的情況下，所以對於眼前通明燈火呈現的景象毫無心理準備。雷弩大宅的雪白大理石地板似乎散發著柔和的光芒，反射出十幾盞燈籠的光線。一切都光新亮潔。牆壁除了有傳統動物彩繪的地方之外，都是純白的。雙環樓梯上方懸掛著一盞晶光閃閃的水晶燈，耀眼生花，房間內其他的擺設——水晶雕像，以一綑綑白楊木樹枝爲架的花瓶——通通都倒映著光芒，不受任何灰燼、髒污或指印破壞。

凱西爾輕笑。「從她的反應可以看得出來，你對這一切有多費心思啊。」他對雷弩大人說道。

紋允許其他人領著她一路進入屋子，一行人又轉個彎，進到的房間因添加了赭紅色家具跟布簾，所以沒有白得那麼刺眼。

雷弩停下腳步。「也許小姐可以在這裡先用一些點心和飲料。」他對凱西爾說道。「有些比較……敏感的話題，我希望能跟你私下討論。」

凱西爾聳聳肩。「沒問題。」他說道，跟隨雷弩走向另一個門口。「阿沙，在我跟雷弩大人談話的期間，由你陪著紋吧？」

「當然好，凱西爾主人。」

凱西爾微笑，看了紋一眼，而她知道他留下沙賽德就是為了不讓她去偷聽。她惱怒地瞪了離去的兩人一眼。你剛才不是說什麼「信任」嗎，凱西爾？不過她更生氣自己為什麼要心情不定，為什麼要在乎自己被凱西爾排除在對話之外？她這輩子向來都是受人忽略及輕視，其他首領不讓她參與行動計畫時，她從來都不會放在心上。

紋在一張繃得結結實實的暗紅色椅子上坐下。她知道問題出在哪裡了。凱西爾太尊敬她，讓她覺得自己太重要，她開始覺得自己應該要是能參與他祕密會談的一份子。瑞恩的笑聲迴蕩在她的腦海，讓這些念頭顯得可笑，所以她坐在那裡，對自己跟凱西爾生氣，覺得丟臉，卻又說不上來為什麼。

雷弩的僕人為她端來一盤水果跟不同種類的麵包，在她的椅子邊架起一張小桌，甚至給了她一只水晶杯，裡面裝著閃亮的紅色液體。她看不出來那是酒還是果汁，也不打算發現，不過倒是吃了幾口食物——她的直覺不允許她放過免費的一餐，即使是經由她不認識的人所準備。

沙賽德走到她身邊，在她椅子的右後方站得直挺挺的，雙手交握在身前，眼睛直視前方。這個姿勢顯然是為了表現尊敬之意，但他佇立在後方的身影實在不能讓她的心情好上半分。

紋試圖要將注意力集中在她的周遭環境，但卻只是更提醒她，這些裝潢有多華麗。她在這些精緻的物品中很不自在，感覺自己像是在乾淨地毯上的污點一樣明顯。她沒吃麵包，因為擔心會把麵包屑掉在地板上，也擔心走過草原時被灰燼弄髒的雙腿會破壞家具的整潔外觀。

會這麼乾淨都是因為某些司卡的努力，紋心想。我為什麼要擔心弄髒它？可是，她沒辦法很自然地發怒，因為她知道這只是為了掩飾。「雷弩大人」必須維持一定程度的豪華，不這麼做反而會引起疑心。

況且，其他觀察讓她不能對這樣的浪費感到不滿。僕人們都很快樂，以非常認眞專業的態度在進行自己的工作，一點都看不出來有任何被強迫操勞的跡象。她聽到外面的走廊傳來笑聲。這些不是被虐待的司卡，而他們受到的待遇跟是否參與凱西爾的計畫完全無關。

因此，紋坐在原地，強迫自己吃掉水果，偶爾打個呵欠。的確是很漫長的夜晚。僕人們終於慢慢都離開，沙賽德仍然佇立在她身後。

這樣我根本不能好好吃東西，她惱怒地心想。「你能不能不要那樣站在我肩膀後面？」

沙賽德點點頭，向前兩步，於是站到了她椅子旁邊，而非後面，維持同樣僵硬的姿勢，跟先前一樣矗立在她之上。

紋有點著惱地皺眉，然後才發現沙賽德唇上的笑意。他低頭看著她，眼神因自己的小玩笑而閃爍，然後走過來，在她身邊的椅子坐下。

「我從來沒見過有幽默感的泰瑞司人。」紋半挖苦地說道。

沙賽德單挑眉毛。「我先前的認知是妳完全不認識任何泰瑞司人，紋主人。」

紋頓了頓。「好吧，我沒聽說過有幽默感的泰瑞司人，你們應該要是絕對地僵硬跟一本正經。」

「我們只是處事低調而已，主人。」沙賽德說道。雖然他坐得筆直，但仍散發出……輕鬆的氣息，彷彿就算正襟危坐，也能讓自己跟別人歪躺時一樣舒適。

他們應該就是這個樣子。完美的侍從，對最後帝國絕對地忠心。

「妳有什麼困擾嗎，紋主人？」在紋開始研究他之後，沙賽德問道。

他知道多少？也許他甚至不知道雷弩是假冒的。「我只是在想你怎麼會……來到這裡。」她終於說道。

「妳的意思是，怎麼會有泰瑞司侍從官變成推翻最後帝國的反叛行動一份子？」沙賽德以他柔和的聲音回答。

紋臉一紅。顯然他清楚得很。

「這是個耐人尋味的問題，主人。」沙賽德說道。「我的情況的確是不常見。我會說，走到這一步是因爲信仰。」

「信仰？」

「是的。」沙賽德說道。「主人，請告訴我，妳相信什麼？」

紋皺眉。「這算是什麼問題？」

「我想這算是最重要的問題。」

紋坐在原地片刻，但他顯然等待她的回答，所以她聳聳肩。「我不知道。」

「很多人經常這麼說。」沙賽德說道。「但我發現這鮮少是眞的。妳相信最後帝國嗎？」

「我相信它很強大。」紋說道。

「永垂不朽？」

紋聳聳肩。「目前而言，是的。」

「那統御主呢？他是神的昇華肉身嗎？妳相信教廷所教導的，他是無盡大宇宙的一截碎片？」

「我……我從來沒想過這件事。」

「也許妳該想想。」沙賽德說道。「如果，在檢視之後，妳發現教廷的教義不適合妳，那麼我很樂於提供妳其他選擇。」

「什麼其他選擇？」

沙賽德微笑。「這就不一定了。我覺得，合適的信仰就像一件好披風。如果合身，能讓妳溫暖安全；不合身，能讓妳窒息。」

紋沒再說話，微微皺眉，但沙賽德只是微笑。

終於，她將注意力轉回餐點上。過不了多久，側門打開，凱西爾跟雷弩再度出現。

「好了，」雷弩跟凱西爾一坐定，另一群僕人爲凱西爾也端來一盤食物後，雷弩說道。「我們來討論這個孩子的事情。你說原本挑定要來扮演我的繼承者的人不合適，是吧？」

「很不幸，是的。」凱西爾說道，吃得飛快。

「這讓情況大爲複雜。」雷弩說道。

凱西爾聳肩。「我們讓紋當你的繼承人。」

雷弩搖頭。「她這個年紀的女孩是可以繼承，但要我挑她是很可疑的。雷弩血統中有許多合法的男性親族，任何一個都是更適合的選擇。光讓一名中年男子避過宮廷的檢視就已經夠困難了，一名年輕女孩……不行，有太多人會去查她的出身背景。我們所創造的家族血統能撐得住一般探察，但如果眞的有人送訊息出來，要尋找她的家鄉……」

凱西爾皺眉。

「況且……」雷弩補充。「還有另一個問題。如果我指定一名年輕未婚女孩做爲我的繼承人，她將立刻成爲陸沙德中最受人追求的結婚對象。如果她會受到這麼多的注意力，就很難當間諜了。」

紋一想到此，臉上一紅。出乎她意料，老冒牌貨說的每句話都讓她的心情更加沉到谷底。*整個計畫中，凱西爾只交給我這一部分。如果我做不成，我對集團有什麼用？*

「那你的建議是什麼？」凱西爾問道。

「這個嘛，她不必要是我的繼承人。」雷弩說道。「如果她只是一個我帶來陸沙德的年輕族人呢？也許我答應她的父母會引薦她進入宮廷，因爲他們雖然是遠親，我卻蠻偏愛他們的？每個人都會認定我眞正的計謀是讓她嫁入上族，因此讓我跟手握重權的人可以多一層關係，但她不會引來太多注意力，因爲她的身分不會太高，更是還帶有鄉村氣息。」

「這就可以解釋她爲什麼不像其他宮廷成員那般儀態優雅。」凱西爾說道。「請別介意我這麼說，紋。」

紋正忙著將一片紙巾包裹的麵包藏到上衣口袋中，一聽到這話便抬起頭。「我爲什麼要介意？」

凱西爾微笑。「沒關係，不重要。」

雷弩自言自語地點點頭。「嗯，這個藉口好多了。所有人都認定雷弩家族早晚會成爲上族的一份子，所以基於禮貌他們會接受紋。但她本人則是不夠重要到大多數人會忽略她，這對我們想要她做的事情而言是最理想的狀況。」

「這主意我喜歡。」凱西爾說道。「像你這個年紀又忙於事業的人，不出席舞會跟晚宴是自然的，但讓一名年輕的淑女去參加而非送去婉拒函，會對你的名聲有幫助。」

「的確如此。」雷弩說道。「不過她需要一些培養，而且不只是在外表上。」

他們的注視讓紋不自在地扭著身體，看樣子她負責的部分會繼續執行下去，她突然發現這是什麼意思，在雷弩身邊就夠讓她不安了——而他是一名假貴族。如果一屋子都是眞貴族，她會怎麼辦？

「我恐怕得跟你借用沙賽德一陣子。」凱西爾說道。

「一點都沒問題。」雷弩說道。「他其實不是我的侍從官，而是你的。」

「事實上……」凱西爾說道。「我覺得他已經不再是任何人的侍從官了，是吧，阿沙？」

沙賽德側過頭。「沒有主人的泰瑞司人就像是沒有武器的士兵，凱西爾主人。我在爲雷弩大人服務的這段期間非常愉快，我相信重新爲你服務也一樣。」

「噢，你不會回來服務我。」凱西爾說道。

沙賽德單挑眉毛。

凱西爾朝紋點點頭。「雷弩說得沒錯，阿沙。紋需要有人教導她，而我知道有很多貴族甚至沒有你的儀態。你覺得你能幫忙這女孩嗎？」

「我很確定我能爲小姐提供一些服務。」沙賽德說道。

「很好。」凱西爾說道，將最後一塊蛋糕塞入口中，然後站起身。「很高興這件事情處理好了，因爲我開始累了，可憐的紋看起來則快要睡倒在她的水果盤上。」

「我沒事。」紋立即說道，隨即湧上的呵欠立即削弱她宣稱的可信度。

「沙賽德……」雷弩開口。「請你帶他們去休息好嗎？」

「當然，雷弩主人。」沙賽德說道，流暢地站起身。

紋跟凱西爾跟著高大的泰瑞司人走出房間，一群僕人則將殘餘的食物收走。我留下沒吃完的食物了，紋發現，覺得有一點想睡。她不知道該對留下食物這件事有何看法。

當他們爬上台階，轉向一邊走廊時，凱西爾減緩速度，跟紋並肩前進。「剛才沒有找妳一起談話，我很抱歉。」

她聳聳肩。「我沒有必要知道你所有的計畫。」

「胡說。」凱西爾說道。「妳今晚的決定讓妳跟其他人一樣，都是絕對必要的成員。不過雷弩私下跟我說的話是屬於比較私人的性質。他是個很棒的演員，但他對於有人知道他是如何取代雷弩大人的細節感到不安。我向妳保證，我們討論的任何事情都跟妳在計畫中扮演的角色毫無關連。」

紋繼續前進。「我……相信你。」

「很好。」凱西爾微笑說道，拍拍她的肩膀。「阿沙，我知道怎麼去男士客房。這地方好歹是我買的，我自己走就可以。」

「是的，凱西爾主人。」沙賽德尊敬地點頭回應。凱西爾朝紋投以微笑，然後以他向來活潑的步伐轉身走入一條走廊。

紋看著他離開，然後跟著沙賽德走向另外一條走廊，思索著鎔金術訓練，她跟凱西爾在車裡的對談，還有凱西爾不久前給她的承諾。三千盒金——一大筆財富化成一枚枚錢幣，是綁在她腰帶上的奇特重量。最後，沙賽德爲她打開一扇門，走進房點亮蠟燭。「床單剛換過，我早上會派女傭來幫妳倒洗澡水。」他轉身將蠟燭遞給她。「妳還需要什麼嗎？」

紋搖搖頭。沙賽德微笑，祝她晚安然後出到走廊中。紋安靜地站在原處片刻，研究房間，然後她轉身，再次瞥向凱西爾離去的方向。

「沙賽德？」她說道，頭探入走廊。侍從官停下腳步，轉過身。「是的，紋主人？」

「凱西爾，」紋低聲開口。「他是個好人，對不對？」

沙賽德微笑。「非常好的人，主人。我所認識的人中，最好的人之一。」

紋輕輕點頭。「一個好人……」她柔聲說道。「我想我從來沒有認識過這樣的人。」

沙賽德微笑，尊敬地低頭，轉身離開。

紋關上門。

PART II

灰燼天空下的叛軍

Rebels beneath a Sky of Ash

最後，我擔心我的驕傲會毀滅我們所有人。

9

紋反推錢幣，讓自己躍入霧中，飛離土地岩石，穿過空中的隱形氣流，風挑動著她的披風。這是自由，她心想，深深吸入沁涼、潮濕的空氣，閉起眼睛，感覺吹過的風。這就是我一直需要，卻從不知道的東西。

開始降落時，她睜開眼睛，等到最後一刻才又拋出一枚錢幣。錢幣落在石板上，她輕輕地反推，減緩下墜之勢。白鑞騦燒，她一落地便立刻快跑，衝過費理斯的寧靜街道。晚秋的空氣很涼爽，但中央統御區的冬天向來溫和，有時候多年來甚至一片雪都不飄。

她反拋一枚錢幣，靠著它將自己輕輕推向右上方，落在低矮的石牆上，幾乎沒有停頓便輕巧地沿著牆頂奔跑。燃燒白鑞增強的不只是肌肉——而是全身所有的肢體能力，維持白鑞在慢燃的狀態讓她的平衡感好到會令任何夜賊大為羨慕。

牆壁轉向北方，紋在轉角停頓，蹲下，光腳跟敏感的手指抓住冰涼的石頭，她燃燒紅銅好隱藏使用鎔金術的跡象，驟燒錫增強感官。

一片安靜。白楊木在霧中排成稀薄的一排，像餓壞的司卡排成一列在工作。宅邸矗立在遠方——每一間都是包圍在自己的圍牆中，植物修剪得整整齊齊，守衛嚴謹。城市裡的光點比陸沙德少很多，許多屋子都只是短期住宅，主人目前可能正去造訪最後帝國的別處。

藍色線條突然出現在她身前——一端指向她的胸口，令一端消失在霧中。紋立刻往側邊一跳，躲過一雙切過夜空的錢幣，在白霧中拖出一條軌跡。她驟燒白鑞，落在牆壁邊的石板地上。透過錫增強的聽力發現摩擦的聲音，一個黑色的身影衝入空中，幾條藍線指向他的錢袋。

紋拋下一枚錢幣，讓自己飛入空中，追逐她的對手，兩人飛翔了片刻，越過某個渾然不覺的貴族宅邸。紋的對手突然在空中改變方向，衝向大宅。紋跟了上去，放開下方的錢幣，改換成燃燒鐵，拉引大宅的窗鎖之一。

她的對手先抵達，然後她聽到一陣撞擊聲，是他撞上建築物牆壁的聲音，但不到一秒又再度衝前。一盞燈點亮，一個迷惘的臉探出窗戶片刻，看到紋在空中一轉身，雙腳踩上大屋的牆，立刻反踢牆面，略略側身，用同樣的窗鎖反推。玻璃破裂，她趁重力能控制她之前又消失在夜空中。

紋飛過迷霧，眼睛盡力探索追蹤她的獵物，他朝她拋擲了幾枚錢幣，但她很輕鬆地就以意念撥開它們。一條朦朧的藍線下墜——是一枚被拋下的錢幣——她的敵人再次轉彎。

紋拋下自己的錢幣，用力反推，但她的錢幣突然順著地面被往後一推——是她的敵人推了她的錢幣。突來的動作改變了紋跳躍的拋物線，讓她跳歪。她咒罵出聲，將另一枚錢幣拋向側邊，利用它將自己推回正軌，但此時已經失去獵物的蹤影。

好……紋心想，落在牆壁邊的柔軟地面，倒了幾枚錢幣在手心，然後將幾乎全滿的袋子拋向她看到獵物消失的方向。錢袋消失在迷霧中，後方拖曳著一條淡藍色的鎔金術線。

一把錢幣突然從前方的樹叢射出，朝她的袋子飛去。紋微笑。她的對手以爲飛在空中的錢袋就是紋本人，他遠到看不見她手中握的錢幣，就像他遠到她看不見他手中握著的錢幣。

一個黑暗的身影從樹叢間跳出，跳上石牆。紋靜靜地看著那人沿著城牆奔跑，溜到另外一邊。

她直直朝天空躍起，一把錢幣灑向下方經過的身影。他立刻將錢幣推開，但那只是紋的調虎離山之計。她落在他身前，一對玻璃匕首從皮鞘中抽出，向前一撲身劃去，可是她的敵手往後跳了一步。

有哪裡不對勁。紋彎下身，側撲向一旁，好躲開一把從天而降的閃亮錢幣花雨，居然還都是她被敵手推開的錢，如今落入對手的掌心。他轉過身，再次朝她灑去。

紋低聲一喊，拋下匕首，雙手向前推著錢幣，整個人因此立刻被往後拋去，因爲她跟對方同時互推。其中一枚錢幣懸掛在兩人之間的空中，其他的錢幣消失在迷霧裡，被沖散的力量拋向兩旁。紋趁身體尙在空中時便驟燒她的鋼，聽到她的對手因爲也被後拋而因此悶哼一聲，撞上牆壁，紋則撞上樹，但她驟燒白鑞，忽略痛苦，利用樹木做爲支撐，繼續前推。

錢幣在空中顫抖，困在兩名鎔金術師被增強的力量之間，壓力攀升，紋咬緊牙關，感覺身後的細小白楊木開始彎折。

她的對手傳來的推力源源不絕。

不會……被……打敗！紋心想，同時驟燒鋼跟白鑞，微微輕哼，將全副力氣投向錢幣。

一陣安靜。接著紋猛然後倒，樹木在夜空中發出清脆響亮的折斷聲。

紋落地之後翻滾了一陣，木屑在身旁四散，就連錫跟白鑞都不足以讓她在滾過石板地的同時還維持清醒的神智，良久後她終於暈眩地停了下來。一個黑色身影靠近，迷霧披風的緞帶在他身邊翻飛。紋猛然跳起，雙手搜尋她忘記自己已經拋下的匕首。

凱西爾推下頭罩，將匕首遞還給她。一把已經斷了。「我知道這是直覺，紋，但妳推的時候不需要雙手向前——也不需要放開妳手中握著的東西。」

紋在黑暗中齜牙咧嘴地揉著肩膀，點點頭，接過匕首。

「錢袋那一招用得漂亮，」凱西爾說道。「有騙到我一下。」

「到頭來還不是沒用。」紋埋怨。

「妳才練了幾個月，紋。」他輕鬆地說道。「從這個角度看來，妳已是進步神速，不過我會建議妳避免跟比妳重的人比推力。」他停下來，打量著紋嬌小的身材跟細瘦的身體。「我想，妳碰上的每個人應該幾乎都比妳重。」

紋嘆口氣，稍稍伸展身體。她又要有新的瘀青了。至少看不出來。凱蒙在她臉上留下的瘀青終於消失後，沙賽德就警告她要小心，化妝能掩飾的程度有限，如果她要滲透宮廷，她得看起來像是個「端莊」的年輕貴族仕女。

「拿去。」凱西爾說道，遞給她一樣東西。「紀念品。」

紋舉起它，原來是他們兩人之間推擠的錢幣，如今因壓力而彎曲，被壓得更扁。

「我們宅邸見。」凱西爾說道。

紋點點頭，凱西爾消失在夜裡。他說得沒錯，她心想。我比較矮，也比較瘦，而且跟會碰上的對手比起來，手臂應該也比較短。如果我跟別人硬碰硬，應該會輸。

規避的方法也就是她向來慣用的模式——安靜地掙扎，不被看見。她必須學會用同樣的方式使用鎔金術。凱西爾一直說她在鎔金術這方面的成長相當快速，而他似乎認為這是因為他教得好，但紋覺得不只如此。白霧……夜晚的鬼祟攀爬……她感覺一切對得不得了。她一點都不擔心會來不及學會鎔金術幫助凱西爾對付其他的迷霧之子。

讓她擔心的，是她在計畫中的另一個角色。

紋嘆口氣，翻過牆去尋找她的錢袋。前面的大屋點起了燈，四處有人走動，那不是雷弩的家，而是屬於別的貴族。沒有人眞的深入黑夜。司卡會害怕霧魅，貴族會猜到騷動是迷霧之子所引起的，兩者都不是腦筋清楚的人會想去面對的對象。

紋最後靠著鋼線找到她的錢袋，它掛在一棵樹的高枝上，她輕輕拉扯，讓它落入手掌，然後走回大街。凱西爾也許就會把錢袋留在那裡，裡面的二十幾枚夾幣根本不值得他浪費時間，但紋的大半輩子都在挨餓受凍、省吃儉用，這種奢侈的習慣，她實在無法勉強自己適應，就連拋擲錢幣來跳躍都讓她覺得不自在。

所以，她在回到雷弩家中的道路上，非常少用錢幣，盡量靠建築物跟被棄置在路邊的金屬物件推拉。迷霧之子的半跳半跑步伐對她而言已是相當自然的技巧，她甚至不用多想自己的動作。

她假裝貴族仕女能有多成功？她藏不住擔憂，至少對自己誠實。凱蒙很擅長模仿貴族是因為他有自信，那是紋知道自己沒有的特質。她在鎔金術上的成就只是證明她適合陰影跟角落，而不是穿著漂亮的洋裝在舞會上自在穿梭。

不過，凱西爾拒絕讓她退出。紋蹲落在雷弩大屋外，因費力而輕喘，帶著略微擔憂的心情看著屋子裡的燈光。

妳得學會這件事，紋。凱西爾不斷告訴她。妳是一名很有天分的鎔金術師，但要能成功對抗貴族，妳需要鋼推以外的能力。直到妳能在他們之間宛如在霧中一般自在地穿梭之前，妳都處於下風。

無聲地嘆了一口氣，紋站直身體，脫下迷霧外套，塞到角落，打算以後再取回。然後她走上台階，進入建築物。她問了沙賽德在哪裡，大屋的僕人們指引她去廚房，所以她繞到宅邸中的僕人住區，一個密閉且隱匿的地方。就連僕人住的地方都乾淨得一塵不染。紋開始瞭解為什麼雷弩能擁有如此具有說服力的偽裝：他不容許不完美。如果他維持偽裝的能力有他維持宅邸整潔的能力一半好，紋覺得應該不會有人發現他的騙局。

可是……她心想，他一定也有缺點。我們兩個月前會面時，凱西爾說雷弩禁不起審判者的審視，也許他們會感應到他的情緒，然後暴露他的身分。

這是一件小事，但紋沒有忘記。雖然凱西爾常說誠實跟信任，但他還是有他自己的祕密。每個人都有。

沙賽德果然在廚房裡，跟一名中年僕人在一起。她以司卡女性的標準而言算高，但站在沙賽德身邊讓她顯得相當嬌小。紋認出她是大宅雇員之一，名字是珂珊。紋特別用心去記得所有雇員的名字，這樣才能追蹤每個人的動向。

沙賽德看著紋走入。「啊，紋主人妳來了。回來的剛好。」他朝示意同伴。「這是珂珊。」

珂珊很專業地打量紋，讓紋好想回到白霧中，一個沒有人能那樣看清她的地方。

「我想現在夠長了。」沙賽德說。

「也許吧。」珂珊說道。「但我無法創造奇蹟，伐特先生。」

沙賽德點點頭。「伐特」看來是泰瑞司侍從官的正式名銜。他們不是司卡，但也絕對不是貴族，泰瑞司人在皇家社會中有很奇特的地位。

紋疑心滿滿地研究兩人。

「妳的頭髮，主人。」沙賽德以平靜的語調說道。「珂珊要幫妳修剪。」

「噢。」紋說道，舉起手摸摸。她的頭髮是有點過長了，但她懷疑沙賽德會願意讓她的頭髮被剪成像男孩子一樣短。

珂珊朝椅子比了比，紋不情願地坐下。她發現有人拿著剪刀在離她的頭這麼近的位置時，還要乖乖坐著，實在很讓人緊張，但她避不掉。

珂珊雙手梳過紋的頭髮後，一面自言自語地嘖嘖出聲，一面剪著頭髮。「這麼漂亮的頭髮。」她說道，近乎自言自語。「濃密，還有漂亮的深黑色。居然這麼不用心保養，實在太可惜了，伐特先生。許多貴族仕女會願意拿命來換這麼美的頭髮——蓬鬆得很豐盈，卻又直得容易整理。」

沙賽德微笑。「那我們得負責讓它以後能獲得更好的照顧。」他說道。

珂珊繼續工作，自己對自己點點頭。終於，沙賽德繞到紋面前，在離她幾尺外坐下。

「我猜凱西爾還沒回來？」紋問道。沙賽德搖搖頭，紋嘆口氣。凱西爾覺得她還不夠熟練到能參加他每夜的劫掠行動，因此大多數時候他們練習一結束，他便直接出發。過去兩個月來，凱西爾出現在十幾名不同貴族的宅邸，包括陸沙德跟費理斯兩地。他每次都改變僞裝跟動機，試圖在世家間創造混亂的氣氛。

「什麼事？」紋問道，瞄著沙賽德，他正以好奇的眼光看著她。

泰瑞司人敬重地微微點頭。「我是在想，妳是否願意再聽我另一個提議。」

紋嘆口氣，翻翻白眼，「好。」*反正我除了坐在這裡以外，也不能做什麼別的事情。*

「我想我找到跟妳完美契合的宗教了。」沙賽德說道，向來平靜的面孔出現一絲熱切。「它叫做『特雷教』，根據特雷神命名。特雷的信徒是一族叫奈拉褌的人，他們住在遙遠的北方，在那片大地上，白天跟黑夜的循環非常奇特，某些月份裡，幾乎全天是黑夜，但在夏天時，一天只會黑幾個小時。

「奈拉褌人相信，黑暗爲美，白日較爲劣等，他們認爲星辰是特雷神的千眼正在看著他們，太陽是特雷嫉妒心強的兄弟——納特的唯一一隻眼睛。因爲納特只有一隻眼睛，所以他讓它燦爛到比他兄弟的眼睛更爲明亮，但奈拉褌人不爲所動，寧願崇拜安靜的特雷神，他們認爲即使在納特遮蔽天空時，特雷仍然守護著他們。」

沙賽德安靜下來。紋不確定該如何回應，所以什麼都沒說。

「這眞的是一個很好的宗教，紋主人。」沙賽德說道。「非常溫和，但非常強大。奈拉禪人不是個先進的民族，卻很有毅力，他們把整個夜空都描繪下來，計算且定位每顆主要星辰。他們的生活方式適合妳——尤其是他們對夜晚的偏好。如果妳想聽的話，我可以繼續說下去。」

紋搖搖頭。「沒關係，沙賽德。」

「不合適嗎？」沙賽德說道，略略皺眉。「那好吧，我得再多想想。謝謝妳，主人——我覺得妳一直很有耐心地等我。」

「還要再想？」紋問道。「這已經是你想說服我皈依的第五個宗教了，阿沙。還能有幾個啊？」

「五百六十二種。」沙賽德說道。「或者該說，這是我所能知道的信仰系統。很可能也很不幸，這世界上還有其他信仰系統在沒有遺留下能讓我的族人蒐集的痕跡之前，就從這個世界消失了。」

紋停頓片刻。「你把這些宗教都背下來了？」

「盡我所能的去背。」沙賽德說道。「他們的祈禱、信仰和神話。有許多非常相像，是彼此的源頭或是旁系。」

「就算是這樣，你怎麼能都記住？」

「我有……方法。」沙賽德說道。

「可是，這有什麼意義？」

沙賽德皺眉。「我覺得答案應該很明顯。人是寶貴的，紋主人，因此他們的信仰也是。從一千年前的昇華之後，許多信仰都消失了。鋼鐵教廷禁止人民崇拜統御主以外的人，而審判者很努力地摧毀了數百種宗教。如果沒有人去記得的話，它們就會消失。」

「你的意思是……」紋不可置信地說道。「你一直在試圖要我去信仰已經死去超過一千年的宗教？」沙賽德點點頭。

每個跟凱西爾有關的人都瘋了嗎？

「最後帝國不可能是永遠的。」沙賽德靜靜說道。「我不知道讓它終於結束的人是否是凱西爾主人，但那終點必會來臨。當終點降臨時，鋼鐵教廷再也沒有影響力時，人們會想要重回先祖的信仰，在那一天，他們會仰賴守護者，而我們在那天會將被遺忘的眞實交還給人類。」

「守護者？」紋問道，珂珊此時繞到前面，開始幫她剪瀏海。「還有其他像你這樣的人嗎？」

「沒有很多。」沙賽德說道。「但有一些，足夠將眞實傳承給下一代。」

紋深思地坐著，克制身體在珂珊的整治下不耐煩地亂動。那女人眞的是花很多時間在慢慢剪——瑞恩剪紋的頭髮時，都是幾下就剪完了。

「我們等待的時候要不要順便複習課程呢，紋主人？」沙賽德問道。

紋瞄著泰瑞司人，後者正露出淺淺的微笑。他知道他逮住她了。她不能躲，甚至不能坐在窗邊，望著白霧，只能坐在這裡聽他說。「好。」

「妳能根據權力強弱順序列出陸沙德的十大家族嗎？」

「泛圖爾、海斯丁、艾拉瑞爾、太齊爾、雷卡、艾瑞凱勒、艾瑞凱、浩特、兀爾斑，還有布維達。」

「很好。」沙賽德說道。「那妳是？」

「我是法蕾特．雷弩貴女，泰文．雷弩大人的四表妹，宅邸就是雷弩大人的。我的父母是哈德倫．雷弩大人與費蕾特．雷弩夫人。主要出口品，羊毛。我的家族生意是以染料交易爲主，特色爲染暈紅，來自當地常見的蝸牛，還有淺野黃，從樹皮做的。由於跟遠親的商業協定，我的父母將我送來陸沙德，好讓我能在宮廷過一段時間。」

沙賽德點點頭。「妳對這個機會有何感覺？」

「我很驚訝也有點膽怯。」紋說道。「很多人會注意我，因爲他們想跟雷弩大人套交情，因爲我對宮廷的事不熟悉，我會因爲他們的注意力而受寵若驚，我會讓自己與宮廷成員交好，但我會保持安靜，不惹麻煩。」

「妳的記憶力相當令人佩服，主人。」沙賽德說道。「這名謙卑的僕人不禁要揣想，如果妳願意全心投入學習，而非全神投入逃避課程，妳的進度能更加擁有多大的成就。」

紋打量他。「所有的泰瑞司『謙卑僕人』都像你這樣常常跟主人頂嘴嗎？」

「只有成功的會。」

紋打量他片刻，然後嘆口氣。「對不起，阿沙。我不是故意要逃避你的課程。我只是……迷霧……我有時候會分心。」

「幸好，我也可以很坦白地說，妳學得很快，但宮廷中人花了一輩子來學習禮儀，就算妳是來自農莊的貴族仕女，還是有些事情是妳應該知道的。」

「我知道。」紋說道。「我不想惹人注目。」

「噢，這是妳避免不了的，主人。一個剛從遙遠的帝國邊陲來的新人？他們一定會注意妳。我們只要別讓他們多疑。妳必須被其他人放在心上思索後，決定妳是無足輕重的。如果妳顯得太笨拙，反而會引起更大的疑心。」

太棒了。

沙賽德停頓下來，微微歪頭。幾秒後，紋聽到外面走廊上的腳步聲。凱西爾大搖大擺地走入廚房，露出志得意滿的笑容。他脫下自己的迷霧披風，然後看到紋時一頓。

「怎麼了？」她說道，又更努力地想藏在椅子上。

「髮型很好看。」凱西爾說道。「做得很好，珂珊。」

「沒什麼，凱西爾主人。」紋可以聽出她聲音的羞怯。「我只是盡力而爲。」

「鏡子。」紋說道，伸出手。

珂珊遞給她一面。紋舉起鏡子，眼前的景象讓她頓住。她看起來……像個女孩。

珂珊很靈巧地幫她修齊了髮長，還把糾結的部分也都處理掉。紋一直知道，她的頭髮長太長時會豎起來，珂珊也處理了這個問題。紋的頭髮仍然不是很長，目前勉強過耳線，但至少它是平順的。

妳不該要他們把妳當成女孩，瑞恩的聲音警告，但這一次，她發現自己想要忽視他的聲音。

「我們說不定眞的能把妳變成一名淑女噢，紋！」凱西爾笑著說道，讓他爲自己贏得紋的瞪視。

「首先我們得先說服她不要這麼常皺眉，凱西爾主人。」沙賽德說道。

「這很難。」凱西爾說道。「她很喜歡擠眉弄眼的。不論如何，做得很好，珂珊。」

「我還剩下一點修剪沒完成，凱西爾主人。」婦人說道。

「那就請妳繼續吧。」凱西爾說道。「不過我得佔用沙賽德一會兒。」

凱西爾朝紋眨眨眼，向珂珊微笑，然後跟沙賽德離開房間——再次將紋留在她無法偷聽的地方。

凱西爾向廚房偷窺，看到紋悶悶不樂地坐在椅子上。她的新髮型的確很好看，不過他的讚美另有目的——他懷疑紋的生命中太常聽到別人告訴她，她是毫無價值的。如果她更有自信一點，也許她就不會這麼努力想躲起來。

他讓門輕輕關上，轉向沙賽德。泰瑞司人以一貫的平和耐心等他先開口。

「訓練的進度如何？」凱西爾問道。

「非常好，凱西爾主人。」沙賽德說道。「她從她哥哥那裡已經受過一部分的訓練，但除此之外，她是個非常聰明的女孩——目光銳利且記憶力絕佳。我沒想到那種環境中長大的孩子能有如此能耐。」

「很多街頭小孩都很聰明。」凱西爾說道。「只有聰明的才能活下來。」

沙賽德嚴肅地點點頭。「她非常保留，而且我感覺到她並沒有完全瞭解我的課程的價值。她非常聽話，但經常會利用我的錯誤或刻意誤解。如果我沒有很明確地告訴她何時何地與我碰面，就經常得找遍整座宅邸才能找到她的人。」

凱西爾點點頭。「我想這是她試圖要掌控自己生活的方式。不過，我真的想知道的是，她準備好了沒有？」

「我不確定，凱西爾主人。」沙賽德回答。「純粹的知識不等同於技巧。我不確定她是否有足夠的……儀態來模仿貴族仕女，即使這個僞裝應該既年輕且缺乏經驗。我們練習過晚餐，複習過對話的禮儀，也背過流言，在一切受控制的情況下，她似乎相當熟練，甚至在參加雷弩招待貴族客人的茶會時也表現得很好。可是，直到我們放她一個人去參加滿是貴族的宴會之前，我們實在無法判定她到底能不能做得到這件事。」

「我眞希望她能夠多點時間練習。」凱西爾搖頭說道。「可是我們每花一個禮拜練習，就多增加一分教廷發現我們開始在山洞藏軍隊的危險。」

「那麼這就是一場維持平衡的試煉。」沙賽德。「我們必須有時間聚集起需要的人馬，但行動速度要快到避免被發現。」

凱西爾點點頭。「我們不能為了一位成員而拖延——如果紋表現不佳的話，得找別人來當間諜。可憐的女孩——我眞希望我有時間能更進一步訓練她的鎔金術。我們才剛講完前四種金屬。我的時間眞的不夠。」

「能否容我提出建議……」

「當然，阿沙。」

「讓那孩子去跟一些迷霧人成員學習。」沙賽德說道。「我聽說叫做微風的那個人是一名非常優秀的安撫者，相信其他人必定也是同樣優秀，讓他們來教紋主人該如何使用她的能力。」

凱西爾思索片刻。「這是個好主意，阿沙。」

「可是？」

凱西爾回望，門後紋仍不高興地坐在原處，等著頭髮剪完。「我不確定。今天我們在訓練時，比賽鋼推的力道。那孩子的重量一定只有我的一半，但她還是結結實實地打了我一頓。」

「不同的人在鎔金術上有不同的擅長。」沙賽德說道。

「是沒錯，但差異通常沒有這麼大。」凱西爾說道。「況且，我花了好多個月才學會如何操作推跟拉的技巧，那並沒有聽起來這麼簡單——就連將自己推上屋頂這麼一件容易的事都需要瞭解重量、平衡、拋物線。」

「可是紋……她似乎直覺知道這些事情。的確，她目前只能妥善利用前四種金屬，但她進步的速度令人咋舌。」

「她是個特別的女孩。」

凱西爾點點頭。「她應該要能有更多時間去學習使用她的力量。對於拉她參與我們的計畫這件事，我覺得有點罪惡感。她大概會跟我們一起參加教廷的處決儀式。」

「但那份罪惡感不會阻止你利用她來當貴族間的間諜。」

凱西爾搖搖頭。「對。」他低聲說道。「是不會。我們需要所有能爭取到的優勢。只是……保護她，阿沙。從現在起，你就是紋的侍從官跟守護人，陪她一起參與所有聚會——她帶著一名泰瑞司僕人不會顯得很怪異。」

「一點都不會。」沙賽德同意。「事實上，她這個年紀的女孩不帶隨身人員參加宮廷聚會才很奇特。」

凱西爾點點頭。「保護她，阿沙。她也許是名力量強大的鎔金術師，但她缺乏經驗。如果我知道有你在她身邊，對於送她進貴族虎穴就不會覺得這麼有罪惡感。」

「我會以生命保護她，凱西爾主人。我答應你。」

凱西爾微笑，一手搭上沙賽德的肩頭致意。「我同情任何擋你去路的人。」

沙賽德謙虛地低頭。他看起來很單純，但凱西爾知道沙賽德隱藏的力量。不管是不是鎔金術師，鮮少有人跟被激怒的守護者對戰能有好下場。大概這就是爲什麼教廷幾乎將這一派的人獵殺到將近絕跡的原因。

「好吧。」凱西爾說道。「回去教課吧。泛圖爾大人下週末要開舞會，不論她有沒有準備好，紋都得去。」

我很驚訝有這麼多國家爲了擁護我們的目標而統一陣線。當然還是有反對者，有些王國很遺憾地陷入我無法阻止的戰爭。

不過，如此的統一一致光是用想的就極爲偉大，甚至令人感到謙卑。眞希望人類的王國間不需要如此重大的威脅才能瞭解和平與合作的價值。

10

紋走在裂口區的一條街道上，這是陸沙德許多司卡貧民窟其中之一，帽罩蓋在頭上。她覺得悶熱的帽罩比充滿壓迫感的紅陽光好得多。

她走路的姿勢是彎著身體，眼睛看地，貼著街邊走，經過的司卡也散發著同樣落魄的氣質。沒有人抬頭，沒有人挺直背脊或帶著樂觀的微笑，在貧民窟中，這些事情會讓人顯得可疑。

她幾乎忘記陸沙德有多麼充滿壓迫感。她在費理斯過的幾個月已經讓她熟悉樹木跟洗刷過的石頭。但在這裡，沒有東西是白的——沒有低矮的白楊木，沒有洗白的大理石，一切都是黑的。

建築物被無數重複的落灰沾污，空氣中盤旋著惡名昭彰的陸沙德鋼鐵廠跟上千支貴族廚房的煙囪氣味。石板路、門口、角落都堆積著灰燼——貧民窟中鮮少會被掃除乾淨。

彷彿……夜晚的事物比白天時更明亮，紋心想，拉緊她打滿補丁的司卡披風轉過角落。她經過縮在轉角的乞丐，他雙手伸出求人施捨，乞求的聲音無用地落在自身都無法溫飽的行人耳中。她經過工人，走路時頭跟肩膀都垂得低低的，帽罩拉高好避免灰燼落入眼中。偶爾她會經過都市巡邏警備隊，全副武裝——包括護心甲、鐵盔、黑披風——他們盡力讓自己顯得駭人。最後這一組穿過貧民窟，在大多數聖務官都覺得太噁心，不願造訪的地方充當統治大神的雙手。警備隊員踢乞丐好確定他們是眞的病患，阻攔經過的工人好騷擾他們爲何不在工作而是在街上亂走，總之就是做一些惹人厭的事情。一組警備隊經過她，令她更拉緊了頭罩，低下頭。她年紀大到應該在家裡生孩子或是在磨坊工作，不過她的體型經常讓她的外表看起來更年輕。不知是她的僞裝成功，或是這組人並沒有興趣找逃工者，他們幾乎沒看她一眼就讓她走了。她繞過街角，走入一條飄滿灰燼的小巷，來到窄街道盡頭的食堂。

跟大多數的食堂一樣，這家食堂既簡陋又破舊。在工人鮮少——甚至從來沒有——直接拿過薪水的經濟環境中，食堂得由貴族來支持。有些本地貴族，可能是該區的磨坊跟鐵廠的主人會付錢給食堂的擁有人來提供食物給當地的司卡。上工的人會依據工時得到食物兌換幣，中午的時候會有短暫的休息時間，讓他們去吃飯。這種中央廚房可讓小商家免除在工作場所供餐的成本。

當然，因爲食堂的老闆是直接收錢，他在材料上能省下多少錢，就都能落入他的口袋。在紋的經驗裡，食堂的食物跟灰燼水差不多味道。

幸好她不是來吃飯的。她加入門口的隊伍，靜靜地等著工人們拿出他們的食物兌換幣，輪到她時，她掏出一枚圓形的扁木片，交給門口的司卡。他流暢地接下了木片，朝右邊以幾乎不可見的動作點了點頭。

紋朝他示意的方向走去，經過一間骯髒的用餐區，地板上滿是從外面帶入的灰燼。她走向遠端的牆壁，看到一扇粗糙的門鑲在房間的角落。一個坐在門邊的男子引起她的注意力，微微點頭，推開門。紋快速進到後方的小房間。

「親愛的紋！」微風斜靠在房間中央附近的一張桌前。「歡迎！費理斯如何？」

紋聳聳肩，在桌邊坐下。

「啊。」微風說道。「我差點忘記跟妳的對話是多麼精彩了。要喝點酒嗎？」

紋搖搖頭。

「但我想喝。」微風穿著他豪華的衣服，決鬥杖躺在腿上，房間裡只有一盞燈籠，但比外面乾淨許多。在房間裡的四個人，紋只認得一名——歪腳店裡的一名學徒。門邊的兩人顯然是守衛，最後一個人看起來像是普通的司卡工人——包括污黑的外套跟抹滿黑灰的臉。不過他自信的氣質證實他是地下社會的一員，也許是葉登的反抗軍之一。

微風舉起酒杯，指甲敲敲杯緣。叛軍們沒什麼好臉色地瞪著它。

「現在嘛……」微風開口。「你在猜測我是否對你用了鎔金術。也許我有，也許我沒有。重要嗎？我是應你家首領的邀請而來，他命令你負責我的舒適。我向你保證，手中握著一杯酒，對於讓我感到舒適而言，是絕對必要的。」

司卡等了片刻，然後抓起酒杯踏步離去，低聲咒罵著愚蠢開銷跟浪費資源。

微風挑起眉毛，轉身面對紋，似乎對於自己的行為很滿意。

「所以你眞有推他嗎？」她問道。

微風搖搖頭。「那會浪費黃銅。凱西爾有告訴妳為何今天要妳過來嗎？」

「他要我來觀察你。」紋說道，有一點不高興自己被交給微風。「他說他沒有時間親自訓練我所有金屬的用法。」

「好吧。」微風說道。「那我們開始。首先，妳必須瞭解安撫不只是鎔金術，還是關於操縱人心這門精緻且尊貴的藝術。」

「的確尊貴。」紋說道。

「啊，妳的口氣像極了他們。」微風說道。

「他們是誰？」

「他們是其他所有人。」微風說道。「妳看到剛才那名司卡先生是怎麼對待我的嗎？人們不喜歡我們，親愛的。光想到有人能玩弄他們的情緒，能『神祕地』讓他們去做某些事情，會讓他們很不舒服。但他們不必明白，而妳必須明白的是，操控其他人是所有人都會做的事。事實上，操控其他人是我們社會互動的核心。」

他往後一靠，舉起決鬥杖，邊說邊微微揮舞著。「妳想想，當男性在尋求年輕女性的喜愛時，他在做什麼？他當然想操控她，讓她能對他有好感。兩名老朋友坐下來喝一杯的時候發生什麼事？他們交換故事，試著讓對方佩服自己。人類的生命本質就是裝模作樣跟展現影響力——這不是壞事，反而是我們賴以維生的事，這些互動教導我們要如何回應別人。」

他停頓片刻，用木杖指著紋。「安撫者跟普通人之間的差別是，我們知道我們在做什麼，也有些微的……優勢，但這真的比擁有群眾魅力或漂亮的牙齒更『有力』嗎？我覺得沒有。」

紋陷入思考。

「況且……」微風繼續說道。「正如我先前所提，一名優秀的安撫者，他的能力不僅僅在於擅長使用鎔金術。鎔金術不能讓妳讀出別人的心緒，甚至讀不出別人的情緒——某種程度而言，妳跟所有人一樣茫然。妳只能發出一波波情緒，瞄準某一特定的人或特定區域，而妳施用對象的情緒會被改變——希望能帶出妳期望的效果，可是偉大的安撫者是要能成功地使用眼睛跟直覺來知道一個人被安撫之前的情緒是什麼。」

「他們怎麼感覺重要嗎？」紋說道，試圖要掩飾自己的不耐煩。「你反正就是要安撫他們，不是嗎？完成後，他們會照你所想的去感覺。」

微風嘆口氣，搖搖頭。「如果妳知道我們對話過程中我安撫了妳三次，妳會怎麼說？」

紋停頓。「什麼時候？」她質問。

「重要嗎？」微風問道。「這就是妳必須學會的課程，親愛的。如果妳無法讀透別人的心情，那妳永遠無法掌握情緒鎔金術的細微之處。太過用力推人，就連最遲鈍的司卡都會發現他們正在被操弄；施用得太輕柔，根本營造不出想要的效果——其他更強烈的情緒仍然會主宰妳的對象。」

紋搖搖頭。「這一切都跟瞭解人有關。」他繼續說道。「妳必須洞悉對方的心情，然後將情緒推往合適的方向，改變它，然後將他們新生的情緒引導至對妳有利的狀態。親愛的，這就是我們的挑戰！很困難，但對於能順利達成的人而言……」

門打開，不情願的司卡男子回來，手中握著一整瓶酒，將酒瓶跟酒杯放在微風面前，然後走到房間的另外一邊，透過窺視孔觀察餐廳。

「有極大的獎賞。」微風帶著靜謐的微笑說道。他朝她眨眨眼，然後倒了一些酒。

紋不確定自己該怎麼想。微風的看法似乎有點殘忍，但瑞恩將她訓練得很好，如果她沒有力量操控這件事，其他人將會透過它得到操控她的力量。她開始照凱西爾所教導的燃燒紅銅，好阻止微風再次操縱她。

門再度打開，一名穿著背心的熟悉身影踏步進來。「嘿，紋。」哈姆友善地揮手說道，他走到桌邊，看著酒瓶。「微風，你知道反抗軍沒錢買這種東西。」

「凱西爾會退他們錢的。」微風毫不在意地揮手。「我實在不能口乾舌燥地工作。這一區怎麼樣？」

「安全了。」哈姆說道。「但我還是在角落安排了錫眼以防萬一。你的脫逃出口是那個角落拉門的後面。」

微風點點頭，哈姆轉身，看著歪腳的學徒。「你在那裡布煙陣嗎，大石？」

男孩點點頭。

「好孩子。」哈姆說道。「那就這樣。我們現在只要等阿凱演講就好。」

微風檢查懷錶。「他還差幾分鐘才會出現。要我叫人去幫你拿杯子來嗎？」

「不用了。」哈姆說道。

微風聳聳肩，啜著酒。

一陣沉默後，哈姆開口。

「所以……」

「不要。」微風打斷。

「可是——」

「不管你要說什麼，我們都不想聽。」

哈姆瞪了安撫者一眼。「你不能強推我聽你的，微風。」

微風翻翻白眼，啜一口酒。

「什麼？」紋問道。「你要說什麼？」

「不要鼓勵他，親愛的。」微風說道。

紋皺眉。她瞥向哈姆，後者微笑。

微風嘆口氣。「反正不要把我扯進去。我沒興趣參與哈姆無聊的辯論。」

「不要理他。」哈姆熱切地說道，將椅子拉得離紋更近。「嗯，我一直在想這個問題。在推翻最後帝國這件事上，我們是在做好事，還是壞事？」

紋想了想。「有關係嗎？」

哈姆看起來吃了一驚，可是微風輕笑。「回答得好。」安撫者說道。

哈姆瞪了微風一眼，然後轉回身面對紋。「當然有關係。」

「那麼……」紋說道。「我想我們是在做好事。最後帝國好幾世紀以來都在壓迫司卡。」

「沒錯。」哈姆說道。「但是有個問題。統御主是神，對不對？」

紋聳聳肩。「有關係嗎？」

哈姆瞪她。

她翻翻白眼。「好吧。教廷聲稱他是神。」

「事實上……」微風評論。「統御主只是神的一塊。他是一片無盡浩瀚的碎片——不是全知全在，而是全知全在的意識中，獨立的一塊區域。」

哈姆嘆口氣。「我以為你不想參與。」

「我只是想確定所有人對事實都很清楚。」微風輕鬆地說道。

「總而言之……」哈姆說道。「神是一切的創造者，對不對？他是主宰宇宙定律的力量，因此是道德準則的來源。他是絕對的道德。」

紋眨眨眼睛。

「妳看到其中的矛盾嗎？」哈姆問道。

「我看到一個白癡。」微風嘟囔。

「我被你弄糊塗了。」紋說道。「問題在哪裡？」

「我們聲稱是在做好事。」哈姆說道。「可是統御主既然身為神，因此他能定奪什麼是好的，因此反對他的我們其實是邪惡的。但因爲他做的事情是錯的，所以在這個情況下，邪惡能算是好的嗎？」

紋皺眉。

「怎麼樣？」哈姆問道。

「我想你讓我頭痛了。」紋說道。

「我警告過妳了。」微風說。

哈姆嘆口氣。「但妳不覺得這種事很值得思索嗎？」

「我不確定。」

「我很確定。」微風說道。

哈姆搖搖頭。「這裡沒有人喜歡進行有深度的討論。」

角落的司卡反抗軍突然精神一振。「凱西爾來了！」

哈姆挑起眉毛，站起身。「我該去看守防線了。妳想想我的問題，紋。」

「好……」紋對著離去的哈姆說道。

「來這裡，紋。」微風站起身說道。「這裡牆上有給我們用的窺視洞。妳能不能行行好，幫我拿把椅子過來好嗎？」

微風沒有回頭去看她是否有照他的話去做，她停在原地，不確定該怎麼辦。她啓動了紅銅，因此他無法安撫她，但是……最後，她嘆口氣，將兩把椅子都拉到房間的一側。微風推開牆壁上一片薄長的木片，顯露出餐廳的景象。

一群衣著骯髒的司卡男子坐在桌邊，穿著褐色的工作外套或襤褸的披風，暗沉的一群人，皮膚沾滿了灰燼，身體無力地癱在桌邊，但他們光是來到聚會就意謂著他們願意聆聽。葉登坐在房間前方的桌子邊，穿著他慣常的那件補丁工人外套，捲髮在紋不在的期間剪短了。

紋以為凱西爾會大張旗鼓地進屋，但他只是靜靜從廚房中走出來，在葉登桌邊停了一下，跟他微笑且講了一下子話，然後來到坐在原處的工人面前。

紋從來沒看過他穿著如此平凡的衣服。他穿著一件褐色的司卡外套跟褐色長褲，就跟許多聽眾一樣。不過凱西爾的衣服是乾淨的，布料上沒有灰燼，雖然也是司卡慣用的粗布，上面卻沒有補丁或裂縫。這個差別就已經夠明顯了，紋判斷——如果他穿套裝出現，反而會適得其反。

他將雙手交握在背後，一群工人緩緩安靜下來。紋皺眉，隔著窺視洞往外看，猜想凱西爾是用什麼能力，居然只靠站在一群飢餓的人面前，就能讓整個房間安靜下來。也許他是用鎔金術？可是，即使她開啓了紅銅，她仍然能感受到從他身上傳來的一種……存在感。

房間一安靜下來，凱西爾便開始說話。「你們現在應該都已經聽說過我。」他說道。「如果你們對我的目的如果沒有最基本的理解，就不會來這裡。」

紋身邊的微風啜著飲料。「安撫跟煽動和其他種鎔金術能力不同。」他靜靜地說道。「大部分金屬的推跟拉有截然相反的效果，但在情緒方面，無論你是安撫或煽動，往往都能達到相同的效果。

「當然，極端的情緒狀態並非如此——例如完全毫無情緒或絕對的激情。但是在大多數情況下，妳用哪種力量並不重要。人不像金屬塊，無論何時，人的心裡都會有十幾種情緒在翻騰。一名有經驗的安撫者可抑制所有其他情緒，只留下他要用來主導目標的一種。」

微風微微轉身。「魯德，請將藍衣侍者派進來，謝謝。」

一名侍者點點頭，將門打開一條縫，對外面的人低聲說了什麼。片刻後，紋看到一名穿著褪色藍洋裝的女孩穿過眾人，爲大家添補飲料。

「我的安撫者混在人群裡。」微風說道，語調透露出他開始分神。「女侍們是個暗號，告訴我的手下現在要安撫哪些情緒。他們會跟我一樣同時進行……」他沒再說話，專注地看著群眾。

「疲累……」他低語。「那不是我們現在需要的情緒。飢餓……讓人分神。懷疑……絕對沒有幫助。沒錯，而當安撫者在工作時，煽動者會激發我們希望眾人感覺到的情緒。好奇……這是他們現在需要的。對，聽凱西爾說話。你們聽說過傳奇跟故事，現在親眼看著他，佩服他。」

「我知道你們今天爲何而來。」凱西爾輕輕地開口。他說話時不帶紋聽慣的誇張語氣，而是語調沉靜卻直接。「一整天在磨坊、礦場和鋼鐵廠工作十二小時。被毆打，沒薪水，吃得差。這一切爲了什麼？好讓你們每天終了時能回到居住區，發現又有悲劇發生？一個朋友被冷漠的工頭殺死。一個女兒被帶走，成爲某個貴族的玩物。一個兄弟，死在一名經過的貴族手中，只因爲他今天過得不順心。」

「是的。」微風低語。「很好。紅色，魯德。派穿淺紅色衣服的女生進去。」

另一名女侍進入房間。

「激情與怒氣。」微風說道，聲音幾乎渾濁不清。「可是只要一點，只要輕輕一推——提醒即可。」

動。

紋好奇地熄滅她的紅銅片刻，燃燒起青銅，試圖要感覺微風在使用鎔金術。他身上沒有傳來任何震動。

當然，她心想。*我忘記歪腳的學徒了——他會讓我無法感覺到任何鎔金術震動。*她又將紅銅啓動。

凱西爾繼續說話。「朋友們，悲劇不單單發生在你們身上，還有上百萬跟你們有同樣遭遇的人，而他們需要你們。我不是來這裡乞求的——因爲我們的生命中已經太多事情是用求來的。我只是想請你們思考。你們寧願如何耗費你們的精力？是在鍛冶統治大神的武器上？還是在更寶貴的事物上？」

*他沒有提我們的軍隊，*紋心想。*甚至是加入他的人要做什麼。他不想讓這些工人知道細節，這可能是個好主意——他招募來的人可以被送去參加軍隊，而其他人不能洩漏任何特定資訊。*

「你們知道我爲何而來。」凱西爾說道。「你們認得我的朋友葉登，還有他代表的事情。城中每個司卡都知道反抗軍的存在。也許你們考慮過要加入，大多數人不會——而你們會回去沾滿灰燼的磨坊，燃燒的鋼鐵廠，親眾瀕死的家庭。你們會回去，因爲可怕的生活是熟悉的。可是你們之中有些人……有些人會跟我來，而那些就是在未來的年歲中被記得的人，因爲他們做過某件偉大的事情。」

許多工人交換眼神，但也有些人只是盯著自己半空的湯碗。最後，某個靠近房間後方的人說話了。「你是個笨蛋。」男子說道。「統御主會殺了你。你不可能在神自己的國度中反叛他。」

房間陷入沉默與緊張。紋坐直身體，微風則低聲自言自語。

在房間裡，凱西爾靜靜站著片刻，終於伸出手，拉起外套上的袖子，顯露出手臂上交錯的疤痕。「統御主不是我們的神。」他冷靜說道。「而且他殺不死我。他嘗試過，卻失敗了，因爲我是他永遠殺不死的。」說完，凱西爾轉身，從他進來的地方出去。

「嗯……」微風說道。「有點太戲劇性了。魯德，把紅衣叫回來，派褐色衣服出去。」

一名穿著褐色衣服的女侍走入人群間。「驚訝。」微風說道。「是的，還有驕傲。現在先暫時安撫怒氣……」

群眾安靜地坐了片刻，餐廳裡詭異地毫無動靜。終於，葉登站起來說了話，給予更多鼓勵，同時解釋如果他們想要聽更多細節，他們該怎麼做，他一邊說話，下面的人一邊開始繼續吃飯。

「綠色，魯德。」微風說道。「嗯，對。讓你們都陷入思考，然後再輕輕一推忠誠。我們可不希望有人跑去找聖務官，是吧？阿凱把自己的行蹤隱藏得很好，但有關單位聽到的消息越少越好，是吧？至於你嘛，葉登，該怎麼辦？你有點太緊張了，我們來安撫這點，拿走你的擔憂，只留下你的熱情，希望足夠掩飾你愚蠢的語調。」

紋繼續觀察。如今凱西爾離開，她覺得比較容易專注在群眾的反應還有微風的工作上。葉登一面說話，外面的工人似乎是完全照微風低語的指示在反應，連葉登都呈現經過安撫後的效果：變得比較自在，說話的聲音也比較有自信。

紋好奇地再次放下紅銅，集中注意力，嘗試感覺微風是如何碰觸她的情緒，因為她會被包括在他的鎔金投射範圍。微風沒有時間挑選特定對象一一影響，唯一的例外可能是葉登。感覺非常非常難察覺。可是，微風坐在那裡自言自語的同時，她開始感覺到跟他口中所描述一模一樣的情緒。

紋忍不住大感佩服。凱西爾只有幾次使用鎔金數影響她的情緒，每次都像是有人朝她臉上突然重重揍了一拳，他有力量，卻鮮少技巧。

微風的手法精細到不可思議。他安撫某些情緒，抑制它們的強度，卻同時讓其他情緒不受影響。紋覺得她可以感覺到他的手下也在煽動她的其他情緒，但他們的手法都沒有微風這麼巧妙。她繼續關閉紅銅，一面聽著葉登繼續演說，一面觀察自己情緒上的變化。他向眾人解釋加入他們的人得離開親朋好友一段時間，甚至可能長達一年，但在這段期間能夠吃飽。

紋感覺她對微風的敬意逐漸上升，突然間，她不再那麼生氣凱西爾把她帶給別人教導。微風只能做一件事情，但他顯然對此下了許多功夫練習。凱西爾身爲迷霧之子，得學會所有的鎔金術技巧，因此他不會專精於某一項力量也是理所當然的事。

我需要確保他會送我去跟其他人學習，紋心想。*他們也會是操控自身力量方面的大師*。

葉登的演講開始收尾，紋也將注意力轉回餐廳。「你們都聽到凱西爾——海司辛倖存者——怎麼說了。」他說道。「關於他的傳言是眞的。他已經放棄了盜賊生涯，將全副注意力都專注於爲司卡反抗軍努力！大家聽著，我們正爲偉大的行動在做準備，這可能是我們最後一次需要反抗最後帝國。加入我們，加入你們的兄弟們，加入倖存者本人！」

餐廳陷入沉默。

「大紅色。」微風說道。「我要這些人離開會激動地想著他們所聽到的事情。」

「情緒會褪去不是嗎？」紋看著大紅衣服的女孩走入人群。

「是的。」微風說道，靠回椅背上，關上木板。「可是記憶會留存。當強烈的情緒跟某個事件產生關連時，人們會記得比較清楚。」

片刻後，哈姆從後門進入。

「剛剛很順利。離開的人都精神奕奕，而且有不少人留下來。我們會有一批很好的志願軍可以送去煽動。」

微風搖搖頭。「不夠。每次要安排一場這樣的聚會就要花上老多好幾天，卻只能招募到二十幾個人。照這個速度，絕對來不及招募到一萬人。」

「你覺得我們需要更多聚會嗎？」哈姆問道。「那很困難。我們辦這些事要很小心，所以只有那些能被大致信任的人才會獲得邀請。」

微風坐在原地片刻，最後喝盡杯中的酒。「我不知道，但我們得想點辦法。現在先回店裡去。我記得凱西爾今天晚上要開進度會議。」

凱西爾望向西方，午後的陽光是一抹毒氣燻天的紅，憤怒的光線穿透布滿煙霧的天空，下方則是映照出一座黑色山巔。特瑞安，所有灰山中最近的一座。

他站在歪腳店鋪上的平坦屋頂，聽著下方傳來工人返家的聲音。平坦的屋頂意謂著要定期清理灰燼，所以大多數的司卡建築物都是尖頂，但凱西爾覺得從平頂上能看到的景象值得多花點力氣。

在他下方，司卡工人們垂頭喪氣地排隊回家，經過的腳步踢起一小團灰燼。凱西爾別過頭，望向北方的天際……朝向海司辛深坑。

它去了哪裡？他心想。天金抵達城市，然後就消失了。不是教廷——我們觀察了很久，也沒有司卡碰觸過那種金屬，所以我們猜測它會進入國庫，至少是這麼希望的。

在燃燒天金時，迷霧之子幾乎是所向披靡，所以它才這麼寶貴，但他的計畫不止是爲了財富。他知道那些坑裡挖出多少天金，多克森研究過統御主分發出多少給貴族，而且均是以天價賣出。挖出來的礦藏進到貴族手中的，不及十分之一。

世界上百分之九十挖出來的天金一年年地累積至一千年，有這麼多的金屬，凱西爾的團隊可以壓制最強大的貴族世家。有許多人也許覺得葉登佔領皇宮的計畫大概會失敗，事實上，如果單單只有這麼一個計畫，那它注定失敗，但凱西爾的其他計畫……

凱西爾低頭看著手中小小、白白的金屬塊。第十一金屬。他聽過關於它的傳言，因爲那是他開始散布的。現在，他只需要實現它們即可。

他嘆口氣，轉向東方，面向克雷迪克·霄，統御主的皇宮。這個名字是泰瑞司語，意思是「千塔之山」，形容得十分恰當，因爲皇宮看起來就像是一堆被刺入地面的巨大黑色長矛，有些塔是螺旋狀，有些是直立，有些是粗塔，有些則是細如針，高度都不同，但每一座都很高，每一座都以尖端爲頂。

克雷迪克·霄。三年前從那裡結束。他必須再回去。

暗門大開，一個人影爬上屋頂。凱西爾挑起眉毛，轉身看著沙賽德拍拍外袍，以標準的尊敬姿勢走近。就連反叛的泰瑞司人都會維持他經過長期訓練被培養出的外表。

「凱西爾主人。」沙賽德鞠躬說道。

凱西爾點點頭，沙賽德踏上他身邊，望著皇宮。「啊。」他自言自語道，彷彿瞭解凱西爾的思緒。

凱西爾微笑。沙賽德的確是很寶貴的發現。守護者必須相當隱密，因爲從昇華的那一天起，統御主幾乎就將他們狩獵殆盡。某些傳說聲稱，統御主對泰瑞司人民包括育種跟侍從訓練計畫的完全壓制，都是出自於他對守護者的憎恨。

「如果他知道有守護者在陸沙德，不知道他會怎麼想。」凱西爾說道。「就在走得到皇宮的地方。」

「希望他永遠不要發現，凱西爾主人。」沙賽德說道。

「我很感謝你願意前來城裡，阿沙。我知道這對你來說很冒險。」

「這是好事。」沙賽德說道。「這個計畫對所有參與的人都很危險。我覺得光是活著對我而言就已經是很危險了。屬於統御主都畏懼的教派，對身體健康沒有什麼幫助。」

「畏懼？」凱西爾問道，轉身抬頭看著沙賽德。雖然凱西爾比一般人都高，但泰瑞司人仍比他高過一個頭。「我不確定他有畏懼的東西，阿沙。」

「他畏懼守護者。」沙賽德說道。「絕對且莫名的畏懼。也許是因爲我們的力量。我們不是鎔金術師，而是……另外一種存在，他不瞭解的存在。」

凱西爾點點頭，轉身回去看著城市。他有這麼多計畫，這麼多工作要完成——而一切的核心，就是司卡。可憐、卑微、氣餒的司卡。

「再跟我說一個，阿沙。」凱西爾說道。「選個有力量的。」

「力量？」沙賽德說道。「用在宗教上，我覺得這一詞的意義是相對性的。也許你想聽聽珈教。他的信眾相當忠實且虔誠。」

「告訴我。」

「珈教是由一個人創立的。」沙賽德說道。「他眞實的姓名已經消失，不過他的追隨者只以『珈』稱呼他。他被當地的國王謀害，因爲他煽動民眾的不滿情緒——顯然他十分擅長這件事，可是他的殉道只是讓追隨他的群眾更多。

「珈教相信，他們表現得越虔誠，就能贏得相同比例的快樂，因此經常會大聲宣告他們的信仰。據說跟珈教人說話非常的惱人，因爲他們幾乎每個句子都要以『讚美珈』結尾。」

「聽起來不錯，阿沙。」凱西爾。「但力量不只是言語。」

「噢，絕對是這樣。」沙賽德同意。「珈教信眾的信仰很堅強。傳說中，教廷必須完全殲滅他們，因爲沒有一個珈教徒會接受統御主爲神。昇華過後沒多久他們就消失了，但只是因爲他們總是要大聲嚷嚷的方式讓獵殺他們變得很容易。」

凱西爾點頭，然後微笑，瞄著沙賽德。「你沒問我想不想皈依。」

「很抱歉，凱西爾主人。」沙賽德說道。「我覺得這個宗教不適合你。它有某種程度的大膽，也許會獲得你的喜愛，但你應該會覺得他們的神學理論太過乏味。」

「你太瞭解我了。」凱西爾說道，依舊看著城市。「到最後，在王國跟軍隊都已經敗退之後，宗教還是在奮鬥，不是嗎？」

「沒錯。」沙賽德說道。「有些比較強韌的宗教一直撐到第五世紀。」

「他們爲何能這麼堅強？」凱西爾說道。「他們怎麼辦到的？這些神學理論是如何能如此影響眾人？」

「我想這沒有單一原因。」沙賽德說道。「有些是因爲單純的信仰，再來是因爲它們承諾的希望，還有的很具有說服力。」

「但都有激情。」凱西爾說道。

「是的，凱西爾主人。」沙賽德點頭說道。「這句評論很正確。」

「這就是我們失去的東西。」凱西爾說道，望向城市中數十萬的人民，卻只有鮮少幾個膽敢戰鬥。

「他們不信仰統御主，只是畏懼他。他們已經沒有什麼能相信的。」

「我能否問一句，你相信什麼呢，凱西爾主人？」

凱西爾挑起眉毛。「我還不完全確定。」他承認。「可是推翻最後帝國似乎是個好開始。有宗教闡述殺害貴族是神聖義務之一嗎？」

沙賽德不贊許地皺眉。「我相信沒有，凱西爾主人。」

「也許我該開始自創一個。」凱西爾懶洋洋地微笑說道。「對了，微風跟紋回來了嗎？」

「我上來前他們才剛到。」

「很好。」凱西爾一點頭。「跟他們說我一會兒就下去。」

紋坐在會議室中的大椅子，雙腳塞在身下，試圖用眼角餘光研究沼澤。他長得好像凱西爾，只是……嚴肅一點。他不是生氣，也不像歪腳那樣充滿埋怨，他只是不快樂。他坐在自己的椅子上，臉上帶著平和的神情。除了凱西爾以外，所有人都到齊，正在安靜地交談。紋引起雷司提波恩的注意力，揮手要他過來。那十幾歲出頭的男孩靠近，蹲在她的椅子旁邊。

「沼澤。」紋在眾人交談聲的掩護下低聲問道。「那是綽號嗎？」

紋頓了半晌，試圖解讀男孩東方方言的意思。「所以不是綽號？」

「不是沒爸媽叫。」

雷司提波恩搖搖頭。「他前有是一。」

「叫什麼？」

「鐵眼。別人停沒用。太近叫鐵在眞眼睛裡，哦？審判者。」

紋再次瞥向沼澤。他的表情冷硬，眼神專注，的確像是鐵打的，不難瞭解爲什麼別人不再繼續用那個綽號，光是提到鋼鐵審判者都能引起她一陣戰慄。

「謝謝。」

雷司提波恩微笑。他是個認眞的男孩。奇怪、緊繃、緊張，但很認眞。他退回凳子邊的同時，凱西爾也終於出現。

「好了，大夥兒。」他說。「我們有什麼消息？」

「不包括壞消息？」微風問道。

「說來聽聽。」

「已經過了十二個禮拜，但我們才募集不到兩千人。」哈姆說。「就算包括反抗軍已經有的人數，還是不夠。」

「老多，」凱西爾問道。「我們能安排更多聚會嗎？」

「可能行。」多克森坐在一張堆滿筆記本的桌子旁，如此回答。

「你確定要冒這個險？」葉登問道。他的態度在過去幾個禮拜中有很大的進步——尤其是凱西爾招募來的新軍開始出現，就如瑞恩常說，結果總讓人很快能交到朋友。

「我們已經有危險了。」葉登繼續說道。「地下組織之間傳遍謠言，如果我們引起更大的騷動，教廷可能會發現有大事要發生。」

「他說得可能沒錯，阿凱。」多克森說道。「況且，願意聽我們說話的司卡人數也有限。陸沙德的確很大，但我們在這裡的行動大爲受限。」

「好吧。」凱西爾說道。「那我們要開始朝其他城鎮努力。微風，你能將手下分成兩組有效率的人馬嗎？」

「應該可以吧。」微風遲疑地說道。

「我們可以留一組人在陸沙德活動，另一組負責城市周遭。我應該每場聚會都能到，只要時間錯開即可。」

「這麼多聚會會讓我們更容易曝光。」葉登說道。

「這點引來另一個問題。」哈姆說道。「我們不是應該要派人滲透教廷嗎？」

「怎麼樣？」凱西爾轉向沼澤問道。

沼澤搖搖頭。「教廷很嚴密，我需要更多時間。」

「不可能發生的。」歪腳抱怨。「反抗軍試過了。」

葉登點點頭。「我們試圖派間諜滲入教廷內部十幾次了，不可能的。」

房間陷入沉默。

「我有個想法。」紋低聲說道。

凱西爾挑起眉毛。

「凱蒙。」她說道。「你們招募我之前，他正在進行一項工作，其實就是那件工作讓我們被聖務官發現的。計畫的核心部分是由另一名盜賊，叫做賽隆的首領所計畫。他當時設立了一組假的運河船隊，要將教廷的經費運到陸沙德。」

「然後呢？」微風問道。

「這些運河船會將新的教廷門徒送到陸沙德完成最後一步的訓練。賽隆在這條路子上有個聯絡人，一名低階聖務官，願意接受賄賂。也許我們能說服他多加一名『門徒』到從他當地分會出發的團體裡頭。」

凱西爾深思地點頭。「值得研究。」

多克森的鋼筆在紙上寫了幾個字。「我去跟賽隆聯絡，看他的線民是否還能使用。」

「我們的資源準備得如何？」凱西爾問道。

多克森聳聳肩。「哈姆幫我們找到兩名前任士兵的訓練官。可是武器……雷弩跟我開始在進行接洽跟談合作，但我們不能行動得太快。幸運的是，武器來時應該是整批運到。」

凱西爾點點頭。「應該就這樣了吧？」

微風清清喉嚨。「我……聽到街上很多謠言，凱西爾。」他說道。「大家都在談論你那個第十一金屬。」

「很好。」凱西爾說道。

「你不擔心統御主會聽到嗎？如果他得到了預警，要……抵抗他就更難了。」

他沒說「殺死」，紋心想。他們不覺得凱西爾能辦得到。

凱西爾只是微笑道：「不要擔心統御主——一切都在我掌握中，事實上，我還打算過幾天親自去拜訪他。」

「拜訪？」葉登不安地問道。「你要去拜訪統御主？你瘋……」葉登沒說完，瞥向房間中的其他人。「對，我忘記了。」

「他開始學乖了。」多克森評論。

沉重的腳步聲在走廊上響起，哈姆的一名守衛片刻後進來，走到哈姆的椅子邊，低聲說了兩句。

哈姆皺眉。

凱西爾問道。

「怎麼了？」

「出事了。」哈姆說道。

「出事？」多克森問。「什麼樣的事？」

「你知道我們幾個禮拜前會面的密屋吧？」哈姆說道。「就是阿凱第一次介紹計畫的地方？」

凱蒙的密屋，紋心想，越發緊張。

「嗯……」哈姆開口。「顯然被教廷找到了。」

拉剎克似乎成爲泰瑞司社會中逐漸壯大的一個分支代表。許多年輕人認爲他們少見的力量應該用在務農、畜牧和石雕以外的用途上，他們吵鬧，甚至使用暴力，跟我所認識的安靜、睿智的泰瑞司哲人跟聖人相差甚遠。

我得仔細監督這群泰瑞司人，如果有機會跟動機，他們可能會變得非常危險。

11

凱西爾站在門口，擋住紋的視線。她彎下腰，試圖從他身後窺見密室，但太多人擋住她的視線，她只能看到大門歪掛著，木片碎裂，門拴完全被扯離門板。凱西爾站在原處許久，終於轉身望向多克森身後的她。「哈姆說得對，紋。妳可能不想看。」

紋站在原處，堅定地看著他。最後凱西爾嘆口氣，踏入房間。多克森跟上，紋終於能看到他們擋住不讓她看的景象。

地上四處都是屍體，扭曲的肢體在多克森手中唯一的燈籠照耀下滿布陰影，更顯詭異。屍體還沒開始腐爛，因爲攻擊早上才發生，房間中仍充斥著死亡的氣味。血腥、悲傷、恐懼的氣味乾得很慢。

紋站在門口。她之前也看過死亡——經常在街上看到。小巷中的持刀搶劫，密屋裡的毆打至死，孩子餓死。她曾經看過一名老婦人的脖子因爲貴族惱怒的反手一揮而折斷，屍體倒在路上三天才有司卡收屍隊來將它帶走。

可是那些事都沒有凱蒙密室中的刻意屠殺氣氛恐怖。這些人不僅僅是被殺死，更被撕裂。四肢跟軀幹分家，破裂的椅子跟桌子刺穿胸膛，地上鮮少有沒被黏膩深紅鮮血濺滿的地方。

凱西爾瞥向她，顯然是以爲她會有什麼反應。她站在那裡，看著死亡，覺得……麻木。她應該有什麼反應？這些是虐待她、偷她東西、打她的人，同時也是給她吃住、接受她的同一群人，換做別人可能早就將她賣給老鴇了。

瑞恩可能會責罵她看到眼前景象所感覺到的傷感，認爲那是一種背叛。當她還是孩子，每次被強迫要離開一個城市時，他都會很生氣，因爲她不想要離開熟悉的人，無論他們對她有多殘酷或多無動於衷。顯然她還沒克服這個弱點。她踏入房間，沒爲這些人流下半滴眼淚，卻同時希望他們不是落得如此下場。

除此之外，殺戮的本身就讓人相當不舒服。她試圖強迫自己要在其他人面前維持剛硬的表情，卻發現還是忍不住偶爾會害怕地一縮身，轉開頭不去看破碎的屍體。進行攻擊的人相當……徹底。

即使以教廷標準而言，這也太極端了，她心想。什麼樣的人會做這種事？

「審判者。」多克森輕輕說道，跪在一具屍體旁。凱西爾點點頭。紋身後的沙賽德進入房間，小心翼翼不讓袍子沾上血。紋轉向泰瑞司人，讓他的動作將她的注意力從特別噁心的一具屍體上轉開。凱西爾是迷霧之子，多克森據說是很厲害的戰士，哈姆跟他的手下們在檢查周遭，但其他人——微風、葉登、歪腳——都沒有跟來。這裡太危險了。凱西爾甚至想拒絕紋的要求，不讓她來看。

可是，他似乎毫不遲疑便將沙賽德帶來。這個舉動雖然很微不足道，卻讓紋以新的好奇心看待侍從官。爲什麼對迷霧人來說都太危險的環境，卻對一名泰瑞司侍從官還算安全？沙賽德是戰士嗎？他從哪裡學會戰鬥技巧的？泰瑞司人據說從小被非常嚴謹的訓練師養大。沙賽德流暢的步伐跟平靜的面孔沒有給她太多提示，但眼前的血腥景象似乎也沒嚇到他。

有意思，紋心想，繞過碎裂的家具，跨過血泊，繞到凱西爾身邊。他蹲在一組屍體邊。紋震驚地發現，其中之一是烏雷。男孩的臉孔扭曲痛苦，胸口滿是斷骨跟被撕裂的皮肉——彷彿有人徒手扒開他的胸腔。紋全身顫抖，轉過頭去。

「這不是好事。」凱西爾低聲說道。「鋼鐵審判者通常不會理會普通的竊盜集團，一般而言，聖務官會帶軍隊來抓住所有人，在處決日時好好展示一番。審判者只有在集團裡有特殊成員時才會參與。」

「你覺得……」紋說。「你覺得會是之前的同一個？」

凱西爾點點頭。「整個最後帝國只有二十名鋼鐵審判者，一半隨時都在陸沙德外。我覺得妳引起某一個人的興趣後消失無蹤，結果妳的舊密室就被攻擊是一連串巧合的可能性太低。」

紋靜靜地站著，強迫自己低頭看著烏雷的屍體，面對自己的哀傷。他最後還是背叛了她，但是，曾經有一段時間裡，他幾乎是個朋友。

「所以……」她靜靜地站著。「審判者仍然有我的線索？」

凱西爾站起身，點點頭。

「這是我的錯。」紋說道。「烏雷跟其他人……」

「是凱蒙的錯。」凱西爾堅定地說道。「是他想要欺騙聖務官。」他停頓一下，轉頭看著她。「妳還好嗎？」

紋將目光從烏雷破碎的屍體上移開，試圖維持堅強。她聳聳肩。「他們都不是我的朋友。」

「這麼說有點冷血，紋。」

「我知道。」她靜靜地點頭回答。

凱西爾看了她片刻，然後越過房間去跟多克森說話。

紋回頭看著烏雷的傷口，像是某種發狂的動物所造成，而非一人之力。

審判者一定有人幫忙，紋告訴自己。就算他是審判者，也不可能靠一己之力做出這種事。緊急出口附近有一堆屍體，但她快速打量就知道，就算不是所有人，也是大多數的集團成員都在現場。一個人不可能這麼快就殺死他們……可能嗎？

有很多關於審判者的事情我們不瞭解，凱西爾告訴她。他們並非根據一般規則生存。紋再次顫抖。

腳步聲在樓梯上響起，紋全身緊繃，蹲下身體準備逃跑。

哈姆熟悉的身影出現在樓梯口。「周遭安全。」他說道，舉起第二盞燈籠。「沒有聖務官或警備隊成員的跡象。」

「這是他們向來的風格。」凱西爾說道。「他們想要大屠殺的現場被人發現，留下死者是爲了留下記號。」

房間一片寂靜，只有沙賽德低低的聲音不斷傳來，他站在房間的另一邊。紋繞到他身旁，聽著他的聲音規律地抑揚頓挫。終於，他停止說話，低下頭閉起眼睛。

「那是什麼？」等他再次抬頭後，紋問道。

「祈禱。」沙賽德說。「凱西教的《亡者經》，用來喚醒死者的靈魂，吸引他們脫離肉身，好能回到靈魂之山。」他瞥向她。「如果妳想要的話，我可以教導妳這個宗教的知識，主人。凱西是一個很有意思的民族——對死亡相當熟悉。」

紋搖搖頭。「現在不要。你唸誦了他們的經文——所以這是你相信的宗教嗎？」

「我都信。」

紋皺眉。「它們不會相互矛盾嗎？」

沙賽德微笑。「當然經常相互矛盾。但是，我尊敬其背後所擁有的眞實——而且我相信每一個都需要被記得。」

「那你怎麼決定該用哪個宗教的祈禱文呢？」紋問道。

「這似乎很……適合。」沙賽德低聲說道，看著陰影滿布的死亡景象。

「阿凱。」多克森從房間後方喊道。「來看看這個。」

凱西爾走過去他身邊，紋也跟了過去。多克森站在那間長廊般的房間，原本是集團成員的睡覺區域。紋探入頭，以為會看到跟外面大房相同的景象，卻只看到一具屍體被綁在椅子上。在微弱的燈光下，她勉強可以看出他的眼睛被人挖了出來。

凱西爾靜靜地站在原地片刻。「是我安排負責這裡的人。」

「米雷夫。」紋點頭說道。「他怎麼樣？」

「他是以很緩慢的速度被殺死的。」凱西爾說道。「妳看地上的血量，還有四肢扭曲的方式。他有時間尖叫跟掙扎。」

「酷刑。」多克森點頭說道。

紋感覺一陣寒冷，抬頭看看凱西爾。

「我們要換基地嗎？」哈姆問道。

凱西爾緩緩地搖頭。「當歪腳進入這個密屋時，他應該會在去跟回的路上都有僞裝，隱藏起他的跛腳。身爲煙陣的責任之一就是，別人不能光靠在街上打聽就知道他的身分。他們一團的人都不可能背叛我們——我們應該還很安全。」

沒有人點出眼前明顯的事實。審判者也不應該有辦法找到這個密屋。

凱西爾踏回主間，把多克森拉到一邊，低聲跟他交談。紋貼得更近，試圖想聽到他們在說什麼，可是沙賽德一手按住她的肩膀。

「紋主人。」他不贊許地說道。「如果凱西爾主人要我們聽到他在說什麼，他不是會用更大的音量說話嗎？」

紋生氣地瞪了泰瑞司人一眼，然後她朝體內的力量探去，燃燒錫。

突來的血腥味幾乎讓她摔倒。她可以聽到沙賽德的呼吸聲，房間再也不陰暗——兩盞明亮的燈籠反而讓她的眼睛流淚，她意識到悶熱、不通風的空氣，而且可以很清晰地聽到多克森的聲音。

「……依照你的要求，去看了他一兩次。你可以在四井路口朝西走三個街口的地方找到他。」

凱西爾點點頭。「哈姆。」他大聲說道，讓紋一驚。

沙賽德以不贊許的眼神低頭看著她。

他對鎔金術有點瞭解，紋讀著對方的神情。他猜到我在做什麼。

「什麼事，阿凱？」哈姆從後面的房間探出頭問道。

「把其他人帶回去。」凱西爾說道。「小心點。」

「當然。」哈姆承諾。

紋衡量凱西爾一陣，最後心不甘情不願地跟著沙賽德和多克森一起被趕離密室。

我應該坐馬車的，凱西爾心想，因緩慢的行進速度而感到煩躁。其他人可以從凱蒙的密室走回去。他迫不及待想燃燒鋼，朝他的目的地跳躍而去。不幸的是，在大白天飛越城市很難不引起眾人注意。凱西爾調整帽子繼續行走，貴族行人並非不常見，尤其是在商業區，那裡比較幸運的司卡跟比較不幸的貴族會出現在同一條街上——不過兩群人都很努力地忽視對方。

耐性。速度不重要。如果他們知道他的行蹤，他早就死了。

凱西爾走入相當寬敞的十字路廣場，四個角落各有一座水井，一座巨大的銅噴泉佔據了廣場的中心，綠色的皮膚黏滿厚厚的黑灰。

雕像是統御主，他誇張地身著披風盔甲，一團象徵死去深闇的東西躺在他腳邊的水裡。

凱西爾經過噴泉，水裡飛散著最近一次的落灰。司卡乞丐在路邊呼喊，可憐的音量介於能讓人聽見跟引人厭煩之間。統御主非常勉強容忍他們，只有身患重度殘疾的司卡才被允許乞討，但他們可悲的生活甚至沒有農莊司卡會羨慕。凱西爾拋給他們幾枚夾幣，不在乎這麼做會讓自己顯得與眾不同，然後繼續在路上走著。三個街口後，他看到另一個更小的十字路口，旁邊同樣也圍滿了乞丐，但沒有華麗的噴泉在這裡噴灑水花，角落也沒有水井引來行人。

這裡的乞丐更可憐——這些人可悲且衰弱到甚至無法爲自己在主要十字路口爭得一席之地。營養不良的小孩和年邁力衰的成人以膽怯的聲音呼喊，四肢少了其二、甚至更多的男子縮在角落，被黑灰沾污的身影幾乎跟陰影融合爲一。

凱西爾反射性地將手伸向錢袋。*專心點*，他告訴自己。*你無法靠錢幣拯救他們所有人。等最後帝國消失後，會有時間來救助像他們這樣的人。*

凱西爾無視於他們發現自己在注視他們之後越發大聲的可憐呼喊，他輪流檢視一張張臉龐。他跟凱蒙只有短短的一面之緣，但他認得出凱蒙。可是沒有一張臉看起來像，也沒有一個乞丐有凱蒙的身材，因爲他胖到就算餓了好幾個禮拜，仍然應該很明顯。

他不在這裡，凱西爾不滿地心想。

凱西爾曾對新任首領米雷夫下過命令，要他把凱蒙變成乞丐。多克森也來檢查過凱蒙的狀況，確定凱西爾的命令有被執行。

凱蒙從廣場消失可能很單純的只是他挑到了更好的位置，但也可能代表教廷找到他了。凱西爾靜靜地站在原處，聽著乞丐們幽怨的哀鳴。幾片灰燼開始從天空飄下。

有哪裡不對勁。十字路口北邊附近沒有任何乞丐。凱西爾燃燒錫，聞到空氣中的血腥味。

他踢掉鞋子，抽掉腰帶，拋下披風別針，精緻的衣服落在石板路上。在這之後，他身上唯一剩餘的金屬就是錢袋。他倒出幾枚硬幣握在手心，小心翼翼地前進，脫下的衣物留給乞丐們。

死亡的氣味越發強烈，但他只聽得到背後乞丐們在他身後發出的窸窣聲。小心翼翼地來到北面的街道，他立即注意到有一條小巷通往左方。他深吸一口氣，驟燒白鑞，鑽了進去。窄小、陰暗的小巷充滿垃圾與灰燼，沒有人在等他，至少，沒有活人。

凱蒙，集團首領變成的乞丐，靜靜地吊在一條高高掛起的繩子上，屍體在微風中緩緩地旋轉，灰燼輕輕在它周圍落下。他不是以一般的方式被吊死——繩子是綁在一個鉤子上，而鉤子則是塞入他的喉嚨，沾滿血的鉤尖從他下巴的皮膚刺出，他的頭仰後擺蕩著，繩子從他口中被拉出，雙手被綁縛，依舊圓滾的身體顯示出曾遭受酷刑的跡象。

事情看來不太妙。

一陣腳步摩擦石板的聲音從他身後傳來，凱西爾轉身，驟燒鋼，灑出一把錢幣。

一個小小的身影發出年輕女孩的驚呼聲，她仆倒在地，靠燃燒鋼以轉移錢幣的攻擊。

「紋？」凱西爾說道。他咒罵兩聲，伸出手將她拉入小巷，檢查了一下街角，看到乞丐們因聽到錢幣敲擊石板路面的聲音而精神一振。

「妳在這裡做什麼？」他質問，回身面對她。紋穿著先前同樣的褐色外衣跟灰色襯衫，不過至少還知道要穿件普通的披風並拉起帽罩。

「我想要看看你在做什麼。」她說道，面對他的怒氣，縮起身體。

「這可能很危險！」凱西爾說道。「妳在想什麼啊？」

紋蜷縮得更緊了。

凱西爾鎮靜下來。不能怪她很好奇，他心想，看著幾名勇敢的乞丐一拐一拐地跑入街心，撿拾錢幣。她只是個——

凱西爾僵住了。那種感覺細微到他幾乎沒發現。紋正在安撫他的情緒。

他低下頭。女孩緊貼著牆角，顯然正試圖讓自己隱形，看起來如此膽怯，卻又被他看出眼中隱匿的一抹決心。這孩子讓自己表現得弱小無害已達爐火純青的境界。

好巧妙！凱西爾心想。她怎麼進步得這麼快？

「妳不需要在我身上用鎔金術，紋。」凱西爾柔聲說道。「我不會傷害妳。妳應該知道。」

她臉上一陣紅。「我不是故意的……只是個習慣。以前養成的。」

「沒關係。」凱西爾說道，一手按住她的肩膀。「只要記得——不管微風怎麼說，碰觸朋友的情緒是很沒有禮貌的事，而且貴族們認爲在正式場合使用鎔金術是一種侮辱。如果妳不學會控制自己的反應，可能會讓妳惹上麻煩。」

她點點頭，站起身來研究凱蒙。凱西爾以爲她會噁心地轉過頭，但她只是靜靜地站著，臉上透露出嚴肅的表情。

這個孩子絕不軟弱，凱西爾心想。無論她表面上怎麼僞裝。

「他們在這裡凌虐他？」她問道。「就在公開的地方？」

凱西爾點頭，想像尖叫迴蕩在此處，傳到外面不安的乞丐耳中。教廷喜歡以非常明顯的方式懲罰人。

「爲什麼要用那個鉤子？」紋問道。

「這個殺人儀式專門用於最卑下的罪人：誤用鎔金術的人。」

紋皺眉。「凱蒙是鎔金術師？」

凱西爾搖搖頭。「他在遭受酷刑時一定承認了某些罪大惡極的罪行。」凱西爾轉身。「他一定知道妳是什麼人，紋。他刻意利用妳。」

她的臉略呈蒼白。「所以……教廷知道我是迷霧之子？」

「也許吧。這就要看凱蒙知不知道。也許他認爲妳只是迷霧人。」

她安靜地站在原地片刻。「那對我在計畫中的角色有什麼影響？」

「我們按照計畫進行。」凱西爾說道。「在教廷大樓中，只有一兩名聖務官看過妳，鮮少有人能將司卡僕人與衣著精美的貴族仕女聯想成同一個人。」

「那審判者呢？」紋輕聲回答。

凱西爾沒有答案。「來吧。」他終於說道。「我們已經引起太多注意了。」

如果每個國家——從南方諸島到北方的泰瑞司山脈——都統一在單一的政府之下，將會如何？如果人類能永遠放下爭端，同心協力，我們能成就如何偉大的目標，達成多少進步？

我想，光是希望能有這麼一天都太奢侈。所有人都在單一、統一的帝國之中？這件事情永遠不會發生。

12

紋壓下拉扯貴族仕女服裝的衝動，在沙賽德的建議之下，她被強迫整天穿著，就這樣過了半個禮拜。她還是覺得笨重的衣服相當不舒服，勒得她的腰部跟胸口緊緊的，下襬又有數碼長的布料裁成曳地的縐折花邊，讓走路變得很困難，她一直覺得自己會被絆倒；而且，雖然禮服很厚重，勒緊的胸線跟拉低的胸口卻讓她覺得自己相當暴露，雖然與她穿著一般襯衫時露出的肌膚面積也差不了太多，但感覺就是不一樣。

可是她不得不承認，禮服的確大大改變她的外表。站在鏡子面前的女孩是個奇異、陌生的人。淺藍色的禮服綴有白色的縐折花邊和蕾絲，搭配頭髮上的藍寶石髮夾。沙賽德聲稱，她的頭髮至少要長到肩膀他才會滿意，但他仍然建議她買下長得像胸針般的髮夾，並幫她扣在耳朵上方。

「通常貴族不會掩飾自己的缺陷，」他如此解釋。「反而會強調。因此引起他人注意妳的短髮，說不定不會讓人覺得妳不夠時髦，甚至可能很欣賞妳的獨特造型。」

她還戴著一條藍寶石項鍊，以貴族標準而言算是相當簡單的樣式，卻仍價值兩百多盒金。最後，她的手戴上一條紅寶石手鍊，做爲點綴。近來的流行似乎是需要有一抹不同的顏色來強調色差。

這些全部都是她的，出自集團經費。如果她帶著珠寶跟她的三千盒金逃走，她可以過上幾十年的舒服生活。這個想法比她願意承認的更爲誘人。凱蒙死去的手下們扭曲地躺在安靜密室的景象不斷浮現她的腦海，如果她留下來，也許這就是等著她的命運。

那麼，爲什麼她不走？

她轉離鏡子，披上一條淺藍色的絲質披肩，這是貴族仕女的披風。爲什麼她不離開？也許是因爲她對凱西爾的承諾。他給了她鎔金術的禮物，他也依賴她。也許是她對其他人的責任感。爲了要生存下去，成員需要彼此完成各自的工作。

瑞恩的訓練告訴她這些人都是笨蛋，但她被凱西爾跟其他人所提供的東西大爲誘惑。說到底，讓她留下的不是財富或行動的刺激感，而是一種暗示的可能性，是有一群人居然會真的信任彼此，雖然既不可能也不合理，卻仍如此吸引著她。她必須留下。她必須知道這是否會長久，或如瑞恩日漸清晰的低語所承諾那般，一切都是謊言。

她轉身離開房間，走向雷弩大宅的正門，沙賽德跟馬車正在那裡等著她。她決定留下，所以必須扮演好自己的角色。

該是她以貴族仕女的身分第一次出場了。

馬車突然搖晃，紋驚訝地一震，但車輛繼續前進，沙賽德也沒有從駕駛的位置上移開。上面傳來聲響。紋驟燒金屬，看到一個身影從車頂跳到門外的車伕踏板上，令她全身緊繃。凱西爾從窗子探入頭，露出微笑。

紋鬆了一口氣，靠回椅子。「你叫我們去接你就可以了啊。」

「不需要。」凱西爾說道，拉開馬車門，一晃身進入裡面。外面已經天黑了，他身上穿著自己的迷霧披風。「我跟沙賽德說過我會在途中來一下。」

「你卻沒有跟我說？」

凱西爾眨眨眼，關上門。「我覺得這是我欠妳的，誰叫妳上禮拜在巷子裡嚇到我。」

「真是成熟的表現啊。」紋一本正經地說道。

「我向來對自己的不成熟很有信心。所以，妳準備好了嗎？」

紋聳聳肩，試圖隱藏自己的緊張。她低下頭。「我……呃，我看起來怎麼樣？」

「棒極了。」凱西爾說道。「絕對就是年輕的貴族仕女。不要緊張，紋，妳的僞裝完美無缺。」

不知道爲什麼，紋覺得這不是她想聽的答案。「凱西爾？」

「什麼事？」

「我一直想問這件事。」她望向窗外，雖然她只能看到一片白霧。「我明白你覺得這是很重要的事——需要在貴族之間安插間諜。可是……嗯，我們眞的要用這種方式嗎？我們不能找街頭情報販子來告訴我們需要知道的家族鬥爭內幕？」

「也許可以。」凱西爾說道。「但這些人被稱爲『情報販子』不是沒有原因的，紋。妳問他們的每個問題，都讓他們對妳的眞正動機多一條線索——就連跟他們會面都會顯露出讓他們可以賣給別人的情報。能不要動用到他們最好。」

紋嘆口氣。

「我不是罔顧一切要把妳送入危險中的，紋。」凱西爾傾身說道。「我們眞的需要在貴族之中的間諜。情報販子的情報來源通常是僕人，但大多數貴族都不笨，重要的會議都在沒有僕人能聽到的地方舉行。」

「你覺得我能進到這種會議中嗎？」

「也許能，」凱西爾說道。「也許不能。無論如何，我學到的經驗是，在貴族間安插間諜是很有用的。妳跟沙賽德會聽到很重要的事情，對那些情報販子而言卻可能都不重要。甚至光是在這些宴會中，就算妳什麼都沒聽到，也都能爲我們得來資訊。」

「怎麼說？」紋皺眉問道。

「注意誰對妳有興趣。」凱西爾說道。「那些會是我們要注意的家族。如果他們注意妳，那他們大概也就是在注意雷弩大人，而他們會這麼做有一個很好的原因。」

「武器。」紋說道。

凱西爾點點頭。「雷弩的武器商人身分讓他變得對那些計畫軍事行動的家族來說相當寶貴，這些就是我需要注意的家族。貴族間應該已經有某種程度的緊張，希望他們已經開始在猜哪些家族想要攻擊他人。過去一個世紀多以來，上族間都沒有發生過全面的戰爭，但上次那一場相當慘烈。我們需要重新複製一次。」

「這意謂著很多貴族可能會喪命。」紋說道。

凱西爾微笑。「我沒什麼問題。妳呢？」

紋雖然緊張，卻也忍不住微笑。

「讓妳做這件事還有另一個原因。」凱西爾說道。「在我這個魯莽的計畫進行到某個程度時，我們也許需要面對統御主。我有感覺，能偷渡越少人到他跟前越好。有一個司卡迷霧之子藏在貴族之間……可能會是極大的優勢。」

紋感覺微微一陣寒冷。「統御主……他今晚會在那裡嗎？」

「不會。有聖務官會參與，但應該不會有審判者，也絕對不會有統御主。這種宴會他根本不看在眼裡。」

紋點點頭。她從未見過統御主，也永遠不想見到。

「別太擔心。」凱西爾說道。「就算碰上他妳也會沒事。他不會讀心術。」

「你確定？」

凱西爾頓了頓。「其實不確定。可是，如果他會讀心術，那他也不是對每個人都用。我知道有幾名司卡假裝是貴族還出現在他面前——我自己都做了幾次，直到……」他沒說完，低頭看著滿是疤痕的雙手。

「他最後還是抓到你了。」紋低聲說道。

「他可能還會再抓到我。」凱西爾眨眼。「但先別擔心他——我們今晚的目標是要確立法蕾特・雷弩貴女的身分。妳不需要做什麼危險或不尋常的事，只要出現就好，等沙賽德要妳離開時就走。我們明天再來擔心建立信心的事。」

凱西爾點點頭。

「好孩子。」凱西爾說道，伸出手推開門。「我會躲在堡壘附近觀察跟竊聽。」

紋感謝地點點頭，凱西爾跳出馬車門，消失在黑霧間。

紋完全沒有心理準備泛圖爾堡壘在黑暗中會有多明亮。巨大的建築物包圍在朦朧的光暈中。馬車靠近時，紋可以看到長方形建築物的外面有八座巨大的光源，跟營火一樣明亮但穩定許多，而且後方有鏡子，讓光線直接照耀在堡壘上。紋不瞭解這有何用意。舞會是在裡面進行——爲什麼要照亮建築物外面？

「請把妳的頭放回去，紋主人。」沙賽德從上方說道。「好人家的小姐不會東張西望。」

紋朝看不見的他瞪了一眼，但還是把頭縮了回去，不耐煩且緊張地等待馬車停在巨大的堡壘前。終於，馬車緩緩停下，一名泛圖爾的男僕立刻爲她拉開門，第二名男僕上前，伸出手協助她下車。紋接受他的協助，盡量優雅地將滿是花邊、裙幅沉重的禮服拉出馬車外。她小心翼翼地下馬車，試圖不要被自己絆倒。她非常感謝有侍從穩定的手，這才發現爲什麼男性應該要協助女性下馬車。原來根本不是個愚蠢的習俗——愚蠢的是衣服。

沙賽德把馬車交給他人，站到她身後數步的位置，他的穿著比平常更精美，雖然還是有同樣的V字形花樣，但多了腰帶跟寬大的敞袖。

「前進，主人。」沙賽德低聲從後方提示。「走上地毯，別讓禮服在石頭上摩擦，穿過主要的大門。」

紋點點頭，試圖壓下她的不安。她向前走，經過不同衣著跟禮服的貴族與仕女。雖然他們沒有在看她，她卻覺得暴露在眾人的目光下。她的腳步遠不及其他女子優雅，她們穿著禮服的身影顯得美麗又自在，而她戴著藍白絲質手套的雙手卻開始冒汗，可是她只能強迫自己繼續前進。沙賽德在門口介紹她的身分，將請帖交給侍從。兩名身著紅與黑色僕人裝的男子鞠躬，揮手示意請她進入。一群貴族聚在玄關面前，等著進入大廳。

我在做什麼？她焦急地想。她可以挑戰迷霧跟鎔金術，盜賊跟小偷，霧魅跟責打，但面對這些貴族和他們的仕女……走在光線下，暴露在他們面前，無法隱藏……讓她恐懼至極。

「前進，主人。」沙賽德以安撫的聲音說道。「記得妳上過的課。」

躲起來！找角落！陰影、白霧，什麼都可以！

紋將雙手緊握在身前，向前走去。沙賽德走在她身邊。她從眼角餘光，可以看到他向來平靜的臉上出現關切。

他當然該擔心！他教過她的一切似乎都在飛散、蒸發，有如白霧消失無蹤。她記不得名字、習俗，通通都不記得。

她在玄關內停下腳步，一名身著黑色套裝的尊貴貴族轉頭看她。紋當場僵住。男子輕蔑地上下打量她一次，然後別過頭。她聽到有人在低聲說「雷弩」，因此她緊張地看著兩旁。有幾名女子正看著她。可是，感覺上她們在看的卻不像是她。她們在研究禮服、髮型和珠寶。紋轉向另一邊，一群更年輕的男子也在看她，他們看到領口，漂亮的禮服，還有化妝，卻沒有看到她。

他們沒有人能看到紋，只能看到她戴上的面孔——或是她想要他們看到的面孔。他們看到法蕾特貴女，彷彿紋不存在。

彷彿……她就藏在某處，藏在他們的面前。突然間，她的緊張感開始退散，緩緩吐出悠長、冷靜的一口氣，裝出因爲第一次參加正式宴會而感到訝異的少女表情。她走到一旁，將披肩交給一名侍從，沙賽德在她旁邊也開始放鬆。紋朝他快速投以微笑，然後流暢地跨入大廳。

她辦得到。當然還是緊張，但驚慌的瞬間已經過去。她不需要陰影或角落——她只需要藍寶石、化妝、藍色布料所組成的面具。

泛圖爾大廳華麗且壯觀。挑高四、五層樓，大廳呈長方形，前面窄，兩邊長。巨大的長方形彩繪玻璃窗沿著大廳的兩旁並列相嵌，外面奇特、強勁的燈光直接照射在彩繪玻璃上，在房間投入斑爛的色彩。巨碩、繁複的石柱嵌在牆上的玻璃之間，而在柱子落地之前，牆壁消失，凹陷進去，讓窗戶下方多了一條一層樓高的長廊，裡面放置著幾十張鋪著白色桌巾的桌子，隱藏在石柱跟矮簷的陰影下。紋可以看到走廊的遠方牆上有一個低低的陽台，上面則有少數幾張桌子。

「那是史特拉夫·泛圖爾大人的餐桌。」沙賽德低聲說道，示意遠端的陽台。

紋點點頭。「那外面的燈呢？」

「鎂光燈，主人。」沙賽德解釋。「我不確定是何種原理，但鎂石可以被加熱到相當強的亮度，卻不會融化。」

一組弦樂隊在左方的平台上演奏，為在舞池中間的舞者伴奏。在她的右方，供餐桌上放著一盤又一盤的食物，許多身著白色衣服的僕人熙熙攘攘往來，等著服務賓客。

沙賽德走到一名侍從的旁邊，給他看了紋的請帖，那人點點頭，在一名更年輕的僕人耳裡說了幾句。年輕人對紋鞠躬，領著他們進入大廳。

「我要求一張小小的單人桌。」沙賽德說道。「我想妳這次來先不用交際，只要被別人看到即可。」紋感激地點點頭。

「單人桌會顯示妳還是獨身。」沙賽德警告。「慢慢吃。妳一吃完，就會有人來邀妳跳舞。」

「你沒教我跳舞！」紋急促地低語道。

「之前沒時間，主人。」沙賽德說道。「不用擔心，妳可以禮貌且正當地拒絕這些人。他們會認為妳只是因為第一次來舞會所以有點慌亂而已，不會有事的。」

紋點點頭，侍從帶領他們來到走廊中央附近的一張小桌子。紋坐在椅子裡等沙賽德為她點餐，之後他站到她椅子的後方。

紋端莊地坐著。大多數的桌子位於長廊的屋簷下，靠近跳舞的位置，因此後面留下一條走廊般的通道，成群結隊或三兩共行的人們經過，低聲交談，偶爾有人指著紋或朝她的方向點頭。

至少凱西爾這部分的計畫成功。她開始被注意了。不過，當一名上聖祭司走過她身後的通道時，她得強迫自己不要害怕地畏縮或是藏在椅子上。幸好他不是她見過的那一位，但他身著同樣的灰袍子，眼睛周圍有相同的深色刺青。

其實宴會中有不少聖務官，他們在四處走動，跟賓客們互動，但卻帶有某種……疏離感，差異感。

他們站在人群之外，像是在監督。

警備隊看著司卡，紋心想。顯然聖務官之於貴族也有類似的關係。看在她眼裡，這副景象相當突兀——她一直以為貴族是自由的，當然，事實上他們也比司卡來得有自信得多。許多人似乎玩得相當愉快，聖務官的行為也不是真的像警察，甚至也不像間諜，可是他們就在那裡，四處徘徊，參與對話，隨時提醒著所有人統御主的存在，以及這是他的帝國。

紋將注意力從聖務官身上轉移——儘管他們的存在仍然讓她不安——改而注意其他東西：美麗的窗戶。從她坐的位置可以清楚看到前方跟上方玻璃所描繪的景象。

全都是宗教題材，也是貴族偏好的景象，也許是為了表示虔誠，也可能是規定必須如此。紋對這件事不夠瞭解，但這應該也是法蕾特不會太熟悉的事情，所以無妨。幸好她認得出幾幅主題，主要是因為沙賽德的教導，他對於統御主的神話傳說相當瞭解，不輸對其他宗教的熟悉，不過她對他會花時間研究他覺得如此壓抑人性的宗教這件事感到相當不解。

許多彩繪玻璃上的主題都是深闇，全都是深黑色，但在窗戶上呈現出來的是深紫色。沒有特定的形狀，充滿怨氣，宛如觸角的一團物體蔓延跨越幾扇窗戶。紋抬頭看著它，旁邊是色彩鮮豔的統御主，並發現自己被從後方打亮的影像迷住心神。

那到底是什麼？她心想。深闇？為什麼都把它畫成沒有形狀的樣子？為什麼不直接畫出它的樣貌？她以前從來沒多想深闇這件事，但沙賽德的課程讓她不由自主地開始猜想，她的直覺偷偷在說，這是一場騙局，統御主編出某個他在過去毀滅的可怕怪物，好「贏得」他身為帝王的地位。可是，抬頭望著那可怕、扭曲的東西，紋幾乎相信那是真的。

如果像那樣的東西真的存在怎麼辦？如果它存在，統御主又是如何打敗它的？

她嘆口氣，對自己的想法搖搖頭。她已經開始像個貴族仕女般思考，只是欣賞裝飾的美麗，猜想它們的意義，而沒多想爲了創造它們背後所需的財富。應該是因爲這裡的一切都如此的神奇華美吧。

大廳中的柱子不只是一般柱子，而是雕刻的傑作。天花板上垂掛著寬幅布幔，懸掛在窗戶上方高挑的圓拱天花板以鏤空刻花的樑柱交錯支撐，上方點綴著頂石。雖然頂石離她遠到看不清楚，但她就是知道每一顆必定是雕工繁複。

舞者們與精緻的場景相得益彰，甚至有過之而無不及。一對對身影優雅地移動著，似乎毫不費力地以舞步配合輕柔的音樂，許多人甚至一邊跳舞，一邊與舞伴聊天。淑女們穿著禮服，自在地走動著，紋注意到有許多件都讓她身上已經滿是花邊的禮服顯得相當樸素。

沙賽德說得沒錯：長頭髮果然才是風尚，不過盤起跟放下的造型大致上各佔一半。

在華麗的大廳下，衣著光鮮的貴族們看起來似乎很不同……高貴了起來。這些跟責打她的朋友、奴役司卡的是同樣一群人嗎？他們似乎太……完美，太有禮貌，做不出那種可怕的事。

*不知道他們有沒有注意到外面的世界，*她心想，在桌上交叉搭起手臂，看著眾人跳舞。*也許他們看不到堡壘跟舞會以外的事物——就如同他們看不穿我的洋裝跟化妝一樣。*

沙賽德點點她的肩膀，紋嘆口氣，改回比較淑女的姿勢。片刻後，餐點到來——許多奇特的味道相互激蕩，要不是過去幾個月都在吃類似的食物，大概會讓她完全無法招架。沙賽德的課程也許略過跳舞，但關於用餐儀節則是相當詳細的，紋對這點很感激。如凱西爾所說，她今天晚上的主要目的是出席，所以展現良好的儀態更是重要。

她秀氣地照她所受過的教導用餐，因此吃得緩慢又仔細。她並不想被邀去跳舞，很擔心如果眞有人對她說話，她會再次驚慌失措起來。不過，一餐飯吃得再緩慢，能拖延的時間也有限——尤其又是只有淑女的小份量食物。她很快便吃完，將叉子橫放在盤子上，示意已經用餐完畢。

兩分鐘之後，第一位邀舞的人便上前來。「法蕾特．雷弩貴女嗎？」年輕人略略彎腰問道。他在黑色長外套下穿著一件綠色背心。「我是瑞安．史特羅布大人。妳願意與我共舞嗎？」

「大人。」紋說道，端莊地垂下眼簾。「謝謝你的好意，但這是我第一次參加舞會，這裡的一切好華麗啊！我擔心我會因爲緊張而在舞池中絆倒。也許，下一次……？」

「當然好，小姐。」他禮貌地點點頭說道，然後告退。

「做得非常好，主人。」沙賽德輕聲說道。「妳的口音相當出色。下次舞會時妳必須與他共舞，那時候我們一定能將妳訓練妥當。」

紋輕輕臉紅了。「也許他不會再來。」

「或許吧。」沙賽德說道。「但不太可能，年輕貴族成員相當喜歡夜晚的娛樂。」

「他們每天晚上都參加？」

「幾乎。」沙賽德說道。「畢竟這些宴會是人們來陸沙德的主要原因。如果人在城裡，又有舞會——幾乎確定一定會有——他們通常就會去參加，尤其是年輕未婚的貴族。妳當然不需要這麼經常參加，但一個禮拜兩三次是應該的。」

「兩三次……」紋說道。「我需要更多禮服！」

沙賽德微笑。「啊，妳已經像貴族仕女一樣地思考了。好了，主人，如果妳能容我告退……」

「告退？」紋轉身問道。

「去加入侍從官的晚餐。」沙賽德說道。「我這種身分的僕人通常在主人用完餐後就可告退。我對於要離開妳有點疑慮，但那個房間會充滿自以爲重要的上族僕人，也會有凱西爾主人想要我去聽的對話。」

「你要留下我一個人？」

「目前爲止妳表現得很好，主人。」沙賽德說，「沒有犯大的錯誤——至少都是新入宮廷的淑女會犯的錯誤。」

「像是什麼？」紋擔憂地問道。

「我們晚一點再討論。妳只管坐在桌子邊慢慢喝妳的酒，不過盡量不要讓他們太常幫妳添滿，然後等我回來。如果有別的年輕男子靠近，就像對待第一個人那樣，巧妙地拒絕他們。」

紋遲疑地點點頭。

「我大概一個小時後會回來。」沙賽德承諾。不過他仍然沒走，似乎在等什麼。

「呃，你可以退下了。」紋說道。

「謝謝主人。」他說道，鞠躬退後。

留下她一個人。

*不是一個人，她心想。凱西爾在夜裡的某處看著我。*這個念頭讓她感到一絲安慰，但仍希望自己不要這麼清楚地意識到身邊的空位。

後來有三名男子上前來向她邀舞，但每個人都接受了她禮貌的回絕，之後再也沒有人來，想來消息已經傳開，她對跳舞沒有興趣。她記下前來邀她是哪四個人，凱西爾會想要知道他們的名字。然後，她開始等待。

奇怪的是，她發現自己越發感到無聊。室內通風良好，但層層的布料仍讓她感覺悶熱，雙腿尤其嚴重，因爲外面包裹的長達腳踝一層裡衣。長袖的絲質布料雖然細柔，卻無法讓她感到涼爽。眾人繼續跳舞，她饒富興味地看了一會兒，注意力很快就轉到聖務官身上。

有意思的是，他們在宴會上似乎是有某種功能的。他們經常站得離群聚交談的貴族有一段距離，但偶爾也會加入對話。而且每隔一段時間，就會有一群人停下交談，找個聖務官，以相當有敬意的手勢請對方過來。

紋皺眉頭想要看出她到底錯過些什麼。終於，隔壁桌子的一群人朝經過的聖務官揮揮手。

那個桌子的距離遠到聽不見他們的交談聲，但只要有錫……她探入體內的庫存金屬，準備燃燒，卻停頓了一下。先燒紅銅，她心想，啓動金屬的效果。她得習慣幾乎隨時都啓動紅銅，免得一不小心暴露自己的身分。

隱藏起鎔金術後，她燃燒錫。室內的燈光立刻亮得刺眼，令她不得不閉起眼睛，樂團的音樂聲也變得更響亮，附近的嗡嗡交談聲化成清晰可辨的聲音。她費力地想要集中在她想聽的對話，幸好那張桌子離她最近，終於讓她分辨出想聽的聲音。

「……發誓我會最先與他分享我訂婚的消息。」其中一人說道。紋微微睜開眼睛一條縫——是其中一名貴族。

「很好。」聖務官說道。「我見證與記錄這件事。」

貴族伸出手，傳出錢幣敲擊聲。紋熄滅了她的錫，睜開眼睛，剛好看到聖務官離開桌邊，將應該是錢幣的東西塞入袍子的口袋。

有意思，紋心想。

很可惜，那桌的人旋即站起分道揚鑣，讓紋再也沒有人可以偷聽。她又開始等得無聊了起來，看著聖務官漫步穿越大廳，走向其中一名同伴身旁。她的手指無意識地敲著桌面，不經心地看著那兩名聖務官，直到發現一件事。

她認得其中一人。不是先前拿錢的那一個，而是他的同伴，一名年紀較長的人。身材較矮，五官剛毅，有著尊貴的氣勢，就連另外一名聖務官似乎都對他相當尊敬。

一開始紋以爲他的面熟是來自於她先前跟凱蒙一起前往教廷時留下的印象，因此感到一陣驚慌，但她很快就發現，那並不是同一個人。她見過他，但不是在那裡。他是……

*我的父親，*她驚愕地發覺。

他們一年前來到陸沙德時，瑞恩指過他一次，那時他正在視察當地冶鐵廠的工人。瑞恩把紋帶去，偷渡她進屋，堅持她至少要見過她的父親一面——但她至今仍不瞭解爲什麼。不過，她還是記下了那張臉。她壓下順著椅背滑落的衝動。這個人不可能會認得她——他甚至不知道她的存在。所以，她強迫自己將注意力轉開，繼續抬頭看著窗戶。可是她看不太清楚，因爲石柱跟上方的廊簷擋住她的視線。

坐了片刻後，她發現之前沒看到的東西——一道深陷入牆壁的高挑陽台，跟對面的整面牆一樣長，跟窗戶下的長廊似乎是一組，只不過它是順著牆壁延伸，介於彩繪玻璃窗戶跟天花板之間。她可以看到上面有人，成對或獨自在上面行走，看著下面的宴會。她的直覺想帶著她前往陽台，在那裡她可以觀看宴會，卻不會被發現。從那裡也讓她能夠徹底地欣賞布幔和她餐桌正上方的窗戶，更可讓她研究石雕，又不至於看起來像是鄉巴佬進城。

沙賽德告訴她要待在這裡，但她坐得越久，越覺得自己的目光被吸引到隱藏的陽台上。她心癢難耐，想要站起身離開，伸伸腿，順便讓腿透透氣。而她父親的存在，無論他是否知曉自己，只是讓她更有動機要離開一樓。

*又不是有人會要來邀我跳舞，*她心想。*而且我也照凱西爾想要的去做，讓貴族們看看了。*

她停下腳步，揮手招來男侍。

他快步上前。「雷弩貴女，請吩咐？」

「我該怎麼上去？」紋指著陽台說道。

「樂隊旁邊有樓梯，貴女。」男孩說道。「可以一路爬到頂端。」

紋點頭致謝，然後下定決心站起，繞到大廳前方。經過的人頂多是對她匆匆一瞥，因此讓她走得更有信心，穿越前廊來到樓梯間。

石頭通道向上盤旋，圍成一根柱子，台階短又陡，兩旁只有她手掌寬的小幅彩繪玻璃窗戶鑲在面向外面的牆上，但因爲缺乏燈光打亮，所以一片黑漆。紋興奮地爬著台階，急著想耗掉過多的精力，她很快就因爲禮服的重量，再加上需要提起裙襬而氣喘吁吁。不過燃燒了一丁點兒的白鑞之後，她的路程輕鬆到沒有流汗而破壞妝容。

頂樓的景致證明爬這段樓梯是值得的。陽台很黑，牆上只有幾盞小小的藍色玻璃燈籠——彩繪玻璃因此更顯燦爛奪目。這裡很安靜，紋走到兩根柱子之間的鐵欄杆邊時，覺得幾乎像是只有她一個人。地面的石磚排成她先前沒有注意到的花紋，有點像是隨手畫出的灰色弧線映在白色背景上。是霧嗎？她隨便猜了一下，靠著欄杆。欄杆跟她身後的燈籠架一樣相當繁複精細，同樣是粗藤蔓的造型。她兩旁的石柱被刻成石頭動物，凍結在從陽台上躍下的瞬間。

「果然，去重新倒杯酒就會碰上問題。」

突來的聲音讓紋一驚，她連忙轉身。一名年輕男子站在她身後。他的衣裝不是她所見過最精細的，背心也沒有其他人那般鮮豔，外套跟襯衫穿在他身上都顯得有點鬆垮，頭髮也有些凌亂。他手中端著一杯酒，外套的口袋鼓出一本書的輪廓，那書大得實在塞不太進去。

「問題是……」年輕男子說道。「回來時就發現，最喜歡的地點被一個漂亮女孩偷走了。如果我是紳士，就該走到別的地方，讓漂亮女士繼續深思。但這裡眞的是陽台上最好的位置——它是唯一一個離燈籠近到能提供光亮閱讀的地點。」

紋的臉一紅。「對不起，大人。」

「唉，妳看，現在我覺得有罪惡感了。都是因爲一杯酒。好吧，這裡有足夠空間容納兩個人——妳過去一點就是了。」

紋站在原地沒動。她能有禮貌地拒絕嗎？他顯然不是希望她走遠——他知道她是誰嗎？她是否應該要試圖發現他的名字好告訴凱西爾？她略靠到旁邊，男子站到她身邊，靠向旁邊的石柱，令人驚訝的是，他眞的拿出書來繼續讀。他說得沒錯：燈籠光直接照在他的書頁上。紋站在原地片刻，看著他，但他似乎完全被書本內容吸引，甚至沒有停下來抬頭看她。

*他難道完全都不打算注意我嗎？*紋心想，不瞭解自己爲何感覺煩躁。*也許我應該穿件更華麗的禮服。*

「你每次都到舞會來看書嗎？」她問道。

年輕人抬起頭。「如果沒被抓到，是的。」

「那不就違背來這裡的目的嗎？」紋問道。「如果你只是要避免跟別人社交的話，爲什麼要參加？」

「妳也在這裡。」他指出這點。

紋臉紅。「我只是想看一下整個大廳。」

「哦？那剛才邀妳跳舞的三名男子爲何都被妳拒絕了？」

紋沒回答。男子微笑，轉回去繼續看書。

「有四個。」紋有點氣呼呼地說道。「而且我拒絕他們的邀約是因爲我不太會跳舞。」

男子微微放下書，打量著她。「妳知道嗎，妳沒外表看起來那麼膽小。」

「膽小？」紋說道。「有年輕淑女站在身邊卻一直盯著書看，甚至沒有好好自我介紹的人，可不是我。」

男子深思地挑起一邊眉毛。「妳講話的方式居然很像我父親。當然妳好看很多，但口氣一樣差。」

紋瞪著他。最後，他翻翻白眼。「好吧，我就當個紳士。」他以高貴、正式的姿勢向她鞠躬。「我是依藍德大人。法蕾特．雷弩貴女，請問我是否有這個榮幸在閱讀時跟妳分享這個陽台呢？」

紋交握雙臂。*依藍德？這是姓還是名？我應該要在乎嗎？他只是想把他的位置拿回去。可是……他怎麼知道我拒絕了舞伴？*不知爲何，她猜測凱西爾會想要聽她覆述這段對話。

奇特的是，她並不想要像擺脫其他人那樣擺脫他，反而因爲他又把書舉起來而再次感到氣惱。

「你還沒跟我說爲什麼你寧願讀書而不願參與舞會。」她說道。

男子嘆口氣，又放下書。「好吧，這是因爲，我也不太會跳舞。」

「原來如此。」紋說道。

「可是，」他舉起一隻手指。「這只是其中一部分。妳可能還沒發現這件事，但過度參加宴會是很容易發生的事情。一旦參加過五六百場舞會後，感覺起來就都大同小異了。」

紋聳聳肩。「如果你練習的話，可能會跳得比較好。」

依藍德挑起一邊眉毛。「妳沒打算要讓我繼續看書，對不對？」

「是的。」

他嘆口氣，將書塞回外套口袋——那個口袋已經被書撐出一個方形的凸起。

「好吧。那妳想去跳舞嗎？」

紋全身一僵。依藍德輕描淡寫地笑了。

天哪！他要不然就是手段高明得過分，再不然就是毫無社交能力。

令她更不安的是，她分不出來是哪一種。

「我猜是不行吧？」依藍德說道。「很好——我覺得我是該提一下，因爲我們已經確定我是一名紳士，但我懷疑下面的舞者會想要我們去踩他們的腳。」

「我同意。你在讀什麼？」

「迪黎斯坦尼。」依藍德說道。「《偉大的試煉》。聽過嗎？」

紋搖搖頭。

「唉，是啦，沒多少人聽過。」他靠向欄杆，望著下方。「妳第一次的宮廷體驗有什麼心得？」

「有點讓人……不知所措。」

依藍德輕笑。「不管妳對泛圖爾有何挑剔，他們的確很懂得如何辦宴會。」

紋點點頭。「所以你不喜歡泛圖爾？」她問道。也許他是凱西爾正在注意的敵對關係。

「是不特別喜歡。」依藍德說道。「就算以上族的標準來看，他們也是一群虛榮得不得了的傢伙，辦宴會不能光是辦，要辦就得辦最好的宴會，完全沒考慮到僕人被籌備工作累個半死，結果第二天早上還因爲大廳不夠光潔無瑕而把那些可憐的傢伙狠打一頓。」

紋歪過頭。這不是我預期會從貴族口中聽到的話。

依藍德沒繼續說下去，看起來有點尷尬。「可是，唉，不重要。我想妳的泰瑞司人在找妳了。」

紋嚇了一跳，瞥向陽台另一側，果然看到沙賽德高大的身影站在如今空空如也的餐桌旁，跟一名年輕男僕在說話。

紋無聲地慘叫。「我得走了。」她說道，轉身朝向樓梯走去。

「啊，好吧。」依藍德說。「那我繼續看書了。」他半揮手對她道別，但她還沒走下第一階台階，他已經又把書打開了。

紋氣喘吁吁地離開樓梯，沙賽德立刻找到她。「對不起。」她靠近時說道，感覺相當懊惱。

「不要對我道歉，主人。」沙賽德低聲說道。「這麼做既不合宜，也不必要。我覺得四處走走是個好主意，如果妳不是看起來這麼緊張，我也會如此提議。」

紋點點頭。「所以我們該走了？」

「如果妳希望的話，現在是退席的適當時間。」他說道，抬頭望著陽台。「我能請問妳在上面做什麼嗎，主人？」

「我想把雕花玻璃看得更清楚點。」紋說道。「可是最後卻跟一個人開始談話。他一開始似乎對我有興趣，但現在我覺得他根本沒有打算理會我。沒關係——他似乎沒有重要到要把名字給凱西爾。」

沙賽德停下腳步。「妳剛才跟誰說話？」

「陽台角落上的那個人。」紋說道。

「泛圖爾大人的朋友之一？」

紋全身一僵。「他們其中有人叫做依藍德嗎？」

沙賽德臉色明顯一白。「妳剛才跟依藍德・泛圖爾大人聊天？」

「呃……是的？」

「他邀妳跳舞了嗎？」

紋點點頭。「可是我覺得他不是認眞的。」

「唉。」沙賽德說道。「想保持默默無聞的低調狀態看來是不可能了。」

「泛圖爾？」紋皺眉問道。「泛圖爾堡壘的泛圖爾嗎？」

「他是泛圖爾家族的繼承人。」沙賽德說道。

「噢。」紋說道，覺得也許自己的反應似乎應該要比現在的心情更害怕些。「他有點煩人——但煩得不讓人討厭。」

「我們不應該在這裡討論這件事。」沙賽德說道。「妳跟他之間的身分實在太、太懸殊了。來吧，我們該回去了。我不應該去吃晚飯的……」

他沒再說下去，只是領著紋到達門口的一路上都在喃喃自語。她離開時瞄到大廳最後一眼，領走她的披肩，然後她燃燒錫，瞇著眼睛濾開光線，以目光搜尋上方的陽台。

他一手拿著闔起的書，而她敢發誓，他正朝她的方向低頭看著。她微笑，讓沙賽德領著她上馬車。

我知道我不應該因爲一個普通的挑伕而心神不寧，但他來自泰瑞司，預言誕生的地方。如果任何人能看出誰是騙子的話，不就是他了？

然而，我繼續旅程，前往手寫預言所說的，我會遇見命運的地方。一面走著，一面感覺拉刹克的眼睛盯著我的背。嫉妒、嗤笑、憎恨。

13

紋盤腿坐在雷弩大人家中一張舒適的單人沙發上，終於脫掉笨重的禮服，穿回比較熟悉的襯衫跟長褲，她感覺好多了。

可是沙賽德平靜的不愉快讓她坐立不安。他站在房間另外一端，紋很明顯地感覺得到，她惹麻煩了。沙賽德詳細地盤問過她，找出她跟依藍德大人對話的所有線索。他問話的方式當然相當尊重，但問題也很有力。

在紋的看法中，那個泰瑞司人把她和年輕貴族之間的對話看得太嚴重了。他們其實沒談到什麼重要的話題，依藍德本人就上族而言，看起來也沒什麼特別之處，可是，他是有哪裡怪怪的——這個感覺，紋沒有坦白告訴沙賽德。她覺得跟依藍德相處……很自在。回想起來，她發現在那短短的片刻中，她其實不是法蕾特貴女，也不是紋，因爲那部分的她——膽怯的集團成員——幾乎跟法蕾特一樣虛假。

不，當時的她只是……她。這是種奇特的經驗，她跟凱西爾與和其他人相處時，有時也會有同樣的感覺，但比較侷限。依藍德怎麼能這麼快且這麼徹底地就帶出她的本性？

*也許他用了鎔金術！*她驚愕地一想。依藍德是名上族，也許他是一名安撫者。也許這段對話沒有她想得那麼單純。

紋靠回椅背，皺著眉頭思考。她啓動了紅銅，意思是他不能對她用情緒鎔金術，所以他只是讓她卸下防衛心。紋回想整個過程，想起她這麼快就覺得跟他相處如此自在，反過來想想，很顯然她當時不夠小心。

我下次會更小心。她認為他們會再次見面。他要是敢不跟她見面……

一名僕人進入房間，對沙賽德悄悄說了幾句。紋快速燃燒了錫，讓她聽到對話——凱西爾終於回來了。

「請跟雷弩大人傳話。」沙賽德說道。白色衣服的僕人點點頭，快速離開房間。

「你們其他人可以退下了。」沙賽德平靜地說道，房間的侍從們連忙離開。沙賽德早先安靜的守候強迫他們也得一起在緊繃的房間裡面站著等，不能說話也不能移動。

凱西爾跟雷弩大人一起到來，兩人低聲交談，一如往常，雷弩穿著罕見的西式剪裁華麗套裝，已呈現灰白的鬍鬚修剪得稀薄且整齊，走路的姿態帶著自信。就算跟貴族相處了一整晚，紋還是會被他的貴族姿態所震撼。

凱西爾仍然穿著他的迷霧披風。「阿沙？」他進屋時說道。「你有消息？」

「恐怕如此，凱西爾主人。」沙賽德說道。「紋主人今天晚上在舞會裡似乎引起依藍德．泛圖爾大人的注意力了。」

「依藍德？」凱西爾問道，雙手抱胸。「他不是繼承人嗎？」

「的確是。」雷弩說道。「大約四年前他父親前來造訪西方時，我見過那男孩，我認為以他的身分地位而言，他的態度顯得太不莊重。」

四年？紋心想。他不可能偽裝雷弩大人這麼久。凱西爾三年前才從深坑逃出！她打量著假扮者，但

一如往常看不見任何破綻。

「那孩子有多殷勤？」凱西爾問道。

「他請她跳舞。」沙賽德說道。「可是紋主人很睿智地拒絕了。顯然兩個人的會面純屬意外，我擔心她已經引起他的注意。」

凱西爾輕笑。「你把她教得太好了，阿沙。紋，之後，也許妳應該試著不要那麼迷人。」

「爲什麼？」紋問道，試著想要掩飾她的煩躁。「我以爲我們希望我受眾人喜歡。」

「但不是被像依藍德．泛圖爾那麼有重要地位的人喜歡，孩子。」雷弩大人說道。「我們派妳去宮廷是讓妳促進結盟的發展，而不是引起醜聞。」

凱西爾點點頭。「泛圖爾年輕、單身，而且是強大家族的繼承人。妳跟他有關係可能會爲我們引來嚴重的麻煩。宮廷裡的女子會嫉妒妳，年紀大的人會不贊同兩人身分相差如此懸殊，妳會被許多宮廷成員排擠；而爲了得到我們需要的資訊，我們需要貴族們覺得妳沒有自信，不重要，而且最重要的是，不具威脅性。」

「況且，孩子……」雷弩大人繼續說道。「依藍德．泛圖爾不太可能是對妳認眞的，因爲大家都知道他是宮廷中的怪人，他可能只是在用出乎意料的方式加強他的怪名聲。」

紋感覺臉上一紅。他說得應該沒錯，她嚴正地告訴自己，卻仍然忍不住對這三個人感覺有點生氣——尤其是一派吊兒郎當、事不關己的凱西爾。

「沒錯。」凱西爾說道。「妳以後最好完全避開小泛圖爾，試試看讓他生氣之類的，就給他幾個妳最擅長的白眼。」

紋不友善地盯著凱西爾。

「對對，就像這樣！」凱西爾笑道。

紋氣得咬牙，後來強迫自己放鬆。「我今天晚上在舞會中看到我父親了。」她說道，希望能引開凱西爾與其他人對泛圖爾大人的注意力。

「真的？」凱西爾很有興趣地問道。

紋點點頭。「我哥哥指給我看過一次，所以我記得。」

「這是怎麼一回事？」

「紋的爸爸是一名聖務官。」凱西爾說道。「而且，如果他能參與這種舞會的話，顯然還是一名高階的聖務官。妳知道他的名字嗎？」

紋搖搖頭。

「形容一下？」凱西爾問道。

「呃……光頭，眼睛周圍有刺青……」

凱西爾輕笑。「下次指給我看，好嗎？」

紋點點頭，凱西爾轉向沙賽德。「你有幫我記下是哪些貴族來邀請紋跳舞嗎？」

沙賽德點點頭。「她給了我一個名單，主人。我跟侍從官們吃飯時也得到一些有意思的消息。」

「很好。」凱西爾說道，瞥向角落的老爺鐘。「你得明天再跟我說了，我現在得出門。」

「出門？」紋突然打起精神。「可是你才剛進門！」

「到達某處的確就是這麼奇怪的一件事，紋。」他眨著眼說道。「一旦到了之後，除了再次離開之外，沒什麼別的事好做。去睡覺吧，妳看起來有點累壞了。」

凱西爾向眾人揮手告別，然後彎身出了房間，愉快地吹著口哨。

太散漫，紋心想，也太祕密。他通常會告訴我們今天晚上他打算對哪個家族下手。

「我想我要去歇息了。」紋打著呵欠說道。

沙賽德多疑地打量她，但還是讓她離開，因爲雷弩開始低聲對他說起話。紋三步併做兩步跑回自己的房間，套上迷霧披風，推開通往陽台的大門。

白霧湧入房間。她驟燒鐵，立刻看到一條消失的藍線，指向遠方。

我們來看看凱西爾先生要去哪裡。

紋燃燒鋼，將自己推入又濕又冷的秋夜，錫增強她的視力，也讓她呼吸時感覺潮濕的空氣搔癢地滑下她的喉嚨。她更用力地推向身後，然後輕輕拉引下方的鐵柵門，這個動作讓她以漂亮的弧線飛越過鐵柵門，越過的同時，她再度反推鐵柵門，讓自己躍入更遠的空中。

她一面盯著指向凱西爾的藍線，一面注意保持距離，以免被他發現。她身上沒有任何金屬，連錢幣也沒有，同時她繼續燃燒紅銅好隱藏使用鎔金術的徵兆。理論上來說，凱西爾只能靠聽覺發現她的存在，因此她試圖盡量無聲地行動。

令她意外的是，凱西爾沒進城。他出了大宅後立刻往北走出了城，紋跟在他身後落下地面，靜靜地跑在粗糙的地面上。

他要去哪裡？她不解地心想。他在繞著費理斯跑嗎？朝外圍的宅邸去？

凱西爾繼續往北邊跑了一小段時間，然後他的金屬線突然開始變得黯淡。紋緩下步伐，在一排矮樹旁停下。藍線消失得非常快速——凱西爾突然加速了。她自言自語地咒罵兩句，急速奔跑。

凱西爾的線條消失在她眼前的黑夜，紋嘆口氣，緩下腳步，驟燒了鐵，卻勉強只能看到他又消失在遠處。她絕對跟不上的。

可是她驟燒的鐵卻讓她看到不一樣的東西。她皺著眉頭繼續前進，直到抵達一處固定的金屬來源——兩支小銅棒被插入地面，離彼此有一兩呎寬的距離。她拔起一支在手中拋了拋，然後望向北方翻滾的白霧。

他在跳躍，她心想。可是為什麼？跳躍是比走路快，但在空無一物的野地裡，似乎沒什麼意義。除非……

她往前走，很快就看到地上嵌著另外兩塊銅塊。紋回頭看了看，在黑夜裡很難判斷，但這四條金屬似乎是形成一條直線，直指陸沙德。

*原來他是這麼辦到的，她心想。*凱西爾具有令人匪夷所思的能力，讓他能以驚人的速度在陸沙德跟費理斯之間移動。她一直以為他是騎馬，但顯然他有更好的方法。他，或者是別人，在兩個城市之間鋪下了一條鎔金術道路。

她抓住手中第一支金屬棒——如果她猜錯了，得靠它來讓自己減緩落地速度，接著踏上第二對金屬塊前方，讓自己衝入空中至高之處，一面驟燒鐵，尋找其他金屬來源。地面上立刻顯現有兩塊正朝北方，還有兩塊分據她的左右邊。

*旁邊的兩塊是用來做路徑修正的，*她發現。如果她想要留在銅塊高速公路的話，得不斷北行。她將自己略推向北方，好待在兩塊金屬的正中央，再次讓自己用力前跳，在空中劃出一個大大的圓弧。

她很快就上手，從一點跳到另一點，甚至沒有靠近地面。幾分鐘之內，她對跳躍韻律的掌握成功到甚至不需要用兩旁的金屬塊位置調整。

她穿過乾涸地面的速度簡直快到令人目不暇給。白霧飛散，迷霧披風在她身後被風吹得獵獵作響。可是，她仍然繼續強迫自己要加快速度，因為剛才光研究銅塊就花了太多時間，她得快快趕上凱西爾，以免到了陸沙德後卻不知道該往哪裡去。

她開始以幾乎不顧安危的速度讓自己在銅塊之間穿梭，焦急地尋找其他鎔金術的跡象。在跳躍十分鐘後，一條藍線終於出現在她眼前，而且是指著上方，而非朝下指著金屬塊。她鬆了一口氣。然後，出現了第二條、第三條。

紋皺眉，讓自己落地，僅發出一點沉悶聲響。她驟燒錫，看到一個巨大的陰影出現在眼前的黑夜中，頂端閃爍著光球。城牆。她訝異地想著。*這麼快？我比騎馬來還快了一倍！*

不過，這也意謂著她把凱西爾跟丟了。她皺著眉頭，運用手中的金屬塊讓自己躍上牆頭，一落在潮濕的石頭上，立刻將身後地面上的金屬塊拉入手中，然後走向城垛的另一邊，跳上牆頭蹲在石頭護欄上，眼睛搜尋著。

*怎麼辦？*她煩躁地想。*回去費理斯？去歪腳的店看看他在不在？*

她不確定地坐在原處片刻，然後跳下牆頭，開始在穿梭在一間間屋頂上，漫無目的地亂走，隨意使用窗戶鎖跟其他零散的金屬，需要長跳躍時就用手中的金屬塊，用完以後再拉回來。直到她抵達時，她才知道自己不由自主地一直朝一個目的地走。

泛圖爾堡壘聳立在她面前，鎂石光已經被熄滅，只有守衛處附近有幾支黯淡的火把。

紋蹲在屋簷邊，想要瞭解爲什麼會回到這巨大的堡壘來。沁涼的風吹動了她的頭髮跟披風，她感覺到似乎有幾滴細小的雨點打在她的臉頰，她坐了很久，腳趾越發冰冷。

然後，她注意到右邊有動靜。她立刻蹲下，驟燒錫。

凱西爾就在離她不到三間屋子外的屋頂上，身影勉強可見。他似乎沒注意到她，而是在看著堡壘，距離遠到紋讀不清他的表情。

紋懷疑地看著他。他之前沒把她跟依藍德的接觸當一回事，但也許他只是沒有顯露出來他有多擔心。突來的恐懼讓她全身一僵。他是來殺依藍德的嗎？謀殺上族的繼承人的確會在貴族間造成緊張關係。紋不安地等著。可是凱西爾最後還是站起身離開，從屋頂躍入空中。

紋拋下她的銅塊以免暴露行蹤，然後立時尾隨他衝去。她的鐵顯示有藍色線條在遠方移動，因此她急急跳過街道，用下方的水溝蓋推起自己，下定決心這次絕不可以再追丟他。

他正朝城市中心移動。紋皺眉，試圖想猜測他的目的地。艾瑞凱勒堡壘是在那個方向，而且又是武器主要供應商。也許凱西爾打算做什麼事來阻撓它的貨源，讓雷弩變成對當地貴族而言更重要的人。

紋落在屋頂上沒動，看著凱西爾消失在黑夜裡。他又開始跑得很快了。我——

一隻手落在她的肩膀上。紋大叫一聲，往後一跳，驟燒白鑞。

凱西爾挑起一邊眉毛，看著她。「妳應該在床上睡覺的，小姐。」

紋瞥向旁邊的金屬線。「可是——」

「我的錢袋。」凱西爾微笑地說道。「好的小偷在偷學巧妙伎倆上跟偷盒金一樣容易。自從妳上禮拜開始跟蹤我以後，我變得小心很多——一開始我以為妳是泛圖爾的迷霧之子。」

「他們有嗎？」

「我很確定有。」凱西爾說道。「大多數上族都有，但妳的朋友依藍德不是其中之一，他甚至不是迷霧人。」

「你怎麼知道？有可能他是把能力隱藏起來。」

凱西爾搖搖頭。「他兩年前差點死在一場劫掠裡，如果要展現力量，就該是那時候。」

紋點點頭，依然看著下方，不敢直視凱西爾的雙眼。他嘆口氣，坐在傾斜的屋頂上，一腳懸掛在空中。「坐吧。」

紋坐在他對面，頭上沁涼的白霧繼續翻騰，還開始下起小雨來，但跟一般夜晚的濕露沒什麼差別。

「我不能讓妳一直這樣尾隨我，紋。」凱西爾說道。「妳還記得我們關於信任的對話嗎？」

「如果你信任我，你就會告訴我你要去哪裡。」

「不一定。」凱西爾說道。「也許我只是不想要妳跟其他人擔心而已。」

「你做的所有事情都很危險。」紋說道。「如果你跟我們說細節，我們為何會更擔心？」

「有些任務比其他還要危險。」凱西爾輕輕地說道。

紋停頓下來，瞥向凱西爾原本在前進的方向。他在朝市中心去。朝克雷迪克·霄的方向去。統御主的皇宮！

「你要去跟統御主決鬥！」紋說道。「你上禮拜說你要去拜訪他。」

「『拜訪』一詞也許用得太強烈。」凱西爾說道。「我是要去皇宮，但我誠心誠意希望不要碰到統御主本人。我還沒準備好要怎麼對付他。無論如何，妳要直接去歪腳的店。」

紋點點頭。

凱西爾皺眉。「妳會繼續跟蹤我，對不對？」

紋想了想，又點點頭。

「為什麼？」

「因為我想要幫你忙。」紋低聲說。「到目前為止，我在整件事中的貢獻就只不過是一場宴會而已。但我是迷霧之子，是你訓練出來的，我不會在其他人都在做很危險的任務時袖手旁觀、吃飯和看別人跳舞。」

「妳在宴會中做的事情也很重要。」凱西爾說道。

紋點點頭，看著地面。她會讓他離開，然後再跟蹤他。一部分原因是她先前所說：她開始對這個團體有參與感，這是她從來沒有感覺到過的。她想要參與行動，她想要幫忙。

不過，另外一部分的她則偷偷對自己說，凱西爾沒有事事都告訴她。不論他信不信任她，他都有祕密。第十一金屬，還包括統御主，都跟這些祕密有關。

凱西爾注意到她的眼神，一定是看出她跟蹤他的打算，因此嘆口氣向後一靠。「我是認真的，紋！妳不能跟我來。」

「爲什麼不行？」她問道，索性懶得假裝。「如果你在做的事情這麼危險，你身邊帶著另一名迷霧人不是更好？」

「妳還不會用所有的金屬。」

「因爲你沒教我。」

「妳還需要練習。」

「從做中學是最好的方式。」紋說道。「我哥哥就是靠帶我去偷東西教會我小偷的技巧。」

凱西爾搖搖頭。「太危險了。」

「凱西爾。」她以嚴肅的口吻說道。「我們在策劃要推翻最後帝國。我本來也就沒有活到年底的打算。你一直跟其他人說，在團隊中有兩名迷霧之子有多大的好處，但除非你真的讓我當迷霧之子，否則其實沒有多大用處。你要等多久？等到我『準備好』？我不覺得會有這麼一天來臨。」

凱西爾瞅著她好一陣子，終於微笑。「當我們第一次見面時，我有半數以上的時間都無法讓妳開口說半句話，而現在妳已經開始長篇大論在教訓我了。」

紋臉上一紅。最後，凱西爾嘆口氣，手伸入披風，拿出某樣東西。「我真不敢相信我居然在考慮做這件事。」他自言自語道，同時給她一丁點兒金屬。

紋觀察著那團小小的銀球金屬，光滑明亮到幾乎像是一滴液體，摸起來卻是硬的。

「天金。」凱西爾說道。「所有已知鎔金術金屬中，第十種也是最強大的一種。那一粒珠子比我先前給妳的整袋盒金還要貴重。」

「這麼一點？」她訝異地問道。

凱西爾點點頭。「天金只來自於一個地方——海司辛深坑，所以統御主控制它的產量。上族每個月可以購買一定數量的天金，這也是統御主控制他們的方式。把它吞下吧。」

紋瞅著這一丁點兒大的金屬，不知道該不該浪費這麼寶貴的東西。

「這賣不掉的。」凱西爾說道。「盜賊集團試過，但最後他們被找到、處決。統御主對他的天金來源相當保護。」

紋點點頭，吞下金屬，立刻感覺到新的力量湧現體中，等待被燃燒。

「好了。」凱西爾說道，站起來。「我一開始走路就燒它。」

紋點點頭。他一往前走，她就伸向新生的力量泉源，燃燒天金。

她眼中的凱西爾似乎突然變得模糊，然後一片如鬼影般的半透明影像呈現在他身前的白霧上。那個影像看起來就像凱西爾，走在他前面幾步路上。一個非常模糊的殘影則從影像的背後延伸到真人凱西爾身上。

看起來好像是……倒反的陰影。複製凱西爾做了凱西爾做的所有事，但它是先動。它轉身，然後真人凱西爾才轉身走向同一條道路。

影像的嘴巴開始動，一秒鐘後，凱西爾說話了。「天金讓妳稍微看到未來，或者該說，它讓妳看到別人在未來做什麼事情。同時間，它會增強妳的腦力，讓妳能夠處理新的資訊，因此可以更快速、有效地反應。」

影子停下腳步，然後凱西爾走到它的位置，同樣停下腳步。突然，影子伸出手甩了她一巴掌，紋反射性地舉手格擋，正好半路攔下凱西爾揮過來的眞手。

「當妳正在燃燒天金時……」他開口說道。「……妳不會碰上任何意料外的突發狀況。妳可以揮動匕首，絕對自信敵人會直直朝它衝去。妳能輕鬆地閃躲攻擊，因爲妳可以清楚看出每一擊會落在哪裡。天金可以讓妳近乎所向無敵，增強妳的腦力，讓妳能運用所有的新資訊。」

突然，幾十個影像從凱西爾的身體投射出來，每一個都衝向不同的方向，有些是走過屋頂，其他躍入空中，紋放開他的手，迷惘不解地站起身退後。

「我剛剛也燃燒了天金。」凱西爾說道。「我可以看到妳要做什麼，因此改變我要做什麼——所以也改變妳要做什麼。影像反映出我們或許會採取的所有可能行動。」

「很混亂。」紋說道，看著一團混亂的影像，舊的不斷消失，新的不斷出現。

凱西爾點點頭。「唯一能打敗燃燒天金的人的方法，就是妳也要燃燒天金，這樣你們誰都佔不到上風。」

影像消失。

「你做了什麼？」紋吃了一驚問道。

「什麼都沒做。」凱西爾說道。「妳的天金大概用完了。」

紋意外地發現他說得沒錯——天金沒了。「它燒得好快！」

凱西爾點點頭，再次坐下。「這可能是妳最快花掉的一筆大錢，是吧？」

紋驚愕地點點頭。「感覺好浪費。」

凱西爾聳聳肩。「天金會寶貴的唯一原因是因爲鎔金術。所以，如果我們不燒它，它就不會像現在這樣價値連城。當然，如果我們燒它，就會讓它更稀有。這是很有趣的雙重關係——有空時妳可以去問問哈姆。他很愛談天金經濟學。

「無論如何，妳碰上的任何迷霧之子大概都會有天金，但他們不會很願意使用，而且他們不會預先吞下。天金很脆弱，妳的消化液在幾個小時之內就會用光它，所以在節儉跟有效之間的平衡點相當微妙。如果妳的敵人看起來是在用天金，那妳最好也要用妳的，不過，要先確定他沒騙妳比他先用完妳的存量。」

紋點點頭。「意思是你今天晚上會帶我去嗎？」

「我大概會後悔吧。」凱西爾嘆口氣說道。「可是我不知道該怎麼樣讓妳留下，也許只能把妳綁起來。可是，我要警告妳，紋。這可能很危險。非常危險。我不打算跟統御主見面，但我的確打算要潛入他的堡壘。我認爲我知道我們該去哪裡找到打敗他的線索。」

紋微笑。凱西爾揮手要她上前一步時，她立即踏上。凱西爾探入袋囊，掏出一個玻璃瓶，遞給她。它外表看起來像是普通的鎔金瓶，不過裡面的液體只有一滴金屬。這顆天金珠比他給她拿來練習的珠子要大幾倍。

「除非必要，否則別輕易使用。」凱西爾警告。「妳需要別的金屬嗎？」

紋點點頭。「我來的路上把大多數鋼都燒掉了。」

凱西爾遞給她另一個玻璃瓶。「首先，我們先去拿回我的錢袋。」

有時候我不禁想，我是否發瘋了。

也許是來自於知道我必須承擔全世界重擔的壓力。也許是來自於我見過的死亡，我失去的朋友。我被迫要殺死的朋友。

無論如何，有時候我會看到有影子跟著我。那是我不瞭解，也不想瞭解的黑暗怪物。也許它們是我用腦過度後的想像？

14

他們找到錢幣不久後就開始下起雨來，雨不大，但似乎略略驅散了白霧。紋的身體輕顫，蹲在凱西爾身邊的屋頂上。他沒有太去理會天氣，所以她也有樣學樣。有點濕沒什麼大不了，可能甚至有點幫助，雨聲會掩蔽他們靠近的腳步聲。

克雷迪克．霄就在他們面前。尖長的圓柱樓跟陡峭的高塔向爪子般伸向黑夜，粗細各有不同，有些寬到可以容納樓梯間跟大房間，但其他只不過是刺向天空的細鐵柱。不同的粗細讓成堆的尖錐呈現某種扭曲、歪斜的對稱感，顯現近乎平衡的外表。

尖刺跟高塔在潮濕多霧的夜裡有著令人避退三舍的陰影，像是從曝曬許久的屍體間露出，被灰燼染黑的骨骸。看著它們，紋覺得她感受到一股……憂鬱，好像光是靠近建築物就足以吸走她的希望。

「我們的目標是在最右方尖塔下的一條通道地下室。」凱西爾說道，聲音不比悄然落雨聲大多少。「我們要朝建築物正中心的房子去。」

「裡面有什麼？」

「不知道。」凱西爾說道。「所以我們才要去探探。每三天，統御主就會去那個房間一次，不過不是今天。他會去三小時，然後離開。我以前曾經嘗試要溜進去過。三年前。」

「那場行動。」紋低語。「就是讓你……」

「讓我被逮捕的那次。」凱西爾點頭說道。「是的。那時候，我們以為統御主在那個房間收藏金銀珠寶。我不認為那是真的，但我還是很好奇，因為他的造訪如此規律，如此……奇怪。有東西在那房間裡，紋。有很重要的東西。也許那東西就是他的力量來源跟長生不老的祕密。」

「我們為什麼要擔心這點？」紋問道。「你有第十一金屬可以打敗他，不是嗎？」

凱西爾微微皺眉。紋等著他給她一個答案，但他從來不給。「我上次去的時候失敗了，紋。」他只是這麼回答。「我們去得很近，但去得太容易。到的時候，審判者在房間外等著我們。」

「有人告訴他們你們要去嗎？」

凱西爾點點頭。「那個行動我們策劃了好幾個月。我們過度自信，但我們有自信的理由。梅兒跟我是最優秀的一組人，那場行動應該完美無瑕地被執行。」凱西爾停頓了一下，轉身面向紋。「今天晚上，我完全沒有計畫。我們只是要進去，讓任何試圖阻擋我們的人安靜下來，然後潛入那個房間。」

紋靜靜地坐著，感覺到手上冰冷的雨水跟潮濕的手臂。然後，她點點頭。

凱西爾微微笑了。「沒有反對意見？」

紋搖搖頭。「是我強迫你帶我去的。現在輪不到我反對。」

凱西爾輕笑。「我大概跟微風混太久了。一定要有人說我瘋了，否則我全身不對勁。」

紋聳聳肩。可是，她在屋頂上行動時，她又感覺到了——克雷迪克．霄傳出的沮喪感。「有東西在裡面，凱西爾。」她說道。「那個皇宮感覺……似乎不太對。」

「那是統御主。」凱西爾說道。「他像是極強的安撫者一樣，會投射情緒，壓抑所有太靠近他的人。把妳的紅銅啓動，可以讓妳免受影響。」

紋點點頭，燃燒紅銅，感覺立刻消失。

「好了？」凱西爾問道。

她再次點點頭。

「那好吧。」他說道，給了她一把錢幣。「別跟我走散，隨時準備好天金——以防萬一。」說完，他就從屋頂上跳下，紋跟在身後，披風的穗子濺起了水花。她墜落的時候燃燒白鑞，因此是以經過鎔金術增強後的雙腿著地。凱西爾衝了出去，她也跟在身後，她在潮濕石板地面上的速度眞的是近乎不要命地快，但她經由白鑞增強的肌肉則以精準、力量和平衡感回應。她在潮濕、多霧的夜晚奔跑，燃燒錫跟紅銅。一個讓她能看見，一個讓她能被隱藏。

凱西爾繞過皇宮。奇特的是，皇宮周圍沒有外牆。當然沒有。誰敢攻擊統御主？

千塔之山周圍只有空曠的平地，鋪滿了石板磚。沒有樹、沒有草，也沒有建築物能讓人將目光從克雷迪克．霄詭異且不對稱的側翼、高塔和鐵尖移開。

「出發了。」凱西爾低語，聲音傳到她經由錫增強後的耳朵。他轉過身，直接衝向皇宮低矮如倉庫般的一區。他們靠近時，紋看到兩名守衛站在一道裝飾繁複，長得像鐵柵般的門邊。凱西爾立刻撲上兩人，一人隨即倒在揮劃的刀子下，另一人嘗試呼叫，但凱西爾跳起來，雙腳飛踏上那人的胸口。非普通人類力量所能比擬的飛踢讓守衛撞上牆壁，軟倒在地。凱西爾立時站起，以全身重量撞向門，將它推開。

微弱的燈籠光線從屋內的石造走廊散出。凱西爾鑽入門中，紋壓下了錫，半蹲半跑地跟隨在後，心臟如雷鼓動。她當小偷這麼久，從來沒做過這種事，她向來是偷偷摸摸竊取或詐騙，而不是成群劫掠或殺人搶劫。她跟著凱西爾沿著走廊前進，披風跟雙腳在光滑的石板地上留下一條潮濕的路徑。她緊張地抽出一把玻璃匕首，以滿是汗水的手掌抓緊了包裹皮革的握柄。

一名男子踏入前方的大廳，似乎是從某個守衛室中走出來。凱西爾向前一跳，以手肘拐入守衛肚子，然後推著他去撞上牆壁，守衛才剛倒下，凱西爾已經鑽入房間。

紋尾隨在後，踏入一片混亂。凱西爾從角落將一個金屬燭台拉引入手，開始抓著它旋轉，打倒一名又一名的士兵。守衛們一片混亂地大呼小叫，連爬帶滾地逃跑，想到房間兩側抓起木棍，一張放滿殘餘餐點的桌子被拋到一旁，好讓他們能有更多挪移的空間。

一名士兵轉向紋，她想都沒想，立刻燃燒鋼，拋出一把錢幣，用力一推，錢幣立刻前衝，刺破守衛的皮肉，讓他倒下。

她燒起鐵，將錢幣拉回手中，握著滿是鮮血的拳頭，在房間裡灑出一把錢幣，又打倒三名士兵。凱西爾以臨時抄起的木杖打倒了最後一名。

我剛殺了四個人，紋震驚地心想。*之前，殺人的都是瑞恩。*

她身後傳來窸窸窣窣的聲音，紋快速轉身，看到另一隊士兵從她對面的門中出來。她身側的凱西爾拋下燭台，向前一步，房間的四盞燈籠突然從牆上的架子被扯下，直直朝他飛去。他鑽向一邊，讓燈籠相互撞擊。房間陷入黑暗。紋燃燒錫，眼睛適應從外面走廊傳來的光線，但守衛們卻停駐在原地。

凱西爾瞬間鑽入他們之間，匕首在黑暗中閃動，人們發出尖叫，然後一切陷入沉默。紋的周圍都是死亡，滿是鮮血的錢幣握在她驚愕的手指中，血漿滴滴墜下。不過她仍牢牢握住她的匕首，就算只是為了讓她顫抖的雙臂穩住也好。

凱西爾按上她的肩頭，她全身一顫。

「這些是邪惡的人，紋。」他說道。「每個司卡在心中都知道，拿起武器保衛最後帝國是罪大惡極的事情。」

紋麻木地點點頭。她覺得……不對勁。也許是因爲四周的死亡，但她進入建築物後，她敢發誓，她仍然能感覺到統御主的力量，似乎有東西在推她的情緒，讓她即使燒了紅銅，卻仍然感覺沮喪。

「來吧，時間不多。」凱西爾又衝了出去，靈巧地跳過屍體，紋感覺自己跟在他身後。是我強迫他帶我來的，她心想。我想要像他一樣戰鬥，所以我得習慣。

他們衝入第二條走廊，凱西爾躍入空中，往前一撲，飛身竄向前方。紋也一樣照做，跳入空中後尋找走廊遠方的錨點，利用錨點讓自己飛去。

兩旁的走廊呼嘯而過，空氣在她經由錫增強的耳朵裡聽起來像是怒吼，前方有兩名士兵踏入走廊，凱西爾雙腳直伸，踢上一人，然後翻身躍起，順勢將匕首埋入另一人的脖子裡。兩人倒地。

沒有金屬，紋落到地面後心想。這個地方的守衛都沒有配戴金屬。他們被稱爲殺霧者。專門訓練來對付鎔金術師的人。

凱西爾鑽入側面的走廊，紋得用跑的才跟得上。她驟燒白鑞，要求雙腿動得更快。前方的凱西爾停下腳步，紋猛然在他身邊煞車。右邊是一道開闊的弧形大門，裡面的燈光遠比小走廊的燈籠還要明亮。

紋熄滅了她的錫，跟著凱西爾穿過門口，進入房間。

六座火爐在巨大的圓頂房間各角落燃燒著。相較於簡單的走廊，這個房間布滿了鑲銀的彩繪。每一片彩繪顯然都是代表著統御主，就像是她先前看到的彩繪玻璃，但更爲寫實。她看到一座山，一個很大的山洞，一池光，還有非常黑的東西。

凱西爾踏步前進，紋轉過身。房間中央是一個小小的建築物——建築物中的建築物。單層樓的建築莊嚴地佇立在他們面前，有著繁複的石雕跟流暢的花紋。整體而言，這個安靜、空曠的房間讓紋出奇地湧起肅穆感。凱西爾走上前，光裸的腳落在光滑的黑色大理石上。紋緊張地以半彎腰姿勢跟隨他，房間雖然看起來空曠，卻一定有其他守衛。凱西爾走上內部建築物的一面橡木大門，表面上刻著紋不認得的文字。他伸出手，拉開門。

一名鋼鐵審判者站在裡面。那怪物微笑，嘴角揚起，配上兩支巨大的鋼錐尖刺入眼睛，組合成詭異的畫面。

凱西爾只愣了半晌，立刻大喊「紋，快跑！」，同時間，審判者的手也探出，抓住了他的喉嚨。紋全身僵住。她看到另外兩名穿著黑袍的審判者從大開的拱門下走出。高、瘦、光頭，還有鋼刺跟繁複的教廷眼部刺青。

最靠近的審判者抓著凱西爾的脖子，將他舉起。「凱西爾……海司辛倖存者。」怪物以沙啞的聲音說道。然後，他轉向紋。「還有……妳。我一直在找妳。如果妳告訴我是哪個貴族生了妳的，半種人，我會讓這個人死得快些。」

凱西爾咳嗽，掙扎地要呼吸，一面扳著怪物的手指。審判者轉過頭，以被鋼錐刺穿的眼睛看著他。凱西爾再次咳嗽，彷彿要說些什麼，於是審判者好奇地將凱西爾拉近了些。

凱西爾的手立時揮出，將匕首刺入怪物的脖子。審判者一跌，凱西爾立刻將拳頭搥向怪物的手臂，讓審判者的骨頭頓時折裂。審判者將他拋下，凱西爾也落到光滑的大理石地板上，不斷咳嗽著。

他一面掙扎地喘息，一面以專注的目光抬頭看著紋。「我說**快跑！**」他沙啞地說道，朝她拋去某個東西。紋定了定神，準備要接下錢袋，但它在空中突然一抖，向前飛衝。她發現突然，凱西爾不是要把錢袋丟給她，而是丟向她。

袋子擊上她的胸口，讓她被凱西爾的鎔金術一路推到房間的另一端，經過兩名驚訝的審判者，直到她終於笨拙地落地，腳步在大理石上一滑。

紋抬起頭，有點暈眩。遠方的凱西爾站起身，但主要那名審判者似乎不是太在意脖子中的匕首。另外兩名擋在她跟凱西爾中間，一人轉身面向她，紋被那可怕、不自然的注視看了一眼，全身發寒。

「快跑！」他的話迴盪在圓頂大廳中，這一次，她終於聽懂了。

紋連忙爬起──恐懼震懾她，對她尖叫，強迫要她移動，她衝向最近的拱門，不確定這是不是她進來的那一個。她抓著凱西爾的錢袋，燃燒鐵，瘋狂地尋求走廊中的錨點。

得逃走！

她抓住她看到的第一個金屬，用力一扯，將自己拖離地面，以毫無控制的速度飛穿過走廊，恐懼燃燒她的鐵。

接著，她腳下一踉蹌，一切天旋地轉。她以不自然的角度落地，頭撞上粗糙的石頭，然後暈眩地躺在地上，不知道發生了什麼事。

錢袋……有人拉扯了它，利用它的金屬將她向後扯。

紋一翻身，看到一個黑色的身影衝入走廊。審判者的袍子隨著他落地的身影飛舞，大踏步向前，臉上毫無表情。

紋驟燒錫跟白鑞，精神一振，推開痛楚。她抽出幾枚錢幣，將它們推向審判者。他舉起手，兩枚錢幣因此凍結在空氣中。紋的推突然讓她後倒，令她又翻又滑地翻轉過石板地。停下來時，她聽到錢幣撞擊地板的地方，搖搖頭，十幾處新生的瘀青強烈地在身體各處疼痛著。審判者跨過被拋下的錢幣，以流暢的步伐走向她。

我得逃走！就連凱西爾都害怕面對審判者。如果他都打不過，那她還有什麼機會？根本沒有。她拋下錢袋跳起，然後用力快跑，穿過第一道看到的門口。後面的房間空無一人，但一個金色的祭壇被放置在房間中央，四個角落的燭台，還有一堆其他禮器塞滿了祭壇，整個房間變得狹隘不堪。

紋轉身，將燭台拉入手中，想起凱西爾先前的伎倆。審判者踏入房間，幾乎是好笑地舉起一隻手，輕鬆地以鎔金術拉引法將燭台從她手中抽出。

*他好強壯！*紋驚恐地心想。他可能是靠著拉引後方的燈籠架來保持穩定，但他鐵拉的力量遠比凱西爾要強很多。

紋一跳，將自己稍拉過祭壇。在門口，審判者伸手拿來一個放置於矮柱上的碗，抓出一把東西，像是小小的三角金屬片，每一面都很銳利，在怪物的手上劃出十幾道不同的傷痕。他忽略傷口，對她舉起一隻鮮血淋漓的手。紋驚叫，鑽到祭壇下，金屬片飛刺入後牆。

「妳被困住了。」審判者以粗啞的聲音說道。「跟我來吧。」

紋瞥向一旁。房間裡沒別的門。她談頭，瞥向審判者，一片金屬飛向她的臉。她想推開它，但審判者太強，因此她只能彎腰閃過金屬，免得反而被他的力量推撞上牆壁。

我需要找到能擋住的東西。某個不是金屬做的東西。

她聽到審判者踏入房間的同時，也找到她需要的東西——一本皮革包裹的大書正躺在祭壇邊。她抓起書，然後停頓下來。如果死了，有錢也沒用，所以她抽出凱西爾的瓶子，一口吞下天金，開始燃燒。

審判者的影子繞過祭壇邊，然後眞的審判者一秒鐘後才出現。天金影子張開手，一把細小、透明的匕首飛向她。

紋在眞正的匕首過來時舉起書，將書揮過影子，剛好擋下飛來的眞匕首，逮住每一片影子，銳利、鋸齒般的邊緣深深刺入書本的皮革。審判者一頓，她得到的獎賞是他扭曲的臉上出現困惑的表情。然後，上百個影子從他的身體飛散出來。

*統御主啊！*紋心想。*他也有天金。*

她沒停下來細想那是什麼意思，跳到祭壇邊，帶著書做爲保護，抵擋即將可能有的飛擊物。審判者轉身，鋼刺眼睛尾隨著她鑽回拱門的身影。

一團士兵正等著她，但每一名都有自己的一個未來陰影。紋鑽入它們之間，幾乎沒去看武器會落在哪裡，不知如何居然躲過了十二人的不同攻擊。有一瞬間，她居然忘記了痛楚跟恐懼——那被不可思議的力量感所取代。她輕而易舉地閃躲，木棍在她上方跟身側揮舞，每一根都以些吋之差與她擦身而過。她所向無敵。

她從他們之間衝出，甚至懶得去殺害或傷害他們，因爲她只想逃跑。她經過最後一人時，轉了一個彎。

而第二名身上散發無數影子的審判者踏上一步，將某種銳利物品刺進她的身側。

紋因痛楚而輕喘，怪物將武器抽出她身體時，傳來一陣噁心的聲音。那是一根木頭，上面有銳利的黑曜石刀鋒。紋抓緊身側，感覺熱血以令人害怕的量正汩汩流出。

審判者看起來很面熟。是第一個，從另外那個房間追來的，她在痛楚中想到。這……這代表凱西爾死了嗎？

「妳的父親是誰？」審判者問道。

紋一直按住身側，試圖要止血。傷口很大，很嚴重。她看過這種傷口。向來都會致命。

可是，她還站在原處。白鑞，她混亂的意識想到。驟燒白鑞。

於是她這麼做以後，金屬給了她的身體力量，讓她能繼續戰慄。士兵退後一步，讓第二名審判者從側面走向她。紋驚懼地來回看著兩名朝她步步進逼的審判者，血從她的指縫間不斷湧出，順著身側流下。領先的審判者仍然拿著長得像斧頭的武器，邊緣沾滿鮮血。她的血。

我要死了，她恐懼地心想。

然後，她聽見了。雨聲。相當細微的聲音，但她經過錫增強的耳力判斷出它是從身後傳來。因此，她轉身，跌跌撞撞地穿過一扇門，看到房間另一側有一道大拱門。白霧堆積在房間地面，雨滴拍打著外面的石牆。

守衛一定是從這裡來的，她心想。

她繼續燃燒白鑞，很驚訝她的身體居然還能運作得這麼好。半跌半撞地走入雨中後，她反射性將皮革書抱在胸前。

「妳想逃？」領頭的審判者從身後問道，聲音帶著戲謔。

紋麻木地探向天空，朝皇宮的許多尖塔之一拉引。飛起時，她聽到審判者咒罵，然後整個人被拋入夜空。千塔佇立在她周圍，她一個接著一個地不斷拉引。雨下得很大，讓整個夜晚漆黑一片，沒有白霧來反射自然光線，星星也被上方的雲朵隱匿。紋看不見自己要去哪裡，她得用鎔金術去感覺尖塔的金屬頂端，同時希望中間沒有別的東西擋住。

她撞上一根尖塔，在夜晚中握住它，暫時停住。得先包紮傷口……她虛弱地想。她已經全身開始麻痺，雖然燃燒著白鑞跟錫，卻仍止不住神智開始模糊。

有東西撞上她上方的鐵尖，她聽到一聲低低的咆哮。紋感覺到審判者切劃她身旁空氣的同時，也已經推開尖塔。

她只有一個機會。在半空中，她將自己側拉向不同的尖塔，同時推出手中的書——封面仍然有金屬卡住。書繼續朝她原本要去的方向飛進，金屬線在黑夜中隱隱發光。這是她身上唯一的金屬。

紋輕巧地握住下一根尖刺，盡量不發出聲音。她在夜晚中努力聽著，燃燒錫，直到雨聲在她耳裡有如雷聲隆隆。她明顯聽到有東西撞上她推出方向的那根尖刺。

審判者被她騙過了。紋鬆一口氣，掛在尖塔上，雨滴打在身體。她先確定紅銅繼續燃燒，然後輕輕拉著尖塔好確定自己的位置，扯下一塊上衣來包紮傷口。雖然她的腦子已經麻木，卻仍然注意到傷口有多大。

天哪，她心想。要不是有白鑞，她早就已經昏倒許久了。她應該已經死了。

黑夜中有聲響傳來。紋感覺到一陣寒意，抬起頭。周遭一片漆黑。

不可能。他不能——

有東西撞上她的尖錐，紋喊叫出聲，立刻跳開，將自己拉向另一根尖錐，虛弱地握著它，立即又推開。審判者跟在她身後，重重的降落聲顯示他正跟著她，一根接著一根在跳。他找到我了。他看不到我、聽不到我、感覺不到我，但他找到我了。

紋撞上一根尖錐，單手握住它，虛軟地掛在黑夜裡。她的體力快用盡了。

我……得逃……躲起來……

她的手已經麻木，意識也相差不遠，手指從光滑、冰冷的金屬尖刺落下，感覺自己在夜空中自由墜落。

隨著雨滴墜落。

可是，她沒摔多遠就撞上某個堅硬的東西——皇宮中特別高處的一處屋頂。一片暈眩中，她跪起身，爬離尖塔，尋求一個角落。

躲起來……躲起來……躲起來……

她虛弱地爬到另一座塔形成的凹陷處，縮躲在陰暗的角落，躺在深深一池滿是灰燼的雨水裡，雙手環抱自己，身體因爲雨跟血而濕滑。

有那麼一瞬間，她以爲自己逃過一劫。

一個黑暗的身影落到屋頂，雨停止落在她身上，她的錫讓她看見有一個頭顱，裡面刺著兩根尖刺，身體隱藏在黑色袍子裡。

她衰弱得無法移動，衰弱到只能在水窪裡顫抖，衣服貼在皮膚上。審判者轉向她。

「妳眞是一個又小又令人困擾的東西。」他說道。他上前一步，但紋幾乎聽不清他的話。又開始變黑了……不，那只是她的意識。她的視線開始變暗，眼睛閉上。她的傷口已經不疼了。她甚至……不能……思考……

某個聲音，像樹枝斷裂。

一雙手臂抓住她。溫暖的手臂，不是死亡的手臂。她強迫眼睛睜開。

「凱西爾？」她低聲問道。

可是回望她，滿是擔憂的並非凱西爾的臉龐，不一樣，是更平和的臉。她安心地嘆了一口氣，意識飄離，感覺強壯的手臂抱緊她，讓她在可怕的暴雨夜中，出奇地感到安心。

我不知道爲什麼關要背叛我。直至今日，這件事的陰影仍盤據我的心中。發現我的人是他，稱呼我爲世紀英雄的泰瑞司哲人也是他。而最諷刺且不眞實的是，在他奮鬥許久說服同儕們之後，他是唯一一個公開反對我統治的重要泰瑞司聖人。

15

「你把她一起帶去了？」多克森質問，衝入房間。「你帶著紋去克雷迪克．霄？你他媽的發瘋了嗎？」

「對！」凱西爾怒聲喝道。「你一直說得對！我是個瘋子，是個傻子，也許我應該死在深坑，永遠不再回來煩你們任何人！」

多克森停在門口，被凱西爾話語中的怒氣震懾。凱西爾煩躁地搥打桌面，木頭因爲他的力道而龜裂。他仍然在燃燒白鑞，運用金屬來幫他抗拒幾處傷口的侵襲。他的迷霧披風已經完全破爛，身上有五六處小割傷，整個右半身嚴重刺痛。他確定明天一定會有很大的瘀青，如果肋骨沒折斷算是他運氣好。凱西爾驟燒白鑞。體內的火焰讓他感覺很好——他將所有怒氣跟自我厭惡都投射在那火焰上。其中一名學徒手腳俐落地包紮著凱西爾最大的傷口。歪腳跟哈姆坐在廚房的一側，微風去了郊區，還沒回來。

「我的統御主啊，凱西爾。」多克森低聲說道。

連多克森也是，凱西爾心想。就連我跟我交往最久的老朋友也會呼喊統御主的名字。我們在做什麼？我們怎麼可能打敗這一切？

「有三個審判者在等我們，阿多。」凱西爾說道。

多克森臉色一白。「結果你把她丟在那兒？」

「她比我先逃走。我試圖盡量引開審判者的注意，可是……」

「可是？」

「有一名審判者尾隨她而去。我擋不了他，也許另外兩名審判者只是想讓我忙不過來，好讓同伴能去找她。」

「三個審判者。」多克森從其中一名學徒手中接下一小杯白蘭地，一口喝下。

「我們進去時一定發出太多聲音了。」凱西爾說道。「若非如此，他們就是已經在那裡。而且我們還是不知道那房間裡放著什麼東西！」

廚房陷入沉默。屋外的雨又開始下了起來，怒氣沖天地攻擊房屋。

「那麼……」哈姆開口。「紋怎麼了？」

凱西爾瞥向多克森，看到他眼中的悲觀。凱西爾自己也是千鈞一髮地逃了出來，而且他還有多年的訓練。如果紋還在克雷迪克·霄……

凱西爾感覺胸口一陣劇痛。你也讓她死了。先是梅兒，接著是紋。在這一切結束前，你還要送多少人走上死路？

「她可能是躲在城中的某處，」凱西爾說道。「不敢來店裡，因爲審判者在找她。或是……也許她因爲某種原因回費理斯去了。」

也許她在外面某處，獨自一個人在雨中等死。

「哈姆。」凱西爾說道。「你跟我一起回皇宮。阿多，帶著雷司提波恩去找其他盜賊集團，也許他們有探子看到什麼線索。歪腳，派學徒去雷弩的宅邸，看看她是否回去了。」

嚴肅的一群人開始行動，但凱西爾不需要指出眾人皆知的事情。他跟哈姆不可能在沒碰上警備巡邏隊的情況下靠近克雷迪克·霄。就算紋躲在城市某處，審判者可能也會先找到她。他們會——

凱西爾全身一僵，他的表情讓所有人都停下手邊的事情。他聽到些什麼。

倉皇的腳步聲響起，雷司提波恩衝下樓梯進入房間，高瘦的身體被雨打得濕透。

「有人來了！在夜裡外叫！」

「紋？」哈姆期盼地問道。

雷司提波恩搖搖頭。「壯男。袍子。」

完了。我害死了所有人——我把審判者帶來找他們。

哈姆站起身，抓起一根木杖。多克森抽出一對匕首，歪腳的六名學徒走到房間後方，眼睛因恐懼而睜大。

凱西爾驟燒金屬。

廚房後門重重地被撞開，一名身著濕袍子的高大黝黑身影站在雨裡，手中抱著一具包裹在布裡的身體。

「沙賽德！」凱西爾說道。

「她傷得很重。」沙賽德說道，快速踏入屋子，昂貴的袍子不斷滴著雨水。「哈姆德主人，我需要白鑞，我想她的已經用完了。」

哈姆衝上前，沙賽德將紋放置在廚房的桌上，她的皮膚蒼白又冰冷，細瘦的身體全身濕透。她好嬌小，凱西爾心想。只不過是個孩子。我怎麼會帶她跟我一起去？

她身側有一道巨大血腥的傷口，沙賽德還放了一樣東西在旁邊——是他墊在紋身下，一同抱進來的東西——然後接下哈姆德拿來的小瓶子，彎下腰，將液體倒入昏迷女孩的喉嚨裡。房間陷入沉默，風雨擊打的聲音從仍然洞開的大門傳來。

紋的臉稍微有了點血色，呼吸似乎也穩住。凱西爾透過青銅鎔金術可以感應到她開始全身鼓動，有如多了第二道心跳。

「啊，太好了。」沙賽德說道，解開紋臨時包紮的繃帶。「我擔心她的身體對鎔金術不熟，以致於無法在無意識的狀態下燃燒金屬。我想，她有生還希望的。克萊登主人，我需要一盆滾水，一些繃帶，還有我房間裡的醫藥袋。請快！」

歪腳點點頭，揮手要學徒照他說的去做。凱西爾看著沙賽德處理，臉上憂懼的表情未曾減輕。那個傷口很嚴重，比他自己受過的任何傷都要重，深深刺入了她的腹腔，是那種緩慢卻絕對致命的傷口。

可是，紋不是普通人。白鑞可以讓一名鎔金術師撐到普通人的身體早就已經放棄許久的時候。況且，沙賽德也不是普通的醫者。守護者好得詭異的記憶力中，寄存的不只是宗教儀式。他們的金屬意識儲存了大量關於文化、哲學和醫學方面的知識。

手術剛開始，歪腳就將他的學徒們從房間裡趕了出去。整個過程花費的時間久到令人擔心。哈姆一直按壓著傷口，好讓沙賽德緩緩將紋的內臟縫起。最後，沙賽德終於縫起外傷部分，包上乾淨的繃帶，然後請哈姆小心地將女孩抱上床去。

凱西爾站起身，看著哈姆抱著紋衰弱、毫無生氣的身體出了房間。然後，他詢問地轉向沙賽德。多克森坐在角落，是房間中唯一留著的其他人。沙賽德嚴肅地搖搖頭。「我不知道，凱西爾主人。她可能可以活下來。我們會需要不斷提供她白鑞，它會協助她的身體製造新血。即便如此，我看過許多強壯的男人因爲比這小很多的傷而死去。」

凱西爾點點頭。

「我想我到得太晚了。」沙賽德說道。「當我發現她從雷弩的宅邸消失時，我就盡快趕來陸沙德，用光了整個金屬意識。但還是太晚了……」

「不，我的朋友。」凱西爾說道。「你今天晚上做得很好，比我好太多了。」

沙賽德嘆口氣，然後伸出手，摸了摸他在手術開始前放在一旁的大書。書冊因雨水跟血而濕滑。凱西爾皺著眉頭，看著它。「那到底是什麼東西？」

「我不知道。」沙賽德說道。「我在找那孩子時，在皇宮裡找到的。它是以克雷尼語寫成。」克雷尼，是克雷尼恩的語言，也是統御主在昇華前的古老家鄉。凱西爾略略打起精神。「你能翻譯嗎？」

「也許吧。」沙賽德說道，突然聽起來很累。「但是……我想得過好一陣子。經過今晚，我需要休息。」

凱西爾點頭，要其中一名學徒幫沙賽德準備一間房間。泰瑞司人感激地點點頭，然後疲累地走上台階。

「他今天晚上不只救了紋的命。」多克森說道，從後方靜靜走來。「你今天晚上所做的事情，就算以你的標準而言也實在很笨。」

「我必須知道，阿多。」他說道。「我必須回去。如果天金眞的在那裡呢？」

「你說不是。」

「我是這麼說。」凱西爾點頭說道。「而且我蠻確定的。可是，如果我錯了呢？」

「這不是藉口。」多克森憤怒地說。「現在紋快死了，統御主也知道了我們的行動。你爲了進到那房間害死梅兒還不夠嗎？」

凱西爾沒答話，但他累到無法感受任何怒氣。他嘆口氣坐下。「不只如此，阿多。」

多克森皺眉。

「我在別人面前對於統御主的事向來避而不談，」凱西爾說道。「可是……我很擔心。我們的計畫很好，但我卻有一種可怕、盤據不去的感覺：只要他活著一天，我們就永遠不會成功。我們可以奪走他的錢，我們可以奪走他的軍隊，我們可以把他騙出城外……但我還是擔心我們阻止不了他。」

多克森皺眉。「你對於第十一金屬這事情是認眞的？」

凱西爾點點頭。「我花了兩年找殺他的方法。許多人嘗試了各式各樣的方法——普通的傷口對他無害，砍掉他的頭只是讓他有點生氣。在早年的戰爭中，一群士兵將他的旅居地整個燒成白地，統御主走出來時，不比一具骷髏好多少，但他在幾秒內就癒合了。

「只有第十一金屬的故事才提供了我希望，但我無法讓它運作！所以我得回去皇宮。統御主在那房間中藏了某種東西——我可以感覺得出來。我忍不住一直去想，如果我們知道那是什麼東西，我們就可以阻止他。」

「你不需要帶著紋一起去。」

「她跟蹤我。」凱西爾說道。「我擔心如果留下她在外面，她會試圖自己溜進去。那女孩很衝動，阿多——她隱藏得很好，但她決定要做什麼的時候，簡直是固執到不行。」

多克森嘆口氣，靜靜地點頭。「而我們還是不知道那房間裡有什麼。」

凱西爾打量沙賽德放在桌上的書。雨水在書皮上留下痕跡，但書的裝訂方法顯然是打算要長久使用，外面包裹得相當仔細，避免雨水滲入，外皮也是千錘百鍊後的堅固皮革。

「沒錯。」凱西爾終於說道。「我們是不知道。」可是我們有那個，不論它是什麼。

「值得嗎，阿凱？」多克森問道。「這個瘋狂的把戲真的值得把你跟那孩子差點害死？」

「我不知道。」凱西爾誠實地說道。他轉向多克森，迎向朋友的眼睛。「當我們知道紋會不會活下來之後，再問我一遍。」

PART III

流血太陽之子

Children of a bleeding Sun

許多人以爲，我的旅程是從克雷尼恩，那個偉大的神奇城市開始。他們都忘了當我的征途開始時，我不是國王。

當時跟現在眞是天差地別。

我想人們應該要記得，這個任務不是由皇帝、祭司、預言家或將軍所開始。它不是從克雷尼恩或柯玳所開始，也不是來自東方的偉大王國或是西方的炙熱帝國。

它是從一個渺小，無足輕重，名字對你而言也毫無意義的城鎮開始。它是從一名鐵匠之子，除了惹麻煩的能力之外，一無所長的年輕人開始。

它是從我開始。

16

紋醒來時，身上的痛楚告訴她，瑞恩又打她了。她做了什麼？她對其他集團成員太友善嗎？她是不是說了什麼蠢話，引來首領的不悅？她應該要安安靜靜地，隨時安安靜靜地，躲別人遠遠地，不要引起別人對自己的注意。否則，他會打她。他說，她必須學會。她必須學會……

可是，她的痛楚似乎太過強烈。她已經很久沒有這麼痛過了。

她輕輕咳嗽，睜開眼睛，她正躺在一張舒服的床上，一名高瘦的青少年坐在她床邊的椅子上。

雷司提波恩，她心想。*那是他的名字。我在歪腳的店裡。*

雷司提波恩立刻跳起來。「妳醒了！」

她試著想開口講話，但又開始咳嗽，男孩連忙倒了杯水給她喝。紋感激地慢慢啜著，因身側傳來的痛楚而皺眉。其實，她全身都痛到像是被人狠狠打過一遍。

「雷司提波恩。」她終於沙啞地說道。

「沒事是現在。」他說道。「凱西爾是打我名，換成鬼影。」

「鬼影？」紋問道。「很適合，我睡了多久？」

「兩個禮拜。」男孩說道。「等著。」他連忙走開，她可以聽到他在遠處大喊。兩個禮拜？她啜著杯子，試圖理清她混亂的記憶。紅色的午後陽光從窗戶射入，點亮房間。她將杯子放到一旁，檢查自己身體的側面，找到一大團白色繃帶。

審判者就是刺到我那裡，她心想。我應該死了。

她的身側因爲墜落時撞上屋頂，所以整片瘀青又變色，除此之外還有十幾處不同的割傷、瘀青和破皮。整體而言，她感覺糟糕透了。

「紋！」多克森說道，踏入房間。「妳醒了！」

「勉強醒著。」紋呻吟地說道，又躺回枕頭上。多克森輕笑，走到她身邊，坐在雷司提波恩的椅子上。「妳記得多少？」

「我想大部分吧。」她說道。「我們打入皇宮，裡面有審判者。他們追著我們出來，而凱西爾跟——」她停下，看著多克森。「凱西爾？他還——」

「阿凱沒事。」微風說道。「他回來的樣子比妳好多了。他蠻熟悉皇宮的，因爲我們三年前所規劃的地圖，然後他……」

紋皺眉看著多克森的語調漸漸消失。「怎麼了？」

「他說審判者似乎不是很堅持要殺他。他們派了一個去追他，然後派了兩個來追妳。」

爲什麼？紋心想。他們只是想要將力氣集中在最弱的敵人身上嗎？還是有別的原因？她深思地靠回枕頭，釐清當晚發生的事情。

「沙賽德。」紋終於說道。「他救了我。審判者差點要殺掉我，但他……多克森，他到底是什麼人？」

「沙賽德？」多克森問道。「那個問題或許該讓他回答。」

「他在嗎？」

多克森搖搖頭。「他得回費理斯。微風跟阿凱都在外面招募，哈姆上禮拜離開去檢視軍隊。他至少要過一個月才會回來。」

紋點點頭，覺得有點想睡。

「把水喝掉。」多克森建議。「裡面放了止痛的東西。」

紋將其餘的水喝掉，然後翻過身，再次讓睡夢帶走她。

她醒來時，凱西爾回來了。他坐在她床邊的椅子上，雙手交握，手肘撐著膝蓋，在昏暗的燈籠光線下看著她。她睜開眼時，他微笑。「歡迎回來。」

她立刻伸手拿床頭上的水杯。「工作進行得如何？」

他聳聳肩。「軍隊開始擴大，雷弩開始購買武器跟補給品。妳對於教廷的建議很好，我們找到了賽隆的聯絡人，幾乎已談妥一筆金額，讓我們能將人安插入教廷的學徒之間。」

「沼澤呢？」紋問道。「他會親自出馬嗎？」

凱西爾點點頭，「他向來對教廷有某種程度的……執著。如果有司卡能成功扮演聖務官，那一定是沼澤。」

紋點點頭，啜著她的飲料。凱西爾有點不一樣了。差異不大——只是他的氣質跟態度微微改變。她生病時，外界發生了變化。

「紋。」凱西爾遲疑地說道。「我該向妳道歉。我差點把妳害死。」

紋輕哼。「不是你的錯。是我強迫你帶我去的。」

「妳不應該能強迫我。」凱西爾說。「我原本要妳回去的決定才是正確的。請接受我的道歉。」

紋靜靜地點頭。「那你需要我做什麼？行動應該要繼續，對不對？」

凱西爾微笑。「的確如此。當妳覺得可以了之後，我希望妳能搬回費理斯。我們編了一套說詞，說法蕾特貴女生病了，但傳言已經開始滿天飛。妳越早能親自接待訪客越好。」

「我明天就可以。」紋說道。

凱西爾輕笑。「我很懷疑，但妳很快就可以。在那之前，妳多休息吧。」他站起身，準備要離開。

「凱西爾？」紋問道，讓他停下腳步。他轉過身，看著她。

紋很努力想要表達她想說的話。「皇宮……審判者……我們不是所向無敵的，對不對？」說完立刻臉紅，她這種說法聽起來很愚蠢。

凱西爾只是微笑，他似乎瞭解她的意思。「是的，紋。」他輕輕地說道。「我們還差得遠呢。」

紋看著風景從她馬車的窗戶外掠過。雷弩大宅派來的車應該是帶法蕾特貴女去陸沙德一遊，實際上則是在歪腳的街道上暫時停下，這才接了紋走。現在她的百葉窗終於可以被打開，再次將她展現在世人面前——若有人想看的話。馬車回到費理斯。凱西爾說得沒錯：她在歪腳的店裡多休息了三天，才覺得自己有足夠的體力旅行。一部分讓她多等一下的原因是，光想到要帶著全身的瘀青跟腰部的傷口擠入貴族仕女的禮服，她就覺得可怕。

不過，能下床感覺還是很好。在床上復原總有哪裡……不對勁。一般盜賊是不可能得到這麼長一段休息時間的。盜賊要不是得快速回去工作，不然就會被棄置等死。那些不能帶錢回來買食物的人沒有資格在密屋中佔有空間。

可是，那不是人們生活的唯一方式，紋心想。她對這一點仍然覺得不太自在。凱西爾跟其他人根本不在乎她耗盡了他們的資源——他們沒有趁她衰弱時利用她的弱點，反而一直在照顧她，每個人都在她床邊花了點時間陪她。看護她的人中，最努力的要算是年輕的雷司提波恩。紋甚至不覺得她很瞭解他，但凱西爾說那男孩在她昏迷時，花了無數個小時守在她床邊。

該要怎麼樣去看待有首領會為自己的手下感到心痛的世界？在地下組織中，每個人都必須為自己所遭遇的事情負全責——較為軟弱的集團成員必須被棄置等死，以免阻礙集團其他成員賺取勉強可供餬口的金錢。如果有人被教廷抓到了，自然就是放他自生自滅，同時希望他們不要吐露太多祕密。你不會擔心自己是否會因為讓他們陷入險境而有罪惡感。

他們是笨蛋，瑞恩的聲音悄悄說道。*這整個計畫會以災難收場——妳也會因為自己的錯誤而死，因為妳沒有在能走的時候離開。*

瑞恩在他能走時離開了。也許他知道審判者早晚會因為她自己當時尚且不知的力量而抓到她。他向來知道何時該離開——他沒有跟凱蒙其他手下一樣被屠殺不是意外，她心想。

可是，她無視於瑞恩在她腦海中的催促，而是讓馬車帶著她前往費理斯。不是因爲她對於自己在凱西爾的集團成員中的地位覺得很牢靠，其實其他團員反而讓她更戒愼恐懼。萬一他們不需要她了怎麼辦？萬一她變成對他們而言沒有用的人了怎麼辦？

她必須向他們證明，她可以辦到他們需要她做的事情。還有更多場合要參與，有社交圈要打入。她有好多工作要做，不能再浪費時間在睡覺上。

除此之外，她需要繼續進行鎔金術課程練習。才不過短短幾個月的時間，她就已經變得依賴她的力量，渴望穿越白霧，靠推拉飛越天際的自由。克雷迪克·霄教導她，她不是所向無敵的——但凱西爾幾乎毫髮無傷的逃脫也向她證明，她有可能達到比現在更好上許多的境界。紋需要練習，需要增強自己的力量，直到有一天，她也能像凱西爾那樣從審判者手中逃走。

馬車繞過轉彎，進入費理斯。熟悉、寧靜的郊區讓紋不由自主微笑。她靠向大開的馬車窗戶，感覺微風吹拂。如果運氣好，上街的人會傳出有人看到法蕾特貴女乘坐馬車穿過城市的消息。幾個轉彎後，她抵達雷弩大宅。一名男僕打開門，紋很驚訝地看到雷弩大人親自等在馬車外，準備協助她下車。

「大人？」她說道，將手交到他手中。「你應該有更重要的事情要處理吧。」

「胡說。」他說道。「既然是大人，就該有時間寵溺他心愛的姪女。妳的旅程如何？」

他從來都不會忘記自己的角色嗎？他沒有問在陸沙德的其他人好不好，或是表示出他知道她受傷的事情。

「相當令人提振精神，叔叔。」她說道，兩人一同走上通往宅邸大門的台階。紋感謝胃中有白鑞在輕輕燃燒，好讓她仍然軟弱的雙腿能有額外的力氣。凱西爾警告過她不能用太多白鑞，以免過度依賴白鑞的力量，但直到她復原前，她覺得自己別無選擇。

「太好了。」雷弩說道。「一旦妳覺得舒服點，也許我們就可以在花園陽台上共進午餐。雖然冬天即將來臨，最近的氣候仍然頗爲暖和。」

「我想那樣會很愉快。」紋說道。在以前，她覺得冒牌貨的貴族態度相當讓她害怕，但當她也套上法蕾特貴女的個性時，她就能感受到先前那種沉靜。小偷紋對雷弩這樣的男人而言是無足輕重的，但社交名媛法蕾特則是另外一回事。

「很好。」雷弩說道，停在門口。「不過，我們得改天再餐敘。現在妳應該想休息一下了吧？」

「事實上，大人，我想拜訪沙賽德。我有一些事情必須跟侍從官談談。」

「啊。」雷弩說道。「妳可以在圖書室找到他，他正在進行一項我指派的工作。」

「謝謝。」紋說道。

雷弩點點頭離開，決鬥杖敲在白色的大理石地板上。紋皺眉，試圖想判定他的腦子是否還完全正常？眞能有人如此完整地模仿別人嗎？

妳就是這樣，紋提醒自己。當妳成爲法蕾特貴女時，妳呈現的是完全不一樣的面貌。

她轉身，驟燒白鑞幫助她爬上北邊的台階。走到階梯頂時，她停止驟燒，回到普通的慢燃。正如凱西爾所說，驟燒金屬太久是很危險的，鎔金術師很容易因此讓他們的身體養成上癮的習慣。

她深呼吸幾口氣——就算有白鑞的協助，爬台階仍然很困難——然後走向通往圖書室的走廊。沙賽德坐在小房間另一端的書桌前，旁邊有個小煤爐，他正在寫些什麼東西，身上穿著標準的侍從官衣服，鼻子還架著一副細框眼鏡。

紋停在門口，端詳救了她一命的男子。*他爲什麼戴眼鏡？我看過他不需要眼鏡就可以讀書。*他似乎完全沉浸於自己的工作，不時研究書桌上的厚重書冊，然後回頭在筆記本上做紀錄。

「你是鎔金術師。」紋靜靜說道。

沙賽德停下動作，放下筆轉身。「爲何這麼說，紋主人？」

「你到達陸沙德的速度太快了。」

「雷弩大人在他的馬廄裡養了很多匹送信息的快馬。我可能是用了其中一匹。」

「你在皇宮找到我。」紋說道。

「凱西爾主人把他的計畫跟我說過，而且我正確地判斷妳尾隨他而去，找到妳是我運氣好，但妳也差點回天乏術。」

紋皺眉。「你殺了審判者。」

「殺？」沙賽德問道。「不，主人。要殺死那怪物需要的力量遠超於我所能擁有。我只是讓他……分心而已。」

紋繼續站在門口，試圖想瞭解爲什麼沙賽德講話這麼隱晦。「那你到底是不是鎔金術師？」

他微笑，從書桌後方拉出一張矮凳。「請坐。」

紋依照他的要求走入房間，在椅子上坐下，背靠著一張巨大的書架。

「如果我告訴妳，我不是鎔金術師，妳會怎麼想？」沙賽德問道。

「我會覺得你在說謊。」紋說道。

「我以前對妳說過謊嗎？」

「最擅長說謊的人就是最常說實話的人。」

沙賽德微笑，從眼鏡後看著她。「我想妳是對的。但妳有什麼證據說我是鎔金術師？」

「你做到沒有鎔金術就不可能辦到的事。」

「哦?妳才當了兩個月的迷霧之子,就已經知道世界上所有可能的事情了?」紋頓了頓。直到最近,她甚至對鎔金術的瞭解都很有限,也許這世上的事真是超出她的預期範圍許多。

永遠都有另一個祕密,凱西爾說的。

「好。」她緩緩開口。「那麼,『守護者』到底是什麼?」

沙賽德微笑。「這個是聰明許多的問題了,主人。守護者是……倉庫。我們記得事情,好讓以後能再度被利用。」

「像是宗教。」紋說道。

沙賽德點點頭。「宗教事實是我的專項。」

「但你也記得其他的事情吧?」

沙賽德點點頭。

「這個嘛……」沙賽德說道,闔起他剛才在研讀的書籍。「像是語言。」

紋立刻認出滿是符文的書封。「這是我在皇宮裡找到的書!你從哪裡拿到的?」

「我在找妳時碰巧看到。」泰瑞司人說道。「它是以很古老的語言寫成,已經將近有一千年沒有人在用這種語言交談了。」

「但是你會?」紋問道。

沙賽德點點頭。「我想夠用來翻譯這本書吧。」

「那麼……你知道幾種語言?」

「一百七十二種。」沙賽德說道。「大多數語言,例如克雷尼語,都沒有人在說了。統御主於第五世紀的統一運動確立了這點。現今人們用的語言其實是泰瑞司語的一種方言，而泰瑞司語是我家鄉的母語。」

一百七十二種，紋驚愕地想。「聽起來……不可能。一個人不可能記得這麼多事情。」

「不是一個人。」沙賽德說道。「是一個守護者。我做的事情跟鎔金術類似，但不一樣。妳從金屬中汲取力量，我……運用金屬來創造記憶。」

「怎麼做？」紋問道。

沙賽德搖搖頭。「也許改天再說吧，主人。我們……我們偏好保守這方面的祕密。統御主以驚人但令人不解的專注在獵捕我們，我們沒有迷霧之子那麼具有威脅性，可是他會忽略鎔金術師，卻尋求要摧毀我們，因爲我們而痛恨泰瑞司人。」

「痛恨？」紋問道。「你們受的待遇比一般司卡好。你們得到受人敬重的職務。」

「這是實話，主人。」沙賽德說道。「但某種程度而言，司卡更爲自由。大多數泰瑞司人從一出生就被培養成侍從官。我們沒剩下多少人，而統御主的繁殖人員控制我們的繁衍。泰瑞司侍從官不得擁有家庭，甚至不得生孩子。」

紋從鼻子哼了哼。「這聽起來很難執行。」

沙賽德停頓片刻，手按在大書的封面上。「一點都不會。」他皺著眉頭說道。「所有泰瑞司侍從官都是閹人，孩子。我以爲妳知道。」

紋全身一僵，然後滿臉通紅。「我……我……對不起……」

「妳眞的眞的不需要道歉。我剛出生沒多久就被閹割了，這是成爲侍從官的標準步驟。我常常會覺得我很願意跟一般的司卡交換命運。我的族人比奴隸還不如，他們是由繁殖計畫所創造出來的機器，從生下來就被訓練要滿足統御主的願望。」

紋繼續臉紅，咒罵自己的魯莽。爲什麼沒人跟她說過？不過沙賽德看起來並沒有不高興——他似乎從不會爲任何事情生氣。應該是他的……狀況所造成的，紋心想。這一定是繁殖人員的希望。溫馴，脾氣溫和的侍從官。

「可是……」紋皺著眉頭說道。「你是個叛逆份子，沙賽德。你在對抗統御主。」

「我的確算是比較異類。」沙賽德說道。「而且，我想我的族人也沒有統御主以爲的那般完全順從。我們把守護者藏在他的眼皮下，甚至有些人能打破那些對我們的訓練。」

他停住，搖搖頭。「不過這不容易。我們是很軟弱的民族，主人。我們樂於按照別人的囑咐去做，隨時都在尋找服從的機會，就連妳認爲是叛逆份子的我，也是立刻尋找侍從官的職位，希望繼續服務他人。我想，我們並沒有自己希望的那般勇敢。」

「你已經夠勇敢到能來救我。」紋說道。

沙賽德微笑。「啊，不過在那其中也包含服從的成分。我承諾凱西爾主人會負責妳的安危。」

原來如此。她有猜想過，不知道他這麼做是否有原因，畢竟誰會犧牲性命，只是爲了去救她？她坐在原處沉思片刻，沙賽德繼續處理他的書籍。終於，她再次開口，引回泰瑞司人的注意力。「沙賽德？」

「什麼事，主人？」

「三年前是誰背叛了凱西爾？」

沙賽德一怔，放下他的鋼筆。「事實不明確，主人。我想大多數成員都認爲是梅兒。」

「梅兒？」紋問道。「凱西爾的妻子？」

沙賽德點點頭。「顯然她是少數唯一能辦到的人之一，除此之外，統御主本人也指證是她。」

「可是，她不是也被送去深坑了嗎？」

「她死在那裡。」沙賽德說道。

「凱西爾主人不願對深坑多談，但我感覺到他從那個可怕地方得來的傷痕遠比手臂上的還要更深。我覺得他甚至不知道她是不是叛徒。」

「我的哥哥說，任何人都會背叛你，只要有恰當的機會及適當的動機。」

沙賽德皺眉。「就算這是眞的，我也不希望以這樣的信念活著。」

不過，相信這句話似乎比發生在凱西爾身上的事情好一點：被你以爲你愛的人交給統御主。

「凱西爾最近不同了，」紋說道。「他似乎低調許多。是因爲他對於發生在我身上的事情覺得有罪惡感嗎？」

「我想這是一部分。」沙賽德說道。

「另外他也開始意識到統領一小群盜賊跟組織一場大型反叛計畫之間是不同的。他不能再像過去那樣冒險。我想這個過程對他而言是好的。」

紋不是這麼確定，可是她沒說話，且煩躁地發現自己有多疲累。就算只是坐在椅子上，對現在的她而言都顯得太勞累。

「去睡吧，主人。」沙賽德說道，拾起他的筆，重新以手指標出他先前處理到的段落。「原本該置妳於死地的傷口被妳熬過來了。好好感謝妳的身體，讓它休息吧。」

紋疲倦地點點頭，站起身，留下沙賽德靜靜地在午後的光線下振筆書寫。

有時候我不禁猜想，如果我留在那裡，留在我出生的悠閒村莊，會發生什麼事。我應該會成爲一名鐵匠，和我的父親一樣。也許我會擁有家庭，擁有自己的兒子。也許會有別人來承擔這可怕的重擔，會有人比我更擅長扛下這重責大任。會有更應該成爲英雄的人。

17

在搬來雷弩大宅之前，紋未曾看過精心栽培修剪過的花園。雖然在偷竊或探查的時候，偶爾也會看到裝飾性的植物，但她從來沒有太過留心。一如許多貴族的其他興趣，園藝在她眼裡是華而不實的行爲。

因此，她從未意識到當植物被小心翼翼地栽種時會有多美。雷弩大宅的花園陽台是一片薄薄的橢圓形建築，望著下方的園林。花園不大，因爲需要的水量跟照料實在太多，所以只能是繞著建築物後方的一片狹長區域。

即使如此，它看來還是相當美妙。特意栽種的植物顏色比較深，比較鮮明的顏色——不同深淺的紅、橘、黃，顏色集中在葉子上，而不是普通的褐色跟白色。園丁們將植物排成繁複美麗的圖樣，靠近陽台的地方則有罕見的黃葉樹木提供遮蔭與阻擋落下的灰燼。今年冬天很溫和，大多數的樹木都仍留有葉子。空氣沁涼，風中搖曳的樹枝沙沙聲讓人心情平靜。

而且平靜到幾乎讓紋忘記她有多煩躁。

「孩子，妳還要再喝點茶嗎？」雷弩大人問道。他不等她回答，直接揮手要僕人趕上前來，爲她斟滿茶杯。

紋坐在厚厚的椅墊上，藤椅的設計提供最大的舒適感。在過去四個禮拜中，她的所有願望跟要求都被實現。僕人們幫她收拾好一切，照顧她的外表，負責供應她飲食，甚至幫她洗澡。雷弩確定她要求的每樣東西都會送到她面前，更沒有人期待她去做任何疲累、危險，甚至是有任何一丁點不方便的事情。

換句話說，她的生活無聊到簡直要把她逼瘋了。之前她在雷弩大宅的日子完全被沙賽德的課程跟凱西爾的訓練所塡滿，白天一直在睡覺，跟宅中的員工鮮有接觸。現在，鎔金術不准用了，至少不能用在夜晚的跳躍上。她的傷口只癒合一半，太大的動作都會讓它重新裂開。沙賽德偶爾還是會爲她上課，但他的時間主要用在翻譯那本書上。他花很多時間在圖書室，全神貫注於書頁上，並且全身散發著罕見的興奮氣息。

他找到新知識了，紋心想。對於守護者而言，這可能跟迷幻藥一樣容易上癮。

她壓下自己的煩怒，啜著茶，觀察著附近的僕人。他們很像一群以撿拾其他動物留下的殘羹剩餚爲生的鳥，蹲在一旁等待，一有機會就要衝上前來盡量讓紋舒適——或更煩躁。

雷弩也幫不上什麼忙。他口中跟紋「共進午餐」也不過只是坐在那裡處理自己的事，在筆記本上做紀錄或是口述信函，同時一面吃飯。她的出席對他而言似乎頗爲重要，但他卻鮮少注意她，除了問她今天過得好不好。可是，她強迫自己要扮演成端莊貴族仕女的模樣，因爲雷弩大人僱了一些新的僕人，他們對其他人的任務一無所知——不是在大宅裡的員工，而是園丁跟工人。凱西爾跟雷弩擔心如果別的家族連少數幾名僕人——間諜——都無法送入雷弩家的話，他們會起疑心。凱西爾不認爲那會對他們的計畫有什麼威脅，但這代表紋應該盡量隨時扮演貴女的角色。

我不敢相信真有人過著這樣的生活，紋看著一些僕人清走餐點時心想。貴族仕女們整天無所事事，到底是怎麼打發時間的？難怪每個人都這麼急著要參加舞會！

「妳的午休愉快嗎，親愛的？」雷弩問道，全神貫注於另一份筆記上。

「是的，叔叔。」紋透過緊抿的嘴唇說道。「相當愉快。」

「妳體力應該快要能夠去購物了。」雷弩抬起頭來對她說道。「也許妳想去坎敦街逛逛，買副新耳環好取代妳現在戴著的普通耳針？」

紋伸手摸著她的耳朵，母親留給她的耳環仍在。「不。」她說道。「我留著它吧。」

雷弩皺眉，卻沒再說話，一名傭人上前來，引起他的注意。「大人。」僕人對雷弩說道。「有馬車從陸沙德來了。」

紋眼睛一亮。僕人的意思是指有集團成員到了。

「啊，很好。」雷弩說道。「請他們過來吧，陶森。」

「是的，大人。」

幾分鐘後，凱西爾、微風、葉登和多克森都走到陽台上。雷弩暗地裡朝僕人揮揮手，後者關上陽台玻璃門，留給集團隱私空間。幾個人站在屋內看守，確定不會讓不當人士有偷聽的機會。

「我們打斷你們用餐了嗎？」多克森問道。

「沒有！」紋連忙回答，截斷雷弩大人的答覆。「請坐。」

凱西爾踱步到陽台的邊緣，看著下方的花園跟空地。「你這邊的景色不錯嘛。」

「凱西爾，這麼做好嗎？」雷弩問道。「有些園丁是我不能擔保的人。」

凱西爾輕笑。「如果隔著這麼遠都能認出我，那他們值得拿到比那些貴族現在付給他們的更高酬勞。」最後他還是遠離陽台邊緣，走到桌邊，抓出一張椅子翻個面，反坐了下來。過去幾個禮拜內，他幾乎已經回復成原來的樣子，但還是有些改變。他更常舉行會議，並跟其他成員更仔細地討論計畫。而且，他的個性似乎變了，變得比較……深思熟慮。沙賽德說得沒錯，紋心想。我們對皇宮的夜襲可能差點置我於死地，但對凱西爾而言是個好的轉變。

「我們覺得這個禮拜應該在這裡開會。」多克森說道。「因為你們兩人很少有機會參與。」

「你眞細心，多克森先生。」雷弩大人說道。「可是你過度擔憂了。我們這裡很好——」

「不。」紋打斷他的話。「我們一點都不好。我們之中有些人需要資訊。集團的情況怎麼樣？募兵的進度如何？」

雷弩不滿意地看著她，可是紋忽略他的目光。他才不是眞的貴族，她告訴自己。他只是另一名成員，所以我的意見跟他的意見一樣重要！現在僕人們走光了，我終於可以照我的想法說話。

凱西爾輕笑。「唉呀，被禁足至少讓她說話更大膽了。」

「我無事可做。」紋說道。「我快發瘋了。」

微風將他的酒杯放回桌上。「很多人會覺得妳的情況很令人羨慕，紋。」

「那他們一定瘋了。」

「噢，他們大多數是貴族。」凱西爾說道。「所以，沒錯，他們是蠻瘋的。」

「計畫。」紋提醒他。「發生了什麼事？」

「招募的速度還是太慢。」多克森說道。「但有進步。」

「我們可能爲了人數得更犧牲一點安全，凱西爾。」葉登說道。

這點也不同了，她心想，對於葉登跟凱西爾之間的相處變得如此理性感到佩服。葉登開始穿上比較好的衣服，雖然還不到多克森或微風那樣貴族套裝的程度，但至少是一件剪裁良好的外套跟長褲，裡頭還有一件有釦子的襯衫，從裡到外全部都沒有灰燼污漬。

「這沒辦法，葉登。」凱西爾說道。「幸運的是，哈姆的軍隊訓練進度很好。我幾天前才收到他的消息。他對軍隊的進步感受很深刻。」

微風一哼。「先警告你們——哈姆德對於這種事情有點過度樂觀。如果整個軍隊都是一條腿的殘障啞巴，他會稱讚他們的平衡感跟聽覺超強。」

「快了。」凱西爾承諾。

「我們應該這個月就能把沼澤弄入教廷之中。」多克森說道，向經過警衛進入陽台的沙賽德點點頭。「希望沼澤能給我們一些線索——關於如何對付鋼鐵審判者。」

紋一陣顫抖。

「他們的確是問題。」微風同意。「想想他們幾個人對你們造成的損傷，我完全不想在有他們的情況下攻打皇宮。他們跟迷霧之子一樣危險。」

「更危險。」紋輕輕說道。

「軍隊眞的能打敗他們嗎？」葉登不安地問道。「據說他們是長生不老的，不是嗎？」

「沼澤會找出答案的。」凱西爾承諾。

葉登停頓，接受凱西爾的保證。

是的，的確有改變，紋心想。顯然連葉登也無法長期抵抗凱西爾的魅力。

「在這段期間……」」凱西爾說道。「我希望聽聽沙賽德對統御主有何新發現。」

沙賽德坐下，將書本放在桌上。「我會盡量告訴你們我所知的一切，不過這不是我一開始以爲的書。我原本以爲紋主人找到了某種古老的宗教典籍，但這本書的內容其實相當平凡。」

「平凡？」多克森問道。「什麼意思？」

「它是本日記，多克森主人。」沙賽德說道。「一本紀錄，顯然是由統御主本人所撰寫，或者該說，是成爲統御主的那個人所寫的——就連教廷的教義都同意在昇華前，他只是普通人。

「這本書在敘述他千年前在昇華之井最後一場戰役之前的人生。大多數是記錄他的旅行見聞，描述他見過的人，他去過的地方，還有他在征途中面對的挑戰。」

「有意思。」微風說道。「可是它對我們有何幫助？」

「我不確定，拉德利安主人。」沙賽德說道。「不過，瞭解昇華背後的眞正故事對我們而言是絕對有用的，我想。至少我們會知道統御主的思考過程是什麼。」

凱西爾聳聳肩。「教廷認爲它很重要。紋說她是在皇宮中央類似祭壇的地方找到它的。」

「所以……」微風評論。「……我們完全不需要去質疑這本書的眞實性。」

「我不覺得這是本假書，拉德利安主人。」沙賽德說道。「裡面有相當多的細節，尤其是關於不重要的問題——例如挑伕跟補給品。同時，它描述的統御主內心非常掙扎。如果教廷要創造一本可供崇拜的書，它們會讓自己的神更有……神性，我想。」

「你翻譯完之後我想讀一讀，阿沙。」多克森說道。

「我也要。」微風說道。

「歪腳有學徒偶爾會充當書記。」凱西爾說道。「我們讓他們幫每個人都抄一本。」

「那群人眞好用。」多克森如此評論。

凱西爾點點頭。「接下來呢？」

所有人都沒說話，然後多克森朝紋點點頭。「貴族的部分。」

凱西爾略略皺眉。

「我可以繼續工作。」紋連忙說道。「我幾乎已經痊癒了。」

凱西爾快速瞥向沙賽德，後者挑起一邊眉毛。他定期會來檢視她的傷口，顯然他對自己看到的狀況不滿意。

「阿凱……」紋說道。「我快發瘋了。我是以盜賊的身分成長，每天都要爲食物跟空間奮鬥——我不能每天坐在這裡讓傭人寵壞我。」況且，我必須證明我對這群人而言仍是有用的。

「好吧。」凱西爾說道。「妳是我們今天來的原因之一。這個週末有場舞會——」

「我去。」紋說道。

凱西爾抬起一根手指。「先聽我說完，紋。妳最近經歷了很多事情，這次的滲透工作可能會很危險。」

「凱西爾。」紋不帶笑意地說道。「我一輩子都活在危險中。我要去。」

凱西爾看起來沒被說服。

「她必須要去，阿凱。」多克森說道。「首先，如果她沒有繼續參加宴會，貴族們會起疑心。第二，我們需要知道她看到什麼。讓僕人偷窺宅邸中的員工跟間諜偷聽當地陰謀是全然不同的，你也明白這點。」

「好吧。」凱西爾終於說道。

「可是妳得答應我，除非沙賽德說可以，否則妳不得使用肢體方面的鎔金術。」

那天稍晚，紋還是不敢相信她有多急著想去參加舞會。她站在房間中央，看著多克森爲她找來的不同禮服。過去一個月來，她都被強迫要穿著貴族仕女的衣物，現在卻終於開始覺得，洋裝穿起來有比第一次嘗試時舒服一點。

不過還是很華而不實，她心想，檢視眼前四套禮服。這麼多蕾絲，這麼多層的布料……簡單的襯衫跟長褲實用多了。

可是，這些禮服還是有特別之處——它們的美就像外面的花園那般。如果只是單純看著它，像是看著一株植物時，這些禮服只不過是有點出色。可是，當她想到要參加舞會，這些禮服就有了全新的意義。它們很美，而且會讓她變得很美。它們是她要呈現在宮廷眾人面前的樣貌，而她想挑選最合適的一面。

不知道依藍德．泛圖爾會不會去……沙賽德不是說大多數年輕貴族都是每場必到嗎？她摸上一件禮服，黑色布料搭配了銀色刺繡。它會襯托她的頭髮，但是否顏色過沉？大多數其他女子都穿著顏色鮮豔的禮服，似乎只有男性套裝才穿深色。她看向黃色的禮服，總覺得它太……俏皮，白色那件又太繁複。只剩下紅色。領口比較低，雖然她也沒什麼可露的，但它非常美。有一點薄紗，還有以一點透明紗布縫成的蓬鬆華麗袖子，相當吸引她，只是感覺好……大膽。她拿起禮服，以指尖感受柔軟的布料，想像自己穿上它的樣子。

我怎麼會變成這個樣子？紋心想。穿著這件衣服不可能躲起來不被看見！這些花花軟軟的衣服，根本不適合我。

可是……有一部分的她渴望再次回到舞會。貴族仕女的日常生活讓她難以忍受，但那一夜的記憶相當誘人。美麗的人們成雙成對舞著，完美的氣氛與音樂，美妙的透明玻璃……

我甚至已經忘記我用了香水了，她震驚地發現。她發現原來自己喜歡每天用摻有香油的水洗澡，僕人們甚至開始在她的衣服上薰香。當然所有的氣味都很淡雅，卻足以暴露她偷窺的行蹤。

她的頭髮已經長得更長，經過設計師小心修剪後，落在她的耳際，略略捲曲。雖然她病了許久，但鏡子裡的身影已經不像先前那般乾巴巴的，定時用餐讓她的身體終於有點曲線。我正變成……紋接不下去。她不知道自己在變成什麼。絕對不是貴族仕女。貴族仕女不會因爲晚上不能溜出去夜遊而感到煩怒，可是她也不再是街頭小鬼了。她是……

迷霧之子。

紋小心翼翼地將美麗的紅色禮服放回床上，然後走過房間，望向窗外。太陽即將落下，迷霧很快便會湧來，而一如往常的是，沙賽德會在外面設下警備，確保她不會在未經許可的情況下用鎔金術私自溜出去。她沒有抱怨這些預防措施。他是對的：要不是有人看著她，她可能老早就守不住自己的承諾。

她瞥到右方有動靜，勉勉強強才看得出有人站在花園陽台上。凱西爾。紋站在原地片刻，然後離開房間。

她走上陽台時，凱西爾轉過身。她停下腳步，不想打擾他，但他對她露出標準凱西爾式笑容。她走上前，跟他一起站在雕刻的石欄杆邊。

他轉身望向西方，並非宅邸的方向，而是更遙遠，直到野外，遠離城鎮的地方，那裡如今被日落點燃。「這一切看在妳眼裡都不會不妥當嗎？」

「不妥當？」她問道。

凱西爾點點頭。「乾涸的植物、炙熱的太陽、灰黑的天空。」

紋聳聳肩。「這些事情怎麼是妥不妥當呢？它就是長這樣而已。」

「也許是吧。」凱西爾說道。「但我覺得妳的心態是一種不正確的反應。世界不應該長這樣。」

紋皺眉。「你怎麼知道？」

凱西爾將手探入背心口袋，抽出一張紙，極端小心且溫柔地攤開它，拿給紋看。

她接下紙片，小心翼翼地拿著它。它的年代久遠又陳舊到似乎要從折紋間斷裂，但那只是一張古老、褪色的圖片。圖畫中只是一個奇異的形狀——有點像是植物，卻又不是紋見過的種類。太……脆弱了。它沒有粗壯的莖，葉子也太纖細，上面還有一團奇怪的葉子，顏色跟下面的不同。

「它叫做花。」凱西爾說道。「在昇華前，它會長在植物上。對於它們的描述會出現在古詩跟故事中，但現在只剩守護者跟反叛軍智者知道這些事情。據說這些植物很美，還有怡人的香味。」

「有香味的植物？」紋問道。「像水果？」

「類似吧，我想。有些報告甚至說，在昇華前，這些花會變成水果。」

紋靜靜站著，蹙著眉想像這種事。

「那張圖是我妻子，梅兒的。」凱西爾緩緩說道。「在我們被抓走後，多克森從她的東西裡找到這個。他把它收了起來，希望有一天我們會回來。在我逃走後，他把圖給了我。」

紋低頭再次看著圖片。

「梅兒對於昇華前的時代很著迷。」凱西爾說道，依舊望著花園。太陽碰觸到遠方的天際，顏色變得更深紅。「她會蒐集那張紙之類的東西：關於過去時光的圖片跟描述。我引她進入地下組織的一部分原因是因爲她對過去的著迷，當然也因爲她是錫眼。她是第一個把我介紹給沙賽德認識的人，但當時我的團隊裡沒有用到他。他對偷盜沒有興趣。」

紋折起紙。「你還留著這張圖片？即使她……那樣對你？」

凱西爾沉默半晌，然後看著她。「妳又隔門偷聽人家說話了，是吧？唉，別擔心，我想這也是眾人皆知的事情。」遠方的落日變成一簇火焰，暗紅色的光線照亮了雲朵跟煙霧。

「是的，我把花留了下來。」凱西爾說道。「我不確定爲什麼。可是……妳會因爲一個人背叛妳就不愛他了嗎？我覺得不會。所以受到背叛時才那麼痛——痛楚、焦躁、怒氣……而且仍然愛著她。直至今日。」

「爲什麼？」紋問道。「你爲什麼可以？而且，你爲什麼能信任別人？你沒有從她對你做的事情學到教訓嗎？」

凱西爾聳聳肩。「我想……我想如果讓我有機會，在愛梅兒以及她的背叛，還是從來沒有認識她之間選擇，我會選擇愛。我下了賭注，而且輸了，但冒這個險還是很值得。我對待朋友也是一樣。在我們這一行，懷疑是健康的，但必須有限度。我寧願信任我的手下，而非一直擔心他們如果背叛我會怎麼樣。」

「聽起來有點蠢。」紋說道。

「快樂是蠢的嗎？」凱西爾問道，轉向她。「妳在哪裡比較快樂，紋？在我的集團裡，還是在凱蒙那裡？」

紋沒說話。

「我不確定梅兒有沒有背叛我。」凱西爾說道，回望著日落。「她總是說她沒有。」

「而且她被送去深坑了，對不對？」紋說道。「如果她投靠了統御主，那就不合理了。」

凱西爾搖搖頭，仍然望著遠方。「我被送去深坑後幾個月她才被送來。我們被抓到之後就分開了。我不知道那段期間之內發生了什麼事，也不知道她爲什麼最後還是被送來海司辛。她的確被送來海司辛等死的事實也許暗示她沒有眞的背叛我，可是……」

他轉身面向紋。「妳沒有聽到他抓到我們時，他是怎麼說的，紋。統御主……他向她道謝，感謝她背叛我。他那些聽起來詭異地誠實的話，加上那個陷阱……眞的讓人很難去相信梅兒。不過，這沒有改變我的愛，在內心深處，我仍是一樣。當她一年後被深坑的奴隸頭子打死時，我也幾乎死去。那天晚上，在她的屍體被帶走後，我綻裂了。」

「你發瘋了？」紋問道。

「不是。」凱西爾說道。「綻裂是一個鎔金術的名詞。我們的力量一開始是潛藏的，只有在面對巨大衝擊時才會出現，而且必須是很緊急，幾乎致命的情況才會促發。哲人說，一個人除非見過死亡且排拒它後，才能命令金屬。」

「那……它什麼時候發生在我身上的？」紋問道。

凱西爾聳聳肩。「很難說。以妳成長的背景來看，應該有很多機會讓妳綻裂。」

他點點頭，彷彿在自言自語。「我的時機……」他說道。「就是那一晚。我一個人在深坑裡，手臂因爲那天的工作而流血不止。梅兒死了，而我害怕是我造成的，因爲我對她不夠有信心，因此奪走了她的力量跟意志力。她直到死前都知道我質疑她的忠貞。也許如果我眞的愛她，我永遠不會質疑。我不知道。」

「可是你沒死。」紋說道。

凱西爾搖搖頭。「我決定要實現她的夢想。我會創造一個花朵重返的世界，一個充滿綠色植物的世界，一個天空沒有灰燼落下的世界……」他語音漸落，然後嘆口氣。「我知道，我瘋了。」

「其實……」紋靜靜開口。「還蠻合理的。終於合理了。」

凱西爾微笑。太陽消失在天際下，雖然它的火光仍然在西方灼燒，白霧卻已經開始出現。它們不是來自特定的一方，而是……成長，像是天空中半透明、糾結的藤蔓，不斷來回盤旋、拉長、舞動、融合。

「梅兒想要小孩。」凱西爾突然說道。「十五年前，我們剛結婚的時候。我……我不同意。我想要成爲史上最著名的司卡盜賊，沒有時間留給會拖慢我腳步的事物。

「也許幸好我們沒有孩子。統御主可能會找到且殺掉他們，但他也有可能辦不到——多克森跟其他人都活下來了。所以有時候，我希望有一部分的她能和我在一起。她的孩子。也許一個女兒，有梅兒的深色頭髮跟強韌的固執。」

他停了停，然後低頭看著紋。「我不希望再害妳發生什麼事情了，紋。不能再有第二次。」

紋皺眉。「我不要再浪費時間被鎖在宅邸裡面。」

「我猜也是。如果我們再把妳留在這裡，那妳可能有一天晚上在做了非常蠢的事情後，又出現在歪腳的門口。這一點，我們很像。只是……要小心。」

紋點點頭。「我會的。」

他們繼續站在原地數分鐘，看著白霧聚集。最後，凱西爾站直身體，伸展關節。「就我個人而言，我很高興妳決定加入我們，紋。」

紋聳聳肩。「說實話，我自己也想看看那個什麼花的到底長什麼樣。」

你可以說是環境逼迫我離鄉背井。如果我留下來，現在早已經死了。在那些四處奔波卻不知爲何負擔我不明瞭的重擔的日子裡，我以爲我會讓自己在克雷尼恩中消失，尋求平凡無奇的人生。

慢慢地，我才明白，默默無聞跟我生命中許多事情一樣，對我而言已經永遠遙不可及。

18

她最後決定穿紅色禮服。它絕對是最大膽的選擇，但感覺最合她的心意，畢竟她已經將眞正的自己隱藏在貴族的外表之下，因此外表越突出，隱藏自己越容易。

男僕爲她拉開馬車門，紋深吸了一口氣，胸口被她穿來隱藏繃帶的特殊馬甲略微緊束。她接受男僕扶持的手，下了馬車，拉正禮服，對沙賽德點點頭，然後加入其他貴族一起爬上通往艾拉瑞爾堡壘的台階。它比泛圖爾的堡壘小一點，但艾拉瑞爾堡壘似乎是有一個獨立的舞會廳，泛圖爾則是在巨大的大廳裡設宴。

紋打量著其他貴族仕女，感覺自信略略消退。她的禮服很美，但其他仕女擁有的遠不止是一件美麗的禮服。她們飄逸的長髮與自信的態度和以珠寶點綴的身軀相得益彰，豐滿的弧線充滿了禮服的上半身，優雅的步伐讓禮服的花邊下襬搖曳生姿。紋偶爾會看到那些女子的雙足，她們穿的鞋子不是像她的簡單平底鞋，而是高跟鞋。

「我爲什麼沒有那樣的鞋子？」爬上地毯台階時紋低聲問道。

「穿高跟鞋行走需要練習，主人。」沙賽德回答。「妳才剛學會跳舞，也許暫時穿普通鞋子會比較合適。」

紋皺眉，但接受了他的解釋。但沙賽德提起跳舞這件事，反而增加了她的不安。她還記得上次舞會時舞者們的流暢身影，她絕對模仿不來——連基本舞步她都記不太熟。

沒有關係，她心想。他們看到的不是我，是法蕾特貴女。她應該是新來的，處處惶恐，而且每個人都知道她最近生病了，舞跳得不好反而合理。

帶著這個想法，紋比較有信心地來到台階上方。

「我必須說，主人……」沙賽德說道。「跟之前相比，妳今天遠沒有上次那麼緊張，看起來甚至似乎蠻興奮的。這是法蕾特應該表現的態度，我想。」

「謝謝。」她微笑地說道。他說得沒錯：她是很興奮。很興奮能夠再次參與行動，甚至很興奮能夠又與貴族們的優雅和光輝同處一室。他們進入低矮的舞會大廳，位於主要堡壘許多側翼其中的一間。一名僕人上前來接過她的披肩。紋在門邊停了一下，等沙賽德爲她安排桌子跟餐點。艾拉瑞爾的舞廳跟泛圖爾的宏偉大廳相當不同。陰暗的房間只有一層樓高，所有的彩繪玻璃都在天花板上，圓形的玫瑰窗閃耀在頭頂，由四周微小的鎂光燈打亮。每張桌子都有蠟燭，雖然上方有照明，房間卻有某種低調的幽暗，因此即使賓客眾多，仍讓空間顯得更……私密。

這個房間顯然是設計來舉辦宴會的。房間中央有低窪的舞池，照明比其他地方都好，舞池邊有兩圈桌子，第一圈只離舞池幾呎高，第二圈比較貼近後方，位於高一層的位置。

一名僕人帶她來到房間邊緣的一張桌子。她坐下，沙賽德依照慣例站在她身邊，開始等她的餐點到來。

「我應該怎麼樣取得凱西爾要的情報？」她低聲問道，掃視昏暗的房間。上方投射下來的深沉水晶色彩在人群跟桌面上打出圖樣，製造出華貴的氣派，卻又讓人看不清別人的面容。依藍德也在人群之中嗎？

「今天晚上應該會有人請妳跳舞。」沙賽德說道。「接受他們的邀約，之後妳就有理由找他們，混入他們的團體。妳不需要參與對話，只需要聆聽即可。也許在未來幾場舞會中，會有年輕男士請妳陪他們一起入場，那妳就可以坐在他們那桌，傾聽他們的所有對話。」

「你是說所有時間都跟一名男子坐在同一桌？」

沙賽德點點頭。「這蠻常見的。那晚妳也只會與他跳舞。」

紋皺眉。可是，她沒繼續追問下去，轉身再次檢視房間。*他甚至可能不在這裡——他說他會利用所有機會避開舞會，就算他在這裡，他也會是自己一人。妳甚至不會——*

一陣沉悶的撞擊聲響起，有人在她桌上拋下一疊書。紋嚇了一跳，轉身就看到依藍德．泛圖爾拉近一張椅子，輕鬆地坐下。他靠回椅背，面向她桌子旁邊的燭台，打開書開始閱讀。

沙賽德皺眉。紋藏起微笑，瞅著依藍德。他看起來還是頭髮凌亂，身上的套裝也懶得扣起釦子。他的衣服並不簡樸，但跟其他參與宴會的人相比又不夠華麗，剪裁似乎是寬鬆舒適，而非傳統貼身俐落的線條。

依藍德翻著他的書，紋耐心地等他跟她打招呼，但他只是一直看書。終於，紋挑起一邊眉毛。「我不記得有允許你在我的桌邊坐下，泛圖爾大人。」她說道。

「別在意我。」依藍德說道，沒抬頭。「妳有張大桌子——我們都會有很大的空間。」

「對我們兩人而言也許空間很大，但我不確定這些書該怎麼辦。侍者要把我的餐點放哪裡？」

「妳左邊有點空間。」依藍德隨口說道。

沙賽德的皺眉更深。他上前一步，收拾起書本，將它們放在依藍德的椅子邊。依藍德繼續閱讀，可是舉起手示意。「妳看，這就是爲什麼我從來不用泰瑞司僕人。我眞的覺得，他們實在有效率得令人難以忍受。」

「沙賽德並非令人難以忍受。」紋冷冷地說。「他是個好朋友，可能也是你永遠無法相較的好人，泛圖爾大人。」

依藍德終於抬起頭。「我……抱歉。」他以坦白的口氣說道。「我道歉。」

紋點點頭。可是依藍德又打開書，再度開始閱讀。

如果他只是要看書的話，幹麼坐我旁邊？「在有我可以讓你來煩之前，你都在舞會做些什麼？」她以惱怒的聲音問道。

「我怎麼會是在煩妳呢？」他問道。「我是認眞的，法蕾特。我只是坐在這裡，靜靜地讀書。」

「坐在我的桌邊。我很確定你能有自己一張桌子——你是泛圖爾的繼承人。我們上次會面時你對這點可是毫不坦白。」

「沒錯。」依藍德說道。「可是我記得告訴過妳，泛圖爾是很煩人的一族。我只是想配上我族的名聲而已。」

「那個名聲是你發明的吧！」

「很巧吧。」依藍德略略微笑說道，繼續閱讀。

紋焦躁地嘆口氣，深深皺眉。

依藍德越過書緣瞅著她。「那件禮服眞令人驚豔，幾乎有妳那麼美麗。」

紋一頓，嘴巴微微張開。依藍德淘氣地微笑，然後將目光調回書上，眼睛熠熠發光，好像表示他會這麼說的原因純粹只是因爲他知道會引起什麼效果。

沙賽德站在桌邊，毫不掩藏他的不贊同，但他什麼都沒說。依藍德顯然地位高到不能被一名普通的侍從官責難。

紋終於從震驚中恢復過來。「泛圖爾大人，像你這樣的單身男子怎麼會獨自一人來舞會？」

「我不是一個人來的。」依藍德說道。「我的家族通常都排了一串女孩子要陪我來。今晚輪到的是史黛西．白蘭史貴女——那名穿著綠色禮服，坐在我們對面下方桌邊的就是她。」

紋環顧房間。白蘭史貴女是一位豔麗的金髮女子。她一直抬頭看著紋的桌子並試圖掩飾她的皺眉。

紋臉上一紅，轉過身說，「呃，你不是該跟她在一起嗎？」

「應該是吧。」依藍德說道。「可是呢，讓我跟妳說個祕密。事實上，我不是什麼紳士，況且我沒有邀請她——我是直到上了馬車才被告知今晚伴隨我的人會是誰。」

「原來如此。」紋皺眉說道。

「即使如此，我的行爲仍然是相當令人唾棄的。不幸的是，我經常會犯下如此令人唾棄的行爲——例如我喜歡在餐桌上看書。抱歉，失陪一下，我去拿點東西喝。」

他站起身，將書塞入口袋，走向房間的其中一座吧台。紋看著他離去，既氣惱又迷惘。

「這樣不太好，主人。」沙賽德低聲說道。

「他沒那麼糟。」

「他在利用妳，主人。」沙賽德說道。「泛圖爾大人不按牌理出牌，以及不服從的態度眾人皆知。許多人不喜歡他——因爲他會做這種事情。」

「這種事情？」

「他跟妳坐在一起是因爲他知道這樣會讓他的家族生氣。」沙賽德說道。「唉，孩子——我眞的不想讓妳痛苦，但妳必須瞭解宮廷中人的行事方法。這個年輕人對妳沒有情愛的興趣。他是個年輕、高傲的貴族，對他父親的束縛感到相當不耐煩，因此他反抗，做出無禮且令人討厭的舉動。他知道如果持續表現出被寵壞的樣子，他的父親便會退讓。」

紋覺得胃一陣抽痛。沙賽德當然應該是對的。否則依藍德爲什麼要找我？我正是他所需要的——身分低到足以引起他父親的怒氣，可是又沒有足夠的經驗看清事實。

她的餐點被送來，但紋再也沒有胃口。她開始撥弄食物，此時依藍德返回坐下，拿了一大杯調酒，邊讀邊喝。

如果我不打斷他看書，看他會怎麼反應，紋惱怒地心想，想起她的訓練，以仕女的優雅吃起餐點。食物不多，主要是以牛油燴煮的濃郁蔬菜，而她越早吃完，越快能去跳舞。至少她就不再需要跟依藍德．泛圖爾坐在一起了。

年輕的貴族在她吃飯途中停下數次，越過書本偷瞄她，顯然是以爲她會開口說話，但她一次也沒有。不過，她邊吃怒氣也邊消退。她瞥向依藍德，檢視他略微散亂的外表，看著他讀書的認眞模樣。這個人眞的是在隱藏沙賽德所說的那種扭曲、操弄人心的手段嗎？他眞的只是在利用她嗎？

任何人都會背叛妳，瑞恩低語道。所有人都會背叛妳。

依藍德看起來很……眞誠。他感覺像是個眞正的人，不是個僞裝或只是一張面具，而且他似乎眞的想要她跟他說話。當他終於放下書看著她時，紋感覺像是獲得一場個人的勝利。

「妳爲什麼在這裡，法蕾特？」他問道。

「在舞會？」

「不，在陸沙德。」

「因爲這裡是一切的中心。」紋說道。

依藍德皺眉。「也許吧，帝國是個大地方，卻只有這麼一個小中心。我不覺得我們眞正瞭解它有多大。妳花了多久才到？」

紋感覺到一陣驚慌，但沙賽德的教誨立刻浮現她腦海。「坐船幾乎花了兩個月，中間有稍停一陣子。」

「這麼久。」依藍德說道。「人們說光是要穿越帝國就得花一年的時間，但我們大多數人除了瞭解這中間一小塊之外，對外界渾然不覺。」

「我……」紋沒接下去。她跟瑞恩一起穿越過中央統御區，但那是統御區之中最小的一區，她從來沒有去過更遙遠的地方。中央區對盜賊來說很好，這也是最奇特的一點，最靠近統御主的地方也是最貪腐，更遑論最富裕的地方。

「妳對城市的觀感如何？」依藍德問道。

紋停頓了片刻。「它……很髒。」她誠實地說。在陰暗的燈光中，一名僕人前來收走她的空盤子。

「它很髒，又很擁擠。司卡被嚴重虐待，但我想這點應該到處都是如此。」

依藍德歪頭，給了她一個奇特的眼神。

我不應該提司卡的。那不像貴族。

他傾身向前。「妳認爲這裡的司卡受到的對待比妳們農莊上的司卡受到的對待還糟？我一直以爲他們在城市裡過得比較好。」

「嗯……我不確定。我不常去農田。」

「所以妳沒跟他們常有互動？」

紋聳聳肩。「這有什麼關係？他們只是司卡。」

「妳看，我們總是這麼說。」依藍德說道。「可是我不知道。也許我太好奇了，但他們引起我的興趣。妳聽過他們交談嗎？他們聽起來像是一般人嗎？」

「什麼？」紋問道。「當然像。要不然他們聽起來會是怎樣？」

「嗯，妳也知道教廷的教義怎麼說的。」

她不知道。不過，如果跟司卡有關，應該不是什麼好話。「我向來不會完全相信教廷的教義。」

依藍德再次停下，又歪著頭。「妳……跟我預期的不同，法蕾特貴女。」

「人們鮮少表裡如一。」

「跟我說說農莊的司卡。他們是什麼樣？」

紋聳聳肩。「跟任何地方的司卡都一樣。」

「他們聰明嗎？」

「有些是。」

「可是跟妳我不同，對不對？」依藍德問道。

紋停頓。貴族仕女會如何回答？「當然不一樣。他們只是司卡。你爲什麼對他們這麼有興趣？」

依藍德顯得……失望。「沒有原因。」他說道，重新靠回椅子，打開書。

「我想那邊有人想邀妳跳舞。」

紋轉身，發現的確有一群年輕人站在離她桌邊一小段距離的位置。她一轉身他們就別過頭。不久後，其中一人指向另一張桌子，然後他走過去請一名年輕女子跳舞。

「有幾個人已經注意到妳了，小姐。」沙賽德說道。「可是他們都沒有上前來。我想是泛圖爾大人的存在讓他們卻步。」

依藍德哼了一聲。「他們應該知道我是最不嚇人的。」

紋皺眉，但依藍德只是繼續讀書。好！她心想，轉身朝向年輕男子，與其中一名對上視線，微微朝他微笑。

不一會兒，那年輕男子便走了過來，以正式、僵硬的語調對她說：「雷弩貴女，我是梅萊德·李艾斯大人。請問妳願意與我共舞嗎？」

紋瞥向依藍德，但他沒抬起頭。

「我非常樂意，李艾斯大人。」紋說道，握住年輕男子的手，站起身。

他領著她來到舞池，一靠近，紋的緊張便再度出現。突然，一個禮拜的練習似乎不夠了。音樂停止，讓舞者們可以離開或進入舞池，李艾斯大人趁機領她上前。紋壓下無謂的恐懼，提醒自己每個人看到的都是她的禮服和階級，不是紋本人。她抬頭看著李艾斯大人的雙眼，出乎意料地看到擔憂。音樂開始，眾人翩翩起舞，李艾斯大人的臉上露出憂懼的神情，她甚至可以感覺到他的手在她的掌中涔涔冒汗。*天哪，他跟我一樣緊張！甚至比我還緊張。*

李艾斯比依藍德年紀還輕，與她年紀相當，也許他對舞會也不是很有經驗，看起來他的確不像是經常跳舞的樣子。他是如此專注於舞步，以致於動作顯得很僵硬。

很合理，紋意會過來，漸漸開始放鬆，讓她的身體依照沙賽德教的動作去移動。有經驗的人不會邀我跳舞，因爲我才剛到宮廷，他們對我不屑一顧。

可是依藍德爲什麼要注意我？難道眞如沙賽德所說的——激怒他父親的計謀？那麼他爲什麼對我說的話如此感興趣？

「李艾斯大人。」紋開口。「你對依藍德．泛圖爾大人瞭解得多嗎？」

李艾斯抬起頭來。「呃，我……」

「不要這麼專注於跳舞上。」紋說道。「我的教師說不要太刻意，舞步反而會更自然流暢。」

他臉紅了。

統御主啊！紋心想。這小子會不會太嫩了？

「呃，泛圖爾大人……」李艾斯說道。「我不知道。他是個地位很高的人。比我要高多了。」

「別讓他的血統騙到你。」紋說道。「根據我的觀察，他蠻無害的。」

「這我就不知道了，小姐。」李艾斯說道。「泛圖爾是很有勢力的家族。」

「是的，不過依藍德跟他的名聲不符。他好像很喜歡忽略身邊的人——他對每個人都如此嗎？」

李艾斯聳聳肩，因爲兩人的交談所以舞跳得自然了點。「我不知道……妳似乎比我更瞭解他，小姐。」

「我……」紋沒說完。她感覺自己很瞭解他，遠超過剛見過兩次面的熟悉程度。但她沒辦法向李艾斯如此解釋。但，也許……雷弩不是說他見過依藍德嗎？

「噢，依藍德是我們家的朋友。」紋說道，兩人迴旋到透明天窗下。

「他是？」

「對。」紋說道。「我叔叔很好心地請依藍德在宴會時照顧我。他一直對我很好，不過我眞的希望他不要這麼專注於看書，多花一點精神介紹我。」

李艾斯精神一振，似乎沒有先前那麼怯懦。「噢。原來如此，很合理啊。」

「是的。」紋說道。「我在陸沙德這段期間，依藍德就像我哥哥一樣。」

李艾斯微笑。

「我會向你問他的事情是因爲他一直都不太講自己的事。」紋說道。

「泛圖爾家最近都很安靜。」李艾斯說道。「自從幾個月前的攻擊事件後，他們就一直是這樣。」

紋點點頭。「你很清楚那件事嗎？」

李艾斯搖搖頭。「沒有人跟我說什麼。」他低頭，看著兩人的腳。「妳很會跳舞，雷弩貴女。妳在家時一定經常參加舞會。」

「你謬讚我了，大人。」紋說道。

「我是說眞的。妳好……優雅。」

紋微笑，感覺到一丁點兒的自信。

「眞的。」李艾斯幾乎是自言自語地說道。「跟珊貴女說的一點都不一樣——」他戛然而止，身體一僵，好像突然發現自己剛脫口了什麼。

「什麼事？」紋問道。

「沒事。」李艾斯說道，臉上一紅。「很抱歉。沒事。」

珊貴女，紋心想。記住這個名字。

兩人繼續跳舞，她繼續向李艾斯套話，但顯然他在宮廷中的經驗甚淺，因此沒有什麼資訊，不過他的確也感覺到家族間的緊張情勢有升高的跡象。雖然舞會繼續舉辦，卻越來越多人缺席，因爲他們不再參加政治對手舉辦的舞會。當那支舞結束時，紋對於自己的努力相當滿意。她也許沒有發現什麼對凱西爾有用的情報，但李艾斯是個開始，她會循序結識更重要的人物。

李艾斯領著紋回到她的桌邊，紋則心想，*意思是我得多參加幾次這種舞會*。舞會本身並不會令人不愉快，尤其是她現在對自己的舞技更有自信，但更多舞會代表更少機會在霧中行動。

反正沙賽德也不會讓我去，她在內心暗嘆，對鞠躬告退的李艾斯露出禮貌的微笑。依藍德把書都攤在桌面上，她的桌子周圍又多了好幾個燭台，顯然是他從隔壁桌子偷來的。

好吧，紋心想，*我們至少有竊盜這個共通點*。依藍德趴在桌子上，一面在一本口袋大小的小筆記本中做注記。她落座時，他也沒抬頭。此時，她發現沙賽德不見了。

「我讓妳的泰瑞司人去吃飯了。」依藍德心不在焉地邊寫邊說道。「妳反正在下面繞圈圈，沒必要讓他餓肚子。」

紋單挑眉毛，看著佔據她桌面的書本。在她的注視下，依藍德特地將某本書大開的書頁固定住，推到一旁，拉過來另一本書。「對了，妳方才的圈圈繞得如何？」

「其實還蠻有趣的。」

「我以爲妳不太會跳舞。」

「是不太會。」紋說道。「但我練習過了。也許你不知道，但通常坐在黑漆漆的房間深處是沒法讓人更擅長跳舞的。」

「妳是在提議嗎？」依藍德問道，推開一本書，又選了另一本。「請男人跳舞不像淑女會做的事，妳知道吧。」

「噢，我可不想打擾你的閱讀。」紋說道，將一本書轉向她。她皺起眉頭——書上的字很小，字體又擠。「況且，跟你跳舞會破壞我剛才所有的努力。」

依藍德停下，終於抬起頭。「努力？」

「對。」紋說道。「沙賽德說得沒錯——李艾斯大人覺得你很可怕，連帶覺得我也很可怕。年輕淑女的社交生活將會因此大受打擊，因爲所有的年輕人都認爲她已非單身，但事實只是因爲一名煩人的大人決定要在她的桌邊讀書。」

「所以……」依藍德說道。

「所以我告訴他，你只是在教我如何適應宮廷生活。像是……大哥哥。」

「大哥哥？」依藍德問道，蹙起眉頭。

「年紀很大的哥哥。」紋微笑說道。「畢竟你的年紀一定大我兩倍。」

「大妳兩……法蕾特，我才二十一歲。除非妳是個極端成熟的十歲女孩，否則我離『大妳兩倍』有相當遠的距離。」

「我的數學向來不太好。」紋輕描淡寫地說道。

依藍德嘆口氣，翻翻白眼。李艾斯大人在附近跟他的朋友們低聲交談，朝紋跟依藍德的方向揮手示意，紋希望等一下就有人來請她跳舞。

「你認識珊貴女嗎？」紋在等待時隨口問道。

令人驚訝的是，依藍德抬起頭。「珊·艾拉瑞爾？」

「我想是吧。」紋說道。「她是誰？」

依藍德的注意力轉回書上。「不重要的人。」

紋挑起眉毛。「依藍德，我也許只來了幾個月，但連我都知道這種話是不可信的。」

「嗯，這個嘛……」依藍德說道。「我可能跟她訂過婚。」

「你有未婚妻？」紋微怒地問道。

「我不太確定。我們一年多來都沒有處理這個狀況。大家應該都忘記這回事了。」

我的老天啊，紋心想。

片刻後，李艾斯的一名朋友上前來。紋很高興終於有機會可以擺脫這名惱人的泛圖爾繼承人，她站起身，接受年輕貴族伸出來的手。走向舞池時，她瞥向依藍德，逮到他正越過書緣偷偷看她，他則立刻以誇張的不在乎態度轉回去他的研讀上。

紋在桌邊坐下，感覺相當疲累。她克制脫下鞋子按摩雙腳的衝動，猜想那應該不太淑女。她靜靜地啓動了紅銅，然後燃燒白鑞，增強體力，沖淡一點疲累。

然後，她關閉白鑞，接著關閉紅銅。凱西爾向她保證過，只要她在燃燒紅銅，就不會有人發現她是鎔金術師，但紋不那麼確定。當她燃燒白鑞時，她的反應太快，身體太強壯，因此她覺得細心的人是可以注意到這方面的變化，無論他們本身是不是鎔金術師。

少了白鑞，她的疲憊感再度湧現。最近她開始嘗試不再去依賴白鑞。她的傷勢已經恢復，除非她以不當的方向拉扯，否則不會劇痛，所以她希望靠自己恢復體力。某種程度而言，她今天晚上的疲累是件好事——是因爲不斷被邀舞所以才累。如今，所有的年輕人都將依藍德視爲她的監護人而非戀愛對象，他們毫不猶疑地一一上前來邀請紋共舞。紋則是擔心如果拒絕任何一人，都可能會讓別人誤會她的政治立場，所以她沒拒絕任何人。幾個月前如果跟她說她可能因爲跳舞而精疲力竭，她會覺得實在可笑；但如今她發疼的雙腳、酸痛的腰側、疲累的雙腿還只是疲憊來源的一部分，另一部分是要記下所有舞伴的名字與家族，更遑論忍耐他們空洞無物的談話內容，兩者相加的結果讓她更身心俱疲。

幸好沙賽德讓我穿平底鞋而不是高跟鞋，紋嘆口氣想著，啜著冰果汁。泰瑞司人還沒吃完晚餐，更令人意外的是依藍德也不在桌邊——不過他的書仍然攤在桌面上。

紋打量著書本。如果她假裝在讀書，也許那些年輕人會放過她一陣子。她伸手翻弄著書籍，看看有哪些可看的內容。她最有興趣的那一本，也就是依藍德的小本皮革筆記，倒是不在桌上。

於是，她挑了一本大大的藍色厚書，用力拉到她面前，她挑選這本的原因是因爲字體很大——紙張有貴到讓抄寫者需要用最小字體擠入最多字數嗎？紋嘆口氣，翻著書頁。

我不敢相信有人讀這麼大本的書，她心想。雖然字體大，但每一頁也都滿滿是字，她得花好多好多天才讀得完整本書。瑞恩教過她如何閱讀，好讓她能瞭解契約、寫筆記，甚至去模仿貴族仕女，可是她的訓練沒有包括這麼厚重的書。

《皇家政權統治之歷史沿革》，書上第一頁這麼寫著。後面的章節題目有〈第五世紀州長計畫〉，還有〈司卡農莊的崛起〉。她一路翻到書的最後一頁，猜想那應該是最有意思的內容。最後一章的題目是〈現行政治架構〉。

她讀到：就目前爲止，跟先前之方法相比，農莊系統之穩定度大勝從前。統御區之架構，亦即由每區區長統治且管理他的司卡，造成相互競爭的環境，紀律因此受到嚴格執行。統御主顯然覺得此系統讓他相當困擾，因爲它給予貴族極大自由，但於本階段中罕見之有組織的司卡反叛行動亦相當值得注意。自從兩百年前應用該系統後，於五大內部統御區中已無重大反叛事件的發生。

當然，該政治系統僅爲更上層之神權統治系統之延伸。貴族的獨立由重新受到重視之聖務官執行制度調和。因此，無論多麼高位之貴族，均不該自認不受聖務官管理。審判者之傳喚可送予任何人。

紋皺眉。雖然書本的文筆相當枯燥，但她還是很訝異統御主會允許有人對他的帝國進行如此深入的分析討論。她靠回椅背上，拿著書本，但沒繼續閱讀。她因爲過去幾小時試圖從舞伴身上挖掘情報而感到相當疲累。可是，政治不會理會她的疲累，雖然紋盡力表現出全神貫注於依藍德的書本上的模樣，但一個身影還是很快來到她的桌邊。

紋嘆口氣，準備要接下一支舞，卻旋即發現來人並非貴族，而是一名泰瑞司侍從官。他和沙賽德一樣穿著重疊V形布料的外袍，而且很喜歡穿戴珠寶。

「法蕾特．雷弩貴女？」高大男子以略有口音的聲音問道。

「是的。」紋遲疑地回答。

「我的主人。珊．艾拉瑞爾貴女要妳前去她的桌子。」

要？紋心想。她不喜歡這個口氣，也不想跟依藍德的前任未婚妻見面。可惜的是，艾拉瑞爾是上族之一，應該不是能揮之即去的人物。

泰瑞司人期待地等著。

「好吧。」紋說道，盡力以最優雅的姿態起身。

泰瑞司人領著紋走到離她不遠的一張桌子旁。大概有五名女子圍繞著桌子，可是紋仍一眼就認出珊是誰。艾拉瑞爾貴女想必就是那名有著深色長髮的高貴女子，因爲她沒有參與任何討論，卻似乎主導著所有對話。她的手臂上閃爍著跟禮服搭配的薰衣草色手環，對到來的紋投以淡漠的目光。

丐。

然而，她的目光相當銳利，紋暴露在她的目光下，覺得自己被剝去華服，只留下滿身骯髒的小乞丐。

「請各位讓我們獨處一下。」珊說道。所有女子立刻依言起身，以莊重卻快速的步伐離開桌邊。珊拾起一支叉子，開始精準地切割、吞下一小塊蛋糕甜點。紋不確定地站在原地，泰瑞司人則是站在珊的椅子後方。

「妳可以坐下來了。」珊說道。

我覺得自己好像又變成司卡一樣，紋心想，一面坐下。貴族也會這樣對待彼此嗎？

「妳如今的處境令人羨慕，孩子。」珊說道。

「怎麼說呢？」紋說道。

「以『珊貴女』稱呼我。」珊說道，她的語調毫無改變。「或者妳也可以用『貴女大人』這樣的稱呼。」

珊等著，一口一口精細地吃著蛋糕。終於，紋說道：「怎麼說呢，貴女大人？」

「因爲年輕的泛圖爾大人決定利用妳來進行他的遊戲。意思是妳也有機會被我利用。」

紋皺眉。記得別露出馬腳。妳是容易被威脅的法蕾特。

「完全不要被利用不是比較好嗎，貴女大人？」紋小心翼翼地說道。

「胡說。」珊說道。「就連妳這樣完全沒有修養的蠢蛋也應該瞭解，讓自己在上層人物的眼中成爲有用之人是很重要的事情。」珊說這些話時，即便是其中侮辱紋的部分也毫無戾氣，好像她認爲紋本來就應該同意這些話似的。

紋瞠目結舌地坐下。沒有別的貴族這麼對待她過，當然，她唯一接觸過的上族就是依藍德。

「我從妳空洞的神情看出妳接受了自己的地位。」珊說道。「好好去做，孩子，也許我會讓妳成爲我的陪行仕女之一。妳從陸沙德的仕女身上可以學到很多。」

「例如？」紋問道，試圖不讓怒氣滲入聲音。

「妳偶爾也該看看自己，孩子。妳的頭髮像是剛生過一場可怕的大病，瘦到身上的禮服像是個布袋一樣掛在妳身上。要成爲陸沙德的仕女，需要……完美。不是像那樣。」她說著最後兩個字的同時，一面朝紋輕視地揮一揮手。

紋滿臉漲紅。這個女子羞辱人的態度具有奇特的力量。紋猛然驚覺，珊讓她聯想到她曾經認識的一些集團首領，最近一個就是凱蒙——這些人打人時完全不認爲有人會反抗他們，因爲每個人都知道反抗這種人只是意謂著會被打得更慘。

「您要我做什麼？」紋問道。

珊挑起眉毛，一面將叉子放下，蛋糕只吃了一半。泰瑞司人端起盤子離去。「妳眞的很遲鈍哪？」珊問道。

紋想了想。「您要我做什麼，貴女大人？」

「我會告訴妳——如果泛圖爾大人決定繼續跟妳玩玩。」紋發現她在說依藍德的名字時，眼中露出的極細微的恨意。

「現在……」珊繼續說道。「跟我說說你們今晚的對話。」

紋開口要回答，但……有哪裡覺得不對勁。她只有感覺到最細微的一絲——如果沒有微風的訓練，她甚至可能不會注意到。

安撫者？有意思。

珊正試著讓紋聽話，或許是讓她吐露眞相？紋開始重複她跟依藍德的對話，避開任何可能會引起對方興趣的部分，可是還是有哪裡不對勁，是珊操弄自己情緒的手法。紋從眼角描到珊的泰瑞司人從餐廳回來，卻沒有走回珊的桌邊，而是朝另一個方向走去。

走向紋的桌子。他站在桌子邊，開始翻動依藍德的書。

不管他想找什麼，我都不能讓他找到。

紋突然站起，終於引起珊的明顯反應——後者驚訝地抬起頭。

「我剛想起來，我要我的泰瑞司人在桌邊找我！」紋說道。「如果我沒坐在那裡，他會擔心的！」

「我的統御主啊。」珊低聲咒罵。「孩子，不需要——」

「對不起，貴女大人。」紋說道。「我得走了。」

藉口有點拙劣，但這已經是她能想得到最好的一個。紋屈膝鞠躬，從桌邊退開，留下對她相當不滿的女子。那名泰瑞司人很厲害——紋才剛離開珊的桌邊數步，他就已經發現紋的動向，便自然地走回珊的桌邊。紋回到桌子旁，不知道自己這麼無禮地離開珊會不會闖出什麼麻煩，可是她已經累到管不了這麼多了。她注意到另一群年輕人正在打量她，因此她連忙坐下，打開一本依藍德的書。

幸好，這次看書這個計謀比較有成效。年輕男子們終於慢慢離開，留下紋可以靜靜一人靠著椅背，略微放鬆，讓書攤在面前。夜開始深了，舞會中的人群也開始散去。

這些書，她皺眉地想，端起自己的果汁，啜了一口。*那個泰瑞司人要這些書幹麼？*她一眼掃過桌面，想要看出是否有哪些書被翻動過，但依藍德放書的方式本來就已經亂成一團，實在很難分別。可是，壓在另外一本厚書下面的薄書引起她的注意。其他的書本多半被攤開在某一頁，她也看過依藍德在讀它們，可是這本是闔起來的，在她記憶中，他從未翻看過這本書。它原本就在桌上，而她會認得的原

因也是因爲它比一般的書薄很多，所以不是被那泰瑞司人安放的。

紋好奇地伸出手，將書從厚書下面抽出。上面有個黑色的皮革封面，書背上寫著《北方統御區之氣候變化》。紋皺眉，在手中翻動書本。上面沒有封面，也沒有作者，第一頁就是內容。

綜觀最後帝國全貌，有一事必爲眞，即是以一個由自稱爲神者統御的國家而言，帝國經歷了數量駭人之重大統治錯誤。大多數錯誤被成功地遮掩，只存在沸魯藏金術師之金屬意識中，或是禁書的書頁上。然而，只要檢視過去不久的歷史，即可發現極大的失誤，如戴凡奈大屠殺、深闇教義之改版，還有雷奈特族之強迫遷徙。

統御主不會年老，這部分至少是無庸置疑的。然本書之立論爲證明他絕非無所不能、全無謬誤。在昇華之前，人類因無止境的國王、皇帝、統治者輪迴而遭受無盡混亂與動蕩折磨。如今有單一且永生不死之統治者，社會理當有機會找到穩定與開明；然而，兩者明顯於最後帝國內皆不可得，此正爲統御主最嚴重之缺疏。

紋盯著書頁。有些用字遣詞超過她的閱讀能力，但她能抓到作者的意思。他正說……

她連忙闔起書，趕緊將它塞回原位。如果聖務官發現依藍德擁有這本書會發生什麼事？她瞥向兩旁。他們當然在場，跟在其他舞會中一樣與眾人交際，但他們的灰色外袍跟眼部刺青卻又那麼明顯不同於一般人。不少聖務官跟其他貴族一起坐在桌邊。朋友？還是統御主的間諜？當有聖務官在場時，似乎沒有人覺得自在。

依藍德拿那種書做什麼？他可是上族啊！他怎麼會去讀詆毀統御主的書？

一隻手落在她的肩頭，紋反射性地轉身，白鑞跟紅銅同時在腹部驟燒。

「哇。」依藍德說道，往後退一步，舉起手。「有人告訴過妳，妳緊張時反應很激烈嗎？法蕾特。」

紋放鬆下來，靠回椅背，熄滅金屬。依藍德大搖大擺地走回原位坐下。「妳喜歡讀賀伯倫嗎？」

紋皺眉，依藍德朝躺在她面前的厚重大書點點頭。

「不喜歡。」紋回答。「讀起來很無聊。我只是假裝在看書，好讓那些男子別一直來煩我。」

依藍德輕笑。「妳看，眞是聰明反被聰明誤。」

紋挑起一邊眉毛，看著依藍德開始收書，層層堆好在桌上。他似乎沒有注意到她動過那本「氣候」書，但他的確小心翼翼地將它夾入書堆中。

紋將目光移開書本。*我想珊的事情先別跟他說得好，至少得等我先跟沙賽德談過。*「我覺得我的聰明並沒有誤到我什麼。」她反而說道。「畢竟我是來舞會跳舞的。」

「我認爲跳舞這件事的好處被過分渲染了。」

「你不能永遠疏離宮廷，泛圖爾大人——你是一個重要上族的繼承人。」

他嘆口氣，伸展身體，靠回椅背。「我想，妳說得對。」他以出人意料的坦白說道。「可是我撐得越久，我父親就會越生氣。光這一點就是很值得努力的目標。」

「你傷害的人不只是他。」紋說道。「那些因爲你忙著翻書而從來沒被人邀舞的女孩子怎麼辦？」

「如果我沒記錯……」依藍德說道，將最後一本書疊好。「有人剛才還在假裝讀書，好躲避跳舞。我不覺得淑女們會很難找到比我更適合的舞伴。」

紋單挑眉毛。「我沒問題是因爲我是新來的，而且位階不高。我想與你位階差不多的仕女們不容易找得到舞伴，更遑論合不合適。就我瞭解，貴族男士們不喜歡跟比自己位階高的仕女共舞。」

依藍德停下動作，顯然是想找話反駁她。

紋向前傾身。「到底是什麼原因，依藍德·泛圖爾？你爲什麼這麼執著於躲避你的責任？」

「責任？」依藍德反問，靠向她，身體語言傳達出一片誠懇。「法蕾特，這不是責任。這個舞會……只不過是錦上添花，供人消磨時光而已。根本就是浪費時間。」

「那女人呢？」紋問道。「也是浪費嗎？」

「女人？」依藍德回問。「女人就像……暴風雨。看起來很美，有時候聽起來也很愉快，但大多數時間只是不方便。」

紋感覺到嘴巴似乎有點收不回來的趨勢。然後，她注意到他眼中的閃爍和嘴角的笑意，發現自己也報以微笑。「你這麼說只是想激我而已！」

他的笑意更深。「這就是我的迷人之處。」他站起身看著她，眼中帶著真切的喜愛。「唉，法蕾特，別讓他們帶妳走向自我膨脹的歧途，那條路實在太累了，犯不著花這麼多精神。不過呢，我得先跟妳道聲晚安了。下次別再這樣，隔好幾個月才來參加一次舞會。」

紋一笑。「我會考慮考慮。」

「請妳考慮一下。」依藍德說道，彎腰將高高一疊書捧起，身體略微搖晃片刻後穩住，然後從書堆後探出頭來瞧她。「說不定有一天妳能說服我跟妳一起走入舞池。」

紋微笑，點點頭，看著貴族男子轉身離開。很快的，他身邊就多了另外兩名年輕男子。紋好奇地看著其中一人友善地拍拍依藍德的肩膀，然後接過他一半的書。三人邊走邊聊離開。

紋不認得那些新來的人是誰。她坐在原地深思，直到沙賽德終於從旁邊的走廊中出現。紋迫不及待地揮手要他上前，他連忙加快腳步。

「那些跟泛圖爾大人在一起的人是誰？」紋問道，指向依藍德。

沙賽德在眼鏡後的雙眼瞇起。「咦……其中一人是加斯提‧雷卡大人。另一名是海斯丁家族的人，但我不知道他的名字。」

「你聽起來有點詫異。」

「雷卡跟海斯丁都是泛圖爾的政治對手，主人。貴族們經常會在舞會後舉行的小宴會裡會面、安排結盟……」泰瑞司人停下，轉身面對她。「凱西爾主人應該會想聽到這個消息。我們該走了。」

「我同意。」紋說道，站起身。「我的腳也同意。走吧。」

沙賽德點點頭，兩人走向前門。「你怎麼去了那麼久？」紋問道，等著門房將她的披肩拿來。

「我回來了幾次，主人。」沙賽德說道。「可是妳一直在跳舞。我想我跟僕人們交談會比站在妳的桌旁有用。」

紋點點頭，接下披肩，然後走出前門的樓梯，沿著地毯台階走下，沙賽德跟在她身後。她的腳步相當輕快——因爲急著回去告訴凱西爾她記下的名字，免得忘記。她停在樓梯下方，等著僕人叫來她的馬車。她一面等著，一面注意到奇怪的事情。不遠的霧中有一陣騷動。她上前一步，但沙賽德按住她的肩膀不讓她前進。貴族仕女是不會在霧中亂走的。她原本要燃燒紅銅跟錫，卻停了下來——騷動越來越近，最後一名士兵從霧中走出，抓著一具瘦小的掙扎身影——一個司卡男孩，身上穿著骯髒的衣服，臉上滿是灰燼。士兵遠遠躲過紋，道歉似地朝她點點頭，走向其中一名侍衛長官。紋燃燒錫好聽見他們的交談。

「廚房的打雜小廝，」士兵低聲說道。「正在等貴族馬車門開時，想要衝上去向他們乞討。」

長官只是點點頭。士兵拉著他的囚犯走回霧中，朝中庭遠方走去。男孩掙扎，士兵煩怒地悶哼，牢牢抓著不放。紋看著他離去，沙賽德的手更用力按在她肩膀，彷彿在制止她。她當然是幫不了那男孩，他不應該——

在霧裡，在一般人看不到的地方，士兵抽出匕首，割了那男孩的咽喉。紋全身震驚地一顫，聽到男孩的掙扎聲漸漸消退。士兵放開屍體，然後抓住一隻腳，開始拖走他。

紋震驚地站在原地，無視於上前來的馬車。

「主人。」沙賽德提醒，但她仍然站在原地。*他們殺了他*，她心想。*就在那裡，離貴族們等馬車幾步遠外的地方。彷彿……殺死這麼一個人是沒什麼特別的事。只是一名司卡被屠殺。像是宰殺動物一樣。*

甚至連動物都不及。沒有人會在堡壘的中庭裡殺豬。士兵殺人時的姿勢意謂著他只是覺得男孩一直掙扎很煩，所以懶得找更合適的地點。如果紋身邊有其他貴族注意到這件事，他們也毫不理會，繼續聊天等馬車。其實，尖叫聲停止後，他們似乎聊得更起勁了。

「主人。」沙賽德再度說道，推著她上前。她允許自己被帶上馬車，思緒仍舊紛亂無比。對她而言，這似乎是不可能的對比。和善的貴族們跳著舞，在一個充滿閃爍光亮和禮服的房間，中庭裡卻有人喪命。他們不在乎嗎？他們不知道嗎？

*這是最後帝國，紋。*她告訴自己，馬車絕塵而去。*不要只因為妳看到一丁點兒絲綢就忘記了灰燼。如果裡面那些人知道妳是司卡，他們會輕鬆地殺了妳，就像殺了那名男孩一樣。*

這是個令人全身冰冷的念頭，在她回到費理斯的一路上，都無法擺脫它。

關和我是意外遇到的——不過我想他會說那是「神意」。

我從那天起，見過許多泰瑞司哲人。他們每個人都充滿了豐富的智慧與深奧的哲理，身分地位明白地彰顯於外表。

關並非如此。幾乎可以說，他跟我一樣，都是外表與身分不符的人——我不像英雄，他不像先知。他從來不刻意凸顯自己的智慧——他甚至不是宗教學者。當我們第一次見面時，他正在偉大的克雷尼圖書館中鑽研他眾多可笑興趣中的某一項——我記得他是想判斷樹木到底會不會思考。

因此，偉大的泰瑞司英雄預言居然是被他發現的，眞是足以令我捧腹大笑——可惜結局稍微不遂人願。

19

凱西爾可以感覺到白霧中有另一名鎔金術師的力量鼓動，像是浪潮，規律地拍打在寧靜的海岸上，震動微弱，卻清晰分明。

他蹲在一座花園矮牆上，聆聽著鼓動的來源。翻攪的白霧繼續它慣常的平和飄動，對周遭無動於衷，只不過會因爲他四肢散發的鎔金術力量而纏繞得更近一點。

凱西爾在夜色中瞇起眼睛，驟燒白鑞，尋找另一名鎔金術師。他覺得在遠方牆頭上看到了另一個蹲踞的身影，但不是很確定。不過他認得傳來的鎔金震動。每一種金屬被燃燒時都會散發出獨特的訊號，對熟悉青銅者來說清晰可辨。遠方的人在燃燒錫，一如凱西爾感應到隱藏在太齊爾堡壘周遭的另外四名鎔金術師。一共五名錫眼圍繞成一個圈正觀察著黑夜，尋找侵入者的蹤影。

凱西爾微笑。上族們已經開始覺得緊張了。對於太齊爾這種家族而言，安排五名錫眼守夜不是難事，但這些貴族鎔金術師會抱怨自己爲什麼要被強迫來做單純守衛的工作。如果有五名錫眼在守衛，那應該還有一些打手、射幣和扯手隨時待命。

陸沙德正悄悄地進入警戒狀態之中。

上族變得警覺到連凱西爾都很難發現攻破其防衛的破綻。畢竟他只有孤身一人，迷霧之子也並非萬能。他到目前爲止的成功都是靠突襲得來，但現在有五名錫眼在看守，凱西爾很難在不被發現的情況下靠近堡壘。

幸好今晚不需要測試太齊爾的防衛能力。他沿著牆來到了外圍庭園，在花園井邊停下，一面燃燒青銅確認附近沒有鎔金術師，一面探入一堆樹叢，拉出一個大袋子。袋子重到他得燃燒白鑞才能拉起、拋過肩頭。他在夜裡站了片刻，努力地想分辨霧氣中的聲音，然後將袋子拖向堡壘。

他在一座小沉思池旁的白色石板平台邊停下腳步，將袋子從肩頭甩下，裡面的東西順勢被拋在地上——這是一具剛死亡不久的屍體。

屍體滾落地面，面朝下趴定不動，背上兩道匕首傷口顯而易見——這是查斯．恩創大人。凱西爾在司卡貧民區外的街道上突襲了這名喝得半醉的貴族，讓世界上的貴族又少了一名。世人尤其不會懷念恩創大人，因爲他以喜好變態的娛樂出名。他最喜歡的娛樂之一就是看司卡死鬥，這也是他今晚的去處。

當然，恩創是太齊爾家族的重要政治盟友一事也並非偶然。凱西爾讓屍體倒在自己的血泊之中。園丁會先發現他，一旦被僕人們知曉，無論貴族們嘴巴有多牢，消息都會傳開。這起謀殺將會引起某些人的震怒，而且應該立刻就會怪在依森瑞身上，他們是太齊爾的敵對家族。然而，恩創令人疑竇的猝死可能會讓太齊爾格外謹慎，因此如果他們繼續探聽下去，就會發現恩創在死鬥那晚的賭注對手是克魯斯．詹芬利——他的家族最近正跟太齊爾請求達成更穩固的聯盟。眾人均知克魯斯是迷霧之子，尤其擅長使匕首。

因此，謎團就會出現。是依森瑞殺的？還是詹芬利下的手，好讓太齊爾進入更高的警戒狀態，因此鼓勵他們在低階貴族中尋找盟友？還是，有第三個答案——有家族想要增強太齊爾跟依森瑞間的敵對關係？

凱西爾跳下花園牆頭，搔抓著臉上的假鬍子。太齊爾最後決定怪誰不重要，凱西爾的真正目的是要他們質疑跟擔心，讓他們不信任且誤解彼此。

在培養家族戰爭中，混亂是他最強大的盟友。一旦戰爭終於開打時，每個被殺死的貴族都會讓司卡反叛軍少一名敵人。凱西爾一離太齊爾堡壘有一小段距離便立刻翻彈錢幣，跳上屋頂。偶爾，他會猜想屋頂下方住戶在聽到他的腳步聲時會怎麼想。他們知道迷霧之子覺得他們的屋頂是很方便的快速道路，是可以不受守衛或小偷打擾的行動場所嗎？還是他們會把撞擊聲怪在飽受責難的霧魅身上？

他們可能什麼都不知道。正常人在白霧出來時早就睡了。他落在一座尖起的屋頂上，從縫隙間掏出懷錶來看看時間，然後又將金屬錶及錶帶帶來的危險一併藏回原處。許多貴族會大剌剌地在身上配戴金屬，那算是某種愚蠢的逞能，這個習慣是直接從統御主那邊得來的。但凱西爾不喜歡在身上攜帶不必要的金屬——無論是懷錶、戒指或是手鍊。

他再次躍入空中，繞向炭窩——在城市北邊的司卡貧民區。陸沙德是個朝四面八方擴展的巨大城市，每隔幾十年就會增添新的區域，城牆在司卡的血汗中被擴建。進入現代運河時期後，石頭的運輸變得越來越便宜且簡單。

不知道他為什麼還要費心築城牆，凱西爾心想，沿著屋頂和巨大的建築物平行移動。還會有誰來攻擊？統御主控制一切。連西方諸島都不再反抗了。

好幾個世紀以來，最後帝國沒有發生過真正的戰爭。偶爾的「反叛」也不過就是幾千人藏在山林或洞穴裡，定期出來劫掠。就連葉登的反抗軍也不是倚賴力量——而是打算利用家族戰爭引發的混亂，搭配對陸沙德警備隊的技巧性誤導，好讓他們能有得手的機會。如果得長期抗戰，凱西爾會輸。有需要的話，統御主跟鋼鐵教廷隨時可以動員數百名的兵力。

當然，他還有另一個計畫。凱西爾不提它，甚至不敢想它，大概也沒有機會執行。可是，如果有機會……

他在炭窩外區落地，拉緊了迷霧披風，自信地走在街上。他的聯絡人坐在一間已關門的店舖門口，靜靜地抽著菸斗。凱西爾挑起眉毛。菸草是昂貴的奢侈品。霍伊得要不就是浪費成性，再不然就是真有多克森所說的那麼成功。霍伊得冷靜地收起菸斗，然後站起身，但也沒因此變高多少。瘦矮的光頭佬在濃霧的夜裡深深鞠躬。「晚安，大人。」

凱西爾在男子面前停下，雙臂小心翼翼地藏在迷霧披風中。可不能讓街頭的情報販子發現跟他交易的不具名「貴族」手臂上居然有海司辛的疤痕。

「推薦你的人對你大為稱讚。」凱西爾說道，模仿貴族的高傲口音。

「我的確是最優秀的人選之一，大人。」

能活得像你這般久的人一定很行，凱西爾心想。貴族不喜歡有人知道他們的消息，所以情報販子通常活不久。

「我需要情報，販子。」凱西爾說道。「可是你首先必須發誓絕對不可對別人談起這次會面。」

「當然，大人。」霍伊得說道。他大概不用等今晚過去就會違背承諾——這是情報販子活不久的另一個原因。「不過，費用的問題……」

「你會拿到錢的，司卡。」凱西爾喝斥。

「當然，大人。」霍伊得連連點頭說道。「大人要求得到雷弩家族的情報是吧……」

「對。它有什麼消息？它跟哪些家族聯盟？我要知道這些事情。」

「沒有太多消息，大人。」霍伊得說道。「雷弩大人剛到這裡，行事非常謹慎，目前尚未有結盟對象，也沒有敵人。他買了相當大量的武器跟盔甲，但可能只是從許多家族跟商人購買，好跟他們都能攀到關係。這是很睿智的策略。也因此，他可能手上會有過多的貨品，但他也會擁有很多的朋友，是吧？」

凱西爾哼了一聲。「如果只是這種消息，我幹麼付錢給你。」

「他手上會有過多貨品，大人。」霍伊得連忙說道。「如果知道雷弩會賠本出貨，你可以大賺一筆。」

「我不是商人，司卡。」凱西爾說道。「我不在乎利潤跟出貨！」讓他去猜吧。現在他開始懷疑我是來自上族——當然，如果他看了迷霧披風還沒懷疑這件事，那他根本不配擁有那樣的名聲。

「當然，大人。」霍伊得連忙說道。「當然不止於此……」

重點來了。街上的傳言有沒有把雷弩家族跟反叛軍的動蕩傳聞連在一起呢？如果有人發現了這個祕密，凱西爾的集團就處於極大的危險之中。

霍伊得輕輕咳嗽，伸出手。

「你這個令人忍無可忍的傢伙！」凱西爾斥罵，將一袋錢拋在霍伊得的腳邊。

「是的，大人。」霍伊得說道，跪倒在地，四處摸索。「我道歉，大人。我的視力很差，就算把手舉在眼前都看不太清楚自己的手指。」

聰明，凱西爾心想，看著霍伊得找到錢袋，收起來。他方才所說關於視力如何如何當然是謊言，在地下世界混到這個程度的人不可能有這種殘疾，可是如果貴族認爲他的情報販子是半盲人，他就不會那麼擔心被指認。凱西爾是不擔心，因爲他用了多克森最好的僞裝之一，除了鬍子之外，他還戴了一個幾可亂眞的假鼻子，鞋底還特別加厚，並塗上粉底改變膚色。

「你說還不只這些？」凱西爾說道。「我發誓，司卡，如果你的消息不好……」

「一定好。」霍伊得連忙說道。「雷弩大人正考慮讓他的姪女，法蕾特貴女跟依藍德．泛圖爾大人連姻。」

凱西爾呆了一下。沒想到會是這個……「太蠢了。泛圖爾遠高過雷弩。」

「這兩名年輕人在一個月前的泛圖爾舞會中被人看見交談了許久。」

凱西爾大笑。「每個人都知道這件事。這又沒什麼大不了。」

「是嗎？」霍伊得問道。「難道每個人都知道依藍德大人在他於折羽酒吧聚會的貴族朋友們之間，對那女孩讚譽有加？」

「年輕人聊聊女孩子而已。」凱西爾說道。「沒什麼大不了。把錢還我。」

「等等！」霍伊得說道，首次聽起來有點焦慮。「不只如此。雷弩大人以及泛圖爾大人之間有祕密交易。」

什麼?!

「是真的。」霍伊得繼續說道。「這是新消息——我也是不到一個小時前才收到。雷弩跟泛圖爾之間有關連。不知爲何，雷弩大人能夠要求依藍德．泛圖爾大人被派來舞會，照顧法蕾特貴女。」他壓低聲音。「甚至有人偷偷傳言，雷弩大人握有泛圖爾的某個……把柄。」

今天晚上在舞會到底發生了什麼事？凱西爾心想。不過他口上仍說：「這聽起來很薄弱，司卡。你除了空洞的猜測之外，沒別的了嗎？」

「關於雷弩是沒有了，大人。」霍伊得說道。「我試過了，但您對這個家族的擔憂是不必要的。您應該挑一個更靠近政治核心的家族，例如艾拉瑞爾……」

凱西爾皺眉。霍伊得提艾拉瑞爾的意思是他有關於該家族的重要消息，值得凱西爾付的錢。雷弩的祕密似乎安全了。現在該將討論轉移到別的家族，免得讓霍伊得懷疑凱西爾爲何如此執著雷弩。

「好吧。」凱西爾說道。「可是這如果不值得我花時間……」

「値得，大人。珊．艾拉瑞爾貴女——是安撫者。」

「證據？」

「我感覺到她碰觸我的情緒，大人。」霍伊得說道。「一個禮拜前在艾拉瑞爾的縱火事件中，她去安撫僕人的情緒。」

火是凱西爾放的。可惜它沒有延燒超過守衛室的範圍。「還有呢？」

「艾拉瑞爾家族最近允許她在宮廷聚會中更常使用她的力量。」霍伊得說道。「他們擔心會有家族戰爭的爆發，因此希望她盡力拉攏盟友。她右邊的手套隨時都有一個薄薄的信封，裡面裝的是黃銅薄片。只要讓搜尋者在宴會中靠近她，您就可以看出來，大人，我沒有說謊！做爲情報販子，我的性命完全仰賴我的名聲。珊·艾拉瑞爾貴女千眞萬確是名安撫者。」

凱西爾半晌沒有反應，好像在沉思。這名情報販子對他而言毫無用處，但他眞正的目的是要瞭解雷弩家族的消息，而這點已經被滿足。霍伊得的情報已爲他換來相當的酬勞，無論他知不知道這點。

凱西爾微笑。現在該散布更多混亂了。

「那珊跟沙門·太齊爾的祕密關係呢？」凱西爾說道，隨意挑了一個可能有關係的年輕貴族的名字。「你覺得她是運用自己的力量好攬獲他的好感嗎？」

「絕對是的，大人。」霍伊得連忙說道。凱西爾看到對方眼中出現的興奮，他以爲凱西爾免費給了他一件美味的小道消息。

「也許上禮拜就是她爲艾拉瑞爾取得了跟海斯丁的合約。」凱西爾思考般地說道。根本沒有這張合約。

「很有可能吧，大人。」

「好吧，司卡。」凱西爾說道。「錢你可以拿走了。也許下一次我還有用到你的機會。」

「謝謝大人。」霍伊得說道，深深鞠躬。

凱西爾抛下一枚錢幣，讓自己飛入空中。落在屋頂上時，他瞄到霍伊得連忙上前把錢幣從地上拾起。霍伊得雖然「眼睛不好」，但找錢可沒問題，凱西爾微笑想著，然後繼續移動。霍伊得沒對凱西爾的遲到多說什麼，但凱西爾的下一個見面對象可不會這麼容易寬恕他。他一路東行，朝奧司托姆廣場前進，邊走邊脫下迷霧披風，然後扯下背心，露出破爛的襯衫。他落在一條小巷中，脫掉披風跟襯衫，從角落抓了兩把灰燼，將粗糙的黑屑塗抹在手臂上，隱藏上面的疤痕，也順便揉入臉跟假鬍子裡。

幾秒鐘後從小巷中踉踉而出的男子，跟和霍伊得見面的貴族大爲不同。原本整齊的鬍子現在凌亂地朝四面八方突出，他還扯下其中幾塊，讓鬍子看起來參差不齊，有如大病初癒後的樣子。凱西爾跌跌撞撞地走著，假裝跛腿，對廣場安靜的噴泉旁站著的隱約身影喊道：「大人？」凱西爾以沙啞的聲音說道。「大人，是您嗎？」

史特拉夫・泛圖爾——泛圖爾家族的領袖——在貴族間算是甚爲威猛的男子。凱西爾可以看到他身邊站了兩名侍衛，大人似乎不將白霧放在心上，眾人皆知他是個錫眼。泛圖爾堅定地上前一步，決鬥杖敲著身邊的地面。

「你遲到了，司卡！」他斥責。

「大人，我……我……我在小巷裡等著，大人，正如我們的約定。」

「我們沒有這種約定！」

「對不起，大人。」凱西爾再次說道，深深鞠了躬，然後身體一歪，因爲他「瘸腿」。「對不起，對不起，我只是站在巷子裡，我不是故意要讓您等的。」

「你這傢伙，沒看到我們嗎？」

「對不起，大人。」凱西爾說道。「我的眼睛……不太好。幾乎看不見伸在面前的十指。」多謝提供這個小伎倆，霍伊得。

泛圖爾悶哼一聲，將決鬥杖交給一名守衛，然後用手大力朝凱西爾臉上揮去。

凱西爾跌倒在地，捧著臉頰。「對不起，大人。」他再次喃喃道。

「你再讓我等一次，向你招呼去的就會是我的決鬥杖。」泛圖爾冷冷地說。

好吧，那下次我有屍體要丟在某人家的草坪上時，我知道該去哪裡了。凱西爾心想，跌跌撞撞地站起身。

「好了。」泛圖爾說道。「我們來談正事。你答應要告訴我的重要情報是什麼？」

「是艾瑞凱勒，大人。」凱西爾說道。「我知道大人之前跟他們打過交道。」

「然後呢？」

「大人，他們大大騙了你。他們一直以你的半價在將劍跟決鬥杖賣給太齊爾！」

「證據呢？」

「你只需要看看太齊爾的新裝備即可，大人。」凱西爾說道。「我是說真的。我只剩下我的信譽！如果我喪失信譽，我等於喪失生命。」

他沒有說謊，至少沒有完全說謊。如果凱西爾散布的消息是泛圖爾能輕易推敲出來或立刻查驗為假的消息，那就沒有用了。他的部分話是真的——太齊爾是多給了艾瑞凱勒一點好處，不過當然到了凱西爾口中就被放大。如果他好好操弄，可以讓艾瑞凱勒跟泛圖爾兩大家族間產生嫌隙，同時讓泛圖爾嫉妒太齊爾。如果泛圖爾去跟雷弩而非艾瑞凱勒買武器……這算是錦上添花的好處。

史特拉夫．泛圖爾哼了一聲。他的家族相當強盛，強盛得不可思議，因此並不仰賴特定的產業或生意來積蓄財富。根據統御主的稅收跟天金的價格，這在最後帝國是很難達成的地位，更讓泛圖爾成為凱西爾的重要工具。如果他能真假參半地給這個人情報……

「這個消息對我來說沒什麼用。」泛圖爾突然說道。「我們來看看你到底知道多少，販子。跟我說說海司辛倖存者的事情。」

凱西爾全身一僵。「大人，您說什麼？」

「你想拿錢嗎？」泛圖爾問道。「那就跟我說倖存者的消息。有傳言說他回到陸沙德了。」

「只是傳言而已，大人。」凱西爾連忙說道。「我從未見過這名倖存者，但我懷疑他在陸沙德，甚至他仍存於人世。」

「我聽說他正在聚集司卡反抗軍。」

「總是有幾個笨蛋教唆司卡反叛，大人。」凱西爾說道。「總也有人試圖利用倖存者的名字，但我不相信有任何人能從深坑中倖免於難。如果您需要的話，我可以探查進一步的資料，但我擔心您會對我找出的結果感到失望。倖存者死了——統御主大人……他不會允許這種失誤發生。」

「沒錯。」泛圖爾深思地說道。「可是司卡似乎堅信這個『第十一金屬』的傳言。你聽說過嗎，販子？」

「啊，有的。」凱西爾說道，掩藏自己的驚訝。「這是個傳說，大人。」

「我從來沒聽說過的傳說。」泛圖爾說道。「而且我對這種事情非常仔細。這不是『傳說』。有個很聰明的人正在以此操控司卡。」

「啊……這個結論很有意思。」凱西爾說道。

「的確是。」泛圖爾說道。「如果倖存者眞的死在深坑裡，而如果有人得到他的屍體……他的骨骸……有辦法可以僞裝一個人的外貌。你知道我的意思吧？」

「是的，大人。」凱西爾說道。

「去查查。」泛圖爾說道。「我對你的小道消息不感興趣——帶給我關於這個人或這個東西的消息，能讓我循線查到司卡。那時候你才能拿到我的錢。」泛圖爾在黑暗中轉身，向他的手下招招手，留下深思的凱西爾。

凱西爾不久後回到雷弩大宅。費理斯跟陸沙德之間的金屬大道讓兩者之間的旅程很快便結束。金屬棍不是他放的，他也不知道是誰放的。他經常在猜想，如果他在金屬大道上來往時碰上另一名朝反方向移動的迷霧之子，會發生什麼事。

*大概會忽視對方吧，*凱西爾心想，一面落在雷弩大宅的花園中。*我們蠻擅長這種事的。*

他透過白霧朝點滿燈籠的大宅望去，取回的迷霧披風在平靜的風中輕輕翻飛。空無一人的馬車意謂著紋跟沙賽德從艾拉瑞爾大宅回來了。凱西爾發現兩人在客廳裡，正跟雷弩大人低聲交談著。

「這是你的新造型啊。」紋看著走入房間的凱西爾說道。她仍然穿著她的舞會服，一件美麗的紅色禮服，不過，她把雙腳塞在身下，坐姿相當不淑女。

凱西爾暗自微笑。*幾個禮拜前，她一定一回來就把衣服換掉。我們早晚會讓她成為真正的淑女。*他找到位置坐下，扯著沾滿灰燼的髒鬍子。「妳是說這個？我聽說鬍子快要重新流行了，我只是想走在流行的尖端而已。」

紋嗤笑地一哼。「我看是乞丐風的尖端吧。」

「你的會面如何，凱西爾？」雷弩大人問道。

凱西爾聳聳肩。「沒什麼不同。幸運的是，雷弩仍然沒有受到懷疑——不過我本人倒是引起某些貴族的擔憂。」

「你？」雷弩問道。

凱西爾點點頭，看著僕人為他拿來溫熱的濕毛巾擦臉——凱西爾不確定僕人是為了他的舒適著想，還是擔心他會把灰燼沾在家具上。他擦擦手臂，露出淺白色的疤痕，然後開始拔掉鬍鬚。

「似乎一般司卡們都聽說關於第十一金屬的消息了。」他繼續說道。「有些貴族也聽說了日漸沸騰的傳聞，比較聰明的那些開始擔心起來。」

「那對我們會有何影響？」雷弩問道。

凱西爾聳聳肩。「我們會散播相反的傳言讓貴族專注於彼此而非是我。雖然好笑的是，泛圖爾大人鼓勵我去找出關於自己的消息。一直這樣假裝實在很讓人頭痛——我不知道你是怎麼辦到的，雷弩。」

「這就是我。」他簡單地說。

凱西爾再次聳肩，轉向紋跟沙賽德。「你們晚上過得如何？」

「很煩。」紋口氣不好地說道。

「紋主人有點煩躁。」沙賽德說道。「在從陸沙德回來的路上，她跟我說了跳舞時蒐集到的祕密。」

凱西爾輕笑。「沒什麼引人興趣的？」

「沙賽德早就知道了！」紋怒聲說道。「我花了好幾個小時跟那些男人轉來轉去，吱吱喳喳，結果得來的消息全無價值！」

「算不上是沒有價值，紋。」凱西爾說道，扯下最後一點假鬍子。「妳跟別人有接觸，有人看到妳，妳也練習了吱吱喳喳的技巧。至於情報——還不會有人跟妳說重要的事情。妳得再等等。」

「還要等多久？」

「妳既然身體好多了，我們可以讓妳開始定期參加舞會。幾個月後，妳應該就能累積足夠的人脈來找出我們需要的情報。」

紋點點頭，嘆口氣，不過她似乎沒有之前那麼反對定期參加舞會了。沙賽德清清喉嚨。「凱西爾主人，我覺得我必須提一件事。依藍德・泛圖爾大人坐在我們的桌子將近一整晚，但紋主人找到方法讓他的注意力在宮廷眾人之間看來比較沒有那麼具有威脅性。」

「是的。」凱西爾說道。「就我所知是如此。妳跟那些人是怎麼說的，紋？雷弩跟泛圖爾是朋友？」

紋臉色略略一白。「你怎麼知道？」

「我擁有神祕的偉大力量。」凱西爾揮手說道。「總而言之，現在所有人都以為雷弩家族跟泛圖爾家族有祕密生意往來。他們大概會認為泛圖爾一直在囤積武器。」

紋皺眉。「我不是有意要讓傳言變得這麼嚴重……」

凱西爾點點頭，搓掉下巴上的膠水。「宮廷就是如此，紋。事情失控得很快，但這個問題不大——只不過也意謂著妳跟泛圖爾家族打交道時要很小心，雷弩大人。我們得看看他們對紋的話做何反應。」

雷弩大人點點頭。「同意。」

凱西爾打個呵欠。「如果沒有別的事情，一晚上又裝貴族又扮乞丐讓我累個半死……」

「還有一件事，凱西爾主人。」沙賽德說道。「在夜晚將近時，紋主人看到依藍德．泛圖爾大人跟雷卡跟海斯丁家族的年輕大人們一起離開舞會。」

凱西爾停下腳步，皺眉。「這種組合很奇怪。」

「我也是這麼想。」沙賽德說道。

「他也許只是想激怒他的父親，」凱西爾思索般地說道。「在公開場合與敵人交際……」

「也許吧。」沙賽德說道。「但那三人看起來的確是好朋友。」

凱西爾點點頭，站起身。「再去多查查，阿沙。有可能泛圖爾大人跟他的兒子把我們當笨蛋在要。」

「是的，凱西爾主人。」沙賽德說道。

凱西爾離開房間，伸展身體，將迷霧披風遞給一名僕人。他走上東向的樓梯時，聽到匆忙的腳步聲，一回身就看到紋急急忙忙地跟來，雙手撩高閃閃發光的紅禮服爬著樓梯。

「凱西爾。」她輕聲說道。「還有一件事。我想跟你談談。」

凱西爾挑起眉毛。有事她不想被沙賽德聽見？「去我的房間吧。」他說道，她跟上他的腳步來到樓梯上方，進入房間。

「什麼事？」他問正忙著關門的她。

「依藍德大人。」紋說道，頭低低的，看起來有點不好意思。「沙賽德已經不喜歡他了，所以我不想在別人面前談起這件事。可是，今天晚上我發現一件怪事。」

「什麼事？」凱西爾好奇地說道，靠著桌子。

「依藍德手上抱著一疊書。」紋說道。

直呼名字，凱西爾不贊許地想著。她喜歡上那男孩了。

「大家都知道他讀很多書。」紋繼續說道。「可是這些書……他不在時，我翻了幾本。」

好孩子。街上的生活至少讓妳的直覺很不錯。

「其中一本引起我的注意。」她說道。「書名是在說氣候，但裡面的文字是在討論最後帝國與它的缺點。」

凱西爾挑起眉毛。「它是怎麼寫的？」

紋聳聳肩。「關於統御主大人既然是長生不老的，他的帝國應該更先進更和平。」

凱西爾微笑。「那是《僞日出之書》——任何守護者都能把整本書背給妳聽。我以為沒有抄本還存在世上呢。它的作者——德魯斯·庫佛繼續寫了一些更詆毀的書。雖然他沒有詆毀鎔金術，但聖務官在他的案子中開了先例，仍然用鉤子把他吊死了。」

「嗯。」紋說道。「依藍德有一本。我想其中一名貴族仕女想要找到那本書。我看到她的僕人之一去翻動他的書。」

「哪位貴族仕女？」

「珊·艾拉瑞爾。」

凱西爾點點頭。「前任未婚妻。她大概在找可以勒索小泛圖爾的東西。」

「我猜她是鎔金術師，凱西爾。」

凱西爾心不在焉地點點頭，想著這個資訊。「她是安撫者。她去動書應該是對的方向——如果泛圖爾的繼承人正在讀《僞日出之書》之類的作品，更不要提笨到會帶在身邊……」

「有這麼危險嗎？」紋問道。

凱西爾聳聳肩。「普通。它是本比較老的書，而且並沒有直接鼓吹反抗，所以應該還可以混得過去。」

紋皺眉。「這本書聽起來對統御主大人蠻批判的。他允許貴族讀那種東西？」

「他其實不『允許』他們做這種事。」凱西爾說道。「不過他們這麼做時，他通常視而不見。禁書是很麻煩的事情，紋——教廷對一本書鬧得越大，它就會引起越大的注意，更多人就會想去讀。《僞日出之書》是本很悶的書，而光靠不去禁它，教廷就能讓它沒沒無聞下去。」

紋緩緩點頭。

「況且……」凱西爾說道。「統御主大人對待貴族比對待司卡要寬容太多了。他將他們視爲那些據說協助他打敗深闇，同時已經死去多年的朋友跟盟友的子嗣，所以偶爾會在讀危險著作或謀殺親人的罪名上面放他們一馬。」

「所以……不用擔心那本書？」紋問道。

凱西爾聳聳肩。「我不會這麼說。如果小依藍德有《僞日出之書》，那他可能還有別的書是被明確禁止的。如果聖務官有證據，他們會把小依藍德交給審判者，不管他是不是貴族。這個問題是，我們要怎麼樣確保這件事發生？如果泛圖爾的繼承人被處決，絕對會增加陸沙德的政治動亂。」

紋明顯臉色一白。

沒錯，凱西爾在心中暗自嘆口氣。她的確喜歡上那男孩了。我早該預料到這點。派一名年輕漂亮女孩進入貴族社交場合？一定會有禿鷹纏上她。

「我跟你說這些不是爲了害死他，凱西爾！」她說道。「我以爲，也許……既然他在讀禁書，看起來又是好人，也許我們能將他當做盟友之類的。」

唉，孩子，凱西爾心想。我希望他拋棄妳時，妳不要傷得太重。妳應該更清楚事情不會是如此。

「不要相信這點。」他出聲說道。「依藍德大人也許在讀禁書，但不代表他就是我們的朋友。他這種貴族一直都有——年輕的哲學家跟夢想家，以爲自己的想法新潮。他們喜歡跟朋友們喝酒，抱怨統御主，但內心深處仍然是貴族，絕對不會推翻既有體制。」

「可是——」

「不行，紋。」凱西爾說道。「妳得相信我。依藍德．泛圖爾不在乎我們或司卡。他是個貴族無政府主義份子，因爲這件事很時髦又刺激。」

「他跟我談過司卡的事。」紋說道。「他想要知道他們是不是有智慧，是不是像一般人那樣。」

「那他的興趣是出自同情心，還是純粹是知識性的探索？」

她一呆。

「妳看，」凱西爾說道。「紋，這個人不是我們的盟友——事實上我記得曾明確告訴過妳，離這個人遠一點。當妳跟依藍德·泛圖爾花時間相處時，妳會讓整個行動，還有妳的團員們都陷入危險，瞭解嗎？」

紋低下頭點點頭。

凱西爾嘆口氣。為什麼我會懷疑她完全不打算遠離他呢？該死的，我沒時間處理這種事。

「去睡覺吧。」凱西爾說道。「我們之後再談。」

它不是影子。

這個跟在我身後的黑色東西，只有我能看得見——它不是影子。它又黑又透明，但沒有影子的實際輪廓，它的存在相當薄弱，透明且無形。像是黑霧的形體，或是迷霧，也許。

20

紋開始對費理斯跟陸沙德之間的風景感到厭倦。過去幾個禮拜以來，她一定走過這條路幾十次，每次都看著同樣的褐色小丘，乾巴巴的枯樹，還有乾草鋪成的草地。她開始覺得她可以辨認出路面上的每一塊凸起。

她參加了無數的舞會——但這只是開始。午餐、聚會，還有其他娛樂都同樣受歡迎。有時候紋甚至一天要來回兩三次。顯然年輕貴族仕女除了每天坐六個小時的馬車外，沒有別的事情好做。

紋嘆口氣。不遠處，一群司卡在運河旁的曳道上賣力地工作，將一艘船拖向陸沙德。她的人生可以更糟。

可是，她仍然感覺到焦躁。已經是中午，但重要的活動得到晚上才發生，所以她除了回費理斯之外，沒有別處可去。她不斷地想著，如果能用金屬大道會有多快。她渴望再次飛縱於白霧間，但凱西爾不願意繼續她的訓練。他允許她每天晚上出去一下子好維持技巧，但她不被允許進行任何危險、刺激的縱躍，只能做一些基本的動作——像是站在地面上，推拉一些小東西。

她開始對自己身體持續的孱弱感到不耐煩。距離她跟審判者對峙的時間已過了三個月，嚴冬在沒下一片雪的狀況下結束，而她到底還要多久才能復原？

至少我還能去舞會，她心想。雖然她討厭不斷地旅行，但已經開始享受她的工作。假裝是貴族仕女其實比固定盜竊來得輕鬆。當然，如果她被發現，她一定是死定了。但就目前而言，貴族們似乎願意接納她——跟她跳舞、用餐、聊天。這種生活不錯，雖然有點不刺激，但一旦她重拾鎔金術，這個問題也會消失。

於是她剩下兩個焦躁的來源。第一個是她無法蒐集到有用的資料，她開始生氣自己的問題都被避而不談。她的經驗已經足夠讓她看出四周有許多計謀正在進行，但她仍然太新太淺，不被允許參與其中。雖然她對自己仍被當成外人的處境感到煩心，但凱西爾卻很有信心這點早晚會改變。紋的第二個焦躁來源就沒有那麼容易處理了。依藍德．泛圖爾大人在最近幾週的舞會上都未現身，而且他已經不像之前那樣整晚坐在她的桌邊。雖然她鮮少獨處，但她卻開始發現大多數貴族都沒有依藍德那樣的……深度。沒有人有他的幽默感，還有誠實、認眞的雙眼。其他人感覺不眞實。跟他不同。

他似乎不是在躲她，可是也沒有花心力想與她相處。*是我判斷錯誤嗎？*馬車抵達費理斯時，她心想。依藍德有時很難懂。不幸的是，他的搖擺不定沒有改變他前任未婚妻的態度。紋開始瞭解爲什麼凱西爾警告她不要引起重要人物的注意力。幸好她不常碰到珊．艾拉瑞爾，但她們見到面時，珊會利用所有機會來鄙夷、侮辱、貶低紋，而她的態度冷靜、高貴，就連她的儀態都提醒紋，她們的差距有多遠。

也許我太過在意我的法蕾特身分了，紋心想。法蕾特只是個幌子，珊所說的一切應該都跟法蕾特的個性完全相符，可是她的侮辱仍然刺傷紋。紋搖搖頭，把珊跟依藍德都拋諸腦後。她到城市時，灰燼飄落過，雖然已經結束，街道上仍然可以看見小團小團的黑色灰燼依然在空氣中飄蕩飛舞。司卡工人來來去去，將灰燼掃入桶中，帶出城外。他們偶爾得加快腳步避開行經的貴族馬車，因爲沒有一台會爲這些工作的人放慢速度。

可憐的孩子們，紋心想，經過一群衣衫襤褸的小孩，他們正在搖晃樹木好將灰燼落下而能被掃起——可不能讓經過的貴族頭上突然頂了一堆灰。孩子們兩人一組晃著樹，讓黑色的灰雨紛紛落在自己頭上。握著木杖的工頭們仔細地來回巡視，確保大家都在工作。

*依藍德跟那些其他人……*她心想。*他們一定不瞭解司卡的生活有多痛苦。他們活在漂亮的堡壘中，*

跳著舞，完全不瞭解統御主的壓迫有多麼絕對。

她可以看到貴族的美，因爲她不像凱西爾那樣痛恨他們。有些人甚至看起來相當善良，而她開始覺得司卡之間流傳的殘酷主人故事有些應該是被誇大的。可是，當她看到那可憐的男孩被處決或這些司卡小孩的事情時，她不禁猜想，貴族們怎麼能不看到這些？他們怎麼能不瞭解？

她嘆口氣，不再看那些司卡，馬車終於抵達雷弩大宅。她立刻注意到內庭中有許多人聚集，因此馬上抓起一瓶新的金屬，擔心統御主派了士兵來逮捕雷弩大人，但她很快便發現那群人不是士兵，只是穿著簡單工作服的司卡。

馬車經過大門，紋的迷惑更深了。司卡們之間有許多成堆的箱子跟袋子，而許多司卡身上都是新落下的灰燼。工人們相當忙碌，正在往一台台馱車上裝貨。紋的馬車停在大宅前，她沒等沙賽德替她開門便自己跳下，拉起禮服走到站在一旁檢視工作進度的凱西爾和雷弩身邊。

「你們要從這裡要把貨品送到洞穴去？」紋靠近兩人後，低聲問道。

「請爲我考慮一下，孩子。」雷弩大人說道。「在公眾場合時得維持形象。」

紋照他說的去做，壓下她的煩躁。

「當然得這麼做，紋。」凱西爾說道。「雷弩蒐集了這麼多武器跟補給品，他總得處理一下。如果他們沒看到他運任何東西出去，有人會起疑心的。」

雷弩點點頭。「表面上我們是將這些貨品透過運河送到我在西方的農莊，但船隻會在路途中停下，將補給品和許多船夫運下船，送到反抗軍洞穴去。運船跟剩下幾個人則會走完全程，好維持僞裝。」

「我們的士兵甚至不知道雷弩參與計畫。」凱西爾微笑說道。「他們以爲他是我騙到的貴族，況且這會是讓我們去檢視軍隊的大好機會。在洞穴待一個禮拜左右以後，我們可以搭乘雷弩東行的船隻回陸沙德。」

紋呆了呆。「我們？」她問道，突然想像在船上待上好幾個禮拜，一天又一天又一天看著同樣的景色的情景。這比在陸沙德跟費理斯之間往來更無聊。

凱西爾挑起一邊眉毛。「妳聽起來很擔心。顯然有人開始喜歡舞會跟宴會了。」

紋臉上一紅。「我只是覺得我應該在這裡。畢竟我生病時錯過這麼多，我——」

凱西爾輕笑地舉起手。「妳是要留下的。要去的人是葉登跟我。我需要去檢視軍隊，而葉登要接手看管軍隊，好讓哈姆能回陸沙德。我們也要帶著我哥哥一起去，然後把他放在文尼亞的滲透點，混入教廷的門徒中。幸好妳趕回來了——我要妳在我們離開前花點時間跟他學習。」

紋皺眉。「跟沼澤？」

凱西爾點點頭。「他是個搜尋者，青銅是比較沒有功用的金屬，尤其對迷霧之子而言，但沼澤說他有一些東西可以教妳。這可能是妳跟他學習的最後一次機會。」

紋瞥向聚集起的車隊。「他人呢？」

凱西爾皺眉。「遲到了。」

我想這應該是家族遺傳吧。

「他應該很快就到，孩子。」雷弩大人說道。「也許妳想進去用點餐點？」

我最近用了很多餐點，她心想，壓下厭煩。她沒有進大屋，而是走過中庭，端詳著貨物跟工人，他們正將補給品堆上運輸的馱車，好帶到當地的運河碼頭。花園修剪得很好，雖然灰燼還沒被掃除，地面的草仍剪得頗短，意思是她不用將裙子撩起太高，免於拖地的困擾。

同時，要從衣服上除掉灰燼遠比想像中容易許多。只要用昂貴的肥皂好好清洗，就連白色衣物都能被洗淨所有灰燼的污髒，難怪貴族都能擁有看起來簇新的衣物。這麼簡單、輕易的事情就能區分司卡跟貴族。

凱西爾說得對，紋心想。我開始享受當貴族仕女了。她有點擔心這樣的生活方式對她內心造成的改變。曾經，她的問題是飢餓跟被打，現在卻是坐很久的馬車，還有遲到的同伴。這種變化對一個人會有什麼影響？

她嘆口氣，走在貨品間。有些箱子會裝滿武器——劍、棍、弓之類的，大多數都是食物。凱西爾說成立新軍隊所需的穀糧數量遠超過鋼鐵。

她摸著一堆堆箱子，小心不要摸到上方的灰燼。她知道他們今天會派出船隊，但沒想到凱西爾也會去。當然，他有可能是不久前才決定要去——就算是改頭換面後的凱西爾，仍然相當衝動。也許這在領導者身上是好的特質。他不怕創新的想法，不管是什麼時候才想到。也許我該要求跟他一起去，紋隨性地想著。我最近裝貴族仕女的次數有點太多了。那天她發現自己挺背直腰，儀表端莊地坐在馬車裡，雖然只有她一個人。她開始擔心自己的直覺喪失——當法蕾特現在比當紋還要自然。但她當然不能離開，她要跟芙菈玟貴女共進午餐，更不要提海斯丁的舞會——那是當月最大的社交活動。如果法蕾特沒到，又得花上好幾個禮拜來彌補。況且，還有依藍德。如果她又消失，他可能會忘了她。

他已經忘了妳了，她告訴自己。最近三次宴會中，他幾乎沒跟妳說話。腦子清醒點，紋。這只是一場騙局，跟妳之前的遊戲一樣。妳的目標是建立起聲譽好取得情報，不是去玩樂調情的。

她點點頭，下定決心。她身邊有幾名司卡男子正在上貨。紋停下腳步，站在一大堆箱子旁看著男子們工作。根據多克森的說法，軍隊的招募速度增快了。

我們的行動開始順利，紋心想。消息應該傳開了吧。這是好事，只要不要傳太遠就好。她繼續看著眾人打包，感覺有哪裡……怪怪的。他們似乎不專心。片刻後，她發現他們不專心的原因。因爲他們一直在偷偷看凱西爾，一面工作，一面交頭接耳。紋走得更接近，貼著箱子，燃燒錫。

「……不對，一定是他。」其中一人低語道。「我看到了疤痕。」

「他很高。」另一人說道。

「當然高。要不你以爲他怎樣？」

「他在我被招募的集會上發表過談話。」另一人說道。「海司辛倖存者。」他的語調中有著敬畏。男子們前進，去搬運更多箱子。

紋偏著頭，開始穿梭在工人之間聆聽著。不是所有人都在討論凱西爾，但有很多人，她也聽到不少人在提「第十一金屬」。

原來如此，紋心想。聚集起來的不是反抗軍的氣勢，而是凱西爾的。那些人以安靜，幾乎崇拜的語氣在談他。爲了不知何種原因，紋感覺到不安。她絕對無法忍受聽到有人這麼說她。可是，凱西爾很自然地就接受了，而他迷人的個性可能只是讓傳言流散得更廣。

當這一切結束時，不知道他能不能放開這一切。其他團員對於領導顯然都沒興趣，但凱西爾似乎以此爲動力。他眞的會讓司卡反抗軍接手嗎？有人能放棄這種力量嗎？

紋皺眉。凱西爾是好人，他可能也是個好的統治者，但如果他想接管，那就會有背叛的嫌疑——背棄了他對葉登的承諾。她不想看到凱西爾這麼做。

「法蕾特。」凱西爾喚道。

紋一驚，覺得有點罪惡感。凱西爾手指向剛進入宅邸的馬車。沼澤到了。她走回他們身邊，馬車正好也停了下來，因此她跟沼澤差不多同時來到凱西爾身邊。

凱西爾微笑，朝紋點點頭。「我們還會待一下子才走。」他對沼澤說道。「如果你有時間，也許你能教這孩子一兩招？」

沼澤轉身面對她。他有凱西爾的高瘦身材和金色頭髮，但沒有那麼英俊。也許是因爲他都不笑。他指著大宅樓上的前陽台。「在上面等我。」

紋開口要回答，但沼澤的表情讓她又閉上嘴。他讓她想起幾個月前的舊日子，那時的她絕對不會質問自己的上司。她轉身離開三人，進入大宅。

通往前陽台的樓梯很短。她一到就拉出一張椅子，坐在白木欄杆邊。陽台上的灰燼當然已經被刷洗乾淨。沼澤仍然在下方跟凱西爾和雷弩說著話，在他們身後，遠超過長長的車隊後方，紋可以看到城市外的光裸山丘被紅色陽光點亮。

*我才裝了幾個月的貴族仕女，就已經覺得任何沒有好好栽培的植物太不應該。*她跟瑞恩在旅行的幾年中從來沒把那裡視爲「光裸」。*凱西爾說整片大地以前甚至比貴族的花園更豐饒。*

他想要重新得回這些東西嗎？也許守護者們能記住語言跟宗教，但他們無法爲早就絕種的植物創造種子，也不能讓灰燼停止落下，讓白霧消失。如果最後帝國傾倒，世界眞的會全然不同嗎？況且，統御主的地位在某種程度而言，難道不算是他應得的嗎？照他的說法，他打敗了深闇，拯救了世界，因此按照某種扭曲的邏輯來說，這世界應該是他的。他們有什麼權利將世界從他手中奪走？她常想這種事，但她沒有對其他人表達過她的疑慮。他們似乎一心一意要達成凱西爾的計畫，其中一些人甚至跟他擁有同樣的願景，但紋比較遲疑。她從瑞恩那裡學到要對樂觀抱持質疑的態度。

如果該對某個計畫感到遲疑，一定就是這個計畫。

可是她已經過了會質疑自己的關鍵。她知道自己留下來的原因，不是因爲計畫，而是因爲人。她喜歡凱西爾。她喜歡多克森、微風、哈姆。她甚至喜歡奇怪的鬼影跟他壞脾氣的叔叔。她從來沒跟這種團隊共事過。

這個理由好到足以讓他們害死妳嗎？瑞恩問道。

紋呆了半晌。她最近比較少聽到他的聲音在她的腦海中，但他還是存在。過去十六年來深植她心中的教誨無法被輕易捨棄。

沼澤片刻後來到陽台。他以冷硬的眼神瞥向她，然後開口說：「凱西爾顯然期待我該花一整個晚上來訓練妳使用鎔金術。我們開始吧。」

紋點點頭。

沼澤打量她，顯然以爲她會有更明顯的回應。紋靜靜地坐著。不是只有你的話少，朋友。

「很好。」沼澤說道，在她身旁坐下，一隻手臂靠在陽台欄杆上。他的聲音聽起來不再那麼不耐。「凱西爾說妳花很少時間鍛鍊內部意志能力，對嗎？」

紋再次點頭。

「我猜很多迷霧之子都忽略這些能力。」沼澤說道。「這是錯的。青銅跟紅銅也許沒有其他金屬那麼突出，但在受過良好訓練的人手中，它們可以相當強大。審判者是透過對青銅的操控運作，而地下迷霧人能生存是因爲仰賴紅銅。

「在這兩種力量中，青銅更爲精細。我可以教妳怎麼樣正確地使用它——如果妳好好去練習我教妳的事情，那妳會擁有大多數迷霧之子都鄙視卻沒有的優勢。」

「可是其他迷霧之子不也知道如何燃燒紅銅嗎？」紋問道。「如果跟你對打的每個人都不受它的力量影響，那練習青銅的能力有什麼用？」

「妳的思考方式已經變得跟他們一樣了。」沼澤說道。「不是每個人都是迷霧之子，女孩——只有很少數人才是，而且不管你們這種人是怎麼想，普通迷霧人也會殺人。知道即將殺死妳的人是打手而非射幣可以救妳一命。」

「好吧。」紋說道。

「青銅也會幫助妳辨認出別的迷霧之子。」沼澤說道。「如果妳看到有人在附近沒有煙陣的地方用鎔金術，卻沒感覺到他們釋放出鎔金術波長，那妳就知道他們是迷霧之子，或者是審判者。無論是何種情況，妳都該拔腿就跑。」

紋無聲地點點頭，身側的傷口隱隱作痛。

「燒青銅比只是啓動紅銅跑來跑去來得好。的確，使用紅銅時妳能煙陣自己，但也讓自己盲目，因爲紅銅讓妳的情緒不受拉引。」

「這是好事啊。」

沼澤微微側首。「哦？那麼哪一種會對妳比較有利呢？是不受某個安撫者的影響，卻也不知道有人在對妳動手？或是因爲妳的青銅而很清楚他到底想壓制哪種情緒？」

紋呆了呆。「你能分辨得這麼清楚？」

沼澤點點頭。「只要經過仔細練習，妳可以辨認出敵人鎔金術中最細微的改變，可以精準地知道安撫者或煽動者打算影響那個人情緒的哪一部分。妳也可以看得出來別人在驟燒金屬。如果妳練得很好，甚至可以看出來他們的金屬是否快用完了。」

紋陷入沉思。

「妳開始看出優點了。」沼澤說道。「很好。現在，燃燒青銅。」

紋照做，立刻感覺到空氣中有兩股韻律的鼓動。無聲的鼓動淹過她，像是有人在打鼓，又像浪潮的拍打，交雜且混亂不明。

「妳感覺到什麼？」沼澤問道。

「我……覺得有兩種金屬在燃燒。一種來自於下面的凱西爾，一種來自你。」

「很好。」沼澤贊許地說道。「妳有練習。」

「不常練。」紋承認。

他挑起一邊眉毛。「不常練？妳已經能判斷波長的來源了，這通常需要練習。」

紋聳聳肩。「對我而言這似乎很自然。」

沼澤片刻沒有說話。「好吧。」他終於說道。「這兩種鼓動是不一樣的嗎？」

紋皺起眉頭集中注意力。

「閉上眼睛。」沼澤說道。「摒開其他雜念，專注於鎔金波長上。」

紋照做。這不像是聽東西，她得相當專注才能分辨出波長中確切的不同。有一種像是在……擊打她；另一種的感覺也很奇怪，像是每一次都在拉引她。

「一種是拉引金屬，對不對？」紋睜開眼睛說道。「那是凱西爾。你在推。」

「很好。」沼澤說道。「他在燃燒鐵，是我請他這麼做好讓妳練習。我當然是在燃燒青銅。」

「都是這樣的嗎？」紋問道。「我的意思是，每種感覺都不一樣嗎？」

沼澤點點頭。「鎔金訊號可以告訴妳這是屬於拉引還是推動的金屬。其實，一開始金屬就是依此被分類。像是錫屬於拉，白鑞屬於推，這種關係不是直覺性就能判斷出來的。我沒叫妳睜開眼睛。」

紋立刻閉起雙眼。

「專注於鼓動上。」沼澤說道。「嘗試去辨認它們的長短。妳能分辨差異嗎？」

紋皺眉。她盡可能地專注，但她對金屬的感覺似乎很……鈍拙、模糊。幾分鐘後，不同鼓動的長短對她而言還是一樣。

「我什麼都感覺不到。」她氣餒地說道。

「很好。」沼澤不帶一絲笑意地說道。「我花了六個月的練習才分辨出波長的長短。如果妳第一次就成功了，我會覺得自己相當無能。」

紋睜開眼睛。「那爲什麼要我做？」

「因爲妳需要練習。如果妳已經分辨拉跟推的金屬……那妳顯然很有天分。可能跟凱西爾四處炫耀那般有天分。」

「我應該感覺到什麼？」紋問道。

「最終，妳會感覺到兩種不同的波動長度。內部金屬，像是青銅跟紅銅，會比外部金屬的波動要長。經過練習後，妳也可以感覺到波長中有三種不同的韻律：一種是肢體金屬，一種是意志金屬，還有一種是屬於另外兩個高等金屬。

「波動長度、內外類別、拉引差異——只要知道這三件事，妳就能明確辨認出對手在燃燒哪種金屬。擊打妳卻擁有快速韻律的長波是白鑞——那是內推肢體金屬。」

「爲什麼要有這些名字？」紋問道。「內部跟外部？」

「金屬分兩大類，一類有四種，至少有八種普通金屬可以這樣被分類。每類有兩種是外部，兩種是內部，而兩種之一會屬於拉，另一種則是推。例如鐵，是在拉體外的東西，用鋼是推體外的東西，用白鑞則是推自己體內的東西。」

「可是，還有青銅跟紅銅。」紋說道。「凱西爾稱呼它們為內部金屬，但感覺像是在影響外部的東西。像是紅銅避免別人感受到你在用鎔金術。」

沼澤搖搖頭。「紅銅不會改變妳的對手。它會改變妳體內的某樣東西，進而影響妳的對手。所以它是內部金屬。而黃銅則是直接改變另一個人的情緒，所以那是外部金屬。」

紋若有所悟地點點頭。然後她轉身，瞥向凱西爾。「你對所有的金屬了解很多，但你只是迷霧人，對不對？」

沼澤點點頭。不過他看起來不打算回話。

那我們換一招吧，紋心想，熄滅她的青銅，開始輕輕燃燒起紅銅隱藏她的鎔金術。沼澤沒有反應，繼續低頭看著凱西爾跟車隊。

我對他的感官而言應該是隱形的，她心想，小心翼翼地同時燃燒鋅跟黃銅。她按照微風訓練她的方式，輕輕碰觸沼澤的情緒，抑制他的多疑跟戒心，同時帶出他的惆悵。理論上，他會因此比較願意談話。

「你一定是從哪裡學到這些的？」紋小心翼翼地問道。

他絕對會看出來我做的事情。他會生氣，然後——

「我很年輕時就綻裂了。」沼澤說道。「有相當長的練習時間。」

「很多人都有。」紋說道。

「我有……原因。很難解釋。」

「向來很難解釋。」紋說道，略略增加她的鎔金壓力。

「妳知道凱西爾對貴族的想法吧？」沼澤問道，轉身面對她，眼神如冰。

鐵眼，她心想。就像他們說的。她點頭回答他的問題。

「我對聖務官有同樣的感覺。」他別過頭說。「我會盡我所能地去傷害他們。他們奪走了我們的母親——那就是我綻裂的原因，也是我發誓要毀滅他們的時候。因此，我加入反抗軍，開始學習關於鎔金術的一切。因爲審判者會用，所以我必須瞭解它，瞭解關於它的一切，讓自己盡可能地擅長——還有，妳在安撫我嗎？」

紋一驚，立刻熄滅她所有的金屬。沼澤再次轉身面向她，表情冰冷。

快跑！紋心想。她幾乎要拔腿就跑。她很高興知道自己的直覺還在，只是稍稍被掩蓋起來。

「是的。」她怯懦地說道。

「妳的確很不錯。」沼澤說道。「要不是我開始喋喋不休起來，我絕對不會發現。現在停手。」

「我已經停下來了。」

「很好。」沼澤說道。「這是妳第二次改變我的情緒。絕對不要再這麼做。」

紋點點頭。「第二次？」

「第一次是八個月前，在我的店裡。」

沒錯。爲什麼我不記得他？「對不起。」

沼澤搖搖頭，終於轉過身。「妳是迷霧之子——這是妳的天性。他也是一樣。」他正低頭看著凱西爾。兩人靜靜坐了片刻。

「沼澤？」紋問道。「你怎麼知道我是迷霧之子？我當時只知道用安撫。」

沼澤搖搖頭。「妳直覺知道其他金屬。妳那天燃燒了白鑞跟錫，只有一點點，幾乎無法注意。妳可能是從飲用水跟餐具得到金屬。妳從來沒有想過爲什麼妳能活下來，但很多人卻死了嗎？」

紋頓了頓。我的確沒被打死。就算很多天沒有吃東西，晚上睡在小巷裡，天上一直下著雨或下著灰燼……

沼澤點點頭。「就算是迷霧之子，也鮮少有人與鎔金術相合到能直覺燃燒金屬。因此我對妳大感興趣，於是我追蹤妳，並且告訴多克森要去哪裡找妳。然後，妳又在推我的情緒了嗎？」

紋搖搖頭。「我答應過了不會。」

沼澤皺眉，以冷硬的目光注視她。

「好嚴肅。」紋靜靜地說道。「像我哥哥。」

「你們很親近嗎？」

「我恨他。」紋低聲道。

「你恨凱西爾嗎？」

沼澤一呆，然後別過頭。「原來如此。」

沼澤搖搖頭。「我不恨他。他很貪玩又自以爲是，但他是我弟弟。」

「這樣就夠了嗎？」紋問道。

沼澤點點頭。

「我……很難理解這點。」紋誠實地說道，望著外面一片的司卡、箱子和袋子。

「我猜妳哥哥對妳不好？」

紋搖搖頭。

「那妳的父母呢？」沼澤說道。「一個是貴族。另一個呢？」

「瘋子。」紋說道。「她會幻聽，嚴重到我哥哥很怕我們跟她獨處，但是他當然別無選擇……」

沼澤靜靜地坐著，沒有說話。怎麼情況整個逆轉了？他不是安撫者，但他跟我從他身上套話一樣，讓我也滔滔不絕。

可是，終於能講出這些事的感覺很好。她抬起手，漫不經心地摸摸耳環。「我不太記得了。」她說道。「可是瑞恩說，有一天他回到家，發現我母親全身是血。她殺了我當時還是小嬰兒的妹妹，她死得很慘。可是她卻沒有碰我，只給了我一只耳環。瑞恩說……他說她把我抱在懷裡胡言亂語，說我是皇后，我妹妹的屍體在我們腳下。他把我從我母親懷裡拉了過來，而她則逃跑了。他應該算是救了我一命吧。我想，這是我一直沒離開他的部分原因。無論他對我有多不好。」

她搖搖頭，瞥向沼澤。「可是，你不知道你有多幸運，有凱西爾這樣的弟弟。」

「我想是吧。」沼澤說道。「我只是……希望他不會把人當玩物。我的確會殺聖務官，但只因爲他們是貴族就殺人的話……」沼澤搖搖頭。「還不只如此。他喜歡別人崇拜他。」

他說得有道理。可是紋也從他聲音中感應到別的情緒。是嫉妒嗎？你是哥哥，沼澤。你是有責任感的那個——你加入了反抗軍，而非跟盜賊工作。結果大家喜歡的卻是凱西爾，那一定讓你很受傷。

「可是……」沼澤說道。「他變好了。深坑改變了他。她的……死改變了他。」

這是什麼？紋心想，精神稍微一振。這裡頭絕對有點什麼。傷痛。深刻的傷痛，遠超過一個人對自己的弟妹該有的情緒。

原來如此。不只是「大家」都喜歡凱西爾，而且還有某一個人。某個你愛的人。

「總之，」沼澤說道，他的聲音變得更堅定。「他過去的狂妄已經不復存在。他這個計畫簡直是瘋了，我相信他會這麼做的部分原因是爲了圖利自己，但是……唉，他不需要協助反抗軍。他的確是想做好事——卻可能會因此被殺害。」

「如果你這麼確定他會失敗，爲什麼還要參加？」

「因爲他會讓我混入教廷。」沼澤說道。「我在那裡蒐集到的情報可以協助日後的反抗軍，直到凱西爾跟我死了好幾個世紀以後。」

紋點點頭，瞥向中庭。她遲疑地開口。「沼澤，我不覺得那一切都不復存在了。他讓自己在司卡心中擁有地位……他們仰賴他的方式……」

「我知道。」沼澤說道，「一切都是從那個『第十一金屬』的計謀開始。不過我不覺得有什麼好擔心的——阿凱向來都會這樣玩玩。」

「但是我不知道他爲什麼這次要去。」紋說道。「他有整整一個月無法參與行動。」

沼澤搖搖頭。「他會有一整個軍隊的觀眾欣賞他。況且，他需要離開城市一陣子。他的名聲變得過盛，貴族開始對倖存者過度有興趣。如果傳言了某個手臂上有疤的男子跟雷弩大人住在一起……」

紋點點頭，醒悟過來。

「現在……」沼澤說道，「他是假裝成雷弩的遠親之一，那個人必須趁還沒有人把他跟倖存者連在一起前離開。當阿凱回來後，他必須相當低調，溜進大宅而非走上台階，在陸沙德時也要隨時戴上頭罩。」沼澤語音漸低，然後站起身。「無論如何，我已經教導妳該有的基礎，妳現在需要練習。當妳跟迷霧人在一起時，叫他們爲妳燃燒金屬，然後集中注意力在他們的鎔金波長上。如果我們能再次見面，我會教妳更多，但直到妳眞的練習過，我沒什麼可再教妳的。」

紋點點頭。沼澤走出門，沒跟她道別。片刻後，她看到他又走到凱西爾跟雷弩身邊。

他們眞的不憎恨彼此，紋心想，雙臂靠在欄杆上。*那會是什麼感覺？*

思索片刻後，她決定愛親人的感覺有點像是她得要找尋的鎔金波動一樣——

對她而言，目前還太不熟悉，無法理解。

「世紀英雄不是人，而是力量。沒有國家能佔有他，沒有女人能留住他，沒有國王能殺害他。他將不屬於任何人，甚至不屬於自己。」

21

凱西爾靜靜坐著讀書。船緩緩順著運河前進，往北而去。有時候，我擔心我不是眾人認定的英雄，文章這麼寫著。我們有什麼證據？全都是一些早就死了的人說的話，直到現在才被人視爲具有預知能力？就算我們接受這些預言，卻只有很薄弱的解釋將這些預言與我串連起來。我守衛夏丘真的就是「英雄將因此得名之重擔」？從某種角度而言，我的幾場婚姻是能讓我「與世界國王均有無血之親」。還有一些類似的語句可以用來描述我生命中的事件。可是，那都可能只是巧合。

哲人們不斷說服我，命運的時刻已然來到，所有徵象均已顯現，但我仍然懷疑，也許他們弄錯人了。這麼多的人都仰仗我，他們說我會一肩扛下整個世界的未來。

如果他們知道，他們的守護者——世紀英雄，他們的救世主——懷疑自己的能力，他們會怎麼想？說不定他們根本不會感到意外。某種程度而言，這也是我最擔心的事情。

也許，在他們的心裡，他們也在質疑——像我一樣。

當他們看著我時，雙眼是否看到了騙子？

我知道我不應該因爲一個普通的挑伕而心神不寧，但他來自泰瑞司，預言誕生的地方。如果任何人能看出誰是騙子的話，不就是他了？

然而，我繼續旅程，前往手寫預言所說的，我會遇見命運的地方。一面走著，一面感覺拉刹克的眼睛盯著我的背。嫉妒、嗤笑、憎恨。

最後，我擔心我的驕傲會毀滅我們所有人。

凱西爾放下小冊，船艙因爲外頭拉伕的努力而微微晃動。他很高興在船隊出發前，沙賽德給了他這份統御主日記的部分翻譯本。船上幾乎無事可做。幸好，日記相當令人著迷。詭異地令人著迷。讀到統御主親筆寫的東西讓人很不安。對凱西爾而言，統御主不是人，而是……怪物，是一股邪惡的力量，必須被摧毀。但是，在書中所呈現出來的人著實平凡。他質疑也思考，似乎是有深度，甚至是有堅持的人。

最好不要太相信他的敘述，凱西爾心想，一面摸著書頁。人鮮少會認爲自己的行爲不是正當的。

不過，統御主的故事讓凱西爾想起他聽說過的傳說——司卡之間偷偷講述的故事，貴族們的討論，還有守護者記憶的內容。他們都聲稱，在昇華前，統御主是最偉大的人，受敬愛的領袖，掌握人類所有命運的人。

很不幸的是，凱西爾知道故事如何結束。最後帝國本身就是日記的結尾。統御主沒有拯救人類，他奴役了人類。讀到第一手資料，看到統御主的自我懷疑跟內心掙扎，只是讓故事更悲劇化。

凱西爾捧起書要繼續閱讀，但他的船開始慢下來了。他望向船艙外，看到運河上方有幾十個人在曳道上使勁，曳道只是一條沿著運河而上的狹窄道路，他們拉著整個船隊的四艘大船和兩艘窄船，這個方法相當有效率，也相當費工，不過用同樣的人力拉船過運河的載重量是用人力馱貨物的好幾百磅以上。

這些人停了下來。凱西爾可以看到前面有個水閘，在其後運河分成兩段，像是交錯的水道。終於到了，凱西爾心想，歷經數個禮拜的旅程終於到達終點。

凱西爾沒等人來傳訊就踏上窄船的甲板，他從袋裡摸出幾枚錢幣。該是要炫耀兩招的時候了，他心想，將錢幣拋上甲板，燃燒鋼，將自己推入空中。他斜衝上天，很快就到達可以看到整排人的高度——下面的人正半拉著船半往前走，等著人來交班。凱西爾以圓弧飛行，飛越另一艘裝滿補給品的船艦時又拋下一枚錢幣，趁著墜勢再度推起。準士兵們抬起頭，讚嘆地指著飛騰在運河之上的凱西爾。

凱西爾燃燒白鑞，增強體能，同時落到船隊領頭的窄船甲板上。葉登踏出船艙，略微驚訝。「凱西爾大人！我們，嗯，來到岔路了。」

「我看到了。」凱西爾說道，回望著一串船隊。拉道上的人正興奮地交談，指指點點。在大白天，而且還是在眾目睽睽之下用鎔金術，感覺很奇怪。

沒辦法，他心想。這次之後，這些人要好幾個月才會再看到我。我需要讓他們印象深刻，給他們可以抓住的東西，否則不會成功……

「我們要不要去看看洞穴的人有沒有來跟我們會合？」凱西爾問道，轉身面向葉登。

「當然。」葉登說道，揮手要僕人將他的窄船拉到運河邊，拋出上岸的木板。葉登看起來很興奮。

他眞的是個很認眞的人，凱西爾敬重他這點，就算葉登沒什麼氣勢。

我大半輩子的問題正好相反，凱西爾好笑地心想，跟葉登一起走下船。太多氣勢，不夠認眞。

兩人走到運河工人隊伍的前面，靠近最前端。哈姆的一名打手——此時扮成凱西爾的侍衛隊長——跟他們敬個禮。「我們來到岔路了，凱西爾大人。」

「我看到了。」凱西爾再次說道。前方濃密的一團白楊木順著山坡長到山林裡，運河與樹林朝相反的方向延續，因爲最後帝國中有更好的木材來源，因此這裡的森林獨自聳立，被大多數人忽略。

凱西爾燃燒錫，突來炫目的陽光讓他略微一疼，但他很快便調整好視力，能夠看出森林的細節，還有其中些微的動靜。

「那裡。」他說道，將錢幣拋擲入空中，推向前方。錢幣直線前衝，直到撞上樹幹，發出砰的一聲。聽到預先安排好的暗號，一小群身著迷彩衣服的男子從樹林邊緣走出，越過沾滿灰燼的土地，來到運河邊。

「凱西爾大人，」最前面的人說道，一面敬禮。「我是德穆隊長。請帶著新募人員跟我一起來——哈姆德將軍熱切期待見到你們。」

德穆「隊長」雖然年紀輕輕，卻已經訓練有素。他才二十出頭，便以相當嚴謹的態度在帶領他的一小隊人馬，同樣的態度若是出現在能力較差的人身上，只會讓人覺得自大而已。

比他更年輕的人也曾帶領士兵上戰場，凱西爾心想。我在那年紀時只曉得吃喝玩樂，不代表每個人都是。看看可憐的紋，才十六歲，嚴肅的程度跟沼澤已經有得比。

依照哈姆的命令，他們繞了一段路才穿過森林，每個小隊都走不同的路徑以避免磨出明顯的痕跡。凱西爾轉頭看著身後的兩百多人，略略皺眉。這麼多人留下的蹤跡應該還是蠻明顯的，但他無能爲力，如此多人的行動幾乎無法掩蓋。

德穆的腳步慢下，揮揮手，幾名小隊員快步向前，他們的軍隊儀節不及領袖的一半，但凱西爾仍然相當佩服。上次他來到此處時，那些人根本只是雜牌軍，完全沒有紀律，跟大多數的司卡流浪人差不多。哈姆跟他的軍官們眞的訓練出優秀的成果。

士兵們拉開一些假的樹叢，露出地面上的裂縫，裡面一片漆黑，兩旁凸起結晶大理石。那不是個普通的山邊洞穴，而是地上的裂口，直接往下延伸。凱西爾靜靜站在一旁，低頭看著石塊交錯的黑色裂口，全身略略顫抖。

「凱西爾？」葉登問道，皺起眉頭。「怎麼了？」

「它讓我想起深坑。它就是這樣——地上的裂口。」

葉登臉略微一白。「噢。我，呃……」

凱西爾揮手表示不重要。「我知道會發生這種事。我連續一年每天爬入這種洞穴一次，每次都出得來。我打敗了它們。它們無法影響我。」

爲了證明他的話，他上前一步，爬下狹窄的裂口，裡頭的寬度剛好容納一名壯漢。凱西爾一面往下爬，一面看著德穆跟新招募來的士兵靜靜地看著他。他方才是故意讓所有人都聽得見他的話。

*讓他們看到我的弱點，也讓他們看到我克服它。*這是很勇敢的念頭，但他一經過地表，就又彷彿像是回到深坑，夾在兩片石牆中間，以顫抖的手指探索向下的道路。冰冷、潮濕、黑暗。挖掘天金的人必須是奴隸。也許用鎔金術師會比較有效率，但在天金水晶附近使用鎔金術會將水晶震碎，所以統御主使

用被判死刑的犯人，強迫他們入坑，強迫他們往下爬，一直爬……

凱西爾強迫自己前進。這裡不是海司辛。裂縫不會延續好幾個小時之久，也不需要將手臂探入長滿水晶的洞穴，忍受刮傷流血，尋找藏在裡面的天金晶石。一顆晶石換來的是一個禮拜的生命。工頭鞭打下的生命。殘忍神明統治下的生命。紅色太陽下的生命。

我會替其他人改變這一切，凱西爾心想。*我會讓它變得更好。*

攀爬對他而言很辛苦，比他願意承認的還要辛苦。幸好，裂口過不久便擴張成洞穴，凱西爾隨即瞄到下方的光線，最後一段路程，他鬆手落地在不平滑的石地板上，對站在一旁等待的男子微笑。

「你的玄關很不錯啊，哈姆。」凱西爾說道，撢撢雙手。

哈姆微笑。「你還沒看到廁所呢。」

凱西爾大笑，讓路給後面的人。幾條天然通道從石穴向四周延伸而出，裂口垂著一條小繩梯協助爬回上方。葉登跟德穆不久後便爬下繩梯，來到洞穴，衣服在爬行途中被割破、弄髒。這不是容易通過的入口，但正合他們心意。

「見到你眞好，阿凱。」哈姆說道。穿在他身上的衣服，袖子依然健在，看了令人好不習慣，而他軍事化的服裝看起來相當正式，線條方正，前面還有釦子。「你幫我帶了多少人來？」

「兩百四十多個。」

哈姆挑起眉毛。「招募的速度加快啦？」

「終於加快了。」凱西爾點頭說道。士兵開始墜入洞穴中，幾名哈姆的副官上前來，協助新來者著地，指引他們朝一側的通道走去。葉登走到凱西爾跟哈姆身邊。「這個洞穴眞驚人，凱西爾大人！我從來沒有親自來過洞穴。難怪統御者找不到藏在這裡的人！」

「這個洞穴完全安全。」哈姆驕傲地說道。「只有三個入口，每個都是類似的裂口。只要有足夠的補給品，就可以無限期地防守此地，抵抗外來攻擊。」

「而且……」凱西爾說道。「這不是這一片山下的唯一洞穴。就算統御主下定決心要摧毀我們，他的軍隊要花上好幾個禮拜搜尋，卻可能還是找不到我們的人。」

「太驚人了。」葉登說道。他轉身，看著凱西爾。「我對你的判斷錯了，凱西爾大人。這個行動……這支軍隊……你辦到很了不起的事情。」

凱西爾微笑。「其實，你對我的判斷是對的。你從一開始就相信我——我們會在這裡，都是因為你。」

「我……我有，對不對？」葉登微笑地說道。

「無論如何，」凱西爾說道。「謝謝你對我這麼有信心。可能要花上一段時間才能讓這些人都爬下裂口，你介意指揮一下這邊的事情嗎？我想跟哈姆德談談。」

「當然，凱西爾大人。」他的聲音裡有尊敬，甚至有逐漸萌生的崇拜。

凱西爾朝一旁點點頭。哈姆微微皺眉，拾起一盞燈籠，跟著凱西爾出了第一間石穴。兩人走入側邊的一條通道，一出了聽覺範圍，哈姆便停下腳步，瞥向後方。

凱西爾也停下，挑起眉毛。

哈姆朝入口的石室點點頭。「葉登的確改變不少。」

「我對人向來有如此的影響。」

「一定是因為你令人佩服的謙虛。」哈姆說道。「我是認真的，阿凱。你是怎麼辦到的？那人之前可以說是恨死你了，結果他現在看起來像是崇拜大哥哥的小弟弟一樣。」

凱西爾聳聳肩。「葉登從來沒屬於有效率的團隊過。我想他開始意識到，我們是有成功機會的。只花了半年多一點的時間，我們募集到一支人數是他前所未見的反抗軍隊。這種成果可以說服更固執的人。」

哈姆看起來沒有被說服。最後，他只是聳聳肩，再次開始行走。「你想要談什麼？」

「其實，如果可以的話，我想要去看看另外兩個入口。」凱西爾說道。

哈姆點點頭，指向側面的一條通道，領路向前。那條通道跟大部分的道路一樣，不是藉由人力挖空，而是天然形成的洞穴，在中央統御區中有數百個類似的洞穴，但大多數面積沒有這麼廣，而且只有一個，也就是海司辛深坑，才生長天金晶石。

「無論如何，葉登說得沒錯。」哈姆說道，鑽過通道中的一個狹窄處。「你挑了一個好地方來藏這些人。」

凱西爾點點頭。「不同的反抗軍團體利用這些洞穴已經花了好幾個世紀，它們離陸沙德近得可怕，但統御主從來沒有成功領軍攻下這裡的任何人。所以他現在直接忽略此處。」

「我一點都不懷疑。」哈姆說道。「這底下有好多凹槽窄道，可不是打仗的好地方。」他踏離通道，進入另一間小石穴。這間的天花板有一道裂口，滲入細微的一道陽光。有十名士兵守衛著房間，哈姆一走入，他們立刻立正。

凱西爾贊許地點點頭。「隨時都有十個人？」

「三個出口都有。」哈姆說道。

「很好。」凱西爾說道。他上前一步，檢閱士兵。他捲起袖子露出疤痕，知道眾人都在打量那些疤痕。他不知道到底該檢查什麼，但他試著露出挑剔的樣子。他檢查了他們的武器——八人用戰棍，兩人用劍，也拍了拍幾個人肩膀，雖然沒有人穿制服。

最後，他轉向一名肩膀上有徽章的士兵。「士兵，你會讓誰出洞穴？」

「只有手持哈姆德將軍親筆密封書信的人。」

「沒有特例？」凱西爾問道。

「沒有，長官！」

「那如果我現在想離開呢？」

男人遲疑。「呃……」

「你要阻止我！」凱西爾說道。「沒有特例，士兵。我不行，你的同寢同袍不行，軍官不行——誰都不行。如果沒有密封書信，不准他們離開！」

「是的，長官！」士兵說道。

「做得好。」凱西爾說道。「將軍，如果你的士兵都這麼優秀，那統御主怕得有道理。」

士兵們一聽這話，個個更加抬頭挺胸。

「繼續操練，各位。」凱西爾說道，揮手要哈姆跟著他出房間。

「你剛才那麼做很體貼。」哈姆輕聲說道。「他們期盼你來，盼了好幾個禮拜了。」

凱西爾聳聳肩。「我只是想看看他們是否有好好守住那道裂口。現在你有更多人了，我要你在任何通往這些出口洞穴的通道中安排守衛。」

哈姆點點頭。「不過，似乎有點太極端？」

「算是看在我的份上。」凱西爾說道。「只要有一個逃兵或是一個心懷不滿的人，就可以把我們所有人都背叛給統御主。你覺得你能防守此處是很好，但如果外面有軍隊駐紮困住你，那這支軍隊對我們而言就算是沒用了。」

「好吧。」哈姆說道。「你想要看第三個入口嗎？」

「請帶路。」凱西爾說道。

哈姆點點頭，領著他走向另一條通道。

「噢，還有一件事。」凱西爾走了一段路後說道。「找大概一百個人，都是要你能信得過的，叫他們去森林裡走走。如果有人來找我們，我們無法藏得了有許多人通過樹林的痕跡。可是，也許我們能把蹤跡弄得混亂到全部都混成一團。」

「好主意。」

「我滿腦子都是好主意。」凱西爾說道，兩人一同踏入另一個洞穴，這個比前兩個都來得大，上面不是裂口，而是練習室。一群群人拿著劍或杖，在身著制服的教官訓練下對打。軍官可穿制服是多克森的主意。他們無法負擔爲所有士兵置裝，一來是太貴，二來是要買這麼多制服會引人懷疑，但也許看著他們的領袖都穿著制服能讓這些人心生團結。哈姆站在房間邊緣，沒有繼續往前。他打量士兵，輕聲說道：「我們得找時間談談這件事，阿凱。這些人開始覺得自己像士兵……可是，他們是司卡。他們一輩子都在磨坊或農田裡工作，我不知道，一旦上戰場他們會有何種表現。」

「如果我們一切做得對，那他們根本不用打多少仗。」凱西爾說道。「深坑只有兩百名士兵在守衛——統御主不能派太多人去，免得讓別人猜到那裡的重要性。我們的一千人可以輕鬆攻下深坑，然後只要警備隊到就立刻撤退，另外九千人可能要面對幾家上族的守衛隊跟皇宮的士兵，但在人數上我們應該佔上風。」

哈姆點點頭，但他的眼神仍然不確定。

「怎麼了？」凱西爾問道，靠著洞穴岔路的光滑水晶開口。

「之後該拿他們怎麼辦，阿凱？」哈姆問道。「我們一拿到天金，就把城市跟軍隊交給葉登。然後呢？」

「然後就是葉登的事情了。」凱西爾說道。

「他們會被屠殺。」哈姆低聲說道。「一萬人無法對抗整個帝國、守禦陸沙德。」

「我打算給他們一個更大的生存機會，哈姆。」凱西爾說道。「如果我們能讓貴族相互殘殺，推翻政府……」

「也許吧。」哈姆說道，仍然沒被說服。

「你同意這計畫，哈姆。」凱西爾說道。「我們一直以來都是這樣打算。扶植軍隊，交給葉登。」

「我知道。」哈姆說道，嘆口氣，靠向石牆。「我想……現在不一樣了，因爲我一直在帶領他們。也許我不應該負責帶人。我是保鏢，不是將軍。」

我知道你的感覺，朋友。凱西爾心想。我是盜賊，不是先知。有時候，我們必須成爲任務需要的角色。

凱西爾按上哈姆的肩膀。「你在這裡已經做得很好了。」

哈姆一頓。「『已經』？」

「我帶葉登來替換你。老多跟我決定最好讓他有機會來當軍隊的指揮官——這樣軍隊才會習慣他是領導者。況且，我們需要你回到陸沙德，得要有人去警備隊蒐集情報，而你是唯一一個有軍隊聯絡人的人。」

「所以我要跟你一起回去？」哈姆問道。

凱西爾點點頭。

哈姆有片刻看起來相當沮喪，之後隨即放鬆微笑。「我終於不用穿這身制服了！但是，你覺得葉登行嗎？」

「你自己也說他最近幾個月變了許多。而且，他眞的是一名很傑出的行政人員——自從我哥哥離開後，他把反抗軍接管得很好。」

「我想是吧……」

凱西爾懊惱地搖搖頭。「我們人手不夠，哈姆。你跟微風是我唯一眞正信任的少數幾人之一，我需要你們在陸沙德。葉登不是這裡最完美的人選，但軍隊總歸會是他的，乾脆先讓他率領一下，況且，他這樣才有事情做。他對於自己在集團中的地位變得有些敏感。」凱西爾停了一下，再笑著說，「我想他嫉妒我對別人的注意力。」

哈姆哈哈一笑。「這的確是個改變。」

兩人繼續開始前進，離開練習室。他們進入另一條蜿蜒的石頭長廊，這條路稍稍下坡，哈姆的燈籠是唯一光源。

「你知道嗎……」走了幾分鐘後，哈姆開口。「這裡還有一點很好。也許你以前已經注意到了，這裡有時候的確很美。」

凱西爾沒有注意到。他瞥向兩人經過的牆壁，房間一側的邊緣是由天花板滴下的礦物所組成，脆弱的石柱跟石筍像骯髒的冰柱一樣融合爲一，形成類似布簾的樣子。礦物在哈姆的燈光下閃爍，前方的道路似乎是凍結住的翻騰河水。

不，凱西爾心想。我看不見它的美，哈姆。其他人可能在多層次的色彩跟融化的岩石中看到異景，凱西爾只看到深坑。無盡的洞穴，大多數是直朝下方。他被強迫要鑽過縫隙，直墜入黑暗，甚至沒有燈光能照亮方向。

他經常考慮不要爬回上方，但他會在洞穴中找到屍體——另一名囚犯的屍體，是迷路者或只是放棄的人。凱西爾會摸摸他們的骨頭，然後對自己承諾更多。每個禮拜，他會找到一顆天金晶石。每個禮拜，他都躲避了被毆打至死的命運。

除了最後一次。他不該活著——他該被殺死。可是，梅兒給了他一顆天金晶石，還向他保證她那個禮拜找到兩顆。直到他交上晶石時，他才發現她的謊言。第二天，她就被打死，在他眼前活生生被打死。

那天晚上，凱西爾綻裂了，擁有迷霧之子的所有力量。第二個晚上，死了人。很多人。

海司辛倖存者。一個不該活下來的人。即使看著她死在我面前，我仍然無法確定她有沒有背叛我。她是因爲愛才給我那顆晶石嗎？還是因爲罪惡感？

不，他看不到洞穴的美。其他人被深坑逼瘋，極端畏懼狹隘密閉的空間。這種事沒發生在凱西爾身上，他知道這些洞穴中無論有多神奇的祕密，無論是多驚人的景觀或多細緻的美景，他永遠不會承認。因爲梅兒死了。

我不能再想下去了，凱西爾下定決心，洞穴似乎在他身邊變得更黑暗。他抬頭望著旁邊。「好吧，哈姆。說吧。告訴我你在想什麼。」

「真的嗎？」哈姆興奮地說道。

「對。」凱西爾無奈地說。

「好。」哈姆說道。「所以，這是我最近擔心的事情：司卡跟貴族有差別嗎？」

「當然有。」凱西爾說道。「貴族有錢跟土地，司卡什麼都沒有。」

「我不是說經濟——我是說身體上的差異。你知道聖務官是怎麼說的嗎？」

凱西爾點點頭。

「好，那是眞的嗎？我是說，司卡眞的能生很多孩子，而我聽說貴族有生育上的困難？這被稱爲平衡。據說統御主是靠此確保司卡不會需要供養太多貴族，而且也是保證雖然司卡會被毆打或任意虐殺，總會有足夠的司卡來種植食物和在磨坊裡工作。」

「我一直認爲這只是教廷的宣稱而已。」凱西爾認眞地說。

「我知道有些司卡女人生了一打小孩。」哈姆說道。「可是我說不出哪個主要的貴族家有三個以上的孩子。」

「這只是文化？」

「那身高呢？據說光用看的就可以分辨司卡跟貴族。這點是有改變，應該是因爲混血，但大多數司卡都還蠻矮的。」

「是因爲營養不足的緣故。司卡沒有足夠的食物。」

「那鎔金術呢？」

凱西爾皺眉。「你得承認這點就有實質上的不同了，」哈姆說道。「除非司卡在過去五代中有貴族血統，否則絕對成不了迷霧人。至少這一點是眞的。

「司卡的思考方式跟貴族不一樣，阿凱。」哈姆說。「就連這些士兵都很膽怯，而他們已經算是勇敢的！葉登對於一般司卡群眾的判斷是正確的——他們絕對不會叛變。如果……如果我們眞的有肢體上的差異？如果貴族是有權利來統治我們的呢？」

凱西爾在走廊上停住腳步。「你不是認眞的。」

哈姆也停下來。「我想……的確不是，但我有時還是會想。貴族有鎔金術，對吧？也許他們是應該管理我們的。」

「『應該』？誰說的，統御主？」

哈姆聳聳肩。

「不，哈姆。」凱西爾說，「不對，那是不對的。我知道這很困難，事情都已經是這個狀態這麼久了。但你必須要打從心底相信，司卡的生活是個嚴重的錯誤。」

哈姆呆了呆，然後點點頭。

「走吧。」凱西爾說，「我想去看看另一個入口。」

接下來的一個禮拜緩慢地過去。凱西爾校閱軍隊、訓練、食物、武器、補給品、探子、守衛，還有任何他能想到的事物。更重要的是，他不斷探視士兵，讚美且鼓勵他們，同時刻意在他們面前經常使用鎔金術。

雖然很多司卡都聽說過「鎔金術」這個詞，但很少有人確切知道它到底有何效用。貴族迷霧人鮮少在別人面前使用力量，混血迷霧人更是格外留心。一般司卡，就算是城市司卡對於鋼推或燃燒白鑞亦一無所知。當他們看到凱西爾飛過空中，或是以超人的力量與其他人對打時，他們將這一切歸功於模糊的「鎔金魔法」。凱西爾並不介意這樣的誤解。

可是，雖然一個禮拜有許多活動，他未曾有片刻忘記他與哈姆的對話。

他怎麼可能去想司卡會不會眞的比較劣等？凱西爾心想，坐在中央會議廳的首桌，撥弄著食物。巨大的「房間」大到足以容納整個軍隊七千人，雖然有許多人是坐在旁邊的洞穴或半坐在通道中。首桌則是擺設在洞穴一端高起的平台上。

我可能太過擔憂了。哈姆經常會想許多正常人不會去想的事情，這也不過就是他的眾多哲學問題之一罷了。而且，看起來他已經忘記先前的疑慮，正跟葉登說笑，享受著自己的晚餐。

至於高瘦的反叛軍領袖葉登看起來則對自己的將軍制服相當滿意，過去的一個禮拜他非常認眞地向哈姆請教軍隊運作的事宜，並將之寫成筆記。他似乎很自然地就接下自己的任務。事實上，看起來只有凱西爾一個人無心享受宴席。晚上的食物是由船隊所帶來，特別爲了今晚準備的，以貴族標準而言只是相當簡樸的菜餚，但遠比士兵們習慣的餐點精緻許多。所有人以亢奮喜悅的心情在享受這一餐，喝著每個人配給到的少量啤酒，慶祝這個時刻。

可是，凱西爾仍舊在擔心。這些人認爲他們在爲何而戰？他們似乎相當熱切地在接受訓練，但也許只是因爲他們能得到固定溫飽。他們眞的相信自己是有資格來推翻最後帝國的人嗎？他們認爲司卡比貴族低等嗎？

凱西爾可以感覺得到他們的保留。許多人意識到即將來臨的危險，要不是有嚴格執行的出入規定，可能早就逃跑了。雖然他們很樂於談論到接受的訓練，卻避免提及最後的任務——奪取皇宮跟城牆，然後抵擋陸沙德警備隊。

他們不覺得自己能夠成功，凱西爾猜測。他們需要信心。關於我的傳言是個開始，但是……他推推哈姆，引起對方的注意。

「這裡有人在訓練時常惹麻煩嗎？」凱西爾低聲問道。

他奇特的問題讓哈姆皺起眉頭。「當然有一兩個。在這麼大的團體裡，總會有不滿的人。」

「有特別是哪個人嗎？」凱西爾問道。「想要離開的人？我需要某個曾大聲表明過反對我們行動的人。」

「指揮部裡面有幾個。」哈姆說。

「這裡呢？」凱西爾問道。「最好是坐在我們看得見的桌子旁。」

哈姆想了想，眼光搜尋眾人。「坐在第二桌，披著紅披風的那個。他兩個禮拜前想逃跑被抓到。」

凱西爾搖搖頭。「我需要一個比較有群眾魅力的人。」

哈姆深思地搓搓下巴，然後動作一滯，朝另一張桌子點點頭。「比格。坐在右邊第四張桌子的大塊頭。」

「我看到了。」凱西爾說。比格是個壯碩的男子，穿著背心，留著大鬍鬚。

「他很聰明，所以不會反抗命令。」哈姆說，「可是他一直在暗地製造麻煩。他不認為我們有機會對抗最後帝國。我很想把他關起來，但我不能真的去懲罰一個只是表達恐懼的人——如果我這麼做，我得以同樣方法處理軍隊裡半數的人。況且，他是名優秀的戰士，不該被隨意處置。」

「他很完美。」凱西爾回應道。他燃燒鋅，然後望向比格。雖然鋅不會讓他讀取那人的情緒，但在燃燒鋅的時候有可能可以針對某個人進行安撫或煽動，就像從眾多金屬中挑選特定一塊來拉引那樣。即便如此，要從這麼多人中單單針對比格一人施術有點困難，所以凱西爾乾脆瞄準整桌人，「握住」他們的情緒以防萬一，然後他站起身，洞穴慢慢安靜下來。

「各位，在我離開前，我想最後一次表達，這次的造訪讓我深感佩服。」他的話響徹室內，洞穴的天然擴音效果傳達到各個角落。

「你們正在成爲一支很優秀的軍隊。」凱西爾說，「我很抱歉得偷走哈姆德將軍一陣子，但我留下另一名同樣很傑出的人來替代他的位置。你們之中有許多人認得葉登將軍，你們知道他擔任反抗軍首領已經有多年經驗。我相信他有能力訓練你們成爲更好的士兵。」

他開始煽動比格跟他的同伴，鼓推他們的情緒，相信他們對他的話一定不甚同意。

「我向你們要求的是件偉大的任務。」凱西爾說，沒有看比格的方向。「那些在陸沙德之外的司卡，甚至幾乎是所有的司卡，都不知道你們將爲他們做的事情。他們不知道你們歷經什麼樣的訓練或是你們正準備要迎接的戰爭。可是，他們會享受即將來臨的好處。有一天，他們會稱呼你們爲英雄。」

他更用力煽動比格的情緒。

「陸沙德警備隊很強，」凱西爾說，「可是我們能打敗它，尤其是如果我們能快速奪下城牆。不要忘記你們爲何來此，這不只是學會如何揮劍或戴鋼盔。這是關於世界前所未見的革命，是關於爲我們自己奪取政權，還有推翻統御主。不要忘記你們的目標。」

凱西爾暫時安靜下來。他從眼角可以看到比格桌上的每個人都面露不悅之色。終於，在一片沉默中，凱西爾聽到那桌傳來一句壓低的評語，被洞穴的天然傳聲音效帶到許多耳朵裡。

凱西爾皺眉，轉向比格。整個洞穴似乎更安靜了。「你剛才有說什麼嗎？」凱西爾問道。現在是關鍵時期。他會抗拒，還是會順從？

比格迎向他的注視。凱西爾驟燒金屬，瞬時增強煽動的效力。回報他的是比格從桌邊站起，滿臉漲紅。「是的，長官。」壯漢怒叱。「我說了話。我說，我們有些人沒有忘記『目標』。我們每天都想著它。」

「爲什麼？」凱西爾問道。洞穴後方響起交頭接耳的聲音，前方的人開始轉述給後方聽不到的人。

比格深吸一口氣。「長官，因爲我們認爲你是派我們去自殺。最後帝國的軍隊不只一個警備隊。我們奪下城牆是沒有意義的——反正早晚我們都會被屠殺。你無法靠一兩千名士兵來推翻帝國。」

很完美，凱西爾心想。對不起，比格，但得有人要說這些話，而且絕對不能是我說的。

「我們之間似乎有歧見，」凱西爾大聲說道。「我相信這些人，還有他們的任務。」

「我相信你是個妄想的笨蛋。」比格怒吼。「而且我是個更大的笨蛋才會來到這個洞穴。如果你這麼深信我們有機會成功，爲什麼不准任何人離開？我們被困在這裡，直到你把我們派去送死！」

「你侮辱我。」凱西爾怒叱。「你很清楚爲什麼所有人都不准離開。你爲什麼想要離開，士兵？你那麼急著想通報統御主、背叛你的同伴嗎？拿四千條人命快速賺幾枚盒金？」

比格的臉漲得更紅。「我絕對不會做這種事，但我也絕對不會讓你派我去送死！這支軍隊根本是白費工夫！」

「你說的話是叛亂。」凱西爾說。他轉身搜尋眾人。「將軍不應與他麾下的人決鬥。這裡有士兵願意維護反抗軍的榮譽嗎？」

立刻有二十幾人站起身。凱西爾特別注意到其中一人。他的個頭比其他人都小，但他有著先前凱西爾注意到的單純認眞。「德穆隊長。」

年輕的隊長立刻跳上前。

凱西爾伸出手，握住自己的劍，拋給下方的男子。「小伙子，你會用劍吧？」

「是的，長官！」

「誰去幫比格拿柄武器，還有兩件有鐵片的背心。」凱西爾轉向比格。「貴族有個傳統——當兩人爭執時，他們以決鬥論定。打敗我的勇士，你就可以離開。」

「那如果他打敗我呢？」比格問道。

「那你就得死了。」凱西爾說道。

「我留下來也是死。」比格說道，從附近的人手邊接過劍。「我接受。」

凱西爾點點頭，等著人將桌子拉開，在首桌前面讓出空間。眾人紛紛開始站起，圍繞成一圈來觀看比賽。

「阿凱，你在做什麼?!」哈姆在他身側低聲急問道。

「一件該做的事情。」

「該做的……凱西爾，那男孩打不過比格！我信任德穆，所以才將他升級，但他算不上是很厲害的戰士，而比格卻是軍隊中最優秀的劍士之一！」

「所有人都知道這點嗎？」凱西爾問道。

「當然。」哈姆說道。「快點取消。德穆幾乎只有比格的一半大——他的手長、力氣、技巧都不如人。他會被宰的！」

凱西爾沒有回應哈姆的要求。他靜靜地坐著，看比格跟德穆舉起武器，一對士兵幫他們綁好皮革護甲。準備完成後，凱西爾揮手，示意讓戰鬥開始。哈姆呻吟出聲。這會是一場很短暫的戰鬥。兩人都用長劍，沒穿多少盔甲。比格自信滿滿地上前一步，試探地朝德穆揮了幾下。那男孩至少有兩下子，他擋下了攻擊，同時也暴露出自己到底有多少能耐。

深吸一口氣，凱西爾燃燒鋼跟鐵。

比格揮劍，凱西爾將劍撥向一邊，讓德穆有逃脫的空間。男孩嘗試刺擊，但比格輕易地打掉了他的攻勢。強壯的戰士接下來連續發動攻勢，將德穆節節逼退，最後一揮時，德穆嘗試要跳到一旁，但他動作太慢，對方的劍無可閃避地落下。

凱西爾驟燒鐵，拉著後方的燈籠鐵框穩住自己，然後抓起德穆背心上的金屬釘，趁他跳起時用力一拉，將男孩朝後拖去，跳開比格的攻擊。

德穆落地時腳一歪，比格的劍同時也砍入地面。比格驚訝地抬起頭，眾人也發出驚奇之聲。比格咆哮一聲，高高舉起劍往前衝去。德穆擋下了強而有力的揮砍，但比格輕輕鬆鬆便把男孩的劍拍向一旁。比格再次攻擊，德穆反射性地抬起手。

凱西爾一推，將比格的劍凍結在空中，德穆站起身，手往前舉，彷彿他心念一動便制止了攻擊的武器。兩人便如此僵持片刻，比格嘗試將劍往前推，德穆敬畏地盯著自己的手，他稍稍挺直背脊，嘗試性地將手推前。

凱西爾也往前推，讓比格向後一跌。壯碩的士兵驚訝地大喊，跌倒在地。當他再度站起時，凱西爾再也不需要煽動他的情緒好激怒他。他憤怒地咆吼，雙手抓起劍，衝向德穆。

有些人就是不懂得放棄，凱西爾看著揮砍的比格，如此心想。

德穆開始閃躲。凱西爾將男孩推向一邊避開。德穆轉身，同樣雙手握住武器，朝比格揮砍。凱西爾半途抓住德穆的武器，用力一拉，在驟燒鐵的同時將劍用力前扯。

兩把劍撞擊在一起，有了凱西爾的力量在背後，德穆的攻擊將比格的劍打飛。清脆的斷裂聲後，壯碩的造反男子被德穆的攻擊推倒在地，武器在遠處的石板地上彈了兩下後落地。

德穆上前一步，對著震驚的比格舉起武器。然後，他停下來。凱西爾燃燒鐵，伸手要抓住武器，將它拉下，進行最終的攻擊，但德穆抗拒。

凱西爾停了半晌。這個人該死，他憤怒地心想。

地面上的比格輕聲呻吟，凱西爾勉強可以看到他扭斷的手臂，骨頭被方才重重的一擊震碎，正在流血。

不，凱西爾心想。夠了。

他放開德穆的武器。德穆放下劍，低頭看著比格。然後，德穆舉起雙手，不可思議地看著它們，手臂略略顫抖。

凱西爾站起身，眾人再度安靜下來。

「你們以為我會將毫無準備的你們推到統御主面前嗎？」凱西爾以響亮的聲音質問道。「你們以為我會讓你們去白白送死嗎？你們為正義而戰。你們為我而戰。當你們去對抗最後帝國的士兵時，我不會棄你們於不顧。」

凱西爾將手舉入天空，握著一小塊金屬。「你們都聽過這個，對不對？你們都知道第十一金屬的傳言吧？我，擁有它。我，會使用它。統御主必定會死！」

所有人開始歡呼。

「這不是我們唯一的工具！」凱西爾大喊。「你們這些士兵體內也有從未碰觸過的力量！你們聽說過統御主用的怪異魔法吧？我們也有！盡情享受宴會吧，我的士兵們，不要畏懼將來的戰鬥！期待它！」房間爆發出響亮的歡呼聲，凱西爾揮手要人送上更多酒。幾名僕人快速上前，扶著比格出了房間。

當凱西爾再度坐下時，哈姆正重重皺眉。「我不喜歡這樣，阿凱。」

「我知道。」凱西爾低聲說道。

哈姆正要繼續說下去，可是葉登此時探身過來。「剛才太驚人了！我……凱西爾，我都不知道！你應該告訴我你能將力量渡給其他人。有了這種力量，我們怎麼會輸呢？」

哈姆一手按在葉登的肩膀上，將他推回原位。「吃飯。」他命令。然後，他轉向凱西爾，把自己的椅子拉近，低聲說：「你剛才對我整團軍隊說了謊，阿凱。」

「不，哈姆。」凱西爾低聲說話。「我對我的軍隊說了謊。」

哈姆一頓，然後臉色一沉。

凱西爾嘆口氣。「那只是部分謊言而已。他們不需要當戰士。他們只需要看起來具有威脅性，讓我們能奪取天金，賄賂警備隊，我們的人甚至不必戰鬥。這跟我答應他們的事情幾乎一樣。」

哈姆沒有回答。

「在我們離開之前……」凱西爾繼續說道。「我要你挑幾十個我們最可以信賴，最忠誠的士兵，將他們送回陸沙德，但他們得發誓不得洩漏軍隊的所在地。讓他們去將今晚的消息在司卡之間散播。」

「所以，這一切都是爲了滿足你的自大？」哈姆怒叱。

凱西爾搖搖頭。「有時候我們必須做自己不喜歡做的事情，哈姆。也許我的確相當自大，但這是爲了完全不同的目的。」

哈姆坐在原位片刻，然後轉身回去面對他的食物。但他沒有進食，只是坐在那裡，盯著首桌地上面前的血跡。

*唉，哈姆。*凱西爾心想。*眞希望我能將一切坦白解釋給你聽。*

計謀後的計謀，計畫外的計畫。

永遠都有另一個祕密。

一開始，有人不相信深闇是個嚴重的威脅，至少對他們而言不是。但是它帶來了幾乎感染整片大陸的危險。軍隊對之無用，城市被它的力量擊倒，莊稼無法收成，土地正在衰亡。

這是我對抗的東西。這是我必須打敗的怪物。我害怕我花了太多時間。已經發生了這麼多毀壞，我擔心人類的生存。

這難道眞是許多哲人所預言的，世界的終結？

22

我們在這禮拜初時抵達泰瑞司，紋讀到。我必須說，這片土地相當美麗。北方的高山有著光裸的雪峰跟滿是森林的披肩，如守衛的天神般望著豐饒的綠色大地。我在南方的家鄉看起來幾乎都是平地，如果地面上也有幾座山的話，或許能讓景色看起來不會那麼單調。

這裡的人大多數以畜牧爲生，但也不乏伐木者跟農夫。這片大地絕對是以農業爲主。很奇特，如此鄉野的地方居然能孕育出如今全世界都賴以爲存的預言跟神學。

我們僱用了一批泰瑞司挑伕帶領我們穿越困難的山道，但這些不是普通的人。關於他們的傳言似乎是眞的。有些泰瑞司人擁有相當令人想探究的能力。不知如何，他們居然能儲存力量，以備隔天使用。他們晚上睡覺前，會花一個小時躺在被褥裡。在這段時間之中，他們的外表會突然變得很脆弱——幾乎像是突然老了五十歲。可是第二天醒來時，他們會變得相當有肌肉，顯然他們的力量跟他們總不離身的鐵手環及耳環有關。挑伕的首領是拉刹克，他向來話不多，但一向很好奇的布拉克斯答應要去詢問他，好發掘這個神奇的力量儲存能力是怎麼辦到的。

明天，我們將開始旅程的最後一段——泰瑞司遠山。希望在那裡，我能終於找到平靜——爲了自己，也爲了我們可憐的大地。

紋讀著自己的那一份日記，很快做出幾個結論。首先是她堅信，自己不喜歡讀書。沙賽德不肯聽她的抱怨，總是說她看得不夠。他看不出來讀書不像會使用匕首或鎔金術那麼有用嗎？可是她仍然聽從他的命令繼續閱讀，就算只是固執地想證明，她不是不會。許多日記上的用詞對她而言頗爲困難，她得在雷弩大宅無人的一區讀書，好能唸出來給自己聽，試圖解析統御主奇怪的文筆。繼續閱讀的結果是，她得到第二個結論：統御主這麼愛抱怨，太沒有神的架勢了。整本日記要不是關於統御主旅程的無聊筆記，就是充滿他的內心思索，還有漫長的道德討論，喋喋不休。紋開始希望她當初根本沒找到這本書。

她探口氣，靠回藤椅。一陣沁涼的早春微風吹過下方的花園，掠過左方的小瀑布噴泉。空氣潮溼得很舒服，上方的大樹爲她擋去午後的太陽。當貴族，就算是假貴族，也是有不少好處的。

一陣安靜的腳步聲在她背後響起。聲音很遠，但紋已經習慣隨時都要燒一點錫。她轉身，偷瞄一眼身後。

「鬼影？」她訝異地看問，看著年輕的雷司提波恩從花園小徑的另一端走來。「你在這裡做什麼？」

鬼影全身僵住，臉上一紅。「跟老多來沒住。」

「多克森？」紋問道。「他也在這裡？」也許他有凱西爾的消息！

鬼影點點頭，走上前來。「武器來拿，給點時間。」

紋想了想。「那句我沒聽懂。」

「我們需要放更多武器來。」鬼影說道，努力地不以方言說話。「在這裡暫存一下。」

「噢。」紋說道，站起身，撢撢洋裝。「我該去見見他。」

鬼影突然露出緊張的神色，再次臉紅。紋歪過頭。「不只這樣嗎？」

鬼影突然從背心伸手拿出某樣東西出來。紋驟燒白鑞反應，但那東西只是一條粉紅與白色相間的手帕。鬼影將手帕塞給她。

紋遲疑地接了過來。「這是為什麼？」

鬼影再次臉紅，轉身跑走。

紋看著他離開，半晌說不出話來。她低頭看看手帕，材質是柔軟的蕾絲做的，沒什麼不尋常之處。這個男孩真奇怪，她心想，將手帕塞入袖子裡，拾起她的那本日記書，開始沿著小徑走回屋內。她穿洋裝已經習慣到幾乎是不自覺地拉起下襬，以免刮到草地或石頭。

我想這件事本身就是很有價值的技巧，紋心想，順利地從花園回到屋內，沒有一次被樹枝卡到。她推開眾多玻璃門之一，攔下她看到的第一名僕人。

「德頓先生到了？」她問道，用的是多克森的假名。他扮演雷弩在陸沙德中的商業聯絡人。

「是的，小姐。」僕人說。「他正跟雷弩大人在議事。」

紋讓僕人離去。她也許能強行進入，但看起來不恰當。法蕾特貴女沒有任何參與雷弩與德頓兩人會議的理由。紋深思地咬著下唇。沙賽德總是提醒她要保持僞裝。好吧，她心想。我等。也許沙賽德可以告訴我那瘋瘋的男孩要我拿這手帕做什麼。

她去圖書室找了一陣子，維持和善的淑女笑容，同時試圖猜測雷弩跟多克森在談什麼。來這裡存放武器是個藉口。多克森不需要親自來做這麼普通的事情。也許凱西爾路上被耽擱了。或者多克森終於從凱西爾的哥哥沼澤那裡得到消息，說他跟其他新的聖務官門徒即將回到陸沙德。多克森跟雷弩應該要找我去的，她煩躁地心想。法蕾特經常跟她叔叔一起招待客人。她搖搖頭。就算凱西爾聲稱她絕對是正式的集團成員，其他人仍將她視爲孩子。他們很友善而且接納她，但常常沒想到要將她包括在許多談話之中。也許這不是故意的，但還是讓人很煩躁。

光線從前方的圖書室中射出，沙賽德果然坐在裡面，正翻譯日記的最後幾頁。紋進屋內時他抬起頭，微笑且尊敬地點了點。這次沒戴眼鏡了，紋注意到。他前一陣子爲什麼需要戴眼鏡？

「紋主人。」他說道，站起身且幫她端來一張椅子。「日記的閱讀進展如何？」

紋低頭看看手中裝訂鬆散的書。「還好吧，我想。我不知道爲什麼我還要讀——你也有將副本給阿凱跟微風，不是嗎？」

「當然。」沙賽德說道，將椅子放在他的桌子旁。「凱西爾主人要求每個集團成員都要讀這本書。我想他這麼做是正確的。越多人讀到這份文字，我們就越有可能發現其中隱藏的祕密。」

紋輕輕嘆氣，撫平洋裝後坐下。白藍相間的洋裝相當美麗，雖然是爲日常穿著設計，但其實它與她的晚宴禮服相差不遠。

「妳必須承認一點，主人。」沙賽德邊坐邊說道。「裡面的文章相當驚人，簡直就是守護者的夢想成眞。關於我自己的文化，我甚至讀到一些原本不知道的事情！」

紋點點頭。「我剛讀到他們抵達泰瑞司那段。」

希望下一篇不會有那麼多補給品清單。眞的，以暗黑惡神而言，他還眞是無聊。

「對，對。」沙賽德說道，語氣興奮迥異於平常。「妳讀到他了是怎麼說的，把泰瑞司形容成『肥沃的綠色之地』了嗎？守護者的傳說都提到這件事。泰瑞司現在是冰凍的高原，完全沒有任何植物能夠存活，而那裡曾經是有如文章所說，又綠又美之地。」

又綠又美，紋心想。爲什麼綠就是美？那就像是有藍色或紫色的植物一樣——只會很奇怪吧。

但是日記中有一段讓她很好奇——某件沙賽德跟凱西爾都不願多提的事情。「我剛讀到統御主僱用一批挑伕那段。」紋小心翼翼地說。「他說他們白天會變得更強壯，是因爲讓自己夜晚時變得虛弱。」

沙賽德的興奮突然收斂。「是的，的確如此。」

「你知道這件事嗎？這跟當守護者有關嗎？」

「有。」沙賽德說道。「但這件事應該繼續是個祕密，我想。不是妳不値得信任，紋主人，可是越少人知道守護者的事，傳聞就越少。如果統御主相信他完全摧毀了我們就更好，因爲這是他過去千年來的目標。」

紋聳聳肩。「好吧。希望凱西爾想要我們從書裡發掘的祕密都跟泰瑞司人的力量無關。如果有的話，我一定會完全錯過。」

沙賽德一愣。

「唉，」紋意興闌珊地說道。「日記上花很多時間在談論泰瑞司人這件事，看樣子凱西爾回來時，我大概沒辦法給他什麼回饋了。」

「妳說得相當有道理。」沙賽德緩緩說道。「即便妳的方式有點太誇張了。」

紋甜甜地微笑。

「好吧。」沙賽德嘆口氣說道。「我覺得，不應該讓妳花這麼多時間跟微風主人相處的。」

「日記書裡提到的那些人，」紋問道。「他們是守護者？」

沙賽德點點頭。「我們如今稱爲守護者的人在當時相當常見——也許甚至比現代貴族間的迷霧人更常見。我們的記憶稱爲『藏金術』，能將某些肢體能力儲存在金屬中。」

紋皺眉。「你們也燃燒金屬？」

「不是的，主人。」沙賽德搖頭說道。「藏金術師跟鎔金術師不同——我們不『燒』我們的金屬。我們利用金屬做爲儲藏。每一片金屬，根據不同的大小跟組合成分，可以儲存某種特殊的肢體能力。藏金術師會儲藏某種特質，之後再使用。」

「特質？」紋問道。「像是體力？」

沙賽德點點頭。「在文章中，泰瑞司挑伕們讓自己夜晚時變得虛弱，好在手環中儲存力量以供隔天使用。」

紋研究沙賽德的臉。「所以你戴這麼多耳環！」

「是的，主人。」他說道，伸手拉起他的袖子。他在袍子下方的上臂，戴著粗鐵環。「我隱藏部分的儲存處，但戴很多戒指、耳環還有其他珠寶，這向來都是泰瑞司文化的一環。統御主曾經試圖禁止泰瑞司人碰觸或擁有任何金屬——他甚至曾試圖讓戴金屬是貴族的特權，而非司卡可以做的事。」

紋皺眉。「眞奇怪。」她說道。「我還以爲貴族不會想戴金屬，因爲那會讓他們容易受到鎔金術威脅。」

「確實如此。」沙賽德說道。「可是，帝國風潮向來是要用金屬妝點自己。我想，起因是統御主不想讓泰瑞司人擁有碰觸金屬的權力，因此他就自己開始戴金屬戒指跟手環，而貴族向來都會學他，所以現在最富有的貴族通常會戴金屬來展現力量跟驕傲。」

「聽起來很笨。」紋說道。

「流行通常是如此的，主人。」沙賽德說道。「然而，這個計謀失敗了——許多貴族只戴塗上漆，看起來像是金屬的木頭，而泰瑞司人在這方面算是承受了統御主的不滿。不讓侍從官碰觸金屬實在太不實際了。不過這並沒有阻止統御主試圖殲滅守護者。」

「他畏懼你們。」

「也痛恨我們。不只是藏金術師，更是所有泰瑞司人。」沙賽德一手按上尚未翻譯的文章部分。「我希望在這裡也能找到答案。沒有人記得爲什麼統御主要迫害泰瑞司人民，而我懷疑跟這群挑伕有關——他們的首領拉刹克似乎是相當愛跟人唱反調的人。統御主經常提到他。」

「他也提到宗教。」紋說道。「泰瑞司宗教。某些跟預言有關的事？」

沙賽德搖頭。「我無法回答這個問題，主人，因爲我跟妳一樣對泰瑞司宗教一無所知。」

「可是你蒐集宗教。」紋說道。「卻不知道自己的？」

「我不知道。」沙賽德嚴肅地說。「因此，主人，才需要出現守護者。好幾個世紀前，我的族人隱匿最後幾名泰瑞司藏金術師。統御主對泰瑞司人民的肅清變得相當暴力——這是在他開始繁殖計畫之前。在那時，我們不是侍從官，也不是僕人——甚至不是司卡。我們是要被摧毀的人。

「可是，不知爲何，統御主沒有完全消滅我們。我不知道——也許他認爲滅族對我們而言還算太輕饒了。總之，在他統治的前兩個世紀中，他成功地摧毀了我們的宗教。守護者組織在下一個世紀被成立，成員的目的是要發現失去的東西，然後爲下一代人記憶。」

「靠藏金術？」

沙賽德點點頭，摸著右臂上的臂環。「這個是紅銅製的，能儲存回憶跟念頭。每名守護者身上都有幾個這樣的環，充滿知識——歌謠、故事、祈禱文、歷史和語言。許多守護者都有自己特別的興趣——我的是宗教——但我們都會記得整套知識。就算我們之中只有一個人能在統御主死後存活下來，全世界的人民仍然有辦法找回他們失去的東西。」

他停語片刻。「嗯，不能算是所有失去的東西，還是有些我們缺乏的。」

「你們自己的宗教。」紋低聲說道。「你們一直沒有找到，對不對？」

沙賽德搖頭。「統御主在日記中提到是我們的先知帶他到昇華之井，即便是這件事對我們而言都是新的資訊。我們相信什麼？我們崇拜誰？這些泰瑞司先知是從哪裡來的，還有他們如何預知未來？」

「我很……遺憾。」

「我們繼續在找，主人。我想，早晚會找到答案。就算沒找到，我們仍然爲人類提供極端寶貴的服務。其他人認爲我們乖順，奴性堅強，但我們仍以自己的方法在對抗他。」

紋點點頭。「所以，你還能儲存什麼？力量跟記憶。還有呢？」

沙賽德瞧瞧她。「我想，我已經說得太多了。妳了解我們是如何辦到這些事情，所以如果統御主在書中有提到，妳不會混淆。」

「視力。」紋突然興奮地說道。「所以你救了我以後的幾個禮拜中都戴眼鏡。你救我那天晚上需要看得更清楚，所以你用完了存量，因此接下來幾個禮拜你的視力都比較差，好補充存量。」

沙賽德沒有回應。他拾起筆，顯然打算繼續翻譯工作。「還有事嗎，主人？」

「事實上是有的。」紋說道，從袖口拉出手帕。「你知道這是什麼嗎？」

「它看起來像是條手帕，主人。」

紋好笑地挑起眉毛。「非常好笑。你跟凱西爾混太久了，沙賽德。」

「我知道。」他靜靜嘆口氣說道。「他帶壞我了，我想。不過我還是不了解妳的問題，這手帕有何特別之處？」

「這就是我想知道的。」紋說道。「鬼影剛剛把它給我。」

「啊，這就合理了。」

「什麼意思？」紋質問。

「主人，在貴族社會中，一名年輕男子想認真追求一名仕女時，送的傳統禮物就是一條手帕。」

紋頓了頓，驚愕地看著手帕。「什麼？那小子瘋了嗎？」

「我覺得他那個年紀的男孩子大多不太正常。」沙賽德帶著微笑說道。「可是，這並不令人意外。妳沒有注意到妳每次進屋裡來時，他都盯著妳瞧嗎？」

「我只是覺得他很詭異而已。他在想什麼啊？他比我小好多啊。」

「他十五歲，主人。只跟妳差了一歲。」

「兩歲。」紋說道。「我下禮拜就要十七了。」

「即使如此，也沒比妳小太多。」

紋翻翻白眼。「我沒時間接受他的追求。」

「個人以爲，主人，妳應該珍惜妳擁有的機會，不是每個人都這麼幸運。」

紋呆了一下。他是個閹人，妳這個笨蛋。「沙賽德，對不起，我……」

沙賽德揮揮手。「那件事我從未知曉，所以更不會遺憾，主人。也許我很幸運——地下世界的人很難維持家庭。看看可憐的哈姆德主人，他已經好幾個禮拜沒看到他太太了。」

「哈姆結婚了？」

「當然。」沙賽德說道。「我相信葉登主人也是。他們不將家人扯入地下活動以保護他們，但這也代表得分開許久。」

「還有誰？」紋問道。「微風？多克森？」

「我想，微風主人太……自我中心，無法成家。多克森主人從未提及他的戀愛關係，但我猜想他過去曾經發生過很痛苦的事情。這是可以猜想的，他是農莊司卡。」

「多克森是從農莊來的？」紋驚訝地問道。

「當然。妳難道從來不花時間跟妳的朋友們聊聊嗎，主人？」

朋友，我有朋友。她這時才發現。有點怪異。

「無論如何……」沙賽德說道。「我該繼續工作了。很抱歉這麼突兀，但我的翻譯快完成了——」

「當然。」紋說道，站起身順順洋裝說：「謝謝你。」

她在客用書房找到多克森，他正靜靜地在桌上寫些什麼，一疊資料整齊地排列在桌面上。他穿著標準的貴族套裝，看起來向來比其他人更自在。凱西爾很帥氣，微風是一絲不苟且華貴，但多克森……看起來就是很自然。她進門時，他抬起頭。「紋？對不起——我應該要派人去找妳的。不知爲什麼，我以爲妳出去了。」

「我最近是經常不在。」她說道，在身後將門帶上。「但我今天待在家裡。每天聽貴族婦女在午餐時刻喋喋不休有點煩人。」

「我可以想像。」多克森微笑說道。「請坐。」

紋點點頭，步入房間。這裡很安靜，以溫暖的顏色跟深色木頭裝飾，外面仍然明亮，但多克森已經拉起窗簾，正靠著蠟燭在寫作。

「有凱西爾的消息嗎？」紋一面坐下一面問道。

「沒有。」多克森說道，將文件放在一旁。「這也沒什麼好奇怪的。他沒有打算在洞穴待多久，所以特別送信回來有點笨——他是鎔金術師，可能回來的速度比一般騎馬的人還要快。無論如何，我猜他會晚個幾天，畢竟我們是在講的人是阿凱。」

紋點點頭，然後靜靜坐在原處片刻。她沒有花多少時間跟多克森相處，不像跟凱西爾和沙賽德，甚至哈姆和微風。不過，他似乎是個善良的人。非常穩定，非常聰明。其他人爲集團提供某些鎔金術，但多克森的寶貴就在於他整理事情的能力。需要買東西時——例如紋的服裝——多克森會負責辦到。當需要租建築物、採購補給品或是拿到許可證，多克森會讓完成這些事。他不在前線欺騙貴族、在白霧中戰鬥或是招募士兵，但少了他，紋猜想整個集團會崩解。他是個好人，她告訴自己。我問他的話，他不會介意的。「老多，住在農莊中是什麼樣子？」

「嗯？農莊？」

紋點點頭。「你是在農莊長大的，對不對？你是農莊司卡？」

「是的。」多克森說道。「至少，我以前是。是什麼樣子啊……我也不知道該怎麼回答，紋。那種生活很辛苦，但大多數的司卡生活都很辛苦。如果沒有事先許可，我不可以離開農莊，甚至不可離開我的住所區域。我們比大多數流浪司卡都吃得好，但我們跟任何穀倉工人一樣費力工作。甚至更辛苦。

「農莊跟城市很不同。在外面，每個貴族都是自己的主人。表面上，統御主擁有司卡，但貴族租用他們，要殺多少都可以。每個貴族只要確定他的農作物有收成即可。」

「你聽起來好……冷淡。」紋說道。

多克森聳聳肩。「我已經很久沒有住在那裡了，紋。我不覺得農莊生活在我身上留下太深刻的印記，畢竟那只是過日子——我們也不知道有什麼選擇。現在我知道在農莊貴族之間，我的主人算是相當寬和的。」

「那你爲什麼離開？」

多克森停頓了片刻。「有一件事。」他說道，聲音幾乎流露出惆悵之情。「妳知道律法規定貴族可以擁有任何司卡女人嗎？」

紋點點頭。「只是結束後得殺了她。」

「或是之後不久。」多克森說道。「趁她還來不及生下任何混血兒。」

「那名貴族奪走了你愛的女人？」

多克森點點頭。「我不常談這個。不是因爲我不行，而是因爲我覺得沒什麼意義。我不是唯一因貴族的欲望甚至是貴族的冷漠而失去所愛之人的司卡，事實上，我敢打賭妳很難找到一名所愛之人沒有被貴族殺害的司卡。這就是……人生。」

「她是誰？」紋問道。

「一名農莊的女孩。我剛說了，我的故事沒那麼特別。我還記得……晚上偷偷從屋子裡溜出去跟她見面。整個聚落都在幫我們的忙，不讓我們被工頭發現，因爲我們晚上不該出門的。我第一次克服對霧的害怕，就是爲了她，雖然許多人認爲我晚上出去很愚蠢，有些人仍克服了迷信鼓勵我。我想我們的戀情感染了他們。凱芮安跟我提醒每個人，生命仍然有其可貴之處。

「當凱芮安被戴文薛大人帶走，第二天屍體被歸還、下葬時，司卡間的某種東西就……死了。我第二天晚上便離開。我不知道別處是否有更好的生活，但我就是不能留在那裡，面對凱芮安的親人，面對看著我們工作的戴文薛大人……」

多克森嘆口氣，搖搖頭。紋終於在他臉上看到某些情緒。「妳知道嗎……」他說道。「我很驚訝我們居然仍會去嘗試。他們對我們做了這麼多事，無論是死亡、酷刑、痛苦，妳會認爲我們應該就會放棄像是希望跟愛情這類的事。但我們沒有。司卡仍然墜入情網，仍然試圖有家庭，仍然會掙扎。我是說，看看我們……進行阿凱的瘋狂小奮鬥，抗拒一名我們知道會殺害我們所有人的神。」

紋靜靜地坐著，試圖了解他描述的恐怖。「我……以爲你說你的主人蠻善良的。」

「噢，他是啊。」多克森說道。「戴文薛大人鮮少打死司卡，而且只有當人數不可控制時，他才會撲滅老邁的司卡。他在貴族間的名聲相當好。妳可能在某些舞會上看過他——他最近在陸沙德過冬，等待下次播種的時候。」

紋感覺全身冰冷。「多克森，這太可怕了！他們怎麼能讓這種惡魔來？」

多克森皺眉，然後略略向前傾身，手臂靠在書桌上。「紋，他們全部都是這樣。」

「我知道有些司卡是這麼說的，老多。」紋說道。「可是我在舞會中碰到的人不是這樣。我跟他們見過面，跟他們跳過舞。老多，很多人是好人。我想他們並不知道司卡的情況有多慘。」

多克森以奇特的表情看著她。「我剛才眞的聽到妳這樣說嗎，紋？妳以爲我們爲什麼要反抗他們？妳難道不知道這些人，他們所有人，都是如此？」

「殘忍，或許是，」紋說道。「還有冷漠。但他們不全部是惡魔，不像你之前的農莊主人。」多克森搖搖頭。「妳只是看得還不夠清楚，紋。一名貴族可以在前一晚強暴殺害司卡婦女，第二天則因爲他的美德跟品行被稱讚。對他們而言，司卡不算是人。當貴族男子與司卡女子上床時，貴族仕女甚至不認爲那是出軌。」

「我……」紋沒說下去，越發不確定。這是貴族文化中她不願意面對的一塊。她可以原諒責打，但這件事……

多克森搖搖頭。「妳正在讓他們騙倒妳，紋。這種事情在城市裡比較不明顯，因爲有妓院，但這些謀殺仍然會發生。有些妓院會僱用非常貧困，但仍然是貴族出身的女子，可是大部分只是定期殺死他們的司卡妓女好安撫審判者。」

紋感覺有點暈眩。「我……知道妓院的事，老多。我哥哥向來都威脅要把我賣去那裡，但妓院存在也不代表所有男人都會去，有很多工人是不去司卡妓院的。」

「貴族男性不一樣，紋。」多克森嚴正地說道。「他們是恐怖的惡魔。妳覺得凱西爾殺他們時，我爲何不抱怨？我爲什麼要跟他合作推翻政府？妳應該去問問那些和妳跳舞的漂亮男孩子們，他們多常跟他們知道過不久就會被殺死的司卡女子上床。他們都去過，只是頻率不同。」

紋低下頭。

「他們是無法被拯救的，紋。」多克森說。他不像凱西爾那樣對這個話題非常激動，只是顯得有點……認命。「我想除非他們全死光，否則阿凱不會滿意的。我懷疑我們必須要做到這麼絕，甚至懷疑我們有這個能力，但就我個人而言，我樂見他們的社會崩解。」

紋靜靜地坐著。他們不可能都是那樣，她心想。他們這麼美麗，這麼高貴。依藍德從來沒有跟司卡女子上床，然後殺害她……對吧？

我每天晚上都只睡幾個小時。我們必須每天不斷前進，能走多遠就走多遠，但當我終於躺下時，我發現自己很難入睡。白天困擾我的問題會因爲夜晚的沉靜而更加清晰。

而且，在此之外，我聽到上方傳來的震動聲，高山的鼓動。每一次擊打便引我靠得更近。

23

「他們說詹芬利兄弟的死是爲了報復恩創大人被謀殺。」克禮絲貴女低聲說道。樂團在紋一群人身後的舞台上演奏，但夜已深，沒多少人在跳舞。

克禮絲貴女的同行貴族們聽到這消息紛紛皺眉，總共有六人，包括紋跟她的同伴——米倫·戴文普魯，一名小家族的年輕繼承人。

「克禮絲，別說笑了。」米倫說到。「詹芬利跟太齊爾是盟友。太齊爾爲什麼會去謀殺兩名詹芬利的貴族？」

「的確，爲什麼？」克禮絲說道，神祕兮兮地向前傾身，巨大的金色髮髻微微晃動。克禮絲的時尚感向來貧乏，但她卻是豐富的八卦來源。

「你們記得恩創大人被發現陳屍在太齊爾花園中嗎？」克禮絲問道。「表面上是太齊爾家族的敵人之一殺了他的，但詹芬利家族一直在向太齊爾請求結盟。顯然，該家族中有一派認爲如果發生某件事驚動太齊爾，他們會比較願意尋求盟友。」

「妳是說，詹芬利刻意殺了一名太齊爾盟友嗎？」瑞尼，克禮絲今晚約會的對象問道。他邊思索邊皺起他的寬眉。

克禮絲拍拍瑞尼的手臂。「別太擔心了，親愛的。」她建議，然後迫不及待地繼續跟眾人討論。「你們沒看出來嗎？靠著偷偷殺死恩創大人，詹芬利試圖得到它需要的盟約，如此一來，它就可以使用太齊爾的運河穿越東方平原。」

「可是他們失敗了。」米倫深思地說到。「太齊爾發覺了騙局，因此殺了奧杜司跟柯林司。」

「我上次舞會時跟奧杜司跳了兩次舞。」紋說道。如今，他死了，屍體被棄置在司卡貧民窟外的街道上。

「哦？」米倫問道。「他的舞跳得好嗎？」

紋聳聳肩。「不是太好。」你就只是問這些，米倫？有人被殺了，你只想知道我是否喜歡他勝於你？

「他現在去跟蟲一起跳舞了。」最後一名男子，泰敦說道。

米倫憐憫地笑了笑，算他好心。泰敦的幽默感往往令人無法苟同。他似乎適合跟凱蒙的手下們打交道勝過跟舞會中的貴族交談。

當然，老多說他們骨子裡都是一個樣。

紋跟多克森的對話仍舊佔據她大部分的心思。當她第一晚——她差點被殺害的那晚——來到舞會時，她覺得一切是如此虛僞。她怎麼忘了她的第一印象？她是否讓自己被騙倒，開始欣賞他們的儀態跟光鮮的外表？

如今，每個環抱她腰際的貴族男子都令她想退縮——她彷彿可以感覺到他們內心的腐壞。米倫殺了多少名司卡？泰敦呢？他看起來像是那種會喜歡跟妓女共度一夜的人。可是，她仍然繼續敷衍他們。她今天晚上終於穿了黑色的禮服，她就是覺得需要跟其他身著鮮豔衣裝，臉上掛著更爲豔麗笑容的女子有所區隔。可是，她無法躲避他人。紋終於開始得到她的成員們需要的信任關係。凱西爾會很高興知道他對太齊爾設下的計謀成功了，而且她的發現還不止於此。她有許多小道消息，對集團的工作絕對有助益。

其中一部分關於泛圖爾。該家族正爲漫長的家族戰爭做準備，所有人都盡量不外出，證據之一就是依藍德參加的宴會比先前少很多。當他出現時，通常都會避開她，她也不是眞的很想跟他說話。多克森跟她說的事情，讓她覺得在跟依藍德說話時可能很難保持平靜。

「米倫？」瑞尼大人問道。「你明天還是打算來跟我們一起玩貝牌嗎？」

「當然，瑞尼。」米倫說道。

「你上次不也答應了？」泰敦問道。

「我會去的。」米倫說道。「上次是臨時有事。」

「這次不會再有事？」泰敦問道。「你知道我們要有四個人才玩得起來。如果你不去，我們可以去找別人……」

米倫嘆口氣，舉起手，用力對身旁揮舞一下。這個動作引起紋的注意，她剛才並沒有全神貫注於對話上。她轉過頭，差點嚇得跳起來，因爲她看到一名聖務官正朝眾人走來。

目前爲止，她都能避過舞會中的聖務官，在幾個月前她跟某位上聖祭司意外碰面，還有引起審判者注意後的那次之後，她連靠近他們都不太敢。

聖務官走了過來，露出某種詭異的笑容。也許是因爲他雙臂環抱胸前，雙手隱藏在灰色袍子之中。也許是眼睛周圍的刺青，隨著年老鬆垮的皮膚一同皺起。也許是他審視她的方法，好像能夠看穿她。這不是貴族，這是聖務官——統御主的眼睛，他的律法執行者。

聖務官在眾人身邊停下，刺青標出他屬於教義部，是教廷的主要行政單位。他打量眾人，以平滑的聲音說道：「請問何事？」

米倫拿出幾枚錢幣。「我答應明天要跟那兩個人去玩貝牌。」他說道，將錢幣遞給年邁的聖務官。紋覺得因爲這種理由就請聖務官過來實在有點蠢，但聖務官沒有笑，也沒有說這兩人的要求實在太荒唐，他只是微笑，跟小偷一樣俐落地把錢收起。「我見證這件事，米倫大人。」他說道。

「滿意了嗎？」米倫問另外兩人。

他們點點頭。

聖務官轉身，沒多瞧紋一眼便緩步離開。紋偷偷吐了口氣，看著他蹣跚的身影。

*他們一定知道宮廷裡發生的所有事，她意識到。如果貴族連這麼簡單的事都會找他們見證……*她對教廷瞭解越深，越是發現統御主安排這個組織的做法有多聰明。他們見證所有的商業契約，多克森跟雷

弩幾乎每天都要跟聖務官打交道。只有他們能認可婚姻、離婚、土地購買，或是認可爵位繼承。事件沒有聖務官見證，就等於沒有發生，而如果文件沒有彌封，根本就等同於沒有寫過。

紋搖搖頭，聽著眾人又轉換話題。今晚相當漫長，她的腦袋裡裝滿回費理斯途中該抄下的資訊。

「不好意思，米倫大人。」她按上他的手臂說道，雖然碰觸他讓她略微不由自主地發抖。「我想該是我告退的時候了。」

「我送妳上馬車。」他說道。

「沒關係。」她甜甜地說道。「我想要先去梳洗一下，然後反正我還得等我的泰瑞司人回來。我回去我們的桌邊坐著就好。」

「好吧。」他有禮地點點頭說道。

「妳要走就走吧，法蕾特。」克禮絲說道。「但妳絕對沒機會聽到教廷的消息了……」

紋停下腳步。「什麼消息？」

克禮絲的眼睛閃閃發光，瞥向消失的聖務官。「審判者們最近像昆蟲一樣忙碌呢。他們最近幾個月殲滅了比平常超過兩倍的盜賊集團，甚至不逮捕犯人進行審判——而是直接當場全部殺死。」

「妳怎麼知道的？」米倫懷疑地說道。他看起來是如此正直、尊貴。絕對看不出他原來是那種人。

「我有我的消息來源。」克禮絲微笑說道。「唉，審判者今天下午才剛又找到一團呢，而且總部還離這裡不遠。」

紋感覺全身一寒。他們離歪腳的店沒有那麼遠……不，不可能是他們。多克森跟其他人太聰明了。就算凱西爾不在，他們會安全的。

「該死的盜賊。」泰敦啐了一口。「該死，不知好歹的司卡。我們給他們的食物跟衣服不是夠多了，還要從我們這裡偷？」

「眞驚人，這些東西當盜賊還能活得下去。」卡莉，泰敦的年輕妻子，以她嬌滴滴的聲音說道。

「我沒法想像是什麼樣無用的人才會讓自己被司卡搶錢。」

泰敦臉上一陣潮紅，紋好奇地瞅著她。卡莉除非是要出聲挖苦她丈夫，否則鮮少說話。他一定也是被搶了。也許是某種騙局？

紋將這個資訊收起，打算之後再慢慢查，轉身正準備離開時，面對面碰上新加入的成員：珊．艾拉瑞爾。

依藍德的前未婚妻一如往常完美無瑕，長長的赤褐色秀髮幾乎自行散發著朦朧的光芒，姣好的身材只讓紋想起自己有多瘦弱，她的自視高到能讓自信的人也會產生對自己的懷疑。紋此時開始發現，在大多數貴族的眼裡，珊是完美的女性。

紋的男性同伴們紛紛點頭致意，女性們則屈膝行禮，很榮幸有地位這麼高的人加入他們的對話。紋瞥向一旁，試圖想逃跑，但珊正站在她的面前。

珊微笑。「啊，米倫大人。」她對紋的同伴說道。「眞可惜你今晚原本邀約的對象生病了，讓你沒得選擇。」

米倫的臉馬上漲紅。珊的話技巧性地讓他陷入窘境。他是該爲紋說話而冒險得罪一名勢力強大的女子？還是該同意珊的話，進而侮辱紋？

他選擇懦夫的解決方法：裝作沒聽見。

「珊貴女，很高興有妳加入我們。」

「是的。」珊不疾不徐地說道，紋的不自在讓她眼睛滿意地閃閃發光。

該死的女人！紋心想。她似乎每次一無聊就會找我，以讓我尷尬爲樂。

「不過呢……」珊說道。「我恐怕不是來聊天的。雖然會令各位不快，但我跟雷弩家的孩子有事情要談，請讓我們告退，好嗎？」

「當然好，小姐。」米倫說道，向後退開。「法蕾特貴女，謝謝妳今晚的陪伴。」

紋向他跟其他人點點頭，感覺像受傷的動物被同伴們遺棄了。她今天晚上眞的不想應付珊。

「珊貴女。」兩人一獨處，紋就立刻開口。「我想您對我是錯愛了。我最近眞的沒有跟依藍德大人相處多少時間。」

「我知道。」珊說道。「我似乎過度高估妳的能耐，孩子。總以爲一旦贏得比妳地位高太多的男子垂青，妳不會這麼輕易讓他溜走。」

她不嫉妒嗎？紋心想，感覺到珊一如她預料，以鎔金術碰觸她的情緒、壓下一陣畏縮。她不痛恨我取代她嗎？

但貴族間並非如此。紋什麼都不是，只是一時的娛樂。珊對重新獲得依藍德的喜愛沒興趣，只想找方法報復污辱她的人。

「聰明的女孩會讓自己處於能利用自身唯一優點的環境裡。」珊說道。「如果妳覺得還有別的高階貴族男子會注意妳，那妳就錯了。依藍德喜歡震撼宮廷，所以他當然挑了最平凡、最笨拙的女子。妳應該好好把握機會，要找到另一個類似的對象不容易。」

紋咬緊牙關抵抗侮辱跟鎔金術。珊顯然很擅長強迫對方硬是接受她的口頭凌虐。

「好了，」珊說道。「我想要知道他擁有哪些書籍。妳識字吧？」

紋簡短地點點頭。

「很好。」珊說道。「妳只需要記下書名——不要看封面，那些名字可能是要誤導別人用的。先讀頭幾頁，然後回報給我知道。」

「如果我告訴依藍德大人您在計畫什麼呢？」

珊笑了。「親愛的，妳不知道我在計畫什麼。況且，妳似乎在宮廷裡有點進展。妳一定知道，背叛我是妳想都不該想的事情。」

說完，珊便離開，附近的貴族立刻圍了過去。珊的安撫減弱，紋感覺到自己的煩躁跟怒氣攀升。曾經她只會偷偷溜走，她的自尊被打擊到不會在意珊的侮辱。可是今晚她發現自己想要報復。

冷靜下來。這是好事。妳成為上族計畫的卒子了。其他低階的貴族可能做夢都在盼望這種機會。

她嘆口氣，走回原本跟米倫共用的空桌。今晚的舞會是在美麗的海斯丁堡壘舉行，高大圓弧的中央堡壘有六座副塔環繞，每座離主建築物都有一段距離，由一連串的走道連接。七座塔上都鑲嵌了盤繞而上的彩繪玻璃。

舞會坐落於寬廣的中央塔頂樓，幸好一組由司卡拖拉的吊車平台系統讓貴族客人們免於自行爬上爬下。舞會大廳本身沒有紋去過的某一些那麼輝煌——這種只是個方形的房間，有著挑高的屋頂，邊緣則環繞著彩繪玻璃。

沒想到我這麼快就對這種景色習以為常了，紋心想。也許貴族就是因此能做這麼多可怕的事情。他們殺人殺了這麼久，以致於這件事再也無法令他們掛心。

她請一名僕人去找沙賽德來，然後坐下讓腳休息一陣子。真希望凱西爾能快點回來，她心想。他不在的時候，所有集團成員，包括紋在內，似乎都比較沒有動力。不是她不想工作，而是凱西爾敏捷的幽默感跟樂觀的態度總是讓她更有前進的希望。

紋隨意地抬起頭，立刻瞄到依藍德·泛圖爾站在不遠處，跟一小群貴族男子們在交談。她全身一僵。一部分的她——紋的部分——想要逃走躲起來。她跟禮服都可以塞在桌子下。

可是，令她意外的是，她發現法蕾特那一面比較強勢。我必須跟他談談，她心想。不是因為珊的事，而是因為我需要知道事實。多克森說得太誇張了。他一定是太誇張了。

她什麼時候變得這麼好戰了？站起身的同時，她對自己的堅定決心感到意外。她走過大廳，一面檢查自己的黑色禮服是否整齊依舊。依藍德的同伴中有人敲敲他的肩膀，朝紋點點頭。依藍德轉身，另外兩名男子退開。

「是法蕾特啊。」他看到她停在他面前後說道。「我晚到了，甚至不知道妳在這裡。」說謊。你當然知道。法蕾特是不可能從海斯丁舞會中缺席的。要怎麼開口？要怎麼問？「你在躲避我。」她說道。

「我可不會這麼說。我只是在忙。家族問題，妳明白的。況且，我跟妳警告過我沒禮貌，況且……」他語音漸消。「法蕾特？妳還好嗎？」

紋發現自己輕輕啜泣，感覺到臉頰上的一滴淚水。白癡！她心想，拿雷司提波恩的手帕擦擦眼睛。妳的妝會花掉。

「法蕾特，妳在發抖！」依藍德憂心地說道。「來吧，我們去陽台，呼吸一點新鮮空氣。」她讓他領著她離開音樂和交談的人群，兩人踏入安靜、黑暗的空氣中。這座陽台是從海斯丁中央塔往外延伸的眾多陽台之一，上面沒有半個人，只有一盞石欄杆上的燈籠，還有四周精心布置的植物。

白霧飄蕩在空中，恆常的存在，不過陽台離溫暖的堡壘近到霧氣相當微弱。依藍德沒有將霧放在心上。他跟大多數貴族男子一樣，都認為怕霧是愚蠢的司卡迷信——紋覺得，他應該是對的。

「到底怎麼了？」依藍德問道。「我承認，我是在忽視妳。對不起。妳沒有錯，我只是……唉，感覺上妳融入得很好，不需要像我這樣麻煩份子去——」

「你跟司卡女子上過床嗎？」紋問道。

依藍德驚愕地一呆。「是因爲這種事？誰跟妳說的？」

「你有嗎？」紋質問。

依藍德沒回答。

統御主啊，是眞的。

「坐下來。」依藍德說道，爲她端來一張椅子。

「是眞的，對不對？」紋坐下時說道。「你也做過這種事。他說得對，你們都是惡魔。」

「我……」他一手按上紋的手臂，但她將手臂抽開，只感覺到一滴眼淚從臉上滑下，濡濕了禮服。她抬起手，擦拭眼睛，手帕上沾著妝。

「是我十三歲時發生的。」依藍德低聲說道。「我父親認爲該是我成爲『男人』的時候了。我甚至不知道他們事後會殺掉那名女孩，法蕾特。眞的，我不知道。」

「之後呢？」她質問，開始生氣。「你殺了多少女孩，依藍德．泛圖爾？」

「沒有！再也沒有了，法蕾特。在我知道第一次發生什麼事情後，再也沒有。」

「你認爲我會相信嗎？」

「我不知道。」依藍德說道。「聽我說，我知道宮廷女子流行認定所有的男人都是禽獸，但妳一定要相信我，我們不是全都是那樣。」

「有人告訴我你們都是。」紋說道。

「誰？鄉村貴族嗎？法蕾特，他們不瞭解我們。他們只是嫉妒我們控制大多數的運河系統——而他們也許是有權利嫉妒的。可是並不能因爲他們妒恨就代表我們全是可怕的人。」

「比例呢？」紋問道。「有多少貴族男子會做這種事？」

「大概三分之一。」依藍德說道。「我不確定。我不跟那種人相處。」

她想要相信他，光是這個意願就該讓她更多疑。但看著這雙眼睛，這雙她向來認爲很誠實的眼睛，她發現自己被說服了。打從她有記憶以來，這是她第一次完全推開瑞恩的低語，單純地去相信。

「三分之一。」她低聲說道。*這麼多。可是，這比全部都是要好。*她舉起手擦擦眼睛，依藍德看了看她的手帕。

「那是誰給妳的？」他好奇地問道。

「一名追求者。」紋說道。

「是他告訴妳關於我的這些事情？」

「不是，是另一個人。」紋說道。「他說……他說所有的貴族男子，或者該說，所有陸沙德的貴族男子，都是可怕的人。他說宮廷女子甚至不認爲她們的丈夫跟司卡妓女上床是出軌。」

依藍德哼一聲。「妳的線民實在太不瞭解女人了。我敢跟妳打賭，妳絕對找不到有哪位貴女不在意自己的丈夫跟別人有染，無論對方是司卡或是貴族。」

紋點點頭，深吸一口氣，讓自己冷靜。她感覺自己很可笑……但也覺得一陣平靜。依藍德跪在她的椅子邊，仍是一臉擔憂之色。

「所以……」她說道。「你父親是三分之一的其中一名？」

依藍德在微弱的光線下臉紅，低下頭。「他喜歡各式各樣的情婦——司卡、貴族，他不在意。我還是會想到那一夜，法蕾特。我希望……我不知道。」

「那不是你的錯，依藍德。」她說道。「你只是一名十三歲的男孩，照著父親所說的去做。」

依藍德別過頭，但她已經看到他眼中的怒氣跟罪惡感。「該要有人阻止這種事情發生。」他低聲說道，紋被他話語中的強烈情緒震懾。

這是個會在乎的男子，她心想。像凱西爾或多克森的男子。一個好人。他們為什麼看不到這點？

終於，依藍德嘆口氣，站起身，為自己拉來一張椅子。他坐下，手肘撐著欄杆，一手掠過凌亂的頭髮。「好吧。」他說道。「妳也許不是第一個我在舞會惹哭的女孩，但妳是我真心在意的女孩中，第一個惹哭的。我的紳士能力到達了新的境界啊。」

紋微笑。「不是你。」她說道，向後一靠。「只是……過去幾個月，很累。當我發現這些事情後，我完全無法處理。」

「陸沙德的腐敗是需要被處理的。」依藍德說道。「統御主甚至看不到——他不想看到。」

紋點點頭，然後打量起依藍德。「你最近到底為什麼都避開我？」

依藍德再次臉紅。「我覺得妳有足夠的新朋友陪妳。」

「這話是什麼意思？」

「很多妳來往的對象我不喜歡，法蕾特。」依藍德說道。「妳很融入陸沙德的社交圈，而我發現玩弄政治經常會改變一個人。」

「這話說得倒容易。」紋怒斥。「尤其是你屬於社交圈中最上層的時候。你可以忽略政治，但我們其他人就沒這麼幸運了。」

「我想是吧。」

「不只如此。」紋說道。「你跟其他人一樣也擅長操弄政治手段，還是你要告訴我，你一開始對我的興趣跟想激怒你父親毫無關係？」

依藍德舉起雙手。「好好好，算我受教了。我是個笨蛋，也是個蠢人。這是家族遺傳。」

紋嘆口氣，靠回椅背，感覺白霧的沁涼輕撫上她淚濕的臉龐。依藍德不是惡魔，她相信這點。也許她是笨蛋，但這是凱西爾對她的影響。她開始去信任身邊的人，而她最想信任的人莫過於依藍德·泛圖爾。

這件事雖然跟依藍德沒有直接關係，但她發現貴族和司卡間的可怕關係還比較容易處理。就算有三分之一貴族男子在殺害司卡女性，他們的社會也許仍然有值得挽救的部分。貴族不需要被殲滅——那是他們的策略。紋得確保這種事情不要發生，無論擁有什麼樣的血統。

統御主啊，紋心想。我開始跟其他人一樣在思考事情了，幾乎像是我認為我們能改變世界。她瞥向依藍德，他正背對著身後的翻騰白霧，看起來悶悶不樂。

我引出了不好的回憶，紋充滿罪惡感地想道。難怪他這麼恨他父親。她很想做一件能讓他心情好轉的事情。

「依藍德。」她說道，引起他的注意。「他們跟我們一樣。」

他一愣。「什麼？」

「農莊司卡。」紋問道。「你曾經問過我他們的事。我很害怕，所以我裝做一般貴族仕女的樣子，但是當我沒再繼續說下去時，你似乎很失望。」

他向前傾身。「所以，妳跟司卡相處過？」

紋問道。「很多。如果你問我家人，他們會跟你說，花太多時間了。也許正是為此他們把我送來這裡。我跟幾名司卡很熟，尤其是一名年長的男子。他所愛的女人被一名想要晚上有個漂亮小妞娛樂自己的貴族搶走了。」

「在妳的農莊嗎？」

紋連忙搖頭。「他逃來我父親的莊園中。」

「妳隱藏他？」依藍德驚訝地問道。「逃跑的司卡會被處決的！」

「我保守他的祕密。」紋說道。「我認識他的時間不久，可是……我可以向你保證這點，依藍德，他的愛跟任何貴族的一樣強烈。甚至絕對比陸沙德中的大多數貴族還要強烈。」

「那智慧呢？」依藍德熱切地問道。「他們有顯得……遲鈍嗎？」

「當然沒有。」紋斥罵。「依藍德·泛圖爾，我認爲我認識幾名司卡比你還要聰明。他們也許沒有受過教育，但他們仍然很有智慧，而且很生氣。」

「生氣？」他問道。

「有一部分。」紋說道。「因爲他們被對待的方式。」

「所以他們知道？知道我們跟他們之間的不平等？」

「怎麼可能不知道？」紋說道，舉起手要拿手帕擦鼻子，但她發現上面已經沾滿了化妝品，因此停下動作。

「拿去吧。」依藍德說道，將自己的手帕遞給她。「再跟我多說一點。妳怎麼會知道這些事情？」

「他們告訴我的。」紋說道。「他們信任我。我知道他們生氣，是因爲他們會抱怨自己的生活。我知道他們有智慧是因爲他們有許多事藏起來，不讓貴族發現。」

「像是？」

「像是地下活動網？」紋說道。「司卡會幫助逃跑的司卡在運河到運河之間旅行。貴族不會注意，因爲他們向來不注意司卡的臉。」

「有意思。」

「不只如此，」紋說道。「還有竊盜集團。我想那些司卡應該相當聰明，因爲他們能躲起來，不被聖務官、審判者或貴族找到，同時從統御主眼皮下偷竊上族的東西。」

「是的，這我知道。」依藍德說道。「我眞希望我能見見他們，問他們是爲何如此善於隱藏。他們一定是很令人著迷的一群人。」

紋幾乎要繼續說話，但她克制下來沒講。我可能已經說太多了。

依藍德轉頭看著她。「妳也很令人著迷，法蕾特。我應該知道妳不會被那些人帶壞的。也許妳反而會帶壞他們。」

紋微笑。

「不過呢……」依藍德邊說邊站起身。「我得走了。我今天晚上來宴會有特別目的。我跟一些朋友約了要見面。」

沒錯，紋心想。上次依藍德碰到的人之一就是令凱西爾跟沙賽德覺得奇怪的海斯丁人。

紋也站起身，將手帕遞還給依藍德。

他沒接下。「妳也許會想留著它。給妳手帕不只是爲了讓妳用它的。」

紋低頭看看手帕。當貴族男子想要認眞追求一名仕女時，他會送手帕給她。「噢！」她說道，收回手帕。「謝謝。」

依藍德微笑，上前一步，離她更近。「不管那個人是誰，也許他暫時比我領先，只因爲我一時的愚蠢。可是我沒有愚蠢到會錯過跟他一爭高下的機會。」他眨眨眼，淺淺鞠躬，然後朝中央大廳走回去。

紋等了片刻，然後走上前，穿過陽台的門口。依藍德跟先前同樣的雷卡和一名海斯丁會面，兩人都是泛圖爾的政治敵手。他們站在原地說了一會兒話，然後三人一同朝房間另一側的樓梯間走去。

這些樓梯只通往一個地方，紋心想，溜回房間。周圍的高塔。

「法蕾特主人？」

紋一驚，轉身看到沙賽德走上前來。「我們能離開了嗎？」他問道。

紋快步走向他。「依藍德．泛圖爾大人剛跟他的海斯丁跟雷卡朋友們消失在那道階梯裡了。」

「有意思。」沙賽德說。「但我們爲什麼……主人，妳的妝怎麼了？」

「別管它。」紋說道。「我覺得我應該要跟蹤他們。」

「那是一條新的手帕嗎，主人？」沙賽德問道。「妳很忙呢。」

「沙賽德，你有聽我說話嗎？」

「是的，主人。我想妳是可以跟過去，但妳會很引人注目。我不確定那是不是取得情報的最好方法。」

「我不會明目張膽地跟蹤他們。」紋低聲說道。「我會用鎔金術，但我需要你的許可。」

沙賽德一頓。「我明白了。妳的身體如何？」

「好很久了，」紋說到。「我甚至早就沒有注意它了。」

沙賽德嘆口氣。「好吧。反正凱西爾主人原本也就打算回來時要認眞進行妳的訓練。只是……小心點。我知道對迷霧之子說這種話有點好笑，但我還是想這麼請求。」

「我會的。」紋說道。「一個小時後，我在那個陽台跟你會合。」

「祝好運，主人。」沙賽德說道。

紋衝回陽台。她繞過角落，然後站在石頭欄杆跟後方的迷霧面前。美麗、盤旋的空無。已經太久了，她心想，手探入袖子，拿出一瓶金屬，急切地吞下液體，拿出一小把錢幣。

然後，她滿意地踏上陽台，跳入黑暗的濃霧中。

風拉扯著她的禮服，錫增強她的視力，白鑞給了她力量。她望向高塔與堡壘主體之間的圓拱牆，將錢幣拋下，讓它消失在黑暗中，借用鋼給她的推力。

她的身影在空中一震，空氣的阻力吹漲她的禮服，讓她覺得像是在拖著一綑布料，但她的鎔金力量強大到可以應付這點。依藍德所在的塔是隔壁那一座，她得爬上它與中央高塔之間的牆頂走道。紋驟燒鋼，將自己推得更高，然後朝身後再拋下一枚錢幣。當錢幣打上牆壁時，她順勢讓自己高躍入空中。

她撞上標的落點的位置有點太低，幸好禮服的布料幫她削減了許多撞擊力，不過她還是抓到了上方走道的邊緣。沒有鎔金術的紋是絕對不可能將自己拉上城垛，但對鎔金術師紋來說這易如反掌。

黑色禮服掩飾她蹲低的身影，靜悄悄地走過牆壁上方的走道。四周沒有侍衛，但前方的高塔底端有一盞警衛燈亮著。

不能走那裡，她心想，改成抬頭探路。高塔似乎有幾間房間，其中兩間有燈火。紋拋下一枚錢幣，將自己拋擲入空中，牽拉著一扇窗的鐵框，使力一扯，便落在窗戶外的石框上。因爲夜晚已經來臨，因此百葉窗關著，紋得貼近窗邊，燃燒錫才能聽到裡面的對話。

「……舞會總是很晚才結束。我們可能得多輪值一班了。」

守衛，紋心想，跳起反推窗戶，窗框一陣喀啦聲，她沿著塔牆往上飛衝，抓住下一扇窗戶的邊緣，將自己撐起，站好。

「……不後悔遲到。」一個熟悉的聲音在裡面說話。是依藍德。「她剛好比你迷人多了，泰爾登。」

一個男子的聲音笑了。「偉大的依藍德·泛圖爾，被一張漂亮的臉蛋逮住了。」

「她不只如此，加斯提。她心地善良，還幫助逃去她農莊的司卡。我覺得我們應該找她來跟我們一起對談。」

「不可能的。」一個聲音低沉的男子說道。「依藍德，我不介意你想談哲學，我甚至願意一邊跟你喝酒一邊聽你說，但我絕對不會隨便讓別人加入我們。」

「我同意泰爾登。」加斯提說。「五個人已經夠多了。」

「你們……」依藍德說。「我覺得你們這麼說不公平。」

「依藍德……」另一個聲音有點抱怨地說。

「好吧。」依藍德說。「泰爾登，你讀了我給你的書嗎？」

「我試過了。」泰爾登回答。「有點厚。」

「但是本好書，對吧？」依藍德說。

「還不錯。」泰爾登說。「我可以了解爲什麼統御主這麼恨它。」

「雷戴文的書更好。」加斯提說。「比較深入重點。」

「我不是要唱反調。」第五個聲音說道。「可是我們只要這樣嗎？讀書？」

「讀書有什麼不好？」依藍德問道。

「有點無聊。」第五個聲音說道。

一點也沒錯，紋心想。

「無聊？」依藍德說道。「先生們，這些想法跟文字是一切。這些人知道他們會因此而被處決。你們看不到他們的熱情嗎？」

「熱情是有的，」第五個聲音說道。「用處倒沒有。」

「我們可以改變世界。」加斯提說道。「我們之中有兩名是家族的繼承人，其他三人是第二繼承人。」

「有一天，會由我們當家作主，」依藍德說道。「實際去施行這些想法。公正、協商、中庸等等，我們甚至可以對統御主施壓！」

「我們？」第五個聲音嗤笑。「你也許是強盛家族的繼承人，依藍德，但我們其他人可沒這麼重要。泰爾登跟加斯提有可能甚至無法繼承，而凱弗，容我冒昧地說一句，不會有多大的影響力。我們無法改變世界。」

「我們可以改變自己家族的運作方法。」依藍德說道。「各族可以停止爭鬥，我們才能得到眞正的政府力量，而不只是大小事都屈服於統御主的意思。」

「一年年過去，貴族的力量越見衰微。」加斯提附和道。「我們的司卡屬於統御主，土地亦然。他的聖務官決定我們的婚嫁和信仰。就連我們的運河其實也是他的產業。教廷殺手會謀殺任何出聲反對或是太成功的人。這讓人怎麼生存下去。」

「這點我同意。」泰爾登說。「依藍德一天到晚在那邊叨唸階級不平等什麼的，我覺得根本是蠢話連篇，但我同意必須聯合陣線，對抗統御主。」

「沒錯。」依藍德說道。「這就是我們必須……」

「**紋**。」一個聲音低聲說。

紋一驚，差點嚇得從窗台邊摔下，連忙驚慌地抬起頭。

「在妳上面。」聲音低語道。

她抬起頭。凱西爾正吊在她頭頂另外一座窗台上，露出微笑，眨眨眼，然後朝下方走道點點頭。

凱西爾從她身旁的霧間朝下墜落。她回望了依藍德的房間片刻，終於也跳下，跟著凱西爾一起，使用同一枚錢幣減緩自己的速度。

「你回來了！」她熱切地說道，一面落地。

「下午回來的。」

「你在這裡做什麼？」

「看著我們裡面的朋友。」凱西爾說道。「看起來似乎跟上一次差不多。」

「上一次？」

凱西爾點點頭。「自從妳跟我提起這群人後，我就來偷窺他們幾次了。果然是浪費時間。他們不足以構成威脅，只不過是一群年輕貴族聚集在一起喝酒鬥嘴。」

「可是他們想要推翻統御主！」

「根本沒有。」凱西爾哼了一聲。「他們只是在做貴族的事——安排結盟。下一代本來就經常在掌權前開始規劃家族聯盟。」

「不一樣的。」紋說道。

「哦？」凱西爾有點好笑地說道。「妳當貴族的時間已經久到能夠分辨這點啦？」

她臉上一紅，他大笑，和善地摟住她的肩膀。「好啦，別這樣。以貴族而言，他們看起來像是不錯的孩子。我答應不殺他們，好嗎？」

紋點點頭。

「也許我們可以找個方式利用他們，他們的確似乎比一般貴族還要開明些。我只是不想要妳失望而已，紋。他們還是貴族，雖然這是他們天生無法選擇的事情，但仍然不改變他們的天性。」

跟多克森一樣，紋心想。凱西爾總把依藍德往最壞處想，但這能怪他嗎？要進行一場凱西爾跟多克森那樣的戰鬥，也許是應該把敵人都想成萬惡不赦的壞人才比較有效，對精神也比較健康。

「對了，妳的妝怎麼了？」凱西爾問道。

「我不想談。」紋說道，回想起自己跟依藍德的對話。我幹麼哭啊？我眞是大笨蛋！還有，我居然那樣直接了當去問他有沒有跟司卡上床。

凱西爾聳聳肩。「好吧，那我們該走了。我懷疑小泛圖爾跟他的夥伴們會討論到任何重要的事情。」紋停下腳步。

「我偷聽他們三次了，紋。」凱西爾說道。「妳要的話，我可以幫妳大致簡述一遍。」

「好吧。」她嘆口氣道。「可是我跟沙賽德說我會回去宴會裡找他。」

「那妳去吧。」凱西爾說道。「我答應不跟他說妳偷偷摸摸地用鎔金術。」

「他跟我說我可以了。」紋爲自己辯護。

「他這麼說？」

紋再點頭。

「那是我弄錯了。」凱西爾說道。「妳在離開宴會前，也許該讓阿沙幫妳拿件披風來。妳的衣服前面都是灰燼。我跟妳在歪腳的店見。讓馬車在那裡放下你們，然後繼續出城，裝裝樣子。」

紋再次點頭，凱西爾眨眨眼睛，從牆頭跳下，消失在霧中。

最後，我必須信任自己。我看過有些人泯滅了自身明辨善惡是非的能力，我覺得我不是其中之一。我看到孩子眼中的淚水時，仍然會爲他的苦難而心痛。如果有一天我失去這點能力，我知道我已經淪喪到極點了。

24

當紋跟沙賽德抵達時，凱西爾已經在店裡，跟哈姆、歪腳和鬼影一起坐在廚房，享受喝一杯的樂趣。

「哈姆！」紋從後門進屋時，興奮地說道。「你回來了。」

「是啊。」他高興地說道，舉起酒杯。

「感覺你去好久好久了。」

「我也是這麼覺得。」哈姆打從心底感慨地說道。

凱西爾輕笑，舉起酒杯。「哈姆扮將軍扮累了。」

「我還得穿制服。」哈姆抱怨，伸展四肢，穿著一貫的背心與長褲。「就連農莊司卡都不用遭受那種酷刑。」

「你改天試穿禮服看看。」紋說道，自行坐下。她拍拍禮服前襬，看起來沒她以爲的那麼髒。黑色的布料上仍能隱約看到黑灰色的灰燼，摩擦到石頭的部分也有點粗糙，但都不太明顯。

哈姆大笑。「我不在的這段時間，妳似乎已經成爲眞正的淑女了。」

「哪有。」紋說道，凱西爾遞杯酒給她。

她沉吟片刻，然後啜了一口。

「紋主人太謙虛了，哈姆德主人。」沙賽德說道，在一旁坐下。「她的宮廷儀節相當有成就，比我知道的許多眞貴族還更傑出。」

紋臉紅，哈姆再度大笑。「居然會謙虛，紋。妳從哪裡學來的壞習慣啊？」

「絕對不是我。」凱西爾說道，遞酒給沙賽德，泰瑞司人抬手禮貌地拒絕了。

「當然不是跟你學的，阿凱。」哈姆說道。「也許是鬼影教她的。整團人中似乎只有他知道該怎麼閉起嘴巴，是吧，小子？」

鬼影臉紅，很明顯不想直視紋。

有時間我得處理一下這件事，她心想。但不是今晚。凱西爾回來了，依藍德不是殺人凶手。今晚是放輕鬆的夜晚。

腳步聲在樓梯上響起，片刻後多克森踱步進入房間。「你們在辦宴會？居然沒人找我來？」

「你看起來很忙的樣子。」凱西爾說道。

「況且……」哈姆補上一句。「我們知道你太有責任感，不會跟我們這種不求上進的懶惰鬼一起喝醉。」

「總得要有人維持集團的運作嘛。」多克森輕鬆地說道，爲自己倒了一杯酒。突然，他愣住，直朝哈姆皺眉頭。「你那件背心看起來好眼熟……」

哈姆微笑。「我把制服外套的袖子給撕掉了。」

「不會吧！」紋笑著說。

多克森嘆口氣，繼續倒滿酒杯。「哈姆，那些東西要花錢的。」

「什麼都要花錢。」哈姆說。「可是，錢是什麼？只不過是將抽象的勞力化成具象化的物體而已。我穿那件制服穿了那麼久，算是貢獻相當多的勞力，所以這件背心跟我應該算是扯平了。」

多克森沒答話，只是翻翻白眼。大廳的店門開了又關，紋聽到微風跟看守的學徒問候。

「對了，老多。」凱西爾開口，背靠著櫃子。「我也需要一些具象化的物體。我想要租用一些小倉庫和我的情報販子會面。」

「應該可以安排。」多克森說道。「只要能好好控制紋的治裝費。我——」他瞥向紋，話硬生生被打住。「小姐，妳對那件禮服做了什麼事?!」

紋滿臉漲紅，縮在椅子裡。也許是比我想的還要明顯一點點……

凱西爾輕笑。「你可能得習慣衣服被弄髒了，老多。紋今天晚上重拾迷霧之子的任務了。」

「有意思。」微風走入廚房。「我能建議她這次避免跟鋼鐵審判者對打嗎？」

「我會盡力的。」紋說道。

微風慢慢踱到桌邊，以標準的優雅態度挑選椅子坐下。圓滾的男子以決鬥杖指著哈姆。「看樣子我的知識份子假期要結束了。」

哈姆微笑。「我不在這裡時想到幾個很可怕的問題，正等著你呢。」

「我期待死了。」微風說道。他將決鬥杖指向雷司提波恩。「鬼影，酒。」

鬼影銜去為微風端酒。

「他眞是個好孩子。」微風評論，接下酒。「我幾乎不需要用鎔金術推他。如果你們其他人也能這麼配合就好了。」

鬼影皺眉。「好不是玩這樣沒的。」

「孩子，我完全聽不懂你剛才說了什麼。」微風說道。「所以我要假裝你剛才講得很清楚，然後不理他。」

凱西爾翻了翻白眼。「沒了緊張趁小。」他說道。「不是沒的需要擔心。」

「趁挑釁去右了。」鬼影點頭說道。

「你們兩個在胡說八道什麼啊？」微風煩躁地說道。

「沒的是那聰明。」鬼影說道。「趁小有希望這種。」

「向來是做這。」凱西爾同意。

「向來是希望有這有。」哈姆微笑遞補上一句。「聰明希望是沒的。」

微風氣急敗壞地轉向多克森。「親愛的朋友，我想我們的同伴們終於發瘋了。」

多克森聳聳肩，然後相當嚴肅地說：「不是不不是是。」

微風瞠目結舌地坐在原地，房間內爆出一陣笑聲。微風氣惱地翻翻白眼，一面搖頭一面低聲咒罵這群成員的低級幼稚趣味。

紋邊笑邊差點被酒嗆得岔氣。「你剛才到底說什麼啊？」對在她身邊坐下的多克森問道。

「我不知道。」他坦承。「聽起來好像蠻對的。」

「老多，你什麼都沒說。」凱西爾說道。

「他有說。」鬼影說道。「只是沒有任何意義。」

凱西爾大笑。「向來都是這樣。我發現，老多說的話，有一半沒聽到都無所謂，除了他偶爾會抱怨花太多錢這件事除外。」

「嘿！」多克森說道。「難道我還得再說一次，總要有人負責任嗎？你們這些傢伙花盒金的方法啊……」

紋微笑。就連多克森的抱怨聽起來都是相當好脾氣。歪腳靜靜坐在牆邊，看起來跟平常一樣乖戾，但紋發現他的嘴角也有一抹笑意。凱西爾站起身，又開了一瓶酒，一面爲大家斟上，一面向大家講述司卡軍隊的準備進度。

紋感到……滿足。她啜著酒，瞄到通往黑暗工作室的門縫。有一瞬間，她以爲自己看到陰影中的身影——一個害怕的嬌小女孩，對周遭毫無信任、充滿多疑。女孩的頭髮又短又亂，穿著一件簡單髒污的長襯衫，還有一件褐色長褲。

紋記得在歪腳店裡的第二天晚上，她站在黝黑的工作室，看著其他人在深夜交談著。那個女孩眞的曾經是她嗎——寧願躲在冰冷的黑暗，帶著隱藏的羨慕看著笑聲跟友誼，卻永遠不敢加入？

凱西爾說了某件特別有趣的事情，引來整個房間哄堂大笑。

你是對的，凱西爾，紋微笑地想。這的確比較好。

她還不像他們——不完全像。六個月不足以讓瑞恩的低語完全沉默，而且她無法想像自己像凱西爾那樣容易信任別人，可是……她終於能瞭解，至少瞭解一點點，他爲什麼要這樣行事。

「好吧。」凱西爾說道，抓過來一張椅子反坐。「看起來軍隊會按照原訂時間表完成準備工作，沼澤也就定位了。我們需要讓計畫進行到下一步。紋，舞會的消息？」

「太齊爾開始衰敗。」她說道。「它的盟友們開始逃散，禿鷹們也開始行動了。有些人在偷偷傳言，債務跟經商失敗會強迫太齊爾在月底時就得賣掉堡壘。他們不可能繼續負擔得起統御主的堡壘稅。」

「意思是有一整個上族要完全從城市中消失了。」多克森說道。「大多數太齊爾貴族，包括迷霧之子跟迷霧人，都得搬到外區的農莊，試圖彌補損失。」

「很好。」哈姆說道。任何能被嚇出城市的家族都代表佔領工作會更輕鬆一些。

「那麼城市中還剩下九大家族。」微風點出。

「他們開始在夜裡相互殘殺了。」凱西爾說道。「離公開宣戰只差一步。我猜想我們會很快看到這裡的撤離行動。任何不願意只爲了維持在陸沙德的權位而要冒被謀殺風險的人，都會搬出城裡幾年。」

「不過強大的家族似乎都不怕。」紋說道。「他們仍然繼續在舉辦宴會。」

「噢，他們會一直這麼做，直到最後。」凱西爾說道。「舞會是與盟友會見、看住敵人的絕佳機會。家族戰爭主要是政治戰，所以也需要政治戰場。」

紋點點頭。

「哈姆。」凱西爾說道。「我們得看住陸沙德警備隊。你明天依然打算拜訪你的士兵聯絡人嗎？」

哈姆點點頭。「我不能保證，但我應該可以重建一些關係。給我一點時間，我就能發現軍隊到底要往哪裡行動。」

「很好。」凱西爾說道。

「我想跟他一起去。」紋說道。

凱西爾一愣。「跟哈姆去？」

紋點點頭。「我還沒跟打手訓練過。哈姆可能可以教我幾件事。」

「妳已經知道如何燃燒白鑞了。」凱西爾說道。「我們練習過。」

「我知道。」紋說道。這要她怎麼解釋？哈姆專門在練習白鑞——他一定會比凱西爾更擅長使用。

「唉，別煩那孩子了。」微風說道。「她大概只是厭倦參加舞會跟宴會了。讓她先當一陣子正常的街頭流浪兒吧。」

「好吧。」凱西爾說道，翻翻白眼，爲自己又倒了一杯酒。「微風，如果你一陣子不在，你的安撫者們還可以應付嗎？」

微風聳聳肩。「我當然是整個團隊中最厲害的人，但我訓練了其他人，他們沒有我也可以順利募兵，尤其是倖存者的故事現在相當受歡迎。」

「我們得談談這點，阿凱。」多克森皺眉說道。「我不確定我喜歡有這麼多迷信傳言是關於你跟第十一金屬的。」

「我們可以之後談。」凱西爾說道。

「爲什麼問我的手下？」微風說道。「你終於對我完美無瑕的時尙概念嫉妒到打算要把我處理掉了？」

「要這麼說也可以。」凱西爾說道。「我在想幾個月後要把你送去替換葉登。」

「替換葉登？」微風驚訝地問道。「你是要我去領導大軍？」

「有何不可？」凱西爾問道。「你很擅長發號施令。」

「我向來待在幕後的，老傢伙。」微風說道。「我不站在前面。那樣一來，我可是將軍，你知道那聽起來有多可笑嗎？」

「你就想一想吧。」凱西爾說道。「那時候的招募工作應該差不多要完成了，所以如果你能去洞穴，讓葉登回來準備這裡的聯絡人，可能最有效率。」

微風皺眉。「也許吧。」

「無論如何……」凱西爾一面站起身，一面說道。「我不覺得我的酒喝夠了。鬼影，當個好孩子，去地窖再幫我拿一瓶好嗎？」

男孩點點頭，對話轉回輕鬆的話題。紋靠著椅背，感覺房間一旁煤爐的熱力，暫時很滿意只是享受平靜的瞬間，什麼都不要擔心、戰鬥或計畫。如果瑞恩能有機會經歷這樣關係的話，她心想，懶洋洋地摸著耳環。也許事情對他就會有所不同。對我們而言也是。

哈姆跟紋第二天去造訪陸沙德警備隊。在假扮貴族仕女數個月後，紋以爲穿街頭混混的衣服會讓她很不習慣，但其實沒有。的確，是有點不同——她不用擔心坐姿或走姿端正，不讓禮服劃到骯髒的牆壁毯。可是，普通的衣服穿在她身上，仍然覺得很自然。

她穿了一條簡單的褐色長褲跟寬鬆的白色襯衫，塞入長褲中，外面加一件皮革背心，逐漸長長的頭髮塞在帽子下。經過的路人可能會誤認她是男孩，不過哈姆似乎覺得那無關緊要。

眞的無關緊要。紋已經很習慣隨時有人在審視、打量她，但街上的人甚至懶得多瞧她一眼。腳步蹣跚的司卡工人，對她渾然無覺的低階貴族，甚至像歪腳那種地位較高的司卡——通通都忽略她。

我幾乎忘記不被任何人看見是什麼感覺了，紋心想。幸好，她原來的習慣，包括低頭走路，讓道給別人，彎腰駝背好讓自己不引起其他人的注意，很輕易地就回到她身上。成爲街頭司卡的紋對她而言，就像想起一首她曾經會哼的古老、熟悉曲調那麼簡單。

這其實也不過是另一個僞裝，紋心想，走在哈姆身邊。我的妝是小心翼翼擦在臉頰上的薄薄一層灰燼，我的禮服是一條長褲，刻意摩擦過，好讓它們顯得因常穿而陳舊。

那麼，她到底是誰？街頭流浪兒，紋？法蕾特貴女？都不是？她的朋友眞的知道她是誰嗎？她自己知道嗎？

「啊，我眞的好懷念這個地方。」哈姆說道，高興地走在她身邊，哈姆總是顯得很高興，她無法想像他對任何事感到不滿，雖然他對領軍的日子有諸多抱怨。

「有點奇怪。」他說道，轉向紋，他走路的樣子不像紋故意裝出來的畏縮樣子，他似乎甚至不在乎在眾多司卡中顯得鶴立雞群。「我不應該想念這個地方，畢竟陸沙德是最後帝國中最骯髒、最擁擠的城市，但它有某種特質……」

「你的家人住這裡嗎？」紋問道。

哈姆搖搖頭。「他們住在城外的小鎭裡。我太太是那裡的裁縫，她告訴其他人我在陸沙德警備隊中工作。」

「你不想他們嗎？」

「當然想。」哈姆說道。「很辛苦，因爲我只能跟他們相處幾個月，但這樣比較好。如果我因爲工作而死，審判者不會很容易就找到我的家人。我甚至沒有告訴阿凱他們住在哪裡。」

「你覺得教廷會花這麼多精神嗎？」紋問道。「畢竟，你都已經死了。」

「我是迷霧人，紋。意思是，我所有的子嗣都會有貴族血統。我的孩子可能也會變成鎔金術師，他們的孩子也有可能。所以，當審判者殺死迷霧人的時候，他們會確定也殺掉他全部的孩子。唯一能保護我家人安全的方法就是遠離他們。」

「你可以不用鎔金術。」紋說道。

哈姆搖搖頭。「我不確定我能這麼做。」

「因爲力量？」

「不，因爲錢。」哈姆坦白地說道。「打手，或照貴族的稱呼，白鑞臂，是最常被聘僱的迷霧人。一名優秀的打手可以跟六名普通人對打，比任何能僱用到的人抬起更重的物品，承受更重的重量，同時跑得更快。如果想要限制集團人數，這些事情將相當重要。擁有兩名射幣還有五名左右的打手，就等於有一支靈活的小型軍隊。很多人會花很多錢僱用這樣的保護。」

紋點點頭。「我可以瞭解金錢的誘惑。」

「不只是誘惑，紋。我的家人不需要住在擁擠的司卡貧民區裡，也不用擔心餓死。我的妻子會工作只是爲了僞裝，以司卡標準而言，他們過得很好。一旦我存夠錢，我們會搬出中央統御區。最後帝國有很多不爲人熟知的地方，只要有足夠的錢，就可以過貴族的生活，不再需要擔心，只需要好好過日子。」

「聽起來……很吸引人。」

哈姆點點頭，轉彎領著兩人走上一條寬廣的大道，通往主要城門。「其實，這個夢想是阿凱給我的。他一直說這是他想過的生活。我只希望我的運氣比他好……」

紋皺眉。「每個人都說他很有錢。他爲什麼不離開？」

「我不知道。」哈姆說道。「總是有下一場行動，一次比一次規模更大。我想，一旦成爲他那樣的首領，遊戲本身會令人上癮，過不了多久，他甚至不太在乎錢了。終於，他聽說統御主在他的密室中藏了某個價值連城的祕密。如果他跟梅兒能在那場行動前罷手……唉，可是他們沒有。我不知道，說不定要他們過著不需要擔心的生活，反而會讓他們不快樂。」

這個念頭似乎引起他的興趣，紋可以察覺他的腦中正在形成另一個「問題」。

我想，一旦成爲他那樣的首領，遊戲本身會令人上癮……

她先前的擔憂再次浮現。如果凱西爾要霸佔王座，會發生什麼事？他當然不會像統御主那麼可怕，可是……她越來越常去讀日記。統御主一開始也不是個暴君。他曾經是個好人，是個誤入歧途的好人。

*凱西爾不一樣，*紋用力告訴自己。*他會做對的事情。*

可是，她無法不去想。哈姆也許不瞭解，但紋可以看到誘人之處。雖然貴族相當腐敗，但上流社會自有其醉人之處。紋被其中的美麗、音樂和舞蹈迷惑。她跟凱西爾的興趣不同，沒有那麼熱衷政治遊戲或是騙局，但她可以瞭解爲什麼他不願離開陸沙德。

這份遲疑毀了過去的凱西爾，但它創造了一個更好，更堅定，更慷慨的凱西爾。希望至少如此。

當然，他的計畫也讓他失去了他愛的女人。這就是爲什麼他這麼痛恨貴族嗎？

「哈姆？」她問道。「凱西爾向來痛恨貴族嗎？」

哈姆點點頭。「不過現在更嚴重了。」

「他有時會讓我害怕。感覺好像他想把每個貴族都殺掉，無論他們是誰。」

「我也擔心他。」哈姆說道。「第十一金屬這整件事……他幾乎是在把自己塑造成某種聖人。」他沒再說下去，然後望向她。「不要太擔心。微風、老多還有我已經一起討論過這件事。我們會去跟阿凱面對面談談，看我們能不能讓他收斂一點。他都是出於好意，但往往會衝過頭。」

紋點點頭。前方是每天均會出現的人龍，等著被允許通過城門。她跟哈姆靜靜地走過嚴肅的人群——有被派去碼頭的工人、要去湖泊或河邊磨坊工作的人，或是想要旅行的低階貴族。所有人都需要好理由才能離開城市，統御主嚴格控制領域中的行動自由。

可憐的孩子，紋心想，經過一群衣著破爛的小孩，手中提著水桶跟刷子，應該是要等著爬城牆，把被水霧養出的苔蘚刷掉。前方一名官員咒罵出聲，將一個男子推出隊伍中。那名司卡工人重重摔倒，好不容易才站起來，蹣跚地走到隊伍的最後面。如果他不被獲准離開城市，很可能就沒法完成今天的工作，而沒有工作就意謂著他的家人今天拿不到食物兌換幣。

紋跟著哈姆走過城門，走到一條跟城牆平行的街道，盡頭是一大區的建築物。紋從來沒有仔細看過警備隊的總部，因爲大多數集團成員都寧願盡量遠遠避開，但他們走近時，它牢不可破的外表讓她相當印象深刻。環繞整個區域的城牆上插著巨大的尖刺，區域中的建築物都相當低矮，守備完善。士兵們站在門口，充滿敵意地審視路人。

紋停下腳步。「哈姆，我們要怎麼進去？」

「不要擔心。」他說道。「警備隊的人認得我。況且，它不像外表看起來那麼嚴重，警備隊成員只是裝做很嚇人的樣子。妳也可以想像，他們不太受人歡迎，大多數裡面的士兵都是司卡，他們爲了過更好的生活，把自己出賣給統御主。每次城市裡有司卡動亂，當地的警備隊都會被嚴重攻擊，所以需要很完整的防禦設施。」

「所以……你認得這些人？」

哈姆點點頭。「紋，我跟微風或阿凱不一樣，我不能僞裝自己，假裝是別人。我就是我。這些士兵不知道我是迷霧人，但他們都知道我在地下組織工作。這裡有很多人我認識好幾年了，他們一直想要說服我加入。他們招募我們這種邊緣份子的成效向來比較大。」

「可是，你要背叛他們。」紋低聲說，將哈姆拉到路邊。

「背叛？」他問道。「這算不上是背叛。這些人都是傭兵，紋。他們受僱來打仗，而他們在遭遇動亂或反叛時會攻擊朋友甚至親族。士兵學會瞭解這種事情。也許我們是朋友，但在戰鬥時，我們動手絕不遲疑。」

紋緩緩點頭。這聽起來相當……殘酷。可是生活便是如此。殘酷。瑞恩這方面的教誨並非謊言。

「可憐的傢伙。」哈姆說道，看著警備隊。「我們還蠻需要這樣的人。我出發前往洞穴前，有招募到幾名我覺得會願意的人。其餘的……他們選擇了自己的人生，和我一樣，只是想給孩子一個更好的生活。唯一的差別是，他們願意為他工作。」

哈姆轉身面向她。「妳想學燃燒白鑞的技巧？」

紋熱切地點點頭。

「這些士兵通常會讓我跟他們對打。」哈姆說道。「妳可以看我打鬥，燃燒青銅觀察我何時在用鎔金術。關於白鑞戰鬥最重要的一課就是，何時運用金屬。我注意到年輕的鎔金術師喜歡驟燒白鑞，以為力氣越大越好，但其實不是每一擊都該用盡全力。

「力量是打鬥中很重要的一部分，但不是唯一。如果妳總是使出最大的力氣，那很容易會累，而且會讓敵人知道妳的極限。聰明的人會在戰鬥的最後，敵人最虛弱時才使盡全力。而在延長的戰鬥中，像是戰爭，聰明的士兵是活得最久的，也絕對是會妥善分配體力的那一個。」

紋點點頭。「可是在用鎔金術時，不是比較不容易累嗎？」

「是的。」哈姆說道。「如果白鑞的量足夠，是可以連續數小時持續以近乎全力戰鬥，但延續白鑞燃燒需要練習，而金屬終究有用完的時候，在最後，妳可能會活活累死。

「所以，我想要解釋的是，通常最好的方法是不斷調整白鑞的燃燒量，如果用了比需要更多的力量，反而會讓自己重心不穩，同時，我也看過打手過度倚賴白鑞以致於忽略練習跟訓練。白鑞是會增強體力，但對技巧毫無幫助。如果不知道該如何使用武器，或是不熟悉在戰鬥中靈活思考，無論力氣有多大都會輸。

「我在跟警備隊對打時格外小心，因爲不想讓他們知道我是鎔金術師。妳會很意外這件事有多重要。注意我如何使用白鑞，我驟燒它不只是爲了力量。如果我要跌倒，我會燒白鑞來讓自己立刻能恢復平衡。當我在閃躲時，我也許會燒白鑞來幫助我閃得更快，知道什麼時候該加把勁。有許許多多這種小技巧可以使用。」

紋點點頭。

「好。」哈姆說道。「那我們進去吧。我會跟警備隊員說妳是親戚的女兒，反正妳看起來年紀小到他們不會多想。注意我打鬥的方式，我們之後再來討論。」

紋再次點頭，兩人開始走向警備隊。哈姆朝其中一名侍衛揮揮手。「嘿，貝維登。我今天休假，賽提斯在嗎？」

「他在，哈姆。」貝維登說道。「可是我不知道今天適不適合練習……」

哈姆單挑眉毛。「嗯？」

貝維登與另外一名士兵交換眼神。「去請隊長。」他對那人說道。

片刻後，一名看起來很忙碌的士兵從旁邊的建築物中走出來，一看到哈姆便開始揮手。他的制服有多幾條彩色橫槓，肩膀上還有一些金色金屬。

「哈姆。」新來的人說道，跨過大門。

「賽提斯。」哈姆微笑，與男子握手。「當上隊長啦？」

「上個月的事。」賽提斯點頭說道。突然一愣，打量著紋。

「是我姪女。」哈姆說道。「一個好孩子。」

賽提斯點點頭。「我們能不能單獨談一下話，哈姆？」

哈姆聳聳肩，讓自己被拉去大門口邊，一個比較隱密的角落。紋的鎔金術讓她得以聽到他們在說什麼。沒有錫的日子我是怎麼過的啊？

「聽著，哈姆。」賽提斯說道。「你有一陣子不能來練習了。警備隊會很……忙。」

「忙？」哈姆問道。「怎麼說？」

「我不能說。」賽提斯說道。「可是……有你這樣的士兵對我們來說會很有用。」

「戰鬥？」

「如果會需要動用到整個警備隊，一定是大事。」

賽提斯安靜了片刻，然後低聲開口說話，聲音低到紋得拉長耳朵才聽得見。「發生反叛了。」賽提斯低聲說道。「就在中央統御區裡。我們剛接到消息。有一群司卡反叛軍隊出現，同時攻擊了北方的霍斯太普警備隊。」

紋突然覺得全身一冷。

「什麼？」哈姆說道。

「他們一定是從那邊的山洞來的。」士兵說道。「最新的消息是霍斯太普的守備工事還撐得住，但哈姆，他們只有一千人，非常需要後援，但克羅司怪物一定來不及趕到。法爾特魯警備隊派了五千人過去，但我們不能只靠他們。那顯然是很大一群反叛軍，統御主允許我們去幫忙。」

哈姆點點頭。

「怎麼樣？」賽提斯說道。

「眞正的戰鬥，哈姆。眞正的戰鬥薪水。我們眞的用得上你這麼厲害的人——我會讓你立刻當軍官，有自己的小隊。」

「我……我得想想。」哈姆說道。

他不擅長隱藏情緒，紋覺得他的訝異聽起來很可疑，但賽提斯似乎沒注意到。

「不要花太久時間。」賽提斯說道。

「我們打算兩個小時內出發。」

「我接受。」哈姆說道，聽起來尚未從驚愕中恢復。

「讓我先送我姪女回去，拿點東西。你們走之前我會回來。」

「好傢伙。」賽提斯說道，紋看著他拍拍哈姆的肩膀。

我們的軍隊曝光了，紋驚恐地想。

他們還沒準備好！他們應該是要快速、安靜地奪下陸沙德，不是直接與警備隊硬碰硬。

那些人會被屠殺！

到底發生了什麼事？

沒有人是我親手或是親自下令殺死的，雖然我並不想這麼做。但是，我仍然殺了他們。有時候我眞希望自己不是這麼可惡的務實主義者。

25

凱西爾在背包裡又丟進一個水壺。「微風，列出我們招募過的所有隱匿點，快去警告他們教廷可能很快就會有透露他們位置的犯人。」

微風點頭，難得一次沒有調侃凱西爾。他身後的學徒們在歪腳的店鋪中忙碌地往來穿梭，按照凱西爾的命令蒐集、準備補給品。

「老多，除非他們抓到葉登，否則這裡應該是安全的。讓歪腳的三名錫眼全部隨時注意看守。如果有問題，立刻去備用密室。」

多克森點頭表示聽見，快速對學徒們發號施令。有一個人已經離開，出發去警告雷弩。凱西爾認爲大宅是安全的——只有一群船隊從費理斯離開，而且船上的人都認爲雷弩並不知情。除非絕對必要，否則雷弩不會撤離，他的消失意謂著他跟法蕾特都必須退出他們精心培養的地位。

凱西爾將一把乾糧塞入背包，將包袱搭在肩上。

「我呢，阿凱？」哈姆問道。

「你得按照你的承諾回去警備隊。剛才你腦子動得很快，我們需要內應。」

哈姆不安地皺起眉頭。

「我現在沒有時間處理你的緊張問題，哈姆。」凱西爾說道。「你不需要騙他們，只需要自然地做自己，耳朵張開即可。」

「如果我跟他們走，我不會背叛他們。」他說道。「我會注意聽，但我不會攻擊將我視為盟友的人。」

「好。」凱西爾簡要地說道。「可是我衷心希望你也能找到方法不要殺我們的士兵。沙賽德！」

「凱西爾主人？」

「你存了多少速度？」

沙賽德微微臉紅，環顧著四周忙碌的人群。「也許兩三個小時。這是很難累積的特性。」

「不夠久。」凱西爾說道。「我自己去。我回來前，這裡由老多負責。」

凱西爾轉身，停下腳步。紋穿著去警備隊時的同樣長褲、帽子、襯衫，站在他身後。她跟他一樣，背上有個背包，頑抗地抬頭看著他。

「這趟旅程很辛苦，紋。」他說道。「妳從來沒做過這種事。」

「沒關係。」

凱西爾點點頭，從桌子下拖出行李箱，打開，倒給紋一小袋白鑞珠子，她沒說話便接下。

「先吞五顆珠子。」

「五顆？」

「先這樣。」凱西爾說道。「如果還需要吃，跟我說，我們可以暫停奔跑一下。」

「奔跑？」紋問道。「我們不是要坐船？」

凱西爾皺眉。「我們爲什麼需要船？」

紋低頭看著袋子，馬上抓起水杯，開始呑珠子。

「確保妳的背包裡有足夠的水。」凱西爾說道。「盡量帶。」他離開她身邊，走到多克森身旁，按上他的肩膀。「離日落還有三小時。如果我們多強迫自己一下，明天中午前就會到。」

多克森點點頭。「可能夠早。」

也許，凱西爾心想。法爾特魯警備隊離霍司太普只有三天路程，就算徹夜騎馬，信差也要兩天才能抵達陸沙德。等到我找到軍隊……

多克森顯然讀出凱西爾眼中的擔憂。「無論如何，那支軍隊對我們而言已經沒有用了。」他說。

「我知道。」凱西爾說道。「這只是爲了要救那些人的命。我會盡快送消息給你。」

多克森點點頭。

凱西爾轉身，驟燒白鑞，背包突然輕得彷彿空無一物。「燃燒白鑞，紋。我們要走了。」

她點點頭。凱西爾感覺鼓動從她身上傳來。

「驟燒。」他命令，從行李箱中拉出兩件迷霧披風，將一件拋給她。他穿上另一件，走上前打開通往廚房的後門。紅色的太陽耀眼地懸掛當空。慌亂的集團成員暫時停下動作，轉身看著凱西爾跟紋離開。

女孩快步上前，走在凱西爾身邊。「哈姆告訴我，只有在必要時才該驟燒白鑞，他說精細點使用比較好。」

凱西爾轉身面對女孩。「現在不是精細的時間。緊貼著我，試著不要落後，絕對要確保隨時都燒白鑞。」

紋點點頭，突然看起來有點焦慮。

「好了。」凱西爾深吸一口氣。「走吧。」

凱西爾以超人的速度衝入小巷，紋連忙跟上，跟著他離開小巷，進入街道中。白鑞是她體內的一簇火焰，用這種方法不斷驟燒，她大概不到一小時就會燒光五顆。

街道上滿是司卡工人跟貴族馬車。凱西爾無視於人潮，衝入街心，維持他無比的速度。紋緊跟在後，越發擔心自己到底在做什麼。

我不能讓他自己去，她心想。當然，她上一次強迫凱西爾帶著她同行，結果是她半死不活地躺了一個月。

凱西爾穿梭在馬車間，衝過行人身旁，奔馳在街道中，彷彿那是他一個人的大道。紋盡量跟在他身後，腳下的地面一片模糊，經過的速度快到令她看不清楚行人的臉。有些人在她身後叫罵出聲，聲音煩怒，但大多立刻安靜下來，陷入沉默。

這就是爲什麼我們向來都要穿它。貴族看到迷霧披風就知道要避開。

凱西爾轉身，直朝城市北門跑去。紋跟在身後。凱西爾靠近城門時沒有停下腳步，排隊的人群開始指指點點，檢查的守衛一驚，抬起頭。

凱西爾一跳。

其中一名盔甲守衛大喊一聲，歪倒在地，被越過頂上的凱西爾所施放出的鎔金術重量壓倒在地。紋深吸一口氣，拋下一枚錢幣給自己更多托力，然後跳起。她輕鬆地越過第二名守衛，他驚訝地抬起頭，他的同伴則在地上掙扎不已。

紋反推士兵的盔甲，讓自己飛入空中更高的地方。男子歪斜幾步，但沒跌倒，因爲紋沒有凱西爾那麼重。

她衝過城牆，聽到牆垛上的士兵發出驚呼聲，暗自盼望不會有人認出她。不過應該不可能。雖然她飛過空中時，帽子飛掉了，但那些熟悉進出宮廷的法蕾特貴女的人，可能永遠不會把她與穿著髒衣服的迷霧人聯想起來。

紋的披風在經過的空氣中憤怒地拍打著。凱西爾在她面前完成跳躍的圓弧，開始降落，紋隨即便跟隨。在太陽下使用鎔金術感覺不自然，甚至很奇怪。紋落下時，犯下低頭看地面的錯誤，因爲她沒有看到令人安慰的翻騰雲霧，而是看到下方的地面

好高！紋驚恐地心想。幸好，她沒有失神到忘記用凱西爾降落的那枚錢幣來反推，在重重落在滿是灰燼的地面前，她將速度減緩到還可以應付的程度。

凱西爾立刻朝高速道路衝去，紋緊跟在後，無視於商人跟旅人。如今，他們出了城，她以爲凱西爾會放慢腳步，但他沒有。他又加快了速度。

突然，她瞭解了。凱西爾不打算要用走的，甚至不打算以正常速度跑到洞穴。

他打算一路全速衝去。

這趟旅程走運河要兩個禮拜，他們要走多久？他們的移動速度很快，快得可怕。當然是比全速飛奔的馬匹要慢些，但馬是無法長時間維持這種速度的。

紋一點都不感到疲累，完全仰賴白鑞，只將一點勞力轉嫁在身體上。她幾乎感覺不到腳步踏在土地上，而且體內有了這麼多白鑞，她覺得可以維持這個速度好一段時間。

她趕上凱西爾，跟他並肩奔跑。

「這比我想得還簡單些。」

「白鑞會增強妳的平衡感。」凱西爾說道。「否則妳早就被自己的腳絆倒了。」

「你覺得我們會發現什麼？我是說，在洞穴那邊？」

凱西爾搖搖頭。「多說無益。節省力氣。」

「可是我一點都不累！」

「十六個小時過後，再看看妳是什麼感覺。」凱西爾說道，轉離高速道路，奔向陸沙德運河旁邊的寬廣曳道，再次加快速度。

十六個小時！

紋略略落後在凱西爾身後，讓自己有充足的奔跑空間。凱西爾不斷加快速度，直到以令人發狂的步伐在奔跑。他說得對，在其他情況下，她早就被不平穩的路面絆倒了。可是，有白鑞跟錫的指引，她沒摔倒，雖然隨著夜晚漸深，白霧探出，這件事越發困難，耗去她越來越多注意力。

偶爾，凱西爾會拋下一枚錢幣，在山丘頂端跳躍，但大部分時間他是帶領兩人以平穩的速度沿著運河奔跑。好幾個小時過去了，紋開始感受到他早先提到的疲憊逐漸浮現。她維持住速度，但可以感覺到其下有一股抗拒，隱含停步跟休息的渴望。雖然有白鑞的力量，她的身體卻逐漸失去精力。

她很注意，確保體內的白鑞量維持在一定水準，擔心如果用光，席捲而來的疲累感將強烈到她再也無法舉步行走。凱西爾同時命令她喝下極端大量的水，雖然她並不渴。

夜晚漸深，陷入寂靜，沒有旅人膽敢闖入霧中。他們經過夜泊的運河船隻與駁船，偶爾還有一群運河曳船人將帳棚緊縮聚在一起，抵擋白霧。有兩次，他們在路上看到霧魅，第一隻讓紋嚇了一大跳，凱西爾只是恍若未見地經過，完全忽略那恐怖、半透明的人獸肢體殘骸，吃剩下的骨頭部分如今成爲霧魅的骨架。

他依然繼續奔跑。時間模糊成一片，奔跑開始主宰紋的所有行動，成爲她的一切。移動所需要的注意力讓她甚至無暇多留意凱西爾在前方霧氣中的身影。她只是不斷地輪流將腳踩在身前，身體仍然強壯，卻又同時感覺無比疲勞。每一下腳步雖然快速，卻已經成爲負擔，她開始渴望休息。

但凱西爾不允許。他一直跑，強迫她前進，維持不可思議的速度。紋的世界逐漸只剩下漸強的痛苦與萌生的衰弱，混沌成一團。

他們偶爾會減緩速度喝水或吞更多白鑞珠子，但她未嘗有一刻停下腳步。幾乎像是她無法停下。紋讓疲累淹沒她的神智。驟燒的白鑞是一切。她什麼都不剩。光線讓她訝異。太陽開始升起，迷霧消失，但凱西爾沒讓光明阻止他們。怎麼可能？他們需要跑。他們只是需要……需……要……一直……跑……

我會死。

紋在奔跑的途中不是第一次這麼想。事實上，這個念頭不斷在她腦海中盤旋，像是等待啄食屍體的禿鷹不斷啄著她的頭腦。她不停移動。奔跑。

我痛恨奔跑，她心想，所以我一直住在城市，而不是住在鄉下，就是爲了不要跑。她的腦子某處知道這個念頭一點都不合理，但維持神智清明已超越她如今的能力範圍。

我也討厭凱西爾。他只是一直跑。離太陽升起多久了?幾分鐘?幾小時?幾週?幾年?我發誓,我不覺得——

在她面前的凱西爾放慢腳步,停下來。

紋驚愕到差點撞上他。她腳步一歪,勉強停下自己的身體,彷彿除了奔跑外,已經忘卻其他任何能耐。她停下腳步,然後低頭望著雙腳,傻楞楞地說不出話來。

這是不對的,她心想。我不能站在這裡。我得繼續移動。

她感覺自己又要開始前行,但凱西爾抓住她。她在他的掐握中掙扎,虛弱地抗拒。休息,體內一個聲音傳來。放鬆。妳已經忘記那是什麼,但它很舒服……

「紋!」凱西爾說道。「不要熄滅白鑞。繼續燃燒,否則妳會昏倒!」

紋搖搖頭,頭暈目眩,想要理解他的話。

「錫!」他說道。「驟燒錫。快點!」

她依言照做。她的頭顱內瞬間湧冒出幾乎已經忘記的痛楚,逼得她得閉上眼睛,擋住刺目的陽光。她的雙腿疼痛,雙腳感覺更痛,但是突來的一陣感官刺激讓她重新恢復理智。她眨眨眼,抬頭看著凱西爾。

「好些沒?」他問道。

她點點頭。

「妳剛對自己的身體做了非常不公平的事。」凱西爾說道。「它好幾個小時前就該停止運轉了,但妳用白鑞強迫它不斷繼續。妳之後會恢復,妳甚至會更擅長以這種方式來強迫自己,但現在妳只能繼續燃燒白鑞,保持清醒。我們晚點可以睡覺。」

紋紋再次點點頭。「爲什麼……」她的聲音沙啞。「我們爲什麼停下來？」

「聽。」

她聽了。她聽到……聲音。喊叫聲。

抬起頭看著他，「戰鬥？」

凱西爾點點頭。「霍斯太普城離這裡大概還要北行一個小時，但我覺得我們已經找到此行的目的地了。來吧。」

他放開她，抛下一枚錢幣，越過運河。紋尾隨在他身後，跟著他一起衝上附近的一座小山。凱西爾在山頂趴下，偷偷探出頭，然後站起身，望向東方。紋也爬上山丘，輕易便看到遠方的戰場。一陣風向改變，帶來氣味。

血。後方的山谷中滿是屍體。還有人在山谷的另一端打鬥——一小團零零散散，服色不齊的軍隊被比它大上許多、軍裝整齊的軍隊包圍。

「我們太遲了。」凱西爾說道。「我們的人一定是把霍斯太普警備隊解決掉後，決定要回到山洞裡，但法爾特魯城離這裡只有幾天遠，它的警備隊有五千人之多。那些士兵比我們早到。」

紋瞇著眼睛，仍然燃燒著錫。她可以看出他所言非虛。大型的軍隊穿著帝國制服，而就那排屍體的狀況看來，他們突襲了經過的司卡士兵，司卡的軍隊根本沒有取勝的機會。在她的注視下，司卡開始舉手投降，但士兵只是繼續殺害他們，有些剩餘的農民絕望地拚命，但幾乎是以同樣的速度倒地。

「這是場屠殺。」凱西爾憤怒地說道。「法爾特魯警備隊一定接到格殺勿論的命令。」他上前一步。

「凱西爾！」紋說道，抓住他的手臂。「你在做什麼？」

他轉身面向她。「下面還有人。我的人。」

「你想怎麼樣，靠自己的力量對抗整個軍隊？那有什麼用？你的反抗軍沒有鎔金術，他們不可能快步逃走。你阻止不了整團軍隊的，凱西爾。」

他甩開她的手。她沒有力量拉住他。她身子一軟，倒在粗糙的黑土上，灰燼飛揚。凱西爾開始走下山坡，朝戰場前去。

紋跪起。「凱西爾……」她說道，全身因疲累而淺淺顫抖。「我們不是所向無敵的，記得嗎？」

他停下腳步。

「你不是所向無敵的。」她低聲說道。「你無法阻止所有人。你救不了那些人的。」

凱西爾靜靜地站在原地，雙手握拳，然後緩緩地低下頭。在遠方，屠殺繼續進行，所剩反抗軍人數已經不多。

「山洞。」紋低聲說道。「我們的軍隊一定會留人看守，對不對？也許他們可以告訴我們，爲什麼軍隊暴露自己的行蹤。也許你可以救回留下的人。統御主的手下一定會搜尋軍隊的總部，說不定他們現在正在找。」

凱西爾終於點點頭。「好，我們走。」

凱西爾跳下山洞。在深沉的黑暗中，唯一的照明是上面遠方反射來的微弱陽光，他得驟燒錫才勉強能見物，紋在上方裂縫間攀爬的聲音聽在他過度增強的耳裡有如雷聲。山洞裡……什麼都沒有。沒有聲音，沒有光線。

她錯了，凱西爾心想。沒有人留守。

凱西爾緩緩吐出一口氣，想要找到焦躁與怒氣的發洩出口。他遺棄了戰場上的人。他搖搖頭，不聽邏輯此刻告訴他的話。他的怒氣還太炙熱。

紋落在他身邊的地方，在他費力探索的眼中，只是一抹黑影。

「空的。」他宣稱，聲音在山洞中空洞地回想。「妳錯了。」

「不。」紋低聲說道。「在那裡。」

突然，她衝了出去，如貓般的靈巧身段竄過地面。凱西爾在她身後的黑暗中喊著，一咬牙，憑聲追蹤她的身影，朝其中一條通道跟去。

「紋，回來！已經沒有——」

凱西爾沒繼續說話。他勉強看到前方通道中有一絲光亮。該死的！她從這麼遠之外怎麼能看得到？他可以聽到紋的聲音從前方傳來。凱西爾更小心地上前去，檢查所有金屬存量，擔心這是教廷設下的陷阱。他走近光線的源頭，一個聲音從前方喊出：「是誰？報上通行密語！」

凱西爾繼續前進，光線明亮到他可以看到通道中出現一個黝暗的剪影，手中握著長矛。紋蹲在黑暗中等待。她詢問地看著經過身旁的凱西爾，似乎暫時克服白鑞所帶來的疲累，但等到他們終於能停下腳步時，她一定會感覺到。

「我可以聽到你的聲音！」守衛焦急地說道，聲音聽起來有點熟悉。「報上身分。」

這是德穆隊長，凱西爾想起。我們的人之一。不是陷阱。

「報密語！」德穆命令。

「我不需要密語。」凱西爾說道，踏入光線中。德穆放下長矛。「凱西爾大人？你來了……意思是軍隊成功了嗎？」

凱西爾沒回答。「你們爲什麼沒有在防守後面的入口？」

「我們……覺得退到內部區域比較容易防守，大人。我們沒剩多少人了。」凱西爾回頭望著入口通道。統御主的手下要多久會找到願意吐露眞相的囚犯？紋說得沒錯——我們需要把這些人帶去安全的地方。

紋站起身，上前來，以她靜謐的雙眼研究那名年輕的士兵。「你們還有幾個人在這裡？」

「大概兩千人。」德穆說道。「我們……錯了，大人。對不起。」

凱西爾回望他。「錯了？」

「我們以爲葉登將軍太急躁了。」德穆說道，羞愧地臉紅。「我們留下來沒去。我們……以爲這是對你忠誠，而非對他，但我們應該跟軍隊其他人一起去的。」

「軍隊已全軍覆沒。」凱西爾說道。「召集你的手下，德穆。我們現在就得離開。」

那天夜裡，凱西爾坐在樹幹上，任由白霧圍繞在他身旁，終於強迫自己面對當天發生的事情。他雙手交握在身前，坐著聽軍隊眾人躺下的最後隱約窸窣聲。幸好有人之前就想到要所有人做好立刻出發的準備。每個人都有一綑被褥，一件武器，還有足夠食用兩禮拜的食物。凱西爾打算一找到這個這麼有先見之明的人，就要讓他大大升遷，雖然他能指揮的士兵人數有限。剩餘的兩千人中，令他非常沮喪的是有一大部分要不是年紀過輕，就是年紀過大——睿智到能看出葉登的計畫簡直是妄想，或是年輕到會感到害怕。

凱西爾搖搖頭。死了這麼多人。在這場意外前，他們聚集了將近七千人，但現在大多數都死了。葉登顯然決定要以領軍夜襲霍斯太普警備隊的方式來「測試」軍隊。他怎麼會做出這麼愚蠢的決定？

是我，凱西爾心想。這是我的錯。他承諾他們會得到超凡力量的協助。這是他自己設下的陷阱，讓葉登成為集團的一員，輕輕鬆鬆地談論要達到不可能的任務。在凱西爾給他注入如此多信心之後，能怪葉登以為他可以直接與最後帝國正面交鋒嗎？有了凱西爾的承諾，能怪那些士兵會願意跟他走嗎？如今，死了這麼多人，都是凱西爾的責任。死亡對他而言並非新事，失敗亦然，他已跟從前不同，但他仍然無法停止撕裂心肺的痛楚。的確，那些人是因為跟最後帝國戰鬥而死，對司卡而言，算是死得其所。但他們死的時候可能還在指望凱西爾能提供某種神蹟保護……這點令人痛苦不安。

你知道這會很困難，他告訴自己。你瞭解自己接下的重擔。

可是，他有什麼樣的權力？就連他自己集團中的成員——哈姆、微風和其他人，都認為最後帝國是無可動搖的。他們參與計畫是因為相信凱西爾，而且是因為他把計畫闡述成只是一份盜竊工作而已。如今，雇主死了，一名派去檢查戰場的探子確認葉登的死訊，不知這是好事還是壞事。帝國士兵們把他還有幾名哈姆任派的軍官的頭插在路邊的矛上。任務毀了。他們失敗了。軍隊沒了。不會有反抗行動，不會佔據城市。腳步聲靠近，凱西爾抬起頭，不知是否有站起來的力氣。紋蜷縮在他的樹幹邊，睡在冰冷的地面上，只有迷霧披風做為軟墊。長時間使用白鑞讓女孩消耗過多精力，幾乎是凱西爾一下令紮營過夜她便倒在地上。他希望自己也能這麼做，但他遠比她習慣使用白鑞的後遺症。他的身體終究也會累垮，但他還可以撐得久一點。

一個身影從霧中出現，一拐一拐地朝凱西爾的方向走來。那個人年紀很大，比凱西爾招募來的人年紀都大。他一定是原本反抗軍的一員——在凱西爾佔用洞穴前就住在那裡的人之一。

男子挑定凱西爾的樹幹邊的一塊大石，嘆口氣坐下。年紀這麼大的人還跟得上，眞是驚人。凱西爾要求眾人快速前進，希望在最短時間帶他們到離洞穴最遠的地方。

「所有人都睡不安穩，」老人說道。「他們不習慣待在迷霧裡。」

「他們沒多少選擇。」凱西爾說道。

老人搖搖頭。「我想是吧。」他坐了一會兒，年邁的雙眼如謎團。「你不認得我了，對不對？」

凱西爾想了想，然後搖搖頭。「抱歉。是我招募你的嗎？」

「算是吧。我是在特雷斯廷大人農莊的司卡之一。」

凱西爾略微驚訝地張開口，終於從那男子的光頭跟疲憊卻又堅毅的神色認出一點熟悉之處。「那天晚上和我同坐的老人。你的名字是……」

「曼尼斯。在你殺了特雷斯廷後，我們退守到山洞裡，那邊的反叛軍收容了我們。很多人後來離開去其他農莊，有些人則留下。」

凱西爾點點頭。「是你計畫的對不對？」他說道，朝營地揮手。「這些準備？」

曼尼斯聳聳肩。「我們有些人不能戰鬥，所以做了別的事情。」

凱西爾向前傾身。「發生了什麼事，曼尼斯？葉登爲何要這麼做？」

曼尼斯只是搖搖頭。「雖然大多數人認爲年輕人是笨蛋，但我發現，只要上了一點年紀，男人可以比孩提時期還要更愚蠢。葉登……他是那種太容易崇拜別人的人，他崇拜你跟你留給他的名聲。他手下的一些人覺得讓所有人有實戰經驗是個好主意，所以他們認爲夜襲霍斯太普軍隊是個聰明的舉動。顯然，那比他們以爲的要更困難。」

凱西爾搖搖頭。「就算他們成功了，暴露出行蹤將讓整支軍隊毫無用處。」

「他們相信你。」曼尼斯靜靜說道。「他們以爲他們不會失敗。」

凱西爾嘆口氣，仰起頭，望著飄移的白霧，慢慢地吐出一口氣，與上方的流動空氣混合爲一。

「我們要怎麼辦？」曼尼斯問道。

「我會把你們分成兩組。」凱西爾說道。「讓你們以小組人馬的方式回去陸沙德，讓你們消失在眾多司卡之中。」

曼尼斯點點頭。他看起來相當疲累，簡直是精疲力竭，但他卻沒有去休息。凱西爾瞭解他的感受。

「你記得我們在特雷斯廷農莊時的對話嗎？」曼尼斯問道。

「記得一點。」凱西爾說道。「你試著說服我不要惹麻煩。」

「但沒阻止你。」

「惹麻煩算是我唯一擅長的事情，曼尼斯。你會厭惡我在那裡做的事，我強迫你們變成的樣子嗎？」

曼尼斯想了想，點點頭。「某種程度，我很感謝這份厭惡。我原來以爲我的人生要結束了，每天早上起床都以爲自己不會有下床的力量，但我在山洞裡再次找到目標。因爲這一點，我很感激。」

「就算我如此對待軍隊？」

曼尼斯一哼。「你太抬舉自己了，年輕人。這些士兵是自己害死自己的。也許你是他們的動機，但決定不是你做的。

「無論如何，這不是司卡反抗軍第一次被屠殺。差得遠了。某種程度上，你達成了很多事——聚集夠強大的軍隊，讓軍隊擁有超出任何人想像的武器跟訓練。事情發展得比你想得快，但你應該引以爲傲。」

「引以爲傲？」凱西爾問道，站起身來發洩部分的緊張。「這支軍隊是應該要來推翻最後帝國，而不是因爲一場發生在離陸沙德好幾個禮拜路程之外毫無意義的戰鬥而死。」

「推翻……」曼尼斯低頭，皺眉。

「你眞的打算做這種事？」

「當然。」凱西爾說道。

「否則我爲什麼要募集這樣的軍隊？」

「爲了反抗。」曼尼斯說道。

「爲了戰鬥。所以那些小伙子去了洞穴。重點不是輸贏，而是要做點事，任何事，來抵抗統御主。」

凱西爾皺眉轉身。「你們打從一開始就認定軍隊會輸？」

「有什麼其他的結局嗎？」曼尼斯問道。他站起身，搖搖頭。「有些人可能已經開始有別的夢想，小子，但統御主是不能被打敗的。曾經，我給了你一些建議，叫你要小心選擇哪些戰爭。而我，我發現這場戰爭是値得的。

「現在，凱西爾，海司辛倖存者，讓我給你另一個忠告。知道什麼時候要停止。你做得不錯，遠超過別人所能期待的程度。你那些司卡在被抓到、摧毀之前殺了一整個警備隊的士兵。這是數十年來，甚至數百年來，司卡所獲得最大的勝利。現在該是你走開的時候了。」

說完，老人尊敬地點點頭，然後開始蹣跚地走回營地中心。

凱西爾瞠目結舌站在原處，半晌說不出話來。

司卡數十年來最大的勝利……

這才是他眞正對抗的對象。不只是統御主，不只是貴族，而是上千年來的催眠，上千年活在一個會將死了五千人稱爲「偉大勝利」的社會裡。司卡的生活絕望到讓他們會在預期的失敗中得到安慰。

「那不是勝利，曼尼斯。」凱西爾低語。「我會讓你看看什麼才是勝利。」

他強迫自己微笑——不是因爲喜悅，不是因爲滿意。

他要微笑，雖然士兵的死亡讓他悲痛萬分。他要微笑，因爲這就是他所做的一切。這就是他向統御主，還有自己，證明他沒有被擊垮的方法。

不，他不要走開。他還沒完成工作。

還早得很。

PART IV

霧海中的舞者

Dancers in a Sea of Mist

26

我好累，好累。

紋躺在歪腳店裡，屬於她的床上，感覺頭陣陣發疼。

幸好，頭痛已經開始轉弱了。她還記得那可怕的早上醒來的瞬間，痛楚強烈到她幾乎無法思考，更無法移動。她不知道凱西爾是如何撐下去的，帶領殘餘的軍隊來到安全的地方。那已經是至今兩個禮拜多以前的事情了。整整十五天過去，她的頭還在痛。凱西爾說這對她是好事，宣稱她需要練習「白鑞延燒」，強迫身體超越極限運作。可是，不論他說得多好聽，她還是懷疑這麼痛的事情怎麼可能對她是「好事」。

當然，這也會是有用的技巧。如今，在她的頭痛大減之後，她願意承認這點。她跟凱西爾兩個人一天就跑到了戰場，回程的路途卻花了兩個禮拜。

紋坐起身，疲累地伸展四肢。其實他們回來還不到一天。凱西爾大概醒了大半夜，跟其他成員解釋發生的事情，但紋當時很高興地直接上床去了。睡在冷硬泥土地上的夜晚提醒她，一張舒服的床是她開始習慣的奢侈。

她伸伸懶腰，再次揉揉太陽穴，套上一件袍子，繞去廁所。她很滿意地看到歪腳的學徒記得要幫她放洗澡水。她鎖上門，脫下外衣，躺入溫暖、散發芳香的洗澡水。她以前眞的覺得這香味討人厭嗎？這味道確實是會讓她比較容易引起注意，但跟能去除旅行時黏身的塵土污漬相比，那根本是小事一樁。不過她還是覺得長頭髮很討厭。她一面洗頭，一面梳理著糾結的地方，不知道那些貴族仕女怎麼能忍受頭髮長達腰際。她們每天要花多少時間接受僕人的梳理跟打扮啊？紋的頭髮還不到肩長，就已經很不願意再讓它繼續長了。每次跳躍時它都會四處飛散，打痛她的臉，更遑論會讓敵人能夠拉扯。

洗完澡後，她回到房間，穿上衣服，下樓。學徒在下方的工作室忙碌著，管家們在樓上灑掃，但廚房很安靜。歪腳、多克森、哈姆和微風坐在一起吃早餐，聽到紋進來的聲音，所有人同時抬頭。

「幹麼？」紋沒好氣地問道，停在門口。剛才泡澡舒緩了她的頭痛，但腦勺後方仍隱隱鼓脹著不舒服。

四名男子交換眼神。哈姆最先說話。「我們在討論計畫的進度，因爲我們的雇主跟軍隊都不在了。」

微風單挑眉毛。「進度？這詞眞有意思，哈姆德。要是我，我會說『不可行之處』。」

歪腳悶哼表示同意，四人一起轉向她，顯然是等著看她的反應。

*他們爲什麼這麼在乎我是怎麼想的？*她心想，走入房間坐下。

「妳想吃點東西嗎？」多克森站起身說道。「歪腳的管家們幫我們做了一些大麥捲好——」

「麥酒。」紋說道。

多克森一愣。「還不到中午啊。」

「麥酒。現在。拜託。」她雙臂交疊在桌上，整個人趴下。

哈姆竟敢笑。「白鑞延燒？」

紋點點頭。

「會過去的。」他說道。

「如果我沒先痛死。」紋嘟囔道。

哈姆再次輕笑，但笑意似乎很勉強。多克森遞給她一個杯子，然後坐下，瞥向其他人。「所以……紋。妳覺得呢？」

「我不知道。」她嘆口氣說道。「軍隊原本是一切的中心，對吧？微風、哈姆和葉登花了所有時間在招募，多克森跟雷弩則是補給。現在士兵沒了……只剩下沼澤在教廷，還有阿凱對貴族的攻擊——這兩件事他都不需要我們。我們這些人是多餘的。」

房間陷入沉默。

「她說話的方式眞是直接得令人心酸啊。」多克森說道。

「都是白鑞延燒的後遺症。」哈姆評論。

「你又是什麼時候回來的？」紋問道。

「昨天晚上，妳睡著以後。」哈姆說道。「警備隊提早放行我們這些臨時士兵，這樣就不用付錢給我們。」

「所以他們還在那裡？」多克森問道。

哈姆點點頭。「追蹤獵捕我們剩餘的軍隊。陸沙德警備隊替換了法爾特魯軍隊，因爲他們打鬥完後已經很疲累。大部分的陸沙德軍隊應該還會出去尋找叛軍好一陣子，因爲在戰鬥開始前，我們的主力軍隊似乎有很大部分已經先逃逸。」

對話陷入另一陣沉默。紋啜著麥酒，與其說是相信喝酒會讓她舒服一些，倒不如說是在借酒發洩。

片刻後，腳步聲在樓梯響起。

凱西爾現身在廚房中。「大家早安。」他以慣常的開朗說道。「啊，又是菜捲啊。歪腳，你眞應該僱用一些更有創造力的女傭。」雖然口中這麼說，他還是抓起了一個大麥捲，大口咬下，然後愉快地微笑，為自己倒點東西喝。

所有人一片安靜，男人們交換眼神。

凱西爾繼續站著，靠在矮櫃上，一面吃東西。

「阿凱，我們得談談。」多克森終於說道。「軍隊沒了。」

「是的。」凱西爾邊咬邊說道。「我注意到了。」

「這計畫毀了，凱西爾。」微風說道。「這是場很好的嘗試，但我們失敗了。」

凱西爾停下動作，皺眉，放下大麥捲。「失敗？你為什麼這麼說？」

「軍隊沒了，阿凱。」哈姆說道。

「軍隊只是計畫中的一部分而已。我們的確是遭遇到挫折，但離結束還遠得很。」

「噢，我統御主的，拜託你！」微風說道。「你怎麼能這麼高興地站在那裡？我們的人死了。你甚至不在乎嗎？」

「我在乎，微風。」凱西爾以嚴肅的聲音回答。「但過去已經過去了。我們得走下去。」

「沒錯！」微風說道。「走下去的意思就是結束你這個瘋狂的『行動』。該是終結的時候了，我知道你不喜歡這麼做，但這是事實！」

凱西爾將盤子放在桌面上。「不要安撫我，微風。*永遠不要安撫我。*」

微風愣了愣，嘴巴微張。「好。」良久後他說道。「我不用鎔金術，我只用事實。你知道我是怎麼想的嗎？我認為你從來都不打算要拿天金。

「你一直以來都在利用我們。你承諾我們財富，好讓我們加入你，但你從來就不打算要讓我們發財。這一切都是你的自大，因為你想成為史上最著名的首領。*所以你散播謠言，招募軍隊。*你早已知道財富是什麼滋味，現在你想當傳奇人物。」

微風一口氣說完，眼神冷硬。凱西爾站在原處，雙臂抱胸，看著眾人。幾個人轉過頭，羞愧的眼神承認他們曾想過微風說的話，紋是其中一個。沉默延續，每個人都在等凱西爾反駁。

腳步聲再次在樓梯上響起，鬼影衝入廚房。「有小心上看！有人圍觀，在噴泉廣場！」

凱西爾對男孩的宣布絲毫沒有訝異之色。

「在噴泉廣場召集眾人？」哈姆緩緩說道。「意思是……」

「來吧。」凱西爾說道，挺直身體。「我們去看看。」

「我寧可不要，阿凱。」哈姆說道。「我避免去這種地方是有原因的。」

凱西爾不理他。他走在眾人面前，此時所有人，就連微風，都穿著普通的司卡衣服跟披風。一陣灰燼輕輕地下起，無心的灰片從天空飄下，像是從某棵看不見的樹木飄落。一大群一大群司卡壅塞在街道，大多數都是工廠或磨坊的工人。紋知道只有一個原因會讓工人被允許離開工作崗位，派來聚集於城市的中央廣場。

處決。

她從來沒有參加過。理論上，城市中的所有人，無論是司卡或貴族，都必須參加處決儀式，但盜竊集團知道要怎麼躲起來。遠方傳來鐘聲，宣告儀式即將開始，聖務官們看著街道兩旁。他們會進入磨坊、冶鐵廠，還有隨機進入房子搜尋，看有誰違背召喚，而懲罰即是死亡。聚集這麼多人是極為龐大的工作，但光從這麼一件事就可顯示統御主有多強大。

隨著紋一行人逐漸靠近噴泉廣場，街道更為擁擠。建築物的屋頂上滿滿是人，街道中也都是人潮向前擠去。空間根本不夠所有人擠過去啊。陸沙德跟大部分城市不同，它的人口相當龐大，就算是只有現場已經到的人，泰不可能所有人都能看到處刑。

可是，人們還是來了。一部分原因是因為必須來，另一部分原因是來觀看時不用工作，紋懷疑還有一部分是所有人都對這種事有某種程度的好奇。隨著人群逐漸密集，凱西爾、多克森、哈姆開始在眾人間為集團的所有人擠出一條路來。有些司卡不滿地看著集團成員，不過大多數都只是呆滯而溫順，還有一些看到凱西爾時露出訝異，甚至興奮的神情，雖然他的疤痕沒有外露。這些人很主動地讓到一旁。

終於，集團抵達圍繞在廣場外的一圈建築物。凱西爾挑了其中之一，朝那裡點點頭，多克森便向前移動。門口的一個人試圖要攔下他的路，但老多只是指指屋頂，暗示性地惦惦錢包，整個屋頂就是他們獨享。

「請煙陣我們，歪腳。」凱西爾低聲說道。佝僂的工匠點點頭，讓集團不會被鎔金術的青銅感應察覺。紋走到屋頂邊緣蹲下，雙手握著低矮的石頭欄杆，眼光掃過下方的廣場。「這麼多人……」

「紋，妳從小到大都住在城市裡。」哈姆說道，站在她身旁。「妳一定看過人群吧？」

「是有，但是……」她要怎麼形容？這些不斷挪移、過度擁擠的人潮是她前所未見的，範圍之廣，幾乎是無邊無際，每條從中央廣場延伸出去的通道通通是人，司卡相互推擠的程度讓她不知道那些人怎麼還會有呼吸的空間。

貴族站在廣場中央被士兵包圍，跟司卡隔開，他們很靠近中央噴泉平台，位於跟廣場其他區域大概五尺以上的地方。有人為貴族架起了座位，他們全部懶洋洋地坐在那裡，彷彿是在看戲或是看賽馬。許多人都有僕人打著陽傘，但今天的落塵細微到有些人直接忽視它。

站在貴族旁的是聖務官——普通的穿灰色，審判者穿黑色。紋發抖。總共有八名審判者，細瘦的身形都比聖務官要高一個頭，但這些陰暗怪物與他們表親之間的差異不只是身高，更是鋼鐵審判者獨有的氣質，某種特殊的姿勢。

紋轉而研究普通的聖務官。大多數人驕傲地穿著行政外袍，地位越高，外袍越精緻。紋瞇起眼睛，燃燒錫，認出勉強熟悉的臉龐。

「那裡。」她說道，指向前面。「那是我父親。」

凱西爾立刻專注起來。「在哪裡？」

「在最前面。」紋說道。「比較矮的那個，身上穿著金色的袍子跟圍巾。」

凱西爾沉默了。「他是妳父親？」他終於開口。

「誰？」多克森瞇起眼睛問道。「我看不清他們的臉。」

「泰維迪安（Tevidian）。」

「至上聖祭司?!」多克森震驚的問道。

「什麼意思？」紋問道。「那是誰？」

微風輕笑。「至上聖祭司是教廷的領袖，親愛的。他是統御主的聖務官中最重要的一個，技術上來說，他的位階甚至比審判者高。」

紋說不出話來。

「至上聖祭司。」多克森喃喃道，搖著頭。「這眞是越來越精彩了。」

「看！」鬼影突然說道，指著前面。

一群司卡開始移動，紋原來以爲他們擠得動不了，但顯然她是錯的。人群開始往後退，讓出一條寬廣的通道，直朝中央高台。

是什麼事情讓他們——

然後，她感覺到，窒息的麻木，像是一條巨大的棉被往下壓，遏止她的呼吸，奪走她的意志。她立刻開始燃燒紅銅，但就像先前一樣，她發誓即使有金屬，仍然能感覺到統御主的安撫。她感覺到他逐漸靠近，試圖讓她喪失所有決心，所有欲望，所有情緒的力量。

「他來了。」鬼影低語，蹲在她身邊。

一對巨大白馬拖拉的黑色馬車出現在一條側邊街道，從司卡之間讓出的通道行動，帶著一股……無可阻擋之感通過。紋看到有幾個人被它經過撞倒，懷疑就算有人跌到馬車面前，它也只會硬生生輾過去，甚至不會停下來。

統御主的到來讓司卡更畏縮，明顯可在眾人間看到一波浪潮席捲，他們的身軀因感受到他強大的安撫而彎倒，交頭接耳與閒談組成的巨大背景聲音消失，一股超現實的沉默降臨在巨大的廣場上。

「他好強大。」微風說道。「就算我用盡全力，我一次也只能安撫幾百個人。那裡一定有幾萬個人！」

鬼影望著屋頂邊緣。「它讓我想要摔倒，想要放手……」

突然，他沒說下去，搖搖頭，彷彿清醒過來。紋皺眉。有哪裡覺得不一樣了。她嘗試性地熄滅紅銅，發現她不再能感覺到統御主的安撫。那可怕的壓抑，毫無靈魂與空洞的感覺，奇特地消失了。鬼影抬頭，其他的成員站得更直了些。

紋環顧四周。下方的司卡看起來並無改變。但是她的朋友們——

她的眼睛找到凱西爾。首領仍然直挺挺地站著，堅決地看著逼近的馬車，臉上出現專注的神情。

他在煽動我們的情緒，紋發覺。他在對抗統御主的力量。可是，很顯然，凱西爾光是要保護他們這一小群人都很費力。

微風說得對，紋心想。我們怎麼可能對抗這樣的人？統御主同時在安撫十萬人！

可是，凱西爾依然在奮鬥。以防萬一，紋仍然啓動紅銅，然後燃燒起鋅，開始協助凱西爾，鼓動周遭人的情緒，感覺上像是她在拉扯某座巨大、毫無動靜的牆壁。但一定有作用，因爲凱西爾略略放鬆，對她投以感激的目光。

「看。」多克森說道，沒意識到周遭的隱形戰爭。「囚車。」他指向十台跟在統御主後方滿是鐵柱的馬車，從人牆間出現。

「你認得裡面的人嗎？」哈姆說道，向前傾身。

「我不是看。」鬼影說道，看起來很不安。「叔叔，你眞燒，對嗎？」

「對，我的紅銅啓動了。」歪腳煩躁地說道。「你很安全。我們離統御主的距離很遠，所以反正不重要，那廣場大極了。」

鬼影點點頭，然後露出燃燒錫的神色，片刻後，搖搖頭。「沒不認人。」

「不過你沒去很多場招募行動，鬼影。」哈姆瞇著眼說道。

「是的。」鬼影說道，雖然他還有口音，但他顯然很努力想要用一般人的方法說話。

凱西爾站到邊緣，舉起手遮蔽眼前的陽光。「我可以看到囚犯。我都不認得那些臉。他們不是被抓到的士兵。」

「那是誰？」哈姆問道。

「大多數是女人跟小孩。」凱西爾說道。

「士兵的家人？」哈姆驚恐地問道。

凱西爾搖搖頭。「我覺得不是。他們不可能花時間去辨認已死的司卡。」

哈姆皺眉，看起來相當迷惘。

「無關的人，哈姆德。」微風靜靜嘆息說道。「殺雞儆猴，隨便處決幾個人來懲罰司卡居然敢窩藏犯人。」

「不，不是這樣。」凱西爾說道。「我懷疑統御主甚至不知道或不在乎那些人大多是從陸沙德招募來的。他可能只是認為那又是鄉村叛變。這……這只是提醒所有人，誰才是掌權的人。」

統御主的馬車移上平台，抵達中央露台。陰冷的車輛停在廣場的正中央，但統御主沒有下車。囚犯車停下，一群聖務官跟士兵開始把人拉下，黑色的灰燼繼續飄落。第一組囚犯，大多數只是虛弱地掙扎，然後被抓上中央平台。一名審判者在指揮工作，示意要囚犯聚集在平台上四座碗一樣的噴泉邊。

四名囚犯被強迫跪下，一人跪在一座噴泉邊，四名審判者舉起黑曜石的斧頭。四把斧頭落下，四顆人頭落地。士兵依舊抓著屍體，讓鮮血流入噴泉的水盆中。

噴泉開始閃出紅光，將血滴噴入空中。士兵將屍體拋在一旁，然後又拉來四個人。

鬼影反胃地轉過頭。「為什麼……為什麼凱西爾不做點什麼？為什麼不救他們？」

「別傻了。」紋說道。「下面有八名審判者，更別提還有統御主本人。凱西爾是白癡才會動手。」

但如果他考慮過要行動，我一點都不會意外，她心想，想到凱西爾當時已經準備好要衝下山坡，單挑整個軍隊。她瞥向身側。凱西爾看起來像是強迫自己不能動，指節泛白的手死握住身旁的煙囪，阻止自己衝下去阻止處決。

鬼影跌跌撞撞地走到屋頂的另外一邊去嘔吐，避免穢物落到下方人群的頭頂上。

哈姆微微呻吟，連歪腳都看起來很難過。多克森嚴肅地看著，彷彿在見證死亡、為他們守靈。微風只是搖搖頭。

可是，凱西爾……凱西爾很憤怒。他滿臉通紅，肌肉緊繃，眼神炙熱。

又死了四人，其中一人是孩童。

「這個。」凱西爾說道，憤怒地朝中央廣場揮手。「這就是我們的敵人。這裡沒有慈悲，沒有結束。這不是我們碰到幾個意外時，簡簡單單就可拋在一旁的簡單行動。」

又死了四個人。

「看看他們！」凱西爾要求，指著坐滿貴族的長凳。大多數人看起來覺得很無趣，甚至有幾個顯露出享受的樣子，轉身跟對方說笑，一面看著處決繼續進行。

「我知道你們質疑我，」凱西爾說道，轉向眾人。「你們認為我對貴族太苛刻，認為我太享受殺害他們。可是，你真的能看著那些在說笑的人，告訴我，他們不活該死在我的劍下嗎？我只是帶來正義。」

又死了四人。

紋以急迫，有錫增強的眼力搜索長凳，發現依藍德坐在一群年輕人中間。他們沒有一個人發笑，而且也不只他們。的確，許多貴族很輕鬆地面對這件事，但也有很少數人看起來相當驚駭。

凱西爾繼續說道。「微風，你問起天金的事，我跟你說實話，那確實從來都不是我的主要目的。我召集這群人是因為我想改變。我們會奪取天金，我們需要天金來扶植新政府，但這場行動不是為了讓我，或是讓你們任何人發財。

「葉登死了。他是我們的藉口，讓我們能做好事卻仍然裝做是盜賊的方法。如今，他不在了，你們要的話可以放棄、退出。但是，那無法改變任何事。這場掙扎會繼續下去。人還是會死。你們只是會忽略它。」

又死了四個人。

「該是停止僞裝的時候了。」凱西爾說，輪流盯著他們。「如果我們現在要做這件事，我們得對自己坦白誠實。我們必須承認這與金錢無關。這是爲了阻止那種事。」他指向中庭裡面的腥紅噴泉——就連遠到看不清發生什麼事的上千名司卡都可以清楚看到，那是死亡的訊息。

「我打算繼續我的奮鬥。」凱西爾低聲說。「我瞭解你們有些人質疑我的領導能力。你們認爲我在司卡心中過度哄抬自己的地位。你們偷偷在說，我想要成爲另一個統御主，你們認爲對我而言，我的自大遠比推翻帝國重要。」

他暫停說話，紋看到多克森與其他人眼中的罪惡感。鬼影重新加入他們，依然看起來有點不舒服。

又死了四人。

「你們錯了。」凱西爾低聲說道。「你們必須信任我。當我們開始計畫時，你們選擇信任我，雖然情勢顯得相當危險。我仍然需要你們的信任！無論事情的表相如何，無論機率多渺茫，我們還是得繼續奮鬥！」

又死了四個人。

集團成員緩緩轉向凱西爾。雖然紋停止燃燒鋅，但抗拒統御主對他們情緒的推動似乎已經不再耗費凱西爾如此多精神。

也許……也許他辦得到，紋忍不住心想。如果有人能打敗統御主，那一定就是凱西爾。

「我選擇你們不是因爲你們的能力。」凱西爾說道。「雖然你們無庸置疑絕對是能力傑出的人。我特別挑選你們每個人，是因爲我知道你們是有良知的人。哈姆、微風、老多、歪腳……你們都有著誠實，甚至樂善好施的名聲。我知道如果這個計畫要成功，我會需要眞心在乎的人。

「不，微風。這與盒金或榮耀無關。這是一場戰爭，一場我們打了千年的戰爭，一場我打算要終結的戰爭。你們想的話，可以離開。你們知道我會讓你們任何一個離開，沒有多餘的問題，沒有報復的後果，如果你們想要離開。

「不過……」他說道，眼神冷硬。「如果你們留下，你們必須承諾停止質疑我的威信。你們可以提出對行動本身的問題，但不准再私下討論我的領導能力。如果你們決定留下，就是要追隨我。瞭解嗎？」

他一個一個與集團成員四目交望，每個人都對他點頭。

「我不覺得我們眞的質疑過你，阿凱。」多克森說道。「我們只是……我們擔心，而且我們覺得自己擔心得有道理。軍隊是我們計畫中很大的一部分。」

凱西爾朝北邊的主城門點點頭。

「你看到北邊有什麼，老多？」

「城門？」

「它們最近有哪裡不同？」

多克森聳聳肩。「沒什麼太不同的。看門的人手是有點不足，可是——」

「爲什麼？」凱西爾打斷。「爲什麼人手不足？」

多克森聳聳肩。「因爲警備隊不在了？」

「一點也沒錯。」凱西爾說道。「哈姆說警備隊可能在外面追尋我們殘餘的軍隊追上好幾個月，大概只有十分之一的人會留守，這很合理，阻止叛軍是警備隊創設的目的。陸沙德也許沒有防守，但從來沒有人攻擊陸沙德。從來沒有。」

默契在眾人之間流竄。

「我們奪取城市的第一步已經達成了。」凱西爾說道。「我們讓警備隊離開陸沙德。代價遠比我們預期的高，遠比應該的還高，被遺忘的神明知道我有多希望那些孩子沒有死去。很不幸的是，我們無法改變這點，只能利用他們給我們的契機。

「計畫依舊能執行，主要維持城市秩序的武力已經離開了。如果家族戰爭認眞開打，統御主將很難阻止它，而且他不一定會想阻止。爲了某種原因，他每一百年都會放任貴族間互戰，也許他發現讓他們自相殘殺會讓他們不動對他下手的腦筋。」

「但警備隊回來怎麼辦？」哈姆問道。

「如果我猜得沒錯……」凱西爾說道。「統御主會讓他們追上幾個月的餘黨，讓貴族有機會發洩一下。當家族戰爭開始時，我們要運用其中的混亂來佔領皇宮。」

「什麼軍隊，我親愛的傢伙？」微風說道。

「我們還有一些士兵留存。」凱西爾說道。「況且，我們還有時間招募更多人。我們得要小心，因爲洞穴不能用了，所以得把軍隊藏在城市裡，這也意謂著人數會比較少，但那不會是問題，因爲警備隊早晚會回來。」

集團中的成員交換眼神，下方的處決依舊在進行。紋靜靜地坐著，想猜出凱西爾那句話的意思。

「一點也沒錯，阿凱。」哈姆緩緩說道。「警備隊會回來，而我們的軍隊不會大到能抵抗他們。」

「但我們會得到統御主的國庫。」凱西爾微笑地說道。「你向來是怎麼形容警備隊員的，哈姆？」

打手想了想，同樣露出微笑。「他們是傭兵。」

「我們奪取統御主的金錢，」凱西爾說道。「就能得到他的軍隊。這點仍然可能成功，諸位，我們可以讓它成功。」

集團成員似乎變得更有信心，紋將眼睛轉回廣場，噴泉紅到似乎完全呈滿鮮血，統御主坐在他深黑的馬車中，從上而下俯瞰這一切。窗戶是開的，紋用錫勉強可以看到坐在裡面的身影。

那是我們眞正的敵人，她心想。不是離開的警備隊，不是手握斧頭的審判者。是那個人，那個日記裡的人。

我們得找到方法去打敗他，否則我們做的一切會毫無意義。

我想，我終於瞭解爲什麼拉刹克這麼憎恨我。他不相信我這種外人，外地客，居然是世紀英雄。他相信我不知用什麼方法騙了哲人，而且是透過不光明的手法取得英雄的刺環。

根據拉刹克的說法，應該只有血統純正的泰瑞司人才能被選爲英雄。奇特的是，我發現他的憎恨讓我更下定決心。我必須向他證明我能辦到這件事。

27

那天晚上回到歪腳店鋪的一行人心情都很沉重。處決持續了好幾個小時。沒有宣判，教廷或統御主也沒有給任何理由，只是一次又一次又一次的處決。所有囚犯都喪命後，統御主跟他的聖務官們便騎馬離開，留下平台上的一堆屍體，腥紅的血液流淌在噴泉之中。

一干人等回到廚房時，紋發現她的頭已經不痛了。相較之下，她的痛楚似乎……無關緊要。茱捲仍然放在桌上，其中一名女僕細心地將它們蓋起來，卻沒有人伸手去拿。

「好了。」凱西爾說道，站在他慣常靠著的矮櫃旁。「我們來安排計畫。該怎麼樣進行呢？」

多克森走到椅子邊坐下，途中順手從房間一側拿了一疊紙。「警備隊離開後，我們的主要焦點就是貴族。」

「沒錯。」微風說道。「如果我們真的打算只靠幾千名士兵就要奪取國庫，那絕對需要可以引開城堡守衛注意力的方法，還要阻止貴族奪走我們的城市。因此，家族戰爭將是最重要的關鍵。」

凱西爾點點頭。「我也是這麼想。」

「但家族戰爭結束後呢？」紋說道。「有些家族會勝利，那我們就得處置他們。」

凱西爾搖搖頭。「我不打算讓家族戰爭結束，紋……至少好一陣子不行。統御主會裁示教廷管理他的追隨者，但真正強迫司卡工作的是貴族，如果我們擊垮足夠數量的貴族家族，政府可能會自行瓦解。我們無法跟整個最後帝國對抗，它太大了，但我們有可能使它分崩離析，然後讓各個區域相互攻擊。」

「我們需要讓上族發生財務危機。」多克森說道，翻閱他的文件。「貴族社會最主要的是財務組織，缺乏金錢將能讓任何一個家族傾倒。」

「微風，我們可能會用到你的僞裝。」凱西爾說道。「目前只有我一個人專注於家族戰爭，如果我們要趁警備隊回來前讓城市崩解，需要再加把勁。」

微風嘆口氣。「好吧，我們只能非常小心，確保不會有人意外認出我是我不該是的人。我不能參加宴會或活動，但應該可以單獨拜訪各個家族。」

「老多，你也是。」凱西爾說道。

「我猜到了。」

「這對你們兩個都很危險。」凱西爾說道。「但效率將會是重點。紋會繼續當我們主要的間諜，我們也許會需要她開始散播一些錯誤訊息，只要能讓貴族開始猶疑的任何事都好。」

哈姆點頭。「那我們應該將注意力集中在最上層。」

「沒錯。」微風說道。「如果我們能讓最強大的家族看起來岌岌可危，他們的敵人就會很快動手，只有在強大的家族消失後，人民才會發現他們才是眞正在支撐經濟的人。」

房間安靜一秒，然後幾顆頭同時轉向紋。

「幹麼？」她問道。

「他們在講的是泛圖爾，紋。」多克森說道。「那是上族中最強的一家。」

微風點點頭。「如果泛圖爾垮台，那整個最後帝國都會震動。」

紋靜靜地坐著片刻。「他們並非全是壞人。」她最後說道。

「也許吧。」凱西爾說道。「可是史特拉夫．泛圖爾絕對是，他的家族位於最後帝國的最頂端。泛圖爾需要消失，而妳與他最重要的家族成員之一已經搭上關係。」

我以爲你要我離依藍德遠一點，她略微著惱地心想。

「妳只要張開耳朵就好，孩子。」微風說道。「看妳能不能讓那年輕人多談談家裡的財務狀況。只要幫我們找到一點門路，我們就能完成接下來的工作。」

就像依藍德最痛恨的遊戲。可是，處決的景象在她腦海中仍然鮮明。這種事情必須被阻止。況且，就連依藍德都說他不喜歡他的父親，不喜歡他的家族。也許……也許她能找到些什麼。「我盡量試試看。」她說道。

前門傳來敲門聲，其中一名學徒去應門。片刻後，穿著司卡披風隱藏五官的沙賽德走入廚房。

凱西爾看看時鐘。「你來早了，阿沙。」

「我試著讓它成為一個習慣，凱西爾主人。」泰瑞司人回答。

多克森挑起眉毛。「這是個某人該學的習慣。」

凱西爾哼了哼。「如果一個人向來守時，就代表那個人時間多到沒別的事情好做。阿沙，他們怎麼樣？」

「還算不錯，凱西爾主人。」沙賽德回答。「但他們不能永遠躲在雷弩倉庫裡。」

「我知道。」凱西爾說道。「老多，哈姆，我需要你們來處理這個問題。我們的軍隊還剩下兩千人，我要你們把他們帶入陸沙德。」

「你要我們繼續訓練他們？」哈姆問道。

凱西爾點點頭。

「那我們得讓他們分批藏起來。」他說道。「我們沒有資源進行個別訓練。例如……一隊兩百個人？躲在鄰近的貧民窟中？」

「確保他們不知道彼此的下落。」多克森說道。「甚至不要讓他們知道我們仍然打算要攻擊皇宮。

城市裡有這麼多人，很可能有人因爲不同原因被聖務官抓到。」

凱西爾點點頭。「告訴每一隊，他們是唯一沒有被解散的團體，而他們被保留下來以備不時之需。」

「你剛才說到以後還需要繼續招募行動？」哈姆問。

凱西爾點點頭。「我希望在我們動手之前有兩倍的人馬。」

「很困難。」哈姆說道。「因爲已經有了先前的失敗。」

「什麼失敗？」凱西爾問道。「告訴他們實話，我們的軍隊成功地阻斷了警備隊。」

「但是大多數人因此而死去。」哈姆說道。

「這部分我們可以帶過去。」微風說道。「大家會對於處決一事感到憤怒，這應該讓他們更願意聽我們說話。」

「聚集更多士兵將是你接下來幾個月的主要工作，哈姆。」凱西爾說道。

「沒有多少時間了，」哈姆說道。「但我會盡力。」

「很好。」凱西爾說道。「阿沙，信息送到了嗎？」

「是的，凱西爾主人。」沙賽德說道，從披風下方掏出一封信，交給凱西爾。

「那是什麼？」微風好奇地問道。

「沼澤的信。」凱西爾說道，拆信快速瀏覽過。「他在城裡，而且有消息。」

「什麼消息？」

「他沒說。」凱西爾說道，抓起一個菜捲。「但他指示我們今晚要去哪裡跟他會合。」他走到桌邊，拾起一件司卡披風。「我要趁天黑前先去探路。要來嗎，紋？」

她點點頭，站起身。

「你們繼續想想計畫的細節。」凱西爾說道。「兩個月之內，我想要這個城市緊繃到當它終於崩解時，連統御主都無法維持它的完整。」

「你有事情沒告訴我們，對不對？」紋說道，背向窗戶，轉頭面向凱西爾。「有一部分的計畫沒說。」

凱西爾瞥向她在黑暗中的身影。沼澤選定的會面地點是在揪轉區中最貧困的司卡貧民窟之一，其中的一棟廢棄屋子。凱西爾選定了他們會面地點對面同等廢棄的屋子，跟紋等在頂樓上，看著街道，等待沼澤的出現。

「爲什麼這麼問？」凱西爾終於說道。

「因爲統御主，」她邊說邊摳著窗戶的陳腐窗框木條。「我今天感受到他的力量了。我不覺得其他人有感覺到，因爲他們不是迷霧之子，但我知道你一定有。」她再次抬頭，迎向凱西爾的雙眼。「你還是在計畫我們奪取皇宮之前要把他引出城外，對不對？」

「不要擔心統御主。」凱西爾說道。「第十一金屬會處理他。」

紋皺眉。屋外的太陽在炙熱的紅光中落下焦躁的顏色。白霧很快會捲來，沼澤應該在不久之後也會抵達。

第十一金屬，她心中響起其他人對它的質疑。「那是眞的嗎？」紋問道。

「第十一金屬？當然是，我給妳看過了，記得嗎？」

「我不是這個意思。」她說道。「傳說是眞的嗎？你在說謊嗎？」

凱西爾轉向她，微微皺眉，然後，他露出得意洋洋的笑容。「妳講話很直接，紋。」

「我知道。」

凱西爾的微笑加深。「答案是不。我沒有說謊。不過傳說是眞的，雖然我花了好長一段時間才找到。」

「那你給我們看的那一丁點金屬眞的是第十一金屬？」

「我覺得是。」凱西爾說道。

「可是你不知道要怎麼樣用它。」

凱西爾頓了頓，然後搖搖頭。「我是不知道。」

「這說法令人不太安心。」

凱西爾聳聳肩，轉頭望向窗外。「就算我無法即時發現它的祕密，我仍然懷疑統御主會有妳以爲的那麼厲害。他是一個強大的鎔金術師，但他不知道每件事。如果他眞是無事不曉，那我們早已經死了。他也不是無所不能的，如果他是，就不需要處決那些司卡，將整個城市的人嚇得乖乖聽話。

「我不知道他是什麼東西，但我認爲他比較像人，而非神。那本日記中的文字……是個普通人。他眞正的力量來自他的軍隊跟財富。如果我們除掉這兩樣，他將無力挽回崩解的帝國。」

紋皺眉。「他也許不是神，但……他是某種東西，凱西爾。不一樣的。今天，當他在廣場中時，就算我持續燃燒紅銅，仍然能感覺到他碰觸我的情緒。」

「不可能，紋。」凱西爾搖頭說。「如果是這樣，那麼就算附近有煙陣，審判者依然能感覺到鎔金術師，若眞是如此，妳不覺得他們早就獵捕和殺死所有的司卡迷霧人了嗎？」

「妳知道統御主很強大。」凱西爾說道。「所以妳覺得妳應該能夠感覺到他，因此妳感覺到了。」

也許他是對的，她心想，又摳掉一小塊窗框。畢竟他當鎔金術師的時間比我久很多。

但是……我感覺到某種東西，不是嗎？而且那個幾乎殺了我的審判者，他仍然在黑暗跟大雨中找到了我。他一定也是感覺到什麼。

但她沒再追問下去。「那個第十一金屬。我們不能試試看它有什麼效果嗎？」

「沒那麼簡單。」凱西爾說道。「妳記得我之前跟妳說過，絕對不能燃燒十種以外的金屬嗎？」

紋點點頭。

「燃燒另外一種金屬可能會致命。」凱西爾說道。「就連合金金屬的比例不對都能讓妳很不舒服。如果我對第十一金屬的猜測是錯的……」

「它會害死你。」

凱西爾點點頭。

所以你沒有你假裝的那麼篤定，她做出結論。否則你早就嘗試了。

「這就是你想在日記中找到的。」紋說道。「關於如何使用第十一金屬的線索。」

凱西爾點點頭。「恐怕我們在這方面運氣不是太好。目前爲止，日記中甚至沒有提到鎔金術。」

「但它倒是提到了藏金術。」紋說道。

凱西爾站在窗邊，一邊肩膀靠著牆，打量她。「沙賽德跟妳說過這件事？」

紋低下頭。「我……算是強迫他告訴我。」

凱西爾輕笑。「我常在想，教妳鎔金術是否代表得叫整個世界多多提高警覺。當然，我的訓練者也是這麼說我。」

「他的確該擔心。」

「當然。」

紋微笑。室外的陽光幾乎消失，薄透的白霧開始出現在空氣中，如鬼魅般懸掛在空中，緩緩增大，隨著夜晚漸深，逐漸增強它們的影響力。

「沙賽德沒有多少時間告訴我關於藏金術的事。」紋小心翼翼地說道。「它有什麼能力？」她憂慮地等著，覺得凱西爾會看穿她的謊話。

「藏金術是完全內在的。」凱西爾以隨性的聲音說著。「它可以提供我們從白鑞跟錫得到的同樣東西，體力、耐力、眼力，但每種特質都必須被獨立儲存。它也可以增強很多其他能力，這是鎔金術辦不到的，包括記憶、速度、思緒清晰……甚至有些奇特的東西，像是體重或年齡都能夠透過藏金術更改。」

「所以，它比鎔金術還強嗎？」紋問道。

凱西爾聳聳肩。「藏金術沒有外在力量，它不能推拉情緒，也不能鋼推或鐵拉，而且藏金術最大的限制是，所有能力都得從自己身體中取得。

「想要在一段時間內有兩倍的力氣的話，那你得花好幾個小時讓身體衰弱才能儲存力氣；如果想要儲存快速痊癒的能力，就得花很多時間感覺病懨懨的。在鎔金術中，金屬本身就是我們的燃料，通常只要有足夠的金屬可以燃燒就能持續使用。在藏金術中，金屬只是儲存用的工具，你的身體才是眞正的燃料。」

「所以只要偷別人儲藏用的金屬就可以，對不對？」紋問道。

凱西爾搖搖頭。「不行，藏金術師只能使用他們自己創造的金屬庫存。」

「噢。」

凱西爾點點頭。「所以，我不會說藏金術比鎔金術強，兩者都有優點跟限制。舉例而言，鎔金術師能驟燒的金屬量有限，所以最強的能力也有上限。藏金術師沒有這種限制，如果藏金術師有足夠的力量儲存到讓他擁有比平常多一倍的力氣，同時維持一小時，那他可以選擇在比較短的時間內變得強壯三倍，甚至在更短的時間內有四、五、六倍的力氣。」

紋皺眉。「聽起來是蠻大的優勢。」

「沒錯。」凱西爾手伸入披風中，拉出一個瓶子內裝滿幾顆天金珠子。「但是我們有這個。藏金術師有五個、六個，甚至五十人那麼強壯都不重要，如果我知道他要做什麼，就可以打敗他。」

紋點點頭。

「拿去。」凱西爾說道，拔出瓶塞，倒出其中一枚珠子，又拿出一個瓶子，裡面放著平常的酒精，將珠子投入。「拿一個去。妳可能會用到。」

「今天晚上？」紋問道，接下瓶子。

「來的人只是沼澤而已。」

「可能是。」他說道。「也有可能聖務官抓到他，強迫他寫那封信。有可能他們在跟蹤他，或他們在那之後抓到他，對他施以酷刑後發現這個會面。沼澤身處在一個很危險的地方，想想，他要做妳在舞會中做的所有事，但把對象換成聖務官跟審判者。」

紋微發起抖。「我想你說得有道理。」她說道，將天金珠子收起。「你知道嗎，我一定哪裡有問題，我甚至不會去想這東西價值多少。」

凱西爾沒有立刻回答。「我很難忘記這東西值多少。」他靜靜說道。

「我……」紋沒說完，只是低頭看著他的雙手。他通常都會穿長袖和戴手套，因爲他的名聲已經大到讓足以暴露他身分的疤痕在公開場合中出現會很危險。不過紋知道它在那裡，上千道微小、白色的刮痕，層層疊疊。

「無論如何……」凱西爾說道。「關於日記那一點妳說得沒錯。我原本希望它會提到第十一金屬，但鎔金術甚至沒有跟藏金術被相提並論。這兩種力量在許多方面都很類似，理論上他應該會做比較的。」

「也許他擔心別人會讀這本書，不想暴露他是鎔金術師的事。」

凱西爾點點頭。「可能。也有可能他還沒有綻裂。在泰瑞司山脈中發生的事情將他從英雄變成暴君，也許喚醒了他的力量。我想，除非沙賽德完成翻譯，否則我們永遠不會明白。」

「他快翻完了嗎？」

凱西爾點點頭。「只剩下一點，希望是重要的那一點。目前的敘述讓我有點煩躁。統御主甚至還沒跟我們說他在這些山脈中應該要完成什麼任務！他說他要做一件能保護整個世界的事情，但可能只是他的自吹自擂。」

我不覺得他在書裡顯得很自大，紋心想，其實正好相反。

「無論如何……」凱西爾說道。「最後一點翻譯完成後，我們會知道更多。」

外面開始變黑，紋得啓動錫才能看得清楚。窗外的街道逐漸清晰，染上奇特的陰影跟光線，這是視力被錫增強的結果。她在邏輯上知道外面是黑的，但她還是能看得見，雖然沒有在正常光線下看得清晰，一切都比較模糊，但仍然能見物。凱西爾檢查懷錶。

「還有多久？」紋問道。

「還有半個小時。」凱西爾說道。「如果他準時，不過這點我懷疑，畢竟他是我哥哥。」

紋點點頭，移動重心，手臂交疊靠在斷裂的窗框邊。雖然不大，但擁有凱西爾給她的天金仍然相當安慰。想到天金，令她想起某件重要的事。某件好幾次都讓她心裡不踏實的事。

「你沒教我用第九金屬！」她指控，轉過身。

凱西爾聳聳肩。「我跟妳說過那不是很重要。」

「即便如此，那是什麼？某種天金的合金嗎？」

凱西爾搖搖頭。「不，最後兩種金屬不遵照基本八種金屬的規律，第九種金屬是金。」

「金？」紋問道。「就這樣？我早就可以自己試用看看了?!」

凱西爾微笑。「如果妳想要的話。燃燒金是種有點……不舒服的經驗。」

紋瞇起眼睛，轉頭望向窗外。走著瞧，她心想。

「妳還是會試對不對？」凱西爾微笑地說道。

紋沒有回應。

凱西爾嘆口氣，手伸入腰帶，拿出一枚金合金跟銼刀。「妳應該弄一把這個。」他說道，舉起銼刀。「如果妳自己弄來金屬，記得先燒一丁點兒好確保它純正或比例正確。」

「如果不是呢？」紋問道。

「妳會知道的。」凱西爾承諾，開始銼錢幣。「記得延燒白鑞時的頭痛嗎？」

「嗯，然後呢？」

「不好的金屬更嚴重。」凱西爾說道。「嚴重多了。金屬盡量用買的，在每個城市裡都會有一小群商人提供粉狀金屬給鎔金術師。這些商人絕對有理由確保他們的金屬純正，因為沒有人想要一名頭痛又脾氣暴躁、對產品不滿的迷霧之子客戶。」凱西爾停止銼錢幣，從一小塊方帕上取下幾片金子，將一片放在手指上吞下。

「這個沒問題。」他說道，將布遞給她。「用吧，記得，燃燒第九金屬是很奇怪的經驗。」

紋點點頭，突然感覺到有點擔心。不試的話，怎麼會知道，她心想，將粉末般的金片倒入口中，和著水壺中的一點水吞下。

一種新的金屬藏量出現在她體內——是她所不熟悉，跟她所知的九種都不同。她抬頭看看凱西爾，深吸一口氣，燃燒金。

她同時身在兩個地方。她可以看到自己，還可以看到自己在看自己。

其中一人是個陌生的女子，是原本的女孩轉變而成。那個女孩既小心又謹愼，絕對不會因爲一人之言便燃燒不熟悉的金屬。而這個女人很愚蠢，她忘記許多讓她存活許久的事情。她從別人準備的杯子中喝酒，跟陌生人交際，她不會記住周遭人的行蹤。雖然跟大多數人相比，她仍然小心許多，但她也失去很多。

另一個她則是她向來偷偷鄙夷的樣子。那其實只是個孩子，瘦到將近全身乾扁，很寂寞，充滿怨恨，毫不信任他人。她誰都不愛，也沒有人愛她，總是偷偷告訴自己她不在乎。有什麼是她值得活下去的理由？一定有。生命不可能眞是如此可悲。可是，卻似乎注定如此可悲，因爲生命中別無他物。

紋兩者皆是。她站在兩個地方，挪動兩具身軀，既是女孩，又是女人。她遲疑、不確定地伸出手，一手摸上一人的臉。

紋驚喘一聲，影像瞬間消失。她感覺到突然湧上的情緒，既是自我鄙夷又是迷惘。房中沒有椅子，所以她直接蹲在地上，背靠著牆，雙膝曲起，用手臂摟緊自己。

凱西爾走到她身邊蹲下，一手按上她的肩膀。「沒事了。」

「那是什麼？」她低聲問道。

「金跟天金和其他金屬一樣，也是相輔相成的一組。」凱西爾說道。「天金讓妳略微得以窺見未來，金有同樣的作用，但卻是讓妳看到過去。或者說，能讓妳看到如果過去有所不同時，會出現的不同的自己。」

紋發抖。同時是兩個人的感覺和看到兩個自己的經驗，相當詭異。她的身體仍然在發抖，意識也覺得……不太正常。幸好這種感覺似乎逐漸在消退。「提醒我以後要聽你的話。」她說道。「至少你在講解鎔金術時要聽你的。」

凱西爾笑道：「我盡力拖延了，希望妳不要想到這件事，但妳早晚都要試試的。過一陣子就好了。」

紋點點頭。「已經……幾乎完全過去了，但那不只是影像而已，凱西爾。那是眞的，我可以碰到另一個我。」

「感覺上可能是如此。」凱西爾說道。「但她並不在這裡，至少我看不見她，那是妳的幻覺。」

「天金影像不只是幻覺。」紋說道。「那些影子眞的會顯現對方未來的動作。」

「沒錯。」凱西爾說道。「我也不太清楚。金是種很奇怪的鎔金，紋。我想，沒有人眞的理解它。我的師傅蓋莫爾說，金影是一個不存在，卻原本可能存在的人，一個如果妳沒有做出某些選擇就會變成的人。當然，蓋莫爾的腦子有點不大正常，所以我不確定我有多相信他所說的話。」

紋點點頭，但她似乎不會在那麼快的時間裡得到更多關於金的資訊。如果有可能，她甚至打算一輩子都不要再燃燒金。她繼續坐在原地，讓情緒稍微恢復，而凱西爾則走回窗邊。

過一陣子，他突然精神一振。

「他來了？」紋問道，四肢著地後撐著站起來。

凱西爾點點頭。「妳想要待在這裡多休息一會兒嗎？」

紋搖搖頭。

「好吧。」他說到，將懷錶、銼刀還有其他金屬放在窗框上。「我們走吧。」

他們沒從窗戶出來，因爲凱西爾想要盡量低調，雖然這塊地區空曠到紋不知道他爲何堅持如此小心翼翼。他們走下一排搖搖欲墜的樓梯，沉默地過了馬路。

沼澤挑選的建築物比紋跟凱西爾待的那棟還要老舊，前門已經消失，不過紋可以看到地板上破碎的門板。裡面的房間聞起來盡是灰塵跟灰燼的味道，她得壓下一陣打噴嚏的衝動。

一聽到聲音，站在房間另一端的身影立刻轉身。「阿凱？」

「是我。」凱西爾說道。「還有紋。」

紋走近時，她可以看到沼澤在黑暗中瞇著眼睛想要看清他們的身影，感覺很奇怪，因爲她覺得自己應該相當清晰，但她知道對他而言，她跟凱西爾不過是兩道黑影。建築物另一端的牆壁已經坍塌，白霧自由地往來在屋內，幾乎跟室外一樣濃密。

「你有教廷刺青了！」紋盯著沼澤說道。

「當然。」沼澤說，聲音一如往常地冷峻。「我在跟車隊會合前讓人幫我刺上的，這樣才像門徒。」

刺青範圍不大，因爲他假扮的是低階聖務官，但花紋清晰可辨。黑色的線條繞在眼睛周圍，像是閃電般往外延伸，還有一條更粗的大紅色線條劃下一邊臉龐。紋認得這個花紋：屬於審判廷的聖務官。沼澤不只滲透了教廷，他還選擇了最危險的單位去滲透。

「但是，你永遠都會有這些印記。」紋說道。「那很明顯，無論你去哪裡，都會被認成聖務官，或被發現是假扮的。」

「這就是他爲了滲入教廷所付出的代價，紋。」凱西爾輕聲說道。

「不重要。」沼澤說。「反正在這之前我的人生也沒什麼意思。我們能不能快一點？等一下我應該要在某個地方。聖務官相當忙碌，我只有幾分鐘的時間。」

「好。」凱西爾說道。「你的滲透工作順利嗎？」

「很好。」沼澤簡潔地說道。「其實太好了，我想我在這一組人中反而顯得表現突出，我以爲我會處於劣勢，因爲我沒有其他門徒受過的那五年訓練，所以我盡量徹底回答問題，同時仔細妥善地完成工作，但我對教廷的瞭解顯然甚至超過其中一些成員，而我絕對比這群新來的人都還要有能力，那些聖祭司都注意到了。」

凱西爾輕笑。「你向來都是要超越滿分才滿意。」

沼澤輕哼了一下。「總而言之，我的知識加上我身爲搜尋者的能力已經爲我贏得出眾的名聲，我不確定我要不要讓聖祭司多注意我。當審判者開始盤查時，我湊出來的背景就開始顯得有點薄弱了。」

紋皺眉。「你跟他們說過你是迷霧人？」

「當然。」沼澤說道。「教廷，尤其是審判廷，相當積極地在找尋貴族搜尋者。因爲我是，所以他們對於我的背景反而不會多問，光是得到我就已經讓他們相當高興，雖然我比一般門徒年紀要來得大。」

「不只如此。」凱西爾說道。「他必須告訴他們，他是迷霧人，這樣才能進入比較祕密的部門，大多數的高階聖務官都是某種迷霧人，他們傾向偏好同類。」

「這是很好的理由。」沼澤快速說道。「阿凱，教廷遠比我們想的要高明很多。」

「什麼意思？」

「他們會運用他們的迷霧人。」沼澤說道。「用得很好。他們在城市中到處都有據點，稱之爲安撫站。每個站裡面都有兩名教廷的安撫者，他們的工作就是對附近散發壓抑的影響，鎮靜且壓制周圍所有人的情緒。」

凱西爾輕輕吐口氣。「有多少？」

「幾十個。」沼澤說道。「集中在城市中的司卡區。他們知道司卡已經被完全打敗，但他們想要確定這種狀況能一直維持下去。」

「該死的！」凱西爾說道。「我本來就覺得陸沙德的司卡比其他的顯得還要精神低落。難怪我們的招募行動這麼不順利。原來這些人的情緒是處於長期的安撫之下！」

沼澤點點頭。「那些教廷安撫者非常厲害，阿凱，非常厲害。甚至比微風還厲害。他們每天唯一做的事就是安撫，而且因爲他們不是要讓你做任何特定的事情，只是讓你的情緒不會劇烈起伏，所以很難被注意到。

「每一組都有一名煙陣隱匿他們，還有搜尋者找尋經過的鎔金術師。我敢打賭，審判者就是這樣得到線索的，我們很多人聰明到知道不要在有聖務官的區域鎔金，但在貧民窟裡就比較沒在注意。」

「你能幫我們弄到據點名單嗎？」凱西爾問道。「我們需要知道那些搜尋者在哪裡，沼澤。」

沼澤點點頭。「我會試試看。我現在就是要去其中一個據點。他們總是在晚上換班好維持祕密，上層開始對我有興趣，所以他們讓我去造訪不同據點、熟悉工作方法。我看看能不能弄到名單給你。」

凱西爾在黑暗中點頭。

「只是……不要拿那些資訊做什麼蠢事，好嗎？」沼澤說道。「我們得很小心，阿凱。這些教廷據點許久以來都沒有人發現，現在我們知道了，等於擁有極大的優勢。不要浪費了。」

「不會的。」凱西爾承諾。「那麼審判者呢？你有發現什麼關於他們的資訊嗎？」

沼澤靜靜地站在原地片刻。「他們……很奇怪，阿凱。我不知道。他們似乎擁有所有的鎔金力量，所以我認為他們原本是迷霧人，除此之外，我沒找到什麼其他線索，但我知道他們會變老。」

「眞的？」凱西爾連忙問道。「所以他們不是長生不老的？」

「不是。」沼澤說道。「聖務官們說審判者偶爾會更換，那些怪物是很長壽，但終究會死，所以得從貴族間招募新人。他們還是人，阿凱，只是被……改變了。」

凱西爾點點頭。「如果他們會老死，那可能有別的方法可以殺死他們。」

「我也是這麼想。」沼澤說道。「我會看看還能發現什麼情報，但不要抱太大希望。審判者跟一般聖務官沒有什麼交集，這兩群人之間有些政治緊張。至上聖祭司統令教會，但審判者覺得應該是由他們來主導。」

「有意思。」凱西爾緩緩說道，紋幾乎可以聽到他腦子裡正轉著這些新資訊。

「好了，我得走了。」沼澤說道。「我得一路跑來，現在趕過去還是會遲到。」

凱西爾點點頭，沼澤離開，身著暗色聖務官長袍的身影繞過四處的阻礙。

「沼澤。」凱西爾對抵達門口的沼澤說道。

沼澤轉身。

「謝謝你。」凱西爾說道。「這件工作的危險程度一定遠超過我所能想像。」

「我不是爲你這麼做，阿凱。」沼澤說道。「可是……還是謝謝你的關心。我有更多線索後，會想辦法送消息給你。」

「小心點。」凱西爾說道。

沼澤消失在濃霧的夜晚，凱西爾站在坍場的房間中數分鐘，望著他哥哥離去的背影。

他沒有說謊，紋心想。他眞的很關心沼澤。

「走吧。」凱西爾說道。「我們應該要讓妳回去雷弩大宅了。雷卡幾天後要辦舞會，妳應該要到場。」

有時候，我的同伴說我太過擔心這個問題，雖然我會質疑我身爲英雄的身分，但有一件事是我從不質疑的——我們任務的終極目標是良善的。

深闇必須被摧毀。我見識過它，感受過它。我認爲，我們給它的名字太微薄。的確，它是深不見底，但它同時也很可怕。許多人不知道它是有意識的，但在我跟它直接對峙過的數次，我都感覺過它的意識，與我們大不相同。

它是充滿毀壞、瘋狂、墮落的東西。它不會因爲憤怒或敵意摧毀這個世界，因爲那就是它的本性。

28

雷卡堡壘的舞廳內部像是金字塔的形狀，舞池是位於房間中央及腰高的平台，附近有類似的四個平台，上面放置著餐桌。僕人們在平台間的通道內穿梭，爲貴族遞送餐點。

金字塔形房間的內緣有四層陽台，每層都離尖端更近一些，更突出於舞池上一些。雖然房間本身照明充足，但陽台卻被上層所遮蔽。這個設計是讓訪客能好好欣賞到堡壘中最獨特的藝術特徵——每個陽台上的小型彩繪玻璃窗。

雷卡家族誇耀雖然別的家族有更大幅的彩繪玻璃，但他們家的最精緻。紋不得不承認的確很出色。她過去幾個月中看過無數彩繪玻璃，開始覺得它們不過如此。但雷卡堡壘的彩繪玻璃窗將大多數都比了下去，每幅彩繪玻璃都充滿了鮮麗的色彩，細部精緻華貴，罕見的生物奔馳其上，遙遠的景致吸引人忍不住靠近瀏覽，而著名貴族的人像則驕傲地坐著。

當然還包括必備的昇華圖。紋現在可以輕易認出它們，而且她很訝異地發現，內容的確是在描述她於日記裡讀到的東西。碧綠的山丘。險峻的山脈，頂端有隱約如波浪般的線條。一座既深又黑的湖泊。還有……黑暗。深闇。渾沌的毀滅力量。

他打敗了它，紋心想。可是……那到底是什麼？也許日記最末會揭露更多細節。

紋搖搖頭，離開暗室還有其中的黑窗。她沿著第二層陽台漫步，身上穿著的雪白禮服是她在當司卡的時候甚至無法想像的衣著。灰燼跟塵泥那時已經融入她生活中，如今回想，她覺得自己應該甚至不知道雪白長的是什麼樣子，而知道那件事讓這件禮服對她而言更顯神奇。她希望她永遠不要忘懷過去的日子，那讓她比眞正的貴族更加感謝她的生活。

她沿著陽台繼續往前走，尋找她的獵物。璀璨的色彩從點亮的窗戶後射入，在地板上投以晶亮的光芒，大多數的窗戶都鑲嵌在沿著陽台的暗室，所以看過去明暗交織。紋沒有再停步研究玻璃窗，她之前第一次來雷卡堡壘參加舞會時已經花了不少時間在這件事上頭。今晚，她有正事要做。

她在東陽台走道半路上找到她的獵物。克禮絲貴女正跟一群人在說話，紋停下腳步，假裝在端詳一扇玻璃。因爲對克禮絲的忍受度是有極限的，一行人不久便各分東西。矮小的女子開始沿著陽台走向紋。

當她靠近時，紋轉身，裝出訝異之色。「噢，克禮絲貴女！我一整個晚上都沒見到妳。」

克禮絲高興地轉身，顯然對於又可以向另一個人八卦感到相當興奮。「法蕾特貴女！」她說道，矮胖的身軀搖搖擺擺趨前而來。「妳上禮拜錯過了凱貝大人的舞會！希望不是舊疾復發？」

「不是的。」紋說道。「我那天晚上是跟叔叔共度。」

「噢。」克禮絲失望地說道。復發會是更好的八卦題材。「這是好事。」

「我聽說妳有關於特藍佩得莉．德魯斯貴女一些有意思的消息。」紋小心翼翼地說道。「我也聽到了一些有趣的事情。」她瞄著克禮絲，暗示她願意交換。

「噢，這件事啊！」克禮絲熱切地說道。「我聽說特藍佩得莉完全沒有跟艾枚聯姻的興趣，雖然她父親暗示很快會有婚禮。妳也知道艾枚家的兒子都是些什麼德性。費德藍根本就是不折不扣的傻蛋。」

紋暗地翻翻白眼。克禮絲只顧不停說話，根本沒注意到紋也有消息想要分享。對這女人暗示根本就像賣香水給農莊司卡一樣，毫無用處。

「眞是有意思。」紋說道，打斷克禮絲的話。「也許特藍佩得莉的遲疑是因爲艾枚與海斯丁的關係？」

克禮絲安靜下來。「怎麼會？」

「唉，我們都知道海斯丁在計畫什麼嘛。」

「我們知道嗎？」

紋假裝一臉尷尬。「噢。也許還沒人知道。拜託妳，克禮絲貴女，請忘記我剛才說了什麼。」

「忘記？」克禮絲說道。「當然已經忘記了，可是，妳不能就這樣說一半啊。妳剛才那句話是什麼意思？」

「我不應該說的，」紋說道。「我只是偷聽到我叔叔說的話。」

「妳叔叔？」克禮絲更爲熱切地問。「他說什麼？妳知道妳能信任我的。」

「嗯……」紋說道。「他說海斯丁正把許多資源轉運回南方統御區的農莊裡。我叔叔蠻高興的，因爲海斯丁退回某些合約，所以我叔叔希望能由他接手。」

「轉運……」克禮絲說道。「啊，除非他們打算從城裡撤走，否則他們不會做這種事的……」

「能怪他們嗎？」紋輕聲問道。「畢竟誰想冒險發生像太齊爾那種意外？」

「的確是……」克禮絲說道，全身似乎因爲想要分享這消息而發顫。

「無論如何請妳了解，我也只是聽說而已。」紋說道。「也許妳不應該告訴別人。」

「當然。」克禮絲說道。「呃……失陪一下，我要去梳洗一下。」

「當然。」紋說道，看著克禮絲筆直地衝向陽台樓梯。

紋微笑。海斯丁當然沒有這回事，它可是城中最強盛的家族之一，不太可能會退出，但多克森正在店裡假造一些文件，如果送到正確的人手裡，將會暗示海斯丁的確在規劃紋所說的事情。

假設一切順利，整個城裡的人都會認爲海斯丁要撤退了，他們的盟友會因此做好打算，甚至也開始想撤退的事。要買武器的人會去別的地方找，擔心海斯丁一旦離開將拒絕履行合約。而若海斯丁沒有開始撤離，也會讓他們顯得猶豫不決。沒了盟友，收入又減少，他們很可能就是衰敗的下一個家族。

海斯丁是容易下手的對象，因爲它向來以極端詭密的手段著稱，人們會相信它正在策劃祕密撤離；它同時也是個強盛的商業交易家族，意思是它的生存相當仰賴契約，而這麼明顯、主要的財富來源，也會成爲它明顯的弱點。過去數十年來，海斯丁大人很努力地在增加家族的影響力，因此將家族的資源用到了極限。

其他家族就穩定許多。紋嘆口氣，轉身走向走廊，瞄著房間另外一端的陽台間所架設的大鐘。

泛圖爾不會輕易垮台。它的強盛完全是透過其豐厚的財力，雖然參與了一些契約，但它不像其他家族這麼仰賴那個。泛圖爾夠有錢，夠強大，就算是商業合作出了問題，也不過是讓它微微動蕩一下而已。某種程度而言，泛圖爾的穩定是件好事，至少對紋來說是。泛圖爾家族若沒有明顯的弱點，當她也許找不到方法來拖垮泛圖爾時，其他集團成員不會太失望。畢竟，他們不是絕對要摧毀泛圖爾，只是因爲那麼做會讓計畫更順利些。

無論發生什麼事，紋必須確保泛圖爾不會發生太齊爾那樣的命運。他們的名聲被摧毀，財務瓦解，而太齊爾想要撤離城市，這最後的示弱動作是轉捩點。有些太齊爾貴族在離城前被暗殺，其餘的人則被發現陳屍在被燒焦的運船上，似乎是被土匪攻擊，但紋很清楚不會有盜賊集團膽敢殺這麼多貴族。

凱西爾仍然不知道是哪個家族下的手，陸沙德貴族們似乎也不是很在意凶手是誰。太齊爾允許自己衰弱，對貴族階級而言，沒有什麼比無法保衛自身的上族更丟臉的事情了。凱西爾說得對。雖然這些人在舞會上對彼此彬彬有禮，但若爲了得到好處，這些貴族絕對願意在彼此心口捅上一刀。

有點像盜賊集團，她心想。貴族其實跟我長大時所碰到的人差別不大。禮節只是讓氣氛更危險，在

其下波濤洶湧的是計謀、暗殺，還有——也許是最重要——迷霧人。她最近參加的所有舞會都有許多守衛，有盔甲跟沒有盔甲的都很多，這並非偶然，如今這些宴會同時擁有警告跟顯示力量的額外目的。

依藍德是安全的，她告訴自己。無論他對自己的家族有何看法，他們很擅長維護自己在陸沙德階級中的地位。他是繼承人，他們會保護他不受刺客攻擊。

她希望這些推論能聽起來更有說服力。她知道珊・艾拉瑞爾正在計畫些什麼。泛圖爾也許是安全的，但依藍德本人就有點……遲鈍。如果珊親手對他做出什麼不利的舉動，不一定會對泛圖爾造成很大的打擊，但絕對會對紋造成很大的影響。

「法蕾特・雷弩貴女。」一個聲音說道。「我相信妳遲到了。」

紋轉過身，看到依藍德懶洋洋地靠在她左側的一間暗室中。她微笑，低頭看著鐘，注意到時間的確離她答應與他會面的時間晚了幾分鐘。「我一定是從某些朋友那裡學來的壞習慣。」她說完踏入暗室中。

「噢，我可沒說這是壞事。」依藍德微笑說道。「我會說遲到是仕女的宮廷任務。強迫紳士配合女性的要求對他是有好處的，至少我母親經常這麼跟我說。」

「她聽起來眞是名睿智的女子。」紋說道。暗室大到能讓兩人側身面對面地站著。她站在他對面，上方的突出陽台在她左邊，一扇美麗的淺紫色窗戶在她右邊，兩人的雙腳幾乎要相碰。

「這我就不知道了。」依藍德說道。「畢竟她嫁給了我爸爸。」

「因此而加入最後帝國中最強盛的家族。這點很難超越，不過也許她可以試著嫁給統御主。但就我所知，他並沒有想找妻子的打算。」

「可惜。」依藍德說道。「如果他的生命中有女人的話，也許不會看起來那麼憂鬱。」

「我想這得看那女子是誰。」紋瞥向一旁經過的一群貴族。「嗯，這裡算不上是最隱密的地點，經過的人都對我們投以奇怪的眼神。」

「是妳站進來我這裡的。」依藍德指出。

「是的，我應該是沒想到我們會引起的緋聞流言。」

「沒關係。」依藍德站直身體。

「因爲會讓你父親生氣？」

依藍德搖搖頭。「我已經不在乎那件事了，法蕾特。」依藍德上前一步，讓兩人貼得更近，紋可以感覺得到他吐出的氣息。他站了片刻後才開口，「我想，我會吻妳。」

紋聞言微微顫抖。「我不覺得你會想要這麼做，依藍德。」

「爲什麼？」

「你對我的認識到底有多少？」

「不及我想要的。」他說道。

「也不及你需要的。」紋抬頭望入他的雙眼。

「那麼，告訴我。」他說道。

「不行。現在不行。」

依藍德又站了片刻，然後微微點頭，退後一步走到陽台走廊上。「我們去散散步好嗎？」

「好的。」紋說道，鬆了一口氣，卻也有一點失望。

「這樣最好。」依藍德說道。「那個暗室的閱讀光線簡直是差勁透了。」

「你敢。」紋說道，一面站到他身旁，一面瞄著他口袋裡的書。「要讀也得等到不是跟我在一起的時候再讀。」

「但我們的關係就是從此開始的！」

「有可能會是從此結束。」紋挽上他的手臂。

依藍德微笑。他們不是唯一在陽台上散步的一對，下方的其他人緩緩地隨著隱約的音樂旋轉。一切顯得好安寧。可是，就在幾天前，這些人只是站在一旁，懶懶地看著女人跟小孩被殺。

她感覺得到依藍德的手臂，他在她身邊的溫熱。凱西爾說他這麼常笑是因爲他覺得需要盡力從世界汲取能得到的每一絲喜悅，去珍惜在最後帝國中如此罕有的快樂時光。漫步在依藍德身邊一段時間後，紋覺得開始瞭解凱西爾的心情。

「法蕾特……」依藍德緩緩開口。

「什麼？」

「我要妳離開陸沙德。」他說道。

「什麼？」

他停下腳步，轉頭看著她。「我想了很多，妳也許還沒察覺到，但城市越來越危險，非常危險。」

「我知道。」

「那妳知道沒有盟友的小家族現在根本不該待在中央統御區嗎？」依藍德說道。「妳的叔叔願意來此試圖安身立命是很勇敢的舉動，但他挑選的時機不對。我……我想這裡很快會失控。若發生這種事，我無法保障妳的安危。」

「我叔叔知道他在做什麼，依藍德。」

「不一樣，法蕾特。」依藍德說道。「家族在崩垮。太齊爾不是被土匪殺死，是海斯丁下的手。這件事結束前，死的不會只是他們。」

紋沒說話，又想到珊。「可是……你是安全的，對不對？泛圖爾跟別人不同。你們很穩定。」

依藍德搖搖頭。「我們比其他家族更脆弱，法蕾特。」

「可是你們家的財富很雄厚。」紋說道。「你們不仰賴契約。」

「表面上也許看不出來，」依藍德低聲說道。「可是還是有的，法蕾特。我們僞裝得很好，其他人也以爲我們有相當多的財富，卻超出我們實際擁有的範圍。可是，再加上統御主的家族稅……我們能維持在這個城市中這麼大的影響力是透過收入。祕密收入。」

紋皺眉。依藍德靠得更近，幾乎是以悄悄話的音調說：「我的家族在挖統御主的天金，法蕾特。」他說道。「這是我們財富的來源。某種程度而言，我們的穩定幾乎是完全仰賴統御主的意願。他不喜歡自己花精神去蒐集天金，但如果運送時程被延誤，他會非常著惱。」

挖出更多消息！直覺告訴她。這就是祕密，這是凱西爾需要的。「依藍德……」紋低聲說道。「你不該跟我說這些。」

「爲什麼不能說？」他說道。「我信任妳。妳需要瞭解情況有多危險。最近天金的供給量出了些問題。自從……幾年前發生了某件事。從那時起，情況就不同了。我父親無法交出統御主要的數量，而上次發生這種事時……」

「怎麼了？」

「嗯，」依藍德面露憂愁之色。「簡單的說，泛圖爾會出現大問題。統御主仰賴天金，法蕾特，這是他掌控貴族的方法之一。沒有天金的家族是無法抵抗迷霧之子襲擊的家族。因爲持有極高的存量，所以統御主能掌控市場，確保自己相當富有。他靠讓天金稀有來維持軍隊的支出，然後額外的部分以天價賣出。如果妳對鎔金術經濟有更深一層的認識，也許這對妳而言會更容易理解。」

噢，相信我，我比你以爲的更瞭解。現在我知道的事情也遠超出我應該知道的部分。

依藍德停止說話，愉快地微笑，看著聖務官從他們身旁的走道慢慢地走過。聖務官經過時轉頭看了看他們，刺青環繞的雙眼露出深思的神色。

聖務官一走，依藍德立刻轉回身面向她。「我要妳走。」他重複道。「他們知道我注意到妳了。希望他們會認爲我是想要激怒我父親，但他們仍可能會嘗試利用妳。那些上族爲了要拖垮我跟我父親，會毫不遲疑擊潰妳的整個家族。妳得離開。」

「我……我考慮考慮。」紋說道。

「沒多少考慮的時間了。」依藍德警告。「我要妳在太過涉入城市中發生的事情之前就離開。」

我涉入的程度已經遠超過你所以爲的。「我說我會考慮看看。」她說道。「聽我說，依藍德，我覺得你應該更擔心自己。我認爲珊‧艾拉瑞爾試圖攻擊你。」

「珊？」依藍德好笑地說道。「她害不了人的。」

「我不認同你的想法，依藍德。你得要更小心。」

依藍德笑了。「看看我們……想要說服彼此對方的處境有多危險，卻同樣死腦筋地拒絕聽從對方的建議。」

紋一時沒說話，然後微笑。

依藍德嘆口氣。「妳不打算聽我的，對不對？我能用什麼方法讓妳離開？」

「現在沒有。」她低聲說道。「依藍德，我們能不能只是好好享受相處的時光？如果事情照這個情況發展下去，我們可能好一陣子都不會再有太多這樣的機會了。」

他一時片刻沒說話，終於點點頭。她看得出來他依然很煩惱，但的確重新開始專心跟她散步，讓她輕輕地挽住他的手臂。兩人走了一段時間都沒說話，直到有東西吸引了紋的注意力。她將手從他的手臂移開，轉而握住他的手。

他瞥向她，不解地皺眉，看著她敲擊手指上的戒指。「這眞的是金屬。」她有點訝異，雖然她已經聽說過這種事。

依藍德點點頭。「純金。」

「你不擔心……」

「鎔金術師？」依藍德問道。他聳聳肩。「我不知道，他們不是我要應付的對象。妳在農莊中不戴金屬嗎？」

紋搖搖頭，敲敲頭髮中的髮夾。「上漆的木頭。」她說道。

依藍德點點頭。「那可能蠻睿智的。」他說道。「可是，妳在陸沙德待越久，妳越會發現我們在這裡做的事情鮮少跟智慧有關。統御主會帶金屬戒指，所以貴族也會。有些哲人認爲那是他的計畫的一部分。統御主戴金屬是因爲知道貴族會模仿他，因此讓審判者有控制他們的力量。」

「你同意嗎？」紋問道，再次跟他並肩前進，攬著他的手臂。「我的意思是，你同意哲人的說法嗎？」

依藍德搖搖頭。「不。」他低聲說道。「統御主……他只是自負。我很久以前曾經讀過有關戰士會不戴盔甲衝入戰場，只爲了證明他們有多勇敢強壯的書。我覺得，他就是這麼回事，只不過低調點。他戴金屬是爲了炫耀他的力量，顯示我們能做的任何事對他而言有多無謂，有多不受到威脅。」

不錯，紋心想，他願意將統御主形容爲自負。也許我能讓他更進一步承認……

依藍德停下腳步，回頭望著時鐘。「我恐怕今天晚上沒有太多時間，法蕾特。」

「嗯。」紋說道。「你要去跟朋友見面。」她瞥向他，試圖判斷他的反應。他看起來不是很驚訝，只是朝她單挑眉毛。「沒錯。妳很有觀察力。」

「不需要有太多的觀察力。」紋說道。「只要我們到海斯丁、泛圖爾、雷卡或艾拉瑞爾堡壘，你就會跟同一群人一起離開。」

「我的酒友。」依藍德微笑說道。「在現今的政治氣氛下是不太可能的組合，但有助於激怒我父親。」

「你們在這些聚會中做什麼？」紋問道。

「通常是在談論哲學。」依藍德說道。「我們是蠻無聊的一群人，不過如果妳認識我們之中的任何一個人，應該不會感到太意外。我們談政府、談政治……還有統御主。」

「談什麼事？」

「我們不喜歡他對最後帝國做的某些事。」

「所以你想要推翻他？」紋說道。

依藍德奇怪地看了她一眼。「推翻他？妳怎麼會想到這種事，法蕾特？他是統御主，他是神。關於他掌權這件事，我們是無能為力的。」他們繼續散步，他別過頭。「我的朋友和我，我們只是……希望最後帝國能有點不同。我們現在無法改變，但也許有一天，如果接下來的一年中我們還能活下去，我們將能影響統御主。」

「目的是？」

「以前幾天處決的事情為例。」依藍德說道。「我不覺得那有任何用處。因為司卡反叛所以教廷隨意處決了幾百個人，這除了讓人們更生氣之外，有何用處？因此下次的反叛會更嚴重。那麼統御主要下令砍更多人的頭嗎？在司卡全數滅亡之前，還能這樣持續多久？」

紋深思地邊走著。「那你要怎麼做呢，依藍德・泛圖爾？」她終於說道。「如果是你當家的話。」

「我不知道。」依藍德坦承。「我讀了很多書，有很多是我不該讀的，我沒有找到任何簡單的答案。不過我確定砍人頭無法解決任何事。統御主已經存在了這麼久，總覺得他應該能找到更好的方法。不過……總之，我們得之後再繼續談這件事……」他放慢腳步，轉身看著她。

「時間到了嗎？」她問道。

依藍德點點頭。「我答應要跟他們會面，他們蠻仰賴我的。我想我可以跟他們說我會遲到……」

紋搖搖頭。「去跟朋友共飲吧。我沒事的，況且我還有幾個人得跟他們說說話。」她打算要繼續工作，微風跟多克森花了好幾個小時計畫準備她應該要散布的謊言，而且宴會結束時他們會在歪腳的店裡等著聽她回報。

依藍德微笑。「也許我不該這麼擔心妳。誰知道，在妳這麼努力地拉攏政治關係下，也許雷弩很快會成爲城裡最大的勢力，而我會淪落爲卑微的乞丐。」

紋微笑。他鞠躬，對她眨眨眼，然後朝台階的方向離去。紋緩緩地走到陽台欄杆邊，望著下方正在跳舞跟用餐的人群。

所以他不是革命份子，她心想。凱西爾又說對了。不知道他會不會厭倦自己總是料事如神。

可是，她還是無法對依藍德感到太失望。不是每個人都瘋狂到想去推翻他們的神明皇帝。光是依藍德願意獨立思考這點就已經讓他跟其他人相差甚多。他是個好人，應該擁有配得上他信任的女子。

而不幸的是，他有紋。

所以泛圖爾在偷偷挖掘統御主的天金，她心想。管理海司辛深坑的一定也是他們。處於這種地位的家族眞是如履薄冰，他們的財務完全仰賴於如何取悅統御主。依藍德認爲他已經夠小心，但紋還是很擔憂。他並沒有認眞看待珊．艾拉瑞爾的威脅，可是紋不一樣。她刻意離開陽台，來到一樓。

珊的桌子很好找，她向來跟一大群伴護貴族仕女坐在一起，像是貴族在檢視自己的農莊那般聲勢浩大。紋停下腳步。她從來沒有直接去找過珊，但總要有人保護依藍德，他顯然笨到無法保護自己。

紋大步上前。珊的泰瑞司人端詳著上前來的紋。他跟沙賽德眞是天差地別，沒有同樣的……獨立自主。這個人保持一種呆板的表情，像是石刻的雕像。幾名仕女不贊許地瞥向紋，但大多數人，包括珊，都裝作沒看見她。

紋尷尬地站在桌邊，等著對話告一段落。但完全沒有發生。最終，她只能朝珊靠近幾步。

「珊貴女？」她問道。

珊冰冷地轉頭瞪她。「我沒召喚妳，鄉下女孩。」

「是的，但我找到一些書，就跟妳——」

「我不需要妳的服務了。」珊說道，轉身背對她。「我可以自己處理依藍德．泛圖爾。妳就當個乖乖的小呆子，別再來煩我。」

紋震驚地站在原地。「可是，妳的計畫——」

「我說了，不需要妳了。妳以爲我之前對妳很嚴苛嗎，丫頭？那時我還算是仁慈的。妳敢現在惹惱我試試看。」

紋反射性地在女子的鄙夷目光下退縮。她似乎很……厭惡她。甚至是生氣……嫉妒嗎？

她一定是猜到了，紋心想。她終於發現我不只是在戲弄依藍德。她知道我在乎他，所以不信任我能爲她保守祕密。

紋從桌邊退開，顯然她得用其他方法挖出珊的計畫。

雖然他嘴上老是這麼說，但依藍德．泛圖爾不認爲自己是個無禮的人。他覺得自己比較像是……口語哲學家。他喜歡實驗及改變對話的方向來觀察別人會如何反應。他跟過去的偉大思考者一樣，會拉扯疆界，以不按牌理的方式實驗。

當然，他心想，思索般地在眼前舉起一杯白蘭地檢視，過去這些哲人早晚都因爲叛變被處決了，算不上很成功的楷模。

他今晚的政治談話結束後，跟幾名朋友回到雷卡堡壘的紳士休息室。那是一間在舞廳旁邊的小房間，裝潢是深綠色，椅子相當舒服，如果他心情好一點，這會是讀書的好地方。加斯提坐在他對面，滿足地抽著菸斗。看到這名年輕的雷卡如此冷靜是件好事。過去的幾個禮拜對他而言很辛苦。

家族戰爭，依藍德心想。多可怕的事情。爲什麼是現在？原本一切都很順利……

泰爾登一會兒後端著重新盛滿的酒杯回來。

「你知道嗎……」加斯提用菸斗指著他說道。「……這裡任何一個僕人都可以幫你端杯酒來。」

「我想伸展一下腿。」泰爾登說道，坐入第三張椅子。

「而且你在回來的路上至少與三名女子調情。」加斯提說道。「我有數。」

泰爾登微笑，啜著酒。這名壯漢從來不是「坐」，他總是半靠半躺。無論在什麼情況下，泰爾登總是顯得輕鬆且寫意，俐落的套裝跟出眾的髮型向來令人羨慕地英俊。

也許我應該對這種事情多注意一點，依藍德心想。法蕾特是接受我頭髮現在的樣子，但如果好好打理的話，她會不會更喜歡呢？

依藍德經常打算要去髮型師或裁縫師那裡，但總有別的事情偷走他的注意力，例如沉浸於研究中或是花太多時間看書，然後發現錯過預約時間，這種事發生不止一次。

「依藍德今天晚上很安靜。」泰爾登注意到雖然有其他紳士們坐在陰暗的男士休息室中，但椅子之間的間隔寬到能允許私人對話。

「他最近經常這樣。」加斯提說道。

「的確是。」泰爾登說道，略略皺眉。

依藍德跟他們已經熟到聽得出來話中的暗示。「唉，爲什麼人們總是這樣？如果有話要說，爲什麼不能直接了當地說出來？」

「因爲禮儀啊，朋友。」加斯提說道。「也許你沒注意到，但我們可是貴族。」

依藍德翻翻白眼。

「好吧，我說就是了。」加斯提回答，手扒梳過頭髮，依藍德確信他這個緊張的習慣跟他日漸嚴重的禿頭絕對有關係。「你最近跟雷弩家的女孩花很多時間在一起，依藍德。」

「這有個很簡單的解釋。」依藍德說道。「因爲，我剛好蠻喜歡她的。」

「不好，依藍德。」泰爾登搖搖頭說道。「不好。」

「爲什麼？」依藍德問道。「泰爾登，你自己倒是很願意忽略階級差異。我看到你跟房間內半數的女僕都在調情。」

「我不是家族繼承人。」泰爾登說道。

「還有一點，」加斯提說道。「這些女孩值得信任。我的家族僱用了她們，所以我們知道她們的家族、背景，還有同盟關係。」

依藍德皺眉。「你想暗示什麼？」

「那個女孩有些奇怪。」加斯提又恢復原來緊張的樣子，架在桌上的菸斗早被遺忘。

泰爾登點點頭。「她跟你親密得太快了，依藍德。她有想要的東西。」

「例如？」依藍德煩躁地問道。

「依藍德，依藍德。」加斯提說道。「光說你不想玩是躲避不了遊戲的，因爲遊戲會找到你。雷弩在家族緊張情勢開始升高時搬來，帶來一名沒有人認識的家族成員，這名女孩立刻開始追求陸沙德中地位最重要的單身年輕男子。你不覺得這有點奇怪嗎？」

「事實上……」依藍德想了想說道。「是我先接近她的，因爲她偷了我讀書的地方。」

「可是你得承認，她黏上你的速度快到令人可疑。」泰爾登說道。「依藍德，如果你想沾染情事，你得學會一件事：跟女人玩玩可以，但不能太靠近，因爲麻煩總是從此開始。」

依藍德搖搖頭。「法蕾特不一樣。」

另外兩人交換一個眼神，然後泰爾登聳聳肩，繼續喝酒，但加斯提嘆口氣站起身，伸伸懶腰。「好吧，我該走了。」

「再喝一杯吧。」泰爾登說道。

加斯提搖搖頭，一手扒梳過頭髮。「你知道有舞會時我父母是怎麼樣的。如果我不出去，好歹跟部分客人道別，他們會叨唸我好幾個禮拜。」

年輕男子向他們道晚安，走回舞池大廳。泰爾登啜著酒，瞅著依藍德。

「我不是在想她。」依藍德越發煩躁地說道。

「那在想什麼？」

「今晚的聚會。」依藍德說道。「我不確定我喜歡它進行的方向。」

「唉。」壯漢揮手說道。「你開始變得跟加斯提一樣嚴重。那個參加聚會只爲了跟朋友放鬆、享受的男人去哪了？」

「他開始擔心了。」依藍德說道。「他有些朋友可能比預期更早掌權，而他擔心我們都沒有準備好。」

泰爾登哼了哼。「別那麼誇張。」他說道，朝端走空杯的女僕微笑，眨眨眼睛。「我覺得這件事情很快就會結束。幾個月後，我們回想此時，一定會覺得這時候的我們根本沒有擔心的理由。」

凱爾．太齊爾已經無法回想此時了，依藍德心想。

可是交談就此結束，泰爾登最後也告退。依藍德坐在原處片刻，打開《社會的必備條件》，打算再讀讀書，但卻沒辦法專注。他指尖轉著白蘭地杯，沒有喝很多。

不知道法蕾特出來了沒……他的聚會一結束便想找她，但她顯然去了自己的私人聚會。

那個女孩啊……他懶懶地心想，實在過度熱衷政治了。也許她只是嫉妒，雖然她進入宮廷才幾個月，但似乎已經比他更擅長。她如此無畏，如此大膽，如此……有趣。她跟他被教導預期的所有宮廷標準仕女都不同。難道加斯提是對的？他猜想。她的確跟其他女人不同，而且她暗示了她有些事情是我不知道的。

依藍德將這個念頭推出腦海。法蕾特的確與眾不同，但她同時也有純眞的一面。積極，充滿感動與精力。

他擔心她。她顯然不知道陸沙德能有多危險。這個城市裡的政治絕對不僅限於單純的宴會跟小陰謀。如果有人決定要派迷霧之子去對付她跟她的叔叔怎麼辦?雷弩的聯盟關係不佳,若是費理斯發生幾起謀殺事件,宮廷成員連眼睛都不會多眨兩下。法蕾特的叔叔知道該採取何種預防措施嗎?甚至,他有擔心過鎔金術師嗎?

依藍德嘆口氣。他必須要讓法蕾特離開這裡。這是唯一的選擇。

當他的馬車抵達泛圖爾堡壘時,依藍德確定他喝得太多了。他走上房間,滿心期待床跟枕頭,但通往他臥室的走廊經過他父親的書房。書房的門是開的,雖然時間已晚,燈光仍從門口流瀉出來。依藍德試圖靜靜走過鋪有地毯的地板,但他從來就不太擅長偷偷摸摸的事。

「依藍德嗎?」父親的聲音從書房中傳出。「進來。」

依藍德輕輕嘆口氣。史特拉夫.泛圖爾大人鮮少錯失什麼,因為他是個錫眼,感官銳利到也許早已聽到依藍德的馬車從外駛近的聲音。如果我現在不面對,他只會派僕人來煩我,直到我下來跟他說話……

依藍德轉身走入書房。他的父親坐在椅子中,靜靜地跟坦孫——泛圖爾的坎得拉獸——在交談。依藍德還不太適應那怪物最新取得的身體,牠原本是海斯丁家族的一名僕人所有。牠注意到他進來,這令依藍德微微一寒。牠鞠躬致意,然後靜靜從房裡退開。

依藍德靠著門框。史特拉夫的椅子位於幾櫃書前面,但依藍德很確定他的父親一本也沒讀過。房間靠兩盞燈照明，燈罩幾乎完全閉起，只透露出一點燈光。

「你今天晚上去參加舞會，」史特拉夫說道。「發現了什麼？」

依藍德舉起手，搓搓額頭。「發現我往往會喝太多白蘭地。」

史特拉夫並不覺得這句話好笑。他是完美的帝國貴族，高大、寬肩，總是穿著手工訂製的背心跟套裝。「你又跟那個……女子會面了？」他問道。

「法蕾特？嗯，是的，不過時間沒有我想要的長。」

「我禁止了你花時間跟她相處。」

「是的。」依藍德說道。「我記得。」

史特拉夫的臉色一沉，站起身走到書桌邊。「依藍德，」他說道。「你什麼時候才能擺脫你那幼稚的脾氣？你眞以爲我不知道你想藉由那些愚蠢的行爲來激怒我？」

「事實上，我好一陣子前就已經擺脫了我那『幼稚的脾氣』，因爲我的天性似乎更適合激怒你。我只希望我早點發現這點，可以讓我年少時不用那麼辛苦。」

他的父親哼了一聲，然後舉起一封信。「我剛口述這封給史塔克里司的信，接受代加大人於明天下午的午餐聚會。如果眞的發生了家族戰爭，我想確保我們有能力盡快摧毀海斯丁，而代加可能是很強大的盟友。他有一個女兒。我希望你在午餐時能跟她一起用餐。」

「我會考慮。」依藍德說道，敲敲頭。「我不確定明天早上的狀況如何。我喝了太多白蘭地，記得嗎？」

「你得去，依藍德。這不是請求。」

依藍德沒回答。有一部分的他想回罵，想堅持，不是因爲他在意自己在哪吃飯，而是因爲更重要的事情。

海斯丁是城市中第二強大的家族，如果我們跟他們聯盟，可以一起阻止陸沙德陷入混亂，可以阻止家族戰爭，而不是激發它。

這就是讀那些書對他造成的影響，它們將他從反叛心重的紈袴子弟變成未來的哲人，很不幸的是，他當蠢人的時間久到難怪史特拉夫沒注意到自己兒子的改變。因爲依藍德自己也是才剛發現。

史特拉夫繼續瞪著他，依藍德別過頭。「我會想想。」他說道。

史特拉夫揮手要他退下，準備轉過身。

爲了挽回他的自尊，依藍德繼續說道：「你可能毋需太擔心海斯丁的事情，似乎他們正準備逃離城市。」

「什麼？」史特拉夫問道。「你從哪裡聽來的？」

「舞會裡。」依藍德輕鬆地說道。

「我以爲你說你沒聽到什麼重要的事情。」

「我可沒這麼說。我只是不想跟你分享消息罷了。」

泛圖爾大人皺眉。「我不知道我爲什麼居然還會在意。你聽到的東西一定沒有價値。小子，我試著想要訓練你的政治能力，我眞的有試過，但現在……我只希望能活著看到你死的那天，因爲如果由你來掌權，這個家族一定會遭遇危難。」

「我知道的比你想的還多，父親。」

史特拉夫大笑，走回椅子邊。「我很懷疑，小子。你連女人都上不好。上一次，也是我所知道的唯一一次，還得要我親自帶你去妓院。」

依藍德的臉漲紅。小心，他告訴自己。*他故意提這件事。他知道你多介意。*

「去睡吧，小子。」史特拉夫一揮手說道。「你看起來臉色眞差。」

依藍德站在原處片刻，終於微微曲身走回走廊，靜靜地對自己嘆息。

*這就是你跟他們間的差別，依藍德，*他心想。*你讀到的那些哲人們，他們是革命份子，甘冒處決的大險。你連對抗父親都不敢。*

他疲累地走回自己的房間，卻發現有僕人在等他。

依藍德皺眉。「什麼事？」

「依藍德大人，你有訪客。」男子說道。

「現在？」

「是加斯提·雷卡大人，大人。」

依藍德微微歪頭。*統御主的，怎麼會……？*「他是在會客廳等我吧？」

「是的，大人。」僕人說道。

依藍德遺憾地轉身離開臥房，走回走廊，發現加斯提正不耐煩地等著。

「加斯提？」依藍德疲累地說道，走入會客室。「我希望你有非常重要的事情要告訴我。」

加斯提不安地動了動，看起來比平常更緊張。

「幹麼？」依藍德質問，耐性即將耗盡。

「跟你那女孩有關。」

「法蕾特？」依藍德問道。「你來討論法蕾特？*現在？*」

「你應該更信任你的朋友。」加斯提說道。

依藍德哼了一聲。「相信你對女人的知識？我無意冒犯，加斯提，但我想不用了。」

「我派人跟蹤她，依藍德。」加斯提脫口而出。

依藍德呆了一下。「什麼？」

「我派人跟蹤她的馬車。或者該說，我派人在城門看著。它離開城市後，她不在裡面。」

「什麼意思？」依藍德問道，皺眉漸深。

「她不在馬車裡，依藍德。」加斯提重複道。「在她的泰瑞司人拿文件給守衛看時，我的手下溜上前去偷看馬車窗戶，裡面沒有人。

「馬車一定是把她放在城內某處。她是別的家族的間諜，試圖想透過你動搖你父親。他們創造了完美的女人來吸引你。黑色頭髮，有點神祕，在一般的政治架構之外。他們讓她的身分低到對她有興趣會為你造成醜聞，然後派她出場。」

「加斯提，這太荒——」

「依藍德。」加斯提打斷他。「再跟我說一遍：你們怎麼相遇的？」

依藍德想了想。「她站在陽台上。」

「在你讀書的位置。」加斯提說道。「所有人都知道那是你常去的地方。那會是巧合嗎？」

依藍德閉起眼睛。法蕾特不可能。她不可能是這一切的一部分。但是，立刻出現了另一個想法。我跟她說了天金的事！我怎麼會這麼笨？

這不會是真的。他不相信他這麼輕易被騙。但是……他能冒這個險嗎？他的確不是好兒子，但他不是家族的叛徒。他不想看到泛圖爾傾倒，他希望有一天能領導它，好改變一些事情。

他送走加斯提，心不在焉地走回房間。他累到不能去思考家族政治。可是，當他終於上床時，卻發現自己睡不著。

終於，他起床，找來僕人。

「去跟我父親說，我跟他談場交易。」依藍德對那人解釋。「我會照他的意願去參加午宴。」依藍德頓了頓，穿著睡袍站在臥室門邊。

「交換條件是……」他終於又開口。「跟他說我要借兩名間諜，要他們幫我跟蹤一個人。」

其他人都認爲我應該處決背叛我的關。說實話，如果我知道他去了哪裡，現在應該會殺了他。可是，我辦不到。那個人幾乎像是我的父親。直到今天，我仍然不知道他爲何突然決定我不是英雄。他爲什麼背叛我，在整個世界引領者祕密會前譴責我呢？

他難道寧願深闇勝利嗎？就算我不是對的人——如同關所宣稱的——我去昇華之井絕對不可能比放任深闇繼續摧毀大地更嚴重。

29

幾乎結束了，紋讀到。

我們可以從營地看到洞穴。再幾個小時就會走到，但我知道那是對的地方。我可以感覺到，感覺它在那裡……在我的腦海中鼓動。好冷。我敢發誓那些石頭根本就是冰做的，有些地方的雪深到我們得挖出一條道路。風隨時在吹。我擔心費迪克——自從那個霧的怪物攻擊他後，他一直沒恢復正常，我擔心他會一不小心摔落懸崖或是摔入地上的冰隙。可是那些泰瑞司人簡直太神奇了，幸好我們帶了他們來，因爲一般挑伕絕對不可能存活下來，而那些泰瑞司人似乎不介意冰冷，他們奇特的代謝讓他們有超凡的能力抗拒氣候的嚴酷。也許他們「儲存」了體溫，好在日後使用？

不過他們不肯談論他們的力量，而我確定都是拉刹克的錯，我不覺得他能完全控制他們。在他被刺前，費迪克擔心泰瑞司人會把我們遺棄在冰上，但我不認爲會發生這種事。我是按照泰瑞司預言的意志而來，這些人不會因爲其中一人不喜歡我就違背自己的宗教。

我最後直接去找拉刹克對質。他當然不想跟我說話，但我強迫他，而他終於爆發，滔滔不絕地講著有多痛恨克雷尼恩跟我的族人。他認爲我們把他的族人變成不比奴隸好多少的身分，他認爲泰瑞司人應該有更好的地位，他一直說他的族人應該有「主宰」的地位，因爲他們有超自然的能力。

我害怕他的話，因爲我同意其中的部分道理。昨天一名挑伕抬起巨大的石塊，然後幾乎是輕鬆地將它拋在一旁。我這輩子從來沒看過如此神力。

我想這些泰瑞司人可以變得非常危險。也許我們對待他們的方式並不公平，但像拉刹克這樣的人一定得被控制，他不合理地相信所有泰瑞司以外的人都在壓迫他。他這麼年輕，卻已經這麼憤怒。

好冷。當這一切結束時，我想我要去一個終年溫暖的地方居住。布拉克斯提過有這種地方，有島嶼在會創造火的大山南邊。

一切結束後會是什麼樣子？我會恢復普通人的身分。不重要的人。聽起來不錯——甚至比溫暖的太陽跟無風的天空更好。我實在很厭倦當世紀英雄，厭倦進入一個城市時要不就是發現武裝敵意，或者就是狂熱的崇拜。我很厭倦因爲一群老人說我將會做的事情而被愛戴和憎恨。

我想被遺忘。沒沒無名。對，那樣很好。如果有人讀到這些話，要知道權力是重擔，不要被它的鐵鍊束縛。泰瑞司預言說我會擁有拯救世界的力量，但它們也暗示我同時會有摧毀世界的力量。

我會有能力滿足心中的任何願望。「他會承繼凡人不應擁有之權力。」

但是，哲人們也警告我，如果我將力量用於私途，我的自私也會玷污它。

這是人類該承擔的重擔嗎？這是任何人能抗拒的誘惑嗎？我現在感覺很堅強，但當我碰觸到那股力量後又會發生什麼事？我當然會拯救世界，但我是否還會嘗試奪取它？

我在世界重生的前一夜，握著滿是碎冰的筆，寫下我心中的恐懼。拉剎克在看著、恨著我。洞穴在上方。鼓動。我的手指在顫抖，不是因爲冷。

明天，一切會結束。

紋急著翻頁。小書的背面是空的。她翻過來，重新讀最後幾句。接下來的一篇在哪裡？

沙賽德一定還沒翻完最後一部分。她站起身嘆口氣，伸展四肢。她一口氣讀完日記的最新一部分，連自己都很驚訝居然辦到這等壯舉。雷弩大宅的花園綿延在她面前，修剪整齊的通道，枝枒寬廣的樹木還有靜謐的小溪，形成她最喜歡的讀書地點。太陽低垂在空中，空氣開始變冷。

她走回通往大宅的路上，雖然天氣冷，但她根本難以想像統御主描述的地方。她在遙遠的山峰上看過雪，但鮮少看過落雪，而少數的幾回其實也只能算是冰霰。一天又一天地經歷這麼多雪，冒著遇上巨大雪崩壓垮自己的危險……

有一部分的她希望能去看看這種地方，無論有多危險。雖然日記沒有形容統御主的整趟旅行，但他提到的一些神奇景象，像是北方的冰原，巨大的黑湖，還有泰瑞司的瀑布，聽起來相當驚人。

*他怎麼不多描述一些景色的細節！*她煩躁地想。統御主花太多時間在擔憂了。不過，她必須承認，透過這些文字，她開始對他產生某種奇特的……熟悉感。很難將她腦海中的人與造成如此多死亡的怪物串連在一起。在昇華之井發生了什麼事？什麼東西如此劇烈地改變了他？她想要知道。

她抵達大宅，開始尋找沙賽德。她又換回裙裝，因爲被集團成員以外的人看見她穿長褲總覺得怪怪的，經過雷弩大人的室內侍從官時，她朝他投以微笑，迫不及待地爬上主樓梯，走向圖書室。

沙賽德不在裡面。他的小書桌邊空無一人，燈光熄滅，墨水瓶空空如也。紋有點著惱地皺眉。*不論他人在哪裡，最好都是在繼續翻譯工作！*她回到樓下去問沙賽德的下落，一名女僕指引她去主廚房。紋皺眉，回到走廊。*他去找點心吃了嗎？*她發現沙賽德站在一群僕人中間，指著桌上的一張清單，低聲說話，沒注意到紋走入廚房。

「沙賽德？」紋打斷他。

他轉身。「是的，紋主人？」他問道，輕輕躬身。

「你在做什麼？」

「我在處理雷弩大人的食物存量，主人。雖然我被指派去協助妳，但我仍是他的侍從官，因此當我沒有別的事情時，還是有工作需要完成。」

「你等一下會繼續翻譯嗎？」

沙賽德歪著頭。「翻譯嗎，主人？那已經完成了啊。」

「最後一部分在哪裡？」

「我給妳了。」沙賽德說道。

「沒有啊。」她說道。「我手上的部分在他們進入洞穴前一晚就結束了。」

「這就是結束，主人。日記只寫到這裡。」

「什麼?!」她說。「可是……」

沙賽德瞥向其他僕人。「我想這件事我們應該私下再談。」他給了其他人最後幾道指示，指著清單，然後朝紋點點頭，要她跟著一起從廚房後門出去，進入側花園。

紋愣在原地片刻，然後快步跟上。「阿沙，不會就這樣結束了吧？我們不知道發生了什麼事啊！」

「我想我們可以推斷得出來。」沙賽德說道，走上花園小徑。東花園沒有紋常去的花園那麼華麗，而是由平滑的褐草跟偶爾幾株灌木叢所組成。

「推斷什麼？」紋問道。

「統御主一定拯救了世界，因為我們還在這裡。」

「應該是吧。」紋說。「可是他將權力佔為己有。一定是這樣，他無法抵擋自私使用力量的誘惑。可是，為什麼他沒有再寫下去？他為什麼不繼續談他的成就？」

「也許權力將他改變得太徹底。」沙賽德說道。「或者他只是覺得自己不需要再記錄了。他達成了目標，順利成為長生不老的存在。我想當一個人會永生不死時，似乎就不太需要再寫日記留芳百世。」

「這實在……」紋惱怒地咬牙。「這個故事的結局令人很不滿意，阿沙。」

他發噱地微笑。「小心點，主人，太喜歡讀書的話可是會變成學者的噢。」

紋搖搖頭。「如果我讀的每本書都這麼結尾的話，絕對不會！」

「也許有一點能讓妳心裡感覺比較舒坦。」沙賽德說道。「對日記內容失望的不只是妳。裡面的內容對凱西爾主人也不是很有用，可以確定完全沒有提及第十一金屬。我感到有點罪惡感，因爲從書中受益最多的人是我。」

「可是裡面也沒有提到很多關於泰瑞司宗教的事。」

「是不多。」沙賽德同意。「可是令人遺憾的眞相是，『不多』已經比我們先前所知要多許多了。我只擔心沒有機會將這個資訊傳送出去。我已經將一份日記副本送到我的守護者兄弟跟姊妹們會去檢查的地方，如果這份新的知識跟著我一起死去，那就太可惜了。」

「不會的。」紋說道。

「哦？我的貴女主人什麼時候突然這麼樂觀？」

「我的泰瑞司人突然變得伶牙俐齒了嗎？」紋反擊。

「我想他向來如此。」沙賽德微微欠身說道。「這就是他無法成爲優秀侍從官的原因之一，至少他大多數的主人都是如此認爲。」

「那他們一定是笨蛋。」紋誠懇地說道。

「我也這樣想，主人。」沙賽德回答。「我們該回大宅去了，霧來時最好不要被別人發現我們人在外面。」

「我才正要進霧裡去。」

「有許多花園工人不知道妳是迷霧之子，主人。」沙賽德說道。「我想這個祕密應該要守住比較好。」

「我知道。」紋轉身說道。「那我們回去吧。」

「睿智的決定。」

兩人走了一陣子，享受東花園的低調美麗。這裡的草皮修剪得很仔細，以美觀的行列排整，偶爾出現灌木叢點綴。南花園相當壯觀，有小溪、樹木、罕見的植物，但東花園有其獨特的平和氣氛——簡單的寧靜感。

「沙賽德？」紋低聲開口。

「什麼事，主人？」

「一切都要改變了，對不對？」

「哪件事？」

「所有事。」紋說道。「就算一年後我們沒有全死光，集團成員也會繼續其他工作。哈姆應該會跟他的家人團聚，老多跟凱西爾會去計畫別的冒險，歪腳會將店租給另一組人馬……就連我們花了這麼多錢的花園，也會屬於別人。」

沙賽德點點頭。「妳說的很有可能。不過如果事情順利，也許明年此時將會是司卡反抗軍統治著陸沙德。」

「也許吧。」紋說道。「但即便如此……一切還是會改變。」

「這就是生命的本質，主人。」沙賽德說道。「世界必須改變。」

「我知道。」紋嘆口氣說道。「我只是希望……其實我很喜歡我現在的生活，沙賽德。我喜歡跟其他成員一起相處，我喜歡跟著凱西爾繼續訓練。我很愛週末時跟依藍德一起去參加舞會，也很愛跟你一起在花園中散步。我不想要這些事情改變。我不想要我的生活回到一年前的樣子。」

「不需要的，主人。」沙賽德說。「一切可能會變得更好。」

「不會的。」紋低聲說道。「已經開始了。凱西爾暗示我的訓練即將結束。之後我進行練習時，得自己來。至於依藍德，他甚至不知道我是司卡，而且我的工作是要嘗試摧毀他的家族。就算泛圖爾不是藉由我的手垮台，其他人也會拖垮它。我知道珊・艾拉瑞爾在計畫某些事情，但我無法找出她的計畫細節。」

「不過，這只是開始。我們面對的是最後帝國。我們可能會失敗，說實在，我想不出怎麼會有不同的結果。我們會奮鬥，我們會帶來一些好事，但無法改變太多，而存活下來的我們必須耗費終生躲避審判者。一切都會改變，沙賽德，而我無力阻止。」

沙賽德寵愛地微笑。「那麼，主人……」他低聲說道。「就享受妳現有的吧。我想未來會大出妳意外。」

「也許吧。」紋說道，並沒有被說服。

「啊，妳得要有希望啊，主人。也許妳是該有一點好運了。在昇華前，有一族人叫做『阿司塔西』。他們聲稱，每個人一生下來的厄運是有限的。因此，當壞事發生時，他們覺得自己眞是走運，因爲在那之後，人生只會更好。」

紋單挑眉毛。「聽起來有點白癡。」

「我不覺得。」沙賽德說道。「其實阿司塔西人蠻先進的，他們的宗教跟科學有很深的結合。他們認爲不同的色彩代表不同的運氣，因此對光線跟色彩的描述很詳細。所以，對於昇華前的事物是什麼樣子，大多都是透過他們所得知。他們有一個顏色量表，運用它來描述天生最深的藍色跟植物不同深淺的綠色。

「無論如何，我覺得他們關於運氣跟命運的哲學相當優秀。對他們而言，貧困的生活代表即將來臨的好運。這宗教可能很適合妳，主人，因爲妳會知道妳的運氣不可能一直差下去。」

「我不知道……」紋懷疑地說道。「照理說，如果厄運是有限的，那好運不也有限嗎？每次發生好事，我就會擔心快將好運用完了。」

「嗯。」沙賽德說道。「我想這是個人觀點的不同了，主人。」

「你怎麼能這麼樂觀？」紋問道。「你跟凱西爾都是這樣。」

「我不知道，主人。」沙賽德說道。「也許我們的人生一直比妳的輕鬆。或者只是我們比較愚蠢。」

紋沒接話。兩人繼續並行，繞回大屋，完全不趕時間。「沙賽德。」她終於開口。「那天晚上，你在雨中救了我的那天，你用了藏金術，對不對？」

沙賽德點點頭。「是的。那個審判者全神貫注在妳身上，所以我能溜到他身後拿石頭打他。我那時比一般人強壯許多倍，因此我的攻擊讓他撞上牆，我猜也讓他斷了幾根骨頭。」

「就這樣？」紋問道。

「妳聽起來很失望，主人。」沙賽德發現，微笑地說。「妳以爲會是更刺激的過程，是嗎？」

紋點點頭。「因爲……你很少談藏金術，所以讓它顯得更神祕吧，我想。」

沙賽德嘆口氣。「實在沒有什麼事情能瞞著妳，主人。藏金術眞正獨特的力量，也就是儲存與取得，妳一定早就猜到了。其他的力量其實跟妳從白鑞和錫能得到的沒有差太多。有幾種比較奇怪，例如讓藏金術師更胖，或改變他的年紀，但這些並沒有什麼戰鬥上的用途。」

「年紀？」紋突然全神貫注。「你能讓自己變得更年輕？」

「其實不是，主人。」沙賽德說道。「記住，藏金術師的力量必須來自身體，所以舉例而言，他可以花好幾個禮拜讓身體老到看起來感覺比實際年齡大十歲，然後可以在同樣時間內使用儲存的年紀，讓自己在同等時間中顯得年輕十歲。在藏金術中必須有平衡。」

紋想了片刻。「你使用的金屬種類重要嗎？」她問道。「像是鎔金術那樣？」

「絕對是。」沙賽德說道。「金屬決定可以儲存什麼。」

紋點點頭，繼續前進，想著他說的話。「沙賽德，我能拿一點你的金屬嗎？」她終於問道。

「我的金屬，主人？」

「某個你用來儲存藏金術的東西。」紋說道。「我想試著燒燒看，也許這樣能讓我使用它的一些力量。」

沙賽德好奇地皺眉。

「有人試過嗎？」

「我相信一定有。」沙賽德說道。「可是我實在想不出什麼實際的範例。也許我去我的記憶紅銅意識中找找的話……」

「爲什麼不讓我現在試試看？」紋問道。「你有基本金屬做成的東西嗎？某樣裡面沒儲存什麼太貴重內容的東西？」

沙賽德停下腳步，手舉向他撐大的耳垂，取下一只很像紋耳朵上戴著的耳針。他將耳針後方的塞子遞給紋。「這是純白鑞，主人。我在裡面存了一些力量。」

紋點點頭，吞下小塊。她碰了碰她的鎔金存量，但耳針塞子的金屬似乎沒有什麼特別的行爲。她嘗試性地燃燒白鑞。

「有感覺嗎？」沙賽德問道。

紋搖搖頭。「沒有，我……」她話沒說完便打住。是有東西，某種不同的東西。

「怎麼樣，主人？」沙賽德問道，不尋常的急切出現在他的聲音裡。

「我……可以感覺到力量，阿沙。很隱約，不是我所能掌握到的，但我敢發誓我體內有另一份存量，只有在我燃燒你的金屬時才會出現。」

沙賽德皺眉。「妳說很隱約嗎？像是……能看到存量的影子卻摸不到？」

紋點點頭。「你怎麼知道？」

「這就是嘗試用另一名藏金術師的金屬時的感覺，主人。」沙賽德嘆口氣說道。「我早該猜到會是這種結果。妳不能動用這力量，因爲它不屬於妳。」

「噢。」紋說道。

「別太失望，主人。如果鎔金術師能從我的族人身上偷取力量，我們應該早就知道了。不過這仍是個相當聰明的想法。」他轉身，指向大宅。「馬車已經到了。我想我們的聚會遲到了。」

紋點點頭，兩人加快腳步走向大宅。

真奇怪，凱西爾暗自心想，一邊偷溜過雷弩大宅前面的陰暗中庭。我得偷溜進自己的家，好像我要攻擊某個貴族的堡壘一樣。

不過這是無可避免的，他算是受自己的名聲所累。盜賊凱西爾已經夠明顯了，反叛煽動者跟司卡精神領袖凱西爾更是惡名昭彰。這當然沒有阻止他繼續夜夜散播混亂，他只是得更小心。越來越多家族搬出城市，而強盛的家族益發多疑。某種程度這代表操縱他們變得更容易，但在他們的堡壘附近窺視則變得非常危險。

相較之下，雷弩大宅幾乎是無人守護。當然會有警衛，但沒有迷霧人。雷弩得低調些，太多鎔金術師會讓他過度突出。凱西爾貼著陰影，小心翼翼地繞到建築物的東邊，然後反推一枚錢幣，來到雷弩大人的陽台。

凱西爾輕輕地降落，然後朝陽台玻璃門偷窺。窗簾緊閉，但他可以辨認出多克森、紋、沙賽德、哈姆，還有微風站在雷弩的書桌邊。雷弩本人則是坐在房間遠處的一角，沒有參與討論。他的契約雖然包括扮演雷弩大人，但他不希望過度參與計畫。

凱西爾搖搖頭。*殺手要潛進來實在太容易了。我得確保紋繼續睡在歪腳的店裡。*他不擔心雷弩，坎得拉的天性使他根本無須擔心殺手的刀劍。

凱西爾輕敲門，多克森慢慢走來，拉開門。

「他終於在眾人的驚嘆中出場了！」凱西爾宣告，大步進入房間，一撩撥將迷霧披風甩到肩後。

多克森哼了哼，關起門。「你眞是讓人眼睛一亮啊，阿凱。尤其是你膝蓋上的灰燼髒污。」

「我今晚得爬過一段路。」凱西爾說道，毫不在意地揮揮手。「有一條沒有使用的水溝直接穿過雷卡堡壘的外牆。他們居然沒把水溝塡起來。」

「我想他們根本不需要擔心。」微風從書桌邊說道。「你們這些迷霧之子大多數驕傲到不屑爬行，我很驚訝你居然願意。」

「驕傲到不屑爬行？」凱西爾說道。「胡說八道！我認爲我們迷霧之子驕傲到不屑不謙卑地爬來爬去，要爬當然要爬得很有尊嚴。」

多克森皺眉，走到桌子邊。「阿凱，你的話完全不合理。」

「迷霧之子講話不必合理。」凱西爾高傲地說道。「這是什麼？」

「你哥哥傳來的。」多克森說道，指著書桌上的一張大地圖。「今天下午它被塞在教義廷送給歪腳修的一張桌子的斷桌腳裡。」

「有意思。」凱西爾說道，瀏覽地圖。「我猜這是安撫站的名單？」

「的確是。」歪腳說道。「這實在是個大發現，我從來沒看過一張這麼精細、詳盡的城市地圖。它不止標出三十四座安撫站的位置，甚至還有審判者活動的位置，以及各部單位關心的重點區域。我沒太多機會跟你哥哥共事，但我得說他眞是個天才！」

「眞難相信他跟阿凱有血緣關係，是吧？」多克森笑著說道。他面前放著一本記事本，正在列出所有的安撫站。

凱西爾哼了一聲。「沼澤也許是天才，但是我長得比較帥。這些數字是什麼？」

「審判者的搜捕行動跟日期。」哈姆說道。「你會發現紋的集團密屋被列在上頭。」

凱西爾點點頭。「沼澤是怎麼偷到這種地圖的？」

「他不是用偷的。」多克森邊寫邊說道。「地圖上有張字條。據說是上聖祭司給他的。他們對沼澤相當器重，想要他研究整個城市後建議在哪裡設新的安撫站。教廷似乎對家族戰爭有點擔心，所以他們想要派出額外的安撫者控制情勢。」

「我們應該要把地圖塞在修好的桌腳裡面送回去。」沙賽德說道。「今天晚上聚會結束後，我會盡快抄下它。」

以及背下它，讓它成為每個守護者的一部分，凱西爾心想。你要停止記憶，開始教導的日子快要來臨了，阿沙。我希望你的族人已經準備好。

凱西爾轉身，端詳著地圖，的確如微風所說的那麼厲害。沼澤能將它送出是冒了天大的風險，甚至是太衝動的風險，而裡面的情報……

我們得趕快把它送回去，凱西爾心想。可能的話，明天一早。

「這是什麼？」紋輕聲問道，俯過大地圖指著。她穿著貴族仕女的洋裝，一件漂亮的連身衣服，只略比舞會禮服簡單一點。

凱西爾微笑。他還記得，過去穿著禮服的紋曾經看起來笨拙到了極點，但她似乎越來越喜歡洋裝了。她的行動還是不完全像是貴族仕女。她很優雅，那是獵食者的靈動優雅，而非貴族仕女刻意擺出的姿態，但禮服現在似乎很適合紋，而這跟剪裁毫無關係。

唉，梅兒，凱西爾心想。妳總是想要一個妳能教導、遊走在貴族仕女跟盜賊之間的女兒。她們會喜歡彼此，因爲兩人骨子裡都藏著不按牌理出牌的想法。如果他的妻子還在世，在如何扮演貴族仕女這件事上，也許她能教紋一些甚至連沙賽德都不知道的事情。

當然，如果梅兒還活著，我絕對不會做這種事。我一定不敢。

「你們看！」紋說道。「其中一個審判者日期是新的——上面標的是昨天！」

多克森瞄了凱西爾一眼。

我們早晚都得告訴她的……「那是賽隆的集團。」凱西爾說道。「一名審判者昨天晚上攻擊他們。」

紋臉色一白。

「我應該要認得這個名字嗎？」哈姆問道。

「賽隆的集團原本想跟凱蒙一起騙倒教廷。」紋說道。「意思是……他們可能仍然有我的蹤跡。」

我們探入皇宮的那天晚上，審判者認出她。他想知道她的父親是誰。幸好這些非人類的怪物讓貴族很不安，否則我們得擔心是否不該派她去舞會。

「賽隆的集團。」紋說道。「是……像上次那樣嗎？」

多克森點點頭。「沒有倖存者。」

一陣不安的沉默，紋看起來很不舒服。

可憐的孩子，凱西爾心想。不過他們也只能繼續。「好吧，我們要如何使用這張地圖？」

「上頭有教廷對於家族防守狀況的紀錄。」哈姆說道。「這很有用。」

「不過審判者的攻擊似乎沒有軌跡可循。」微風說道。「他們可能只是跟著資訊走。」

「我們要避免在安撫站附近太活躍。」多克森放下筆。「幸好歪腳的店大多數都在貧民區，沒有離任何一個站很近。」

「我們不能只是躲避這些站。」凱西爾說道。「我們得準備好要殲滅它們。」

微風皺眉。「這麼做太冒險了。」

「想想那會造成多大的傷害。」凱西爾說道。「沼澤說每一個站至少有一名安撫者跟一名搜尋者。這裡有一百三十名教廷迷霧人，他們一定在整個中央統御區招募才會聚集到這麼一大組人。如果我們能同時拔除他們……」

「我們絕對殺不了這麼多。」多克森說道。

「如果用剩餘的軍隊就可以。」哈姆說道。「我們把他們藏在貧民窟裡。」

「我有更好的主意。」凱西爾說道。「我們可以僱用殺手隊。如果我們有十組人，每組負責消滅三個站，那幾個小時之內就可清除掉城裡大多數的教廷安撫者跟搜尋者。」

「不過我們得協調時間。」多克森說道。「微風說得對。一個晚上殺那麼多聖務官是大事。審判者用不了多久就會報復。」

凱西爾點點頭。多克森，你說得對。協調時間是重點。「你能不能研究一下？找找合適的對象，但等到我們決定時間再給他們安撫站的地址。」

多克森點點頭。

「很好。」凱西爾說道。「說到士兵，哈姆，他們情況如何？」

「其實比我想的還要好。」哈姆說道。「他們在山洞裡受過訓練，所以已經頗有能耐，而且他們認爲自己是軍隊中比較『虔誠』的一群，因爲他們沒有跟隨葉登，違背你的意志去打仗。」

微風一哼。「靠這種方法來忽略他們因爲策略錯誤而失去四分之三的軍隊眞是方便。」

「他們是好人，微風。」哈姆堅決地說道。「那些死了的亦是，不要說他們的壞話。無論如何，我擔心像現在這樣藏匿軍隊，要不了多久就會有人被發現。」

「所以他們都不知道彼此躲在哪裡。」凱西爾說道

「我想要提一件事。」微風說道，坐在雷弩的書桌椅中。「我知道派哈姆德去訓練士兵的重要性，但是，爲什麼還要強迫多克森跟我去拜訪他們？」

「他們需要知道他們的領袖們是誰。」凱西爾說道。「如果哈姆因故無法參與，需要有別人來接下命令。」

「爲什麼不是你？」微風說道。

「就爲我忍耐一下吧。」凱西爾微笑地說道。「這樣對大家都好。」

微風翻翻白眼。「爲你忍耐一下。我們最近好像經常這麼做……」

「就這樣吧。」凱西爾說道。「紋，最近貴族有什麼消息？妳有發現任何跟泛圖爾相關的有用資訊嗎？」

她停頓片刻。「沒有。」

「下個禮拜的舞會將會在泛圖爾堡壘舉行，對不對？」多克森問道。

紋點點頭。

凱西爾盯著女孩。*如果她知道些什麼，會告訴我們嗎？*

她迎向他的注視，但他什麼也讀不出來。

臭小妞的說謊經驗太豐富了。

「好吧。」他對她說道。「繼續找。」

「我會的。」她說。

雖然凱西爾很疲累，卻發現睡意遲遲不肯出現。不幸的是，他不能在走廊間亂走，因爲只有某些僕人知道他在大宅裡，而受到名聲之累，他必須盡量低調。

名聲。他嘆口氣，靠著陽台欄杆望著白霧。就一方面而言，他做的事情連自己都擔心。其他人因爲他的要求所以沒有明白地質疑他，但他可以看得出來，他們仍然介意他日漸大噪的聲名。

這樣最好。我可能不需要這些……但如果需要的話，我會很高興我不怕麻煩，多做了這些。

門上傳來輕敲聲。他好奇地轉身，看到沙賽德將頭探入房間。

「眞抱歉，凱西爾主人。」沙賽德說道。「可是有守衛告訴我說，他可以看到你站在陽台上。他擔心你會暴露自己的行蹤。」

凱西爾嘆口氣，遠離了陽台，關上門，拉上窗簾。「阿沙，我實在不適合隱形。以盜賊來講，我真的不太擅長躲藏。」

沙賽德微笑，開始要退下。

「沙賽德？」凱西爾詢問，令泰瑞司人停下腳步。「我睡不著，你有新的提議給我嗎？」

沙賽德深深地微笑，走入房間。「當然，凱西爾主人。最近我一直在想，你應該聽聽看『班內特之實言』。班內特人是一個高度文明的民族，住在南方諸島上。他們是勇敢的航海家，精湛的勘輿者，最後帝國至今仍沿用的某些地圖就是班內特探險家所製。

「他們的宗教是設計能在一次出海多月的船艦上亦能實行。船長也是牧師，而且必須先接受神學訓練才能擔任領導職務。」

「也沒有太多叛變。」

沙賽德微笑。「那是個好宗教，凱西爾主人。它著重於發現跟知識。對這些人而言，繪製地圖是神聖的義務。他們相信，當知曉、了解、編纂完成整個世界後，人類終將能找到和平與和諧。許多宗教都有教導這樣的理念，但鮮少有如班內特一族這樣，能夠執行得這麼好。」

凱西爾皺眉，靠著陽台窗簾邊的牆壁。「和平與和諧。」他緩緩地說道。「我現在並不是在尋找這兩樣東西，阿沙。」

「哦？」沙賽德說道。

凱西爾抬起頭，望著天花板。「你能不能……再跟我說說法拉族的事？」

「當然。」沙賽德從凱西爾的書桌邊拉過一張椅子，坐下。「你想知道哪方面的事？」

凱西爾搖搖頭。「我不太知道。」他說道。「對不起，阿沙。我今天晚上的心情有點奇怪。」

「我想你的心情向來有點奇怪。」沙賽德略帶微笑地說道。「不過，你挑了一個有意思的教派詢問。在統御主的主宰下，法拉族比任何其他宗教都撐得更久。」

「所以我才會問。」凱西爾說。「我……我需要了解他們爲什麼能維持這麼久，阿沙。他們爲什麼能一直奮鬥下去？」

「我想，是因爲他們最有決心。」

「可是他們沒有領袖。」凱西爾說到。「統御主的第一次出征就消滅了整個法拉宗教議會。」

「噢，他們是有領袖的，凱西爾主人。」沙賽德說道。「的確都已經死去，但仍然是領袖。」

「有些人認爲他們的信仰不合理。」凱西爾說道。「失去法拉領袖應該讓人民潰散，而不是讓他們更堅決地要走下去。」

沙賽德搖搖頭。「我認爲人類比你說的還堅韌。我們的信仰往往在應該最脆弱的時候卻最堅定。這就是希望的本質。」

凱西爾點點頭。

「你要我繼續爲你解說法拉的事情嗎？」

「不了，謝謝你，阿沙。我只是需要被提醒，在環境絕望時，仍然有人會奮鬥下去。」

沙賽德點點頭，站起身。「我想我了解你的意思，凱西爾主人。祝你晚安了。」

凱西爾心不在焉地點點頭，讓泰瑞司人退下。

大多數的泰瑞司人不像拉刹克那麼嚴重，但是我可以看得出來，他們在某種程度上是相信他的。他們是單純的人，不是哲人或學者，而且並不懂為何他們自己的預言說世紀英雄會是外來人。他們只看得見拉刹克指出的事情——就是他們應當是更優秀的民族，因此應該有「主宰」的地位，而非屈服於他人之下。在這樣的熱情跟恨意面前，就連善人都能被欺矇。

30

一直到她再度造訪泛圖爾的舞池，她才知道眞正的恢弘華麗是什麼。

她拜訪過如此多的堡壘，已讓她對美麗裝潢開始有了點免疫力，但泛圖爾堡壘有其特別之處，這是其他堡壘努力想要模仿卻從來無法達成的目標。彷彿泛圖爾是家長，而其他人是學習良好的孩子，所有的堡壘都很美麗，但在哪一座是最出色的這件事上是無庸置疑的。

巨大的泛圖爾大廳兩旁有粗壯的柱子，似乎比平常要更華貴，紋也說不上來為什麼。她在等著僕人接下她的披肩時，一直在想這件事。平常的鎂光燈在彩繪玻璃外照耀著，在房間內灑入光線碎片。柱子間的垂掛布料下，桌子整整齊齊排列。大廳最遠的小陽台上，擺置的主桌顯得跟往常一樣尊貴。

幾乎……太完美了。紋心想，暗地皺眉。一切都顯得略微誇張。餐桌比平常還要更白淨平整，僕人的制服顯得特別俐落；門口站的不是普通士兵，而是殺霧人，刻意顯露出威勢，木盾牌跟未穿盔甲讓他們格外顯眼。

總體而言，這個大廳讓平日的完美泛圖爾又更上一層樓。

「有哪裡不對勁，沙賽德。」她趁一名僕人去爲她備桌時偷偷說道。

「什麼意思，主人？」高大的侍從官問道，站在她身後一側。

「這裡太多人了。」紋說道，意識到其中一樣引起她戒心的事情。過去幾個月來，舞會參與的人數都日漸減少，但似乎所有人都爲了泛圖爾的宴會而返回，每個人的衣著更是無與倫比華麗。

「有事情不對勁。」紋低聲說道。「有我們不知道的事情。」

「是的……」沙賽德低聲說道。「我也感覺到了。也許我今天應該提早去參加侍從官的晚餐。」

「好主意。」紋說道。「我想我今天晚上先不吃飯了。我們有點遲到，看起來大家都已經開始在聊天。」

沙賽德微笑。

「怎麼了？」

「我記得曾經妳絕對不會誤餐的，主人。」

紋哼了哼。「你應該高興我從來沒試過要在我的口袋裡塞滿這些舞會提供的食物。相信我，我曾經大受誘惑。快去吧。」

沙賽德點點頭，走向侍從官的晚餐。

紋的眼光掃過在聊天的人群。*幸好沒有看到珊*，她心想。很不幸的是，她也沒看到克禮絲，所以紋得找別人聊天。她慢慢上前，朝艾德倫·席瑞斯大人微笑，他是艾拉瑞爾的表親，也是與她共舞過數次的人。他對她僵硬地一點頭，因此她加入了他的團體。紋朝團體中的另外幾人微笑──三名女子，還有一名大人。她大概認識他們，也跟葉斯塔大人跳過舞。但今天晚上，四個人都對她投以冰冷的目光。

「我好一陣子沒來泛圖爾堡壘了，」紋說道，裝出鄉下女孩的樣子。「都忘記它有多宏偉了呢！」

「的確是。」其中一名仕女說道。「不好意思，我要去拿點東西喝。」

「我跟妳一起去。」另外一名仕女跟著說，兩人一起離開。

紋皺眉，看著她們離去。

「啊，」葉斯塔說道。「我們的餐點來了。要一起來嗎，特麗斯？」

「當然好。」最後一名仕女說道，跟葉斯塔一同離去。

艾德倫調了調眼鏡，抱歉地看了紋一眼，然後也退開。紋不敢置信地站在原處。她從最早的幾場舞會之後就沒有受到眾人這麼明顯的冷落。

怎麼了？她帶著逐漸升高的擔憂心想。這是珊的作為嗎？她讓一整個房間的人都拒絕我嗎？

不對，不是這樣。那要花太多力氣，況且，奇怪的事情不只發生在她身邊。每一群貴族今晚都……不太一樣。

紋試了第二群人，結果更糟糕。她一加入，所有人都刻意忽略她，紋覺得自己突兀到決定自行退開，慌忙地去端了一杯酒。她一面走著，一面發現了一群人，也就是葉斯塔跟艾德倫的團體，以同樣的成員重新聚集起來。

紋停下腳步，站在東面裝飾垂布的陰影中端詳眾人。很少有人跳舞，而且她認出他們都是早已成對的男女，不同的桌子跟團體間似乎也鮮少往來。雖然舞廳相當擁擠，但大多數人都在試圖忽略其他人。

我需要看得更清楚，她走到台階，爬上一小段，來到舞池上方的狹長陽台走廊，熟悉的藍色燈籠讓石雕顯得憂鬱、柔軟。

紋停下腳步。最右邊的石柱跟牆之間是依藍德的小角落。幾乎每個泛圖爾宴會，他都會坐在那邊讀書，只因爲不喜歡主辦宴會時的繁文縟節。

小角落是空的。她走到欄杆邊，探出頭去好看向大廳遠端。主桌坐在跟陽台同高的高台上，她很驚訝地看到依藍德跟他的父親一同用餐。

什麼？她不可置信地想。在過去來泛圖爾堡壘的六次之中，她從未看過依藍德跟家人同坐。在下方，她看到一個熟悉的斑斕身影穿梭在人群中。她朝沙賽德揮揮手，但他顯然已經看到她。在等他的同時，紋覺得隱約聽到一個熟悉的聲音從陽台的另外一端傳來。她轉身確認，發現是她沒看到的矮小身影。克禮絲在跟一群低階貴族男子們交談。

*原來她在那裡，*紋心想。*也許她會跟我說話。*紋站在原地，等著克禮絲結束對話，也等著沙賽德到來。

沙賽德先到，離開台階，重重地喘息。

「主人。」他低聲說道，跟她一起站在欄杆邊。

「告訴我你有發現，沙賽德。這個舞會感覺很……詭異。每個人都很嚴肅冰冷。幾乎像是我們在參加喪禮，不是宴會。」

「這個比喻很恰當，貴女。」沙賽德低聲說道。「我們錯過了一個重大宣布。海斯丁說它這個禮拜不會舉辦它的例行舞會。」

紋皺眉。「那又如何？其他家族以前也取消過舞會。」

「艾拉瑞爾也取消了。通常，太齊爾會跟進，但他們已經名存實亡。書納已經宣布它不會再舉行舞會了。」

「這話是什麼意思？」

「主人，意思是，這會是一段時間內的最後一場舞會……可能是很長的一段時間。」

紋低頭看著大廳的燦爛彩繪窗，聳立在每群獨立且幾乎是劍拔弩張的團體之間。

「原來是這麼一回事。」她說道。「他們在確定聯盟關係。每個人都跟自己最強大的朋友跟支持者站在一起。他們知道這是最後一場舞會，所以全部都出席，但也知道沒有時間好進行政治拉攏了。」

「看樣子似乎是如此，主人。」

「他們全部都採取防守的態度，」紋說道。「可以說是都躲到自己的城牆後面，所以現在沒有人要跟我說話，因爲我們讓雷弩過度中立。我們沒有黨派，而現在不是他們隨便在政治上壓寶的好時機。」

「凱西爾主人需要知道這個資訊，主人。」沙賽德說道。「他今天晚上打算要再裝成情報販子，如果他對這個狀況一無所知，會嚴重影響他的可信度。我們該走了。」

「不。」紋說道，轉身面向沙賽德。「所有人都待著，我不能走。他們都認爲要來這最後一場舞會被別人看到是很重要的事，所以我不應該在他們開始離開前先退場。」

沙賽德點點頭。「好吧。」

「去吧，沙賽德。去僱馬車，告訴阿凱我們發現的事情。我會再多待一會兒，等到不會讓雷弩看起來太懦弱時再離開。」

沙賽德想了想。「我……不確定這樣做是好的，主人。」

紋翻了翻白眼。「我感謝你提供我的協助，但你不必一直照顧我。這裡有很多人沒有侍從官陪伴，仍然照樣來參加舞會。」

沙賽德嘆口氣。「好吧，主人。不過在我找到凱西爾主人之後，我會再回來。」

紋點點頭，向他道別。他走下石頭台階離去。紋靠在陽台邊依藍德的位置上，等到看見沙賽德出現在下方，消失在門口。

現在該怎麼辦？就算我能找到人願意跟我講話，也沒有散播謠言的必要了。

她感覺到一陣憂懼。誰能猜到她會變得這麼喜歡貴族的娛樂？當然，知道那些貴族男子私底下的行爲是讓她的經歷蒙上一層陰影，但整體而言，這個經歷有帶著某種……夢幻般的喜悅。

她還能再次參加這種舞會嗎？貴族仕女法蕾特會發生什麼事？她得要收起禮服跟化妝品，回復成只是街頭竊賊的紋嗎？凱西爾的新王國中可能不會出現大型舞會，而那可能也不是壞事。當有司卡在挨餓時，她有什麼立場去跳舞？可是……如果這世界上沒有堡壘跟舞者，禮服跟慶典，應該會少了某種美麗的事物。

她嘆口氣，踏離陽台，低頭看著自己的——帶著閃光的深藍色，裙襬邊緣有白色的圓圈圖案，沒有袖子，藍色絲質手套一路延伸到手肘上方。

曾經她覺得這件禮服真是臃腫至極，但她現在覺得，禮服讓她更美麗。她喜歡布料剪裁的款式，讓她顯得上身豐腴，卻又強調她纖細的上半身；喜歡腰邊收緊後散開，成爲一個大鐘形，隨著她的步伐發出摩擦聲。她會想念，想念這一切。可是，沙賽德說得對。人是無法阻止時間的行進，她只能享受現在。

我不會讓他坐在那裡一整晚忽略我，她下定決心。

紋轉身沿著陽台前進，經過克禮絲時朝她點點頭。陽台的盡頭是一條轉彎的長廊，而正如紋所料，盡頭就是主桌。

她站在走廊上片刻，看著外面。男女貴族們坐在尊貴的桌邊，享受和史特拉夫．泛圖爾大人同桌的榮幸。紋等著，試圖想引起依藍德的注意力。終於，一名客人注意到她，輕推了依藍德一下。他驚訝地轉過身，看到紋，臉色一紅。

她稍稍揮手，他站起身，告退。紋回到石頭走廊內，好讓兩人能有比較隱私的空間來談話。

「依藍德，」她對走入走廊的他說道。「你跟你父親坐在一起！」

他點點頭。「這個舞會變成了很特別的事件，法蕾特，所以我父親很堅持我必須要遵守儀節。」

「我們什麼時候才有時間說話？」

依藍德一時沒回應。「我不確定我們會有時間。」

紋皺眉。他似乎很……保留。他通常有點皺、有點舊的套裝被俐落、合身的套裝取代，連頭髮都梳整過。

「依藍德？」她問道，上前一步。

他舉起手，擋住她。「事情不一樣了，法蕾特。」

不要，她心想。這個不能改變，現在還不能！「事情？什麼事情？依藍德，你在說什麼？」

「我是泛圖爾的繼承人。」他說道。「而且危險的時機即將來臨。海斯丁家族這個下午失去了整個商旅隊，這還只是開始。在一個月之內，會有公開的家族戰爭。這些不是我能無視的事情，法蕾特，我不能再危及我的家族。」

「沒關係的。」紋說道。「這不代表……」

「法蕾特。」依藍德打斷她。「妳會危及我們。而且是大大危及。我不會騙妳說我從來沒有在乎過妳，我現在仍然在乎妳，但是我從一開始就知道我們之間只能玩玩而已。事實是，我的家族需要我，而家族比妳還重要。」

紋臉色一白。「可是……」

他轉身要回去。

「依藍德。」她低聲說道。「請不要這樣離開我。」

他停下腳步，回頭望著她。「我知道事實，法蕾特。我知道妳對於妳的身分說謊。我不生氣，我真的不生氣，甚至不失望。事實是，我早就預期到了。妳只是在玩遊戲，我們都是。」他停頓片刻，搖搖頭，轉過身。「我也是。」

「依藍德？」她說道，想握住他的手。

「不要逼我讓妳在公眾場合下不了台，法蕾特。」

紋停下動作，感覺麻木。然後，她太憤怒到無法麻木。太憤怒、太氣惱……還有太害怕。

「不要走。」她低聲說道。「不要離開我。」

「對不起。」他說道。「可是我得回去找我的朋友們。跟妳在一起，是蠻……好玩的。」

然後，他走開了。

紋站在陰暗的走廊中，感覺自己輕輕發抖，於是她轉過身，跌跌撞撞地走回主要陽台邊。她看到一旁依藍德正在跟他的家人道晚安，然後走向一條後方的長廊，回到堡壘的起居區。

他不能這麼對我。不能是依藍德。不能是現在……然而，內心中有一個她幾乎忘記的聲音開始說話。他當然會離開妳，瑞恩低語。他當然會遺棄妳。所有人都會背叛妳，紋。我是怎麼教妳的？

不！她心想。這只是因爲政治情勢緊張。只要結束後，我可以說服他回來……

我從來沒有回來接妳，瑞恩低聲說道。他也不會。

他的聲音眞實到紋幾乎可以感覺他站在自己身旁。

紋靠著陽台欄杆，仰賴鐵柵欄支撐著自己。她不會讓這件事毀了她。在街上討生活沒有摧毀她，所以她不會允許一名自大的貴族這麼做。她不停地這麼告訴自己。

可是，爲什麼這比餓肚子、比被凱蒙痛打一頓，還要痛上許多倍呢？

「唉呀，法蕾特．雷弩。」一個聲音從後方傳來。

「克禮絲。」紋說道。「我現在沒心情說話。」

「啊，」克禮絲說道。「所以依藍德．泛圖爾終於甩了妳了？別擔心，孩子，過不久他就罪有應得了。」

紋轉身，因爲克禮絲聲音中的奇怪語氣而皺起眉頭。那女人聽起來不像平常的她，她似乎很能……控制自己。

「親愛的，幫我送個訊息給妳叔叔好嗎？」克禮絲輕鬆地問道。「告訴他，像他這樣沒有家族聯盟的人，在未來的幾個月中要蒐集情報會是困難的事。如果他需要好的消息來源，叫他派人來找我。我知道很多有意思的事情。」

「妳是情報販子?!」紋驚訝地說道，暫時將心痛推到一旁。「但妳是……」

「傻傻的長舌婦？」矮女人問道。「我的確是。當眾人認爲妳是宮廷中的八卦重心時，妳就會知曉到許多有意思的事情。有人會來找妳散播明顯的謊言，像是妳上個禮拜告訴我，關於海斯丁家族的事情。妳爲什麼會要我散播這種謊言呢？雷弩想要在家族戰爭中分得一塊武器市場嗎？有可能。雷弩有可能才是最近攻擊海斯丁運貨船的原因嗎？」克禮絲的眼睛閃閃發光。「告訴妳叔叔，只要一點點的費用，我就可以不去大聲嚷嚷我所知道的事情。」

「妳一直在騙我……」紋麻木地說道。

「當然，親愛的。」克禮絲說道，拍拍紋的手臂。「在宮廷裡的每個人都是如此。妳如果能存活下來，早晚也會學到的。現在，當個好孩子，幫我送個訊息，好嗎？」

克禮絲轉身，她矮胖俗氣的洋裝看在紋的眼裡，似乎變成了絕佳的戲服。

「等等！」紋說道。「妳剛說依藍德會怎麼樣？他罪有應得？」

「嗯？」克禮絲轉過身。「沒錯的。妳不是一直在問珊·艾拉瑞爾有什麼計謀嗎？」

珊？紋越發擔憂地想。「她在策劃什麼？」

「親愛的，那可是個昂貴的祕密。我可以告訴妳——但是，我會得到什麼呢？像我這樣來自小家族的女人總需要從某處得到補助……」

紋扯下脖子上的藍寶石項鍊，這是她身上唯一一件珠寶。「好了。拿去。」

克禮絲不假思索接下項鍊。「嗯，的確很不錯。」

「妳知道什麼？」紋斥問。

「小依藍德恐怕會是泛圖爾在家族戰爭中的第一批罹難者。」克禮絲說道，將項鍊塞在袖子裡的口袋。「眞是不幸，他似乎是個好孩子。可能太好了。」

「什麼時候？」紋質問。「在哪裡？會發生什麼事？」

「這麼多問題，但只有一條項鍊。」克禮絲懶洋洋地說道。

「我現在只有這些！」紋誠實說道。她的錢袋裡只有用來鋼推的銅夾幣。

「可是我說了，這是很寶貴的祕密。」克禮絲繼續說道。「如果我告訴妳，我會有性命之——」

不管了！紋憤怒地心想。愚蠢的貴族遊戲！

紋燃燒鋅跟黃銅，以強勁的情感鎔金力攻擊克禮絲。她安撫那女人除了恐懼之外的所有情緒，然後抓住恐懼，用力一拉。

「告訴我！」紋低咆。

克禮絲驚喘，雙腿一軟，幾乎倒在地上。「鎔金術師！難怪雷弩會帶這麼遠的表親來陸沙德！」

「快說！」紋說道，向前踏上一步。

「妳來不及幫他了。」克禮絲說道。「如果這個祕密有可能會反咬我一口的話，我絕對不會賣出。」

「告訴我！」

「今天晚上他會被艾拉瑞爾的鎔金術師謀殺。」克禮絲低聲說道。「他現在可能已經死了。這件事應該要在他從主桌一退下就發生。如果妳想要復仇，妳也得要注意史特拉夫・泛圖爾大人。」

「依藍德的父親？」紋驚訝地問道。

「當然啦，傻孩子。」克禮絲說道。「泛圖爾大人巴不得有理由將家族繼承人的稱號給他的姪子。泛圖爾只要撤掉幾個小依藍德房間附近的守衛，好讓艾拉瑞爾的殺手進去，而且因為謀殺會在依藍德的小哲學討論會當中發生，泛圖爾大人還可以順便解決一名海斯丁跟雷卡。」

紋轉身。我得想想辦法。

「當然不只這樣。」克禮絲輕笑，站起身。「泛圖爾大人之後可是會被嚇一跳。我聽說妳的依藍德手邊有些非常……特別的書。小泛圖爾應該特別注意他跟自己的女人們說些什麼。」

紋轉身面向微笑的克禮絲。那女人對她眨眨眼。「我會保守妳的鎔金術祕密，孩子。妳只要負責明天下午送錢來給我。妳知道的，貴族仕女也得買食物，而且妳應該看得出來，我需要很多食物。

「至於泛圖爾……如果我是妳，我會躲得遠遠的。珊的殺手今天晚上會引起不少騷動。要我猜，我認為今天晚上會有半個宮廷的人都出現在那孩子的房間，去察看到底騷動從何而來。當宮廷看到依藍德有的書……這麼說吧，我覺得聖務官們會有好一陣子對泛圖爾很有興趣。很可惜依藍德那時候已經死去。我們已經好一段時間沒看過貴族被公開處決了呢！」

*依藍德的房間，*紋絕望地想。*聚會一定是在那裡！*她轉身，抓著禮服兩邊，立即沿著陽台走道，快步走向她剛離開的走廊。

「妳要去哪裡？」克禮絲訝異地問道。

「我得阻止這一切！」紋說道。

克禮絲笑了。「我已經跟妳說過，太遲了。泛圖爾是個很古老的堡壘，通往貴族起居區的後方通道相當複雜，如果妳不知道路，絕對會在裡面迷路好幾個小時。」

紋環顧四周，感覺相當無助。

「況且，孩子。」克禮絲補上一句，轉身離開。「那男孩不是才剛甩了妳嗎？妳欠他什麼呢？」

紋停下腳步。

她說得對。我欠他什麼？

答案立刻出現。*我愛他。*

伴隨著念頭而來的是力量。紋在克禮絲的笑聲中往前衝去。她得試試看。她進入走廊後方的通道。可是，克禮絲的話很快就應驗了：陰暗的石頭通道很狹窄，上面沒有任何裝飾或標示。她絕對趕不到的。

*屋頂，*她心想。*依藍德的房間會有對外的陽台。我需要窗戶！*

她衝下來，踢掉鞋子，脫下襪子，雖然穿著禮服卻仍繼續努力奔跑，慌亂地尋找大到足夠她穿出去的窗戶。她衝入一條大通道，裡頭除了閃爍的火把外，空無一人。

一面巨大的淺紫色玫瑰窗出現在房間外的另一側。

夠好了，紋心想。她驟燒鋼，一躍入空中，反推身後的巨大鐵門，向前飛了一陣子後，用力地鋼推玫瑰窗的鐵框。她停在空中，同時推著前後雙方，懸掛在空曠的走廊中，費盡力氣地驟燒白鑞，好避免被壓扁。玫瑰窗很大，但大部分是玻璃。它能有多牢固？

非常牢固。紋費力地呻吟，聽到身後有東西斷掉，門開始在門框中扭轉。

你……得……鬆！她憤怒地思考，驟燒鋼。石頭碎片落在窗戶邊，然後在巨大的斷裂聲中，玫瑰窗從石牆邊脫落，向後墜落在黑暗的夜中，紋隨之竄出。

沁涼的白霧包圍住她。她輕推房間內的門，避免衝出去太遠，然後用力反推墜落的窗戶。巨大的暗色玻璃窗在她身下翻滾墜落，攪動著白霧。紋反向飛衝，直朝向屋頂。窗戶撞上地面的同時，紋飛過屋頂的邊緣，禮服在風中瘋狂地拍打著。她帶著撞擊聲落在青銅瓦的屋頂上，立即蹲下，腳趾跟手指下的金屬冰涼。

錫驟燒點亮夜晚。一切看起來都很正常。

她燃燒青銅，按照沼澤教導的方式使用，尋找鎔金術的跡象。什麼都沒有。殺手帶了煙陣。

我不能搜索整棟建築物，紋絕望地心想，驟燒青銅。他們在哪裡？

然後奇特的事發生了。她感覺到某種東西。夜晚中，一股鎔金鼓動。隱約。隱藏。可是夠了。

紋站起身衝過屋頂，信任自己的直覺。她一邊跑一邊驟燒白鑞，雙手抓住禮服的領口，一把將前襟撕裂，從隱藏的口袋中抽出錢袋跟金屬瓶，然後邊跑邊撕掉了禮服、襯裙、貼身長褲，將它們全拋到一旁。接下來是她的馬甲跟袖子。她在裡頭穿著無袖的白襯衣跟白短褲。

她焦急地衝上前。我不能遲，她心想。拜託。我不能遲到。

人影出現在前方的白霧中，他們站在一道歪斜的屋頂天井邊。紋一路上經過幾扇類似的，其中一名守衛指著天井，手中的武器閃閃發光。

紋大喊，反推青銅屋頂，以弧形躍起，落在一群相當驚訝的人之中。她將錢袋往上舉起，撕成兩半，錢幣散在空中，反射窗戶投照出的光線，閃爍的金屬花雨落在紋身邊的同時，她往外一推，錢幣如一團昆蟲從她身邊竄開，每一枚在霧中都留下一道蹤跡。幾名深暗的身影因爲被錢幣擊中而呼喊著倒下。

還有幾名沒有。有些錢幣飛走，被隱形的鎔金之手推開。剩下四個人站著。其中兩人穿著迷霧披風，有一人很眼熟。

珊·艾拉瑞爾。紋不需要看到她的披風就明瞭，只有一個理由會要像珊這般重要的女子親自出馬動手殺人。她是迷霧之子。

「妳？」珊震驚地問道。她穿著一套黑色的長褲跟襯衫，黑色的頭髮梳在腦後，迷霧披風幾乎是時髦地披在身上。

兩名迷霧之子，紋心想。這不好。她連忙滾開，彎腰躲過一名殺手對她揮來的決鬥杖。

紋滑過屋頂，然後拉停自己，一手按著冰冷的青銅，在原地打轉。她伸出手，拉過幾枚尚未消失在夜晚中的錢幣，握在手心中。

「殺了她！」珊喝斥。兩個被紋打倒的人正在屋頂上呻吟，不過他們還沒死，其中一人正歪歪倒倒地站起。

打手，紋心想。另外兩人應該是射幣。彷彿為了證明她是對的，其中一人試圖拉扯紋的一瓶金屬。幸好瓶子裡的金屬沒有多到能讓他拉得很好，所以她輕易便阻止瓶子被奪去。

珊將注意力轉回天井。

才不讓妳得逞！紋心想，再次衝上前方。

她靠近時，射幣大喊出聲，紋將錢幣朝他射去，他當然是反推，但紋讓自己抵住青銅屋頂，鏴燒鋼，用力一推。

男子的鋼推從錢幣傳來，接到紋，接到屋頂，讓他飛入空中，他邊大叫邊消失在黑暗中。但他只是個迷霧人，所以無法將自己拉回屋頂上。

另一名射幣對紋灑出一把錢幣，她立刻便察覺錢幣的貼近，不幸的是，他沒有他同伴那麼蠢，所以他一推完立刻放手，可是很顯然他絕對擊不中她，為什麼他要一直——

另一名迷霧之子！紋心想，彎下腰，一滾身，剛好錯過從黑暗的霧中飛越而下、手持閃爍玻璃匕首的黑色身影。

紋勉強閃過，鏴燒白鑞好維持平衡，一滾站起在受傷的打手邊，後者正以虛弱的雙腿站立。白鑞再次鏴燒，紋將肩膀重重撞入男子的腹部，將他推到一旁。

男子腳步一歪，按緊流血的身側，然後絆倒，跌入天井，薄透的染色玻璃被他撞碎，紋經過錫增強的耳力可以聽到下方傳來的驚呼聲，還有撞到地面的撞擊聲。

紋抬起頭，邪惡地朝震驚的珊微笑。在她身後，第二名迷霧之子低聲咒罵。

「妳……妳……」珊氣急敗壞、語不成句，雙眼因憤怒在黑夜中危險地閃爍。

快收到警告吧，依藍德，紋心想，趕快逃。我該走了。

她不能同時面對兩名迷霧之子。大多數時候她甚至無法打敗凱西爾。紋驟燒鋼，向後反彈。珊向前踏上一步，臉上的表情顯示她下定決心，用力鋼推去追紋。第二名迷霧之子跟隨她一同追來。

慘了！紋心想，在空中轉身，將自己拉引到被打破的玻璃窗邊附近的屋頂邊緣上。下方的賓客們急忙地亂跑，燈籠照亮了迷霧。泛圖爾大人可能以爲這起騷動意謂著他的兒子死了。之後他將會大吃一驚。

紋再次衝入空中，躍入白霧的空無中，聽到兩名迷霧之子在她身後降落，再度反推躍起。

*這下不好了，*紋擔憂地心想，飛穿過充滿白霧的空氣中。她身上已經沒錢剩下，也沒匕首，而後面還有兩名迷霧之子在追她。

她燃燒鐵，瘋狂地尋找夜晚的錨點。一條緩緩移動的藍線出現在她的右下方。

紋拉扯那條線，改變她的方向，朝下直飛，泛圖爾堡壘外牆的黑影出現在她身下。她的錨點是一名倒楣守衛的胸甲，他躺在圍牆上，用盡全身力氣抓著城垛上的凸起，不讓自己被拉向紋。

紋雙腳用力踢上那個人，然後在霧中一迴身，落在沁涼的石頭上。守衛癱倒在石頭上，然後再次重新抓緊石頭大喊出聲，被另一股鎔金力量拉起。

*抱歉了，朋友。*紋心想，將男子的手踢離城垛。他立刻衝上天空，彷彿被強勁的繩索扯入空中。身體撞擊的聲音從上方黑暗的空中傳來，紋看到兩具身體軟軟地跌落在泛圖爾的中庭。紋一笑，沿著城牆快跑。*我眞心希望那是珊。*

紋躍起，落在門房屋頂，在堡壘附近，人群四散，爬入馬車好竄逃。

*於是，家族戰爭開始了，*紋心想。*沒想過正式引發的人會是我。*

一個身影從上方的白霧中直朝她衝來。紋大喊一聲，驟燒白鑞，跳到一旁。珊靈巧地落地，迷霧披風在門房屋頂上散開。她手中握著兩把匕首，眼睛因怒氣而燃燒。

紋跳到一旁，滾落門房頂，落在下方的城牆上。一對守衛驚訝地朝後一跳，很訝異看到有名半裸的女孩落在他們之間。珊落在他們身後的圍牆上，然後鋼推，將一名守衛拋向紋的方向。

那人大喊，紋則鋼推他的胸甲，但守衛比她重很多，所以她被往後一拋，她鐵拉守衛好減緩自己的速度，男子重撞上城牆地面。紋輕巧地落在他的身邊，然後抓起從他手中滾落的戰棍。

珊翻轉著匕首展開攻擊，紋被逼得一而再往後退。她好厲害！紋焦急地想。她幾乎沒有練過匕首，現在後悔當初應該多跟凱西爾要求練習的。她揮舞著戰棍，但她從來沒用過這種武器，所以攻擊顯得可笑。

珊一劃，紋閃躲的同時感覺到臉頰上有一股刺痛，令她驚愕地放開了戰棍，朝臉伸出手，摸到了血。她跌跌撞撞地往後退，看到珊臉上揚起微笑。

天金。

然後，紋想起她的小瓶——她還帶在身上，是凱西爾給她的。

她沒浪費時間從腰間將瓶子掏出，而是燃燒鋼，將瓶子推到面前的空中，立刻燃燒鐵，用力一扯那一顆天金。瓶子粉碎，珠子朝紋的方向飛來，她以嘴巴接住，含住後強迫嚥下。

珊停下動作，在紋還沒來得及反應前，也喝了一瓶東西。

當然她也會有天金。

可是她有多少？凱西爾沒給紋太多，大概只夠三十秒。珊向前一跳，露出微笑，長長的赤褐色頭髮散在空中。紋咬緊牙關。她沒多少選擇。

她燃燒天金，珊的身形立刻散出十幾個鬼魅般的天金影子。迷霧之子的膠著對峙——最先用光天金的會先暴露出弱點，根本躲不過知道你下一步要如何行動的對手。

紋跌跌撞撞地後退，一眼看著珊。貴族女子慢步往前，鬼魅般的影子瘋狂地在她身邊形成透明的動作氣泡。她似乎很平靜。很安穩。

她有很多天金，紋心想，感覺自己的存量快用光。我得逃走。

一枝木頭影子突然穿過紋的胸口。她朝旁邊一躲，此時真的箭，雖然沒有箭頭，穿過她原本站的位置。她瞥向門房屋，那裡有幾名守衛都舉起了弓。

紋咒罵兩聲，瞥向旁邊的濃霧，這麼做的同時，她瞄到珊的微笑。

她在等我的天金用完。她要我逃，她知道她能逮到我。

只有另一個選項：攻擊。

珊有點訝異地看到紋衝向前，影箭撞上石板不久，真正的箭便抵達。紋閃過兩枝，天金增強的意識知道該如何行動，與箭貼得如此近，她可以感覺箭的勁風從她身體兩側射過。

珊揮舞匕首，紋扭轉到一旁，閃躲一劃，同時以前臂擋下另一波攻擊，換得一道深深的刮痕。她的血液隨著她轉身的動作飛散在空中，每一滴在空中拋出透明的天金影像，然後驟燒白鑞，朝珊的肚子用力揍了一拳。

珊痛楚地悶哼一聲，略略彎腰，卻沒有摔倒。天金快用完了，紋絕望地心想。只剩幾秒鐘。

所以她提早熄滅天金，暴露出自己。

珊邪惡地微笑，從蹲姿站起，右手匕首自信地劃下。她認爲紋的天金用完了，因此認爲她的弱點已經暴露出來。同一瞬間，紋燃燒她最後一點天金。珊混亂地暫停片刻，讓紋有空隙注意到影箭劃破頭頂的濃霧。

紋抓住隨之而來的眞箭，粗糙的木頭磨傷她的手指，然後用力拿木箭朝珊的胸口戳入。木棍在紋的手中折斷，留下一吋左右從珊的身體中穿出。女子跌跌撞撞地退後，卻沒倒下。

可惡的白鑞，紋心想，從她腳邊昏迷的士兵身邊抽出劍。她跳向前，下定決心地咬緊牙關，依然神智不清晰的珊舉起手想鋼推劍。

紋放開武器，那只是爲了讓珊分神，同時將第二根斷箭刺入珊的胸口，跟前一根並列。

這次，珊終於倒下。她嘗試要站起，但其中一根箭一定對她的心臟造成嚴重的損害，因爲她的臉色一白，掙扎片刻後，毫無生氣地停在石板地上。

紋站在旁邊，深吸口氣，擦拭臉龐的血，才發現滿是鮮血的手臂只是讓臉上情況更糟。在她身後，士兵們大喊，手中搭上更多箭。

紋轉頭望著堡壘，向依藍德道別，然後鋼推，飛入空中。

其他人擔心他們能不能被記得。我沒有這種恐懼。就算不包括泰瑞司預言，我也已經爲這個世界帶來如此多的混亂、衝突，還有希望，以致於不太可能會被遺忘。

我擔心的是他們會怎麼說我。歷史學家可以隨意解讀過去。千年之後，我會被記得是保護人類免受強大邪惡侵襲的人嗎？還是我會被記得是自負地想讓自己成爲傳說暴君的人？

31

「我不知道。」凱西爾說道，一面聳肩微笑。「微風應該能當個不錯的清潔部長。」

所有人輕笑，微風只是翻翻白眼。

「說眞的，我不知道爲什麼我一直都是你們這些人取笑的對象。你們爲什麼總要挑這個集團中唯一有點尊嚴的人來挖苦呢？」

「因爲啊，親愛的傢伙……」哈姆開口，模仿微風的口音。「……你是我們之中，最好挖的那個。」

「噢，拜託。」微風說道，鬼影則是笑得差點要在地上打滾。「實在很幼稚，只有青少年才覺得那句話好笑，哈姆德。」

「我是個士兵。」哈姆說道，舉起杯子。「你犀利的口舌攻擊對我毫無作用，因爲我笨到完全無法瞭解。」

凱西爾輕笑，靠著矮櫃。晚上工作的問題之一就是他會錯過在歪腳店舖的夜間聚會。微風跟哈姆繼續鬥嘴。老多坐在桌子的另一端，研究筆記跟報告，而鬼影認眞地坐在哈姆身邊，努力想要參與對話。歪腳坐在他的角落中，看顧所有人，偶爾微笑，享受整個房間中最能擺出最難看臉色的殊榮。

「我該走了，凱西爾主人。」沙賽德說道，檢查牆上的鐘。「紋主人應該準備好離開了。」

凱西爾點點頭。「我也該走了。我還得去——」

廚房的外門被猛然打開。紋站在門邊，暗色的霧氣勾勒出她的身形，身上只穿著內衣——一件薄透的白襯衫跟短褲。上面都是鮮血。

「紋！」哈姆驚呼，站起身來。

她的臉頰上有一道細長的刮痕，前臂有包紮。「我沒事。」她疲累地說道。

「妳的禮服呢？」多克森立刻質問。

「你是說這個嗎？」紋抱歉地問道，舉起一團被撕爛且沾滿灰燼的藍色布料。「它……擋了我的路。對不起，老多。」

「他統御主的，女孩！」微風說道，「別管那個了，妳發生什麼事了?!」

紋搖搖頭，關上門。鬼影因她的衣衫不整而滿臉赤紅，沙賽德立刻上前來檢查她臉頰上的傷痕。

「我想我做了件壞事。」紋說道。「我……算是殺了珊・艾拉瑞爾。」

「妳做了什麼？」凱西爾問道，沙賽德則輕輕地嘖了兩聲，沒先處理臉上的小刮痕，反而開始動手解開她手臂上的包紮。

沙賽德的動作讓紋略略抽痛。「她是迷霧之子。我們對打。我贏了。」

妳殺了一名受過完整訓練的迷霧之子？凱西爾驚愕地想。妳才只練習了不到八個月！

「哈姆德主人。」沙賽德開口要求。「能否請你去把我的醫藥袋拿來？」

哈姆點點頭，站起身。

「也順便拿點東西給她穿。」凱西爾建議。「我想可憐的鬼影快要心臟病發了。」

「我哪裡有問題？」紋問道，朝身上的衣服點點頭。「這沒有比我穿過的某些盜賊服更暴露。」

「這些是內衣，紋。」多克森說道。

「那又怎樣？」

「這是原則問題。」多克森說道。「年輕小姐不會穿著內衣亂跑，不論這些內衣跟日常衣服長得有多像。」

紋聳聳肩，坐下來讓沙賽德為她的手臂按上繃帶。她似乎……累壞了。而且不只是因為戰鬥。宴會上還發生了什麼事？

「妳在哪裡跟那個艾拉瑞爾女人打鬥？」凱西爾問道。

「在泛圖爾堡壘外頭。」紋低頭說道。「我……想有些守衛看到了我。有些貴族可能也有，我不確定。」

「這會有麻煩的。」多克森嘆口氣說道。「當然，臉頰上的傷會蠻明顯，就算化了妝。真是的，你們這些鎔金術師……難道從來不擔心打鬥的隔天看起來會怎麼樣嗎？」

「我那時候比較注意能不能活下去，老多。」紋說道。

「他只是因為擔心所以才抱怨，」凱西爾說道，哈姆拿著醫藥袋回來。「這是他表現的方法。」

「兩個傷口都需要立刻縫起來，主人。」沙賽德說道。「我想妳手臂上的傷口見骨了。」

紋點點頭，沙賽德以麻藥搓揉她的手臂，然後開始工作。她沒露出太多不適，不過顯然她不斷地在驟燒白鑞。

她看起來好疲累，凱西爾心想。看起來真是個脆弱的小東西。哈姆德在她肩膀披上披風，但她似乎累到不在乎。而且，是我把她扯進來的。

當然，她應該知道不該涉入這種麻煩。沙賽德終於結束他俐落的縫口工作，在手臂的傷口綁起新繃帶，接下來開始處理臉頰。

「妳為什麼跟迷霧之子對打？」凱西爾嚴肅地問道。「妳應該要逃的。妳跟審判者對打後沒學到教訓嗎？」

「我不能在無法背對她的情況下逃跑。」紋說道。「而且她的天金比我多。如果我不攻擊，她會追到我，我得趁我們勢均力敵時反擊。」

「妳一開始是怎麼惹上這種麻煩的？」凱西爾質問。「她攻擊妳嗎？」

紋低頭看著雙腳。「是我先攻擊的。」

「爲什麼？」凱西爾問道。

紋坐在原地片刻，沙賽德料理著她的臉頰。「她要殺依藍德。」她終於說道。

凱西爾氣急敗壞地嘆口大氣。「依藍德．泛圖爾？妳冒生命危險，冒著計畫曝光跟我們生命的危險，就爲了那個笨蛋？」

紋抬起頭瞪他。「是的。」

「妳是哪裡有問題啊？」凱西爾問道。「依藍德．泛圖爾不值得妳這麼做。」

她憤怒地站起身，沙賽德退後一步，披風落在地板上。「他是個好人！」

「他是個貴族！」

「你也是！」紋斥罵。她焦躁地揮手示意廚房跟集團眾人。「你覺得這是什麼，凱西爾？司卡的生活？你們這些人對司卡懂多少？穿著貴族的套裝，在黑夜中追蹤敵人，三餐溫飽，晚上跟朋友相聚喝一杯？這不是司卡的生活！」

她上前一步，瞪著凱西爾。他對她突來的暴怒震驚得猛眨眼睛。

「你對他們知道多少，凱西爾？」她問道。「你上一次是什麼時候睡在小巷裡，在冰冷的雨中不斷發抖，聽你身邊的乞丐病得不斷咳嗽，心知他快死了？你上次是什麼時候得半夜清醒地躺在床上，恐懼集團中會有人想強暴你？你有沒有餓到跪在地上，希望有勇氣刺殺身邊的同伴，好能拿走他手上的麵包皮？你有沒有縮在不斷打你的哥哥面前，同時一直心懷感謝，因爲至少有人注意到你？」

她停下來，微微喘氣，所有集團成員都呆呆地望著她。

「不要對我說貴族是如何。」紋說道。「還有不要對我說你不瞭解的人是如何。你們不是司卡，你們只是沒有頭銜的貴族。」

她轉過身，大踏步從房間離開。凱西爾驚愕無比地看著她離開，聽到她的腳步聲在樓梯上響起。他瞠目結舌站在原地，感覺到臉上出奇地因羞愧和罪惡感而泛紅。難得一次，他發現自己無話可說。

紋沒有回臥室。她爬上屋頂，看著白霧在安靜墨黑的夜晚中扭轉。她坐在屋頂木頭角落，粗糙的石造平坦屋頂邊緣貼在她幾近裸露的後背。

她很冷，但她不在乎。她的手臂有點痛，但大部分是麻木的。可惜她的心感覺不夠麻木。

她抱著雙臂，身體縮成一團，看著霧，不知該怎麼思考，也不知該如何感覺，只知道不應該對凱西爾發怒，但所有事……逃亡，依藍德的背叛……讓她整個人很焦躁。她需要對某個人生氣。

妳應該對自己生氣就好，瑞恩的聲音低語道。*是妳讓他們靠得太近，他們現在都要離開了。*

她無法讓痛楚停下，只能坐在原處不斷發抖，任憑淚水落下，不知道爲什麼一切這麼快就崩塌。

屋頂的暗門隨著靜靜的吱嘎聲打開，凱西爾的頭冒了出來。

*噢，我的統御主啊！我現在不想面對他。*她想擦乾眼淚，卻只是讓臉上剛縫好的傷口更疼。

凱西爾在身後關起暗門，然後站在原處，抬頭望著白霧，如此高大驕傲。*我對他說的話是不公平的。對他們每個人都不公平。*

「看霧讓人很心安，對不對？」凱西爾問道。

紋點點頭。

「我以前是怎麼跟妳說的？霧會保護妳，會給妳力量……會隱藏妳……」

他低下頭，走到她面前蹲下，遞給她一件披風。「有些事情是妳躲不掉的，紋。我很清楚，因爲我嘗試過。」她接下披風，圍在自己肩膀。

「今天晚上發生了什麼事？」他問道。「眞正發生了什麼事？」

「依藍德跟我說他不想再見我了。」

「噢。」凱西爾說道，換成坐在她身邊。「那是在妳殺了他的前任未婚妻之前還之後的事？」

「之前。」紋說道。

「但妳還是保護他？」

紋點點頭，安靜地啜泣。「我知道，我是笨蛋。」

「我們每個人不都是？」凱西爾嘆口氣說道。他抬頭望著白霧。「我也愛梅兒，即使她背叛了我。

但什麼都無法改變我的感覺。」

「所以這麼痛。」紋說道，想起凱西爾之前說的話。我想我終於明白了。

「妳不會因爲某人傷害了妳就停止愛對方。」他說道。「如果眞能這樣，事情就簡單多了。」

她又開始啜泣，他宛如父親般伸手摟住她的肩膀。她貼近他身旁，想用他的體溫來驅走心痛。

「我愛他，凱西爾。」她低聲說道。

「依藍德？我知道。」

「不是，不是依藍德。」紋說道。「瑞恩。他一而再，再而三的打我、罵我，對我大喊，說他會背叛我，我每天都想著我有多恨他。

「但我愛他。我仍然愛他。想到他離開了，我的心好痛，雖然他一直都跟我保證他會走。」

「唉，孩子。」凱西爾說道，將她拉近。「我爲妳感到難過。」

「每個人都會離開。」她悄聲說道。「我幾乎不記得我的母親。你知道嗎？她曾經想殺我。她在腦子裡聽到聲音，而那些聲音讓她殺了我妹妹。她可以接下來就殺了我，但瑞恩阻止了她。

「無論如何，她離開了我。在那之後，我攀附住瑞恩，但他也離開了。我愛依藍德，他卻不想要我。」她抬頭看著凱西爾。「你什麼時候也會走？你什麼時候要離開我？」

凱西爾一臉哀傷。「我……紋，我不知道。這個行動，這個計畫……」

她探索他的雙眼，尋找其中的祕密。你有什麼事情沒有告訴我，凱西爾？某個危險的祕密？

她再次擦擦眼睛，抽離他懷中，覺得自己很蠢。

他看著身上，搖搖頭。「妳看，妳在我髒得好好的假情報販子衣服上都弄滿血了。」

紋微笑。「至少一部分是貴族的血。我狠狠地打了珊幾拳。」

凱西爾輕笑。「妳對我說的話應該是對的，知道嗎，我是沒給貴族太多機會，對不對？」

紋臉上一紅。「凱西爾，我不該說那些話的。你們都是好人，而且你的這個計畫……我知道你想爲司卡們做些什麼。」

「不是的，紋。」凱西爾搖搖頭。「妳說得對。我們不是眞的司卡。」

「但這是好事。」紋說道。「如果你是一般的司卡，你根本不會有足夠的經驗或勇氣計畫這種事情。」

「他們也許缺乏經驗，」凱西爾說道。「可是不缺乏勇氣。的確，我們的軍隊沒有了，但那是因爲他們願意在僅僅接受過基本訓練的情況下就衝向更龐大的敵人。不，司卡不欠缺勇氣，只欠缺機會。」

「那麼，你身爲一半司卡，一半貴族的身分就給了你機會，凱西爾。而你選擇運用這個機會來協助你的司卡那一半。光憑這件事，你就有當司卡的資格。」

凱西爾微笑。「當司卡的資格。我喜歡這句話。即便如此，也許我應該少花點時間擔心該殺哪名貴族，而該多花點時間想該去幫助哪名農人。」

紋點點頭，拉緊披風，望著白霧。它們保護我們……給我們力量……隱藏我們……她已經好久都不覺得自己需要隱藏了，但剛才在下面說完那些話以後，她幾乎希望自己能像一抹霧一樣消失。

我需要告訴他。這可能意謂著計畫的成功或失敗。她深吸一口氣。「泛圖爾有弱點，凱西爾。」

他立刻轉頭。「有？」

紋點點頭。「天金。他們負責要採集金屬，運送給統御主，這是他們財富的來源。」

凱西爾半晌沒說話。「難怪！他們就是靠此來負擔稅賦，還有他們爲何如此強盛……他是需要有人幫他處理這些事情……」

「凱西爾？」紋開口。

他低頭看著她。

「除非必要，不要……做什麼，好嗎？」

凱西爾皺眉。「我……不知道我能承諾什麼，紋。我會試著想別的辦法，但照目前的情況看來，泛圖爾必須垮台。」

「我瞭解。」

「我很高興妳告訴了我。」

她點點頭。現在我也背叛他了。可是，知道自己這麼做不是爲了賭氣，讓她心中有種寧靜感。凱西爾說得對：泛圖爾是需要被拉倒的勢力。奇特的是，提及這個家族的事對凱西爾的震撼其實遠勝過她。

他坐在原處，望著迷霧，奇特地憂鬱了起來。他伸手，不自覺地抓抓手臂。

疤痕，紋心想。他不是在想泛圖爾，他是在想深坑。她。「凱西爾？」她說道。

「什麼事？」他望著霧的的眼神仍然看起來有點……空洞。

「我不覺得梅兒背叛了你。」

他微笑。「我很高興妳這麼想。」

「不，我是認眞的。」紋說道。「你們抵達皇宮中央時，審判者就等著你們，對不對？」凱西爾點點頭。

「他們也在等我們。」

凱西爾搖搖頭。「妳我當時攻擊了一些守衛，製造了一些噪音。但梅兒跟我進去時，我們很安靜，那計畫策劃了一年，所以相當隱密，我們非常小心，很低調。有人對我們設下陷阱。」

「梅兒是鎔金術師，對不對？」紋問道。「他們可以感覺你們要來。」

凱西爾搖搖頭。「我們身邊有名煙陣。他的名字是雷德。審判者們當場就殺了他。我曾想過叛徒是不是他，但行不通。雷德在那晚之前甚至不知道我們的計畫，是我們去接他的時候才曉得的。只有梅兒知道足夠的資訊，包括日期、時間、目標，只有她能背叛我們。況且，還有統御主的話。妳沒有看到他，紋。他微笑地感謝梅兒。他的眼神很……誠實。據說統御主從不說謊。他有何必要說謊？」

紋靜靜地坐了片刻，思索他的話。「凱西爾。」她緩緩開口。「我認爲就算在燃燒紅銅，審判者也能感覺到我們的鎔金術。」

「不可能。」

「我今天晚上辦到了。我穿透珊的紅銅雲找到她跟其他殺手，所以才能及時趕到依藍德那裡。」

凱西爾皺眉。「妳一定是弄錯了。」

「之前也發生過。」紋說道。「就算燃燒紅銅，我仍然能感覺統御主碰觸我的情緒。還有，我敢發誓，當我在躲那名審判者時，他在不該找到我的情況下找到了我。凱西爾，如果有可能呢？如果靠煙陣隱藏自己不只是有沒有啓動紅銅那麼單純？如果這只跟你有多強有關？」

凱西爾思索般地坐在原地。「我想……這是有可能的。」

「那麼梅兒不需要背叛你！」紋激動地說道。「審判者很強大。那些在等你們的人，也許只是感覺到你們在燃燒金屬！他們知道有鎔金術師想溜入皇宮，然後統御主感謝她是因爲她洩漏了你們的行蹤！因爲她是燃燒錫的鎔金術師，才領著他們找到你們。」

凱西爾的臉上露出困擾的表情，他轉過身，坐在她的正對面。「那麼，現在來試試。告訴我，我在燃燒什麼金屬。」

紋閉上眼睛，驟燒青銅，照沼澤教她的方法聽著……感覺著。她記得自己在練習時專注於微風、哈姆、鬼影等人給她的波長，她試圖找出鎔金術的嗡嗡韻律，試圖……

有一瞬間，她覺得她感到什麼，某個很奇怪，一種緩慢的鼓動，像是遙遠的鼓聲，跟她感覺過的任何鎔金韻律都不同，但那不是來自於凱西爾，而是有段距離……很遙遠。她更努力地集中注意力，試圖找出它的來源方向。

可是，就在她更集中注意力的同時，有別的東西引起她的注意力。一個更爲熟悉的韻律，來自凱西爾。很隱約，很難感覺它跟自己心跳的差異，而且節奏相當大膽、明快。

她睜開眼睛。「白鑞！你在燃燒白鑞。」

凱西爾驚訝地眨眼。「不可能。」他低語道。「再來一次。」

她閉起眼睛。「錫。」片刻後她說道。「現在是鋼，我剛一開口你就變了。」

「該死的！」

「我是對的。」紋熱切地說道。「鎔金韻律是可以隔著紅銅感覺到的！很安靜，但我想只要集中足夠注意力……」

「紋。」凱西爾打斷她的話。「妳不覺得鎔金術師們以前都嘗試過了嗎？妳不覺得在一千年內，會有人注意到能穿透紅銅雲嗎？甚至連我都嘗試過。我花了好幾個小時將注意力集中在我師傅身上，試圖要穿透他的紅銅雲。」

「可是……」紋說道。「可是為什麼？」

「這一定如妳所說，跟力量大小有關。審判者可以比任何一般迷霧之子拉跟推的力量都大，也許他們也強大到能夠克服別人的金屬。」

「可是，凱西爾。」紋低聲說道。「我不是審判者。」

「但妳很強，」他說道。「比妳應該的更強。妳今天晚上殺了一名迷霧之子！」

「運氣好。」紋說道，臉色一紅。「我只是用小伎倆騙倒她。」

「鎔金術不過只是伎倆而已，紋。妳一定是特別的。我第一天時就注意到了，當妳很輕易就擺脫我拉和推妳情緒的時候。」

她臉色漲紅。「不可能的，凱西爾。也許我只是比你常練習青銅……我不知道，我只是……」

「紋。」凱西爾說道。「妳還是太謙虛了。妳很擅長，這是很明顯的。如果這是妳能穿透紅銅雲的原因……我不知道。可是妳得學習對自己多感覺點驕傲，孩子！如果有東西是我能教妳的，一定就是如何自大點了。」

紋微笑。

「來吧。」他說道，站起身，伸出手要拉她起來。

「如果妳不讓沙賽德好好縫完臉頰上的傷口，他一個晚上都不會安穩，還有哈姆好想聽妳的打鬥細節。噢，還有，把珊的屍體留在泛圖爾堡壘這件事做得很好，當艾拉瑞爾發現她被人發現死在泛圖爾的產業上……」

紋讓他將她拉起，卻擔憂地望著暗門。「我……不知道我要不要下去，凱西爾。我該怎麼面對他們？」凱西爾大笑。「別擔心。如果妳不偶爾說出一些很笨的話，那妳根本算不上是這個團體的人。來吧。」

紋遲疑地讓他牽著她回到溫暖的廚房。

「依藍德，這種時候你怎麼還能看得下書？」加斯提問道。

依藍德抬起頭。「看書有助於我冷靜。」

加斯提挑起眉毛。年輕的雷卡不耐地坐在馬車中，手指不斷敲擊把手。窗戶的百葉窗被拉起，一部分是爲了隱藏依藍德的閱讀燈，一部分是爲了將霧氣擋在外面。雖然依藍德絕對不會承認，盤繞的霧氣仍然讓他有一點緊張，貴族不應該怕這些東西，但黏附、深沉的霧團還是讓他覺得很詭異。

「你回去後，你父親會氣死。」加斯提說道，依舊敲著把手。

依藍德聳聳肩，雖然這句話的確讓他有點緊張。不是因爲他的父親，而是因爲那晚發生的事情。顯然有些鎔金術師正在偷窺依藍德跟他朋友的聚會。他們蒐集到什麼樣的資訊了？他們知道他在讀什麼書嗎？幸好其中一名絆倒，從依藍德的天窗中墜入。在那之後，一切大亂，秩序失控，士兵跟宴會人士們半驚慌地到處亂竄。依藍德的第一個念頭是要小心書本，那些危險書籍，如果被聖務官發現他持有那些書，他將會惹上嚴重的麻煩。

所以，他在混亂中將所有書都塞入袋子裡，跟著加斯提走到側門，攔下一輛馬車，溜出來是相當危險的舉動，但也簡單得可笑。同時有這麼多馬車在逃離泛圖爾宅邸，沒有人停下來注意依藍德坐上了加斯提的馬車。

應該都結束了，依藍德告訴自己。*大家會發現泛圖爾並沒有嘗試攻擊任何人，也沒有眞正的危險，只是有間諜不小心現身而已。*

他現在應該要回去了。他的剛好離開讓他有完美的藉口可以去探查另一群間諜，而這次，是依藍德派的。

門口突然一陣敲門聲，讓加斯提一驚，依藍德闔起書，打開馬車門。其中一名泛圖爾的主要間諜——柔皮——爬入馬車，他都如鷹隼般的大鬍子臉先對依藍德，然後是加斯提，尊敬地點點頭。

「怎麼樣？」加斯提問道。

柔皮以他那行獨有的流暢靈活動作坐下。「那棟建築物外表上只是木匠店，大人。我的手下之一有聽過那個地方，店主是克萊登師傅，一名技巧頗爲出眾的司卡木匠。」

依藍德皺眉。「法蕾特的侍從官爲什麼要去那裡？」

「我們認爲那個店鋪只是僞裝，大人。」柔皮說道。「自從侍從官領著我們去到那裡之後，我們就一直遵從你的命令在觀察，但我們要非常小心，因為屋頂跟上層樓都有許多的觀察亭。」

依藍德皺眉。「一家單純的木匠店應該是不需要這麼繁複的保護措施。」

柔皮點點頭。「不只如此，大人。我派了一名最優秀的手下靠近建築物，我們認為應該沒人看到他，但很難聽到裡面的對話。那些窗戶都被封起、堵死以避免聲音外洩。」

另一個很奇怪的保護措施，依藍德心想。「你覺得這是什麼意思？」他問柔皮。

「這一定是個地下組織的祕密據點，大人，」柔皮說道。「而且是很好的一處。要不是我們很仔細地觀察，而且很確定要找什麼，絕對不會注意到這些跡象。我猜裡面的人，包括那名泰瑞司人，都是司卡盜賊集團的成員，並且是經費充足且能力高超的一個組織。」

「司卡盜賊集團？」加斯提問道。「法蕾特貴女也是？」

「應該是，大人。」柔皮說道。

依藍德頓了頓。「一個……司卡盜賊集團。」他震驚地說道。他們為什麼會派成員去舞會？是要安排詐騙嗎？

「大人？」柔皮問道。「你要我們強行突破嗎？我有足夠的人可以把他們整團人都抓起來。」

「不要。」依藍德說道。「把你的人叫回來，今天晚上看到的事情不可以對別人說。」

「是的，大人。」柔皮說道，爬出馬車。

「統御主的！」加斯提在馬車門關上後說道。「難怪她看起來不像一般的貴族仕女。不是因為她是在鄉村長大，而是因為她是盜賊！」

依藍德深思地點點頭，不知道該怎麼說。

「你欠我一個道歉。」加斯提說道。「我沒說錯吧？」

「也許吧。」依藍德說道。「可是……在某種方面，你對她的說法也不對。她不是要從我身上套情報——她只是想搶我的錢。」

「所以呢？」

「我……得想想。」依藍德說道，伸出手敲敲馬車，要馬車繼續前進。馬車開始朝向泛圖爾堡壘前進，依藍德靠回椅背。

法蕾特不是她自稱的那個人，這件事他早有心理準備。除了加斯提對她的疑慮引起他的疑心外，今天晚上之前法蕾特也沒有否認依藍德的指控。事情明明白白：她在對他說謊，她在扮演角色。他應該要很憤怒。邏輯上他瞭解這點，有一部分的他的確因遭受背叛而難過，但出乎意料之外，他主要感覺到的情緒是……安心。

「什麼？」加斯提問道。他皺著眉頭，端詳依藍德。

依藍德搖搖頭。「你害我擔心這件事好幾天了，加斯提。我整個人難過到幾乎無法正常起居，只因爲我以爲法蕾特是個叛徒。」

「她是，依藍德，她可能是想騙你的錢！」

「是。」依藍德說道。「可是她至少不是另一個家族的間諜。最近有這麼頻繁的計謀、政治角力和誣陷，相較之下，單純的騙錢還算有點令人耳目一新。」

「可是……」

「只是錢而已，加斯提。」

「錢對我們有些人很重要，依藍德。」

「沒有法蕾特那麼重要。那可憐的女孩……這段時間裡，她一定很煩惱居然要騙我！」

加斯提坐了片刻後，終於搖搖頭。「依藍德，只有你才會因爲發現某人想騙你錢而鬆了一口氣。難道要我提醒你這女孩一直在說謊嗎？你也許喜歡上她，但我懷疑她對你的情感是眞實的。」

「也許你是對的。」依藍德承認。「可是……我不知道，加斯提。我覺得我瞭解這女孩。她的情緒……感覺太眞實、太誠實，不會是假的。」

「我很懷疑。」加斯提說道。

依藍德搖搖頭。「我們沒有足夠的資訊來判定這女孩。柔皮覺得她是小偷，但像這樣一個集團會派人參加舞會的目的一定不只如此。也許她是傳遞情報而已，或者她是盜賊，但完全不打算對我下手。她花很多時間跟別的貴族來往，如果我是她的目標，她爲什麼要這麼做？其實她跟我相處的時間算是相當少，而且她從來沒跟我要過任何禮物。」

他暫時沒說話，想像跟法蕾特的相遇是個美好的意外，讓兩人的生活有了出其不意的大轉折。他微笑，搖搖頭。「加斯提，這裡有很多是我們看不到的，她有很多事情仍然不合理。」

「我……想你說得對，依藍。」加斯提皺眉說道。

依藍德坐得直挺，突然想到一件事，這件事讓猜想法蕾特的動機顯得一點都不重要。「加斯提，」他說道。「她是司卡！」

「所以？」

「她騙過我，騙過我們兩人。她幾乎完美地扮演了貴族的角色。」

「也許她是沒什麼見過世面的貴族。」

「我身邊有一名眞正的司卡盜賊！」依藍德說道。「想想我能問她的問題。」

「問題？什麼問題？」

「當司卡的問題。」依藍德說道。「這不是重點。加斯提，她騙過我們了。如果我們分不出司卡跟貴族仕女之間的差別，意思是司卡跟我們一定沒有太不一樣，而如果他們跟我們之間沒有那麼不同，那我們有什麼權力這樣對待他們？」

加斯提聳聳肩。「依藍德，我覺得你沒把事情的輕重緩急看清楚。我們正身處於家族戰爭之中。」

依藍德心不在焉地點點頭。我今天晚上對她非常狠心。

太狠心了？

他要她完全徹底相信他再也不要跟她有任何瓜葛，一部分是眞的，因爲他的擔憂說服自己，不能信任她，而且目前他的確不能。無論如何，他都要她離開城市，他以爲最好的方法就是結束兩人的關係，直到家族戰爭結束。

可是，如果她不是眞的貴族仕女，那她也沒有離開的理由。

「依藍德？」加斯提問道。「你在聽我說話嗎？」

依藍德抬起頭。「我想我今晚做錯事了。我想讓法蕾特離開陸沙德，但我現在認爲我毫無理由地傷害了她。」

「該死的，依藍德！」加斯提說道。「鎔金術師今天晚上偷聽了我們的會議！你有沒有想過原本可能發生什麼事？如果他們原本是要殺了我們，而非只是偷窺我們？」

「啊，對，你說得對。」依藍德心不在焉地點頭。「法蕾特離開還是比較好。任何與我親近的人在未來一陣子都會有危險。」

加斯提氣得好一陣子無法說話。最後，卻忍不住笑了。「你根本無可救藥！」

「我會盡力而爲。」依藍德說道。「說眞的，擔心也沒有用。間諜們暴露了自己的行蹤，應該在混亂中被人趕走，甚至被抓到了。我們現在知道法蕾特隱藏的一些祕密，所以在這方面也有進展。今天晚上很有收穫啊！」

「這也算是個蠻樂觀的說法吧……」

「我再次盡力而為。」即便如此，回到泛圖爾堡壘後，他會比較安心，也許他在瞭解所發生的事件細節前就溜走是不智的行為，但當時也無法仔細思考，況且他已經跟柔皮有約，在一片混亂中正是溜走的好時機。

馬車緩緩地停在泛圖爾宅邸的大門前。「你應該離開。」依藍德說道，下了馬車。「把書帶走。」加斯提點點頭，抓起袋子，向依藍德告別同時關上馬車門。依藍德一直等到馬車遠離大門後才轉身走回宅邸，訝異的守門警衛沒有刁難便讓他進入。

花園中仍然照明充足，警衛已經在堡壘的前庭等他，一群人衝入白霧中迎接及包圍他。

「大人，令尊……」

「我知道。」依藍德嘆口氣，打斷他的話。「我要立刻被帶去見他，對不對？」

「是的，大人。」

「帶路吧，隊長。」

兩人從建築物側面的貴族入口走入。史特拉夫·泛圖爾大人站在書房中，跟一群守衛軍官在說話。依藍德從他們蒼白的表情可以看出來他們被重重責罵過一頓，甚至可能被威脅會被鞭打。他們是貴族，所以泛圖爾不能處決他們，但他喜歡使用比較暴力的懲處方法。

泛圖爾大人用力一揮手，遣開了士兵，然後帶著充滿敵意的目光轉向依藍德。依藍德皺眉，看著士兵離去。一切似乎都有點太……緊繃了。

「怎麼樣？」泛圖爾大人質問。

「什麼怎麼樣？」

「你去哪裡了？」

「噢，我離開了。」依藍德漫不經心地說道。

泛圖爾大人嘆口氣。「好吧，你要冒自己的生命危險我也隨你便，小子。就一方面看來，那個迷霧之子沒逮到你眞是可惜，她原本可以幫我省下一大堆不用發的脾氣。」

「迷霧之子？」依藍德皺眉問道。「什麼迷霧之子？」

「原本打算刺殺你的那個。」泛圖爾大人斥罵。

依藍德驚愕地眨眨眼睛。「所以……那不只是間諜團？」

「當然不是。」泛圖爾說道，露出奸惡的笑容。「一整團殺手，被派來對付你跟你的朋友。」

統御主！依藍德心想，這才發現自行出門的行爲有多愚蠢。我沒想到家族戰爭會這麼快就變得如此凶險！至少不是針對我……

「怎麼知道那是迷霧之子？」依藍德問道，回復神智。

「我們的守衛殺了她。」史特拉夫說道。「趁她脫逃的時候。」

依藍德皺眉。「眞正的迷霧之子？被一般士兵所殺？」

「弓箭手。」泛圖爾大人說道。「他們似乎是趁其不備時得手的。」

「那個從我的天窗摔下來的人呢？」依藍德問道。

「死了。」泛圖爾大人說道。「脖子折斷。」

依藍德皺眉。我們逃走時那個人還活著。你在隱瞞什麼，父親？

「那名迷霧之子是我認得的人嗎?」

「可不是。」泛圖爾大人說道,重新坐回椅子,沒有抬頭。「是珊・艾拉瑞爾。」

依藍德驚訝得全身僵直。珊?他瞠目結舌地心想。他們訂過婚,但她從來沒提過她是鎔金術師。那可能意謂著……

她一直是暗樁。也許艾拉瑞爾原本就打算等孫子一生下來能繼承家族稱號時,就要把依藍德殺死。你說得對,加斯提。我不能靠忽視的方式躲避政治。我比自己想得更早就參與其中。

他父親顯然很得意。一名高階艾拉瑞爾在刺殺依藍德未果後,死在泛圖爾的宅邸中……有了這種成功,泛圖爾大人接下來好幾天都會趾高氣昂到令人受不了。

依藍德嘆口氣。「有活捉到殺手嗎?」

史特拉夫搖搖頭。「一個在脫逃時摔到中庭裡逃走了,他也有可能是迷霧之子。我們在屋頂上發現一具屍體,不確定團隊中還有沒有別人。」他一時沒說下去。

「怎麼了?」依藍德問道,發現他父親眼中的一絲迷惘。

「沒事。」史特拉夫說道,揮揮手。「有些侍衛宣稱有第三名迷霧之子在擊退另外兩名,但我懷疑這個報告,那不是我們的迷霧之子。」

依藍德停頓。第三名迷霧之子,擊退另外兩名……

「也許有人發現刺殺行動,想要阻止。」

泛圖爾大人一哼。「怎麼會有別人的迷霧之子要保護你?」

「也許他們只是想阻止無辜的人被殺。」

泛圖爾大人搖頭大笑。「你是個蠢蛋,小子。這點你也知道,對不對?」

依藍德臉孔漲紅，轉身離開。泛圖爾大人似乎沒再有其他要求，所以任依藍德離去。他不能回到自己的房間，因爲裡頭都是破玻璃跟侍衛，所以挑了一間客房，找來一組殺霧者看著他的房門跟陽台，以防萬一。他開始準備就寢，想著剛才的對話內容。他爸爸關於第三名迷霧之子的推論應該是對的。事情向來不會如此。

可是……應該要是如此。可以是如此，也許。

有好多事情依藍德都想做，但他父親很健康，以這麼有威勢的領主來說正值壯年。至少要等幾十年，依藍德才能繼承家族領袖的地位，假設他能活那麼久。他希望能夠去找法蕾特，跟她說話，解釋他的焦躁。她會瞭解他的想法。不知爲何，她似乎比其他人都瞭解他。

*而且，她是司卡！*他放不下這個念頭。他有好多問題，好多事情想從她身上知道。

*再晚一點，*他心想，爬上床。*現在，專注於維持家族完整。*他當時對法蕾特說的話不是謊言，他必須確保他的家族能在家族戰爭中存活下來。

在那之後……也許他們能找到方法來克服謊言跟騙局。

雖然許多泰瑞司人表達厭惡克雷尼恩，卻也有羨慕者在其中。我聽過挑伕們神往地談著克雷尼大

教堂驚人的彩繪玻璃。他們似乎也很喜歡我們的衣著。在城市中，我看到許多年輕的泰瑞司人把皮革跟毛皮衣服換成了剪裁精緻的紳士套裝。

32

離歪腳店舖外兩條街口之處，有一棟跟四周的環境相比顯得格外醒目的高樓。紋認爲那是某種群體住宅區，是把司卡家庭聚集在一起的地方，可是她從來沒有去過。她拋下一枚錢幣，沿著六層樓高的建築物邊緣飛衝而上，輕巧地落在屋頂上，讓趁著黑暗蹲在其上的身影驚訝地一彈。

「是我。」紋低聲說道，偷偷溜過傾斜的屋頂。

鬼影在夜裡對她微笑。身爲組織中最好的錫眼，通常會輪到他擔任最重要一輪的守夜。最近這些時間是傍晚，因爲這是上族間的衝突最有可能變成直接戰鬥的時候。

「他們還在繼續嗎？」紋低聲問道，驟燒錫，眼光掠過城市。一道明亮的光線在遠方閃起，讓白霧出奇地朦朧光亮。

鬼影點點頭，朝光源指著。「海斯丁堡壘。艾拉瑞爾士兵有攻擊今晚。」

紋點點頭。海斯丁堡壘的摧毀已是預料中事，過去一個禮拜他們有六起來自不同家族的劫掠行動，盟友們都開始撤退，財務全面崩塌，頹敗已是指日可待。奇特的是，沒有家族的攻擊是在白天發生，大家都假裝這些戰爭並未發生，彷彿貴族承認統御主的主宰，不希望因爲在白天發動戰爭而激怒他。一切都是在晚上處理，隱藏在霧氣的披風下。

「是想要這。」鬼影說道。

紋呆了一下。「呃，鬼影，你能不能試著……正常地說話？」

鬼影朝遠方的黑色建築物點點頭。「統御主。好像他想要打鬥。」

紋點點頭。凱西爾說得沒錯。教廷或皇宮對於家族戰爭都沒有出聲阻止，警備隊也完全沒有要趕回陸沙德的意思。統御主預期會有家族戰爭發生，也打算讓它持續進行一陣子，像野火焚燒，讓它燒光後，田地自然會重生。

只不過這一次，滅了這堆火，另一堆火會再度燒起——凱西爾將攻入城市。

假設沼澤能想出阻止鋼鐵審判者的方法，假設我們能攻下皇宮，當然還有，假設凱西爾能想到方法應付統御主……

紋搖搖頭。她不想對凱西爾抱持懷疑，但她怎麼想也想不出來這件事要如何發生。警備隊還沒回來，但有報告說它已經很接近了，也許只差一兩個禮拜的路程。有些貴族家族正在傾倒，但似乎沒有凱西爾想要的那種一片混亂。最後帝國維持得有點辛苦，但她懷疑它眞的會崩裂。

然而，也許這不是重點。集團在策動家族戰爭上達到驚人成效，有三大家族已完全崩塌，剩餘的嚴重衰敗，貴族們要從自相殘殺的後果恢復過來，恐怕也得花費數十年的時間。

我們達成了驚人的成績，紋下了如此的判斷。就算我們不攻擊皇宮，就算攻擊失敗，我們也已經成就了出奇的大事。

有了沼澤關於教廷的情報，還有沙賽德的翻譯日記，反叛軍將會有嶄新且有效的資訊協助未來的抵抗。這不是凱西爾原本所盼望的，更不是完全推翻最後帝國，但仍然是重大的勝利，可以讓未來許多年後的司卡引以爲勇氣來源的勝利。

而且，紋很訝異地發現，她很驕傲自己曾經參與其中一部分。也許在未來，她能協助煽動一起眞正的叛變，就從司卡沒有被如此徹底壓迫的地方開始。

如果眞有這種地方……紋開始理解讓司卡奴性堅強的原因不只是陸沙德跟它的安撫站，而是一切——包括聖務官，包括從不間斷的田野跟磨坊工作，以及長達千年的壓迫統治下所鼓勵的思考模式。司卡反叛軍的規模向來如此小是有原因的。這些人知道，或者以爲他們知道，反抗最後帝國是無用的。就連自認是「開化過」的盜賊紋也都這麼相信。直到參與了凱西爾瘋狂且悖離常理的計畫，她才被說服不需如此，也許這就是爲什麼他爲集團設下如此宏遠的目標，他知道只有這麼具有挑戰性的事情才能讓他們發覺，他們是可以反抗的。雖然這個說法顯得有點匪夷所思。

鬼影瞥向她。她的存在仍然讓他無法自在。

「鬼影。」紋開口。「你知道依藍德跟我分手了。」

鬼影點點頭，突然有點希望地看著紋。

「可是……」紋遺憾地繼續說道。「我仍然愛他。對不起，鬼影，但我說的是眞話。」

他氣餒地低下頭。

「不是你的問題。」紋說道。「眞的不是，只是……人們沒法控制自己會愛上什麼樣的人。相信我，有些人是我寧願沒有愛過的，他們不配我愛。」

鬼影點點頭。「懂。」

「我還能留著手帕嗎？」

他聳聳肩。

「謝謝你，」她說道。「它對我意義重大。」

他抬起頭，望著白霧。

「我不笨蛋是。我……知道是不發生。我看得到東西，紋。我看到很多東西。」

她安慰地把手放上他的肩膀。我看得到東西……這句話出自於像他這樣的錫眼，相當貼切。

「你當鎔金術師很久了？」她問道。

鬼影點點頭。「是綻裂時我五歲。幾乎記不得。」

「從那時起你就一直在練錫的用法？」

「大多數。」他說道。「對我是好事。讓我看到，讓我聽到，讓我感覺到。」

「有什麼祕訣可以分享的嗎？」紋期盼地說道。

他嚴肅地想了想，坐在歪斜屋頂的邊緣，一腳從邊緣垂下。「燒錫……不是看。是不看。」

紋皺眉。「什麼意思？」

「燒的時候……」他說道。「所有東西都會來。很多所有東西。這裡那裡都是干擾。如想要力量，忽視干擾。」

她開始翻譯給自己：如果妳想要擅長燃燒錫，就得要學習如何處理外來的干擾。重點不是看到什麼，而是可以忽略什麼。

「有意思。」紋深思地說道。

鬼影點點頭。「看的時候，看到物，看到房子，感覺木頭，聽到下面的老鼠。挑一個，不要分心。」

「好建議。」紋說道。

鬼影點點頭。此時身後響起重重的撞擊聲，兩人同時一驚彈起，看到凱西爾一面輕笑，一面走過屋頂。「我們得找個更好的方式警告別人我們要上來了。每次我造訪窺視點，都會很擔心有人會被我嚇得摔下屋頂。」

紋站起身，拍拍衣服上的灰塵。她穿著迷霧披風、襯衫和長褲。她已經好幾天沒穿過洋裝了，也只有偶爾短暫出現在雷弩大宅。凱西爾太過擔心殺手，因此不讓她久待在那裡。

*至少我們買到了克禮絲的沉默，*紋心想，對於得付這麼一大筆錢不太高興。「時間到了嗎？」她問道。

凱西爾點點頭。「差不多了。我想先在路上停一下。」

紋點點頭。他們第二次的會面地點，沼澤挑了一個他應該要為教廷探查的地方。這是會面的完美機會，因為沼澤有藉口可以在那棟樓裡待一整晚，表面上是搜索附近是否有鎔金術在進行。他大多數時間身邊都會有名安撫者，但沼澤認為在半夜時他應該會有空檔得到將近一個小時的獨處時間。如果他得溜出來再溜回去時間是不太夠用，但要兩名迷霧之子偷偷地快速拜訪他一下就綽綽有餘。

他們向鬼影告別，鋼推入夜裡，沒在屋頂上走多遠，凱西爾便領著她躍下到街道路面，用走的來節省力氣跟金屬。

*有點奇怪，*紋心想，想起跟凱西爾一起練習鎔金術的第一個晚上。*我甚至已經不覺得空無一人的街道很詭異了。*

石板路面因霧水而濕滑，空無一人的街道在遠處消失於薄霧中。街道黑暗、安靜、冷清，連家族戰爭都無法令這一區有太大改變。士兵小隊要攻擊時會聚成一團，快速地攻擊，試圖在第一時間打倒敵人。

雖然夜晚城市空無一人，紋卻覺得很舒適。霧是跟她站在同一邊的。

「紋，」兩人並行的同時，凱西爾開口。「我想要謝謝妳。」

她轉身，看著身著尊貴迷霧披風的高大身影。「謝謝我？為什麼？」

「因為妳說了那些關於梅兒的事。我一直在想著那天……想著她。我不知道妳能看透紅銅雲的能力是不是一切疑問的解答，但是……如果有選擇，我寧願相信梅兒沒有背叛我。」

紋微笑點頭。

他懊惱地搖搖頭。「聽起來很蠢，對不對？彷彿……這麼多年來，我一直在等一個理由，讓我能對自我欺騙投降。」

「我不知道。」紋說道。「也許，過去的我會認為你是笨蛋，可是……信任不就是這麼一回事，對不對？自願自我欺騙？你得擋掉那些會在你耳邊低聲威脅，說你將會遭到背叛的聲音，單純希望你的朋友們不會傷害你。」

凱西爾輕笑。「紋，我覺得妳的論調完全無法令我相信我不是笨蛋。」

她聳聳肩。「我覺得很有道理。不信任其實是同樣的事情，只是反過來而已。我可以瞭解一個人如果可以選擇其中之一，會選擇想去信任。」

「但妳不會？」凱西爾問道。

紋再次聳肩。「我已經不知道了。」

凱西爾遲疑。「這個，依藍德……有可能他只是想把妳嚇出城外，對不對？也許他說那些話是為了妳好。」

「也許吧。」紋說道。「可是，他有哪裡不一樣……他看我的眼神不同了。他知道我對他說謊，但我想他沒發現我是司卡，可能以為我是其他家族派來的間諜。無論如何，他似乎是很誠心想要把我趕走。」

「妳會這麼想也許是因爲妳已經很篤定他要離開妳。」

「我……」紋沒說完，低頭看著腳下的光滑灰地。「我不知道。這都是你的錯。我以前什麼都弄得明白，現在都混亂成一團。」

「是啊，我們眞是把妳弄得一團亂了。」凱西爾微笑地說道。

「你似乎一點都不愧疚。」

「沒錯。」凱西爾說道。「一丁點兒都沒有。啊，到了。」他停在一棟大而寬的建築物前，應該又是另一棟司卡集體住宅。裡面很黑，因爲司卡負擔不起燈油，而且在準備完晚餐後，一定也已經把建築物的中央壁爐給熄滅了。

「這裡？」紋不確定地問道。

凱西爾點點頭，走上前去，輕敲門。紋很訝異地發現門遲疑地打開，一張乾瘦的司卡臉探入白霧中。

「凱西爾大人！」那人低聲說道。

「我說我會來的，」凱西爾微笑地說道。「今晚似乎是個好時間。」

「請進，請進。」男子說道，拉開門，向後退了一步，小心翼翼地不讓半點霧碰到他，看著凱西爾跟紋走入。

紋以前拜訪過司卡住宅，但從來沒有看過這麼令人……沮喪的。煙味跟體酸味濃得幾乎讓她無法呼吸，小煤炭爐的黯淡光線照出一大堆人擠在一起睡在地板上。房間裡面沒有灰燼，但除此之外，他們能做的事情也有限——黑色的髒污仍然沾滿了衣服、牆壁、臉龐。屋子裡沒什麼家具，更不要提每個人連分到的棉被都不夠。

我以前住在這種地方，紋驚恐地心想。盜賊集團的密屋就是這麼擠，甚至更擠。這原本是……我的生活。

人們看到有訪客，紛紛醒了過來。紋注意到凱西爾捲起了袖子，即使在黯淡的光線下，他的眾多疤痕依然清晰可見，白色紋路映在較深色的皮膚上，順著手腕一路延伸至手肘上方，交錯重疊。

交頭接耳聲立刻響起。

「倖存者……」

「他來了！」

「凱西爾，迷霧之主……」

這是個新稱號，紋挑起眉毛想著。她站在後方，看著凱西爾露出微笑，上前一步迎向眾人。人群低聲興奮地圍繞在他身邊，伸出手碰觸他的手臂跟披風，其他人只是站在原地盯著他看，眼中充滿崇拜。

「我來這裡是爲了散播希望，」凱西爾低聲對他們說道。「海斯丁今晚垮台了。」

驚訝與讚嘆的低語紛紛響起。

「我知道你們有許多人在海斯丁的鋼鐵廠工作。」凱西爾說道。「我的確不知道你們會如何受到影響，但這是我們所有人的勝利。至少有一段時間裡，你們的男人不會死在冶鐵爐前或是海斯丁工頭的鞭子下。」

一群人交頭接耳，其中一個聲音終於說出紋聽得到的擔憂。「海斯丁垮台了？那我們要靠誰溫飽？」

如此害怕，紋心想。我沒有像他那樣害怕過吧……有嗎？

「我會送另一批食物過來。」凱西爾承諾。「至少夠你們撐一陣子。」

「你為我們做了好多。」另一人說道。

「胡說。」凱西爾說道。「如果你們想要回報我，那就站得挺一點。少害怕一點。他們是可以被打敗的。」

「只有像你這樣的人才辦得到啊，凱西爾大人，」一名女子低語。「但我們不行。」

「妳會對自己的能力感到驚訝的。」凱西爾說道。此時群眾開始散開，讓家長帶著孩子上前來，似乎每個人都想要他們的兒子親眼見見凱西爾。紋五味雜陳地看著他們。集團成員對於凱西爾在司卡之間逐漸升高的名聲仍然有所顧慮，雖然他們信守承諾，沒再說出口。

他似乎真的在乎他們，紋心想，看著凱西爾抱起一個小孩。我不覺得他是裝出來的。他就是這樣，真心的愛人民，愛司卡。然而……比較像是父母對孩子的愛，而非對同伴的愛。

這樣不對嗎？畢竟他算是司卡的父親。他是他們一直以來應該有的高貴主人。可是，紋還是忍不住感到一絲不安，看著黯淡房間中那些司卡家庭髒污的臉龐，眼神崇拜且虔誠。

凱西爾終於向這群人道別，跟他們說他另有約會。紋離開擁擠的房間，踏入清新得令人想大呼感謝的空氣中。走向沼澤的新安撫站途中，凱西爾一語不發，不過他的腳步似乎更輕盈一些。

終於，紋忍不住要開口。「你常去看他們？」

凱西爾點點頭。「每天晚上至少去一兩戶。這樣可以舒緩其他工作的單調和乏味。」

殺貴族跟散播假傳言，紋心想。沒錯，拜訪司卡算是不錯的休息。

會面的地方只在幾個街口外。靠近時，凱西爾停在門口，在黑夜中瞇起眼睛。終於，他指著一扇窗戶，隱隱發出燈光。「沼澤說，如果其他聖務官不在了，他會留一盞燈。」

「走窗戶還是樓梯？」紋問道。

「樓梯。」凱西爾說道。「那個門應該沒上鎖，而且整棟樓都是教廷所有，裡面應該是空的。」

凱西爾兩者都說對了。建築物聞起來沒有被遺棄許久的霉味，但下面幾層樓顯然沒人使用。紋跟他很快爬上台階。「沼澤應該能告訴我們教廷對家族戰爭的反胃，」凱西爾一面朝頂樓走一面說道。燈籠的光線隔著頂樓的門透過來，他推開門，繼續說道。「希望警備隊不要太早回來。我們想引發的傷害已經快達成了，但我希望能再維持——」

他僵在門口，擋住紋的視線。

她立刻驟燒白鑞跟錫，迅速蹲下，聆聽攻擊者的聲音。什麼都沒有。只有沉默。

「不……」凱西爾低聲說道。

然後，紋看到深紅色的液體順著凱西爾的腳邊滲出，略微積成小水窪，然後開始滴下第一道台階。

凱西爾跌跌撞撞地踏入房間裡。紋跟在後頭，但早已知道會看到什麼。屍體躺在房間中央附近，體無完膚，四肢殘缺，頭顱被完全壓碎。整個身體看起來幾乎不像人類。牆壁滿是鮮紅。

我的統御主啊……一具身體真的能灑出這麼多血嗎？這裡就跟先前在凱蒙密室時一樣，只是受害者只有一名。

「審判者。」紋低語。

凱西爾無視周遭的血污，跪倒在沼澤的屍體旁，伸出手，彷彿想要碰觸沒有半點肌膚的屍體，卻驚駭地凍結於原處。

「凱西爾。」紋焦急地說道。「這才剛發生——審判者可能還在附近。」

他沒有移動。

「凱西爾！」紋斥喝。

凱西爾全身一震，環顧四周，迎上她的眼睛，眼中重新出現清明的神智。他歪歪斜斜地站起。

「窗戶。」紋說道，衝向房間對面，可是卻半途停下腳步，因爲她看到牆壁邊的小書桌上有東西。一根木頭桌腳，半隱藏地塞了一張白紙。紋抓起它，凱西爾此時也到達窗戶邊。

他轉過頭，最後一次看房間，然後跳入夜空中。

永別了，沼澤，紋遺憾地心想，跟著出去。

「『我想審判者在懷疑我。』」多克森唸著。從桌腳裡取出的紙既乾淨又雪白，沒有沾到凱西爾的膝蓋跟紋披風下襬的血跡。

多克森坐在歪腳的廚房桌邊，繼續唸道。「『我問了太多問題，而且我知道他們至少發了一封信給那名據說訓練我當門徒的收賄聖務官。我想要找出反叛軍一直需要的祕密。教廷怎麼招募迷霧之子成爲審判者？審判者爲什麼比一般鎔金術師更強？如果他們有弱點，那弱點又在哪裡？

「『不幸的是，我對審判者仍然幾乎一無所知，但教廷之間的政治角力依舊讓我相當驚訝。彷彿一般的聖務官對外面的世界完全不在乎，只想成爲最擅長或最成功執行統御主指令的人，好贏得地位的晉升。

「『可是審判者完全不同。他們比一般聖務官更忠於統御主，因此這應該是兩組人之間產生歧見的部分原因。

「『但是，我還是覺得我很靠近了。他們是有祕密的，凱西爾。有弱點。我很確定。其他聖務官都在偷偷討論，卻沒有人知道是什麼。

「『我擔心我窺探得太多。審判者們跟蹤我，觀察我，問我的行蹤，所以我寫下這張紙條。也許我的謹慎是不需要的。

「『也許不是。』」

多克森抬起頭。「就……只有這樣。」

凱西爾站在廚房的另一端，背對著櫥櫃，以慣常的姿勢斜靠著。可是……如今他的姿勢毫無輕鬆感。他雙臂抱胸站著，頭微微低垂。他無法接受事實的悲傷似乎已經消失，取而代之的是另一種情緒——一種紋偶爾會在那對眼睛之後看到的陰暗焚燒的情緒。通常是在他談起貴族時。

她忍不住發抖。此時此地，她突然意識到他的服裝——深灰色的迷霧披風，長袖黑色襯衫，暗灰色長褲。在黑夜中，這些衣服只是僞裝。可是在明亮的房間中，深暗的色調讓他顯得相當具有威脅性。

他挺直背脊，房間氣氛變得緊繃。

「叫雷弩撤離。」凱西爾輕聲說道，聲音如冷鐵。「他可以用預先安排好的撤退理由，因爲家族戰爭，因此要『退回』家族領地，我要他明天就走。派打手跟錫眼跟他一起去，保護他，但告訴他出城一天就要捨棄運河船，然後回來找我們。」

多克森一時沒說話，然後瞥向紋跟其他人。「好……」

「沼澤什麼都知道，老多。」凱西爾說道。「他們殺了他之前，摧毀了他的意志力，這是審判者的一貫作風。」

凱西爾讓他的話懸掛在空氣中。紋感覺到一陣寒意。密室曝光了。

「那麼，退到備用密室？」多克森問道。「只有你我知道在哪裡。」

凱西爾堅定地點點頭。「我要所有人，包括學徒，在十五分鐘之內離開這間店。兩天後我會在備用密室跟你們會合。」

多克森皺眉，看著凱西爾。「兩天？阿凱，你在計畫什麼？」

凱西爾踏步走到門口，用力打開門，讓霧進來，然後以如審判者的尖刺般冷硬的目光看著眾人。

「他們擊中了我不能再更痛的地方。我要回敬他們。」

瓦林強迫自己在黑暗中前進，摸黑穿過狹窄的洞穴，強迫身體穿過幾乎太窄的裂縫，不斷向下，以手指探索，無視於眾多破皮與割傷。

一定要繼續前進，一定要繼續前進……他殘存的神智告訴他，這是他的最後一天。離他上次成功已經有六天了。如果他第七天再失敗，他會死。*一定要繼續前進*。

他看不見，他在地表下太遠的地方，連反射的陽光都看不到，但即使沒有光線他仍然能找到路。只有兩個方向：上或下。向兩側的動作不重要，很容易忽略。只要他不斷往下，就不會迷路。

他不斷地用手指在尋找，搜尋萌芽水晶的粗糙感。他這次不能回去，除非他成功，除非……

一定要繼續前進。

他移動時摸到某個冰冷柔軟的東西。一個屍體，卡在兩塊岩石中，正在腐爛。瓦林繼續前進。屍體在狹窄的洞穴中常見。有些屍體還是新鮮的，而大多數只剩骨頭。瓦林經常想，死者也許才是運氣好的那個。

一定要繼續前進。

在洞穴中並無真正的「時間」。通常他會回到地面去睡覺，雖然地上有帶著鞭子的工頭，卻也有食物。雖然不多，幾乎不夠讓他活下來，卻總比待在下面過久餓死來得好。

一定要繼續——

他全身一僵，胸口卡在岩石中的窄小裂縫，正試圖鑽過去，即使在他幾乎要喪失神智時仍不停止搜尋的手指，一直摸著兩邊的牆壁，而且，找到了什麼。

他的雙手因期待而顫抖，摸著冒出頭的水晶。沒錯，沒錯，就是這些。水晶會在牆壁上長成一個寬廣圓形的圖樣，邊緣很小，但越靠中間越大，在圓形花紋的正中央，順著牆壁上如凹袋般的空洞，水晶會向內彎折。此處的水晶長得很長，每一根都有銳利、鋸齒狀的邊緣，像是石頭怪的嘴巴裡所長的牙齒。瓦林深吸一口氣，向統御主祈禱後，將手塞入拳頭大小的圓形開口。水晶撕裂他的手臂，在皮膚上割出細長的淺刮痕。他無視於痛楚，強迫手臂不斷伸入直到手肘完全沒入，以手指探索……

*在那裡！*他的手指在洞穴中央找到一小塊岩石——是水晶的神祕滴水所形成的岩石。一顆海司辛晶石。

他熱切地抓住它，拿出來，從滿是水晶的洞穴抽出手臂的同時，再次刮傷自己。他捧著小圓石頭，因喜悅而沉重地喘息。

再七天。他會再活七天。在飢餓跟疲累讓他更衰弱之前，瓦林開始辛苦地向上爬，擠過裂縫，爬上牆壁的突出處，有時候他得朝右或左移動才能看到天空，但它一定會出現。這裡眞的只有兩個方向：上或下。他警戒地聆聽其他的聲音。他曾經看過在攀爬的人被殺死，下手的是更年輕、更強壯，想偷得晶石的人。幸好，他沒有遇上半個。很好。他年紀較大，大到知道他根本不該嘗試從農莊主人那裡偷食物。

也許他活該受此懲罰。也許他活該死在海司辛深坑。

可是我今天不會死，他心想，終於聞到甜美新鮮的空氣。上面已經是夜晚。他不在乎。他再也不在乎白霧，就連被責打他也不在乎了。他累到無法在乎。

瓦林開始爬出海司辛深坑的幾十道裂縫之一，然後，他突然全身一震。一名男子映著夜色站在他上方。他身上穿著一件似乎被撕裂成碎片的大披風，低頭看著瓦林，一身黑衣讓他顯得安靜而強大。然後，他伸出手。

瓦林全身一縮，但那個人抓住了瓦林的手，將他拉出來。

「去吧！」男子在盤繞的白霧間靜靜地說道。「大多數的守衛已經死了。盡量叫起囚犯，帶著他們逃走。你有晶石嗎？」

瓦林再次一縮，將手拉向胸前。

「很好。」陌生人說道。「把它打開，你會發現裡面有一塊金屬，它相當値錢。無論去哪個城市，都可以把它賣給地下組織，你應該能換到足以活好幾年的錢。快去！我不知道有人施放警訊前你有多少時間。」

瓦林迷惘地向後倒退幾步。「你……你是誰？」

「我是你即將成爲的人。」陌生人說道，走到裂口邊。覆蓋全身的大黑披風碎片在他四周翻騰，隨著他轉身面對瓦林的動作與白霧混成一片。「我是一名倖存者。」

凱西爾低下頭，研究岩石中的黑色疤痕，聽著囚犯西歪東倒地跑遠了。

「我回來了。」凱西爾低語。他的疤痕焚燒，回憶湧上，想到好幾個月花在擠過裂縫中，被利刃般的水晶撕裂手臂，每天都在尋找著晶石……只要一個，好讓他能活下去。

他真的能回到那些狹窄、安靜的深洞嗎？他能再次進入黑暗嗎？凱西爾舉起雙臂，看著疤痕，仍舊雪白清晰地映在他手臂上。可以。為了她的夢想，他可以。

他跨到裂口邊，強迫自己爬下，然後燃燒錫，立刻聽到下方傳來的崩裂聲。錫照亮他下方的裂縫。雖然裂縫增寬，卻也向四周擴散，朝所有方向發散出糾結的裂縫。一部分是洞穴，一部分是裂縫，一部分是通道。他已經看得到他的第一個天金水晶洞——或者該說是天金洞殘骸。細長銀亮的水晶已經龜裂斷折。在天金水晶附近使用鎔金術會讓它們斷掉，所以統御主得用奴隸而不是鎔金術師來幫他蒐集天金。

現在是真正的測試，凱西爾心想，更進一步擠入裂縫中。他燃燒鐵，立刻看到有幾條藍線朝下指，朝天金洞指去。

洞穴本身裡面應該沒有晶石，但水晶卻因為有殘存的天金而散發出淺藍色的光線。

凱西爾專注於某一條藍線，輕拉，經過錫增強的耳力聽到下方有東西碎裂的聲音。

凱西爾微笑。

將近三年多前，站在打死梅兒的工頭們面前，看著他們血肉模糊的屍體，他第一次注意到能用鐵來感覺水晶洞穴在那裡。他當時還不太瞭解他的鎔金力量，但即便如此，腦海中已經開始有計畫成形。復仇計畫。

計畫不斷發展，比他原本計畫的範疇更廣，但其中一個關鍵部分仍然塞在他腦子的一角。他可以找到水晶洞穴，他可以利用鎔金術粉碎它們。

而且它們是整個最後帝國中，唯一能製造天金的地方。

你們試圖想摧毀我，海司辛深坑，他心想，爬入更深的地方。該是我回報的時候了。

我們已經很貼近了。奇特的是，在這麼高的山上，我們似乎終於脫離深闇的壓制，已經有好一段時間我不曾有這種感覺。費迪克發現的湖泊如今在我們下方，我可以從山崖邊看到，從上方往下看著它光滑如玻璃，近乎金屬的光澤更是詭異。我幾乎希望我有讓他採集湖水做樣本。

也許就是他的興趣才激怒了跟蹤我們的迷霧怪物。也許……這就是爲什麼它決定要攻擊他，以隱形的刀戳刺他。

奇特的是，這起攻擊讓我感到安心，畢竟我知道有別人也看到那怪物了。這代表我沒有瘋。

33

「所以……就這樣？」紋問道。「我是說我們的計畫。」

哈姆聳聳肩。「如果審判者粉碎了沼澤的意志力，就代表他們什麼都知道了。至少，他們會知道不少事情，知道我們打算攻擊皇宮，利用家族戰爭做掩護。我們現在絕對不可能將統御主引出城外，而且絕對不可能讓他照原來計畫那樣派皇宮守衛進入城裡。情況看起來很不妙，紋。」

紋靜靜坐著消化這些資訊。哈姆盤腿坐在骯髒的地板上，靠著另一面牆。備用密室是只有三個房間的潮濕地窖，空氣聞起來是泥土跟灰燼的氣味。光是歪腳的學徒們就佔了一間房，多克森在來到密室前已經遣走了所有傭人。微風站在房間對面的牆邊。他偶爾會不舒服地瞄瞄骯髒的地板跟滿是灰塵的矮凳一眼，但還是決定要站著。紋覺得他沒必要這麼麻煩——住在這個其實只能算是在地上挖個洞的地方，絕對不可能保持他的整潔。

不只有微風對目前的自我囚禁狀況感到不滿。紋那天也聽到幾名學徒抱怨，他們寧願被教廷抓走也不要再被關在這種地方，但在地窖中度過的這兩天裡，除非絕對必要，每個人幾乎都躲在密室中。他們瞭解目前面對的危險：沼澤可能已經將每個成員的名字跟特徵都描述給審判者了。

微風搖搖頭。「各位，也許該是打包結束這場行動的時候了。我們很努力，而且原本要聚集軍隊的計畫已經有如此悲壯的下場，我認爲我們已經做得相當出色。」

多克森嘆口氣。「我們的確是不能再靠剩下的錢過多久，尤其如果阿凱一直把錢再送給司卡。」他坐在桌子邊，那是房間裡唯一的一件家具，最重要的筆記本、紀錄和契約整整齊齊地堆在他面前。他先前以驚人的效率蒐集起每張可能會指認到組員，或是進一步洩漏計畫細節的紙片。

微風點點頭。「我可是很期待有點改變。這一切都相當有趣、愉快，還有各種令人滿足的情緒。但是跟凱西爾一道工作還蠻累人的。」

紋皺眉。「你不想繼續留在他身邊了？」

「這得看他下一次的行動是什麼。」微風說道。「我們跟其他集團不同，是否要參與是隨我們的意思，不是因爲我們被指定。仔細挑選工作對我們是很重要的。報酬大，但風險也大。」

哈姆微笑，雙臂枕在頭後，完全不在意髒污。「所以，我們會參與這個工作實在蠻奇怪的，不是嗎？非常高的風險，非常低的報酬。」

「其實是半點都沒有。」微風評論。「我們現在絕對拿不到那些天金。凱西爾在那邊說要無私無我、救助司卡都是很好的，但我一直希望還是能有機會去財庫狠撈一筆。」

「沒錯。」多克森說道，從筆記前抬起頭。「可是，這一切還是值得？我們做的工作，我們達成的事情？」

微風跟哈姆想了想，然後兩人都點點頭。

「這就是我們留下來的原因。」多克森說道。「阿凱自己也說了，他挑選我們是因爲他知道我們會嘗試一些不一樣的方法來達成一個有價值的目標。你們都是好人，就連你也是，微風。不要這樣臭臉看著我。」

紋因熟悉的鬥嘴而微笑。雖然沼澤讓所有人都蒙上一層哀戚的氣氛，但這些人都知道該怎麼樣在傷痛之餘繼續前進。在這方面，他們的確很像司卡。

「家族戰爭。」哈姆懶懶地說道，自顧自地微笑。「你覺得死了幾個貴族？」

「至少好幾百。」多克森頭都沒抬地說道。「都是被他們自己貪婪的貴族雙手殺死的。」

「我承認我對整場鬧劇是有疑慮。」微風說道。「可是這會造成的商業交易中斷，更不要提政府的混亂……你說得沒錯，多克森。是值得的。」

「確實是！」哈姆說道，模仿微風正經八百的聲音。

我會想念他們，紋惆悵地想。也許凱西爾會帶我進行他的下一個計畫。

樓梯喀啦作響，紋反射性地縮入陰影中。滿是木刺的門打開，一個全身黑衣的熟悉身影踏入房中，手上抱著迷霧披風，滿臉看來疲憊至極。

「凱西爾！」紋說道，上前一步。

「大家好。」他以疲累的聲音說道。

*我知道那種疲累。*紋心想。*白鑞延燒。他去哪裡了？*

「你遲到了，阿凱。」多克森說道，還是沒有從筆記本前抬起頭。

「保持一貫的風格是我向來努力的目標。」凱西爾說道，將迷霧披風拋在地上，伸伸懶腰，然後坐下。

「歪腳跟鬼影呢？」

「歪腳在後面睡覺。」多克森說道。「鬼影跟雷弩去了。我們猜你會想要我們最好的錫眼去幫他看著。」

「好主意。」凱西爾說道，深深嘆口氣，靠著牆閉上眼睛。

「親愛的朋友……」微風開口。「你看起來好慘。」

「其實沒看起來那麼慘，我回來的時候慢慢走，甚至有停下來幾個小時睡覺。」

「是啦，但你去哪裡了？」哈姆直接了當地說。「我們擔心得要命，怕你出去做什麼……傻事。」

「其實不是。」微風評論道。「我們已經認定你一定是出去做傻事了，只是不知道這次有多傻。所以，到底是什麼？你刺殺了聖祭司大人嗎？殺戮幾十名貴族？偷了統御主身上的披風？」

「我毀了海司辛深坑。」凱西爾低聲說道。

房間陷入震驚的沉默。

「你們知道嗎……」微風終於說道。「我們怎麼到現在還學不會不能低估他呢。」

「毀了？」哈姆問道。「你怎麼毀了海司辛深坑？那只是地底下的一堆裂縫而已！」

「我其實沒有眞的毀掉裂縫本身。」凱西爾解釋。「我只是粉碎了生產天金晶石的水晶。」

「全部?」多克森瞠目結舌地問道。

「我能找到的全部。」凱西爾說道。「總共有好幾百個洞，有了鎔金術後，在下面行動變得簡單很多。」

「水晶?」紋不解地問道。

「天金水晶，紋。」多克森說道。「它們會製造出晶石，中央會有天金珠子，但我想沒有人知道這到底是怎麼製造出來的。」

凱西爾點點頭。「就是因爲水晶，所以統御主不能派鎔金術師去將天金晶石拉引出來。在水晶附近使用鎔金術會讓它們粉碎，得要花好幾個世紀才長得回來。」

「好幾個世紀無法生產天金。」多克森補充道。

「所以你……」紋沒說完。

「我算是斷絕了最後帝國未來三百多年的天金經濟。」

依藍德。泛圖爾。他們負責深坑。統御主發現這件事會如何反應?

「你這個瘋子。」微風低聲說道，眼睛睜得老大。「天金是皇家經濟的根源。控制天金是統御主掌控貴族的方法之一。也許我們動不到他的儲備天金，但這終究會有同樣的效果。你這個天賜的瘋子……你這個天賜的天才!」

凱西爾半自謙地微笑。「謝謝你的兩種讚美。審判者有對付歪腳的店嗎?」

「我們的守衛沒看到。」多克森說道。

「很好。」凱西爾說道。「也許他們沒有粉碎沼澤的意志力。至少，也許他們沒發現他們的安撫站已經被外洩了。如果你們不介意的話，我得要去睡了，我們明天得規劃很多事。」

所有人一呆。

「規劃？」老多終於問道。「阿凱……我們還在想是不是該撤退了。我們造成家族戰爭，而你又剛破壞了帝國經濟。我們的計畫跟僞裝都已經外洩……你不是認爲我們還能繼續下去吧？」

凱西爾一笑，跌跌撞撞地站起，走入後方房間。「我們明天再談。」

「你覺得他在計畫什麼？」紋問道，坐在地窖的爐火旁，看著泰瑞司人準備下午的餐點。凱西爾睡了一晚，直到下午都還沒起床。

「我眞的不知道，主人。」沙賽德啜著粥回答。「不過此時此刻，城內情況這麼紛亂，的確是對抗最後帝國的完美時機。」

紋深思地坐在原處。「我想我們還是可以攻佔皇宮，這是阿凱向來想要做的。可是如果統御主收到了警訊，其他人認爲這種事就不可能成功，況且我們的士兵似乎不足在城市中引起什麼大動亂。哈姆跟微風一直沒完成他們的招募行動。」

沙賽德聳聳肩。

「也許凱西爾打算要對付統御主。」紋說道。

「也許。」

「沙賽德？」紋緩緩開口。「你蒐集傳說，對不對？」

「身爲守護者，我蒐集許多東西。」沙賽德說道。「故事、傳說、宗教。在我年輕時，另一名守護者將他所有的知識都背給我聽，好讓我能夠將它都儲存起來，繼續累積。」

「你聽過凱西爾一直在說的『第十一金屬』的傳說嗎？」

沙賽德想了想。「沒有，主人。當我從凱西爾主人那邊聽到這個傳說時，它對我而言是新的。」

「但他發誓那是眞的，」紋說道。「而我……爲了某種原因，我相信他。」

「很有可能有我沒有聽說過的傳說。」沙賽德說道。「如果守護者無所不知，那我們何必還要繼續搜尋呢？」

紋點點頭，仍然有點不確定。

沙賽德繼續攪著湯。他顯得好有……尊嚴，即使只是在做一般雜事。他穿著侍從官的袍子，完全不在意自己正在做一件簡單至極的工作，輕易地接下了集團遣散的僕人位置。

匆忙的腳步聲在樓梯上響起，紋精神一振，從凳子上滑下。

「主人？」沙賽德問道。

「有人在樓梯間。」紋說道，朝門口走去。其中一名學徒，紋想他的名字是塔司，衝入主房。雷司提波恩離開後，塔司成爲集團的主要守望人。

「大家都聚集在廣場裡。」塔司說道，朝樓梯揮手。

「怎麼了？」多克森從另外的房間走進。

「所有人都去了噴泉廣場，多克森師傅。」男孩說道。「街上都在傳，聖務官正在準備更多的處刑。」

對深坑事件的報復，紋心想。他們可沒浪費時間。

多克森臉色一沉。「去把阿凱叫醒。」

「我打算去看。」凱西爾說道。

他走過房間，身著簡單的司卡衣服跟披風。

紋的胃部緊縮。*又要去？*

「你們可以自行決定要不要去。」凱西爾說道。他在經過長時間休息後，氣色看起來好很多，不再精疲力竭，恢復到紋慣見的精力充沛狀態。

「這些處刑可能是針對我在深坑所做的事。」凱西爾繼續說道。「我要看著那些人死，因爲是我間接造成的。」

「那不是你的錯。」多克森說道。

「這是我們所有人的錯，」凱西爾不加掩飾地說道。「但不代表我們做的事情是錯的。可是，要不是我們，這些人便不用死。我覺得我們能爲這些人做的事是——至少要去見證他們的死亡。」他拉開門，爬上台階。其餘人緩緩地跟著他，但歪腳、沙賽德，還有學徒們則留在密屋裡。

紋爬上空氣污濁的樓梯間，終於跟其他人在骯髒的司卡貧民窟中會合。灰燼從天上落下，緩緩地一片片飄落。凱西爾已經沿著街道在往前走，而其他人——微風、哈姆、多克森還有紋——則快步上前想跟上他。

密屋離噴泉廣場不遠。

可是凱西爾在他們抵達目的地的幾條街外便停下腳步。眼神呆滯的司卡繼續繞過他們前進，推擠著集團眾人。鐘聲在遠處響起。

「阿凱？」多克森問道。

凱西爾歪著頭。「紋，妳聽到了嗎？」

她閉起眼睛，燒起錫。專注，她心想。照鬼影所說的去做，撥開摩擦的腳步聲跟壓低的交談聲，不要去聽關門聲跟呼吸聲，聽著……

「馬匹。」她說道，熄滅錫，睜開眼睛。「還有馬車。」

「木板車。」凱西爾說道，轉向街道的一邊。「囚犯的木板車。他們要走這邊。」

他抬起頭看著四周的建築物，抓了一條引水繩，開始爬上牆壁。微風翻了翻白眼，推推多克森，朝附近的大門點點頭，紋和哈姆靠著白鑞，很輕易地便隨著凱西爾上了屋頂。

「那裡。」凱西爾說道，指著不遠外的街道。紋勉強能分辨出一排有鐵柱的囚犯馬車朝廣場而去。多克森跟微風透過窗戶爬上歪斜的屋頂。凱西爾站在屋簷邊際，望著囚車。

「阿凱。」哈姆警戒地問道。「你在想什麼？」

「我們離廣場還有一小段距離。」他緩緩說道。「審判者們也沒有跟囚犯在一起，他們會像上次一樣從皇宮過來。頂多只有一百名士兵在守著那些人。」

「一百人也不少，阿凱。」哈姆說道。

凱西爾似乎沒聽到他的話。他再次向前一步，靠近屋頂的邊緣。「我可以阻止這場處刑……我可以救他們。」

紋站到他身邊。「阿凱，雖然沒有很多守衛跟囚犯在一起，但噴泉廣場只在幾個街口外，那裡都是士兵，更不要提有審判者！」

出乎意料之外，哈姆沒有贊成紋的說法。他轉過頭，瞥向多克森跟微風。老多想了想，然後聳聳肩。

「你們都瘋了嗎？」紋質問。

「等等。」微風瞇著眼睛說道。「我不是錫眼，但你不覺得有些囚犯的衣服穿得太好了嗎？」

凱西爾全身一僵，開始咒罵，毫無預警地跳下屋頂，在下方的街道落地。

「阿凱！」紋說道。「怎麼了……」然後她沒再說話，在紅色的太陽下抬頭，看著緩緩逼近的一排木板車。透過錫力增強的雙眼，她認出某個坐在前面一輛囚車的人。

鬼影。

「凱西爾，發生了什麼事？」紋質問，跟在他身後衝上前。

他稍稍減緩速度。「我看到雷弩跟鬼影在第一台囚車上。教廷一定攻擊了雷弩的運河船隊，那些籠子裡的人是我們僱來在大宅工作的僕人、工人和守衛。」

運河隊伍……紋心想。教廷一定知道雷弩是假的。沼澤畢竟還是說了出來。

在他們身後，哈姆從建築物裡出現來到路上，微風跟多克森則跟在後面。

「我們得快！」凱西爾說道，再次加快速度。

「阿凱！」紋說道，抓住他的手臂。「凱西爾，你救不了他們。他們被防守得太嚴密，現在又是大白天的城市中，你會害死自己的！」

他當街停下腳步，轉過身，望入她的雙眼，露出失望的神情。「妳不瞭解這一切的意義，對不對，紋？妳從來都不瞭解。我之前讓妳阻止了我一次，就在戰場的山邊。這次不行。這次我可以做些什麼。」

場的司卡。

「可是……」

他甩開手臂。「關於友誼，妳還有一些該學習的東西，紋。我希望有一天妳能瞭解那是什麼。」

然後他向前衝去，朝囚板車的方向疾奔。哈姆從紋的身邊穿過，跑向另一個方向，推開正要前往廣場的司卡。

紋傻楞楞地站在原處良久，任憑灰燼落在她身上。多克森趕到她身旁。

「這簡直瘋了。」她喃喃說道。「我們辦不到的，老多。我們不是所向無敵的。」

多克森一哼。「我們也不是毫無縛雞之力。」

微風氣喘吁吁地跑步跟上，指著一條小巷。「那裡。我得去一個能看得見士兵的地方。」

紋任憑他們拖著她走，突然感覺羞愧混著擔憂湧上心頭。

凱西爾……

凱西爾拋下兩個喝完的空瓶。玻璃在空中閃爍、墜落，在石板路上摔了個粉碎。他鑽過最後一條小巷，衝出空無一人、氣氛詭異的路口。

囚車朝他而來，進入兩條街道交叉處所形成的小廣場，每輛長方形的車上都有許多鐵柱阻隔，每輛車都載著熟悉的人。僕人、士兵、管家，有些是反叛軍，許多都是普通人。沒有人應該送死。

已經死了太多司卡了，他心想，驟燒金屬。上百。上千。數十萬。到今天為止。從此停止。

他拋下一枚錢幣越起，將自己推入空中，劃出大大的弧線。士兵們抬起頭，手指著。凱西爾降落在正中心。士兵們一同轉身的瞬間，一切靜止下來。凱西爾蹲在他們之中，灰燼片片從空中落下。然後，他鋼推。

他大喊一聲，驟燒鋼，站起身往外推。突然迸發的鎔金力量透過士兵的胸甲將他們拋向四面八方，十幾個人同時飛入天空，落地時撞上同伴或牆壁。

有人發出尖叫。凱西爾轉身，推向另一群士兵，讓自己飛向其中一台囚車，順勢將木板撞碎，驟燒鋼，雙手拉開金屬門。

囚犯們驚訝地向後一縮。凱西爾靠著白鑞增強的臂力將門扯下，然後把門拋向一群靠近的士兵。

「走！」他告訴囚犯，跳下馬車，輕盈地落在街上。轉過身。

面對面遇上一名身著褐色長袍的高大身影。凱西爾全身一僵，退後一步，看著高個子舉手撥開帽罩，露出一對被尖刺刺穿的眼睛。審判者微笑，凱西爾聽到腳步聲從側街貼近。數十人。數百人。

「該死！」微風咒罵，看著士兵湧入廣場。多克森將微風拉入小巷，紋跟著他們躲入，蹲在陰影中，聽著士兵在外面的十字路口大叫。

「怎麼了？」她質問。

「審判者！」微風說道，指向站在凱西爾身前的褐袍身影。

「什麼?!」多克森說道，站起身。

*陷阱，*紋驚恐地意識到。士兵開始從隱藏的側面小巷湧入廣場。*凱西爾，快跑！*

凱西爾鋼推開一名摔倒的守衛，反身一躍，降落在囚車上，蹲下，打量著新來的士兵。許多人手中都握著木杖，沒有穿盔甲。殺霧者。

審判者將自己鋼推過滿是灰燼的空中，重重一聲落在凱西爾面前，那怪物微笑著。是同一個人。之前的那個審判者。

「那女孩在哪裡？」怪物靜靜說道。

凱西爾無視於問題。「爲什麼只有你一個？」他質問。

怪物的笑容轉深。「我抽籤贏了。」

凱西爾驟燒白鑞，在審判者抽出一對黑曜石斧頭的同時衝到一旁。廣場很快便塞滿士兵，他可以聽到囚車裡的人在大喊。

「凱西爾！凱西爾大人！求求你！」

凱西爾低聲咒罵，看著審判者朝他而來。他伸出手，鐵拉其中一輛滿滿是人的囚車，讓自己越過一群士兵，降落，衝到車邊，打算放出裡面的人。但在他抵達的同時，車子震動。凱西爾抬起頭，正好看到金屬眼睛的怪物正從囚車上方朝他微笑。

凱西爾將自己向後鋼推，感覺斧頭從他的頭邊揮過。他順利地落地，卻被隨即攻上前來的士兵逼得立刻跳到一旁；降落時，他鐵拉其中一台囚車好穩住自己，又鐵拉之前被他拋在一旁的鐵門。鐵門飛入空中，砸入一群士兵中間。

審判者從他背後攻擊，但凱西爾跳開，仍舊在翻滾的門滾過他面前的石板路，凱西爾朝它跑去，經過時順勢反推，讓自己飛入空中。

紋說得對，凱西爾煩躁地心想。在下方的審判者以不自然的眼睛追蹤他的方向。*我不該做這件事。*下方一群士兵再次抓起他放掉的司卡。

我應該要逃，應該要甩掉審判者，我以前辦到過。可是……他不行。這次也不願。他以前妥協過太

多次。就算要他犧牲一切，他也必須要放走這些犯人。

然後，在他開始落地的同時，他看到有一群人衝入十字路口，手上握著武器卻沒有制服，最前方跑的是個熟悉身影。

哈姆！原來你去那裡了！

「怎麼了？」紋焦急地問道，扭著脖子想看廣場的情況。凱西爾的身影從空中落回打鬥重心，黑色的披風拖曳在身後。

「是我們的士兵！」多克森說道。「哈姆把他們帶來了！」

「多少人？」

「一組是兩百人左右。」

「所以他們是以寡敵眾。」

多克森點點頭。

紋站起身。「我要出去。」

「不可以。」多克森堅決地說道，抓住她的披風，將她拖回。「我不要妳再發生上次面對那種怪物所發生的事。」

「可是……」

「阿凱沒事的。」多克森說道。「他只是要拖延時間到能讓哈姆將犯人放走，然後他就會逃了。妳看著就知道。」

紋向後一步。

在她身邊，微風正在自言自語。「對，你在害怕，我們專注於這點，將其他所有情緒安撫下來，讓你盡量害怕。那是一名審判者跟迷霧之子在打鬥，你絕對不想干涉他們……」

紋轉頭看著廣場，看到一名士兵抛下木杖逃跑。有別的戰鬥方法，她發現，立刻跪到微風身邊。

「我該怎麼幫忙？」

哈姆的軍隊衝入皇家士兵之中，開始砍出一條通往士兵的血路，凱西爾也同時躲過審判者的攻擊。一般的士兵因審判者衝過來而分心，似乎非常樂意放凱西爾跟審判者兩人單打獨鬥。

在一旁，凱西爾可以看到司卡開始聚集在小廣場附近的街道上，打鬥引來在噴泉廣場等待的司卡注意力。凱西爾可以看到別群皇家士兵試圖要擠入戰鬥區，但上千名塞滿街道的司卡嚴重阻礙了他們。審判者揮舞斧頭，凱西爾閃過。怪物顯然開始焦躁了起來。在一旁的哈姆軍隊有幾人來到其中一台囚車旁，打斷了鎖頭，放走囚犯，哈姆其餘的手下則忙著對付皇家士兵，讓囚犯有脫逃的機會。凱西爾微笑，打量著煩躁的審判者。怪物低聲咆哮。

「法蕾特！」一個聲音大叫。

凱西爾震驚地轉過頭。一名衣著華貴的貴族正推開士兵，朝打鬥中心走來，手中握著一根決鬥杖，旁邊兩名四面受敵的保鏢一路護著他。他並未受到多少傷害，因為兩邊都不太願意攻擊一名顯然是貴族出身的男子。

「法蕾特！」依藍德．泛圖爾再次大喊。他轉向其中一名士兵。「是誰叫你們去劫掠雷弩的船隊？

是誰下令的?!」

這下可好了，凱西爾心想，同時警戒地盯著審判者。怪物以扭曲、憎恨的表情看著凱西爾。你儘管恨我好了，凱西爾心想。我只需要撐到能讓哈姆把犯人放走，然後我就可以把你引走。

審判者伸出手，輕鬆地將一名跑經過他的女僕的頭砍下。

「不！」凱西爾大喊，看著屍體倒在審判者的腳邊。

怪物抓起另一名受害者，舉起斧頭。

「好！」凱西爾說道，踏步上前，從腰帶拉出兩個瓶子。

「好！你要跟我打嗎？來啊！」

怪物微笑，將抓來的女人推向一旁，朝凱西爾前進。

凱西爾掰開兩瓶塞子，一口氣喝下，將瓶子拋在一旁。金屬在他的胸口焚燒，隨著他的憤怒一起燃燒。他的兄長，死了。他的妻子，死了。家人、朋友、勇士們，都死了。

你逼我報仇？他心想。

這可是你自找的！

凱西爾停在審判者幾呎前的地方，雙拳緊握，用力猛然驟燒鋼，周遭所有的人都在巨大無形的力量襲來時被身上的金屬震飛。塞滿皇家士兵、囚犯、反叛軍的廣場在凱西爾跟審判者周圍讓出一小塊空地。

「動手吧。」凱西爾說道。

我從來不想被人懼怕。如果我有後悔的事，那就是我造成的恐懼。恐懼是暴君的手段。很不幸的，當世界的命運懸於一髮之際，我會不擇手段。

34

死人跟瀕死之人倒在石板路上。

司卡擠滿道路。囚犯大喊，呼喊著他的名字。煙霧瀰漫的太陽熱力燃燒街道。灰燼從空中落下。

凱西爾衝上前去，驟燒白鑞，抽出匕首。他燃燒天金，審判者也是，兩人大概有足夠的存量可以燃燒好一段時間。凱西爾在熱空氣中來回揮砍兩道，攻擊審判者，手臂揮影不止。怪物在瘋狂的一團天金影子中閃躲，然後揮舞一邊斧頭。

凱西爾一跳，白鑞讓他的跳躍超過人類能及的高度，剛好越過揮舞中的武器，伸出手，反推後方在打鬥的士兵，讓自己衝上前，雙腳踢踩上審判者的臉，一蹬，以後空翻落地。

審判者腳步一歪，凱西爾趁下墜的同時拉引一名士兵，將自己往後扯，士兵被鐵拉的力量拉飛，開始朝凱西爾飛去，兩人在空中會合。

凱西爾驟燒鐵，拉著右邊的一堆士兵，同時拉著左邊的同一個士兵，讓自己開始旋轉，他飛向一旁，而彷彿被繩子牽絆在凱西爾身邊的士兵，像是流星錘一般大幅度被揮晃。

不幸的士兵撞上踉蹌的審判者，兩人同時撞上一台空囚車的鐵柱。

士兵失去神智地倒地，審判者從鐵籠子彈開，四肢著地，一道鮮血沿著怪物的臉滴下，流過眼睛周圍的刺青，但他抬起頭，微笑，似乎沒有半點暈眩的跡象。

凱西爾落地，低聲暗自咒罵。

審判者隨即以不可置信的速度抓起空囚車的兩根鐵柱，用力一扯，將鐵柱框扯離底板。

該死！

怪物一轉身，將巨大的鐵籠子拋向只站在幾呎外的凱西爾。凱西爾沒有時間閃避，身後則是建築物，如果他將自己反推，會被壓扁在兩者之間。

籠子衝向他，於是他一跳，利用鋼推引導身體穿過迴旋中籠子的大門，在鐵牢房中旋轉身體，朝四面八方鋼推，將自己的身體維持在鐵籠正中央，直到它撞上牆，旋即跳出，重獲自由。

凱西爾讓自己落在屋頂的下方，看著籠子緩緩沿著牆滑下，再也不動。隔著鐵柱，他可以看到審判者在一片海潮般攻擊的士兵之間看著他，身體周遭圍繞著扭轉、俯衝、移動的天金影像。審判者朝凱西爾微微一俯首，表達他的敬意。

凱西爾大喊一聲，鋼推，同時驟燒白鑞以避免自己被壓扁。鐵籠炸開，金屬頂端飛入空中，鐵柱朝外四散。凱西爾拉引後方的鐵柱，繼續推行前方的鐵柱，讓一連串的金屬如水流般射向審判者。

怪物舉起手，俐落地將大飛行物擊落在兩旁，但凱西爾卻是讓自己的身體掩護在金屬射棍之後，靠鋼推讓自己衝向審判者。

審判者將自己鐵拉到一旁，挑了一名不幸的士兵做爲錨點。男子突然從戰鬥中被拉走，大喊出聲，但隨即再也發不出聲音來，因爲審判者在跳躍時利用士兵反推，將那人壓到地面。

審判者躍入空中，凱西爾靠反推一群士兵來減緩自己的速度，好看清審判者的位置。他身後的籠子再度倒回地上，激起一片石屑。凱西爾抵著籠子猛然高飛，追向審判者的方向。

灰燼碎片飛過他身邊，他面前的審判者轉身，拉引下方的某樣東西，頓時立刻改變方向，朝凱西爾撲來。

直接對撞。對於腦袋裡沒鋼刺的傢伙很不利。凱西爾連忙拉引一名士兵，垂直下墜，審判者斜飛過他頭頂上方。凱西爾驟燒白鑞，然後撞上他拉向自己的士兵，兩人一同在空中迴旋，幸好那人不是哈姆的手下。

「抱歉了，朋友。」凱西爾輕鬆地說道，將自己鋼推到一旁。

那人飛彈而去，最後撞上屋牆，凱西爾則藉由他飛越到戰場上方。從上俯瞰，哈姆的主要軍隊終於來到了最後一輛囚車旁，很不幸的是，也多來了幾群帝國士兵，推擠過觀看的司卡群眾。其中之一是一大團士兵，身上背著以黑曜石爲箭頭的箭。

凱西爾咒罵出聲，讓自己落下。弓箭手擺好陣勢，顯然打算要直接攻擊在打鬥的群眾。他們會殺死一部分自己人，但主要的攻擊仍然會落在奔逃的囚犯身上。

凱西爾落在石板地，朝向一旁他摧毀的籠子鐵柱鐵拉。鐵柱朝他飛馳而來。

弓箭手拉弓，但他看得見他們的天金影子。凱西爾鬆開了鐵柱，讓自己略偏向一旁，鐵柱立刻飛在弓箭手跟逃脫的囚犯之間。

弓箭手發射。

凱西爾抓住鐵柱，同時驟燒鋼跟鐵，對每根鋼柱的兩端分別推和拉，鋼柱猛然在空中一震，立刻開始快速旋轉，有如發了瘋的風車。大多數的飛箭都被旋轉的鐵柱揮到一旁。鐵柱跟四散的箭一同落在地，弓箭手瞠目結舌站在原地，凱西爾趁此時再往旁邊一跳，輕輕鋼推著鐵柱，讓它們飛到自己面前，再次一推，鐵柱衝向弓箭手，然後他背過身，不去看後面尖叫死去的士兵，眼神專注地尋找他眞正的敵人。

那怪物躲去哪裡了？

眼前一片混亂。人們在戰鬥、奔跑、逃離、死去，每個人在凱西爾眼裡都有預言的天金影子，但在這情況下，影子讓在戰場上移動的人數增加兩倍，也相對增加兩倍的混亂。

越來越多士兵來到。哈姆的手下死了不少人，大多數則開始在撤退，幸好他們可以直接脫下盔甲就立刻混入司卡人群裡。凱西爾也擔心最後一輛囚車——雷弩跟鬼影在裡面。哈姆跟他士兵進入戰場的方向讓他們必須一輛一輛馬車向前攻進，因此如果他們想要最先放掉鬼影跟雷弩，他們就得經過其他五輛囚車，任憑裡面的人繼續受困。哈姆顯然不打算在救出鬼影跟雷弩前離開，而只要哈姆在戰鬥的地方，反抗軍士兵就能撐下去。這就是爲什麼白鑞臂也被稱爲打手：他們的戰鬥沒有任何精細技巧，沒有聰明的鐵拉或鋼推，只是靠純粹的力量與速度，將敵人士兵抛開，破壞他們的隊形，領著五十人衝向最後一輛囚車。哈姆到達時，退了一步好打退一群敵人士兵，其中一名手下則砸碎囚車上的鎖。

凱西爾露出微笑，爲他們感到驕傲，眼睛仍然在搜尋審判者的身影。他這邊的人數雖少，敵人士兵卻似乎明顯很不安於司卡反叛軍的決心。凱西爾的人帶著熱血在戰鬥——雖然他們有許多劣勢，但這一點是他們的絕對優勢。

當終於能說服他們去戰鬥時，這就是潛藏在他們所有人之中的力量。只是很難釋放而已……

雷弩下了馬車，來到一邊，看著他的僕人從囚車裡衝出來。突然，一名衣著華貴的身影從群眾中衝出，抓著雷弩的前襟。

「法蕾特在哪裡？」依藍德．泛圖爾質問，聲音傳到錫力增強的凱西爾耳裡。「她在哪個籠子裡？」

小子，你眞的開始要惹怒我了，凱西爾心想。他在士兵之中推開一條道路，朝那個方向奔去。

審判者出現，從一堆士兵後方躍出，落在籠子上，晃動整台囚車，枯爪般的雙手各持一柄黑曜石斧頭。怪物迎向凱西爾的雙眼，微笑，然後從籠子落下，一斧頭砍上雷弩的背。那隻坎得拉全身一震，眼睛睜大。審判者接下來轉向依藍德。凱西爾不確定那怪物是否認得他，也許審判者以爲依藍德是雷弩的家人，也許他根本不在乎。

凱西爾停下腳步。

審判者舉起斧頭要攻擊。

她愛他。

凱西爾驟燒體內的鋼，不斷煽高，餵養熔金火焰，直到他的胸口有如灰山般炙熱，抵著後方的士兵，他向前奔射而去，推倒後方幾十名士兵，飛竄到審判者面前，在怪物正要開始揮砍時與他相撞。

拋下的斧頭落在幾呎外。兩人倒地時，凱西爾抓住審判者的脖子，開始以白鑞增強的肌肉捏緊。審判者舉起手，抓住凱西爾的雙手，焦急地想要將他的手扯開。

沼澤說得沒錯，凱西爾在一片混亂中想到。他怕死。他是能被殺死的。

審判者氣喘吁吁，金屬尖刺從他眼中突出，離凱西爾的臉只有幾吋遠的距離。凱西爾瞄到一旁的依藍德．泛圖爾歪歪倒倒地站起，向後退開。

「那女孩沒事！」凱西爾透過咬緊的牙關說道。「她不在雷弩的船隊上。快走！」

依藍德不確定地停下腳步，然後他的其中一名保鏢終於出現，男孩讓自己被拉走。

我不敢相信我剛救了一名貴族，凱西爾心想，掙扎要掐死審判者。妳最好要好好謝我，小妞。

審判者緩慢地以肌肉賁張的雙手拉開凱西爾的手。怪物再次開始微笑。

他們的力氣好大！

審判者將凱西爾推後，拉引一名士兵，讓自己半跑半滑地拖過石板路，結果撞上一具屍體。他立刻反身空翻，重新站好，脖子因凱西爾的捏握而泛紅，皮膚也被凱西爾的指甲戳破，但仍然在微笑。

凱西爾鋼推一名士兵，也讓自己站起。他看到身邊的雷弩靠著囚車。凱西爾對上坎得拉的目光，輕輕點頭。雷弩嘆口氣，倒在地上，背後插著斧頭。

「凱西爾！」哈姆在人群中大喊。

「快走！」凱西爾告訴他。「雷弩死了。」

哈姆瞄向雷弩的屍體，然後點點頭。他轉身面對手下，下令。

「倖存者。」一個沙啞的聲音說道。

凱西爾立刻轉身。審判者以透過白鑞增強而得的平滑步伐踏步向前，天金影子圍繞在身旁。「海司辛倖存者。」他說道。「你答應要跟我對打。我得要殺死更多司卡嗎？」

凱西爾驟燒金屬。「我沒說我們打完了。」

然後，他微笑。他擔心，他在痛，但他也很興奮。

窮其畢生，有一部分的他希望自己能夠挺身戰鬥。

他向來很想知道他能不能打倒一名審判者。

紋站起身，焦急地想看穿人群。

「怎麼了？」多克森問道。

「我覺得我看到依藍德了！」

「在這裡？聽起來有點荒謬，不是嗎？」

紋臉上一紅。**大概吧**。「無論如何，我想要看得更清楚。」她攀上小巷的一面牆。

「小心點。」老多說道。「如果被審判者看到妳……」

紋點點頭，爬上磚塊，一旦爬得夠高，她便立刻開始在人群中尋找熟悉的身影。多克森說得沒錯，她沒看到依藍德。其中一輛囚車，就是被審判者扯掉鐵籠的那輛，倒在路上，馬匹四處踩踏，被戰鬥跟司卡人群困在裡面。

「妳看到什麼？」老多大喊。

「雷弩倒下了！」紋說道，瞇起眼睛燃燒錫。「看起來像是有斧頭卡在他背上。」

「他不一定會因此致命。」多克森令人不解地說道。「我對坎得拉所知不多。」

坎得拉？

「囚犯呢？」老多喊道。

「他們都逃走了。」紋說道。「籠子都空了。老多，那裡有好多司卡！」看起來像是噴泉廣場中的所有人都擠到這小路口來。這一區微微向下凹處，紋可以看到數千名司卡擠在朝四面八方上斜的街道上。

「哈姆逃了！」紋說道。「我到處都沒看到他的人，也沒看到屍體！鬼影也不見了。」

「阿凱呢？」多克森焦急地問道。

紋一愣。「他還在跟審判者打。」

凱西爾驟燒白鑞，朝審判者揍了一拳，小心避開從眼眶中突出的平坦金屬底部。怪物腳步一歪，凱西爾朝他的肚子再補上一拳，審判者低吼，揮了凱西爾一巴掌，一擊讓他倒地。

凱西爾甩甩頭。*要怎麼樣才能殺死這東西啊？*他心想。撐起自己站立，再往後退，審判者踏步上前。有些士兵還在人群中找哈姆跟他的手下，但大多數已經停止動作，站在原地。兩名強大鎔金術師間的戰鬥是所有人都會低聲傳頌，卻從未親眼見過的情景。士兵跟平民目瞪口呆地站在原處，驚嘆地看著這場前所未見的戰鬥。

他的力氣比我大，凱西爾承認，小心翼翼地看著審判者。*但力量不是一切*。凱西爾探出力量，拉著小塊的金屬，全部抽到身邊來——鐵蓋、精鋼劍、錢袋、匕首，仔細地靠鋼推跟鐵拉不斷朝審判者進攻，同時維持天金燃燒，好讓每樣他控制的東西在審判者眼中都有許多天金影子。

審判者低聲咒罵，一面閃躲著無數的金屬，但凱西爾只是利用審判者的推力，順勢將每樣物品拉回，又重新朝怪物甩去。審判者朝前一揮，同時推向所有物品，凱西爾任由它們被推開，而審判者一停止鋼推，凱西爾便將武器們都拉引回來。

帝國士兵們圍成一個圓圈，警戒地觀看著。凱西爾利用他們的胸甲不斷鋼推，讓自己在空中反覆來回變換方向。位置的快速改變讓他不斷保持移動，令審判者抓不著他的動線，只能任憑凱西爾隨心所欲地操縱金屬武器的攻擊方位。

「看好我的腰帶鐵釦。」多克森要求，抓著紋身邊的磚頭，身體歪斜。「如果我摔倒，記得要鐵拉我一下，別讓我摔得那麼快，好嗎？」

紋點點頭，但她沒太注意老多。她正在看著凱西爾。「他簡直不可思議！」

凱西爾在空中來回竄動，雙腳從未碰觸地面，金屬碎片在他身邊嗡嗡飛響，回應著他的拉與推，在他的超凡控制下，幾乎讓人有那些東西全部都是活物的錯覺。

審判者憤怒地將它們拍打到一旁，但顯然左支右絀，無法追蹤每樣物品。

我低估凱西爾了，紋心想。我以爲他比迷霧人的技巧差是因爲他每樣都只學到皮毛而已，但其實不是這樣。這，才是他的強項——控制絕妙的鋼推跟鐵拉。

而鐵跟鋼是他親自訓練我的金屬。也許一直以來，他都清楚知道。

凱西爾轉身，在金屬的風暴中飛行，每次有東西落地，他就又將它抄起；物品隨時以直線飛行，但他不斷移動，將自己鋼推來去，維持所有東西都在空中，不斷地朝審判者發射。

怪物腦筋一片混亂，不斷轉身，試圖想將自己推上空中，但凱西爾只要朝他推去幾塊大的金屬物體，他便得將它們反推開來，又讓自己無法跳躍。

一根鐵柱打中審判者的臉。

怪物腳下一踉蹌，鮮血沾污了臉邊的刺青。一具鐵鋼盔擊中他的身側，讓他後退。

凱西爾開始快速發射金屬，感覺他的憤怒跟怒氣正在攀升。「殺死沼澤的是你嗎？」他大喊，根本懶得聽答案。「我多年前被審判時你在嗎？」

審判者舉起手，推開下一波金屬，一踧一踧地往後退，背靠著傾倒的囚車。

凱西爾聽到怪物咆哮，突來一波推力席捲過觀眾，推倒士兵，讓凱西爾的金屬武器飛走。

凱西爾讓它們離開，轉而衝上前去，撲向神智恍惚的審判者，抄起一大塊石板。

怪物轉身面向他，凱西爾大喊，揮舞著石板，力氣主要來自於怒氣而非白鑞。

他正面擊中審判者的雙眼，怪物的頭往後倒，撞上倒地馬車的底部。凱西爾再度攻擊，一面大喊，不斷地用石塊錘打怪物的臉。

審判者痛得嚎叫，枯爪般的手朝凱西爾伸去，彷彿要往前跳，卻突然身體一彈停止了，頭被卡在囚車的木頭裡。從頭顱後刺出的尖錐被凱西爾的攻擊搥入了木頭。

凱西爾微笑，看著怪物憤怒地尖叫，掙扎地要將頭扳離木頭。凱西爾轉向一邊，抄起他之前看到的東西。他踢翻一具屍體，抓起地上的黑曜石斧頭，粗糙的斧刃在紅色陽光下閃閃發光。

「很高興你說服了我。」他低聲說道，然後雙手一揮，將斧頭砍入審判者的脖子跟後方的木頭。

審判者的身體軟倒在石板路上，頭則維持在原位，他詭異、刺青、不自然的注視望著前方，被自己的尖刺卡在木頭上。

凱西爾轉身面對群眾，突然感覺到極端疲累。他的身體因爲數十處的瘀青跟割傷而發疼，他甚至不知道自己的披風何時被扯掉。可是他仍反抗地面對士兵，充滿疤痕的手臂清晰可見。

「海司辛倖存者！」一人低語。

「他殺了一名審判者……」另一人說道。

眾人開始呼喊。附近街道的司卡開始尖叫他的名字，士兵環顧四周，驚恐地發現自己被包圍。百姓們開始擠上前去，凱西爾感覺到他們的憤怒跟希望。*也許事情不用朝我以爲的方向發展，*凱西爾亢奮地心想。*也許我不需要——*

然後，攻擊來臨。像是遮蔽太陽的雲朵，像是靜謐夜晚突然來襲的暴風，像是兩隻手指捏熄了蠟燭。一隻壓迫性的大手壓制了萌生的司卡情緒。所有人縮倒，呼喊聲乍止，凱西爾在他們體內點燃的火太小了。

*就差一點點……*他心想。

在前方，一輛黑色的馬車上了山頭，開始從噴泉廣場下行。

統御主來了。

一波絕望襲來，紋差點把持不住。她驟燒錫，但跟先前一樣，仍然能隱約感覺到統御主充滿壓迫感的力量。

「統御主！」多克森說道，紋分辨不出來那是咒罵還是通報。擠滿廣場觀看的司卡居然讓出一條路給黑馬車，它從人牆之間馳到滿是屍體的廣場。

士兵們退開，凱西爾踏離翻倒的囚車，正面迎向馬車。

「他在做什麼？」紋問道，轉身面對將自己撐在一小塊凸出石頭上的多克森。「爲什麼他不跑？這不是審判者——這不是能對打的東西！」

「就是此刻，紋。」多克森讚嘆地說道。「這就是他等待的機會。面對統御主的機會，證明他那些傳說。」

紋回身面對廣場。馬車停下。

「可是……」她低聲說道。「第十一金屬。他帶來了嗎？」

「一定有。」

凱西爾一直說統御主是他的任務，紋心想。他讓我們其他人專注於貴族、警備隊和教廷，但這個……凱西爾一直打算要親自動手。

統御主從馬車下來，紋向前俯身，燃燒錫。他看起來像是個……

人。

他穿著有點類似貴族套裝的黑白制服，卻較爲誇張。他的外套直達腳邊，隨著他的前進而拖曳在地面。他的背心沒有顏色，而是純黑，上面有雪白的花紋。正如紋所聽說的，他的手指上閃爍著戒指，是他力量的象徵。

我比你們強大許多，戒指如此宣稱，我帶不帶金屬都無所謂。

英俊，頭髮漆黑，皮膚白皙，統御主瘦高且自信，而且很年輕——遠比紋預期的要年輕，甚至比凱西爾還年輕。他踏步走過廣場，避開屍體，身邊的士兵退後，逼退司卡。

突然，一小群人穿過士兵的封鎖線，身上穿著反叛軍凌亂的盔甲，領頭的人有點熟悉。他是哈姆的打手之一。

「爲了我的妻子！」打手說道，舉起矛，衝上前。

「爲了凱西爾大人！」另外四人大喊。

不……紋心想。

可是統御主無視於那些人的存在。領頭的反叛軍反抗地怒吼，將矛戳入統御主的胸口。

統御主只是繼續經過士兵前進，矛刺穿他的身體。

那名反抗軍一愣，然後從朋友手中再抓起一根矛，將它從統御主的背後刺穿。統御主再度無視於那些人，彷彿對他們跟他們的武器不屑一顧。

首領的反抗軍跌跌撞撞地退後，聽到朋友們開始在審判者的斧頭之下哀叫，立刻轉身。他很快便加入他們，審判者站在他們的屍首上方一會兒，高興地劈砍。

統御主繼續上前，彷彿沒注意到有兩根矛刺穿他的身體。凱西爾站在原地等他。他穿著破爛的司卡衣服，一身襤褸，卻很驕傲。他沒有屈服在統御主的安撫下。統御主停在幾呎外，一根矛幾乎要碰上凱西爾的胸口。黑色灰燼輕輕落在兩人身邊，一部分在淡淡的風裡盤旋飛吹。廣場安靜得可怕，就連審判者都停止血腥的動作。紋傾身向前，危險地攀著粗糙的磚頭。

快點動手，凱西爾！用金屬！

統御主瞥向凱西爾殺死的審判者。「那些很難遞補的。」他帶著口音的聲音清晰地傳到紋經過錫力增強的耳朵。

就算隔著這麼遠，她都能看到凱西爾的微笑。

「我殺過你一次。」統御主說道，轉身面對凱西爾。

「你嘗試過。」凱西爾回答，聲音響亮且堅定，傳遍整個廣場。「但是你殺不死我的，暴君。我代表你一直都殺不死的事物，無論你有多努力。」

統御主鄙夷地一哼，懶懶地舉起手，反手揮了凱西爾一巴掌，用力到紋可以聽見碎裂聲迴響在整個廣場。

凱西爾身體一歪，轉身倒地，鮮血四濺。

「不！」紋放聲尖叫。

統御主從胸口拔下一根矛，刺穿凱西爾的胸口。「處決開始。」他說道，轉身回到馬車，抽出第二根矛，拋向一旁。

混亂立刻開始。在審判者的示意下，士兵轉過身開始攻擊人群，其他審判者從上方的廣場出現，騎著黑馬，手中黑色的斧頭在下午的光線下閃爍。

紋忽略一切。「凱西爾！」她尖叫。他躺在倒地的地方，矛從胸口突起，鮮血凝聚在他身旁。

不。不。**不！**她從建築物跳下，鋼推躍過下方的屠殺，落在出奇空曠的廣場中央，因爲統御主已經離開，審判者們則忙著殺司卡。她爬到凱西爾的身邊。

他的左臉幾乎半點不存，可是右邊……仍然淡淡地微笑，空洞的眼睛望著黑紅色的天空，灰燼點點落在他的臉上。

「凱西爾，不要……」紋說道，眼淚流下臉龐。她戳戳他的身體，想找到脈搏。一點都沒有。「你說他殺不死你的！」她大喊。「你的計畫怎麼辦？第十一金屬怎麼辦？我怎麼辦？」

他沒有動。一片淚眼模糊中，紋什麼都看不見。

不可能。他一直說我們不是無敵的……但那是指我。不是他。不是凱西爾。他是無敵的。他應該是

無敵的。

有人抓住她，她扭著身子，哭喊出聲。

「該走了，孩子。」哈姆說道。他停下腳步，看著凱西爾，為自己確認他的首領的確死了。

然後，他將她拖走。紋繼續虛弱地掙扎，但開始麻木。在她的意識深處，她聽到瑞恩的聲音。

妳看。我跟妳說過他會離開妳。我警告妳了。我保證過……

PART V

被遺忘國度的信徒

Believers in a forgetten World

我知道如果我做錯選擇會發生什麼事。我一定要堅強。我不能將力量佔爲私用。因爲我已經看見這麼做的未來會發生什麼事。

35

跟我合作，凱西爾這麼說。我只要求一件事——信任我。

紋動也不動地浮在霧中。霧氣如安靜的河流。上方，前方，兩側，下方。濃霧包圍著她。

相信我，紋，他這麼說過。妳對我的信任足以從牆上跳下來，而我也接住妳了。妳這次也得要相信我。

我會接住妳……

我會接住妳……

彷彿她哪裡都不存在。在霧中，成爲霧的一部分。她有多羨慕它。它不會思考。不會擔憂。不會痛。

我信任你，凱西爾，她心想。我眞的信任你，但是你讓我失望了。你答應在你的集團中不會有背叛。那這個呢？你的背叛呢？

她懸浮在霧中，熄滅了錫好讓自己能更看清楚白霧。霧有點濕，涼涼地貼在她身上。像是亡者的淚水。

還有什麼關係？她心想，望著天頂。還有什麼能有關係？你是怎麼跟我說的，凱西爾？說我一直不瞭解？說我關於友誼還需要學習？你呢？你甚至沒對抗他！

在她的記憶中，他又站在那裡。統御主鄙夷地將他擊倒。倖存者跟普通人一樣死去。

所以你這麼遲疑，不願承諾你不會遺棄我？

她希望她能……離去。飄走。變成霧。她曾經想要得到自由，也以爲自己找到了。她錯了。這個悲傷，心中這個洞，這不是自由。

這跟瑞恩拋棄她時一樣。有什麼不同？至少瑞恩是誠實的。他一直保證他會離去。凱西爾一直騙她，要她信任跟愛人，但瑞恩才是一直誠實的人。

「我不要再這樣下去了。」她對霧低語。「你能不能把我帶走？」

霧沒有回答，只是頑皮地旋轉，毫不在乎，總是在變化——卻又總是相同。

「主人？」一個遲疑的聲音在下方喊道。「主人，上面那個是妳嗎？」

紋嘆口氣，燃燒錫，然後熄滅鋼，讓自己落下。她的迷霧披風隨著她從霧中落下而波動。她靜靜地落在密屋屋頂。沙賽德站在不遠處，旁邊是探子用來爬上屋頂的鐵梯。

「什麼事，阿沙？」她疲累地說道，將她排成正三角用來穩住自己的三枚錢幣拉起。其中一枚扭曲變形——是她跟凱西爾好多個月前互推比賽時用的同一枚。

「抱歉，主人。」沙賽德說道。「我只是在想妳去了哪裡。」

她聳聳肩。

「這是安靜得出奇的夜晚，我想。」沙賽德說道。

「一個悲傷的夜晚。」凱西爾死後，數百名司卡被屠殺。眾人逃離時又有數百人被踩死。

「我甚至不知道他的死有何意義。」她靜靜地說道。「我們救的人可能遠少於被殺死的人。」

「被邪惡的人殺死，主人。」

「哈姆常問，是否眞的有『邪惡』這種東西。」

「哈姆德主人喜歡問問題。」沙賽德說道。「可是就連他都不質疑這個答案。那些是邪惡的人……就像有好人。」

紋搖搖頭。「我看錯凱西爾了。他不是好人，他只是個騙子。他從來就沒有擊敗統御主的計畫。」

「也許吧。」沙賽德說道。「或者他從來沒有施行計畫的機會。或許我們只是不瞭解他的計畫。」

「你聽起來像是你仍然相信他。」紋轉身走到平坦屋頂的邊緣，望著安靜，滿是陰影的城市。

「是的，主人。」沙賽德說道。

「怎麼會？怎麼能？」

沙賽德搖搖頭，站到她身邊。「相信不是風和日麗時才有的，我想。如果在失敗後無法繼續，那又怎麼算是信念，怎麼算是信仰呢？」

紋皺眉。

「任何人都能相信某個永遠會成功的人或事，主人。可是失敗……那才是眞的難相信，這是絕對且必然的事，而我認爲正是因爲這麼困難，所以才有價值。」

紋搖搖頭。「凱西爾不配。」

「妳這話不是認眞的，主人。」沙賽德冷靜地說道。「妳因爲已發生的事實而生氣。妳的心被傷害了。」

「我是認眞的。」紋說道，感覺臉頰上沾濕了一滴淚。「他不配得到我們的信念。他從來都不配。」

「那些司卡不是這麼認爲的。關於他的傳說正快速成長。我得快點回到這裡來蒐集。」

紋皺眉。「你要蒐集關於凱西爾的故事？」

「當然。」沙賽德說道。「我蒐集所有宗教。」

紋一哼。「這不是什麼宗教，沙賽德。這是凱西爾。」

「我不同意。他在司卡心中絕對是宗教形象。」

「可是我們認得他。」紋說道。「他不是先知也不是神。他只是個人。」

「我想，他們大部分都是如此。」沙賽德輕聲說道。

紋只是搖搖頭。兩人站在原處，看著黑夜。「其他人呢？」她終於問道。

「他們正在討論接下來該怎麼辦。」沙賽德說道。「我相信他們已經決定分頭離開陸沙德，到其他城市避難。」

「那……你呢？」

「我必須回到北方我的家鄉，去守護者之地，好跟其他人分享我的知識。我必須告訴我的兄弟姊妹關於日記的事，尤其是我們的先祖，那個叫做拉刹克的人。我想從這個故事中我們能學到很多。」

他停下來，看看她。「這不是我能帶另一個人的旅程，主人。守護者之地必須是祕密，即便對妳亦然。」

當然，紋心想。當然他也會走。

「我會回來。」他承諾。

當然會。就像其他承諾會回來的人一樣。

有短短一段時間，集團讓她覺得自己是被需要的，但她向來知道這會結束。該是回到街上的時候。獨自一人的時候。

「主人……」沙賽德緩緩說道。「妳有沒有聽見？」

她聳聳肩，但……的確有什麼。聲音。紋皺眉，走到建築物的另一端。聲音越發清晰，就算沒有錫也聽得一清二楚。她探出頭望向屋頂的一邊。

一群司卡男子，大概總共有十個人，站在下方的街道中。盜賊集團？紋猜想，看著沙賽德加入她。團體的成員隨著越來越多司卡膽怯地離開住所而增加。

「來吧。」站在眾人之前的司卡男子說道。「不要害怕迷霧！倖存者不是自稱爲迷霧之主嗎？他不是說我們沒有什麼好怕的嗎？它們會保護我們，給我們安全，甚至給我們力量！」

隨著越多越多司卡離開住家，卻沒有受到任何的攻擊，人群開始更加擴大。

「去叫其他人來。」紋說道。

「好主意。」沙賽德說道，快步走到樓梯邊。

「你的朋友，你的孩子，你的父親，你的母親、妻子、愛人。」司卡男子說道，點亮一盞燈籠舉起。「他們死在離這裡不到半小時外的街道上。統御主甚至沒有良心到不會清理他屠殺後的痕跡！」

群眾開始低語同意。

「就算他清理了，」男子繼續說道。「挖掘墳墓的會是統御主的雙手嗎？不！會是我們的。凱西爾大人告訴過我們。」

「凱西爾大人！」幾個人同意。人群開始越來越擴大，婦女跟青年開始加入。

樓梯上的聲音宣告哈姆來到，隨即跟上的是沙賽德，然後是微風、多克森、鬼影，甚至連歪腳都來了。

「凱西爾大人！」下面的男子大喊。其他點亮火把，照亮白霧。「凱西爾大人今天爲我們戰鬥！他殺死了永生不死的審判者！」

眾人發出贊同聲。

「可是他死了！」某人大喊。

沉默。

「我們又做了什麼去幫助他？」領頭的男子回問。「我們許多人都在那裡，多達數千人！我們有人幫忙嗎？沒有！我們等著、看著，但他仍然爲我們戰鬥。我們傻傻地站在一旁看著他倒地。我們看著他死去！

「不過，這是眞的嗎？倖存者怎麼說的，他不是說過統御主永遠不能眞正殺死他？凱西爾是迷霧之主！他現在不就與我們同在？」

紋轉身面對其他人。哈姆小心翼翼地看著，而微風只是聳聳肩。「那個人顯然發瘋了。宗教狂熱瘋子。」

「我告訴你們，朋友！」下面的那個人大叫。群眾逐漸擴大，越來越多火把被點亮。「我跟你們說的是事實！*凱西爾大人今天晚上出現在我面前！*他說他永遠會與我們同在。我們要讓他再次失望嗎？」

「不！」眾人回答。

微風搖搖頭。「我沒想到他們居然有這等骨氣。眞可惜它這麼小……」

「那是什麼？」多克森問道。

紋轉身，皺起眉頭。遠方有一團光，像是……火把，點亮在霧中。東方靠近司卡貧民窟處，又出現另一團。第三團。第四團。要不了多久，看起來像是整個城市都在發光。

「你這個瘋狂的天才……」多克森低語道。

「什麼意思？」歪腳皺眉問題。

「我們都沒注意到。」老多說道。「天金、軍隊、貴族……都不是凱西爾在計畫的行動。這才是他的行動！他從來都沒有要靠我們的集團去推翻最後帝國，我們太渺小了。可是整個城市的人民……」

「你是說他是故意的？」微風問道。

「他一直在問我同樣的問題。」沙賽德在後方問道。「他一直問我，宗教爲何能這麼強大。每次我給他的答案都一樣……」沙賽德偏過頭看著他們，「我告訴他，是因爲那些信眾有某件令他們熱血沸騰的東西。某件東西……或是某個人。」

「可是他爲什麼不告訴我們？」微風問道。

「因爲他知道。」老多低聲說道。「他知道我們絕對不會同意的。他知道他必須要死。」

微風搖搖頭。「我不相信。那爲什麼要花精神在我們身上？他自己一個人就能辦到。」

爲什麼要花……「老多，」紋轉過身問。「凱西爾進行情報販子會面所租的倉庫在哪裡？」

多克森想了想。「其實不遠。大概兩條街口外。他說他希望那倉庫離備用密室不遠……」

「帶我去看！」紋說道，爬向建築物另一邊。聚集的司卡繼續大喊，每次呼喊都比先前更響亮，整個街道閃動著光芒，閃爍的火把將白霧變成明亮的煙霧。

多克森領著她走入街道，其他人跟在她身後。倉庫是一間寬敞卻破敗的建築物，老邁憂鬱地蹲在貧民區的工業區。紋走上前去，驟燒白鑞，敲掉門鎖。門緩緩打開。多克森舉起燈籠，光線照耀出閃爍的金屬堆。武器。劍、斧頭、戰棍、鋼盔在燈光下閃閃發光——多得不可思議的銀色庫藏。

眾人讚嘆地看著房間。

「這才是原因。」紋靜靜說道。「他需要雷弩的僞裝才能如此大量採購武器。他知道若想要他的反抗軍成功奪回城市，就需要這些東西。」

「那麼，為什麼要招募軍隊呢？」哈姆說道。「也是個偽裝嗎？」

「我猜是吧。」紋說道。

「錯了。」一個聲音說道，迴蕩在巨大的倉庫中。「遠不止如此。」

眾人一驚，紋驟燒金屬……直到她認出聲音。「雷弩？」

多克森將燈籠舉得更高。「出來，怪物。」一個身影在倉庫後方遠處移動，貼著陰影，但說話的聲音確實屬於雷弩。「他需要軍隊好提供一團受過訓練的核心隊伍供反抗軍驅策。這一部分的計畫被……某些事件阻礙。可是這只是他需要你們的部分原因。貴族家族需要崩解，好讓政治結構露出空洞，警備隊需要離開城市好避免司卡被屠殺。」

「他從一開始就計畫了這些事。」哈姆讚嘆地說道。「凱西爾知道司卡不會反抗，他們被壓迫太久，被訓練認為統御主擁有他們的身體跟靈魂。他瞭解他們絕對不會反叛……除非他給他們一個新神。」

「是的。」雷弩說道，上前一步。光線照耀在他臉上，紋驚訝地倒抽一口冷氣。

「凱西爾！」她尖叫。

哈姆抓住她的肩膀。「小心點，孩子。那不是他。」

那東西看著她。牠有凱西爾的臉，但眼神……不同。臉上也沒有凱西爾慣有的微笑。牠似乎是空的。死的。

「我道歉。」牠說道。「這是我在計畫中的部分，而且也是凱西爾一開始和我簽訂契約的原因。一旦他死了之後，我應該要收取他的骨骸，然後出現在他的信眾面前，給他們信心跟力量。」

「你是什麼?」紋驚恐地問道。

凱西爾(雷弩)看著她,然後臉部模糊一陣後,變得透明。她透過黏軟的皮膚可以看到下面的骨頭。讓她想起……

「霧魅。」

「坎得拉。」那生物說道,皮膚失去原本的透明。「以你們的說法應該是已經……長大的霧魅。」

紋噁心地轉過身,想起她在霧裡面看到的怪物。凱西爾說,牠們是食腐者……怪物會消化死者的骨頭,偷取他們的骨骸跟身形。這傳說比我以爲的要眞實許多。

「你們也都是他的計畫一部分。」坎得拉說道。「你們都是。你們問他爲什麼需要集團的支援?因爲他需要有道德良知的人,能夠學會爲人民而非爲金錢操心的人。他將你們放在群眾跟軍隊前,讓你們練習領導能力。他利用你們……卻也在訓練你們。」

坎得拉看著多克森、微風和哈姆。「行政官、政治家、將軍。爲了誕生新國都,會需要你們這些有能力的人。」坎得拉朝不遠處的一張桌子點點頭,上面釘了一張很大的紙。「那是要你們照辦的指示。我有別的事情要處理。」牠轉身彷彿要離開,但是卻在紋身邊停下腳步,像極凱西爾的臉轉身面向她。但那怪物本身不像雷弩或凱西爾,彷彿是毫無感情的。坎得拉舉起一個小布囊。「他要我把這個給妳。」牠將布囊放入她的手中,然後繼續前進,離開倉庫時,所有人都爲牠讓出很大一條路。微風最先走向桌子,但哈姆跟多克森比他搶先抵達。紋低頭看著袋子。她……害怕看到裡面有什麼。她急忙上前,加入眾人。這張紙是城市的地圖,顯然是從沼澤送來的那一張所抄下的,上面寫了一些字。

我的朋友們,你們有很多事要做,而且你們動作得快。你們必須組織、分發這個倉庫裡的武器,同時在另外兩個貧民區中各有一個同樣的倉庫，你們也得比照處理。旁邊的房間有馬匹，方便你們旅行。一旦分發武器之後，你們必須守住城門，控制剩餘的警備隊。微風，你的組員該去做這件事，先去處理警備隊好能和平接管城門。

在城市中還有四大家族維持強大軍事力量。我將他們都標在地圖上。哈姆，你的團隊要去處理他們。除了我們自己的武力之外，不希望有其他士兵。

多克森，第一波攻擊發生時先待在後方。隨著消息傳出，會有越來越多司卡前來倉庫。微風跟哈姆的軍隊會包括我們訓練的士兵，我希望還有來自聚集於街上的司卡。你們得確定一般的司卡都拿到武器，讓歪腳能領導對皇宮的攻擊。安撫站應該已經消失了。在雷弩來找你們之前，應該已經對我們的殺手隊下達了正確的指令。如果有時間，派哈姆的打手去確認一下這件事。微風，我們需要你的安撫者加入，好能鼓勵他們更勇敢。

我想就這樣了。這是場很有趣的行動，對不對？每當想起我時，請記住這點。記得要微笑。現在，快點行動。

願你們以智慧統治這片大地。

地圖將城市分塊，不同的分部上有不同集團成員的名字。紋發現她跟沙賽德的名字被漏掉了。

「我會回去找我們留在屋子裡的那群人，」歪腳以抱怨的聲音說道。「把他們帶來拿武器。」他開始一拐一拐地離開。

「歪腳？」哈姆說道，轉身。「並非要冒犯你，可是……他為什麼要把你算在軍隊領導者之內？你對戰爭有多少瞭解？」

歪腳哼了哼，拉起褲管，露出從小腿一路延伸到大腿的糾結長條疤痕，顯然就是造成他瘸腿的原因。「你以爲我這是從哪來的？」他說道，然後走開。

哈姆不敢相信自己眼睛，轉回身面對眾人。「我不敢相信這件事眞的在發生。」

微風搖搖頭。「我以爲我已經夠會操弄別人了。這……這實在太驚人了。經濟即將瓦解，存活的貴族即將在外區開戰，阿凱讓我們看到怎麼樣殺死審判者——只要把他們撂倒，砍掉頭就可以。至於統御主……」

所有目光轉向紋。她低頭看著手中的袋子，將它打開。一個更小的袋子掉入她手中，裡面裝滿了天金珠子，還有一小條金屬包在一張紙裡面。第十一金屬。紋攤開紙張。

紋，妳今天晚上原本的任務是刺殺留在城裡的高階貴族。但是，妳說服了我，應該讓他們活著。我完全搞不懂這去死的金屬應該要怎麼使用。燃燒它很安全，不會害死妳，但似乎也沒有什麼有用的作用。如果妳讀到這封信，就意謂著我面對統御主時仍然沒有發現該怎麼使用它。不過這不重要。人們需要可以相信的東西，而這是給他們信仰的唯一方法。請不要因爲我遺棄妳而生氣。我的性命只是暫時得到寬限期而已，好多年前我就該代替梅兒而死。我已經準備好面對死亡。

其他人會需要妳。現在妳是他們的迷霧之子——在未來的數個月中，妳必須保護他們。貴族會派殺手去對付我們王國的新生統治者們。永別了。我會把妳的事告訴梅兒，她一直很想生個女兒。

「上面說什麼？」哈姆問道。

「說……說他不知道第十一金屬怎麼使用。他很抱歉，他不確定該如何打敗統御主。」

「我們現在有一整個城市的人要對付統御主。」老多說道。「我嚴重懷疑他能殺掉我們所有人。如果毀不死他，那我們乾脆把他綁起來，丟入地牢裡就好。」

其他人點頭。

「好！」多克森說道。「微風跟哈姆，你們要去其他倉庫開始發放武器。鬼影，去把學徒都叫過來，我們需要他們傳送訊息。快點行動！」

所有人飛奔而去。不久後，他們之前看到的司卡便衝入倉庫，舉高火把，讚嘆不已地看著豐富的武器。多克森很有效率地命令一些新來的人進行發放的任務，派其他人去聚集親朋好友。所有人開始裝備，點取武器，每個人都很忙碌。只除了紋。

她抬頭看著沙賽德，後者對她微笑。「有些時候我們只需要等得夠久，主人。」他說道。「然後我們就會瞭解，我們一直相信的到底是什麼。有一句凱西爾主人很喜歡的諺語——」

「永遠都有另一個祕密。」紋低聲說道。「可是，阿沙，除了我之外，每個人都有工作。我原本是要去刺殺貴族的，但阿凱不要我這麼做了。」

「他們需要被制止，」沙賽德說道。「但不一定是透過謀殺的方式。也許妳的任務就是讓凱西爾知道這點？」

紋搖搖頭。「不，我還要做得更多，阿沙。」她抓著空袋子，滿心焦躁。裡面發出一陣沙沙聲。

她低頭，打開袋子，發現一張她之前沒看到的紙。她將紙抽出，仔細小心地攤開。那是凱西爾給她看過的繪畫——花的圖片。這張圖梅兒從不離身，夢想著一個太陽不是紅色，植物是綠色的未來……

紋抬起頭。

政務官、政治家、士兵……每個王國都還需要一種人。

優秀的殺手。

她轉身，取出一瓶金屬，喝掉它，利用液體吞下兩顆天金珠子。她走到一堆武器旁，拾起一小把箭，上面有石頭箭尖。她將箭頭都折斷，留下大約半吋的長度，將有羽飾的箭身棄置一旁。

「主人？」沙賽德擔憂地詢問。

紋走過他身邊，在盔甲間搜尋，終於找到她想要的盔甲——一件如襯衫般的盔甲，上面是以大金屬環串連。她以匕首跟白鑞增強的手指拔下一把金屬環。

「主人，妳在做什麼？」

紋走到桌邊的一個大櫃子，她之前看到裡面有許多金屬粉末。她在袋子裡裝了幾把白鑞粉。

「我在考慮統御主的事。」她說道，從盒子裡拿出銼刀，削下幾塊第十一金屬。她停下動作，研究著不熟悉的銀色金屬，然後和著水壺中的水將碎片吞下。她在其中一個備用金屬瓶中又放了幾片。

「反抗軍一定能對付他的。」沙賽德說道。「我想少了他的僕人，他就沒有那麼強壯了。」

「你錯了。」紋說道，站起身走向大門。「他很強，阿沙。凱西爾感覺不到他，但我不同。凱西爾不知道。」

「妳要去哪裡？」沙賽德在她身後問道。

紋停在門口轉過身，白霧在她身邊圍繞。「在皇宮裡面，有一個房間受到士兵跟審判者的保護，凱西爾兩度試圖進入。」她轉身面對黑暗的夜霧。「今晚，我要去找出裡面到底有什麼。」

我決定要感謝拉刹克的恨意。記得有人憎恨我是好的。我的責任不是尋求受到眾人歡迎或愛戴。我的責任是要確保人類生存。

36

紋靜靜地走向克雷迪克·霄。她身後的天空燃燒，白霧反射、暈散上千支火把的光芒。像是城市上方的燦爛圓頂。

光線是黃色的，凱西爾一直說那是太陽該有的顏色。

四名緊張的侍衛等在她跟凱西爾上次攻擊的同樣一扇皇宮門口。他們看著她走近。紋靜靜緩緩地踩上被霧水沾濕的石頭，迷霧披風莊嚴地摩擦出聲。

其中一名侍衛拿矛指著她，紋停在他的面前。

「我明白，」她靜靜地說道。「你們忍受了磨坊、礦坑和鐵廠。你們知道他們有一天會殺了你，讓你的家人挨餓，所以你去找統御主，雖然心有罪惡感卻還是加入他的警備隊。」四人面面相覷，不知道她想講什麼。

「我身後的亮光來自巨大的司卡反抗軍，」她說。「整個城市都挺身起來對抗統御主。我不怪罪你們的選擇，但改變的時代已經來臨。這些反抗軍會需要你們的訓練跟知識。去找他們，他們在倖存者廣場集合。」

「呃……倖存者廣場？」一名士兵問道。

「就是海司辛倖存者今天被殺掉的地方。」

四人交換不確定的眼神。

紋稍稍煽動他們的情緒。「你們再也不用與罪惡感爲伍。」

終於，其中一人上前一步，撕掉制服上的徽章，堅定地走入夜晚。另外三人想了想，最後也尾隨而去，讓紋得以直接進入皇宮。

紋走入走廊，經過同樣一間守衛室。她走了進去，經過一群在聊天的警衛，沒有傷害他們任何一人，走入後方的走廊。在她身後，警衛從驚訝中恢復過來，大喊出聲。他們衝入走廊，但紋躍起，反推燈籠架，讓自己飛竄過走廊。

眾人的聲音變得遙遠，他們就算用跑的也跟不上她的速度。她來到走廊的末端，然後輕巧地落在地面上，披風包圍著身體。她繼續穩定、不疾不徐地前進。沒必要跑，反正他們一定在等她。

她經過拱道，踏入圓拱屋頂的中央房間。銀色的壁畫鋪滿四面牆壁，爐火在角落燃燒，地面是深黑色的大理石。兩名審判者站在那裡，擋住她的道路。

紋靜靜地走入房間，靠近她目標的建築物中的建築物。

「我們一直在找妳。」一名審判者以沙啞的聲音說道。「妳卻自己送上門來。這是第二次了。」

紋停下腳步，站在他們面前約二十呎外。兩人高高聳立，幾乎比她高上三十公分，自信微笑著。

紋燃燒天金，從披風下揮出手，對空中拋出兩把箭頭。她驟燒鋼，強力地推向鬆鬆綑在箭頭斷裂木柄上的鐵環。暗器飛向前方，竄過房間，領頭的一名審判者大笑，舉起手，鄙夷地鋼推暗器。他的推力將沒有繫緊的鐵環從棍柄上拆下，金屬環反向飛去。箭頭本身卻繼續飛行，不是靠後方的推力，而是致命的慣性。

兩打箭刺中審判者，令他驚訝地張大了嘴巴。幾枚箭頭完全穿過他身體，直到彈上後方的石牆。幾枚擊中他同伴的雙腿。

帶頭的審判者全身一震，在痙攣中倒地。另一名咆哮，雖然仍站著，但虛弱的腿仍讓他歪倒。紋衝上前去，驟燒白鑞，剩餘的一名審判者想阻止她的去路，但她探入披風，拋出一大把白鑞粉。審判者停下腳步，頓時茫然。在他的「眼中」，他只會看到一堆藍線，每一條都連向一粒金屬灰塵，同時有這麼多金屬來源集中於同一地點，那些線條會讓他瞎掉。審判者憤怒地原地轉身，紋衝過他身旁。他反推粉塵，將它推開，卻在此同一瞬間，紋已經抽出一柄玻璃匕首，飛拋向他。在藍線跟天金影子的混沌中，他沒注意到匕首，直直被擊中大腿而跌倒，以沙啞的聲音咒罵著。

*幸好成功了，*紋心想，跳過第一名審判者不斷發出呻吟的身體。*不確定那些眼睛是不是真的這樣用。*

她以全身的力量撞上門，一面驟燒白鑞，一面拋出另一把粉塵，避免剩下的審判者瞄準她身上任何金屬。紋沒有轉身跟兩名審判者繼續戰鬥，他們光是一個人就已讓凱西爾麻煩了許久，這次她深入敵陣的目標不是殺人，而是蒐集線索，然後逃跑。

紋衝入建築物中的建築物，差點被某種珍禽異獸的地毯絆倒。她皺眉，焦急地環顧房間，搜尋統御主藏在裡頭的東西。

*一定在這裡，*她焦慮地心想。*打敗他的方法。贏得這場戰爭的方法。*她在賭那些審判者因為自身的

傷口而分心，夠久到讓她能找出審判者的祕密，然後脫逃。

房間只有一個出口——就是她進來的入口，一個爐火在房間中央燃燒。牆上掛滿奇怪的東西，大多數都掛著毛皮，有些短毛的皮革則以染料塗成奇怪的圖樣。牆上還有幾幅舊畫，色彩早已褪去，畫紙泛黃。紋快速、焦急地搜索，尋找任何能用來對付統御主的武器，可惜沒看到任何有用的東西。這個房間看似奇怪，卻很普通，反而還有種家的舒適感，像是某人的書房或休憩室。裡面滿是奇怪的物品跟裝潢，例如某種外來動物的角，還有一雙很奇怪的鞋子，有很寬很平的鞋底。這是喜歡保留東西的人的房間，一個收藏過去回憶的地方。

房間中央突然有東西動了一下，讓她一驚。爐火邊有一張旋轉椅，它緩緩轉身，一名老人坐在裡面。禿頭，皮膚上都是黑斑，約莫七十幾歲。他穿著華麗的深色服裝，同時生氣地對紋皺眉。

完了，紋心想。我失敗了，這裡什麼都沒有。得趕快逃。

她正打算逃走的瞬間，粗暴的雙手從後面抓住她。她皺眉，一面掙扎一面低頭看著審判者滿是血跡的腿。就算有白鑞，他也不應該能爬得起來行走。她試圖扭轉身體掙脫，但審判者用力地抓住她。

「這是什麼？」老人站起身質問。

「對不起，統御主。」審判者尊敬地說道。

統御主！可是……我見過他。他是個年輕人。

「殺了她。」老人揮手說道。

「主上。」審判者說道。「這孩子……很特別。我能留著她一陣子嗎？」

「哪裡特別？」統御主說道，一面喘氣一面坐下。

「我們向你請求，統御主。」審判者說道。「關於教義廷。」

「又是那件事。」統御主疲憊地說道。

「拜託你，主上。」審判者說道。紋繼續掙扎，驟燒白鑞。可是審判者將她的雙臂困在身側，而她的後踢沒有多大成效。*他好強壯！*她焦躁地想。

然後，她想起來。第十一金屬。力量正儲存於她體內，形成不熟悉的存量。她抬起頭，瞪著老人。*最好要奏效。*她燃燒它。

什麼都沒發生。

紋焦躁地掙扎，開始感到沮喪。突然，她看到他。另外一個人，站在統御主旁邊。他是從哪裡來的？她沒有看到他進來。他有滿滿的鬍子，穿著厚重的羊毛衣，還有以毛皮爲內襯的披風。那不是豪華的衣著，但縫製得很好。他靜靜地站在那裡，似乎很……滿意。他開心地微笑著。紋歪著頭。他看起來有點熟悉。他的五官跟殺了凱西爾的那人很像。不過這個人年紀比較大也……比較活。

紋轉向另一邊。她身邊站著另一個不熟悉的人，一名年輕的貴族。從他的套裝看來是名商人，而且是很富有的商人。

這是怎麼一回事？

第十一金屬燒盡。兩個新來的人如鬼魅一般消失。

「好吧。」年邁的統御主說道，嘆口氣。「我同意你的要求，幾個小時後開會吧。泰維迪安已經要求討論皇宮外的事件。」

「是嗎？」第二名審判者說道。「好……他在。很好，太好了。」

紋繼續掙扎，看著審判者將她推倒在地，然後舉起手，抓住某樣她看不見的東西一揮，她的頭立刻一痛。

雖然紋體內仍有白鑞的助力，一切事物還是轉為黑色。

依藍德在北方一個跟富麗的大廳比較起來較小、較普通的泛圖爾堡壘入口，找到他父親。

「發生什麼事了？」依藍德質問，穿上他的套裝外套，頭髮因剛睡起而凌亂。泛圖爾大人跟他的侍衛隊長跟運河長站在一起，士兵跟僕人散布在褐白相間的走廊上，帶著擔憂懼怕的神情快步跑動。

泛圖爾大人無視於依藍德的問題，找來一名信差，要他前往東河碼頭。

「父親，發生什麼事了？」依藍德重複。

「司卡造反了。」泛圖爾大人沒好氣地回答。

什麼？依藍德心想，看著泛圖爾大人揮手要另一群士兵靠近。不可能。在陸沙德裡的司卡反抗軍……不可思議。他們沒有嘗試如此大膽行動的個性，他們只是……法蕾特也是司卡，他心想。你不能再像其他貴族那樣思考，依藍德。你得睜開雙眼。

警備隊不在了，跑去屠殺一群不同反叛軍。司卡好幾個禮拜前被強迫觀看那殘忍的處決，更不要提今天發生的屠殺。他們被逼迫到爆裂點。泰瑪德預測到這件事，依藍德突然明瞭。大概還有另外六名政治理論家也預測了這點。不論政府的領袖是不是神，人民總有一天會站起……終於發生了。我就活在當中。

而且……我站錯邊了。

「為什麼要找運河長來？」依藍德問道。

「我們要離開了。」泛圖爾大人簡扼地說道。

「拋棄堡壘？」依藍德問道。「這有何榮譽可言？」

泛圖爾大人一哼。「這無關榮譽，小子。是關於生存。司卡正在攻擊主門，屠殺殘餘的警備隊。我可不打算等到他們來狩獵貴族頭。」

「可是……」

泛圖爾大人搖搖頭。「我們反正本來就要離開。幾天前……深坑出了事。統御主發現時絕對不會高興。」他後退一步，揮手找來他的窖船領隊。

司卡造反，依藍德心想，腦子一時仍然有點反應不過來。泰瑪德的書裡是怎麼警告的？當眞正的反抗行動發生時，司卡會恣意屠殺……每個貴族都會喪命。

他預測反抗行動會很快停止，但會留下無數屍體。上千人會死。數萬人會死。

「你在這裡幹麼，小子？」泛圖爾大人質問。「還不快去收你的東西。」

「我不走。」依藍德出乎自己意外地說道。

泛圖爾大人皺眉。「什麼？」

依藍德抬起頭。「我不去，父親。」

「你絕對要。」泛圖爾大人說道，以他慣有的瞪視看著依藍德。

依藍德望入他憤怒的雙眼——不是因爲他關心依藍德的安危，而是依藍德膽敢抗拒他。奇特的是，依藍德毫無畏懼之意。有人要阻止這件事。反抗軍會帶來某些好處，但必須是在司卡不會繼續屠殺他們的盟友之下，而貴族正應該是這個角色——司卡對抗統御主的盟友。他也是我們的敵人。

「父親，我是認眞的。」依藍德說道。「我要留下來。」

「該死的，小子！你要一直這樣輕蔑我嗎？」

「這不是舞會或餐會，父親。這是更重要的事情。」

泛圖爾大人一愣。「這該不會是你吊兒郎當的反抗？你不是在裝瘋賣傻吧？」

依藍德搖搖頭。

突然，泛圖爾大人微笑。「那就留下吧，小子。好主意。我去聚集實力時，應該要有人繼續在此主持。沒錯……很好的主意。」

依藍德停下來思索他父親笑容中的深意。天金——父親要我當他的替罪羔羊！而且……就算統御主不殺我，父親也認為我會在反抗行動中喪命。無論如何，他都可以把我處理掉。我的確不太擅長這種事吧？

泛圖爾大人自顧自地笑了，轉過身。

「至少留些士兵給我。」依藍德說道。

「你可以得到大部分的士兵。」泛圖爾大人說。「在這一團混亂之中要運出一船人就已經夠困難了。祝你好運，小子。我不在時，幫我跟統御主問好。」他再次大笑，走向他已經在外面備妥的駿馬。

依藍德站在大廳中，他突然是眾人的注意焦點。緊張的侍衛跟僕人一發現他們被遺棄，立刻以絕望的眼神望著依藍德。

輪到我……負責了，依藍德震驚地想。現在該怎麼辦？

外頭，他可以看到白霧因燃燒火光而閃爍，幾名士兵大喊有司卡暴民靠近。

依藍德站了好一陣子，然後轉身。「隊長！」他說道。「召集你的士兵還有剩餘的僕人，不要留下任何一人，然後前往雷卡堡壘。」

「去……雷卡堡壘，大人？」

「那裡比較容易防守。」依藍德說道。「況且，我們雙方的士兵太少，如果分散，一定會被摧毀。團結在一起，說不定還能抵抗。我們要將自己的人力讓雷卡使用，以交換他們保護我們。」

「可是……大人。」士兵說道。「雷卡是你的敵人。」

依藍德點點頭。「對，但總有人要踏出第一步。好了，快去！」

那人行了個禮，然後連忙出發。

「還有一件事，隊長？」依藍德說道。

士兵停下腳步。

「挑選五名最好的士兵做我的親衛隊。現在開始由你負責其他人，那五個人跟我另有任務。」

「大人？」隊長迷惘地說道。「什麼任務？」

依藍德轉身面對白霧。「我們要去自首。」

紋醒來時，感覺一片濕滑。她咳嗽、呻吟，頭顱後方一陣劇痛。她睜開模糊的雙眼，眨開倒在她臉上的水，然後立刻燃燒白鑞跟錫，讓自己馬上清醒。

一雙粗暴的雙手將她提入空中。審判者在她嘴巴裡塞了什麼，令她一陣咳嗽。

「吞下去。」他命令，扭轉她的手臂。

紋大喊，無法抵禦痛楚。終於，她放棄了，吞下那點金屬。

「燒掉它。」審判者命令，更用力地扭轉。紋仍然反抗，感覺到體內多了不熟悉的金屬存量。審判者可能是想要她燃燒無用的金屬，會讓她生病，更嚴重的，讓她喪命。

可是要殺死囚犯有更簡單的方法，她在劇痛中想著。她的手臂痛到覺得要被硬生生扭斷。最後，紋決定配合，燃燒金屬。

她所有其他的金屬存量瞬間消失。

「很好。」審判者說道，將她拋在地上。石頭是濕的，淤積著一桶水。那名審判者轉身離開牢房，關上鐵門，消失在房間另一端的門後。

紋掙扎地站起，按摩手臂，試圖要釐清剛才發生了什麼事。*我的金屬！*她焦急地搜尋體內，但半點不存，她什麼金屬都感覺不到，連之前吞下的都沒有。

*那是什麼？第十二種金屬？*也許鎔金術沒有凱西爾跟其他人一直跟她說的那麼有限。她深吸幾口氣，跪起身，讓自己冷靜。有東西在……推她。

統御主的存在。她可以感覺到，雖然沒有他殺死凱西爾時那麼強烈。可是，她沒有紅銅可以燃燒，無法躲避統御主強大、幾乎無所不能的手。她感覺絕望在改變她，要她躺下、放棄……

不！她心想。*我得出去！我得堅強！*她強迫自己站起，檢視環境。她的牢房比較類似籠子而非囚室。它的四面中有三面是鐵柱，上面沒有家具，連睡墊都沒有。房中兩側還各有一間籠子牢房。她被脫得只剩內衣，大概是為了確保她身上沒有隱藏更多金屬。她環顧房間。裡面又窄又長，只有光裸的石牆。角落有一張板凳，但房間也是空的。

如果我能找到一丁點金屬……

她開始搜尋，直覺地開始燃燒鐵，以為藍色線條會出現，但當然沒有任何鐵可燒。她對自己的愚蠢舉動搖搖頭，這只是顯示她有多依賴鎔金術。她覺得自己……廢了。她不能燃燒錫來聆聽聲音，不能燃燒白鑞來抵抗手臂跟頭的痛楚，不能燃燒青銅來搜尋附近的鎔金術師。

什麼都沒有。她什麼都沒有。

妳以前沒有鎔金術也能行動，她嚴厲地告訴自己。現在也可以。

即便如此，她仍然在搜尋牢房光裸的地板，希望能找到被遺棄在此的鐵針或釘子。她什麼都沒找到，所以轉向去打鐵柱的主意。然而，她想不出半點辦法刮下一丁點兒碎屑。有這麼多金屬，她焦躁地想。我卻半點都不能用！

她坐回地上，縮在石牆邊，穿著潮濕衣服的身影微微顫抖。外面仍然漆黑，房間的窗戶隨意地放行幾縷霧氣。反抗軍怎麼了？她的朋友怎麼了？她覺得外面的霧比平常還亮一點。晚上的火把？沒了錫，她的感官衰弱到什麼都分辨不出來。

我在想什麼啊？她絕望地心想。我難道自以爲能在連凱西爾都失敗的事情上成功嗎？他知道第十一金屬沒有用。

它是有作用沒錯，但絕對沒有殺死統御主。她坐直在地上思考，試圖想通剛才發生了什麼事。第十一金屬給她看的東西出乎她的意料，居然有種熟悉感，不是因爲影像出現的方式，而是紋在燃燒金屬時的感覺。

金。燃燒第十一金屬的瞬間讓我覺得像是凱西爾要我燒金那時。

難道第十一金屬其實並不是第「十一」？所有其他金屬都是成雙成對的，一者是基礎金屬，一者是合金，每種都做相反的事情。鐵拉，鋼推，鋅拉，黃銅推。很合理。除了天金跟金。

如果第十一金屬其實是天金或是金的合金？意思是……金跟天金不是一對。他們像是……其他的金屬，每四種會被歸爲一大類。有肢體金屬：鐵、鋼、錫、白鑞。意志金屬：青銅、紅銅、鋅、黃銅。還有……影響時間的金屬：金還有它的合金，天金還有它的合金。

意思是還有另一種金屬，一種沒有被發現過的金屬——可能因爲天金跟金太貴重，所以沒有人拿它們來做成合金。

可是，光是知道這些對她而言又有什麼用？她的「第十一金屬」可能只是金的同伴——而金是凱西爾口中最沒有價值的金屬。金讓紋看到不同的自己，眞實到足以碰觸，但那只是讓她看到如果過去不同，自己會變成什麼樣。

第十一金屬有類似的作用：它顯示的不是紋的過去，而是讓她看到別人類似的影像。而這……什麼都沒告訴她。統御主可能成爲的樣子對她而言有什麼意義？她要打敗的是現在這個統治最後帝國的暴君。

一個身影出現在門口——一個審判者穿著黑色袍子，頭罩拉高。他的臉孔遮在陰影中，但尖刺的尾端從頭罩前方探出。

「時間到了。」他說。另一名審判者在門口等著第一個審判者掏出一把鑰匙，上前打開紋的門。紋全身一綳。門發出喀答聲，她立刻跳起來，向前衝去。

*沒有白鑞時，我的動作向來這麼遲緩嗎？*她驚恐地心想。審判者在她經過時抓住她的手臂，動作漫不經心，幾乎是隨便一抓，而她也看得出爲什麼他不需費力，光是如此，他的動作已經超乎自然地快捷，相較之下，顯得自己的動作更笨重。

審判者將她拉起，扭轉她，輕易地拑握住她。他的臉上露出邪惡的笑容，皮膚上都是疤痕，像是……

*箭頭傷，*她大吃一驚。*可是……已經癒合了？怎麼這麼快？*

她開始掙扎，但她虛弱、毫無白鑞的身體根本抵抗不了審判者的力氣。怪物將她拉向門口，第二名審判者退後一步，用從頭罩突出的尖刺看著她。

雖然抓著她的審判者正在微笑，這個人的嘴卻是抿成一條線。

紋朝她經過的第二名審判者啐了一口，口水直中其中一枚尖刺。抓著她的人將她一路帶出房間，進入一條狹長的走道。她大聲呼救，知道她的尖叫聲在克雷迪克·霄裡面絕對無人理會，但她至少成功地激怒了那名審判者，因爲他更用力扭轉她的手臂。

「安靜。」他對因痛楚而發出哼聲的她說道。

紋安靜下來，轉而將注意力投向他們的所在位置。他們大概是在皇宮最底層的地方，走廊長到不可能是圓塔或尖塔，裝飾相當華麗，但房間看起來……無人使用。地毯乾淨無瑕，家具毫無刮痕或挫傷。她有種感覺，這些壁畫鮮少有人看過，就算是經過這些房間的人應該也不常看。終於，審判者們來到一道台階，開始向上爬。*其中一座高塔*，她心想。

每爬一步，紋就可以感覺到統御者靠得更近。僅僅他的存在就讓她的情緒完全被壓抑，奪走她的意志，讓她除了充滿寂寥的憂鬱之外，毫無其他情緒。她軟癱在審判者的鐵握中，不再掙扎，光是要抵抗統御主對她靈魂的壓迫就已經耗費了她所有的精力。

在如同通道般的樓梯間走了一陣子後，審判者們將她帶到一個巨大的圓形房間。雖然統御主的安撫力量相當強大，雖然她經常造訪貴族堡壘，但紋仍有那麼一瞬間只能對她的周遭環境盯著不放，因爲它們的宏偉是她前所未見。

房間的形狀像是個巨大、矮胖的空心石柱。唯一一面的窗戶是以圓形環繞整個房間，全部是玻璃所做，後方點了火，讓整個房間閃爍著神祕的光線。玻璃沒有顏色，沒有描述任何特別的景象，而是一整片顏色吹化融合成狹長、細薄的線條，像是……

像是霧，她讚嘆地想著。彩色的霧，環繞著整個房間。

統御主坐在房間正中央的高台皇座上。他不是那名年老的統御主，而是比較年輕的，殺死凱西爾的那名。假冒的嗎？不，我可以感覺到他，就跟可以感覺到前一個一樣。他們是同一個人。他能夠改變他的樣貌，想要時就可以擺張漂亮的臉出來嗎？

一小群穿著灰色袍子，眼睛周圍都是刺青的聖務官在房間另一端交談。七名審判者像是一排有鋼鐵眼睛的影子站在一旁，排成一列等待著。包括兩名將她送來此處的審判者，一共有九名。滿臉是疤的牢頭將她交給其中一人，後者以同樣無法逃脫的掌握抓住她。

「快點進行吧。」統御主說道。

一名聖務官上前來，鞠躬。她全身一寒，發現自己認得他。

泰維迪安至上聖祭司大人，她心想，瞄著逐漸禿頭的瘦男子。我的……父親。

「主上，」泰維迪安說道。「原諒我，但我不瞭解……我們已經討論過那件事！」

「審判者說他們有更多要補充的。」統御主以疲累的聲音說道。

泰維迪安打量著紋，不解地皺眉。他不知道我是誰，她心想。他不知道他當父親了。

「主上。」泰維迪安說道，轉身背對她。「請看看窗外！我們難道沒有更重要的事情要討論嗎？整個城市都陷入反叛了！司卡火把點亮夜空，他們膽敢走入霧裡，在暴動中進行瀆神的行為，攻擊貴族的堡壘！」

「由他們去。」統御主以毫不在乎的聲音說道。他顯得好……疲憊。他強壯地坐在寶座上，但姿態跟聲音中仍疲累不已。

「可是，主上！」泰維迪安說道。「上族們正在傾倒！」

統御主揮揮手。「讓他們每一百年左右互相肅清一次是好的，能夠讓他們不穩定，避免他們太過驕矜。我通常讓他們在他們愚蠢的戰爭中自相殘殺，但是，現在的暴動也可以。」

「那……如果司卡來到皇宮呢？」

「我會處理。」統御主輕聲說道。「你不許再有質疑。」

「是的，主上。」泰維迪安說道，鞠躬退後。

「好了。」統御主說道，轉向審判者們。「你們想講什麼？」

疤臉審判者上前。「統御主，我們想請求您，將教廷的統治權從這些……人手中轉移到審判者。」

「我們討論過這件事了。」統御主說道。「我需要你跟你的弟兄們去從事更重要的任務，你們的價值太寶貴，不該浪費在簡單的行政事務上。」

「不是如此。」審判者說道。「讓普通人來統治教廷，不知不覺中，邪惡跟腐敗已經進入到聖皇宮的中心啊！」

「胡說八道！」泰維迪安啐了一口。「你常說這種話，卡爾，但從來都拿不出證據。」

卡爾緩緩轉身，詭異的笑容被扭轉的彩色光線點亮。紋全身發顫。那人的笑容幾乎跟統御主的安撫一樣令人不安。

「證據？」卡爾問道。「那麼，請告訴我，至上聖祭司大人，你認得那名女孩嗎？」

「呸，當然不認得！」泰維迪安一揮手說道。「司卡女孩跟統治教廷有何關係？」

「大有關係。」卡爾說道，轉向紋。「絕對……大有關係。孩子，告訴統御主，妳的父親是誰。」

紋想要扭轉身體，但統御主的鎔金術太強，審判者的雙手很牢。「我不知道。」她透過咬緊的牙關說道。

統御主似乎略略集中注意力，轉向她，傾身向前。

「妳無法對統御主撒謊，孩子。」卡爾沙啞地輕聲說道。「他已存在了好幾世紀，學會超凡的鎔金術操用技術。他可以讀懂妳的心跳，從妳的雙眼中辨別妳的情緒。他可以感覺到妳說謊的瞬間。他知道……噢，他絕對知道。」

「我從來沒認識過我父親。」紋固執地說道。如果審判者想知道一件事，那保持這個祕密似乎是個好主意。「我只是個街頭流浪兒。」

「一名街頭流浪兒迷霧之子？」卡爾問道。「這可眞有意思了，不是嗎，泰維迪安？」

聖祭司大人深思，皺眉更深。統御主緩緩站起，從高台走下，朝紋逼近。

「是的，主上。」卡爾說道。「我之前就已經感覺到她的鎔金術，也知道她是一名迷霧之子，更是出奇強大的一名，但她宣稱在街頭長大。有哪個貴族家庭會遺棄這樣的孩子？她有這麼強大的力量，必定是出自極端純淨的血統。至少……她的雙親中必定有一人有非常純淨的血統。」

「你在暗示什麼？」泰維迪安質問，臉色蒼白。

統御主無視兩人。他穿過地板反射出的彩帶光線，停在紋面前。

好近，她心想。他的安撫強到她甚至無法感覺恐懼——只能感覺深沉、強大、可怕的悲哀。

統御主伸出纖細的雙手，捧著她的臉頰，將她的臉端起，直視入他的雙眼。「女孩，妳的父親是誰？」他低聲問道。

「我……」絕望在她體內扭轉。悲傷、痛楚、想死的欲望。

統御主將她的臉端近，望入她的雙眼。在那瞬間，她看到眞相。她可以看到一部分的他，感覺到他的力量。他……如神的力量。他不擔心司卡反抗。他有什麼好擔心的？只要他想，他一個人就可以殺光城裡的每個人。紋知道這是眞的。這麼做可能會要花一點時間，但他可以永遠殺戮，毫無疲累。他不必懼怕反叛。

他永遠不需要懼怕。凱西爾犯下了非常、非常可怕的錯誤。

「妳的父親，孩子。」統御主催促，質問像是重荷壓在她的靈魂上。

紋禁不住脫口，「我的……哥哥告訴我，我的父親是在那裡的那個人。至上聖祭司大人。」眼淚沿著她的臉頰落下，不過當統御主背對她時，她想不太起來自己爲什麼要哭。

「那是謊話，主上！」泰維迪安說道，向後退去。「她知道什麼？她只是個蠢孩子。」

「跟我說實話，泰維迪安。」統御主說道，緩緩地朝聖務官走去。「你睡過司卡女人嗎？」

聖務官停頓。「我有遵從法律！每次我都讓人把她們殺了。」

「你……說謊。」統御主說道，彷彿很訝異。「你不確定。」

泰維迪安明顯地發抖。「我……我想我有對她們都下手，主上。有……一個也許我太鬆懈了。我一開始不知道她是司卡，派去殺她的士兵又太寬容，所以放走了她，但是我後來終於找到她了！」

「告訴我。」統御主說道。「這個女人有生下你的孩子嗎？」

房間陷入沉默。

「有的，主上。」至上聖祭司說道。

統御主閉起眼睛，嘆息。他轉過身，走回寶座。「他是你們的了。」他對審判者說道。

瞬間，六名審判者衝過房間，喜悅地嚎叫，從袍子下的匕首鞘中抽出黑曜石的刀子。泰維迪安舉起雙手，大喊出聲，審判者們一擁而上，陷入興奮的狂暴。鮮血隨著他們一次又一次將匕首刺入瀕死男子的身體而飛濺。其他聖務官退開，在一旁驚恐地看著。卡爾沒參與，只是微笑地看著屠殺，還有抓住紋的審判者和另一名審判者也沒參與，但紋不知道爲什麼。

「你證實了你的論點，卡爾。」統御主說道，疲累地坐在皇座上。「我似乎太信任……人類的服從性。我沒有犯錯。我從未犯錯。可是，該是改變的時間了。召集至上聖祭司，將他們帶來，需要的話把他們從床上挖起來都可以。他們會見證我讓審判廷擁有管理統整教廷的權力。」

卡爾的微笑轉深。

「混血孩子要被銷毀。」

「當然的，主上。」卡爾說道。「不過……我有些問題想先盤問她。她屬於一群司卡迷霧人之一。如果她能協助我們抓到其他人……」

「去吧。」統御主說道。「畢竟，這是你的職責了。」

有比太陽還美的事物嗎？我經常看著它升起，因爲我不安穩的睡眠常讓我在清晨前就甦醒。每次看到它平靜的黃光從天際間透出，我就變得更有信心，更有希望。某種程度而言，這麼久以來，我靠太陽讓我堅持下去。

37

凱西爾，你這個該死的瘋子，多克森心想，在桌上的地圖不斷抄寫筆記。你為什麼總是大搖大擺地離開，留下我幫你收拾爛攤子？可是他知道自己不是眞的煩躁，這只是讓他不要去多想阿凱已死亡這件事的手段。很有效。凱西爾在計畫中的部分，包括提供遠見還有擄獲人心的領袖風采，都已經結束，現在輪到多克森了。他將凱西爾原本的計畫略做修改，小心翼翼地將混亂控制在可管理的範圍，將最好的配備交給應該是最穩定的人。他派小隊先去佔據重要據點，包括食物跟泉水的儲存地，預防群起暴動者將食糧偷走。基本上，他做的是他向來的工作：將凱西爾的夢想變成事實。

房間前方一陣騷動，多克森抬起頭，看到一名信差衝入。那人立刻朝倉房中央走去，尋找多克森。

「有什麼消息？」多克森對上前來的人問道。

信差搖搖頭。他是個年輕人，穿著帝國制服，但已經將外套脫掉，免得自己太顯眼。「我很遺憾，長官。」他低聲說道。「沒有侍衛看到她出來，而且……唉，有人宣稱他看到她被抬向皇宮地窖的方向。」

「你能把她救出來嗎？」多克森問道。

叫做葛拉道的士兵臉色發白。不久前，葛拉道還是統御主的手下，說實在話，多克森也不確定自己有多信任那人，但這士兵身為前任皇宮侍衛，能夠進入其他司卡進不去的地方。他的前隊友們並不知曉他已經換邊效忠了。

如果他眞的效忠我們，多克森心想。可是……唉，事情發展得太快，來不及自我質疑。多克森當初決定要用那個人，現在必須相信自己最初的直覺。

「怎麼樣？」多克森又問一次。

葛拉道搖搖頭。「抓住她的是審判者，長官。我不能放她，我沒有權限。我不……我……」

多克森嘆口氣。該死的笨女孩！他心想。她的腦袋是出了什麼毛病啊？一定是被凱西爾帶壞的。他揮手讓士兵離開，抬頭看著哈姆德走入，一把裂柄大劍扛在他肩頭。

「結束了。」哈姆說道。「艾拉瑞爾堡壘剛被攻下，不過雷卡看來還撐得住。」

多克森點點頭。「我們不久後就需要你的人馬去皇宮。」我們越早攻入，越早有救出紋的機會。可是他的直覺告訴他，他們已經來不及幫她了。主力軍隊要花好幾個小時整兵，他希望所有軍隊能夠同時進攻皇宮。事實是，他根本調不出人手進行救援行動。凱西爾可能會追去救她，但多克森不會允許自己做這麼衝動的事情。

正如他經常說的，在整個集團中總要有人實際些。皇宮不是沒有經過妥善準備就可以攻打的地方。紋的失敗證明了這件事。現在她只能自己照顧自己了。

「我會去備齊手下。」哈姆說道，將劍拋在一旁，一面點點頭。「不過我需要一把新劍。」

多克森嘆氣。「你們這些打手，一天到晚就是弄壞東西。你自己去找找吧。」

哈姆離去。

「如果你看到沙賽德……」多克森大喊。「跟他說……」

話還來不及說完，多克森的注意力便被一群大步進入房間的司卡反叛軍吸引，他們拉著一名被綑綁的囚犯，頭上有個布袋。

「這是幹麼？」多克森質問。

其中一名叛軍扯了囚犯一下。「我認爲他是個重要人物，大人。他沒有武裝地過來，要求我們帶他來見你，還答應要給我們金子。」

多克森挑起眉毛。士兵拉掉頭罩，依藍德・泛圖爾的臉露出來。

多克森驚訝地眨眨眼。「是你？」

依藍德環顧四周。他當然有點緊張，但在目前的情況下來說，他仍然把持得不錯。「我們見過嗎？」

「算不上。」多克森說道。可惡。我現在沒時間處理囚犯的事情。可是，那是泛圖爾的兒子……在戰爭結束後，多克森會需要有人來幫他處理強大家族的問題。

「我來談和。」依藍德・泛圖爾說道。

「……能不能請你再說一次？」多克森問道。

「泛圖爾不會抵抗你們。」依藍德說道。「我應該也可以說服其他貴族聽我的。他們很害怕，所以沒必要屠殺他們。」

多克森一哼。「我不能容許城裡有敵對的武裝陣營。」

「如果你摧毀貴族，你也無法維持很久。」依藍德說道。「我們把持經濟，沒有我們，帝國會崩塌。」

「這正是我們的目標。」多克森說道。「聽著，我沒有時間——」

「你必須聽我說完。」依藍德・泛圖爾焦急地說道。「如果你在混亂跟血腥中開始反叛行動，事情將會失去控制。我研讀過這些事情，絕非危言聳聽。當攻擊的氣勢開始減弱時，人民會尋找其他東西來摧毀。他們會自相殘殺。你必須控制住你的軍隊。」

多克森想了想。依藍德・泛圖爾據說是個愚笨的富家公子哥兒，但現在他只顯得很……誠懇。

「我會幫助你們。」依藍德說道。「不要再去攻打貴族堡壘，將注意力集中在教廷跟統御主。他們才是你們眞正的敵人。」

「聽好。」多克森說道。「我會把軍隊調開泛圖爾堡壘。現在應該也不需要攻打……」

「我將士兵派去雷卡堡壘了。」依藍德說道。「將你的士兵撤離所有的貴族堡壘。他們不會攻擊你們，只會躲在房子裡擔心而已。」

他說的其實可能沒錯。「我們會考慮……」多克森話正說到一半，就發現依藍德的注意力已經不在他身上。要跟這傢伙交談眞的太困難了。

依藍德正盯著帶著新劍回來的哈姆德，眉頭蹙在一塊，猛然睜大眼睛。「我認得你！你就是在刑場上把雷弩大人的僕人救出來的人！」

依藍德轉回身面對多克森，突然一臉激動。「那你認得法蕾特嗎？她會叫你們聽我的。」

多克森跟哈姆交換一個眼神。

「怎麼了？」依藍德問道。

「紋……」多克森說道。「法蕾特……她幾個小時前去了皇宮。我很遺憾，小子。她現在應該已經在統御主的地牢裡了。如果她還活著的話。」

卡爾將紋拋回她的牢房。她重重地撞倒地面，一個滾身，鬆垮的襯底內衣在身上糾結成一團，頭撞到牢房的後牆。

審判者微笑，用力關起門。「非常謝謝妳。」他透過鐵柱說道。「妳剛才幫我們達成了許久前就該發生的事情。」

紋抬頭瞪著他，統御主的安撫力量已經較為虛弱。

「很可惜班達不在這裡。」卡爾說道。「他追蹤妳哥哥好幾年，發誓泰維迪安確實生下了混血司卡。可憐的班達……眞可惜統御主沒把倖存者交給我們，好讓我們報復。」

他看著她，尖刺眼的頭搖了搖。「唉，算了。我們最後也算是替他報了仇。其他人都相信你哥哥說的話，但班達……就連那時他也不信。最後也是他找到了妳。」

「我哥哥？」紋急忙站起。「他出賣了我？」

「出賣妳？」卡爾說道。「他死時向我們保證妳好幾年前就已經餓死了！他在教廷的酷刑下，日夜這麼尖叫著。要抵抗審判者酷刑的痛苦很難……妳很快就會發現。」他詭異地笑著。「可是首先，我先讓妳看樣東西。」

一隊守衛將一名光裸、被綁縛的人拖入。他全身都是瘀青，正在流血，守衛將他推入紋隔壁的牢房，男子倒在石頭地板上。

「沙賽德？」紋大喊，衝到鐵柱邊。

泰瑞司人神智恍惚地躺在那裡，任憑守衛將他的雙手雙腳綁在石頭地板上的一個小鐵環。他被打到將近神智不清，全身光裸。紋轉頭不去看他赤裸的身體，但在那之前仍看到他雙腿間，原本是男性象徵的地方只剩下疤痕還有空虛。

所有的泰瑞司男子都是閹人，他這麼告訴過她。那個傷不是新的，但瘀青、割傷和挫傷都是。

「我們發現他跟著妳偷溜進皇宮。」卡爾說道。「顯然他很擔心妳的安危。」

「你們對他做了什麼？」她低聲問道。

「噢，沒什麼……現在。」卡爾說道。「妳可能在想，我爲什麼提及妳的哥哥。也許妳會認爲我是笨蛋，對妳坦白在我們挖出妳哥哥的祕密之前，他就已經發瘋了。可是，妳得要知道，我沒有笨到不懂得承認自己的錯誤。我們應該延長妳哥哥的酷刑……讓他受更久的罪。那的確是個錯誤。」他邪惡地微笑，朝沙賽德點點頭。「我們不會再犯下這種錯誤了，丫頭。不，這一次，我們要嘗試新的策略。我們要讓妳看著我們對這個泰瑞司人行刑。我們會非常小心，確保他的痛楚持續且清晰。當妳把我們想知道的事情說出來後，我們會住手。」

紋驚恐地顫抖。「不……求你……」

「當然要。」卡爾說道。「妳花點時間來想想我們要怎麼對付他，好吧？統御主命令要我上去，我得去正式接管教廷的統治權。我回來時，我們就開始。」

他轉身，黑袍掃過地面，侍衛跟著他出去，站在外頭。

「噢，沙賽德……」紋說道，在牢籠邊的鐵柱旁跪下。

「好了，主人。」沙賽德以出奇清晰的聲音說道。「我是怎麼跟妳說的，不是要妳別穿著內衣亂跑嗎？如果多克森主人在這裡，他一定會罵妳的。」

紋抬起頭，一臉詫異。沙賽德正對著她微笑。

「沙賽德！」她低聲說道，瞥向守衛離去的方向。「你醒著？」

「非常清醒。」他說道。冷靜、強健的聲音跟他滿是瘀青的身體呈現極大對比。

「對不起，沙賽德。」她說道。「你爲什麼跟我來？你應該留在後面，讓我一個人當笨蛋就好！」

他將瘀青的頭轉向她，一眼腫脹，但另一眼直視入她的雙眼。「主人。」他嚴肅地說道。「我對凱西爾主人發過誓，我會負責妳的安危。泰瑞司人的誓言從不輕易許下。」

「可是……你應該早知道你會被抓住。」她說道，羞愧地低頭。

「我當然知道，主人。」他說道。「否則怎麼讓他們把我帶來妳身邊呢？」

紋抬起頭。「把你帶來……我身邊？」

「是的，主人。教廷跟我的人民有一個共通點，我想。他們都低估了我們能辦到的事。」

他閉起眼睛，然後，身體開始改變。它似乎在……洩氣，肌肉變得既虛弱又瘦削，皮膚鬆垮垮地掛在骨頭上。

「沙賽德！」紋大喊，擠推著鐵柱，對他伸出手。

「沒事的，主人。」他以模糊又令人害怕的微弱聲音說道。「我只需要一段時間來……集中力氣。」

集中力氣。紋停下動作，放下手，看了沙賽德幾分鐘。難道……

他看起來好虛弱，彷彿他的體力連同他的肌肉，都被吸走了。而且也許是……儲存在某處？沙賽德的眼睛突然睜開，身體恢復到正常狀態，然後肌肉開始增長，變得又大又強壯，甚至比哈姆的肌肉還大。

沙賽德對她微笑，原本的頭現在連接到精壯賁張的脖子上，超越人體可能的手臂，跟她平常熟悉的安靜細瘦學者相比，宛如兩人。

統御主在日記裡提到他們的力量，她讚嘆地心想。他說叫做拉刹克的人自己抬起了石塊，將它拋開。

「可是他們把你所有的珠寶都拿走了！」紋說道。「你把金屬藏在哪裡？」

沙賽德微笑，抓住分開兩人牢籠的鐵柱。「我學妳，主人。我把它吞了。」說完，他扯斷鐵柱。她跑入牢籠中，緊抱著他。「謝謝你。」

「應該的。」他說道，輕輕將她推到一旁，巨大的手掌擊向牢房的大門，打碎門鎖，門哐啷一聲打開。

「快點，主人。」沙賽德說道。「我們得盡快把妳救出去。」

兩名將沙賽德關起的侍衛一秒後出現，盯著原本是被他們踹打的瘦弱男子如今變成巨大的猛獸，嚇得愣在原地。

沙賽德向前一跳，握著從紋的牢籠拔下來的鐵柱。可是他的藏金術顯然只給了他力氣，沒給他速度。他以笨重的步伐上前，守衛們拔腿就跑，高聲呼叫。

「快來吧，主人。」沙賽德說道，將鐵柱拋到一旁。「我的力氣維持不了多久，我吞下的金屬不夠大到能呈載太多藏金術能量。」

就在他說話的同時，他的身體已經開始在縮小。紋從他身邊跑出房間，後方的警衛室不大，只有兩張椅子。在其中一張之下，她找到一件裹著侍衛晚餐的披風。紋將披風甩開，拋給沙賽德。

「謝謝妳，主人。」他說道。

她點點頭，走到門口探出頭。外面較大的房間空無一人，有兩條往外的通道，一條往外，一條往她對面走。左邊的牆上排列了木箱，房間中央有個大桌子。紋看著上面的乾涸血跡，還有桌子旁的銳利器具，頓時打了個寒顫。

*如果我們不快點，兩個人都會被放在上面。*她心想，揮手要沙賽德上前來。

一群士兵出現在走廊盡頭，由先前的侍衛一名領軍，讓她呆在原地。紋低聲咒罵，如果她有錫，早就會聽到他們來的聲音。紋回頭看著後方。沙賽德正一拐一拐地走過守衛室。他的藏金術力量消失了，守衛在將他丟入牢房前應該已將他狠狠地打了一頓。他現在幾乎無法走路。

「快走，主人！」他說，揮手要她向前跑。「快跑！」

妳對於友誼還有要學的事情，紋。凱西爾的聲音在她腦海中低語。我希望妳有一天能明白……

我不能離開他。我不會。

紋衝向侍衛。她從桌子邊抓起兩把行刑用的刀刃，明亮光滑的金屬在她的手指之間閃爍。她跳上桌子，然後朝衝來的士兵躍下。

她沒有鎔金術，但落地點仍然相當準確，因爲就算沒有金屬，過去數個月的努力也對她很有幫助。一柄匕首順著她下墜的身勢刺入訝異的士兵脖子，她落地的速度比預期還要快，但仍然以分毫之差滾離了第二名朝她咒罵揮砍的士兵。

劍撞上她身後的石頭。紋轉身，揮砍另一名士兵的大腿。他一痛之下，往後跌倒。

太多人了，她心想。房間裡至少有兩打士兵。她試圖要跳向第三名士兵，但第四個人揮舞他的戰棍，將武器打入紋的身側。她痛楚地一哼，被打翻到一側的同時也鬆開了匕首。沒有白鑞協助抵禦落地的疼痛，她重重撞到冷硬的石頭上，暈眩地滾停在牆邊。

她試圖要站起，卻不成功。她勉強看到沙賽德在她身旁倒地，身體突然變得衰弱。他又試圖要儲存力量。來不及的。士兵很快就會攻向他。

至少我努力過了，她心想，聽到另一群士兵從最右邊的走廊衝來。至少我沒有遺棄他。我想……這就是凱西爾的意思。

「法蕾特！」一個熟悉的聲音喊道。

紋驚愕地抬起頭，看到依藍德跟六名士兵衝入房間。依藍德穿著有點不合身的貴族服裝，手上握著決鬥杖。

「依藍德？」紋驚訝地問道。

「妳還好嗎？」他擔憂地問道，朝她走來，然後注意到教廷的士兵。他們似乎有點迷惘，不知該拿前來的貴族怎麼辦，但他們的人數仍佔上風。

「我要把這女孩帶走！」依藍德說道。他的話說得很豪氣，但他顯然不是戰士，只拿著貴族的決鬥杖做武器，而且身上沒有盔甲。

五名跟他來的人穿著泛圖爾的紅色制服，應該是依藍德從堡壘帶來的士兵，但領著他們衝入房間的那一名則穿著皇宮侍衛的制服。紋依稀記得他。他的制服外套少了肩膀上的徽章。

*昨天晚上的人，*她驚愕地心想。*那個我說服要換邊效忠的人……*

領頭的教廷士兵顯然是做出決定。他一揮手，無視於依藍德的命令，士兵們開始繞在房間周圍，將依藍德一行人包圍起來。

「法蕾特，妳得走！」依藍德焦急地說道，舉起決鬥杖。

「來吧，主人。」沙賽德說道，來到她身邊，要將她抬起。

「我們不能遺棄他們！」紋說道。

「我們必須這麼做。」

「可是你來救我了，我們也得救依藍德！」

沙賽德搖搖頭。「不一樣的，孩子。我知道我有救妳的機會，但妳在這裡幫不了忙。同情心是種美德，但人也必須以智慧行事。」

她允許自己被拉起身。依藍德的士兵們順從地準備抵擋教廷士兵。依藍德站在最前面，顯然下定決心要戰鬥。一定有別的辦法！紋絕望地心想。一定有……

然後她看到它被遺棄在牆壁旁邊的一個箱子裡。一條熟悉的灰色布條，一個穗子，掛在箱子邊。

教廷士兵攻擊的同時，她也扯離沙賽德的手。依藍德在她身後大喊，武器不停交擊。

紋將最上層的衣服——她的長褲跟襯衫拋出箱子，在底下是她的迷霧披風。她閉起眼睛，手探入披風的側口袋，手指找到一個瓶子，瓶塞仍然穩固。她拉出小瓶，轉身面對戰局。教廷士兵略微退後，兩名受傷倒地，依藍德的三個部下也倒下。幸好房間太小，讓依藍德的人無法被立刻全數包圍。

依藍德流著汗站在原處，手臂上有割傷，決鬥杖裂開，接著斷裂。他從被他擊倒的人手中抓起劍，以不熟悉的雙手握著武器，面對人數遠超過己方的敵人。

「我錯看那個人了，主人。」沙賽德輕聲說道。「我……道歉。」

紋微笑，然後，她將瓶塞拔起，一口飲盡。

力量泉源在她身體中湧現。火焰燃燒，金屬怒吼，力量宛如入出般回到她虛弱、疲累的身軀。痛楚變得無關緊要，暈眩消失，房間變得明亮，腳趾下的石頭變得更真實。

士兵再次攻擊，依藍德舉起雙手，姿態表達出下定決心卻不抱希望的心情。因此，當紋從他頭頂飛越而過時，他顯得絕對地震驚。她落在士兵之間，以鋼推攻擊。兩旁的士兵同時撞上石牆。一名士兵朝她揮舞戰棍，她鄙夷地一手將武器拍開，一拳揍上他的臉，他的頭在喀啦聲中後彈。

她接住了落地的戰棍，在空中耍起棍花，重重敲上攻擊依藍德的士兵腦袋。戰棍爆炸，她讓碎屑落在屍體身上。後方的士兵開始大喊，在她將另外兩群人鋼推去撞牆的同時飛快逃竄。最後一名士兵在頭盔被紋鐵拉走時，驚訝地轉身，她將鐵盔反推給他，撞上他的胸口，同時以後方做為錨點。士兵順著長廊朝他奔跑的同伴飛去，直直撞成一團。

紋興奮地吐了一口氣，肌肉緊繃地站在呻吟的人之間。我終於……瞭解爲什麼凱西爾會對此上癮了。

「法蕾特？」依藍德瞠目結舌問道。

紋跳起來，高興地摟住他，緊緊抱著，臉埋入他的肩頭。「你回來了。」她悄聲說道。「你回來了，你回來了，你回來了……」

「嗯，是啦，而且……我看出妳是迷霧之子。這蠻有意思的。妳知道嗎？通常跟朋友說這種事是禮貌。」

「抱歉。」她嘟囔地說道，依舊緊抱著他。

「呃，是的。」他說道，聽起來相當心不在焉。「呃，法蕾特？妳的衣服呢？」

「都在那邊的地上。」她說道，抬頭看著他。「依藍德，你是怎麼找到我的？」

「妳的朋友，多克森先生，告訴我妳在皇宮中被抓住了，而這位紳士，我想他的名字是葛拉道隊長，剛好是皇宮士兵，知道該怎麼來此。在他的協助還有貴族的頭銜幫忙之下，我們頗爲順利地溜進來，然後聽到這邊傳來尖叫聲……還有，呃，對，法蕾特？能不能請妳去把衣服穿上？這……有點令人無法專心。」

她抬頭看著他微笑。「你找到我了。」

「不過似乎沒什麼用處。」他自我調侃地說道。「看來妳不太需要我們的協助……」

「不重要。」她說道。「你回來了。以前從來沒有人回來過。」

依藍德低頭看著她，眉心微微蹙起。

沙賽德上前來，拿著紋的披風跟衣服。「主人，我們得走了。」

依藍德點點頭。「城裡不安全。司卡在反叛！」他突然住口，低頭看著她。「不過，呃，妳可能已經知道這件事了。」

紋點點頭，終於放開他。「是我開始引發的。可是你對危險的判斷沒錯。跟沙賽德去。很多叛軍領袖都認得他。只要他爲你擔保，他們不會傷害你。」

依藍德跟沙賽德一起皺眉，看著紋套上長褲。她在口袋中找到母親的耳環。她將耳環戴上。

「跟沙賽德走？」依藍德問道。「那妳呢？」

紋套上寬鬆的上衣，然後她抬起頭……感覺穿過石頭，感覺到他在上面。他在那裡。太強大了。如今，跟他面對面後，她很確定他的力量。只要他活著一天，司卡反抗行動就注定無望。

「我還有另一項任務，依藍德。」她說道，接過沙賽德手中的迷霧披風。

「妳認爲妳能打敗他嗎，主人？」沙賽德問道。

「我得試試看。」她說道。「第十一金屬有用，阿沙。我看到了……一些東西。凱西爾很相信那就是祕密。」

「可是，統御主……主人……」

「凱西爾犧牲性命來開啓這場反抗行動。」紋堅定地說道。「我得負責讓它成功。這就是我的部分，沙賽德。凱西爾不知道我的任務是什麼，但我知道。我必須阻止統御主。」

「統御主？」依藍德震驚地問道。「不，法蕾特。他是永生不死的！」

紋伸出手，抓住依藍德的頭，將他拉下來吻她。「依藍德，你的家族將天金送給統御主。你知道他把天金收在哪裡嗎？」

「知道。」他迷惘地說道。「他將珠子收在此處東方的財庫裡，但是……」

「你必須去取得天金，依藍德。新政府需要這筆財富跟力量，才能不被第一名舉兵的貴族擊倒。」

「不行，法蕾特。」依藍德搖頭說道。「我得帶妳去安全的地方。」

她對他微笑，然後轉向沙賽德。泰瑞司人對她點點頭。

「不打算要我別去？」她問道。

「不。」他輕輕地說道。「恐怕妳是對的，主人。如果不打敗統御主……我不會阻止妳。可是，我會祝妳好運。一旦我將小泛圖爾送到安全的地方，我就會回來幫助妳。」

紋點點頭，朝憂心的依藍德微笑，然後抬頭望著上方在等待的黑暗力量，隨著疲累的憂鬱在鼓動。

她燃燒紅銅，推開統御主的安撫。

「法蕾特……」依藍德靜靜開口。

她轉身面向他。「不用擔心。」她說道。「我想我知道怎麼殺死他。」

我在世界重生的前一夜，握著滿是碎冰的筆，寫下了我心中的恐懼。拉剎克在看著。恨我。洞穴在上方。鼓動。我的手指在顫抖。不是因爲冷。

明天，一切會結束。

38

紋將自己推過克雷迪克．霄上方的空中。尖塔跟圓塔如地面潛藏怪物的刺棘陰影戳入天空。陰暗、筆直、陰森，不知為何，它讓她想起凱西爾，死在街上，黑曜石的尖矛戳入他的胸口。迷霧隨著她穿過的身影迴旋盤繞，仍然濃密，但錫讓她看到天際遠方的隱約光芒。白日近了。

在她下方，更大的光芒正在累積。紋抓住一根細細的尖刺，讓身體原本的速度帶著她轉繞一圈，得以環顧下方的景象。數千支火把在黑夜中燃燒，像是明亮的昆蟲交錯融合。他們像巨大的波浪一般聚集，蜂擁至皇宮。

*皇宮守衛沒有機會抵抗這樣的軍隊，*她想。*可是，如果他們衝入皇宮，司卡軍隊必死無疑。*

她轉向一邊，霧水沾濕的尖刺在她手指下感覺冰冷。她上一次跳躍過克雷迪克．霄的尖塔群時，正全身流血，神智模糊。沙賽德來救了她，但這次他幫不上忙。

不遠處，她可以看到皇座塔。那地方不難辨識，一圈燃燒的篝火點亮了外面，唯一的彩繪窗戶讓外面的人輕而易舉看見裡面。她可以感覺到他在裡頭。她等了一陣子，希望也許她能在審判者離開房間後攻擊。

*凱西爾相信第十一金屬是關鍵，*她心想。

她有個主意。應該要成功。一定要。

「現在，」統御主以響亮的聲音宣告。「審判廷得以接掌教廷之組織管理權。曾交與泰維迪安之統治權將轉交予卡爾。」

皇座室陷入沉靜，聚集而來的高階聖務官被今晚的事情嚇得說不出話來。統御主揮揮手，顯示聚會已經結束。終於辦到了！卡爾心想，他抬起頭，眼睛的雙刺一如往常痛楚，但今晚是喜悅的痛楚。審判者已經等了兩個世紀，小心翼翼地運籌帷幄，暗地鼓勵一般聖務官間的腐敗與嫌隙。終於成功了。審判者們再也不需屈服於下等人類的要求。

他轉身，朝教廷祭司們微笑，非常清楚審判者的注視有多麼令人不安。他已經失去過去曾經擁有的視力，但他被賦予了更好的東西。對鎔金術的掌握變得如此精妙、如此細節，讓他可以從周圍的世界汲取出驚人的力量。

幾乎所有東西都有金屬——水、石頭、玻璃……就連人體亦然。這些金屬太稀釋，無法被鎔金術影響，大多數鎔金術師甚至感覺不到。

可是，在他審判者的眼中，卡爾可以看到這些東西的金屬線。那些藍絲很細，幾乎隱形，卻為他勾勒出世界的輪廓。他身前的聖務官是一團藍色，他們的情緒，包括不安、怒氣、恐懼，呈現在他們的身體和姿態中。不安、憤怒、恐懼……三者都如此甜美。卡爾笑得更開懷，雖然他相當疲累。

他醒得太久了。審判者的生活方式讓身體容易疲勞，因此他經常需要休息。他的同伴們已經開始離開房間，朝他們的休息室走去，刻意靠近皇座室。他們會立刻去睡覺，因為先前的處決加上晚上令人興奮的事件，他們也會疲累至極。

卡爾在審判者跟聖務官都離去後仍然留下來，很快地，只剩下他跟統御主兩人站在被五盆火點亮的房間中。外面的篝火逐漸被僕人熄滅，房間外面漆黑，裡頭陰暗。

「你終於得到你想要的。」統御主靜靜說道。「或許你終於可以讓我在這件事上頭清靜一點。」

「是的，統御主。」卡爾鞠躬說道。「我認爲——」

一個奇怪的聲音在房間響起。一個輕柔的喀答聲。卡爾抬頭，蹙著眉頭研究一小枚金屬彈過地板，最後落在他腳邊。他拾起錢幣，然後抬頭看著巨大的玻璃，注意到有個小洞。

什麼？

幾十枚更多的錢射過玻璃，讓它多了更多破洞。金屬的敲擊聲跟清脆的玻璃碎裂聲迴響在空氣中。卡爾驚訝地倒退一步。

整個南面的窗戶碎裂，往內爆炸，玻璃被錢幣破壞，一具飛翔中的身體破窗而入。彩色玻璃碎片在空中旋轉，隨著一個穿著迷霧披風，手握兩把黑曜石匕首衝入的嬌小身影而四處飛灑。女孩蹲下，在碎玻璃上略略一滑，迷霧從她身後的開口湧入，往前捲襲，受到她的鎔金術吸引，旋繞在她身邊。她在霧中蹲了片刻，彷彿她是夜晚派來的使者。

然後，她向前一躍，直接撲向統御主。

紋燃燒第十一金屬。統御主的過去出現在之前的位置，彷彿從霧中出現，站在皇座高台邊。她忽略審判者。幸好那怪物反應很慢，她都上了高台的台階一半，他才想起來該追她，但統御主靜靜地坐在原處，以幾乎不帶一絲興趣的表情看著她。

兩根矛當胸穿入都奈何不了他，紋心想，越過最後一段距離，來到高台的頂端。他根本不用怕我的匕首。

因此她根本不打算拿匕首攻擊他，而是舉起武器，直戳入過去的心臟。

匕首攻擊，然後穿過那人，彷彿他根本不存在。紋踉蹌地往前，直直穿過影像，幾乎從高台上滑下。她轉身，再次攻擊影像，匕首同樣毫髮無傷地穿越它，甚至沒有擺動或扭轉。我的金影不是這樣，她焦躁地想。我可以碰到我的金影，為什麼我碰不到這個？

兩者的運作顯然不同。影子靜靜地站著，對她的攻擊渾然無所覺。她以為如果她殺死過去的統御主，那他現在的身體也會死。不幸的是，過去的他跟天金影子一樣，虛渺且不可碰觸。

她失敗了。

卡爾撞上她。強壯的審判者抓住她的肩膀，他的衝力讓她摔下高台，兩人一同翻滾落下。

紋哼了一聲，驟燒白鑞。我跟你之前關起來的無力女孩已經不同了，卡爾，她堅定地想。兩人一滾落皇座後方的地面，她便將他踢飛。

審判者悶哼一聲，她的攻擊將他拋入空中，雙手也握不住她的肩膀。她的迷霧披風被他扯下，但她一躍而起，立刻閃開。

「審判者！」統御主大吼，站起身來。「到我這裡來！」

紋痛喊出聲，強大的聲音在她錫力增強的耳朵中聽來更痛。

我得離開這裡，她跌跌撞撞地想。我需要想出殺他的其他方法。

卡爾從後方攻擊，這次他雙臂完全環繞她，用力一捏。紋痛得大喊，驟燒白鑞，反推回去，但卡爾強迫她站起身，敏捷地一手繞過她的脖子，同時另一手將她的雙臂固定在背後。她憤怒地掙扎，扭轉身體，但他抓得很牢。她試著鐵推門把，希望能讓兩人往後倒，但他握得太牢。

統御主輕笑，坐回皇座。「妳打不贏卡爾的，孩子。他很多年前就是名士兵。他知道該怎麼樣抓住一個人，讓他們逃不了，無論他們有多強壯。」

紋繼續掙扎，喘息著要呼吸。可是統御主說得沒錯。她試圖要以後腦勺攻擊卡爾，但他早就已經準備好。她可以聽到他的聲音，他掐住她喉嚨時的急促喘息聽來近乎……興奮。透過窗戶的反射，她可以看到兩人身後的門打開，另一名審判者踏入房間，尖刺在扭曲的影像中閃爍，黑色袍子擺動著。

結束了，她抽離地心想，看著白霧在她面前的地上，溜出破碎的玻璃窗，流過地板。奇怪的是，它們不像先前那樣會圍繞她的身旁，彷彿正被某種東西推走。對紋而言，這似乎是她失敗的最後一道證明。

對不起，凱西爾。我讓你失望了。

第二名審判者來到他的同伴身邊，然後伸出手，握住卡爾背後的某樣東西。一陣撕裂聲響起。

紋立刻落在地上，掙扎地呼吸。她滾過地面，白鑞允許她快速恢復。卡爾站在她的上方，身體左右搖擺，然後軟軟地歪向一邊，仆倒在地。第二名審判者站在他身後，手中握著像是大金屬尖刺的東西，跟審判者眼睛裡的一樣。紋望向卡爾一動也不動的身體。他的袍子背後被撕裂，露出肩胛骨間的一個血淋淋大洞，洞大到夠容納一個金屬錐。卡爾滿是疤痕的臉龐絕對蒼白、毫無生氣。

鐵錐！紋詫異地心想。*另一名審判者只把鐵錐拔出，卡爾就死了。這就是祕訣！*

「什麼？」統御主站起身大吼，突來的動作讓他的寶座後倒，石頭椅子翻下台階，撞裂大理石地板。「背叛！居然是我的親信背叛我?!」

新來的審判者衝向統御主，奔跑時，他的頭罩落下，讓紋看到他的光頭。雖然多了前面的鋼錐底部，還有後頭突出的噁心尖端，但這個新來的人臉孔讓她覺得有點熟悉。撇開光頭跟不熟悉的衣服不談，這個人看起來有點像凱西爾。

不是，她發現。*不是凱西爾。*

沼澤！

沼澤兩階併作一步地爬上高台，以審判者超自然的速度在移動，紋掙扎地站起，甩開眼前讓她幾乎被嗆死的情景，但她的訝異沒有那麼容易甩開。沼澤還活著。

沼澤是審判者。

審判者們調查他不是因爲懷疑他，而是想要招募他！現在，他看起來像是想跟統御主對打。我得幫忙！也許……也許他知道殺死統御主的祕訣。畢竟他找出了殺死審判者的方法！

沼澤來到高台頂端。

「審判者——」統御主大喊。「到——」

統御主渾身一僵，注意到門外的東西：一小堆金屬錐，就像沼澤從卡爾背後拔出來的那些，堆在地上。看起來有七支。

沼澤微笑，那個表情看起來跟凱西爾得意洋洋的奸笑非常相似。紋來到高台底端，反推一枚錢幣，讓自己躍上高台。

統御主巨大的怒氣在她飛到一半時擊中她。憂鬱，還有因怒氣而暴漲的窒息感襲向她的靈魂，像是揮手一般將她的紅銅推開。她驟燒紅銅，微微喘息，卻無法完全推開統御主對她情緒的影響。

沼澤略略歪倒，統御主反手一揮，正是他殺死凱西爾的方式；幸好沼澤來得及閃躲，他繞過統御主身後，抓住皇帝黑袍般的套裝，用力一扯，將布料沿著縫線撕開。

沼澤全身一僵，鋼尖的眼睛讀不出情緒。統御主轉身，手肘直撞入沼澤的肚子，將審判者拋到房間對面。統御主轉身時，紋看到沼澤見到的景象。

什麼都沒有。一個普通，頂多比較結實的背部露出來。跟審判者不一樣，統御主的脊椎沒有尖刺。

啊，沼澤……紋絕望地心想。那是個很聰明的主意，比紋自己拿第十一金屬的愚蠢嘗試聰明得多，但仍然失敗了。

沼澤終於落地，頭撞上地板，然後滑過地面，直到撞上遠端的牆壁，動也不動地靠著巨大的窗戶。

「沼澤！」她大喊，跳起，鋼推自己朝他的方向。可是就在她飛起的同時，統御主滿不經心地舉起手。紋感覺到一陣強大的……東西撞向她，像是鐵推，攻擊她腹中的金屬，但這是不可能的——凱西爾向她保證，鎔金術師無法影響在一個人身體內的金屬。

但他也說過，鎔金術師不能影響燃燒紅銅的人的情緒。

被拋下的錢幣從統御主身邊飛開，竄過地面，門從門框被拔起，破裂崩離，就連彩色玻璃碎片也顫抖地從高台周圍滑開。

紋也被拋在一旁，肚子中的金屬威脅要從她身體中被扯出。她撞上地板，攻擊幾乎讓她喪失神智，腦中一片模糊，迷惘地坐在原地，只能想著一件事。如此的力量……

統御主從高台上走下，腳步聲迴蕩。他的動作很安靜，脫下破爛的套裝跟襯衫，除了手指跟手腕上的金屬外，上半身光裸。她注意到有幾枚細手環刺穿了他上臂的皮膚。

聰明，她心想，掙扎地站起。避免它們被推或拉。

統御主遺憾地搖搖頭，腳步在從破裂窗戶湧入的白霧中穿出一條路徑。他看起來如此強壯，胸膛滿是肌肉，臉龐英俊。她可以感覺到他的鎔金術力量正在攻擊她的情緒，而她的紅銅僅能勉強抵抗。

「妳以爲這樣就行了嗎，孩子？」統御主靜靜問道。「打敗我？以爲我是普通的審判者，我的力量是由人造而來？」

紋驟燒白鑞，轉身衝走，打算抓起沼澤的身體，朝房間另一個方向破窗而去。

可是，他已經到了，速度讓龍捲風的怒旋都顯得遲緩，就算燒光了白鑞，紋也跑不過他。他伸出手，抓住她肩膀，將她往後一推，一切都輕鬆寫意。

她像洋娃娃般被拋向房間的巨大柱子。紋絕望地尋找錨點，但他將所有的金屬都吹出房間，只剩下……

她鐵拉住統御主一只沒有刺穿皮膚的手環。他立刻揮手向上，甩脫她的拉扯，讓她在空中反方向旋轉，以另一次強大的鐵推攻擊她，將她推到後方。紋肚腹中的金屬絞痛，一旁的玻璃顫抖，她母親的耳針也從她耳洞中被扯出。她試圖要旋轉，隻身落地，卻以極大的速度撞上石柱，白鑞也幫不了她。她感覺一陣噁心的斷裂聲，一股刺痛竄上右腿。她倒在地上，沒有看的勇氣，但胸口傳來的痛楚讓她知道她的腿從身體下方以不自然的角度扭曲了。

統御主搖搖頭。紋此時明白，他根本不擔心戴珠寶帶來的危險。從他的能力與力量看來，只有紋這樣愚蠢的人才會嘗試運用統御主的金屬當錨點，因爲這只是讓他更能控制她的跳躍方向而已。

他上前一步，腳踩碎玻璃。「妳以爲這是第一次有人想殺我，孩子？我從焚燒跟砍頭中存活下來。我被刺傷、切碎、壓爛、五馬分屍，一開始甚至被剝光了皮。」

他轉向沼澤，搖搖頭。奇特的是，紋先前對統御主的印象又出現了。他看起來……很累，甚至是極端疲累。不是他的身體，因爲他仍然強壯，而是他的……精神。她試圖站起，利用石柱穩住自己。

「我是神。」他說道。

跟日記中的謙虛男子相差太多。

「神是不能被殺死的。」他說道。「神是不會被推翻的。妳的反叛行動，妳以爲我沒見識過？妳以爲我沒有靠一己之力摧毀過整支軍隊？你們這些人要怎麼樣才能停止質疑？我要花多少個世紀才能讓你們這些白癡司卡看見眞相？我到底要殺掉你們多少人?!」

紋的腳一拐，引得她痛喊出聲。她驟燒白鑞，但眼淚仍然浮現。金屬快用完了。白鑞存量不多，在那之後，她絕對無法保持清醒。她歪靠著石柱，統御主的鎔金術推壓著她，腿上的痛楚鼓動。他太強了，她絕望地想。他是對的。他是神。我們在想什麼？

「你竟敢做這種事？」統御主問道，帶著珠寶的手抓起沼澤軟癱的身體。沼澤微微呻吟，試圖抬起頭。

「你竟敢做這種事?!」統御主再次質問。「在我給了你這些之後？我讓你超越一般人！我讓你擁有主宰權！」

紋的頭猛然抬起。穿過痛楚跟絕望，某句話喚醒她的記憶。

他一直說……他一直說他的族人該有主宰權……

她探入體內，找到最後一點第十一金屬，燃燒，透過滿是淚水的雙眼看著統御主單手抓住沼澤。統御主的過去出現在他身邊。一名穿著皮披風跟厚靴子的人，一個滿臉鬍子跟肌肉強壯的男子。不是貴族或暴君。不是英雄，甚至不是戰士。一個人穿著在高山生活的衣裝。一名牧人。

或者是，一名挑伕。

「拉刹克。」紋悄聲說道。

統御主驚訝地轉身面向她。

「拉刹克。」紋再次說道。「那是你的名字，對不對？你不是寫日記的那個人。你不是被派來保護人民的英雄……你是他的僕役。那個憎恨他的挑伕。」

她停頓片刻。「你……你殺了他。」她輕聲說道。「原來那天晚上是這樣！所以日記這麼突然地結束了！你殺了英雄，取代他的地位。你代替他進入了洞穴，將力量佔爲己有。可是……你沒有拯救世界，反而掌控了世界！」

「妳什麼都不知道！」他怒吼，一手仍抓住沼澤的身體。「妳對那些根本一無所知！」

「你恨他。」紋說道。「你認爲英雄該是泰瑞司人。你無法忍受他，來自對你的國家的壓迫者，居然正在實現你們的傳說！」

統御主舉起手，紋突然感覺到巨大的重量壓下。鎔金術，正在鋼推她腹中跟身體的金屬，威脅要將她的背擠碎在石柱上。她大喊，驟燒最後一點白鑞，掙扎地要保持清醒。白霧盤繞她身邊，穿過破裂的窗戶跟地板。

在破裂的窗戶外，她聽到空中有隱約的迴響，聽起來像是……歡呼。喜悅的呼叫，總共有數千人響應，聽起來幾乎像是他們在爲她加油。

這有什麼重要？她心想。我知道統御主的祕密了，但這又告訴我什麼？他是挑伕？僕人？泰瑞司人？

藏金術師。

她暈眩的雙眼再度看到統御主上臂閃閃發光的臂環。金屬環，刺穿他的皮膚。所以……所以不受鎔金術影響。爲什麼要這樣大費周章？據說他戴金屬表達他的勇敢。他不擔心有人會推拉他的金屬。

也許，這只是他的聲稱。如果他其他的金屬，那些影響貴族風尚的戒指、手環，只是想誤導眾人？目的是不讓人注意這一對環繞他上臂的臂環？有這麼簡單嗎？她心想，感覺統御主的力量威脅要壓碎她。

她的白鑞將近耗盡，幾乎無法思考，但她仍然燃燒鐵。統御主可以穿透紅銅雲。她也可以。他們其實是一樣的。如果他能影響一個人體內的金屬，那她也可以。她鞕燒鐵，藍線指著統御主的戒指跟手環，獨缺刺穿上臂皮膚的臂環。

紋怒燒鐵，集中注意力，盡力去催促它，同時燃燒白鑞，掙扎不要被壓碎，而她知道自己其實已經沒有呼吸了。推擠她的力量太強，她無法讓胸口上下起伏。

白霧在她身邊盤旋，因為她的鎔金術而跳舞。她快死了。她知道。她甚至感覺不太得到痛楚。她正被壓碎。窒息。

她汲取白霧。

兩條新線出現。她尖叫，以她從未知道的力氣鐵拉，越來越奮力鞕燒鐵，統御主的推力讓她能取得她使用拉力時的平衡。怒氣、絕望和痛楚在她體內融合，拉引變成她全神貫注的唯一焦點。

她的白鑞用完了。

他殺了凱西爾！

臂環飛脫，統御主痛得大叫，在紋的耳中聽來隱約、遙遠。重量突然釋放她，她整個人喘息倒地，視覺飛轉。滿是鮮血的臂環落在地上，從她的掌握中鬆脫，滑過大理石地板，落到她面前。她抬起頭，用錫撥開眼前的模糊。

統御主站在原處，雙眼因驚懼而睜大，手臂上都是血。他拋下沼澤，衝向她跟變形的臂環，可是她無視於用完的白鑞，仍用了她最後一絲力氣，將手環鋼推過統御主的身邊。他駭然轉身，看著臂環飛出破碎的玻璃牆。

遠方，太陽突破天際線升起，臂環在紅光前落下，閃爍片刻後，直落入城市之中。

「不！」統御主狂吼，踏向窗戶邊，肌肉開始鬆弛洩氣，跟沙賽德一樣。他憤怒地轉身面向紋，但面孔已經不屬於年輕人，而是步入中年，五官逐漸成熟。

他踏向窗戶時，頭髮已經花白，皺紋像小網子一樣出現在他的眼周。

接下來的步伐虛弱，他開始因爲年邁的負擔而全身顫抖，背脊彎曲，皮膚鬆垮，頭髮軟塌。

然後，他倒在地上。

紋往後靠，意志因痛楚而迷茫。她靠了……一段時間。無力思考。

「主人！」一個聲音大喊。同時間，沙賽德來到她身邊，額頭因汗水而濕透。他伸出手，在她的喉嚨中倒下某樣東西，她吞下。

身體直覺知道該怎麼做。她反射性燃燒白鑞，增強身體，燃燒錫，突來的敏銳讓她驚醒，大喘一口氣，抬頭看著沙賽德擔憂的臉。

「小心點，主人。」他說道，檢視她的腿。「妳骨折了，不過只斷在一個地方。」

「沼澤。」她疲累地說道。「去照顧沼澤。」

「沼澤？」沙賽德問道，然後他看到審判者在遠處的地板上虛弱掙扎。

「我的遺忘天神啊！」沙賽德說道，移到沼澤身邊。

沼澤呻吟，坐起身，一手捧著肚子。「那個……是什麼……？」

紋瞥向不遠處倒地的縮水身形。「是他。統御主。死了。」

沙賽德好奇地皺眉，站起身。他穿著褐色袍子，手上只握著一根木矛。紋搖搖頭，想到曾以如此卑微的武器面對幾乎殺了她跟沼澤的怪物。

當然，在某種程度上，我們都一樣無用，死的該是我們，不是統御主。

我把他的臂環拔了。爲什麼？爲什麼我能做到這種事？

因為我不一樣？

「主人……」沙賽德緩緩說道。「我想，他還沒死。他還……活著。」

「什麼？」紋皺眉問道，此刻幾乎無法思考，之後多的是時間釐清她的問題。沙賽德說得沒錯，老邁的身軀並沒有死，而是可憐地在地上移動，試圖爬向破碎的窗戶。爬向臂環消失的方向。

沼澤跌跌撞撞地站起，揮開沙賽德的照料。

「我很快就會癒合，去照顧女孩。」

「幫我站起來。」紋說道。

「主人……」沙賽德不贊同地說。

「拜託你，沙賽德。」

他嘆口氣，將木矛交給她。「來，靠著它。」她接下，沙賽德將她扶起。

紋拄著木矛，跟沙賽德和沼澤一同一拐一拐地走向統御主。他那爬行的身體來到房間邊緣，透過破碎的窗戶看著城市。紋的腳踩過、壓碎玻璃。下方人民再次歡呼，但她看不到他們，也聽不清他們在歡呼什麼。

「聽。」沙賽德說道。「聽啊，曾是我們神的人。你聽到他們在歡呼嗎？那不是為了你，這些人民從未為你歡呼。他們今天晚上找到新的領袖，新的驕傲。」

「我的……聖務官……」統御主低聲說道。

「他們會忘記你。」沼澤說道。「我會負責這件事。其他審判者都已被我親自殺死。可是，聚集的聖祭司看到你將權力移交給審判廷。我是陸沙德僅存的一名審判者。我，會統治你的教會。」

「不……」統御主微弱地說道。

沼澤、紋、沙賽德散亂地圍成一圈，低頭看著老人。晨光下，紋可以看到一大群人站在講台前，舉起武器表示尊敬。統御主低頭看著群眾，似乎終於明白他眞的失敗了。他回頭望著打敗他的人。

「你們不瞭解，」他氣喘吁吁地說。「你們不知道我爲人類做了什麼。就算你們看不出來，我仍然曾經是你們的神。殺了我，你們是自取滅亡……」

紋望著沼澤跟沙賽德，兩人緩緩點頭。統御主開始咳嗽，似乎變得更加老邁。

紋靠著沙賽德，緊咬牙關抵抗痛楚。「我帶給你一個朋友捎來的訊息。」她說道。

「他要你知道，他沒死。他是殺不死的。

「他是希望。」

然後，她舉高木矛，筆直戳入統御主的心臟。

尾聲

出乎我意料之外，偶爾，我會感覺到內心一陣平靜。也許一般人都會以爲在我經歷過這些事，吃過這些苦頭之後，我的靈魂會是壓力、迷惘和憂鬱的交錯迷宮。其實經常是如此。

然而，亦有平靜的時候。

有時候我會感覺到，就像現在此刻，在寧靜的清晨中望著冰封的山坡跟玻璃高山，看著如此壯觀的日出，明白這是我畢生所見的破曉中，絕無僅有的一次。如果有預言，如果有世紀英雄，那我的心聲告訴我，必定有某種力量在指引我的道路。有力量在照看，有力量在關心。這些平靜的低語，告訴我一件我非常想相信的眞實。

如果我失敗了，會有另一個人來完成我的工作。

「我只能有一個結論，沼澤主人。」沙賽德說道。「就是統御主同時是藏金術師以及鎔金術師。」

紋皺眉，坐在司卡貧民窟邊緣的一棟無人建築物屋頂，經過沙賽德仔細包紮過後的斷腿懸掛在屋頂邊緣，垂蕩在空中。她幾乎睡了一整天，站在她身邊的沼澤也是。沙賽德送了訊息給其他團員，告訴他們紋仍活著，其他人也沒有重大傷亡，紋對此感到很高興。可是，她還沒有去找他們。沙賽德告訴他們她需要休息，而他們也忙著建立起依藍德的新政府。

「藏金術師跟鎔金術師。」沼澤思索般地說道。他恢復得很快。雖然紋身上仍然滿是打鬥後留下的瘀青、裂傷和割傷，但他斷裂的肋骨看起來似乎都已經恢復了。他彎下腰，一手靠著膝蓋，以鋼錐而非眼睛望著城市。他是怎麼看東西的？紋不禁想著。

「是的，沼澤主人。」沙賽德解釋。「青春是藏金術師可以儲存的東西之一。這個過程沒有多大用處，爲了要儲存起看起來年輕一歲的能力，你得花費一部分生命，而且看起來且感覺上比實際上要老一歲。通常守護者運用這個力量做爲僞裝，改變年紀好欺騙他人，隱藏起來；不過除此之外，鮮少有人覺得這是有用的功能。

「可是，如果藏金術師同時也是鎔金術師，那他也許可以燃燒自己的金屬存量，並以十倍的量在施放能量。紋主人之前試圖要燃燒我的金屬，但無法取得力量。可是，如果你能自己進行藏金術的儲存，然後燃燒它得到額外力量……」

沼澤皺眉。「我聽不懂，沙賽德。」

「我道歉。」沙賽德說道。「也許在缺乏對鎔金術跟藏金術理論背景的情況下，會有點難以理解。我試著解釋看看。鎔金術跟藏金術之間的主要差異是什麼？」

「鎔金術的力量來自於金屬，」沼澤說道。「藏金術的力量來自於自己的身體。」

「沒錯。」沙賽德說道。「所以我認爲，統御主就是將兩種力量綜合起來。他使用僅有藏金術有的特質，也就是改變年紀，但卻是以鎔金術在提供能量來源。靠著燃燒自己做出的藏金術存量，他等於是爲自己做了一個新的鎔金術金屬，目的是讓他在燃燒時能讓自己顯得年輕。如果我猜得沒錯，他已經得到無限的青春，因爲他大部分的力量是來自於金屬，而非自己的身體。他只要偶爾花一點時間年老，就可以讓自己有藏金術的存量可以燃燒，變得年輕。」

「讓我想一下。」沼澤說道。「所以，光是燃燒這些存量，就會讓他比一開始更年輕？」

「我想他得把額外的青春藏在另一個藏金術的儲存容器中。」沙賽德解釋。「因爲鎔金術相當明顯，力量是一陣一陣，或是透過緊燒而來，而統御主不會想要一次用這麼多的青春，所以他一定會將它存在一塊金屬中，讓他可以慢慢擷取，維持自身的年輕。」

「手環？」

「是的，沼澤主人。可是，藏金術的回饋並非與儲存的量成正比。舉例而言，爲了讓自己比一般人強壯四倍，耗費的能量不僅是讓自己比一般人強壯兩倍的雙倍能量。因此，對統御主而言，這代表他必須消耗越來越多青春才能讓自己不再衰老。當紋主人將手環搶走時，他老化的速度便很驚人，因爲他的身體正試圖回到它應該有的年紀。」

紋坐在涼風中，望著泛圖爾堡壘。它正因火光明亮。還沒過一天，依藍德已經在跟司卡和貴族代表會面，規劃起新王國的法令。

紋靜靜地坐著，摸著耳環。她在皇座室中找到它，一等到耳朵開始癒合，她便連忙將耳針插回耳洞中。她不是很確定自己爲什麼要留著它。也許因爲它是她跟瑞恩，還有一名試圖殺了她的母親之間的連結。或者這只是提醒她，她辦到了某些原本不可能做到的事情。

關於鎔金術，她仍然有許多要學習的。過去一千年中，貴族只相信審判者跟統御主告訴他們的事情。他們還保有什麼樣的祕密，隱藏了什麼樣的金屬？

「那麼統御主……」她終於開口。「他……只是用了技法讓自己長生不老。意思是，他並不是眞的神，對不對？他只是運氣好。任何同時是鎔金術師跟藏金術師的人都能辦到。」

「看起來是這樣，主人。」沙賽德說道。「也許這就是爲什麼他這麼害怕守護者。他獵捕殺害藏金術師，因爲他知道這個能力是遺傳來的，就如同鎔金術。如果泰瑞司血統跟皇家貴族血統混合，結果可能是一個可以挑戰他的孩子。」

「因此有了育種計畫。」沼澤說道。

沙賽德點點頭。「他必須絕對確定泰瑞司人不能跟一般人民混血，免得遺傳未浮現的藏金術能力。」

沼澤搖搖頭。「那是他自己的族人啊。他對他們做了這麼多可怕的事情，只是爲了保有自己的力量。」

「可是，不只這樣。」紋皺著眉頭說道。「如果統御主的能力來自於鎔金術跟藏金術的混合，那昇華之井發生了什麼事？那個寫了日記的人，不管他是誰，他原本應該發現的力量是什麼？」

「我不知道，主人。」沙賽德靜靜地說道。

「你的解釋無法回答一切。」紋說道，搖搖頭。她沒提起自己奇特的能力，但她描述過統御主在皇座室裡的行爲。「他好強大，沙賽德。我可以感覺到他的鎔金術，他甚至能夠鋼推我體內的金屬！也許他可以靠著燃燒存量來增強自己的藏金術，但他的鎔金術怎麼也會這麼強大？」

沙賽德嘆口氣。「恐怕唯一能回答這個問題的人已經在今天早上死去。」

紋想了想——統御主掌握沙賽德的族人，花了數個世紀在尋找的泰瑞司宗教祕密。「對不起。也許我不該殺了他的。」

沙賽德搖搖頭。「他早晚都會因爲年邁而死，主人。妳做得對。這樣我可以記錄統御主是被他所壓迫的一名司卡殺死。」

紋臉紅。「記錄？」

「當然，我仍然是守護者，主人。我必須將這些事情傳承下去，包括歷史、事件和眞相。」

「你不會……說太多關於我的事吧？」不知爲何，想到別人會傳誦她的故事，讓她很不自在。

「不必太擔心，主人。」沙賽德微笑說道。「我的同胞們跟我會非常忙碌的。我們有好多事情要恢復，好多事情要告訴世界……我想關於妳的細節應該不急著流傳。我會記錄發生的事情，但暫時只會保留給自己。」

「謝謝你。」紋點點頭說。

「統御主在洞穴中找到的力量，」沼澤思索般地說道。「也許就是鎔金術。你說在昇華前沒有任何關於鎔金術師的紀錄。」

「的確有可能，沼澤主人。」沙賽德說道。「鎔金術的起源並無太多傳說，而幾乎所有傳說都同意，鎔金術師是『與霧一同出現』。」

紋皺眉。她一直以爲「迷霧之子」這名詞是因爲鎔金術師喜歡在夜晚工作，從來沒想過兩者之間可能有更緊密的連結。

霧對鎔金術有反應。當鎔金術師在附近使用力量時，它會盤旋……而且，我在最後感覺到的是什麼？……像是我從霧中汲取了某種力量。

不論她做了什麼，她都無法令它再重現。

沼澤嘆口氣，站起身。他才醒了幾個小時，但已經顯得很疲累。他的頭微微低垂，彷彿金屬錐的重量讓頭抬不起來。

「那會……痛嗎，沼澤？」她問道。「我是指尖刺。」

他半晌沒回答。「會。十一根都會……陣痛。痛楚似乎會因爲情緒變化而波動。」

「十一根？」紋震驚地問道。

沼澤點點頭。「兩根在頭裡，八根在胸口，一根在背後。那是殺死審判者的唯一方法，就是將上層的尖刺跟下層分開。阿凱透過砍頭辦到，但直接把中間那根拔掉比較容易。」

「我們以爲你已經死了。」紋說道。「當我們在安撫站找到屍體還有血跡的時候……」

沼澤點點頭。「我原本要送信讓你們知道我還活著，但他們第一天把我看得很緊。我沒想到阿凱這麼快就動手。」

「我們都沒想到，沼澤主人。」沙賽德說道。「沒有人看出半點跡象。」

「他眞的辦到了，對不對？」沼澤說道，不敢相信地搖頭。「那混蛋。有兩件事情我永遠不會原諒他。第一件事是偷走我推翻最後帝國的夢想，第二件是居然眞的成功了。」

「我能不能問一下，沼澤主人。」沙賽德問道。「紋主人跟凱西爾主人在安撫站中找到的屍體是誰？」

沼澤望著城市。「其實有幾具屍體。創造新審判者的過程很……血腥。我寧願不要談。」

「當然。」沙賽德低頭說道。

「不過……」沼澤說道。「你倒是可以跟我說說那個凱西爾用來模仿雷弩大人的怪物。」

「那隻坎得拉嗎？」沙賽德說道。「恐怕連守護者都對牠們所知不多。牠們跟霧魅有血緣關係，甚至可能是同樣的怪物，只是年紀較大。因爲這樣的奇怪名聲，所以牠們通常不喜歡被人看見，但貴族家族偶爾會僱用牠們。」

紋皺眉。「那麼……阿凱爲什麼不直接讓坎得拉僞裝他，然後代替他死？」

「沒這麼簡單。」沙賽德說道。「坎得拉要僞裝一個人，得先將那個人的皮肉吃下，吸收他的骨頭。坎得拉跟霧魅一樣，牠們沒有自己的骨骼。」

紋顫抖。「噢。」

「他回來了，妳知道吧？」沼澤說道。「那怪物已經不再使用我弟弟的身體，他有一具新的。可是，他來找妳了，紋。」

「找我？」紋問道。

沼澤點點頭。「他說什麼……凱西爾在死前將他的契約轉移給妳。我相信那野獸現在視妳爲主人。」

紋顫抖。那個……東西吃了凱西爾的屍體。「我不要牠在這裡。」她說道。「我要牠走。」

「別急著下決定，主人。」沙賽德說道。「坎得拉是很昂貴的僕人，一定得用天金給付。如果凱西爾買了一隻的長期契約，那浪費牠的服務便很愚蠢。在未來數個月中，坎得拉可能是個很寶貴的盟友。」

紋搖搖頭。「我不管。我不要那東西在我身邊，尤其在知道牠做了那種事之後。」

三個人陷入靜默。終於，沼澤站起身，嘆口氣。「無論如何，請恕我失陪一下，我得去堡壘露個面。新王要我代表教廷參與他的協商。」

紋皺眉。「我不知道教廷爲何還需要參與任何決策。」

「聖務官們仍然相當強大，主人。」沙賽德說道。「而且他們是最後帝國中最有效率、受訓最完整的官僚。陛下想借重他們，同時明白沼澤主人能在這上頭助他一臂之力。」

沼澤聳聳肩。「當然，如果我能控制住教義派，教廷在接下來幾年間應該會……改變。我會緩慢且小心地行動，但在任務完成時，聖務官們甚至不會發現自己失去了什麼。不過那些其他的審判者可能會帶來問題。」

紋點點頭。「陸沙德外還有幾個？」

「我不知道。」沼澤說道。「在我毀掉他們之前，我沒加入審判者團體太久，但是最後帝國是個大地方。許多人說帝國內大概有二十名審判者，而我一直無法得到確切的數字。」

紋點點頭，看著沼澤離去。雖然審判者仍然很危險，但在知道他們的祕密以後，已經不再讓她如此憂懼。她比較在意另外一件事。

你們不知道我為人類做了什麼。就算你們看不出來，我仍然曾經是你們的神。殺了我，你們是自取滅亡……

統御主的遺言。當時，她以為他口中所說，「為人類做的事」是指最後帝國，但她已經不再如此篤定。當他這麼說的時候，他的眼中出現了……恐懼、而非驕傲。

「阿沙？」她說道。「深闇是什麼？那個日記中的英雄應該要打敗的東西？」

「我很希望我們能知道，主人。」沙賽德說道。

「但它沒有來，對不對？」

「顯然沒有。」沙賽德說道。「傳說都同意，如果深闇沒有被阻止，世界會被毀滅。當然，這些故事也許都被誇大。也許『深闇』的危險其實只是統御主自己，也許英雄的戰爭只是良心之戰。他必須選擇獨佔世界或讓它自由。」

紋覺得這聽起來不太對。不只這樣。她記得統御主眼中的恐懼。驚駭。

他是說「做」，而不是「過去所做」。「我為人類做的事」。意思是，不管那是什麼，他仍然在這麼做。你們是自取滅亡……

她在夜裡發抖。太陽正在下山，讓明亮的泛圖爾堡壘更為清晰。那是依藍德目前選擇的總部據點，但他仍然可能搬去克雷迪克·霄。他還沒決定。

「妳應該去找他，主人。」沙賽德說道。「他需要親眼見到妳安然無恙。」

紋沒有立刻回答。她望著城市，看著堡壘在漸黑的天空中閃亮。「你在那裡嗎，沙賽德？」她問道。「有聽到他的演講嗎？」

「有的，主人。」他說道。「我們一發現財庫中沒有天金，泛圖爾大人就堅持要我們快點去找人救妳。我同意他的說法，因為我們都不是戰士，而且我的藏金術存量仍然不足。」

沒有天金，紋心想。在我們這麼辛苦之後，半點天金都沒找到。統御主把這麼多天金用到哪裡去了？還是……被別人捷足先登？

「可是當依藍德主人跟我找到士兵時，情況大為不同。」沙賽德繼續說道。「反抗軍正在屠殺皇宮的士兵。有些人試圖投降，但我們的士兵並不讓他們投降。那個景象相當令人……不安，主人。妳的依藍德……他不喜歡眼前所見。當他直接擋在司卡面前時，我以為他們也會把他殺掉。」沙賽德停頓片刻，微微側頭。「可是……主人，他說的話……他對新政府的夢想，他對流血跟混亂的譴責……唉，主人，我發現自己無法重複他的話語。真希望當初我有把金屬意識帶著，好能確切記下他的每字每句。」

他嘆口氣，搖搖頭。「即便如此，我相信微風主人在平靜動亂中絕對功不可沒，一旦有一群人開始聆聽依藍德主人的話，其他人也會開始聽，從那時起……有貴族當國王是好事，我覺得。依藍德主人為我們想要得到控制權的行動帶來法理，因此有他帶領，我認為我們可以從貴族跟商人那裡得到更多支持。」

紋微笑。「你知道，阿凱會生我們氣的。他花了這麼多努力，結果我們反倒又把一名貴族推上皇座。」

沙賽德搖搖頭。「可是我覺得更重要的是，我們不是只將一名貴族推上皇座。我們是把一個好人推上皇座。」

「好人……」紋說道。「是的。我現在認識幾個好人了。」

紋跪在泛圖爾堡壘上方的白霧中，綁著固定木板的腿讓她在夜裡的行動很不便，但大多數的力氣都是靠鎔金術，她只要確定讓自己以最輕柔的動作落地即可。

夜晚降臨，白霧圍繞著她，保護她，隱匿她，給她力量……

依藍德．泛圖爾坐在下方的書桌前，上方的天井自從被紋拋入一具身體打破後，至今尚未被補起。他沒注意到她蹲在上面。誰會注意？誰看得到在使用鎔金力量的迷霧之子？她在某種程度上，是像第十一金屬創造的幻影一樣。毫無軀體，眞的只是某種可能而已。

某種可能……

過去一天的事情很難釐清，紋甚至沒去嘗試理解自己更爲一團亂的情緒。她還沒有去找依藍德。她辦不到。

她低頭看著他，坐在燈光下讀著書，在小筆記本裡抄寫著。他先前的會議進行得很順利，所有人都願意支持他當君王。沼澤私下報告，在這個支持之下，其實已經出現政治操作。貴族認爲依藍德是他們可以控制的傀儡，而司卡領袖勢力中已經出現派系。

可是，依藍德終於有機會撰寫他夢想的法條。他可以嘗試創造完美的國家，落實他研讀許久的學理。路上一定會有阻礙，紋也懷疑，最後他必須滿足於現實的標準必定遠低於他夢想中的完美境界，但這不重要。他會當個好君王。

當然，跟統御主相比，一堆灰都會是好國王……

她想要跳入溫暖的房間中去找依藍德，可是……有某種力量讓她裹足不前。她最近的命運起伏太大，情緒拉扯太強烈，無論跟鎔金術有無關係。她不確定她是否還想要有這樣的波動，她不確定自己是紋還是法蕾特，或甚至自己想當哪一個。

她在霧中，在安靜的黑夜裡覺得寒冷。白霧讓她有力量，被保護，被隱藏……即便她有時其實三者都不想要。

我辦不到，那個會跟他在一起的人，不是我。那是個幻象，一個夢想。我是在陰影中長大的孩子，應該仍然孤獨一人的女孩。這個不是我應得的。

他不是我應得的。

結束了。果然如她所預期，一切都變了。事實上，她確實也當不好貴族仕女。此刻正是她回去做自己擅長的事的時候。回去當陰影中的存在，而非活於宴會跟舞會之中。該離開了。

她轉身要離去，無視於自己的眼淚，無視於自己的痛苦不安。她離開他，雙肩低垂，一拐一拐地橫跨金屬屋頂，消失在白霧中。可是……

他死時向我們保證妳好多年前就已經餓死了。

在一切混亂中，她幾乎忘記審判者所說的關於瑞恩的事，但如今，這個回憶令她停下腳步。白霧經過她，盤繞、勸解。

瑞恩沒有遺棄她。他被在找紋的審判者找到，因為她是他們敵人的非法子女。他們對他施加酷刑。而他以生命保護了她。

瑞恩沒有背叛我。他一直向我保證他會，但到最後，他沒有。他也許離完美的哥哥相差甚遠，但他仍然愛她。

一個低語從她的意識深處傳來，是瑞恩的聲音。回去吧。

在說服自己不要這麼做之前，她已一拐一拐地衝回天井，將一枚硬幣拋往下方的地板。

依藍德好奇地轉身，歪頭看著錢幣。紋一秒後落下，鋼推自己以減緩速度，用完好的腳著地。

「依藍德．泛圖爾。」她站起身說道。「有件事我老早就想告訴你。」她停頓一下，眨眼抹開眼淚。「你讀太多書了。尤其是在淑女面前。」

他微笑，推開椅子，牢牢地將她抱住。紋閉起眼睛，只想感覺被擁抱的溫暖。

終於明白，一直以來，這就是她眞正想要的。

（迷霧之子首部曲：最後帝國　完）

鎔金祕典（ARS ARCANUM）

想知道作者對本書每一章節的詳細注釋、被刪除情節、額外設定，請前往 www.brandonsanderson.com。

鎔金術快速對照表（Allomancy Quick-Reference Chart）

金屬 **Metal**	功能 **Effect**	迷霧人名銜 **Misting Title**
鐵 *Iron*	拉引附近的金屬	扯手 Lurcher
鋼 ***Steel***	**推附近的金屬**	**射幣 Coinshot**
錫 Tin	增強感官	錫眼 Tineye
白鑞 **Pewter**	**增強肢體力量**	**白鑞臂、打手 Pewterarm, Thug**
黃銅 ***Brass***	安撫情緒	安撫者 Soother
鋅 ***Zinc***	**煽動情緒**	**煽動者 Rioter**
紅銅 Copper	隱藏鎔金術	煙陣 Smoker
青銅 **Bronze**	**顯示鎔金術**	**搜尋者 Seeker**

*外部金屬以楷體表示，推力金屬以粗體表示。

■鎔金術詞語解釋

黃銅 Brass（外部意志拉引金屬）

燃燒黃銅者可以安撫另一個人的情緒，抑制整體情緒，或讓單一情緒較不強烈。高明的鎔金術師可選擇單一情緒後，抑制其他的，結果就是可隨心所欲地操縱他人的心情。不過黃銅並不允許鎔金術師讀取他人意念或情緒。燃燒黃銅的迷霧人稱爲安撫者。

青銅 Bronze（內部意志推力金屬）

燃燒青銅者可以感覺到附近是否有人在使用鎔金術。在周遭燃燒金屬的鎔金術師會散發「鎔金鼓動」，類似只有燃燒青銅者方能聽到的鼓聲。燃燒青銅的迷霧人稱爲搜尋者。

射幣 Coinshot　燃燒鋼的迷霧人。

紅銅 Copper（內部意志拉引金屬）

燃燒紅銅者可釋放出隱形的雲朵，保護裡面的人不被搜尋者發現，在「紅銅雲」中，鎔金術師可隨意燃燒金屬，不需擔憂會被燃燒青銅者察覺鎔金鼓動；相對的影響是，燃燒紅銅的人本身不受任何情緒鎔金術影響（無論是安撫或煽動）。燃燒紅銅的迷霧人稱爲煙陣。

扯手 Lurcher　燃燒鐵的迷霧人。

白鑞 Pewter（內部肢體推力金屬）

燃燒白鑞的人可以增強身體的肢體特質，會變得更強壯、更有耐力、更敏捷。白鑞同時增強身體的平衡感和癒合力。燃燒白鑞的迷霧人稱爲白鑞臂，也稱爲打手。

白鑞臂 Pewterarm　燃燒白鑞的迷霧人。

鐵 Iron（外部肢體拉引金屬）

燃燒鐵的人可以看到透明的藍線指向附近的金屬來源。線條的粗細跟亮度端看金屬來源的大小與遠近而定。所有金屬類別都會顯示，不只是鐵。鎔金術師因此可用抑制拉扯其中一條線，將金屬來源拉向自己。燃燒鐵的迷霧人稱爲扯手。

煽動者 Rioter　燃燒鋅的迷霧人。

搜尋者 Seeker　燃燒青銅的迷霧人。

煙陣 Smoker　燃燒紅銅的迷霧人。

安撫者 Smoother　燃燒黃銅的迷霧人。

鋼 Steel（**外部肢體推力金屬**）
燃燒鋼的人可以看到透明的藍線指向附近的金屬來源。線條的粗細跟亮度是以金屬來源而判定，所有金屬類別都會顯示，不只是鋼。鎔金術師可以意志推動其中一條線，將金屬來源推開。燃燒鋼的迷霧人稱爲射幣。

錫 Tin（**內部肢體拉引金屬**）
燃燒錫的人能夠增強感官，可以看得更遠，嗅覺也變強，觸覺也更敏銳，附帶作用是讓他們可以看穿霧氣，在夜晚能見物的距離甚至超過白日增強後的視力範圍。燃燒錫的迷霧人稱爲錫眼。

錫眼 Tineye　燃燒錫的迷霧人。

打手 Thug　燃燒白鑞的迷霧人。

鋅 Zinc（**外部意志推力金屬**）
燃燒錫的人能夠煽動另一個人的情緒，讓他們變得激動，同時讓某種情緒特別強大，不過並不能讀取對方心智或是情緒。燃燒鋅的迷霧人稱爲煽動者。

中英名詞對照表

A

Ahlstrom Square　奧司托姆廣場
Aime　艾枚
Allomancy　鎔金術
Ardous　奧杜司
Arguois Caverns　阿谷瓦山洞
Arriev　亞瑞耶夫
Ascension　昇華
Ashmounts　灰山
Ashwarren　灰巢
Aspen Row　山楊樹街
Astalsi　阿司塔西
Atium　天金

B

Bendal　班達
Bevidon　貝維登
Bilg　比格
Block Street　棟街
Book of the False Dawn
《僞日出之書》
Braches　布拉克斯
Brass　黃銅
Breeze / Ladrian
微風（拉德利安）
Broken Quill　折羽酒吧
Bronze　青銅
Buvidas　布維達

C

Callins　柯林司
Canal Street　運河街
Camon　凱蒙
Canton of Finance　財務廷
Canton of Inquisition　審判廷
Canton of Orthodoxy　教義廷
Captain Demoux　德穆隊長
Carlee　卡莉
Cazzi　凱西教
Central Dominance　中央統御區
Charrs Entrone　查斯・恩創
Clip　夾幣
Clubs / Cladent　歪腳（克萊登）
Cobble　大石
Coinshot　射幣
Commercial District　商業區
Conclave of Worldbringers
世界引領者祕密會
Copper　紅銅
Cosahn　珂珊
Courteline　庫特藍
Cracks　裂口
Crescent Dominance
月牙統御區
Crews Genffenry
克魯斯・詹芬利

D

Deepness 深闇

Deepness Doctrine
《深闇教義》

Delton 德頓

Deluse Couvre 德魯斯·庫佛

Dilisteni 迪黎斯坦尼

Disten 迪斯敦

Dockson / Dox 多克森（老多）

Doriel 多瑞爾

E

East Dominance 東方統御區

Eiser 艾瑟

Elariel 艾拉瑞爾

Elend 依藍德

Eleventh Metal 第十一金屬

Erikell 艾瑞凱

Erikeller 艾瑞凱勒

F

Faleast 法理司特

Far Peninsula 遠方半島

Farmost Dominance 至遠統御區

Farwan 法旺

Fedik 費迪克

Fedren 費德藍

Fellette Renoux 費蕾特·雷弩

Fellise 費理斯

Felt 柔皮

Feruchemy 藏金術

Feruchemist 藏金術師

Final Empire 最後帝國

Flen 富倫

Fourwell Crossroads 四井路口

G

Geffenry 詹芬利

Gemmel 蓋莫爾

Goradel 葛拉道

Great House 上族

H

Ham / Hammond
哈姆（哈姆德）

Haren Renoux 哈德倫·雷弩

Harmon 哈門

Hasting 海斯丁

Haught 浩特

Hazekiller 殺霧者

Heberen 賀伯倫

Hero of Ages 世紀英雄

High prelan 上聖祭司

Hill of a Thousand Spires
千塔之山

Historical Practices in Imperial Political Rule
《皇家政權統治之歷史沿革》

Hoid 霍伊得

Holstep 霍斯太普

Hotel District 旅社區

Hrud 賀魯德

I

Idren Seeris 艾德倫・席瑞斯
Industrial District 工業區
Iron 鐵
Ironeyes 鐵眼
Izenry 依森瑞

J

Jaism 珈教
Jastes 加斯提
Jess 潔絲

K

Kale Tekiel 凱爾・太齊爾
Kalling 卡林
Kandra 坎得拉獸
Kar 卡爾
Karaien 凱芮安
Keeper 守護者
Kelsier / Kell 凱西爾（阿凱）
Kenton Street 坎敦街
Kevoux 凱弗
Khlenni 克雷尼
Khlennium 克雷尼恩
Koloss 克羅司
Kordel 柯玳
Kredik Shaw 克雷迪克・霄
Kurdon 庫敦
Kwaan 關

L

Lady Flavine 芙菈玟貴女
Lady Kliss 克禮絲貴女
Laird 萊德
Lekal 雷卡
Lestibournes / Spook
雷司提波恩（鬼影）
Lord Cabe 凱貝大人
Lord Devinshae 戴文薛大人
Lord Jedue 傑度大人
Lord Prelan 至上聖祭司
Lord Ruler 統御主
Lord Tegas 代加大人
Lurcher 扯手
Luthadel 陸沙德
Luthadel Garrison
陸沙德警備隊

M

Mare 梅兒
Marsh 沼澤
Massacre at Devanex
戴凡奈大屠殺
Massacre of Tougier
圖吉珥大屠殺
Master Vaht 伐特先生
Melend Liese 梅萊德・李艾斯
Mennis 曼尼斯
metalmind 金屬意識
Milen Davenpleu
米倫・戴文普魯

Milev　米雷夫
Ministry　教廷
Misting　迷霧人
Mistwraith　霧魅
Movag　莫拉格

N

Nalt　納特
Nelazan　奈拉禪
Northern Dominance
　北方統御區

O

Obligator　聖務官
Old Gate　舊城門
OreSeur　歐瑟

P

Pewter　白鑞
Pewterarm　白鑞臂
Pits of Hathsin　海司辛深坑
Prelan　聖祭司

R

Rashek　拉刹克
Redd　雷德
Redalevin　雷戴文
Reen　瑞恩
Remote Dominance　邊境統御區
Renate　雷奈特族
Rene　瑞尼
Rian Strobe
　瑞安·史特羅布
riot　煽動
River Channerel　峑奈瑞河
Rudd　魯德
Ruddy　魯迪

S

Salmen Tekiel　沙門·太齊爾
Sazed　沙賽德
Searan　席蘭
Seeker　搜尋者
Sertes　賽提斯
Shum　束姆
Shunah　書納
Skaa　司卡
Smoker　煙陣
snapped　綻裂
soothe　安撫
Soother　安撫者
Sootwarrens　炭窩
Southern Dominance
　南方統御區
South Bridge　南橋
Stase Blanches
　史黛西·白蘭史
Staxles　史塔克里司
Steel　鋼
Steel Inquisitor　鋼鐵審判者
Steel Ministry　鋼鐵教廷
Straff Venture
　史特拉夫·泛圖爾

Summer Hill　夏丘

T

Tase　塔司
Tawnson　陶森
Tekiel　太齊爾
Telden　泰爾登
Temadre　泰瑪德
Teniert　坦尼珥
Tensoon　坦孫
Tepper　泰伯
Terris　泰瑞司
Teven Renoux　泰文・雷弩
Tevidian　泰維迪安
The Dictates of Society
　《社會的必備條件》
The Ja　珈
Themos Tresting
　賽摩斯・特雷斯廷
Theron　賽隆
Tin　錫
Tineye　錫眼
Torinost　托林諾
Trap　陷阱
Trelagism　特雷教
Trials of Monument
　《偉大的試煉》
Triss　特麗斯
Truths of Bennet　班內特之實言
Tren-Pedri Delouse
　特藍佩得莉・德魯斯
Twist　揪轉區
Tyden　泰敦
Tyrian　特瑞安

U

Ulef　烏雷
Urbain　兀爾斑

V

Valla　法拉
Valette Renoux　法蕾特・雷弩
Valtroux　法爾特魯
Vennias　文尼亞
Vent　狂風
Vin　紋

W

Walin　瓦林
West Dominance　西方統御區

Y

Yeden　葉登
Yestal　葉斯塔

Z

Zerinah　赭瑞納
Zinc　鋅

BEST嚴選 019

迷霧之子首部曲：最後帝國

原著書名／Mistborn: The Final Empire
作　　者／布蘭登・山德森（Brandon Sanderson）
譯　　者／段宗忱
企劃選書人／楊秀真
責任編輯／王雪莉

行銷企劃／周丹蘋
業務企劃／虞子嫺
行銷業務經理／李振東
總　編　輯／楊秀真
發　行　人／何飛鵬
法律顧問／台英國際商務法律事務所　羅明通律師
出版／奇幻基地出版
城邦文化事業股份有限公司
台北市 104 民生東路二段 141 號 8 樓
電話：(02)25007008　傳真：(02)25027676
網址：www.ffoundation.com.tw
e-mail：ffoundation@cite.com.tw
發行／英屬蓋曼群島商家庭傳媒股份有限公司城邦分公司
台北市 104 民生東路二段 141 號 11 樓
書虫客服服務專線：(02)25007718・(02)25007719
24 小時傳真服務：(02)25170999・(02)25001991
服務時間：週一至週五09:30-12:00・13:30-17:00
郵撥帳號：19863813　戶名：書虫股份有限公司
讀者服務信箱 E-mail：service@readingclub.com.tw
歡迎光臨城邦讀書花園　網址：www.cite.com.tw
香港發行所／城邦（香港）出版集團有限公司
香港灣仔駱克道 193 號東超商業中心 1 樓
電話／(852) 2508-6231　傳真／(852) 2578-9337
e-mail：hkcite@biznetvigator.com
馬新發行所／城邦（馬新）出版集團　【Cité (M) Sdn Bhd】
41, Jalan Radin Anum, Bandar Baru Sri Petaling, Lumpur,
57000 Kuala Lumpur, Malaysia.
Tel: (603) 90578822 Fax:(603) 90576622
e-mail cite@cite.com.my

封面及書盒設計／莊謹銘
排　　版／浩瀚電腦排版股份有限公司
印　　刷／高典印刷有限公司
■2010 年（民 99）1 月 26 日初版
■2021 年（民 110）6 月 30 日初版 54.5 刷

售價／380元

國家圖書館出版品預行編目資料

迷務之子.首部曲,最後帝國／布蘭登・山德森（Brandon Sandersen）作; 段宗忱譯 - 初版 - 臺北市：奇幻基地, 城邦文化出版：家庭傳媒城邦分公司發行；民99. 01
面：公分. -（BEST嚴選：019）
譯自：Mistborn: The Final Empire
ISBN 978-986-6712-98-2（平裝）

874.57　　98024281

ISBN 978-986-6712-98-2

Printed in Taiwan.

廣　告　回　函
北區郵政管理登記證
台北廣字第000791號
郵資已付，免貼郵票

104台北市民生東路二段141號11樓

英屬蓋曼群島商家庭傳媒股份有限公司城邦分公司 收

請沿虛線對摺，謝謝

奇幻基地

每個人都有一本奇幻文學的啓蒙書

奇幻基地官網：http://www.ffoundation.com.tw

奇幻基地粉絲團：http://www.facebook.com/ffoundation

書號：1HB019　　書名：迷霧之子首部曲：最後帝國

奇幻戰隊好讀有禮集點贈獎活動

活動期間，購買奇幻基地作品，剪下封底折口的點數券，集到一定數量，寄回本公司，即可依點數多寡兌換獎品。

點數兌換獎品說明：

- **5點** 奇幻戰隊好書袋一個
- **10點** 2012年布蘭登·山德森來台紀念T恤一件
  有S&M兩種尺寸，偏大，由奇幻基地自行判斷出貨
- **15點** 【蕭青陽獨家設計】典藏限量精繡帆布書袋
  紅線或銀灰線繡於書袋上，顏色隨機出貨

兌換辦法：

2014年2月～2015年1月奇幻基地出版之作品中，剪下回函卡頁上之點數，集滿規定之點數，貼在右邊集點處，即可寄回兌換贈品。

【活動日期】：即日起至2015年1月31日

【兌換日期】：即日起至2015年3月31日（郵戳為憑）

其他說明：

＊請以正楷寫明收件人真實姓名、地址、電話與email，以便聯繫。若因字跡潦草，導致無法聯繫，視同棄權

＊兌換之贈品數量有限，若贈送完畢，將不另行通知，直接以其他等值商品代之

＊本活動限臺澎金馬地區讀者

【集點處】

1	6	11
2	7	12
3	8	13
4	9	14
5	10	15

（點數與回函卡皆影印無效）

個人資料：

姓名：＿＿＿＿＿＿＿＿＿＿ 性別：□男 □女

地址：＿＿＿＿＿＿＿＿＿＿

電話：＿＿＿＿＿＿＿＿＿＿ email：＿＿＿＿＿＿＿＿＿＿

想對奇幻基地說的話：＿＿＿＿＿＿＿＿＿＿

請剪下右側點數，貼於背面的集點處，集滿5點以上，即可寄回兌換抽獎

1